ADVANCE PRAISE FOR

"An extravagant, buoyant, joyfully sprawling book, bursting with affection for its characters, for the intricate lore of the movie business, and for the many ways in which human beings are one another's greatest opportunity."
—Tana French, award-winning novelist of In The Woods and The Searcher

"The Making of Another Major Motion Picture Masterpiece is its own universe, complete with a sun, a cast of circling planets, and a limitless number of stars. Its gravity pulls you in and its far reaching, multi-layered, rollicking exuberance holds you in place. I would have been happy to live inside this book forever."
—Ann Patchett, best-selling author of These Precious Days

我們都知道他能演戲，但漢克斯那本優秀的短篇故事集《歡迎光臨火星》證明了他也能寫作。現在他又寫了一部長篇小說，一本非常棒的小說……文筆恰到好處，漢克斯為小說注入了他對自己的職業所有的熱情：「拍電影這檔事，有其複雜的一面，有其瘋狂的一面，時而技術本位，時而虛無飄渺、氣若游絲，星期三還是像黑糖蜜一樣攪不開的慢郎中，星期五就變成頭上被抵著把槍、有進度要趕的急驚風。」整本書就是這樣：精心建構，精彩講述一個極其有趣的故事。如果你愛電影，你就會愛這本書。

——大衛・皮特（David Pitt），《Booklist》書評

這本書自成一個小宇宙，它包括一顆太陽、一系列環繞的星球和無數的星星。它的引力會不停將你拉扯進去，而它深遠的、多層次的歡鬧與繁盛則會讓你穩穩就定位。我會很高興能永遠生活在這本書裡。

——安・派契特（Ann Patchett），《這些珍貴的日子》作者

這是一部狂野、雄心勃勃、非常令人愉快的小說。一個關於故事如何發生的故事，捕捉到這個世紀最精彩的部分，人物角色千變萬化，還有一顆蓬勃跳動的情感之心。書中談論著漫畫、電影、演藝界、美國和人性，全都精明而迷人。整本書的每一頁我都喜歡。

——麥特・海格（Matt Haig），《午夜圖書館》、《人類與活下去的理由》作者

你想出發去冒險嗎？誰不想？閱讀這本書能感受到一種喜悅，那是只有當作者愉快地寫作一本書時才能傳遞的喜悅。湯姆．漢克斯是個天生的說故事專家，一切都讓人感覺像是他在餐桌上為你講故事，而你很不想讓這個夜晚結束。

——菲特烈．貝克曼（Fredrik Backman），《一個叫歐維的男人》作者

憑藉獨特的洞察力和對細節的罕見眼光，湯姆．漢克斯講述了一個關於說故事的藝術、令人驚嘆、情感上令人非常滿足的故事。我完全不想讓散場燈亮起。我無法放下這本書。

——葛雷漢．諾頓（Graham Norton），演員、主持人、作家

這是一本繽紛、歡樂、喜悅的書，充滿了對書中角色的愛、電影產業裡錯綜複雜的故事與傳說，以及人們如何能夠在許多方面成為彼此最大的機會。

——塔娜．法蘭琪（Tana French），《神祕森林》和《搜索者》獲獎小說家

這本小說兼漫畫書充滿活力，爵士、詼諧、文筆時髦，具有很強的時間和地點感，絕對屬於那種罕見、獨特的小說。我愛它。

——凱特．摩斯（Kate Mosse），《迷宮》作者

一個引人入勝的故事……關於在攝影機鏡頭背後所發生的一切。漢克斯煞費苦心試著讓我們明

白電影製作是一個迂迴的過程，並且涉及到大量的人——其中一些是名人，但大多數不是——所有人都必須準時到場，全力以赴。這絕不是一部講述電影製作有多夢幻的小說；這是一部關於電影製作必須如何辛勤工作的小說……一封寫給電影行業的情書……你看著漢克斯創造出來那閃閃發光的世界的時間越長，就越難以將目光移開。

——朗・查爾斯（Ron Charles），《華盛頓郵報》書評

又一部電影傑作的誕生

僅以本書獻給卡司裡所有的演員
還有劇組的每一位成員

所以且容我向你們詳述分明
那些淫亂、血腥與悖離自然的行徑
那些意料之外的判斷，那些一時興起的屠戮
…………
而，如此弄巧成拙的結果就是，自食惡果……

何瑞修，
對著聚集的眾人

趕緊告訴我們吧
並把至為尊貴的每一位都喚來齊聽

浮廷布拉斯，
緊接著的回答

哈姆雷特第五幕第二景

目次

1 背景故事

五年多一點前，我的語音信箱收到一則訊息，留言的是一個叫艾兒・麥克—提爾——但被我聽成艾爾米克・泰爾——電話區碼是三一〇[1]的人。這個沒有廢話的女子請我回電給她，她想問我的是我寫過的一本薄薄的小回憶錄，叫作《下到天堂的螺旋梯》，內容講的是八〇年代，我在地下室一間有現場音樂演出的小夜店裡顧酒吧的歲月。在當時我也，姑且，算是個自由記者，活躍於賓州匹茲堡當地與外圍。同時我也寫電影影評。這年頭我在蒙大拿山區的奇澤姆山藝術學院開課，教授創意寫作、通俗文學與電影研究。博茲曼市接著一條鳥不生蛋但不失風光明媚的路線，開車就能到。我平日收到來自於加州洛杉磯的語音留言，少之又少。

「我老闆讀了你的回憶錄，」麥克—提爾女士說。「他說你寫東西很像他在思考事情。」

「算妳老闆有見地，」我告訴她，然後我問了她，「妳老闆是誰？」她告訴我她受雇於比爾・強森，還說她現在正一邊講手機一邊開車，因為她要從在聖塔莫尼卡的住處前往她在好萊塢國會唱片大樓[2]的辦公室去跟老闆開會。聽她這麼說我大叫了起來，「妳老闆是**比比比比爾・強森**？那個電影導演？我不信。」

幾天後我跟比比比比爾・強森本人講上了電話，電影作為我們的話題既是他的工作，也是我教的一個科目。聽我說我把他歷來的電影作品全都看過了，他叫我少吹牛。但在聽完我像連珠炮一樣對他電影裡的一票重點如數家珍後，他換成叫我閉嘴，夠了夠了。當時的他正在琢磨

1　譯註：屬於加州的電話區碼。

2　譯註：Capitol Records Building，洛杉磯的地標，坐落於好萊塢與藤蔓街口。

一個劇本，還在「亂彈」找靈感的階段，他想寫一個音樂在六〇年代進入七〇年代時歷經轉型期的故事——當時的樂團正慢慢告別制服，告別配合調幅廣播的三分鐘歌曲，演進到可以放滿黑膠唱片一整面的作品跟吉米亨綴克斯體驗樂團[3]。我書中的故事裡寫滿了非常私密的細節。即便我的年代比他正在「亂彈」的故事設定晚二十年——我們店裡找的都是那些名不見經傳的爵士組合跟翻唱「流行尖端」[4]單曲的樂團——但發生在演出現場的一切是不分年代的普世經典。那些鬥毆、毒品、認真的愛戀、圖個樂子的性事、圖個樂子的愛情、認真的性事，那些笑語與那些尖叫，那些在入口處誰請進跟誰請回的過程——那一整個由明說出口與心照不宣的程序交織出來的鬧哄哄場面——都是他想要精準掌握的人類行為。他開價要用我的書——用錢買下我書中故事的非專屬授權，意思是授權給他並不影響我之後把專屬權利賣給別人，前提是有人出價的話。想太多。不過把非獨家的權利賣給他，總是比我一本本賣來得好賺。

比爾後來跑去拍了一部《口袋火箭》[5]，但還是透過電話跟許多封打字的信件與我保持著聯繫——信裡有著天馬行空的話題。他心目中「當紅的拍攝主題」。戰爭的不可避免性。爵士樂就跟數學一樣嗎？各種口味的優格冰淇淋要搭配哪些配料？我拿鋼筆給他回了信——打字機？真的假的啦！——因為任何人要跟我比怪，我都不會輸。

我收到他一封單頁的信裡只有一行打字：

什麼電影會讓你恨到當場走人？理由？

比爾

我當場回信給他。

任何電影我都不會恨。電影已經很難拍了，不應該還要被恨，就算是大爛片也一樣。電影不夠好，我頂多是在座位上等它演完。忍一下就過去了。提前走人是一種罪孽。

我的猜測是美國郵局送信需要兩天，然後被比爾注意到又花了一天，因為三天後，艾兒．麥克—提爾的電話打了過來。她的老闆要我「過去他那裡，立馬」，看他拍電影。學期中的休假就要到了，我又從來沒去過亞特蘭大，電影導演還邀請我去參觀電影拍攝。我教電影研究卻從未親眼見過電影是怎麼做出來的。我飛到鹽湖城，要在那裡轉機。

「你說出了一些我一直有的想法，」比爾對抵達《口袋火箭》片場的我這麼說，那兒是大亞特蘭大一眼望不盡的某處郊區。「當然啦，有些電影出來的效果是不太好，有些電影想做的事情就有問題。但要是誰說他們恨電影，那就等於把有人主動分享出來的人類經驗，當成要從

3 譯註：Jimi Hendrix Experience，一九六六年由主唱兼吉他手吉米．亨綴克斯成立於倫敦的三人搖滾樂團，活躍至一九七〇年九月吉米去世為止，其作品與表演風格影響後世樂壇深遠。

4 譯註：Depeche Mode，成立於一九八〇年的英國樂團。

5 譯註：Pocket Rocket 在俚語中有幾種意思：陰莖、可以被形容為「小鋼炮」的人或車子。

洛杉磯國際機場出發的紅眼班機來對待。起飛誤點了好幾個小時，亂流大到讓空服員都怕，坐在你對面的傢伙吐了，機上完全無法供餐，酒也都送完了，你旁邊坐的是腸絞痛的雙胞胎嬰兒，降落的時間讓你沒能趕上在市區要開的會。這些你都可以恨。但恨電影就沒天理了。你會說你恨你女友的姪女的七歲生日派對嗎？你會恨一場延長到十一局結果比數是一比零的比賽嗎？你會恨蛋糕跟花同樣的錢多看兩局棒球嗎？恨應該保留給法西斯主義跟冷掉的蒸花椰菜。任何人——尤其是我們這些踏上了噴泉路的人[6]——該對別人的電影說出最惡毒的話，頂多只應該是**嗯，不太合我的胃口，但，其實，我覺得電影本身挺好的**。你可以明褒暗貶臭一下電影，但絕對、絕對不要說你恨某部電影。在我身邊用過ㄏㄣ字的人都成了我的拒絕往來戶。掰掰了。當然啦，我是寫出跟導演過《信天翁》的人。可能我比較敏感一點。」

我在《口袋火箭》的片場待了十天，然後趁暑假去好萊塢觀摩了一下該片的枯燥後製。拍電影這檔事，有其複雜的一面，有瘋狂的一面，時而技術本位，時而虛無飄渺、氣若游絲，星期三還是像黑糖蜜一樣攪不開的慢郎中，星期五就變成頭上被抵著把槍、有進度要趕的急驚風。你可以想像電影就像一架噴射機，只不過造機資金握在國會手裡、機體出自詩人的設計、用鉚釘進行組裝的是音樂家、監造的是剛從商學院畢業的菜鳥企業幹部，最後由有飛行夢但容易分心的過動兒來駕駛。這麼一架飛機能翱翔在高空的機率有多少？這樣你應該了解拍電影是怎麼回事了吧，至少我在臭鼬工廠[7]看到的就是這麼回事。

《滿是聲音的地窖》[8]大部分的拍攝期間，我人都不在取景地——我那本小書後來轉生成的電影。我的損失。比爾在電影開始拍攝時補了點錢給我，然後等上映時又追加了一點——這人一點也不小氣。我在特柳賴德電影節[9]看了公開首映，比爾在那裡說這是「我們的電影」。一月份，我租了套燕尾服，往當時的金球獎後方的桌子一坐（場地是梅夫·格里芬[10]的比佛利·希爾頓酒店，完全滿足了〔好〕萊塢派對的各種要件）。同事問起我在「幻想世界」[11]的週末過得如何，我跟他們說我到清晨五點才回到酒店，醉醺醺的我是被艾兒·麥克—提爾跟貨真價實的薇拉·薩克斯——電影裡的凱珊卓拉·蘭帕特本人——用後者由私人司機駕駛的凱迪拉克 Escalade 送了一程。除此之外我沒辦法用他們能理解的話語總結我的體驗。薇拉·**賽西施**？最好是！我只能秀出薇拉發在臉書上的照片當作證據——我就在那兒，旁邊是艾兒·麥克—提爾，陪我們笑到翻過去的則是世界級的大美女跟她好像心事重重的保鑣。新冠肺炎把我們的國家切割成戴口

6 「噴泉路」指的是好萊塢的噴泉大街（Fountain Avenue）。貝蒂·戴維斯（Bette Davis,1908-1989）曾被問到對想要在好萊塢闖出名號的演員有什麼建議。她說，「走噴泉路」——意思是叫人不要走日落大道或聖塔莫尼卡大道或富蘭克林大街。（譯按：走好走的路就好，不要自找麻煩。）

7 譯註：臭鼬工廠是軍工業者洛克希德馬丁公司內部高級開發計畫的官方代號，廠址位於美國加州棕櫚谷。但這個代號並非洛克希德馬丁專屬，而是廣見於製造業，主要用以形容組織內部被授予高度自治的先進或機密研發專案。

8 新冠疫情前上映的一部古怪且意外的賣座片。全球票房很漂亮——雖然中國觀眾不買帳。那些提名跟美國影藝學院的肯定讓人心裡美滋滋的。雖然一個獎都沒拿到……

9 譯註：Telluride Film Festival，特柳賴德是位於美國科羅拉多州的山谷小鎮，每年九月的勞動節週末會舉辦電影節，特別的是參展電影必須是「北美首映」，才有資格參與此電影節的獎項角逐。特柳賴德也被認為是當年度奧斯卡金像獎的前哨戰。

10 譯註：Merv Griffin，1925-2007，美國電視節目主持人和媒體大亨。他在一九八七年買下一九五五年開幕的比佛利希爾頓飯店。

11 譯註：迪士尼樂園裡的設施名稱，這裡是一種比喻。

罩／不戴口罩的兩種政治立場，也讓我的工作變成了線上課程。接踵而至的是疫苗／反疫苗的辯證。接到艾兒·麥克—提爾來電邀我跟她、比爾與他的快樂夥伴們全程觀摩下一部電影時，我還以為拍電影既不合法也不可能。但她的老闆「有個案子」看起來會被「綠燈放行」，所以就根據「工會協定」開拍了，而我則受邀「加入電影團隊」，從「現金流」的開端一路做到「最終配音」。

「你會有個識別證，」她解釋說。「你會是劇組的一員，兩天檢測一次。我們不會付你任何薪水，但包吃包住，免費的飯店房間也夠好。」艾兒活靈活現地加了一句，「你要說不就是個大笨蛋。」

我問了比爾·強森本人，為什麼他會讓像我這樣的一個外人跑來觀摩這麼個動輒被當成最高機密在保護的案子，要知道這當中可是識別證、紅色閃光燈，還有警告標語都一應俱全，警語告示上明確寫著拍片場地不對外開放，無執行製作許可之閒雜人士勿入。

比爾笑了。「那是用來嚇唬老百姓的。」

某晚在拍攝《優格冰淇淋加油》的取景地，歷經了漫長辛苦但也很普通的一整天之後，比爾告訴我，「記者——至少那些懶惰的記者——一天到晚想分析電影是怎麼做出來的，他們老以為我們有偷偷去註冊專利的祕密公式，還是有什麼流程被列成像是能帶人登月後再返回地球的飛行計畫。你哪來的靈感找來那個身穿棕色圓點洋裝，還能把口哨吹得那麼響亮的女孩？你是何時想到在電視天線上擺上那些黑色八哥，拍出令人難忘的最後一幕？還有你是去哪兒找來那些訓練有素的八哥？他們會問爲什麼這部電影成功而那部電影就賣

不起來？你爲什麼拍《瘋狂阿哥哥》而不拍《小可愛大爆料》？這種時候我就會看著手錶說，『慘了慘了！我那場行銷會議要遲到了』，然後從訪問現場閃人。就是那些人以為《北光》是設計出來的。要是他們看到我們這些電影孤兒是怎麼個工作法，他們肯定會無聊到傻掉，失望得不得了。」

我從來不覺得無聊。失望？在旁邊都在拍電影的地方待著？**去你個無花果**[12]！

你不用怕沒辦法好好聊個天，這在電影片場做得到，在製作辦公室週遭做得到，在後製過程中也做得到，要知道拍電影大部分的時候都在等。你只要趁等的時候丟出一句**你是怎麼蹚進這渾水的**？就能連聽幾小時非常私密又非常扯，隨便一段都可以出本書的冒險故事。

我拿這話問起艾兒，結果冒出一個話題是我要不要趁著在觀摩電影的時候寫本書，解釋解釋電影的製作過程。我反正要飽覽電影拍攝中的創意、摩擦、表面張力，還有會讓人笑掉老二的歡樂一籮筐，那要是我把這些通通寫下來，然後，嗯，出本書呢？她的老闆會不會被這個想法惹怒呢？會不會把我轟出片場呢？

「唉呦，牛仔，」她說。「你以為你被找來這兒是為了什麼？」

我希望自己能在這段敘事中銷聲匿跡；用第一人稱的視角去寫書描繪像《夜影騎士：火瀑

12 出自莎士比亞的《奧賽羅》第一幕第三景，反派伊亞哥對他的跟班羅德里戈所說的話。（譯按：原文是 A Fig。伊亞哥在反駁垂涎女主角的羅德里戈，要他別把好色賴給人性的時候說了一句，virtue, a fig，其中 virtue 是指人的本性，fig 是無花果，是粗俗地在比喻女性生殖器，意思是叫羅德里戈別胡說八道。在南歐，將大拇指插入食指和中指之間的指縫中來象徵女性陰部的粗鄙手勢，就叫作無花果手勢，跟比中指作用相同。）

的車床》這樣的電影是怎麼做出來的，實在太自肥了，那就像記者把沖繩島戰役寫得像自己的故事一樣（「我擔心那些染著死去陸戰隊員鮮血的沙子，會卡進我的打字機裡……」）。在我看著他們工作的那幾個月裡跟我聊過天的每個人，都對我有大恩大德。他們不僅分享了自己的工作內容，還分享了自己是誰。他們的姓名要是看得見——有些人的名字是看不見的——那就代表他們看過了我寫的東西，並要麼認同這些紙頁上的內容，要麼接受了我按他們要求做出的改動。我曾一次次回去找他們當中的許多人，只為了釐清我認為自己看到的東西，還有關於他們各自沿著噴泉大街前進的旅途，他們告訴我的事情。[13]

電影永垂不朽。書中的角色人物也是。將這兩者集合在一冊中也許是徒勞無功，也許像挖愚人金一樣是在浪費力氣。但請別憎恨那最後的作品，請覺得它還挺好的。

喬・蕭
奇澤姆山藝術學院
寫於蒙大拿州奇澤姆山

13

電影團隊裡有兩群人希望不要在本書裡以任何形式被提及：首先是演員們的替身，他們希望保持自己演員的身分，而不要被貼上替身的標籤。還有就是伺候大牌中之大牌的私人助理。他們的匿名性神聖不可侵犯，須知他們的姓名與工作內容一旦曝光，他們的日子就會生不如死。不過還是容我在這裡說一句，我親眼目睹了他們的工作有多辛苦，工時有多長，還有他們是如何四兩撥千斤地消化了成堆的廢話。他們，是被愛的。

The following is based on a true story.
Characters and events have been altered for dramatic purposes.

以下的內容是根據真實故事改編
人物與事件均經過更動來追求戲劇效果

又一個系列電影

「再搞一個系列作，有什麼錯？」弗列德．席勒經紀公司的弗列德．席勒——也就是「煽動者」——問道。他又一次飛去了阿布奎基與他的貴客比爾．強森餐敘。那天晚上，他們一如往常選擇了「波布拉諾辣椒」——阿布奎基相對高檔的一家餐廳。

時間是二〇一七年的七月，比爾正要一頭栽入《充滿聲音的地窖》的拍攝工作，他同時也是這部片的劇本作者。按照傳統，他們這對客戶與經紀人會見面討論手中電影完成後的下一步；他們要一起眺望共同的未來，用前進的動能來延續職涯。他們的話題不會包括即將要開拍的電影，他們唯一會聊的是未來的搞頭有哪些選項。

「系列電影是索命的殺手，」比爾發表起了他眾所周知很有資格發表的經驗談。要讓《伊甸的地平線》複製首部曲《伊甸的邊界》與二部曲《伊甸的黑暗》的拍攝質感與票房人氣——每一部都是由他「身兼編導」——其壓力不下於政治人物尋求連任。地平線的拍攝來到殺青日，比爾足足瘦了二十五磅，早上鬍子為了趕時間也不刮了，晚上要三瓶ZzzQuil[14]下肚才能睡下，並靠著三倍濃縮咖啡的威力撐過了主體拍攝的最後兩週。比爾．強森曾在他一九三九年份的史密斯—可樂娜．史忒林打字機上敲出這麼一個句子——**拍電影比好玩更好玩**——但完成伊甸三部曲的終章不但一點都不好玩，還耗去了他人生將近兩年的時光。

14　譯註：美國一種助眠口服液，主要成分是褪黑激素。

在他跨越三十年的電影生涯中，比爾貨真價實——且十分令人稱羨地——屬於人生勝利組，頂多只有兩部作品表現普普，外加一部慘不忍睹[15]。如今的比爾開發著自己的題材，並為此回絕了那些他自己可以荷包賺飽飽、煽動者也可以爽爽地抽一成的大片邀約。《充滿聲音的地窖》劇本寫起來相對愉快，電影籌備起來相當痛苦，至於拍攝起來會是樂是苦，則很難說。

但自從《口袋火箭》把比爾從《信天翁》慘案的低潮拉回來以後，在煽動者的眼中這名製片人正處於狀態的巔峰，而他希望這能持續下去。

「系列電影成了殘酷的主人。我不想替殘酷的主人幹活兒。」比爾說。「我也不想當個殘酷的主人，除了在跟行銷開會的時候。」

「觀眾現在的娛樂選擇有夠多，」弗列德對著桌上的草飼小牛迷你菲力跟花園菊芋這麼說。「他們需要一個理由把錢花在電影上。比爾．強森就是那個理由。超級英雄系列是印鈔機，就跟五〇、六〇年代的西部片還有八〇年代的動作片一樣。動漫展的粉絲一部都不會放過。」

「包括那些為了酸才去看的。不信你去問問拉斯洛．舍維斯基[16]。」比爾往後一靠。「我喜歡那些反英雄，那些人格有缺陷、心裡有陰影的英雄。」

「漫威會把下一部雷神索爾交給你。」

「跟他們說索哩，我心領了。」

「DC會拿他們的口袋名單任你挑。」

「蝙蝠俠、X戰警、蜘蛛男孩、綠巨人、開扁女士……你不覺得太多了嗎？」

「戴那摩公司會載一卡車鈔票倒在你家的車道上，只求你對他們隨便一部超能者系列電影說好。」

「超級英雄拯救銀河系與卡在樹上的小貓咪。嗯，好喔。」比爾乾掉了他冰塊高腳杯裡的藍天可樂，沒用吸管。「我不反對這類型的電影，我只是反對這類型電影裡的套路。來自其他星系但都會說英文的邪惡魔王。超能力帥哥正妹想玩親親但從來不真的親下去。城市動不動就全毀，但一具屍體也看不見。」比爾朝服務生招了招手，指了指杯子，意思是要續藍天可樂。「還有派特[17]追著我要拍一部男孩邂逅女孩的電影。一部獻給她的電影。」

「那有什麼不行嗎？」

「男孩邂逅女孩的故事需要兩樣東西。男孩、女孩，還有他們為什麼非彼此不行。好吧是三樣東西。」

「全世界都在等比爾・強森的下一部電影，」煽動者說。

「那部電影會叫作《充滿聲音的地窖》，而且或早或晚，應該會在十二個月內在他們家附近的電影院上映。」

15 信天翁——這片名取得還真應景（譯按：信天翁有厄運的象徵意義）。

16 拉斯洛・舍維斯基被宅男粉絲罵到臭頭，是因為他的《象限：尋求者》，那是象限傳奇的四部曲。比爾覺得這部電影很有深度、很特別，但某個點惹到了粉絲，於是粉絲把舍維斯基跟電影鞭到不知道自己姓誰名啥。拉斯洛曾經靠《露娜與甜》被提名了一堆獎，同一年比爾也靠《荒原》入圍了一堆，但他們每次都同病相憐地敗給了麗莎・寶琳・泰特，她靠著精彩的《山不轉路轉》獲獎可以說實至名歸。

17 派翠絲・強森博士，比爾的摯愛。

「未來不是明年，而是三年後。」

「我會思索一下，」思索一向是比爾必經的程序。他會不經意巧遇某些原材料，原材料會引發創意，接著創意就會被他變成又一部電影界的，曠世傑作。

2 原材料

鮑勃・佛斯（1947）

七月七日早上，太陽就像光禿而無雲的天上一只完整的圓盤，開始灼燒加州隆巴特——官方人口數五千四百一十七——這個北谷鄉間小鎮，距離加州州治沙加緬度不遠，去奧克蘭車程不用一天，前往宛若巴比倫的舊金山比較遠一點。在夏季那始終盤旋在華氏一百度以上的酷暑中，這裡在步調與氣溫上更接近在堪薩斯或內布拉斯加或俄亥俄，或是在愛荷華或印第安納的小鎮。隆巴特的民眾少有人是自願住在老家；很多人離開後便一去不回頭。沒錯，隆巴特是郡治所在地，但那是出於一種機緣巧合，主要是它的地理位置在大鐵彎河畔，而大鐵彎河又曾是淘金熱時代的商業要道。一九四七年時，隆巴特甚至連個火車機廠都沒有[18]。

如同大多數同齡的男孩，將在九月十一日慶祝五歲生日的羅比・安德森每天早上，特別是在又一個炎熱的夏日中，都會迎來二十四小時醇美又無憂的生活。他會在勞動節假期後展開他的幼稚園教育，但ABC他早就會了，而且他父親也已經跟他解釋過大寫跟小寫的區別。所以，他拼寫起**生活**（Life）這個單字都一定會用大寫的L。

他知道每天早上一「嗯嗯」完的第一件事，就是要把床鋪好。接著他就會換掉睡衣穿上玩耍的行頭，然後跑下樓去。他父親此時已經早就出門去店裡了，而他母親則會替他張羅早餐——通常是烤吐司、牛奶與某樣水果，而水果通常是從後院樹上採下的李子。羅比想要嘗嘗看

18 火車會停靠在鄰近的加州威爾斯，但只是停下來待避（靠到邊軌讓其他火車先過）。最近的機廠位於開車要將近一小時的奇科。

咖啡，他想知道大人為什麼一天到晚喝這玩意兒，但只得到他還太小的回答。他早上的工作是要把自己的餐盤放到流理台上，看垃圾桶需不需要清空，然後把用紗窗圍住的門廊，還有外頭通往砂石車道跟再過去一點那四棵李樹的後院階梯，都好好掃一掃。家事做完後，他會拿出自己的蠟筆、彩色鉛筆、著色簿，還有白報紙的本子，往客廳的編織地毯上一躺，縱情在繪畫跟腦中天馬行空的想像裡。

任誰看一眼羅比的畫作——藝術創作，即便以他的年紀而言這麼說也不為過——都能看到一種與生俱來的稟賦，一種對維度、空間與動態的本能掌握。他的畫裡還有一種奔放不羈；那當中有著喜悅之情。這男孩畫畫，是**畫開心的**。

上午十點鐘，在大部分的日子裡，他都會把畫畫的作品跟用品收進客廳櫥櫃——嚴格說是衣櫥——的抽屜裡，然後從被紗窗圍起的前廊離開家，並且從沒忘了別讓身後的彈簧門砰一聲砸在牆上。在李樹後方有一面矮矮的樹籬，樹籬中間有一道小縫可供羅比穿過去到達伯恩斯家的後院，那兒也有一組四棵李樹；兩家的產權界線將原本的一處小果園一分為二。伯恩斯家的女兒吉兒・伯恩斯已經六歲，而且還是羅比・安德森長到這麼大最好的朋友。他們倆幾乎天天玩在一起，誰也不在意吉兒輕微的杵狀足。午餐時分，吉兒會跟著羅比回家吃飯——這是雙方家長都同意的例行作息。飯後他們會繼續有兩個人的事情要忙，直到下午三點的點心時間，屆時收音機上會有兒童節目可聽。四點鐘，吉兒會穿越樹籬縫返家。

☆

羅比的母親，露露・安德森跟伯恩斯太太共同研究出了這樣的作息，並對此相當滿意，因為這讓她一整天漫長的**工作**、工作、工作可以慢慢拉高轉速。她的晨間行程平靜從容，這一點迥異於她一票少女時代的朋友，須知（仍）身為年輕小姐的她們都有孩子，有要上班的老公，還有永無止盡的操勞，具體而言就是要持家，把家打理好，還有撫養孩子。工作、工作、工作，還是工作。她們當中有些人會養到小怪獸、小王八蛋，所以露露很感激上帝跟節奏避孕法[19]給了她羅比，這個會把份內家事做好也會用蠟筆自娛的孩子，還有還是個嬰兒的諾拉，這個曾經會腸絞痛但再兩天就要滿一歲的寶寶。目前看來諾拉可望慢慢安頓下來，變成她隨和好個性的哥哥的女生版本。除了她，隆巴特還有誰能兩個小孩都這麼好養？

露西兒．梅維斯．佛斯的「露露人生」從她一來到世上就開始了，主要是她父親第一眼看到自己的女兒，就隔著產房窗戶從另一頭大喊了一聲，「真是女寶寶界的露露[20]！」二十多年後，露露．佛斯在一九四二年一月十八日變成了露露．安德森，不過幾個禮拜前，日本才剛炸了珍珠港，狠狠地將美國捲入第二次世界大戰。加州的家家戶戶晚上都因為停電而一片黑暗，為的是預防空襲，隆巴特的人家自然也不例外，誰知道敵人的炸彈會不會丟到加州北谷的鄉間村鎮裡。

露露的丈夫爾尼．安德森是她高中時半打男朋友裡的其中一個，不過其實他上的是天主教的聖斐理伯內利教會（她是讀聯邦高中的**北方佬**，信的是——新教的——長老宗）。他打工的

19　譯註：rhythm method，透過計算排卵日期所進行的自然家庭計畫。

20　譯註：Lulu 在英文裡是某種東西的「極品」之意。

地方是主街與葛蘭特街交叉口的一家Flying A加油站，而隨著時間，露露發現自己會自告奮勇開著家裡的那台雪佛蘭，去讓爾尼幫她把油加滿，還有把油水什麼的檢查一下。就這樣事情一件接著一件發生，有天露露突然對自己說，「沒錯了。」爾尼是她這個年紀在隆巴特最風趣的男孩，但有時候，他也是這個大時代所創造出的又一個認真的年輕男人。還有就是，喔，他的那雙眼睛……

當納粹德國入侵波蘭，各國紛紛宣戰後，他嚴肅地說起了要去加拿大學開飛機，希望能替加拿大皇家空軍效力，但他父親勸退了他，說要是「需要人開飛機，那邊多的是年輕的加拿大佬」。他知道美國到了緊要關頭一定會投入戰爭，「開始盡我們的一份力」。但在國家劇院[21]的螢幕上看著歷史在黑白新聞影片中進行得如火如荼，等不及要成為其一部份的爾尼在一九四一年六月加入了美國陸軍航空兵[22]，為的就是做好駕駛美國戰機的準備。冥冥中可能是命運或上帝或聖斐理伯內利的意思吧，他因為色盲而從飛行學校中被刷了下來。但即便如此，爾尼還是對所有跟機械相關的東西都很有概念，所以他的入伍讓空軍多了一個人協助美國陸航的飛機飛得起來，為即將來臨的戰爭做好準備。他被派去一處空軍基地，位於德州——他在給露露的很多封信裡稱之為「搏命營」。

珍珠港遭到襲擊是在一九四一年十二月七日。一九四二年一月十日晚間十一點十七分，「加州有限號」[23]列車在威爾斯附近的待避處停靠，準備接要前往洛杉磯的乘客上車，露露也是其中一員。他們搭車搭了一整夜跟隔天的大半天，主要是有限號停了很多站。在洛杉磯的聯邦站，她差一點就錯過了她買了普等座位的德州專車。在連兩晚扭曲著身體半睡半醒搭了好像一百萬英里後，她轉車到了凱蒂專車[24]上，然後一搭又是五十萬英里。再來就是一輛冷冽而灌風的巴士將她準準地扔在了搏命營的大門前，已經在那兒等著的有爾尼跟爾尼以為的一束藍帽花[25]。那並不是，但露露不以為意。

連著十一天晚上，一天一塊錢的飯店房間睡床給了露露跟（但凡一有空的）爾尼小倆口他們人生最棒的性生活，畢竟他們已經不能再在車子的後座摸來摸去，不能再在膠樹林裡的毯子上翻雲覆雨，也不能再在入夜後相約小鐵彎河公園。在時間、距離與世界動盪的分隔下，已經不算太年輕的他們渴望彼此的熱情從屬於年輕人的內心裡爆開。爾尼白天有職責在身，但晚上他跟露露灌下冰涼的啤酒，在平價酒吧樂團前對著鬧哄哄的正牌德州爵士樂狂舞。他們大啖便宜的墨式食物，冰啤酒一杯接著一杯。在天雷地火的第四個晚上，一絲不掛躺在汗濕被單裡的兩人在飯店房間的黑暗包裹中，用他要回基地前僅剩的一個小時論及了婚嫁，確認了心意，最

21 譯註：State Theater，電影院的名稱。

22 譯註：United States Army Air Forces，縮寫為 USAAF，存在期間為一九四一年六月二十日到一九四七年九月十七日，其前身為美國陸軍航空兵團（United States Army Air Corps, USAAC），一九四七年九月十八日後改制為正式的美國空軍，與陸軍海軍平起平坐。

23 譯註：加州有限號是阿奇森—托皮卡—聖塔菲鐵路公司旗下一款有名字的客運火車，分三號跟四號，行駛路線是在加州的洛杉磯與伊利諾州的芝加哥之間。

24 譯註：與德州專車聯營並行駛於密蘇里、堪薩斯與德州之間的列車。

25 譯註：即矢車菊，德州州花。

後互訂了終身。「沒錯了。」他們的婚禮辦在基地的小教堂裡，由部隊裡的牧師主持，見證者都是爾尼認識但露露不認識的人。外頭，德州的風暴砸下了桃核大小的冰雹。

爾尼抽起了好彩[26]香菸，所以露露也夫唱婦隨，這讓她在從搏命營返家的路上不至於無事可做，而回到隆巴特的她則成了個老公在當兵的**有夫之婦**。當爾尼奉命要改調紐約長島的 B-17 轟炸機基地時，讓露露前往東岸也成了計畫之一，但當時火車已經不是老百姓想搭就搭的東西，更別說露露還是個害喜害了好幾個星期的孕婦。爾尼偕其它陸航弟兄搭著沒有武裝也沒有座位的新 B-17 被空運到英格蘭，途中會先後經過格陵蘭與愛爾蘭。作為乘員，他們只能在沒有增壓、沒有暖氣的重型轟炸機裡，往沒有內裝的赤裸機身一躺。爾尼在數日的航程中體驗到了人生的至冷，但明明他身上穿了有羊毛內襯的衣物，還蓋了不只一層毯子。他從來沒有對外說他去過格陵蘭，但其實長達兩天的冰風暴、強風與厚雲天花板曾讓他們迫降在當地。

戰爭結束後，他的兒子羅比已經兩歲，按照戰爭部的算法價值十二個復員點[27]，於是爾尼就比沒有小孩的同袍們先退了伍。他花了一整個禮拜才穿越戰後的美國，回到隆巴特，也回到他作為一介平民，最棒的性生活中。

☆

一九四七年的七月四日來了又走——爾尼參加了遊行，再一次站上了陸航那輛有台紙糊雙引擎轟炸機裝飾的花車，重點是不像隊伍中的其他老兵，他還沒有被舊制服擠得腰胸大腿都喘不過氣。露露跟孩子們在克拉克藥局前面的人行道上佔好了位子，向花車上的他揮手，店門口妝點著全美國都看得到的彩旗，和有著四十八顆星的國旗[28]。獨立一百七十一週年的慶祝活動在華氏一百零一度[29]的高溫下進行了一整天。遊行、青年商會的烤肉大會外加蛋糕節與樂團演唱會，接著就是大家花幾個小時等天黑、放煙火，這一堆搞下來讓不喝酒的大人精疲力竭，讓喝酒的大人酩酊大醉，讓所有的小孩子過度刺激，而露露則是單純地**氣力放盡**。有一肚子通心粉與甜菜泥可以吐的寶寶只讓事情變得更糟。羅比跟前一年一樣跑去小鐵彎河公園的樹蔭裡待著。

三天之後，露露·佛斯·安德森依舊氣力放盡。

那天早上，爾尼**劈哩乓啷**跑出家門，去到了店裡。羅比在畫畫，諾拉在她的高腳椅上破壞著蘇打餅並吃著碎塊。早餐的碗盤已經洗好，正在水槽邊的木質架上風乾。屋裡的紗門與紗窗都開著，大樹——一棵棵九十歲的梧桐樹——投影在門前的草坪上，物理學原理則負責把涼爽、芳香而柔軟的空氣拉進屋裡[30]。

露露拿出一組藍柳花紋的馬克杯與碟子，從原本在爐火上的透明耐熱玻璃濾壺中倒入那無

26 譯註：Lucky Strike。二十世紀三〇、四〇年代美國最受歡迎的香菸，二戰時是美軍的專用香菸品牌。

27 譯註：美國戰後用來計算解除動員順序的點數計算系統，宣布於一九四四年九月，計算公式包括：服役每一個月給一點；派駐海外每個月多給一點；參加一次戰役給五點；銀星等戰功或英勇勳章給五點；傷兵獲頒的紫心勳章給五點；有需要撫養的小孩給十二點（以三個孩子為限）。累計八十五點可逕行解除動員。

28 譯註：阿拉斯加領地在一九五九年一月三日升格成為美國第四十九州；夏威夷群島在一九五九年八月二十一日成為美國的第五十州。

29 譯註：攝氏三十八度多。

30 冷氣對於安德森家還是許多年後的事情——對全世界都是。爾尼最終在屋頂上裝了一台水冷扇，把像一條柱子似的冷卻空氣直接打入家裡的中央穿堂，但那已經是一九五四年的事了。

懈可擊、第二杯的麥斯威爾。「來媽媽這邊，」她對著咖啡自言自語，同時咚咚加了三下煉乳。在母牛艾爾西[31]的幫助下，露露調出了她中意的米色咖啡，而用茶匙舀出的那一點糖更讓人有了活下去的意義。爾尼喝咖啡喜歡既黑又濃——他靠黑咖啡撐過了戰爭，他說沒有他的「喬」[32]，他就打不贏軸心國。給它一小時，那玩意可以融化陶瓷杯子，腐蝕掉湯匙。

「羅比，」露露喊著。「把報紙拿進來，好嗎？」羅比向來會著色到忘我，所以她知道自己要叫第二次才夠，「羅比？報紙，麻煩你了。」

「沒問題！」他也叫了出來。「我都忘了！」

「不愧是會走路的教堂管風琴，」露露這麼對自己說，然後啜飲了一口麥斯威爾二號。**啊啊啊，好喝。**

露露聽到前門打開，然後關上，然後是出現在廚房的羅比正在把報紙展開。「漫畫那張我可以拿走嗎，媽？」他從馬麻改叫媽是去年的事了，這從小小孩過渡成少年的過程讓露露內心稍稍揪了一下。

「當然可以。」那漫畫刊登在第三版末頁的內裡，羅比拿著漫畫跑回客廳他的蠟筆跟本子堆裡，開始對著**白朗黛**、**巴尼谷哥**、**迪克崔西**等漫畫臨摹並上色。他沒去管對話泡泡裡的對話，反正他也還看不懂。

《隆巴特先驅報》是早報，出版跟印行都在鎮上，地點就在以前的招商銀行大樓裡。露露其實比較喜歡《山谷日報》，主要是裡面有全國新聞的報導，問題是山谷日報是每天下午從瑞丁「北報南送」過來，而向晚時的她可沒有坐下來看報的閒工夫。寶寶到時候已經睡完午覺了，家裡會需要打理打理，晚餐也得開始動工。[33]

露露那天可以一個人獨享早上的先驅報，於是她慢條斯理地從背面看到前面——從少了漫畫的三版（人生建議、廣播節目表、填字遊戲）進入二版（地方新聞、訃聞），然後進入壓軸的頭版，她會從第六頁的社論與讀者投書看起。她在聯邦高中時的一個同學是先驅報現在的其中一位編輯，叫湯米・渥瑟（只不過高二時的他應該叫做湯米・窩囊瑟比較準確），他戰時是瓦列霍海軍造船廠裡的一名文員。他那天早上的社論哀嘆著閒散老兵的行為，內容主要是說明有《美國軍人權利法案》[34]提供的那麼多機會，但這些人卻既不去念書、也不去工作，更沒有承擔起良好公民應該負起的責任，反倒是選擇活得像個地痞，眼中根本沒有法律。露露看了兩段半就對這專欄沒了興趣。

第五、四、三與二頁大都是廣告在用粗體的圖樣宣告著夏季的折扣馬拉松！產品熱賣中！

31　譯註：Elsie the Cow，乳製品業者 Borden 公司的卡通吉祥物，該公司產品也包括煉乳。

32　譯註：英文裡 a cup of joe 就是指一杯咖啡，而且通常是某種（如軍中）特製的黑咖啡。Joe 一般被認為是指一九一四年下令在海軍裡禁酒的美國海軍部長 Josephus Daniels。

33　但爾尼倒是會看山谷日報，懶懶地，從頭版頭看到最後，作為他忙了一天後的結尾——從店裡回到家的他會繼續穿著腳上的長襪，鞋帶解開了的鐵頭工作靴放在懶骨頭躺椅的旁邊，就這樣他一連兩罐品嘗著哈姆牌啤酒，思考著自由世界的局勢。他看完報紙時，羅比也已經擺好了叉子、刀、餐巾與湯匙，露露則正好把食物擺到了桌上。電視要九年後才會出現在這個家裡，屆時安德森家不僅多了台電視，還會有第三個孩子——六歲的史黛拉會嘰哩呱啦又霸道地想要轉台。

34　譯註：G.I. Bill of Rights，即一九四四年的軍人復員法案，其中給予退伍軍人的各種福利包括失業保險、家用及創業貸款，以及投入高等教育及職業訓練時的各種津貼。

床墊一件不留！廣告旁邊則是一些次要的新聞跟上承首頁的報導。等她終於從頭版第二頁翻到報紙的頭版頭條時，露露看到的是一張畫質很差且佔到兩欄篇幅的方形通訊社照片，照片裡的是她的弟弟，鮑勃・佛斯。

☆

照片的說明中並沒有指明人的身分，但露露不會認不出自己的小弟，不會認不出他的寬鼻子、他笑起來歪歪的牙齒，還有他形狀像個問號的後腦勺——這些特徵露露看了大半輩子，從他小看到他大。那張照片是在晚上拍的快照，相機閃光燈以強烈的反差捕捉到鮑勃・佛斯擺出個有點輕浮加叛逆的姿勢，主要是他在停好的機車上往後靠著寬敞的鞍座，下身是一件捲起來的牛仔褲，上身則是白T，同時用腳上的靴子踩住機車的龍頭手把。他左右手各握著一瓶啤酒。其他的瓶瓶罐罐，那些空空如也的陣亡士兵，散落在他身邊的路緣石與水溝中。

不法幫派接管了本鎮是頭版頭條。說明欄寫著：**醉醺醺的惡徒。爲非作歹的週末**。照片由美聯社提供。

鮑勃變胖了。他變老的程度給人一種失蹤不只五年的感覺。他的眼睛半閉著，看起來睡眼惺忪。他下巴皮鬆肉垂，還很需要把鬍子刮一刮。

這則新聞在第一頁先寫了六段，接到第四頁之後則被放在派特森電器行的月付分期方案廣告旁。若是以前，露露會跳過新聞去研究廣告[35]。但這回她仔細讀過了報導中提到的那為期兩天的「暴動」，了解了那些騎著摩托車的「不法幫派」是如何降臨在加州小鎮荷巴瑟，造成了一天一夜的「騷亂」。想去荷巴瑟，要走九十九號公路開兩百七十九英里，然後再往內陸開五十九英里。

露露把那則報導翻來覆去地讀，在報紙的兩頁之間跳來跳去，尋找著鮑勃．佛斯被印成鉛字的名字，但沒有一個鬧事者的名字被登出來。露露讀到了拳腳衝突、被砸碎的窗戶、啤酒喝到醉的狂野派對，還有凌晨四點在荷巴瑟主街上的競速引擎咆哮聲。報導中引用了目擊者的現身說法——或者該說是恐怖故事——來自警察局長、理髮師、服飾店的老闆娘、加油站的員工，還有一票被嚇破膽的鄉親。最後總算靠著一隊及時趕到的公路巡警恢復了秩序。幫派份子一部分被捕；一部分逃離了鎮上，在破曉前呼嘯而去。

露西兒．佛斯．安德森唯一的弟弟是否也逃走了呢？還是他被關進了荷巴瑟市立監獄？在她腦海中喀答一聲的半秒轉場中，露露看到了鮑勃．佛斯——人在牢房裡、鐵桿後，坐在硬邦邦又赤裸裸的凳子上，兩手捧著用鋼杯裝的湯。（鋼杯的設定是怎樣？湯的設定又是怎樣？）

露露帶著報紙來到門口的玄關，那兒擺著他們的家用電話。她在電話桌前坐定，撥起了號碼 FIreside 6-344[36]，她想要商量的對象是艾米．凱伊．席維斯．鮑爾。E-K（艾米．凱伊的字首）跟露露從小在學校就認識，主要是席維斯家在一九二八年搬到佛斯家在韋伯斯特路上的老家隔壁。E-K 跟她兩個雙胞胎哥哥，賴瑞與華萊斯，一直都是露露與鮑勃生活中的固定班底，儘管佛斯先生與太太始終不習慣隔壁鄰居是猶太人。席維斯家並沒有很強烈的宗教信仰，頂多就是

35　露露跟爾尼討論過要拿筆錢去添購一台新的諾吉牌冰箱，黑斯汀斯牌的老冰箱可以搬到紗窗門廊裝剩菜剩飯。

36　譯註：大約在上世紀六〇年代以前，美國的電話號碼有時會以字母加上四或五碼數字的形式來呈現，且前兩三個字母大寫。

在某個叫作逾越節的晚間會吃頓特別的晚餐（露露跟鮑勃都是這場逾越節家宴的常客），同時他們也會豎起（看不到耶穌降生馬槽形象的）聖誕樹。即便如此，露露的雙親還是在鄰居的基本禮數外對E-K一家人不假顏色，而這種相敬如「冰」的情形得以融解，是因為後來發生了兩件事情，首先是賴瑞戰歿在瓜島戰役[37]中，接著幾個月後，華萊斯服役的B-24解放者式轟炸機在荷蘭的納粹占領區上空化為一團金屬與血肉構成的霧氣。那段可怖歲月的最高潮，是露露的父親老羅伯特・佛斯先中了風，隨即又死於心臟病發。她母親孱弱的性格讓她像一張撲克牌桌似地對摺了起來，在懼怕與困惑中度過了餘生，期間無時無刻不期待著丈夫會從前門走進來。她在四三年底染上的肺炎要了她的命，前後不過二十六天。但一如這個世界的常態，總有些美好與神蹟般的事情也同時發生：克勞德・布連納德買下了佛斯印刷廠，而且價格很漂亮；爾尼去打了仗但不用以身犯險；小羅比度過了體弱多病的嬰兒期，最終安然無恙。但美中不足的是露露的小弟仍以陸戰隊員的身分飄泊在太平洋的某個地方，而她則帶著孩子在隆巴特形單影隻。如果說軸心國是敗在黑咖啡手上，那在大後方救下兩條性命的就是好彩菸，還有E-K跟露露兩人之間的友誼。

鎮上少有人家裡有一台以上的電話，而且那唯一的一台往往都放在前門不遠處。一通電話總得響個幾次才會有人抵達並接起。但E-K很要求自己要盡速接起刺耳的電話，為的是不吵醒她在西屋燈泡工廠上夜班的老公喬治。他的習慣是在天剛亮時回到家，讀點什麼，然後就這樣睡著在客廳裡那可坐可躺的大沙發上，距離電話不遠。

「喂？」E-K壓低聲音說。

「今早的報紙妳看了嗎？」露露也對著黑色電木轉盤式電話的話筒輕聲細語起來，雖然她身邊沒有會被吵醒的人。「還沒，露。我們家訂的是山谷日報。喬治喜歡在去工廠前玩上面的拼寫字謎。」

「喔，挖咧。所以妳還沒看到。」

「看到什麼？」

「先驅報的頭版，」露露低聲說。「上面是鮑勃的照片。」

「鮑勃是誰？」

「我弟。」

這消息大到人的聲音也大了起來。「妳弟？天啊為什麼？」

「唉，E-K。」露露的話深深卡在了胸口。「真是糟糕透頂了……」

「等等，小妞，」艾米．凱伊用噓聲哄停了露露。「我去一下隔壁。賽伯史坦家訂的是先驅報。我去偷瞄一下，等下馬上打給妳。」

露露掛上電話，在電話簿找起了西聯公司，他們在搬進新金鷹飯店大廳裡那間辦公室作業後，就改了電話號碼。賽門．柯沃爾在第二響接起，說出了他正字標記的招呼語：「西……聯公司？」

37 譯註：Guadalcanal Campaign，瓜達康納爾島戰役，簡稱瓜島戰役，是以美軍為主的盟軍部隊在二戰太平洋戰區進行的關鍵戰事，時間落在一九四二年八月到一九四三年二月間。

賽門懂摩斯密碼，因為他戰時當的是通訊兵。一回到隆巴特，他就二話不說邁進西聯公司的辦公室，軍服都還沒脫就找起了工作，並順利當場錄取。他應露露的請求，態度很好地敲出了**如果羅伯特．佛斯在押請聯絡露露隆巴特**的訊息給電報線另一頭的荷巴瑟警局。「這樣是三十分錢，露西兒，妳下次來鎮上時再繳就行，」他說。

露露沒注意到她兒子已經從地毯上起身，如今正站在玄關與客廳之間的開口處。「媽，妳剛剛的話是什麼意思啊？**在押？**」

此時響起的電話在那兒**鈴鈴鈴！**還沒來得及接起，露露先擺出了張笑臉給她的乖兒子看。「我說吉兒肯定在隔壁等你。你要不現在去找她玩？」

「時鐘現在還不到十點耶。」

「差不多了啦。」**鈴鈴鈴！**「去，玩得開心點。」羅比像陣風似地不見了。

鈴鈴……E-K已經沒在管聲音大小了。「我的老天，那百分之百是鮑勃沒錯。我手裡有份報紙。他現在是**學壞**了嗎？」

「我也不清楚。露露在旁邊有張小茶几的電話椅上坐下，心不在焉地拿起了留言本旁邊的鉛筆。「我發了封電報。」

「給誰？」

「給那邊的警察。」出於習慣，露露寫起了一長排草寫的X，而且最後都會寫滿整頁紙；那是焦慮驅動鉛筆產出的塗鴉。「也許鮑勃會需要交保。」

「妳稍安勿躁，露。等喬治睡醒我先幫他弄個冷盤，然後我去找妳。妳跟我要去抽個菸。」

E-K抽菸。抽得很兇。而且專抽總督牌。

露露突然很想讓肺裡滿滿的都是好彩菸。去年冬天，肺炎鏈球菌感染折磨了爾尼好一陣子。他在病好後戒了菸，所以露露也跟著戒了。但她還是在針線盒裡藏了一包。只要E-K出現，她就會把菸拿出來。

露露去到她的臥房。她已經把晨間的床單從床上扒下來。她老公睡覺時會流汗，而且那汗多到睡衣濕透是常態，所以每天早上都得換床單。在衣櫥裡屬於她那一半的較高層架上，放著摺好的冬用毛衣跟被從來不丟的小東西塞滿的大包包。她伸手在高架上推來摸去，終於找到了那個她用來放信的舊帽盒。那些來自爾尼的信——一打又一打精心鋪陳的長信裡那一頁又一頁的信紙，上頭鉅細靡遺地描寫著他的職責有多沉重、他多盼望「這一切」能趕緊過去。最早的信可以追溯到搏命營——她都用麻繩將之整整齊齊地打結綁好。還有她老朋友的信——她那些嫁人搬走的姊妹淘，或是單純搬走的姊妹淘——被已經沒了彈性的橡皮筋捆成大小參差不齊的一疊疊。作為她青春歲月的紀錄，露露留下了好萊塢的米高梅製片廠寄來的制式回信，她想藉此紀念自己曾多麼天真地以為她寄去的影迷信可以得到佛朗肖．托內[38]的親覽，然後這位大電影明星還會在打開隆巴特一個鄉下女孩的來信之後認真地構思回覆。

在他從軍後的五年裡，（小）羅伯特．佛斯一共寫了八封家書給露露，那些陳年舊信如今都直挺挺靠在帽盒的邊上，用一枚已經生鏽的迴紋針與其他信件區隔開；其中六封來自他現役

38 譯註：Franchot Tone，1905-1968，美國型男演員、製片和舞台劇兼影視導演，活躍於一九三〇至五〇年代。

的時期，兩封寫於VJ日之後。[39]

她坐在床上，一封封把鮑勃・佛斯在戰時捎來的「福音」區分開來。他的第一封信，寫於一九四二年五月，是寄自聖地牙哥的陸戰隊基地，染著墨漬的鬼畫符被潦草地寫在美國陸戰隊專用信紙上。

露露，

我坐的卡車出了車禍，人受了傷。但我人在車後面，所以沒有像其他弟兄撞得那麼慘——有一個差點死掉。我們有十二個人住進醫務所。我骨頭沒斷，只是手腕X光看起來像鐵絲網。拿筆寫字讓我他X的痛死了。另外我還胃穿孔，所以暫時只能吃流質食物。我可以走路，就是不能太快。美國陸戰隊說我得臥床一陣子，但我仍舊是他們的資產。我想這代表山姆大叔還要我吧[40]。這兒有個傢伙，我不騙妳，得了腮腺炎。他老兄看起來很痛苦。但他也仍舊是陸戰隊的一員。我希望爾尼一切安好。我應該學他參加陸航隊的。你嫁了個聰明的傢伙。

很愛很愛你

鮑勃

☆

從小鮑勃・佛斯就不是個害羞的男孩。他只是忙著當個聽眾。他會在晚餐桌前一直泡到所有對話都告一段落。

等到要收拾桌子之際，他會助母親與露露一臂之力，然後趁著把碗盤洗淨、弄乾與放好的過程聽媽媽跟姊姊閒聊。除了學校規定的東西以外，他並不愛看書。看完電影他的評語頂多是「還不錯」或「還可以」。他會讓身邊其他人討論紅花俠[41]的英雄事蹟或貝蒂．戴維斯[42]的清脆聲音。在露露說《邦蒂號叛變事件》[43]是一部傑作時，他禮貌地點點頭。

他父親把佛斯印刷廠擴張到能夠持續經營的程度時，鮑勃才九歲而已，但當時的他已經摸熟了機器，也已經學會了如何以精準的份數印出傳單、邀請函與教會公告。滿十二歲後，他每天放學後跟週六往店裡跑已經是常態，所以也很合理的，他的父親開始付起他兩元、四元，然後五元的週薪，但他鮮少花掉這些錢，他會把綠色的一元美鈔攢起來，放滿了第一個舊雪茄盒，然後第二個、第三個。在唸聯邦高中的那幾年裡，鮑勃只有一個女朋友——伊蓮．蓋摩賈德，這個很看得起自己的年輕女子。她從高一拉丁文課的第二週起，就讓鮑勃在這段關係間毫無選

39 Victory over Japan Day 的縮寫，也就是戰勝日本紀念日，日期是一九四五年八月十五日。歐戰勝利紀念日則是一九四五年五月八日。

40 譯註：美國一個知名的募兵廣告上有個擬人化的「美國」指著觀看者說：「山姆大叔要你」。

41 譯註：Scarlett Pimpernel，一九三四年上映的英國電影，改編自一九〇五年的同名冒險小說，內容講述十八世紀一名過著雙重人生的英國貴族是如何暗中行動，從法國大革命的恐怖統治中救出法國貴族。

42 譯註：Bette Davis，1908-1989，美國電影、電視女演員，兩屆奧斯卡影后。在百老匯音樂劇登台演出後不久，貝蒂．戴維斯於一九三〇年移居好萊塢，但她初期為環球影業拍攝的電影並不賣座。一九三二年她改投華納兄弟電影公司，大螢幕之路遂轉趨順遂。

43 譯註：Mutiny on the Bounty，一九三五年的電影，講述一七八九年英國皇家海軍邦蒂號叛變的歷史故事。

擇。伊蓮安排讓鮑勃清空了他的雪茄盒小金庫，換得了她家兄弟那輛老掉牙的福特（**鏽成這樣也行？露露不是沒提醒他**）。他讓那台漏著油的破銅爛鐵動起來之時，駕照都還沒拿到。有個傳開的笑話——鮑勃肯定聽過但沒有評論——說的是還好日本鬼子[44]炸了珍珠港，不然伊蓮．蓋摩賈爾會在高中畢業隔天就晉身為羅伯特．佛斯太太，然後快的話萬聖節，慢的話聖誕節，就會當起媽媽。

實際上，鮑勃並沒有跟伊蓮．蓋摩賈爾或任何人一起參加高中畢業典禮。他在二月頭一天滿了十八歲，並在吹完生日蛋糕蠟燭的隔天登記加入陸戰隊。他給了伊蓮一個不附帶任何諾言的吻，然後便在復活節[45]後前往了新訓營。被甩了的蓋摩賈爾小妹幾乎無縫反彈，馬上就在九月份搭上了維農．希德伯格，並搬到了愛達荷州的波卡特洛。維農的心臟病讓他的體位無法服役，但他著實為海軍的士官機工傳授了不少水利方面的知識，並在戰後有了自己的水管管路公司跟五個女兒。

☆

就在美國陸戰隊二等兵羅伯特．A．佛斯——編號O-457229——等待著腸穿孔跟手腕碎裂復原的同時，他同梯的陸戰隊弟兄紛紛從新訓營、武器訓練中結業，然後被船運到瓜達康納爾島與日軍廝殺——那是個沒人聽過的地方[46]。鮑勃的傷養了好幾個禮拜，才得以被送回去完成新訓，並被派發了M2-2火焰發射器這項作戰工具。他在訓練中學會其用法與戰術，最終才得以跟其他陸戰隊員排好隊，上了船，朝著西方的海平線被派遣到沒有公布的地點，成為又一個等待機會上場殺敵的，**去你媽的菜鳥**[47]。

每個禮拜，只要戰爭還沒完，露露都會為她的小弟準備一封信、一張卡片，或一個包裹——**隨便什麼**——寄到在舊金山的一處陸軍郵局，然後以該處為起點，她的信件會莫名其妙抵達鮑勃的手中。爾尼人在英格蘭，但露露完全不知道她弟弟確切人在何處，她只知道鮑勃在PTO的某個角落——PTO指的是太平洋戰區。

鮑勃的回信中有六封是透過V-mail的服務寄回——V代表的是勝利（Victory）——而這每一封短箋都是想像力、科技與後勤三合一的奇蹟。從在太平洋的某一隅，鮑勃・佛斯會跟所有人一樣拿起公發的筆，對著公發的整本信紙，寫起單頁的家書。每個阿兵哥都知道不能把自己在哪裡、部隊要去哪裡，甚至是長官叫什麼名字寫出來，因為所謂審查者，就是會**審查**這些關鍵且高度機密的資訊。鮑勃・佛斯加入陸戰隊是為了打仗殺敵，但有些人報效國家的方式是把他的V-mail從頭看到尾，然後把像是**新喀里多尼亞**、**美國海軍華德爾號**、**西德尼・普朗克中校**等資訊用黑筆蓋掉。鮑勃並不介意單張的V-mail裝不了太多資訊。確實，他的草寫字跡又

44 兩三句講一下用帶有種族歧視的侮辱來定義敵人的話題。在戰時那幾年，「日本鬼子」的用法已經普遍到會被報紙用作為頭條。其它種族歧視的侮辱性用語則在無知、不求甚解與帶有偏見的族群口中一句一個。在本書中使用這種「狗哨」（譯按：政治學術語，代表用隱語來號召特定族群採取特定立場，就像人會用人耳聽不到的高頻哨子去訓練犬隻）式的粗話，想傳達的訊息是：彼一時，此一時，我們現在知道你們的真面目了。另外在當時，德國人常被蔑稱為納粹，而不是被叫作，比方說，克勞特（Kraut，跟德國酸菜sauerkraut有關）或魯格頭（Luger-Head；Luger是德國手槍名）。

45 譯註：復活節是每年春分滿月後的第一個星期天，以落在四月十九日到二十五日之間為多。

46 有些地圖把瓜達康納爾島命名為瓜達坎納爾（Guadalcan-nar）。

47 譯註：Fucking New Guy，美國軍中老鳥對菜鳥常見的叫法。

大又斜佔掉很多空間，但他把想說的話，都寫下來了——起碼在規定內可以寫的那些，他都寫下來了。

用 V-mail 寄出的原始信件會先被拿去拍照，縮小成比指甲還小的底片，然後被加到長長一卷的微縮膠卷上，過程中他們會盡可能把更多的「勝利信件」塞進去。飛機會載著數以千計的微縮膠卷飛越太平洋，那當中的上百萬封 V-mail 會在美國本土經過處理後縮小成原本尺寸的一半[48]。獨特的 V-mail 會把爸媽、妻子、女友或露露．安德森的住址對齊信封上那透明的窗口，收到這樣的一封信可是一樁盛事。鮑勃那大得出格的字體讓人閱讀起來非常輕鬆；本來寫字就小的人再被 V-mail 一縮，看起來會是難以辨識的胡言亂語。

露露在沒有床單的床墊上，攤開了鮑勃的一封封信。

露姊，

我原本在別的地方，現在我來到這裡。不能說是哪裡。妳就當我在火星上吧。我們會在戶外看電影。這麼久了我只見到一個日本鬼子，那就是查理．陳[49]。其他傢伙在我來到這之前已經看到一堆鬼子了。妳知道他們在海軍有冰淇淋吃嗎？他們跟我說的。我很好，但日本鬼子可能會想讓我難過。哈哈。新年快樂。鮑勃

四二年，十二月十六日

露姊，

生日快樂。眞難想像我有了個跟我名字一樣的外甥。我想爾尼應該非常激動吧。有些日子我巴不得自己可以坐上某架他維修的飛機，這樣我就可以離開地面了。機密機密機密機密。這裡晚上很美。沒有日本鬼子，但有很多星星。弟兄們在說戰爭會打到「四八年金門橋」[50]。也有人說會打到「五一年還沒了」。到那時我要麼已經老摳摳，要麼已經升將軍了。哈哈。鮑勃。

四三年，五月十七日

露姊，

報紙可能會寫到我們的單位跟日本鬼子發起的作戰。千萬不要以爲他們搞慘了我們。我們現在在這裡可爽了，香菸跟可口可樂都不用錢。一支全女子樂團過來辦了場表演。一半的弟兄都要吹薩克斯的妹子嫁給他們。我是對那個吹伸縮喇叭的情有獨鍾。哈哈。鮑勃

四三年，十二月

48 你可以想像一下一比一大小的信件寄送起來，那得耗費多少物資、飛機、油料、與人員。發明V-mail的人就是兩個字：天才。

49 譯註：電影中虛構的華人探長，由日裔演員扮演。

50 譯註：Golden Gate in '48。美軍從一九四二年起開始流傳的一系列年份順口溜之一，主要是反映當時基層對戰事曠日持久，不知何時才是盡頭的感受。其中四八年金門橋是說他們恐怕要四八年才能回到加州金門海峽的海軍基地。

露姊，

收到妳的照片了。「小」鮑勃看起來很強悍，像個小牛仔。妳什麼時候開始抽菸的？我們在這兒有時候一抽一整天。日本鬼子糾纏了我們一陣子，但我們現在已經回到駐地，睡覺時間也變多了。機密機密機密機密機密。我好懷念開車的日子。有時候我會夢到我那輛福特。我一定是戀愛了。哈哈。鮑勃

四四年，八月四日

露姊，

我希望妳聖誕節跟新年都過得很開心。我們回到了一個我不能說是哪裡的地方，但這個地方沒有什麼好嫌棄的。有個弟兄用食堂的鍋碗瓢盆做出了玉米麵包，我們嘗起來就跟蛋糕沒兩樣。不太確定還能說些什麼。鮑勃。

一九四四年十二月

露露，

到日本了，總算[51]。這些人是怎麼惹出這麼大麻煩的？他們爲什麼要硬撐這麼久？小孩子一大堆，老太太也一大堆。他們的男人大都被我們幹掉了。對日勝利日？要我相信這話除非我回到家。鮑勃。

一九四五年十月二日

一九四六年的某天，鮑勃．佛斯跟另外幾百名陸戰隊員魚貫下了美國海軍特雷森號的舷梯。再一次踏上亞美利加的土地，他很快就褪下了那件他穿了五年的制服，脫離了軍伍生活。這些人生重大轉折的確切日期，他埋藏在自個兒心裡。他把攢下的軍餉大都砸在了一台一九四一年份直列四缸的印地安[52]重機上。幾名退伍的同袍也做了一樣的事情，只不過他們選了其它的牌子，要麼是戰前的車款，要麼是生產過剩而釋出到民間的軍用車款。他們很多人開始騎著車在南加州跑來跑去，然後又到了其它地方，過的日子跟戰時差不多，都是巡迴各地，等待著一個理由前進到下一處營地，下一個鄉鎮，下一場戰鬥。

露露對鮑勃去了什麼地方原本毫無所悉，直到她收到了他的一封新信。不再透過 V-mail 寄出的這封信被摺好在一枚棕色信封裡，封蓋上印著一頂印第安人的尖頂帳篷。郵戳上寫著新墨西哥州阿布奎基。他小不下來的筆跡盛開在深綠色的墨水裡。

露露姊，

我希望妳跟爾尼跟小鮑勃過了一個白色聖誕節。

我人在新墨西哥阿布奎基。我們沿著六十六號公路來的。妳知道他們開這地

51 在日本投降後，鮑勃的陸戰隊單位駐於長崎，一九四五年八月九日被原子彈炸過的那個長崎。

52 譯註：Indian Motorcycle，北美知名的重機品牌。台灣官網的音譯是用印地安而非印第安。

方一個什麼玩笑嗎？新墨西哥既不新，也不是墨西哥。我有一個工作機會在德州等我。替我把這些放進小鮑勃的豬公裡。預祝新年快樂。大鮑勃。

一九四六年聖誕節

隨函附上的有兩張一元美鈔。

☆

那天早上先驅報頭版上的他，是自從四六年聖誕節那封印著印第安帳篷的來信跟裡面的兩塊錢之後，她第一次得到跟弟弟有關的蛛絲馬跡。去年七月，露露曾把諾拉出生的消息寫成信，寄到她唯一知道他可能收得到的地址——陸軍郵局——信裡有張粉紅色的出生誌慶卡片，有封信，還有寶寶跟她一張方形的小小合照。他自始至終都沒有收到。

「呦—嘟得哩—吼？」[53] E-K走進廚房，新煮了一壺咖啡，而露露則從拿來放縫紉機的小空間裡抱起了嬰兒床上的嫩嬰。他們兩大一小來到外頭有著梧桐樹蔭的前門門廊，往有著新椅子的舊茶几旁坐下。

「把那團小鬆餅給我，」E-K說著從她懷抱裡接過諾拉，同時嘴裡抿著今天計畫裡一堆好彩菸中的頭一根。露露也點了根菸，並像戰時的自己那樣吸了一口，那時候的她不是把菸當樂子抽，而是把菸當藥抽；那宛若黑夜的三年裡，她抽菸是為了紓解她的壓力、恐懼，跟焦慮。

「鮑勃是怎麼了？」E-K問道，同時用手指滑過了諾拉那可愛的嬰兒髮卷。「有些阿兵哥回來做不了穩定的工作，晚上也睡不著。有些進了精神病院。我在《週六晚間郵報》上看過。」

「鮑勃不是阿兵哥。他是陸戰隊員。」露露添了些咖啡，加了她習慣的糖跟煉乳。「也許他有砲彈休克[54]的問題……」

「他的問題是喜歡神祕兮兮。從小他就會一雙眼睛睜得老大，嘴巴閉得超緊，一副他有祕密瞞著我們所有人的樣子。他跟妳說過他有摩托車的事嗎？」

「他寫的東西妳都看過了。」露露把鮑勃的八封信都給E-K看了。「我什麼都不知道。接下來要是他或那邊的警察不跟我聯絡，那我心裡還是只會有一堆問號。」

這對姊妹淘聯手解決了幾乎一整包好彩菸，本來在隔壁的一對玩伴羅比與吉兒．伯恩斯也正好跑了回來。

「老天爺。該吃午飯了！」露露捻熄了剩下的那點菸，希望羅比沒有看到剛剛在吞雲吐霧的自己。

☆

爾尼從店裡回到家時剛過下午四點，而山谷日報已經在他的懶骨頭上等他。午後的報上也刊出了一則報導在講飛車黨破壞了荷巴瑟的寧靜，但沒有把鮑勃．佛斯或任何歹徒的照片登出來。等羅比跟吉兒又跑到後院的迷你果園裡兩小無猜地你搖我碰，爾尼脫掉了靴子，往懶骨頭裡一坐，玩起了他大腿上的諾拉，具體而言就是搔他女兒的癢，並說些傻不隆咚的台詞像是這

53　譯註：花式的「呦吼」，好朋友間的招呼語。

54　譯註：被砲彈震出的心理後遺症。

個小東西是誰啊？這個在我腿上的是誰啊？笑得合不攏嘴的諾拉，沐浴在愛裡。露露幫他把第一罐打開的哈姆啤酒送來，也順便拿來了今早的先驅報。

「你有看到什麼覺得面熟嗎？」她問。

爾尼一頭霧水。他才到家不過半小時，老婆這廂就跟他打起二十個問題[55]的啞謎。但下一秒他就看到了露露要他看的東西。

「我的耶穌H啊[56]！」諾拉看著突然做出鬼臉的爹地，咯咯笑了出來。

趁露露把菜端上桌——同時把羅比叫進來做他平常會做的家事，包括把餐具擺好——爾尼把在荷巴瑟發生的事情讀了一遍，包括有人鬧事、還有那些人跟公路巡警發生的衝突。晚餐中，身為爸媽的兩人對這個話題守口如瓶，話一下子少了很多，而這當然逃不過羅比的法眼。等用餐完畢，他的母親在桌前坐了好一會兒，髒碗盤就這樣一直橫在大家面前。他父親問起E-K跟她老公的狀況，他說沒有人應該得三更半夜工作才能養家活口，還說他說什麼也不會去領西屋燈泡的薪水。羅比坐在那兒聽著爸媽之間的家常，也聽著兩人之間包含千言萬語的靜默，直到他母親嘆了口氣，開始清理起碗盤。羅比不用人吩咐，就開始整理起刀、叉跟湯匙。

「至少他的名字沒登在報紙上，」爾尼一邊低聲說著，一邊把高腳椅上的諾拉抱回大腿上。「一直瞞著鎮上也不是不可能。」

七月九日是諾拉人生的第一個生日。安德森家所有的朋友都有自己的小孩，而這些朋友也全都跑了來，看著這小女孩把她的單單一根蠟燭跟撒著白色糖霜的大檸檬蛋糕搞得一團亂。露露還在等她弟弟的消息，但電話一直沒有響起，西聯公司那邊的賽門·柯沃爾也沒有電報傳來。

在無聲無息地又過了一個禮拜後，E-K跟露露在彼此的住家碰了幾面，抽了一大堆菸，然後終於回歸了一九四七年仲夏生活中的許多其它時事。又有一個黑人打起了棒球[57]。聯合國總部從舊金山搬到了紐約。一名墨西哥少女溺死在小鐵彎河裡。菲莉絲・麥特卡夫靠漂白染出一頭假的金髮，並開始在鎮上到處招搖過市，生怕有人不知道她的新造型。小哈洛・派伊在聯邦高中的美式足球練習時弄斷了腿，狀況再也回不去了——這在鎮上的嚴重程度不輸他哥哥亨利・派伊在突出部之役[58]中因為凍傷而失去右腳的消息。兄弟倆原本都是前途無量的運動員，兩人不幸出事的報導也都在兩份報紙的頭版上搭配有各自的照片。

然後就在此時，鮑勃・佛斯現身在了隆巴特。

☆

午餐前，小羅比在前門的門廊上玩。他脖子上綁著一條藍色條紋的毛巾，而且沒有人幫他，是他自己把自己打扮成這超人的模樣，但讓他氣餒的是毛巾不會像超人披風那樣隨風飄蕩。羅

55　譯註：用各種問題去蒐集線索的猜謎遊戲。

56　譯註：Jesus H。美國常用的驚嘆語Jesus Christ（耶穌基督）有一個加強的版本叫作Jesus H. Christ，中間的H起源有各種說法，但並不影響其日常使用。若再縮減就會變成Jesus H。

57　譯註：大聯盟第一個黑人球員是傑基・羅賓遜，他在一九四七年四月十五日身穿四十二號球衣，上場擔任布魯克林道奇隊的先發一壘手，此前非裔球員只能在黑人聯盟打球。

58　譯註：諾曼第登陸後，盟軍在歐陸與納粹對峙的一部分戰事，由德軍發起並進行在一九四四年十二月十六日到一九四五年一月二十五日間。

比繞著圈子跑來跑去，嘗試飛出不輸給鋼鐵英雄本人的威風。有點難。

他今天只能自己陪自己玩，因為今天是星期二。星期二的吉兒・伯恩斯要看醫生，主要是要讓腳做復健。她討厭看醫生，因為會痛。但那裡有很多好人，跟她上同一種課的大人，打完仗回來缺了腿或斷了手的阿兵哥。他們都會開玩笑，會說很多好玩的事情逗吉兒笑，雖然她其實沒有聽懂。每週二，這些大男人都會把這個小妹妹當成他們的一分子，他們的戰友，他們打起招呼說的是，「吉兒將軍來了！」診間裡從沒有誰會竊竊私語說她是個「可憐的小跛子」，隆巴特鎮上倒是有不少這樣的大人。羅比的母親在家裡，在客廳裡，在抓著一種新的地毯掃地機又推又拉，那是她從派特森電器行買來的玩意兒。她把廣播轉到 KHSL 電台上的午間音樂劇節目，邊聽邊跟著唱起了百老匯劇目的流行曲。「超人」勇敢地從門廊的最高一階直接起跳，落到了草地上，果然這讓披風照他的意思飄蕩了起來，只是又好像蕩得太厲害了，所以披風落下的時候成了羅比的蓋頭。英雄用這種模樣降落在犯罪現場，恐怕不太理想。

就在此時，一輛印地安直列四缸從房子前方駛過，重機的引擎讓空氣中充滿了低沉喉音一般的搭嘎搭嘎。騎士張望起四周，尋找起他從未拜訪過的人家，然後他看到了門牌號碼，榆樹街一一四號，也看到了羅比從門廊上起飛的過程。他放慢了速度，在街角繞了一個很大的彎迴轉，然後慢慢滑行到了房子前，在給房子提供了遮蔭的雙生梧桐樹下停住。

鮑勃・佛斯穿著厚重的工作牛仔褲，腳踩一雙磨成灰色的靴子。他身上是一件短版的露腰皮外套，小羅比在父親戰時在英國拍的照片裡看過一樣的外套，照片裡除了父親還有其他男人或站或單膝落地，大家一起在轟炸機前排得像棒球隊一樣。那些男人有的戴著墨鏡，但眼前的重機騎士戴的是一副綁帶的護目鏡，跟短帽沿的棒球帽。他同時拿下了護目鏡與棒球帽，用手指順過了感覺欠梳也欠洗的頭髮。

「哈囉，超人，」鮑勃．佛斯說。「剛飛過來嗎？」

「我不是真的超人啦，」羅比．安德森告訴他。「我只是在假裝。」

「喔，」鮑勃說著從摩托車的皮椅上起身。「我想超人的個子是應該要高點。那你肯定是羅比囉，是吧。」

「我本名是羅伯特。」有些大人很在意這點差別。「羅比是我的外號。」

「我被叫最久的名字是巴比，但沒被叫過羅比，」鮑勃說著把車子用側柱撐好，拉下拉鍊，脫下了外套。他把外套披在機車的龍頭上。「我看過一兩張你的照片，你媽媽寄給我的。我是你舅舅。」

羅比知道媽媽有個弟弟去當兵。他看過照片。但眼前這個身穿挽起褲管的牛仔褲跟白色T恤的摩托車騎士，對他來說是陌生人。「你是我媽媽的弟弟？」

「正是。」鮑勃從契斯特菲爾德牌的菸盒裡敲出一根香菸，然後用他放在腰帶皮套裡的打火機噠一聲點燃了紅焰。一手的指間冒著煙的他朝樹梢的方向伸展著雙臂與肩膀，然後在伸懶腰放鬆時發出一聲聽得見的**啊啊啊**—嗒。接著他深吸了一口香菸。「你是不是快要五歲了？」他說，並把煙呼在了出口的字句上。

「正是，」羅比當時就決定**正是**是他以後會重用的字眼。

「鮑勃！」露露跑著出了家門，穿過被甩開後狠狠砸在她身後的紗門。她在廣播音樂劇的空檔聽到了男人的說話聲，所以就出來探個究竟。她兒子從來沒見過她哭哭啼啼，但她這會兒就是哭哭啼啼地奔向重機騎士的懷裡，還抱他抱得好緊，好像不夠緊她會往下掉似的。

那天後來還發生了更多讓羅比開了眼界的事情。他的父親提早從店裡回來，到家時還先緊急煞車，讓帕卡德轎車在家後面的砂石路車道上滑了一下。接著他一邊衝進紗門內的門廊一邊大喊「他在哪兒？」讓紗門在他身後狠砸了一下。他緊緊握住了鮑勃舅舅的手，按得又大力又久。兩個人互拍起彼此的背，還搶在同一時間說話。然後三個大人在後院的木椅桌[59]邊坐下，開始在李樹的迷你果園中喝起了一罐罐哈姆啤酒。羅比的媽媽，竟然在喝哈姆啤酒，而且還在晚餐前喝。今天真的太勁爆了！

年輕送報生一把山谷日報扔到前廊，羅比就跑去替爸爸取了回來，但今天的報紙一直被擺在那裡摺得好好的，沒人翻閱，因為爹地跟鮑勃舅舅只顧著聊天，哈姆啤酒一瓶瓶地灌。媽這時已經背著諾拉進了廚房，準備晚餐要吃的連梗玉米還有漢堡排。羅比拿出他的色筆與本子到果園的桌邊坐下，憑著印象畫起了摩托車，順便旁聽兩個大男人聊天。

「喔，他們把我們其中幾人扔進了牢裡，關了幾天，」鮑勃舅舅說。「我們酒醒後繳了罰鍰，然後說，『天啊，我們真的很抱歉』。報紙寫得太誇張了，我們才沒有那麼過分。」

「但這次的風波鬧到這樣**狗屁倒灶**，那些鄉親七魂六魄都被嚇飛了，」爹地說。羅比在想他要不要拿爹地說了屁字的事情去跟媽媽告狀。

「有人砸破了一兩片玻璃，但不是我。有個在地人揮了一兩拳，結果搞得有點難看。」

「是說，你怎麼會跟那種幫派混在一起？」

「我們不是幫派，」鮑勃舅舅笑著說。「我們只是這兒那兒地壞了些規矩而已。他們大部分都是好人，起碼都是當過陸戰隊的人。」

羅比進門拿了一些彩色鉛筆，並用他爹地拿螺絲固定在紗窗內門廊牆上的手轉削鉛筆機，將之削尖了一點。削鉛筆機只有三英尺高，所以羅比不用搬椅子，也可以搆得到。他爹地特地裝這個削鉛筆機，本來就是為了他。之後他回到迷你果園，繼續畫畫也繼續聽大人談話——聽他們說什麼安頓下來、引擎馬力、長崎、軍人權利法案、鐵路罷工。兩個男人的啤酒愈開愈多，等媽笑著宣布「開飯囉！」，他們就把哈姆啤酒都帶進屋裡去配飯。

鮑勃舅舅邊吃飯邊有說有笑。他吃漢堡排會猛加亨氏五七牛排醬，啤酒也一瓶接著一瓶。在爾尼對面的桌子另一頭，他橫坐在椅子上，重複著在隆巴特長大的故事，還問起了一些羅比從來沒聽過的人。後來露露堅持要弟弟把諾拉抱到大腿上一下，他也照做了，但做得不太輕鬆就是了，還是嬰兒的小女生讓他手腳都不知道該往哪擺。

「你弄不壞她的，鮑勃，」露露跟他說。「你當她是隻小狗就是了。」

聽姊姊這麼說，鮑勃抓了抓小外甥女的耳後。諾拉，身在一個既沒看過也沒聞過的男人腿上，臉上掛著一副不知道該作何期待的表情。「我可以給她塊餅乾嗎？」他可以，他給了。諾拉把餅乾握在了手中。

話題轉到了爾尼都怎麼經營店裡的生意，而他很快就說要給鮑勃一份工作，畢竟店裡永遠

59 譯註：一體成形的長椅跟桌子。

用得上能幹活的人。鮑勃當場婉拒了他。他既不缺錢，也不是能待得住店裡的人；德州的那份工作讓他意識到自己跟老闆這種生物合不來。他開玩笑說他寧可打警察也不打卡。今晚的甜點是撒鹽的西瓜，露露還煮了咖啡給大家配，所以鮑勃就邊抽契斯特菲爾德菸，邊把玩著咖啡杯。他讓外甥握著他的 Zippo 打火機，上頭有美國陸戰隊的地球與船錨隊徽，外加一個羅比看不懂的單字[60]。小男孩很中意這打火機喀一聲打開跟啪一聲闔起的感覺。沒有人有要從桌前起來的意思，羅比感覺時間過去了好久、好久，久到他任由餐具留在桌上，跑進客廳，躺回到地毯上畫畫。兩個男人繼續聊著天，鮑勃舅舅繼續抽著菸，但他沒忘了要在呼氣的時候仰起頭來，免得煙嗆到小寶寶的眼睛。

天徹底黑了之後，鮑勃輕聲細語地說，「看看她，她都聽不下去了。」他用下巴指起了臉頰貼在舅舅胸前睡著的諾拉，她嘴巴微微開著，在他的白色無扣短袖上衣上留下了一點濕濕的口水漬。「我把她無聊到睡死了。」

爾尼咯咯笑了起來。露露小心翼翼接過她睡著的女兒到懷裡，並把小羅比叫來準備洗澡。兩個男人主動巡起了廚房，開始清理起碗盤。在洗完澡跟就寢時間之間的空檔，鮑勃舅舅給羅比示範了如何用幾張床單跟一條毯子把客廳的沙發變成一個「床架」（海軍船艦裡的睡覺空間）。鮑勃舅舅是個超級嗨咖：他把羅比一把抱起，像搬木板一樣把他揣在懷裡，讓他在客廳裡「飛來飛去」，一下差點把燈踢倒，一下差點被爾尼的看報椅絆倒，最後才在一種叫作「三點降落」的空軍技巧中結束了這次的拆房子行動。在表面上上樓睡覺後，羅比仍偷偷躲在階梯最上一級的視線死角，聽著大人們在客廳裡聊天。等十點半露露要去睡覺時，她才發現自己的兒子睡著在階梯上。她輕輕喚醒了他，讓他回自己房間睡覺。兩個男人熬夜到快一點，爾尼才說今晚差不多了。

☆

看著收音機上的時鐘指針顯示是早上七點零二分，羅比覺得舅舅應該醒了——大人照例都很早起——但沙發睡架上仍躺著大鮑勃在睡夢中的偌大軀體。咖啡桌上躺著三個壓扁的哈姆啤酒空罐。

平日的爾尼此時已經在去店裡的路上，但突然殺出來的小舅子打亂了他早上的作息。他此時還在廚房桌前灌著他第四杯的黑咖啡，至於他的太陽蛋則好端端地擺在那兒，幾乎完整無缺。這樣的他對著露露說「……我們的空軍在他登陸塞班島的時候，已經幾乎拿下完整的制空權了……」羅比走進廚房的一瞬間，他母親對他父親搖了搖頭，原本的對話嘎然而止。

「鮑勃舅舅還在睡，」羅比說。「他要跟我們住嗎？」

「喔，天啊，」爾尼說著一邊起身，一邊把剩下的咖啡往嘴裡倒。「我們保持安靜，讓你舅舅睡個飽，好不好？」說罷爾尼伸手抹了抹兒子的頭髮，就出了後門廊的門，發動了他的帕卡德。等爾尼把車子從砂石車道上倒出去、出發去公司時，露露已經在羅比面前擺上了一片冷烤吐司，配一小杯牛奶。

60　那個字是塔拉瓦。（譯按：塔拉瓦（Tarawa）指的是塔拉瓦戰役，亦稱為塔拉瓦環礁戰，為二戰時美日太平洋戰爭的一環，戰事從一九四三年十一月二十日進行到十一月二十三日，美軍徹底控制住塔拉瓦為止。這是二戰中美軍在中太平洋戰區的第一場軍事攻擊行動。）

因為客廳裡睡著他舅舅，羅比安靜地拿出他的美術用具，畫起了廚房的桌子。他媽媽用慢速清洗起餐盤，唯恐動作太大會吵。時鐘上顯示著十點，羅比穿越過樹籬笆去找隔壁的吉兒玩。他們玩的是用花園的水龍頭裝滿水桶，然後假裝在滅火似地四處灑水。炎熱的八月天早上，他們就愛把自己弄得濕濕涼涼。

等終於到了中午，他們進門吃飯，鮑勃舅舅身穿著爾尼的浴袍出現在了早餐桌前。剛沖完澡的他用藍柳馬克杯喝著咖啡，手裡點了根契斯特菲爾德香菸，攤開在桌面上的先驅報就在他面前。

頭一抬看到一個新面孔的他開口便問，「妳是誰？」

「我住在隔壁，」小女孩說。

「妳這樣是答非所問耶，」鮑勃．佛斯跟她說。

「她叫吉兒。」羅比告訴他。

鮑勃的眼睛忍不住飄到了小女孩畸形的腳上，但他沒有一直盯著腳瞧。「嗯，住在隔壁的吉兒，妳可以暫時原諒我邋裡邋遢，讓我把這杯喬（咖啡）喝完嗎？我的頭一冷靜到嘴巴可以嚐得出味道，就去換衣服。」

「我爹地也會喝咖啡，」吉兒說。「他都叫咖啡爪哇。」

把諾拉背在屁股上的露露在替兩個小孩各做一個奶油果醬三明治。「你們倆想在收音機前面吃午餐嗎？」

「可以嗎？」羅比從來都只能在廚房桌前或晚餐桌前吃飯，今天竟然破例！他跟吉兒把餐巾當地墊，在地毯上配著 KHSL 電台的猜謎遊戲，野餐了起來。羅比的媽媽幫他們做了檸檬水，還給了他們小小塊的方形咖啡蛋糕，讓他們用手指拿起來吃。諾拉被放在兩個小孩不遠處的嬰兒毯上趴著，還有一對木匙給她當玩具。這三個小的就這樣相互陪伴了快一個小時。

等鮑勃終於品嚐夠了咖啡，穿過客廳要去換衣服的時候，收音機上的節目正好是一群女性在討論持家的話題。露露在把鮑勃剛洗好的衣服掛到後院的晾衣繩上，羅比與吉兒則動手開始畫畫跟著色。吉兒很滿意於她創造出來的火柴人跟房子，其中房子的組成有長方形的牆壁、門、窗，還有一個三角形的屋頂。她用可能搭配不太對但絕對夠亮眼的蠟筆，給所有東西賦予了色彩。

羅比的畫作相對之下，就簡直是職業水準的品質——一頁又一頁迪克·崔西的腕錶通話器，翱翔天際的飛機以及在一旁伴飛的，沒錯，超人，還有在撲滅高樓火災的消防車。

鮑勃舅舅站在他們身旁看了一會兒，他的兩手插在爾尼的浴袍口袋裡。

「我說你們兩個小的挺有才華的嘛，」鮑勃舅舅說。看著羅比的五級警報大火[61]頻頻點頭的他補了一句說，「那些跟真的火很像，」然後他就走進門廳邊上的洗手間去換衣服了。

諾拉被抱去睡午覺的同時，吉兒獨自穿過後院籬笆回了家。羅比於是拿來早報上的漫畫，然後在兩個廣播節目的時間裡，跟鮑勃舅舅坐在一起，秀給他看如何用自己的雙手重現那些知名的連環漫畫。鮑勃不斷喝著新鮮的**咖啡／喬／爪哇**，不斷抽著契斯特菲爾德菸，也不斷看著

61　譯註：美國火警警報採分級制，五級是最大的一級。

蠟筆畫出的臉孔跟鉛筆勾勒的場景。露露在沙發前的矮桌上擺了一個菸灰缸給鮑勃，作為跟藍柳咖啡杯成套碟子的替代品。她在很少用的閱讀椅上坐了下來，靠背與扶手都是扇貝造型的那張。他們三人聊著繪畫跟卡通，還有漫畫書在書報攤上的售價。

「你記得羅爾．史楚埃勒嗎？」露露問道。羅爾跟鮑勃上同一所高中，是比他大一屆的學長。他在珍珠港事變隔天的星期一就加入了海軍。「克拉克藥局裡的書報攤現在是他在管理。」

「喔？」鮑勃說。「他的夢想確實一直很大。」廣播裡放起了廣告，賣的是棕櫚油洗碗皂。

「爾尼幾點回來？」

「喔，再兩個小時吧，」露露說著拿起了她的空咖啡杯，還有她弟弟的杯子跟上頭都是菸灰的碟子。

「我在想要不我讓你喘口氣吧。羅比，想不想去兜個風？」

「坐你的摩托車嗎？」羅比馬上想像起自己在機車上的模樣，手握著龍頭，讓時速四十英里的風吹在自己的臉上。「想！」

露露倒抽了一口氣。「鮑勃！不行！」

「我會保持在十五英里以下，只是稍微在鎮上晃晃。」

「絕對不可以！」

「喔，別這樣嘛，」鮑勃說著站了起來。「這比我們以前滑水溝安全多了。」他們小時候遇到下雨天，露露、鮑勃，還有所有夠勇敢也夠亂來的小孩就會沿著有坡度的韋伯斯特路從濕滑的水溝一屁股滑下去，還有人站著滑，就像在溜冰一樣。一大堆人摔得頭暈腦脹、鼻青臉腫，還有手肘撞到酥麻的，但從來沒有人真的身上哪裡斷掉。

「我說不行就是不行！」

鮑勃舅舅看著他的外甥。「你媽說了『不行就是不行』，孩子。你說我們應該怎麼辦才好？」

☆

羅比的手臂還太短，摸不到機車龍頭的把手，所以在寬敞皮椅上把鮑勃舅舅的腿當座位的他只能用手掌撐住油箱來保持平衡。說到做到——而讓羅比有點失望——的鮑勃舅舅騎得一點都不快，只不過他確實有拉高轉速，讓男孩聽清引擎聲的低吼，也讓他感受到從屁股下那台偌大機器傳來的，活塞、鏈條與鏈輪在震動的節奏。在滑行中過彎的平衡感，就跟在郡博覽會上玩遊樂設施一樣。

「我們去鎮上看看，」鮑勃對著外甥的耳朵說。他們在隆巴特四處巡航，一路上經過了溫特利雜貨店、羅比的學校、公立圖書館、聖斐理伯內利教會、聖保羅教會，還有神召會的教堂。就在他們騎過大鐵彎河上的棧橋時，鮑勃說，「我以前會從這裡跳下去，直接掉進河裡！」

羅比無法想像從這麼高的橋跳進那麼冷的水裡，需要多大的勇氣。「你跳的時候幾歲？」羅比在風中喊著。

「大概跟你現在一樣。我覺得自己好像超人！」鮑勃舅舅接著補了一句，「不要跟你媽說我這麼說喔！」

他們避開了市政府還有郡法院，須知公共廣場邊上都有附屬的派出所。途經國家劇院時——一座完全撐得起這名號的電影宮殿——鮑勃舅舅放慢了速度，為的是好好欣賞一下那巨大的燈飾招牌與甚具看頭的建築門面。

「這是新的喔，」鮑勃舅舅說。

「舊的被大火燒掉了，所以他們蓋了新的，」羅比告訴他。新國家劇院現在一歲多了，開門作是一部羅比太小不准看的電影[62]。

「大火，是吧？」原本的國家劇院建於一九〇八年。「你媽跟我在這裡看了一大堆電影。《亂世佳人》、《邦蒂號叛變事件》。」那個八月天在上映的有范．強森主演的《蘿西嶺傳奇》[63]、一部達菲鴨的卡通、一部關於加拿大壯麗風光的遊記，還有新聞影片。不太過份地說，國家劇院是隆巴特每個人每週都要去一次的地方，他們會在其美輪美奐的放映廳裡把片子一部部看完。當電視來到隆巴特後，週六夜的票房受到了席德．希薩[64]的重創。

主街上的溫度達到了一百零二度，所以大部分人都躲在室內，車流就跟禮拜天一樣稀疏。鮑勃右轉離開了皮爾斯街，來到了主街的北端，那兒的「雞肉屋晚餐館」還是黑黑的一團，等待著五點的開店時間。整個隆巴特的正中心就在他們面前，從一頭到另一頭大概四英里多一點。布坎南街與主街路口的紅綠燈要三年後才會豎起，但停車再開的標誌還是有的，只是鮑勃也對其視而不見，畢竟他真的騎得很慢。

「我們剛耍了一次好萊塢特技，」他對著外甥的耳朵說。

他們經過了街上其中一邊的金鷹飯店，還有另外一邊的杏仁農會。然後是柏頓百貨對面的公車站。派特森家電與巴勒車行從視線中滾過。過了麥迪遜街的街區有紅母雞鞋店、歐德特五金行、隆巴特音樂行，外加女士們的精品服飾店。街道的另外一邊有 Flying A 加油站、如今空下來的西聯公司舊辦公室，還有一間店名叫「棚屋」的酒館。

把棚屋稱為酒館有點膨風；那地方就是個酒吧。細腳馬丁尼酒杯的霓虹燈招牌橫懸在直行的車流旁；太窄又設得太高的窗戶讓人從外頭根本看不見裡面，能看到的只有窗內哈姆啤酒與藍標拉格啤酒的彩色發光廣告。棚屋敞開著寬大的木門，任由人想像酒吧裡那陰暗的空間。

棚屋前的路緣停著四輛用側架撐著的摩托車。羅比知道他們不是警察的摩托車。這些機器更像鮑勃舅舅的機車，每一輛的龍頭握把都不太一樣，鍍鉻的部件五花八門，油箱也五顏六色。其中一輛還保留著過剩軍品的橄欖灰綠。

鮑勃認得每一輛在他面前閃過的重機。那些摩托車屬於三名退役的陸戰隊員——海爾、多吉特與布奇——還有一名海軍醫療隊的老兵，柯克蘭。他們全都參加了荷巴瑟那場狂野派對。布奇與柯克蘭還跟鮑勃一起被關進荷巴瑟的牢裡。

他靠邊停到了克拉克藥局的路緣，把印地安四缸車的直列引擎熄火，然後把羅比抱到人行道上。突然的沉默，扎實地迴響在男童的耳中。因為他舅舅答應要買給他一瓶可口可樂與一本他喜歡的漫畫，因此羅比一下車就奔入了店裡，但鮑勃並沒有跟上去。他回頭看了一眼街上那四輛一組的摩托車，斜停在棚屋酒店的前方。就這樣頓了好長一拍，他才追隨外甥進了店內。

62　亞倫・拉德主演的《藍色大理花懸案》（譯按：一九四六年的電影）。
63　譯註：The Romance of Rosy Ridge，一九四七年的電影。
64　譯註：Sid Caesar，1922-2014，一九五〇年出道的美國喜劇演員，父母親是俄羅斯與波蘭的猶太人，曾兩度獲艾美獎。

「這是鮑勃．佛斯嗎？」從收銀機旁的高腳凳上，羅爾．史楚埃勒第一時間就起了反應。「因為你看起來實在很像鮑勃．佛斯。」克拉克藥局的書報攤經理從櫃檯後繞出來握起了鮑勃的手，然後緊緊按住了他的肩膀，親熱到小羅比以為他們肯定曾經是好到不行的朋友。

「聽說這裡歸你管，」鮑勃說。「你見過我外甥嗎？」

「當然，當然見過，」羅爾說著蹲到了羅比的身邊，握起了他的小手。「還行嗎，小帥哥？你媽媽跟爹地都好嗎？」羅比點了點頭，羅爾語畢彈了起來，繼續對著鮑勃說話。「你到底是死哪去了，鮑勃？再見到你真好。」

羅爾．史楚埃勒二十四，比鮑勃．佛斯大一歲。戰前兩個年輕人都沒有離開過隆巴特太遠。但在聯邦高中度過最後的校園歲月後，羅爾去了舊金山，然後渡過太平洋。在一艘特遣隊的驅逐艦上，他遠遠但親眼目睹了轟炸，然後是美軍開始反攻一些日本控制的島嶼，那些島嶼在偌大的地圖上只是一顆顆小點。在戰事的最後幾個月，他所屬的船艦被一架神風特攻隊的自殺轟炸機鎖定。那名日本飛行員駕機撞進了船中央，就在水線以上的位置，爆炸的威力大到船從右舷到左舷被炸出一個大洞。羅爾沒死——不像那十七名在爆炸中被火化的水兵——只能說是奇蹟。船沒有當場斷成兩截而帶著全船葬身海底，也是奇蹟。火燙且參差如鋼刀的艙壁破片——不過就一個圖釘的大小——戳進羅爾的屁股跟大腿而沒有傷到他的脊椎或心臟或眼睛，又是一個奇蹟；同時他也沒有被大到像馬蹄鐵的厚重炸彈碎片打中。羅爾是那種愛把自己的好運掛在嘴上的傢伙。一九四六年一月他從聖地牙哥的海軍基地出發回隆巴特，一邊搭便車一邊完善他的生還故事——每個停下來送他一程的駕駛都會聽他說一遍自己奇蹟般活下來的故事。

鮑勃．佛斯也一樣看到過太平洋的海平線，看到過一些在地圖上是小點的島嶼。有些島嶼感覺就像天堂，雨再大也一樣。但也有些島嶼是珊瑚環繞的地獄，當中宛若退化返祖的叢林裡有叢生的綠色植物以鮮明的蔭影遮斷了藍天與海洋，有鮮血的紅色抹痕、有血液暴露在空氣中過久變成的黑色汙漬，還有燃盡的科代火藥[65]加上膽汁、內臟與人類腐肉的惡臭，共同融合出的氣息。隨著他與其他陸戰隊員愈靠愈近，海平線上的那些小點也愈來愈大，直到他們的木製登陸艇擱淺在海灘，他們便以那一身沉甸甸的裝備與武器允許的最快速度涉水登岸，催促著他們向前的是本能，也是恐懼：一九四三年十一月的塔瓦拉，一九四四年六月的塞班島，然後是同一年稍晚的天寧島。在鮑勃登上沖繩島之前，頭幾週的登島作戰任務已然交到其他陸戰隊員的身上。一九四五年春末，仍有不少日軍士兵在沖繩島上戰鬥，但等到鮑勃隨其所屬的海面後勤部隊上岸時，他在島上陣亡的機率已經小到活著離開完全值得期待。

小羅比沒怎麼聽到男人們聊天的內容。他的心思全在商品架跟書架上陳列滿滿的漫畫書。彩色封面上畫著超級英雄、憂心忡忡地回頭看的女性，還有會說人話的鴨子。這些漫畫排得整整齊齊，就等著買家光顧，有的單價只要五分錢，厚一點的或印刷精美點的頂多十分錢。你看得到牛仔與壞蛋，看得到狐群狗黨的青少年嘻皮笑臉地擠在破爛的老爺車裡，看得到快如閃電的戰鬥機，還看得到一個耍寶的士兵身穿鬆垮的軍服在與拖把共舞。

有本戰爭漫畫的封面上是一名頭戴鋼盔的陸戰隊員在炫目的爆炸中探出水面，上到長滿棕

65 譯註：cordite，條狀的無煙火藥，俗稱義大利麵火藥。

櫚樹的海灘。船隻在遠方待命，載滿人員的登陸艇則一艘艘在逼近。那名視死如歸的陸戰隊員咬著牙，健壯的其中一隻手抓著步槍，另一手則對著他身後其他從波浪中衝出來的陸戰弟兄揮動。羅比還讀不了那堆用粗體大字印出來的對話[66]。

羅比從書架上取下了漫畫，翻開到第一頁。那兒有整整齊齊印在對話框裡的字句，還有一個小圖案畫的是一名陸戰隊的頭跟臉，這個鬍子沒刮乾淨的男人似乎以旁白的身份，在訴說著某場戰鬥的故事。漫畫裡看得到陸戰隊員蹲在洞裡，手拿著機關槍與步槍在射擊。有一個小小的身影在投擲手榴彈，其伸展的姿勢就像是即將投出好球的棒球投手。背景有一名陸戰隊員背負著偌大的裝備，看起來很像羅比父親店裡的焊接工具。一根管子把陸戰隊員背在身上的鐵筒連到一支與眾不同的槍上。陸戰隊前傾著身體挺進，同時有條在往下滴著東西的火焰——上頭有紅、橙、黃色——以一個向外變寬的弧線從槍中射出，並將某棵棕櫚樹變成一方煉獄。「嘿，你看。」居高臨下的鮑勃舅舅在羅比身後說。他指著那名陸戰隊員，手中射出一道火流的那個。「那個就是我。」

用不超過四比特（美國俚語一比特是十二點五美分，四比特就是五十分錢）的花費，鮑勃讓他外甥自由挑選了他想要的漫畫。最終羅爾．史楚埃勒幫他們結帳的是《幻影俠》、《小朵特》、《三Q牧場的故事》、《麥克鴨博士》，還有《砲火下的英雄》。鮑勃與小羅比在午餐櫃臺找了兩張凳子坐下——這麼晚了，含他們舅甥在內只有三個客人；櫃臺另一頭的一個老人家拿著本書在讀，同時吃著一碗蛤蠣巧達湯。把漫畫攤開在自己面前的羅比腳搆不到地板，只能任其隨意擺來擺去。羅爾給他送上了他至今得以喝到過最不得了的飲品——一杯加了香草糖漿的可口可樂，那嘗起來之甜與之濃厚宛若液體布丁。等跟媽媽來克拉克藥局的時候，她有一丁點可能讓他喝這種東西嗎？

「鮑勃，咖啡？」羅爾問道。就在羅爾倒咖啡的時候，鮑勃・佛斯拿起了一本漫畫——《砲火下的英雄》——研究起了封面，然後翻到了第一頁。

書裡的畫筆沒有露骨地呈現出任何一名陸戰隊員陣亡、被射穿、被轟成碎片，或是被不起眼的子彈像鋸子一樣切斷手腳——這種血腥而恐怖的畫面在兒童漫畫裡是不准出現的——但那一幕幕在鮑勃眼前，依舊歷歷在目。他聽得見叢林作戰的憤怒與混亂。他聞得到火焰噴射器的液態燃料，就像他也聞得到在被焚燒的樹木跟人肉。鮑勃的心跳開始加速，他感覺到一道汗水在他後背中央弄濕了襯衫。他沒能翻到最後一頁，就停止了閱讀。他沒有看到戰鬥的尾聲，《砲火下的英雄》的結局。他只是闔上了漫畫，將之推回給外甥。

他緊閉起雙眼一會兒，然後點了根菸，又狠又快地往肺裡吸了一口。他望出克拉克藥局的窗玻璃，看著他那輛印地安直列四缸重機斜靠在腳架上，也看著主街，看著夾在對街建築物之間的一方天空。天色開始向晚，正午的亮光開始變為午後偏暗的琥珀色調。有幾秒鐘的時間，他飄得好遠好遠，遠到他連小羅比就坐在他身邊的凳子上都忘了。

我在**他媽的**隆巴特的克拉克**他媽的**藥局裡，**他媽的**幹什麼？

他轉頭看著外甥。「你的功課沒問題吧，羅比？」

66「動作快，你們這些蠢貨！我們有任務在身！」

「功課？」羅比聽不懂這話在說什麼，他只是看著舅舅從櫃臺上起身走到藥局的前門。

「羅爾，這小帥哥替我顧一下成嗎？」

「交給我你放心，」羅爾說。「你OK嗎，小傢伙？」羅比點起頭來，吸管在他嘴裡非常順暢地輸送著冰淇淋口味的可樂。

「謝了，」鮑勃離開了克拉克藥局，離開了靜靜靠著腳架的重機，朝著棚屋酒館的方向走到了看不見的地方。

☆

羅比．安德森會永遠記得那個漫長八月午後的某些瞬間，永遠記得他的鮑勃舅舅是如何把他丟在克拉克藥局的櫃臺邊坐著。他翻遍了面前的每一本漫畫書，而且不是一遍兩遍。他一次次研究著上頭的圖畫與用色，咀嚼著鎖定小讀者的那些廣告、麥克鴨博士跟他池塘學校裡學生的好笑怪臉、三Q牧場上的馬匹與動物，還有小朵特那清新簡單的畫風。他在想自己在幼稚園裡要多久才能學會認字。也許到時候他就能看懂幻影俠在演什麼了。

讓他花最多時間的是《砲火下的英雄》，那一格格真實事件的描繪簡直跟雜誌上的照片一樣，讓他看得目瞪口呆。他也想把現實畫得這般栩栩如生，也想把人事物還原到這麼逼真：傾斜而怒吼著的坦克與吉普、裂開的棕櫚樹樹幹、機關槍口的閃焰與刺刀的砍劈、奮戰中陸戰隊員的鋼盔與眼神、外觀有著細縫而藏匿著日寇的小型碉堡。

雖然是個年紀還不到所以不識字的小朋友，但他還是可以把故事當成老派的默片一樣看懂。陸戰隊員英勇地搶灘後進入叢林。炸彈在他們身邊落下。他們傷亡慘重。日軍士兵從水泥碉堡中掃射著機槍，火力壓制讓困在坑洞與倒落樹幹後的美軍動彈不得。美國人朝鋼筋混凝土碉堡的開口中丟擲小小的炸彈，但那些日本兵還是繼續在開槍，似乎毫髮無傷。身後揹著幾個焊接筒的陸戰隊員，能噴火的那個——「那個就是我」，鮑勃舅舅說——匍匐著爬過了沙灘與叢林，一次次驚險地躲過了子彈，直到他來到比其他陸戰隊員都更接近水泥碉堡的位置。其中一格漫畫顯示這名陸戰隊員，羅比的舅舅，揹著鐵筒蹲了下來，有點像槍的特殊武器冒著火花。喀答—喀答—喀答，火花發著聲響。下一格的鮑勃舅舅咬緊了牙關，同時嘴裡含著根菸，但沒點。在佔掉半頁的再下一格中，鮑勃舅舅從掩護中一躍而出，射出了一條巨大的橘、黃與緋紅火舌，就像一顆彗星挾帶著熊熊火焰，撞進了敵軍碉堡宛若投幣處的開口中。那畫面是如此地真實，羅比簡直能感受到火焰的熱度。

這個快五歲的男孩坐在有飲料機的櫃臺前，忘記了時間。鮑勃舅舅的摩托車還停在店門外。客人來來去去。一名叫作瑪莉的女服務生在快五點的時候接手了櫃臺的值班工作，而五點正是羅爾·史楚埃勒準備要下班的時間。羅爾一次次跨出到人行道上，在主街兩頭反覆張望，希望能看到回來接外甥的鮑勃。在跟瑪莉交頭接耳了一番後，羅爾叫羅比坐著不要亂跑，說他馬上回來，還說他覺得他大概知道羅比的舅舅跑去哪裡了。

羅爾不是個喝酒的人。棚屋他就只去過一次，而那還是因為他退役回到故鄉的隔天去喝一杯有人答應的免費啤酒。那是快兩年前的事了。

摩托車在棚屋外排成一排，款式跟鮑勃·佛斯把安德森家小孩放在大腿上騎著的那輛類似。酒吧裡面傳出投幣點唱機的音樂，同時也聽得到少許交頭接耳的聊天聲。踏進這麼個烏漆墨黑的地方，羅爾的眼睛需要一點時間適應陽光與啤酒館內陰影的反差。有那麼一瞬間，他什麼也看不見。

「鮑勃．佛斯？你在嗎？」羅爾可以辨識出吧臺邊的幾個身影，其他的都在撞球檯邊。

「誰找他？」陌生的聲音聽起來有點兇。

「我在找鮑勃．佛斯，」羅爾說。「他有來這嗎？」此時羅爾已經看清了對方有四個人，身上穿著破舊的工作服，腳上是皮靴；這些重機騎士是棚屋僅有的客人。兩個在打八號球的繞著球檯轉，手拿球桿像是抄著傢伙。兩個在酒吧邊，一站一坐，他們對面的酒保雙臂抱胸，背靠展示架，架上有一長排的烈酒酒瓶。

「是，羅爾，我在這兒。」他坐在黑暗角落的一張凳子上，距離撞球檯不遠。一杯高腳杯生啤，喝剩一半，擺在與凳子成對的高桌上。鮑勃，手裡也有根球桿，桿底，看著像根手杖。既然有三個人在打，那這就不是八號球。這是又被稱作「割喉」的三人釘[67]。「找我有事嗎？」

「你要回來接小孩嗎？」羅爾問。

那個有點兇的聲音沙啞地說道。「你有小孩？原來你一直都是人家的老爸喔？」穿著厚靴的這群男人訕笑起來。酒保則是放聲大笑。

鮑勃也莞爾一笑。他乾掉了剩下的半杯皮爾森[68]才對羅爾說道，「幫他再弄一杯汽水，好嗎，老闆？再給我一下子，到那日我一定過去。」

被「到那日」這三個字一 cue，那四個男人跟酒保扯起嗓子，掉漆地合唱起《到那日，樂無比》[69]。羅爾聽著他們自得其樂地笑個不停，走回到了門外那日暮的主街上。沒把更多調味汽水往羅比那兒送，瑪莉給小男生泡了杯牛奶加阿華田。羅比對飲料倒是沒有意見，只不過老實講，已經待夠了克拉克藥局的他比較想回家。他希望舅舅可以來把他「領」走，然後拎回到低吼重機的大座椅上，重新載著他穿越隆巴特的大街小巷，或許再經過一次那棟據說是孤兒院加鬼屋（但其實兩樣都不是）的廢棄老房，還有聯結車在往裡頭運送巨大鋼樑的那處工地。

穿過前門回到店裡的羅爾逕自經過櫃臺，往店後方走去，他的目標是藥局櫃臺的後面，是設在那裡的電話。他撥打了Commonwealth 0-121給位於郡法院旁邊的警察局，報案說有些不良份子現在在棚屋喝酒，還說考慮到最近在州裡鄉間發生的一些事端，是不是警察應該派人去制止一下，還有，你知道的，讓他們離開鎮上也許會是個好主意。在被問及一些細節時，羅爾提到了摩托車。而這三個字，似乎就是接電話的警員在等的全部訊息。

「其中一個是鮑勃・佛斯，」羅爾告訴另一頭的警察。「他是本地人。」羅爾掛上了電話，心滿意足於他當了個好公民，然後就從藥局櫃臺的後面繞了出來。

「羅比，你知道自己住哪裡嗎？」

「嗯哼。」羅比用吸管喝光了最後的一點阿華田。「榆樹街一一四號。」

67 譯註：Cutthroat，一種三人撞球遊戲，三人各自保護連號的五顆球，並設法打進別人的球，最後有球剩下的就是贏家。

68 譯註：Pilsner，皮爾森（式）啤酒，簡稱皮爾森，即用皮爾森式釀造法製成的啤酒，一八四二年起源自捷克的皮爾森市，酒精度多在百分之五以下，特色包括清澈金黃的酒身與爽口微苦的啤酒花香。喝的時候有專用的皮爾森杯。

69 譯註：In the Sweet By-and-By，起源於一八六八年的一首基督教詩歌，以其副歌中的In the Sweet By-and-By / We shall meet on that beautiful shore聞名，因此又譯《同聚美地》。桃莉・芭頓等名歌手都唱過。

「我送你回去吧。」

「他舅舅呢？」瑪莉問。

羅爾使了個眼色，搖了搖頭——別在小孩面前講這個。「我們走吧，帥哥，」他對羅比說。

「謝謝妳，瑪莉姊姊，」羅比說著從高高的凳子上爬了下來。

「不客氣喔。別忘了你的讀物。」她把五本漫畫弄得整整齊齊，交給了安德森家這個很有禮貌的小男生。

羅爾帶著他去到店的後方，途經一箱箱的紙箱跟滿架子的貨物，還有一個櫥子裡立著打掃用的拖把與水桶。在上頭寫著「送貨處」的厚重鐵門外頭，停著羅爾那輛戰前的克萊斯勒。

羅比坐在車裡，在羅爾說叫作「獵槍座」[70]的副駕駛座前傾著身體。他有耳無嘴地聽著羅爾一連串關於他是不是棒球迷跟期不期待開學的問題，然後回答著「是」跟「嗯嗯」。

爾尼已經到家，也已經穿著襪子在懶骨頭沙發上看山谷日報，而羅爾就在此時陪著羅比走到了前門，解釋起這天下午這婁子是怎麼捅出來的，又是為什麼會捅出來。爾尼謝過了羅爾把羅比帶回來，但剛聽到的事情讓他內心很不是滋味，非常不是滋味。

過沒幾分鐘後電話響起。E-K打來要找露露。消息已經很快傳開說棚屋出了事——幾個地痞被要求盡快離開鎮上。其中一個自稱是返鄉探親的本地子弟，朝一個「幹你娘戴警徽的王八蛋」揮了一拳。那五個莽漢——其中一個的摩托車就停在克拉克藥局前面——被送到鎮北的市邊界。官方通告被發送到從隆巴特一直到瑞丁的每一間警察局，所有人都被提醒要注意機車黨會出沒鬧事。

終其一生，羅比都忘不了露露是怎麼對著話筒哭泣，還有他母親是帶著一張什麼樣的臉把那頓豬排、甜馬鈴薯、通心粉沙拉跟杏桃脆皮水果派的晚餐做完，那可是她特意煮來款待自己小弟的大餐。羅比忘不了他怒不可遏的父親是如何在餐桌上飆罵。「這事一定會傳遍鎮上所有人耳裡，」爾尼說，事實上他晚餐間翻來覆去，都在說這句話。

洗澡前，羅比看到他母親收起了折疊的床單、毯子、還有枕頭——鮑勃舅舅在沙發上組成「床架」的原材料——放進了明天早上的洗衣籃。

☆

羅比在那年秋天開始讀書認字——勞動節一結束他就上起了幼稚園。他的非官方啟蒙讀物是他舅舅的故事，是有鮑勃在裡面軋上一角的《砲火下的英雄》。他一開始還沒辦法看懂所有的字，但一段時間後（到二年級），他已經每個字都認得，也已經能從頭到尾理解「我是一名火焰噴射兵」的整場冒險。他留下了那本漫畫，也留下了他開始成為消費者後的其它每一本漫畫，一開始是收在他臥房的架上，後來改到廉價的收納箱裡，最後一站則是紙箱，數量多到他得把它們搬到榆樹街一一四號那狹窄的閣樓裡，跟陸軍航空兵團在他父親當兵時發放的儲物箱擠一擠。在一場雨量大到河水倒灌與學校停課的風暴當中，漏水的屋頂讓水跑進了閣樓，而那些水大部分都被紙箱中的漫畫給吸收了，畢竟它們本質上就是紙。羅比親手把那些泡了水的箱子跟內容物都扔了，一點也不留戀。它們畢竟只是不值錢的漫畫書而已[71]。

70 譯註：shotgun seat，美國西部時代的馬車上會有獵槍手坐在駕駛右邊防盜賊，後演變為右前座或副駕駛座的代稱。

71 如果保存狀況良好，這批漫畫可以在今天的市場上賣到三萬到五萬美元之間的價錢。

自此在他的青春歲月中，乃至於那之後很長一段時間，羅比都沒有放下畫筆。從亞當斯初中，然後到聯邦高中的每一堂美術課上，他都是天分最傲人的那個學生。他把作品拿去投稿郡博覽會，每年夏天的藍帶獎都是他的囊中物。一九五七年，他以棧橋上的孩童躍入大鐵彎河為題所創作的水彩，被選為隆巴特參加沙加緬度州博覽會的官方代表——結果拿到了州長獎。地方上的兩份報紙都在頭版放上了羅比的照片，好幾個禮拜他都是鎮上的風雲人物，大家都看到了報紙標題說他**年紀輕輕已是隆巴特的繪畫名家**。

在鮑勃舅舅來過那一趟後，異樣的感受在那個夏天的尾巴，為小羅比的日子增添了色彩。他好似換了一雙眼睛，開始注意到這個世界有以前看不到的細節。僅僅五歲的他注意到太陽下山愈變愈早，家門前梧桐樹中流瀉過的光線變軟、變暖——不知道這麼形容對不對就是了——變得不那麼白，變得比較偏橘黃，變成一種叫作琥珀的顏色。他注意到一週週過去，家後面迷你果園裡的李樹開始落果跟掉葉，它們的細幹變成枯枝。他注意到母親用深長而沉默的眼神望向廚房的窗外，還注意到寶寶諾拉有不用人起音就會唱歌給自己聽的習慣。

他持續鑽研著繪畫，但他現在比較不是為了繪畫的樂趣而這麼做，而是因為，嗯，他需要捕捉住自己腦中的想法，他需要把一幅圖弄到正確無誤，需要掌握好當中的形狀、姿態與顏色，來講述一個他還未曾得知的故事。

他期待著自己的舅舅可以重返隆巴特——第一次是為了九歲的生日，再來是為了秋天的返校夜[72]，接著是他父親在十月二十六日的生日，然後是感恩節晚餐。但鮑勃．佛斯一次都沒有出現。

DIAMOND-CLUB COMICS OF AMERICA
打贏戰爭的男人們——他們的故事
10¢ PDC
No. 19
HEROES UNDER FIRE
*砲火下的英雄
動作快，
你們這些蠢貨！
我們有任務在身
本期精華：我是火焰噴射兵・我半小時的
恐怖經歷・只有我隻身一人的狗班

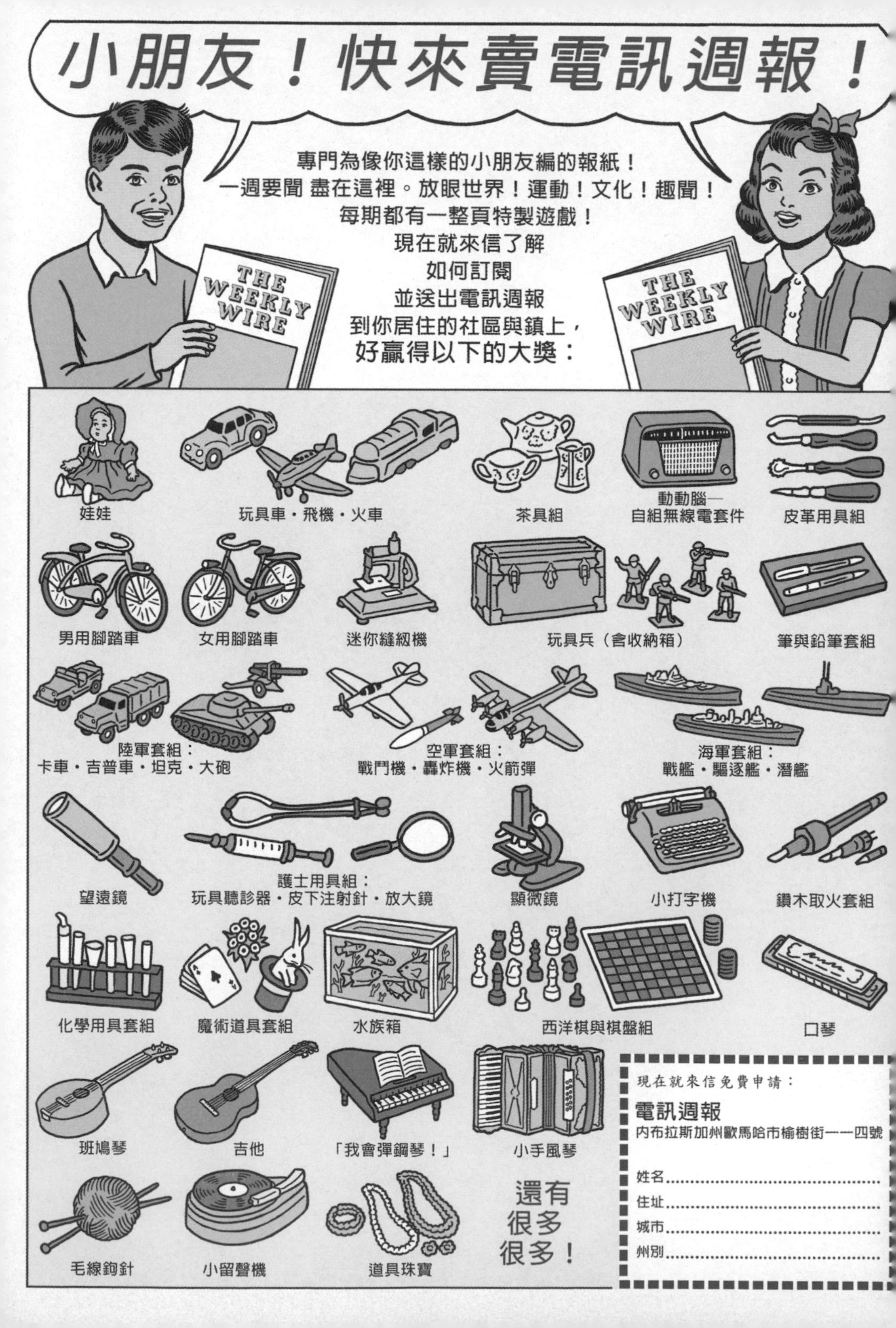
小朋友！快來賣電訊週報！
專門為像你這樣的小朋友編的報紙！
一週要聞 盡在這裡。放眼世界！運動！文化！趣聞！
每期都有一整頁特製遊戲！
現在就來信了解
如何訂閱
並送出電訊週報
到你居住的社區與鎮上，
好贏得以下的大獎：
THE WEEKLY WIRE
THE WEEKLY WIRE
娃娃
玩具車・飛機・火車
茶具組
動動腦—
自組無線電套件
皮革用具組
男用腳踏車
女用腳踏車
迷你縫紉機
玩具兵（含收納箱）
筆與鉛筆套組
陸軍套組：
卡車・吉普車・坦克・大砲
空軍套組：
戰鬥機・轟炸機・火箭彈
海軍套組：
戰艦・驅逐艦・潛艦
望遠鏡
護士用具組：
玩具聽診器・皮下注射針・放大鏡
顯微鏡
小打字機
鑽木取火套組
化學用具套組
魔術道具套組
水族箱
西洋棋與棋盤組
口琴
班鳩琴
吉他
「我會彈鋼琴！」
小手風琴
毛線鉤針
小留聲機
道具珠寶
還有
很多
很多！
現在就來信免費申請：
電訊週報
內布拉斯加州歐馬哈市榆樹街一一四號
姓名
住址
城市
州別

我的名字是**鮑勃・拉瑟姆**。我是一名**海軍陸戰隊**。是，我以身為陸戰隊為榮，但偶爾我也感到害怕。就像在我們的**第一場戰役**中，登陸在一個滿是日本鬼子的島上，我們銜命要對其進行掃蕩。話說，我在我們隊上是名與眾不同的戰士。我在作戰中經常派得上用場，因為我殺敵的手法跟別人不太一樣。跟你說吧…
我是一名火焰噴射兵！
「我們所有人都沒睡，因為我們知道前方在等著我們的是什麼…」
「他們沒能擋住我們成功搶灘…」

「前線就在前方不遠處，
就在樹線的後面…」
「懷著緊張的心情，我點燃了一些叢林，
好讓那些壞蛋知道我來了…」
拉瑟姆！
去開個洞然後
保持待命！
我們馬上會需要你！
「我在樹幹後等著，同時戰鬥在我四周肆虐…」
「我能做的只有撥弄著
我的扳機…」
CLICK-
CLICK-
CLICK…
「看著傷兵開始被撤回，
我心知我們的部隊陷入了苦戰的泥淖…」

喀答—喀答—喀答…

「我帶著油料充足的武器，
等待著上場的號令，然後就
聽到長官一聲令下…」
我們需要
火焰噴射兵上來，馬上！
「我軍強碰到了一處敵軍的碉堡…」
PING!
「他們固若金湯地守在
混凝土牆之後，能夠任意朝著我們開火…」
RAT-A-TAT!
RAT-A-TAT!
我們被壓制住了，拉瑟姆。
盡可能靠近碉堡，
然後一把火把他們燒了！
知道了，
上士…
3

噠噠噠！噠噠噠！

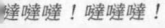

「碉堡在三十碼外，
但我的火焰射程也差不了太多。」
「我接近到一個程度，已經能聽到他們在
鬼吼鬼叫跟重新裝填他們的機槍。」
去死吧，
陸戰隊！
萬歲！
「在訓練時，我學習過以各種不同的方
式去發射我的武器…」
噴出團狀的大火球，
可以讓敵人什麼都看不到
，將他逼退。
ROOOAR!
一條液態的火流可以更精準地把
最大的火力輸出到特定目標上——
就跟從一數到十一樣簡單。
孔孔孔！
動手，拉瑟姆！
淋下你的火焰瀑布！
「從我躲著的地方，我可以給敵
人來一個出其不意，即便只是
一瞬間。」
火焰噴射器
的閥門
4

喀答—喀答—喀答　　　　嘩——呼嘯！

CLICK-CLICK-CLICK...
啊啊啊！
それはどこから来ましたか?*
WHA-VOOSHHH!
*「哪裡跑來的這什麼碗糕？」（日文）
「我需要的就是那一瞬間…」
設定改為火流。
「我讓火焰傾瀉而出，將他們全數送進地獄…」
一…二…三…四…
五…六…七…八…
九…十…
5

「那些日本鬼子已經為了他們的天皇一命嗚呼…」
「接下來的幾週我一次次被叫上場…」
「敵軍在那座島上四處藏匿…」
「但我把他們一一找了出來，靠著我的火焰…」
「那是我的職責所在。我是個火焰噴射兵…」
美國海軍陸戰隊一等兵羅伯・拉瑟姆被授予銅星勳章，以表揚他的英勇表現。
那麼，在砲火下的英雄系列中…
我們的下一個故事是…

崔福—佛爾（1971）

羅比・安德森絕對有資格說他參加過了那場文化恐怖片，那場辦在阿爾塔蒙特賽車場上的免費搖滾演唱會[73]，只是沒聽到山塔納合唱團、飛行墨西哥捲兒弟、或是掛頭牌的滾石樂團表演——這裡只是略舉幾個節目表上的演出者。他與其他數千名歌迷所期待參與的，是另一場胡士托[74]，是又一次能在和平、愛與音樂中度過的一天一夜。但羅比與他滿車「茫」掉了的朋友所真正體驗到的，是一英里接著一英里的塞車車陣、一整天的徒步長征，還有在狼狽、焦躁與隨地小便中度過的不知道多少個鐘頭。等他們好不容易能在視線範圍內看到舞台，現場已經什麼表演都看不到了，剩下的只有空氣中不斷在升高的張力。同時他們也餓了。就這樣，他們徒步回到了羅比的飛雅特，並在開車回家途中光顧了卡斯楚谷的一間丹尼斯[75]。是，他們是錯過了克羅

72 譯註：美國的學校會在開學日前後為家長舉辦一場返校之夜，類似家長日，只是辦在晚間，有些學校將之稱為Open House，也就是開放日，目的一樣是為了讓家長跟孩子認識老師。

73 譯註：阿爾塔蒙特自由音樂會是在一九六九年十二月六日星期六辦在美國北加州的阿爾塔蒙特賽車場，性質上是一場反文化搖滾音樂會，惟當中發生包含兇殺與意外喪生、車禍肇逃、吸毒溺水、車輛遭竊等造成生命財產損失的不幸事件。

74 譯註：胡士托音樂藝術節（Woodstock Music & Art Fair），常簡稱胡士托音樂節或胡士托，是場有四十萬人次參加，於一九六九年八月十五到八月十八日辦在紐約一處牧場的活動，其著名的口號是和平、愛與音樂。

75 譯註：Denny's，一九五三年成立在美國加州的老牌評價美式連鎖餐廳，不少店鋪位於高速公路的匝道口。現有超過一千家店面，公司還在那斯達克股市上市。

斯比、史提爾斯、納許與尼爾．楊[76]，但也逃過了他們隔天早上在報紙上讀到的毆打與死亡。一場活動雇飛車黨來負責保全，發生這些事件也只是剛好而已[77]。

不論舊金山的空氣、水或毒品裡都摻了什麼東西，它們在一九七一年一月時都已經掰了個掰。所謂的愛之夏[78]已經被很多、很多的社會弊端蒸發到無影無蹤，而這其中不能不提的又屬戰爭，又屬越南，這個大小跟加州差不多、位在太平洋另一端的國度。一次又一次，愈演愈烈的，是每天新聞報導裡的那些暴動、那些抗議（還有**不愛美國就滾出美國**[79]的反抗議）、那些比起花朵被丟得更多的石頭、那些喊著要殺豬的[80]跟那些說要保留拒絕提供服務之權利的，那些在越南愈積愈多的屍體，那些新加入的死者——在俄亥俄州被射殺的四個大學生[81]。少數能在這個新的十年的開端找出的亮點是：至少沒有人再被暗殺了。一九七〇年是三百六十六天的動盪、憤慨與分裂；有些家庭自從尼克森贏得白宮大位之後[82]，就不曾再一起坐下來吃頓感恩節晚餐，或是再一起在聖誕節早上開過禮物了。

還活著的安德森一家則沒有這個問題。不論是感恩節還是聖誕節，諾拉都會從洛杉磯飛回北邊的奧克蘭，那兒會有羅比開著飛雅特來接她，然後他們再一起開回隆巴特，一路有說有笑地穿過橋、穿過車流，去跟他們的母親與小妹史黛拉同住，地點在一個便宜但井然有序的新開發區，那是個名字叫作法蘭佐草原的「鄉間別墅」社區。羅比很懷念他們在市區的老家，他們家沒有人不懷念，但如今爸已經撒手不在十年了，媽又已經不再是那個叫作露露的女孩，所以榆樹街一一四號的房子感覺大而無當，維持起來很累。而這一切都說明了何以隆巴特如今會變成一個煉獄；西屋的燈泡工廠只剩下一天一班，鎮上想買鞋只剩下一個地方可去。克拉克藥局的早餐跟午餐菜單嚴重縮水。鄉親為了採買聖誕禮物得開車到奇科。國家劇院在週五晚播映「成人電影」，其中有些還用上了原始的 3D 技術，觀眾需要戴上厚紙板的立體眼鏡，一眼紅，一眼藍。會停靠威爾斯的火車沒有了，但西邊十七英里處的州際公路上有兩處加油站，外加一掛新開的速食店——麥當勞、北極圈[83]、克林姆宮，與巴特利爵士的炸魚薯條專賣店。現在的隆巴特與其說是安德森家其中兩個孩子的老家，不如說是公路出口路標上的一道箭頭。

羅比很久以前就搬到了灣區，靠飛雅特要開三個半小時的長途。

76　譯註：Crosby, Stills, Nash & Young，四人民謠搖滾和聲組合，合稱 CSNY。

77　三年半前，羅比曾福星高照地進場欣賞了披頭四的最後一場公開演出，當時他直直走向大門口，買了張票，然後就這樣走進了半滿的燭台球場（譯按：一九六〇到一九九九年的美國職棒舊金山巨人隊主場）。

78　譯註：Summer of Love。一九六七年夏天，近十萬名來自世界各地的年輕人湧至美國舊金山一隅。他們披頭散髮，髮上插著鮮花，身著奇裝異服，口中高呼著反戰的口號，史稱「愛之夏」。

79　譯註：Love America or Leave it，保守派人士抗議左派反戰份子的口號。

80　譯註：Off the pigs，由主張使用武力的黑人民權團體黑豹黨所喊出的口號，豬指的是警察。

81　譯註：這指的是一九七〇年五月四日發生在俄亥俄州肯特市的肯特州立大學槍擊案（Kent State shootings），當時有國民兵朝示威學生在十數秒內發射了六十七發子彈，造成學生四死九傷一殘的慘劇。學生當時抗議的訴求是反對越戰，也反對尼克森數日前的電視談話內容。該案在全美引發了巨大迴響，包括衝擊了輿論對越戰的看法。後續調查認定開槍沒有必要，法院判決俄亥俄州政府須國賠並公開道歉。

82　譯註：尼克森在一九六八年當選美國第三十七任總統。

83　譯註：Arctic Circle，一九五〇年成立於猶他州鹽湖城的美式速食店。

從加州藝術學院畢業之後，他在柏克萊的公立學校跟奧克蘭的公園處教授過素描、繪畫與陶瓷製作。他以自由業的身分接過製作公司跟劇團的案子，跟一名女子住過舊金山的海特區[84]，跟另一名女子在最好玩的那幾年住過諾伊谷，在舊金山巨人隊與奧克蘭運動家隊的球賽裡卯起來抽過大麻。棒球與呼麻意外地合拍。或者該說羅比一茫，做什麼事情都感覺很合拍。看著他的同儕都慢慢從大麻畢業到其他更硬派的毒品——幻覺劑、麻醉劑、有成癮性的興奮劑——羅比很納悶。大麻明明那麼讚！

在甘迺迪被槍殺之前——約翰．費茲傑羅，而不是羅伯特．法蘭西斯[85]——他原本打算去當兵[86]，但海岸防衛隊判定他體位不合格，原因是他有他自己都不曉得的先天性心臟病。到了一九七一年初，兵役與越南沒他的事，而且以二十八歲的年紀，他還已經謀得了地球上最完美的工作，契機是他當時在聖馬提奧有個在交往的女友，而他拿她家的冰箱畫了幅畫。他以她的白色楷模牌冰箱為題，將之重新發想為另外一種家電，一台在播放著電影《綠野仙蹤》的電視機，其中飛天猴子正在從螢幕中跑出來，而**交出桃樂絲**[87]的字眼則被寫在了冰箱門化為的天際。他天馬行空的創意一炮而紅，由此一個叫載爾科的藝術家同行說他應該過來替庫爾卡茲漫畫效力。

☆

卡茲在奧克蘭電報大街上的總部原本是家吸塵器專賣店，那地方很多人愛來泡著。黑豹黨[88]的人會來——免費——用這裡的油印機跟膠印機。有些知名的粉絲會來轉一圈，偷得浮生幾小時間，包括奧克蘭突擊者隊[89]的一名外接手[90]、卸貨區樂團與交通樂團[91]的樂手，還有一個在聖荷西開設了一個超高頻電視頻道只為了讓自己可以在週末轉播怪獸電影的百萬富翁。羅比給自己取了筆名——崔福—佛爾——成為了一個全職的鉛筆跟筆墨畫家[92]。但不論你用真名或筆名上門找人，都會碰一鼻子灰，因為工作人員都知道要說羅比．安德森今天一整天都外出，而崔福—佛爾則沒有來——兩頭堵。庫爾卡茲的許多人都在逃避他們生命中的某人，某些不幸的時空，不堪回首的過往，或是對他們未來的威脅。怪咖一天到晚從電報大街上晃進來，有些非常搞笑，很多是政治狂，愛引戰，還有些吸了毒的人很ㄎㄧㄤ，很茫，是ㄎㄧㄤ是茫要看他們吸了哪一種毒，有些是緝毒的專員或臥底的警察，他們融入的功夫很拙劣，拙劣到很有笑點。他們有個

84 譯註：Haight，嬉皮文化的發源地。

85 譯註：約翰．費茲傑羅．甘迺迪，即 JFK，是美國第三十五任總統，一九六三年十一月二十二日遇刺身亡；羅伯特．法蘭西斯．甘迺迪，即 RFK，是約翰的弟弟，一九六八年六月六日遇刺身亡。

86 譯註：美國在一九七五年越戰結束後採行兵役新制，平時採募兵制，但必要時可援引憲法修正案第八條實施徵兵。新制實施前為徵兵制。

87 譯註：Surrender Dororthy，電影中由邪惡女巫用煙霧寫在天空中的威脅之語。

88 譯註：黑豹黨存在於一九六六到一九八二年，是一個由非裔美國人組成的黑人民族主義和社會主義政黨，其宗旨是要促進黑人民權。他們主張使用武力也是合理的自衛手段。

89 譯註：國家美式足球聯盟（NFL）的球隊名稱，二〇一七年已經搬到拉斯維加斯。

90 譯註：美式足球的進攻組位置名稱，也稱接球員。

91 譯註：兩個搖滾樂團，分別叫 Loading Zone 與 Traffic。

92 崔福—佛爾原本是庫爾卡茲總部房東養的一隻小白狸。這可憐的小傢伙在電報大街上被汽車輾過，整家店守起了喪。

小開關可以打開前門上方的藍色燈泡，燈泡一亮就代表警察找上門來了，這樣身上有藏毒的、或單純不想跟「奧克蘭人的模範」[93]打照面的，就可以及時得到預警。沒有一個約翰．洛斯[94]想通過這一點。沒有任何庫爾卡茲的人被逮到過，至少在他們辦公室裡沒有。

辦公室裡大部分人往往不是在茫，就是一副準備要變茫的模樣。KSAN-FM 電台的音樂全天無休，員工與訪客就在這樣的背景音下說笑、進食、抽菸。羅比／崔福—佛爾會坐在他的斜桌前畫畫。其他人負責用火柴人撰寫漫畫的腳本跟分鏡的描述，然後交由羅比用他的筆墨，還有他**去你媽的才華**，將之變成圖像化的短篇故事。這些故事一部份很暢銷，沒有一部不顛覆，而有一部份則跟A片沒兩樣。崔福—佛爾負責畫畫，庫爾卡茲付他支票，可以兌現成冷冰冰硬梆梆現金的那種。

許多漂進辦公室的女性發現她們一進來就走不了了，都是因為崔福—佛爾，都是敗給了他那沉穩斯文的舉止、深邃的眼睛，還有行雲流水的雙手，那雙手只要靠著一支鉛筆，就可以在紙上創造出螞蟻的小眼睛，或一整個大宇宙。

「你是我見過唯一一個真正的藝術家，」說這話的是一個叫作貝絲的女孩，她在海沃長大，曾經是加州大學二年級生，直到她發現了大麻。貝絲把崔福—佛斯當成她同居的靈魂伴侶，把他的幸福當成是她人生的志業，一心一意要用各種辦法討好他。她在山區安排了一處公寓，其景觀後門廊可以遠眺分屬灣區不同處的三座橋[95]。前後將近五個月，貝絲度過了人生裡最充實的一段時間，她從未如此深愛過一個地方，一個靈魂，而這都要歸功於這個叫作崔福—佛爾的男人。然後突然某個星期，她把自己的名字改成了潘朵拉，跟一個自製 LSD 迷幻藥的傢伙搬到了俄羅斯河附近的林子裡。羅比失去了潘朵拉，但保住了她的盒子——公寓、後廊與三橋一起入鏡的絕景。

一月的一日週間，抽著大麻捲菸的羅比開車上班——飛雅特的車窗露著個縫，讓過多的煙霧可以被吸出去——最後他索性門也不鎖，就把車停進了電報大街上的一個空位。車裡沒有收音機或任何值錢的東西，闖進這個四四方方的房車感覺沒什麼意義；裡面根本沒有東西有資格當贓品。要是車被偷了，羅比還可以去申請車險理賠，順便恥笑一下是哪個笨蛋偷了台里程數快破八萬英里的飛雅特。

此時是下午三點多，門前沒有藍色燈泡亮起，但羅比倒是發現他畫畫的桌上擺了一封厚厚的信，同時署名要給他的本尊跟卡茲分身。

羅比・安德森
由崔福—佛爾大帝轉交
電報大街一四四七號
加州奧克蘭市

93 譯註：Oakland's Finest，美國人說哪裡的 Finest，就是哪裡的模範生、哪裡的警察。

94 譯註：Johnny Laws 或 John Laws 都是俚語中的警察。

95 聖馬提奧大橋、舊金山—奧克蘭大橋，天氣晴時再加上金門大橋。

「崔福—佛爾大帝」是史黛拉・安德森用來挖苦他大哥誇張筆名的說法。三張六分錢平信郵票上蓋著的郵戳寫著隆巴特。一整張史黛拉式的龍飛鳳舞，解釋了信裡附上的第二封信——一只彌封而未開的信封。

羅比，

你看看是什麼寄到了舊家。聰明的郵局知道要把東西轉到我們的新家。媽的弟弟鮑勃突然寫了信給她跟你——沒頭沒腦的。我讀了他給媽的信，但我不確定她有在狀況內。有一瞬間她以爲我念的是你寫的信。那傢伙經歷了很多事，這信，好像有點像是，在向她賠不是。

我有見過我們的鮑勃舅舅嗎？我當時還是嬰兒嗎？他有來參加爸的喪禮嗎？下個月我會帶媽去奧克蘭，不然我在隆里巴特克這個寂寥的屁屁之地[96]眞的要悶死了。你可以來陪我們，吃個長一點的午餐嗎？也許可以約在唐人街？希望媽狀況能好到可以出門。諾拉說她那天會盡量搭PSA[97]上來。不用有壓力。

愛你的，藉星光而來的史黛拉[98]

鮑勃舅舅的信寄自新墨西哥州的里約蘭町，一共貼了十二分錢的郵票。回信地址的角落貼著張窄窄的小貼紙，就是那種可以用郵購型錄買到的便宜貨，上頭印著「R・佛斯先生／太太」，還有一張小小的美國國旗。中型大小的信封上有著用打字機打在標籤貼紙上的地址：

羅比・安德森
榆樹街一一四號
隆巴特，加州
必要時請轉寄

羅比／崔福—佛爾用手掂量了一下信的厚實程度，同時他鮑勃舅舅的模樣一閃一閃浮現在他腦中。大麻的茫幫上了忙：他父親與鮑勃舅舅，坐在榆樹街老家李樹下的後院中，喝著罐裝的啤酒，那種小羅比會用教堂鑰匙[99]替他們開洞的罐子。他父親——他身材好到不可思議的年輕父親，用雙肘撐著身體，兩眼盯著他的小舅子瞧。鮑勃・佛斯——身穿牛仔褲跟靴子加白T恤的他，坐在椅子上往後搖擺，抽著香菸，活像從瓦爾哈拉[100]遊蕩出來拜訪的神祇。在他的畫桌

96 譯註：這是把「隆巴特／Lone Butte」擴充成「隆里巴特克／Lonely Buttock」的文字遊戲。

97 譯註：Pacific Southwest Airlines，太平洋西南航空的縮寫，是家總部在加州聖地牙哥的區域航空業者。

98 譯註：Stella by Starlight，一九四四年電影《不速之客》（The Uninvited）的主題曲。

99 譯註：舊式的開罐器，因形狀近似鑰匙而得名。拉環式易開罐要到一九六二年才會被發明。

100 譯註：Valhalla，北歐神話中位於阿斯加，由奧丁統御的一個大廳。

邊，羅比的心思轉向了那些靴子的細節——他父親的鐵頭靴是專門在店裡走動用的，他舅舅的皮帶與環扣靴子則是給騎摩托車用的——也轉向了那些枝葉繁茂的李樹是如何伸向萬里無雲的天空，啤酒罐則被握在兩人強而有力的拳頭中。崔福—佛爾握起一支軟鉛的鉛筆，畫起了兩個男人的剪影，兩個有說有笑、用 Zippo 打火機在點菸的男人。

在用多達五頁的粗略素描重現了他舅舅的模樣與舉止之後，羅比想起了信，便拿他放在桌上用來弄尖筆頭的筆刀，將信拆了開來。

摺疊的信紙是用某種舊型的手動機器打的字——那些字被捶進了紙裡，看得出是小心翼翼、屏氣凝神地被打了出來，而且肯定還換上了全新的色帶。字型裡有各種反覆出現的異樣——大寫的T有些微跑掉，所有的S都比信紙的橫線低了一根頭髮，M都變成了長方形的實心黑墨盒子。每一頁都是單行間距，從信紙的最左邊寫到最右邊，擠得密密麻麻。這樣的一封信，帶著重量。

親愛的羅比，

我欠你這封信，欠了好久……

☆

時間來到一九五九年，鮑勃·佛斯只剩下自己一個人。

多年前，有些弟兄又回到了部隊去打韓戰，再一次成為陸戰隊，再一次上船越過太平洋去殺起了另一批亞洲人。在一九五〇年的夏天，鮑勃考慮過重返戰場，就算只是去幫忙訓練要上場殺敵的陸戰隊也行。那樣的薪水會比較穩定，而且也比他當個老百姓東一點西一點賺得多。然後柯克蘭在尤金市一場鬥毆中被狠狠刺傷，由肺部專科醫師替他開了四次刀才出院。多吉特在蘇珊維爾愛上了一個女孩，說什麼也不肯走。鮑勃很看不慣——那女的有個空軍老公，人在韓國。但多吉特已經暈船了，所以鮑勃、布奇跟海爾丟下他，騎著車，去了雷諾，這個屬於過客的「最大的小城」，那兒有許多男人與一大堆女人在坐著住民法規定的「離婚監」。只要等個六週，他們就能不費吹灰之力地離婚。結果好死不死，就在梅普斯飯店兼賭場的咖啡店內，海爾邂逅了一名再過一個月就會成為前妻的女侍，於是他就從無過失離婚的文件正式生效前，一路陪到生效後。

鮑勃找了份洗碗的工作，充實了一下自己的荷包，然後就跟布奇往南騎去。他們爽在哪裡停下來，就在哪裡停下來。到了五三年，他們跟一些與他們背景相似的傢伙合流，又騎了一段時間，過了一些開心的日子，這兒那兒地惹了些麻煩，然後又各奔東西。到了五四年，鮑勃犯了點小事，讓他暫時登出了騎士人生：他在勞作營待了六個月，負責在安琪拉國家森林開墾出消防通道，國家付他的鐘點費是二十分錢，所以他出去的時候總共賺了快兩百五十元。

五六年，尼德爾斯成了一處相當大的火拚現場——有些組織性的幫派開始劃地為王，由此你動不動就會在報上看到**飛車黨為了爭地盤開戰**這類的標題。隨著那些權力傾軋從會打斷骨頭的鬥毆惡化成會要人命的駁火，鮑勃便不想玩了。二話不說，他又踏上了旅程。還好他閃得早，因為兩名公路巡警在貝克鎮被某個騎哈雷戴維森的低能兒開槍打死，自此任何人騎著任何一輛摩托車，都是疑犯。

到了五八年，鮑勃・佛斯已經是單槍匹馬在騎車，酒則愈喝愈過頭——白天的啤酒一罐接著一罐，晚上則是來者不拒，通常也就是更多的啤酒。整個南加州的「酒鬼缸子」，也就是用來收容喝醉者的拘留所，都是他週末過夜的地方。他因為一宗低等級的重傷害罪，在郡監所坐了三個月牢；他不僅朝郡治安官揮了一拳，而且還打裂了那孩子的下巴[101]！喔對，他還在印第奧[102]撞爛了他的摩托車，臀部也在那場意外中骨折。所以在一九五九年，鮑勃・佛斯走起路來比從前都慢，座騎也變成一台退役的警車版哈雷戴維森「煎鍋頭」重機。他能在拍賣上撿到這個便宜，是因為車子的前叉被撞爛過。

亞利桑那州弗拉格斯塔夫的啤酒冷冽、順口、爽，跟其他地方沒什麼不一樣，於是他一待就超過了自己原本所想，進入了八月的第二週。蓋洛普有個他知道的工作機會，跟搭屋頂的公司有關；穩定的收入不會是壞事，何況他向來喜歡新墨西哥，所以他決定朝那兒出發。但，就像有股引力在原地拉住他，他始終沒能真正離開弗拉格斯塔夫的邊界。他會在某間基督復臨安息日教會後面的空地上攤開自己的鋪蓋，而且會刻意避開有教友在禱告的時候。他在一個叫做「爐邊」的店裡結交了些朋友，主要是老兵，而有固定工作的他們會搶著把錢給付了，所以雖然黑標、哈姆或法斯塔夫的大杯啤酒沒斷過，可是鮑勃仍幾乎沒動過他放在牛仔褲裡那些（還有塞在靴子裡那疊）愈來愈瘦的紙鈔。但某天晚上，幾個條子走進了爐邊，因為有計程車司機指控一名酒客賴了車資。所幸鮑勃・佛斯閃避「幹你娘戴警徽的王八蛋」已經是經驗老道，於是他找了個辦法，不動聲色地飄到了店外。他以隱形住客的身分在基督復臨安息日教會度過了最後一夜，現在就差幾杯咖啡把早餐解決，他就終於可以往東騎上六十六號州際公路。他希望在騎到蓋洛普之前不用停太多次，頂多就是為了一桶油、一泡尿、一杯啤酒，還有在星光下睡一覺。

☆

這咖啡店是個很摩登的地方，裡面有紅色塑膠皮沙發的包廂，而且每個包廂都有一個餅乾罐尺寸的小點唱機。在早餐人潮的正當中，櫃臺上的鮑勃一個人獨坐，臉上掛著一副其他客人會自動為他空出左右座位的面容。服務他的女侍老到夠當他媽了——一個普通女人做著她的工作，服務著這個滿眼血絲的車友，希望他，或許，能賞她一個十分錢的小費。還有就是咖啡一直續，或許他就不會繼續一身啤酒酒氣。

他點了一大份早餐，裡面有牛排、三顆太陽蛋、家常薯條，還有四片用來吸蛋黃吃的烤白麵包。他還想來點甜的東西，為此他選擇了一小疊平的美式鬆餅上再覆蓋一片格子鬆餅，然後往小方格裡填入一大塊奶油跟淋漓盡致的糖漿。他喝了兩大杯濃縮稀釋的柳橙汁，並從來沒有讓咖啡杯空掉過。他慢條斯理地用餐，同時聽著點唱機的曲目自看不見的破鑼嗓音響裡傳來——強尼．普萊斯頓[103]的《奔跑的熊》播了兩次。他讓目光游移在各個包廂的客人之間——帶上

101 那名郡治安官才二十三歲。

102 Indio，加州河濱郡的城市名，河濱郡臨亞利桑那州，而 Indio 則是西班牙文中的「印第安人」。

103 譯註：John Preston，1939-2011，美國歌手，《奔跑的熊》講的是印第安青年戰士「奔跑的熊」與另一部落的「小白鴿」的故事。

了小小孩跟岳母在公路上旅行的一家子、賣「強尼．史奎爾」鋁製三角尺的業務員或老闆、吃飯不脫帽子的牧場壯丁三劍客。鮑勃思索起了這些人的生活，然後有一瞬間羨慕起他們規律平淡的日子，他們往復循環的作息，他們那些每天到最後都可以算是達到了的期待。他們的生活裡都不缺秩序。不缺結構。

看著他早餐用完，盤子清潔溜溜，女侍把桌子收到只剩下咖啡杯。鮑勃用看得到陸戰隊那地球加海錨隊徽的 Zippo 打火機，點了根契斯特菲爾德，讓他的庫存又少了一點。藉著他既不真的需要也不特別覺得好喝的續杯咖啡，他逗留在座位上抽著菸。他想等早餐消化了，廁所上完了，再來出發，再讓那前面什麼都沒有的漫漫長路伴著他在六十六號公路上，孤獨地向東前進。

他瞅了一眼某個包廂內的一家人——三個小孩、一名奶奶、一個看起來可憐兮兮的父親身邊有個看起來有那麼點像英格麗．褒曼[104]的妻子。在開始吃飯之前，他們一起低下了頭，手牽著手，擺出了無可挑剔的禱告姿勢，然後就聽見那名父親在餐廳的吵吵鬧鬧與聊天聲中說了些什麼。連小小孩都分秒不差地在禱告的最後做出了「阿門」的嘴型。英格麗．褒曼幫孩子們切開鬆餅，他們便一個個吃了起來。「阿門，」鮑勃自言自語地準備上路。他留下了五十分錢的小費，主要是他想起了那許多他睡過的女侍，想起了她們過活靠的都是小費而不是薪水。

在收銀台結帳時，他發現自己身上只剩下二十四塊跟一些零錢。菸也抽光了。

他往餐廳入口走道上的香菸販賣機裡投了二十五分錢，拉了選擇用的拉鈕，然後從底下的托盤撈出了一盒契斯特菲爾德。起身時，正好在眼睛的高度，他注意到一塊布告欄，上面有滿滿的名片、失物招領的通知、印著滑稽俗語的明信片、私人留言，還有物品出售的廣告。一則「小狗走失」的告示已經貼了一個月。狗狗要麼找到了，要麼已經蒙主寵召，去天山裡的農場過好日子了。尋狗告示旁釘著的那張傳單上寫的是**你知道上帝愛你嗎？你想知道祂對你的生命有什麼計畫嗎？往下讀，不要錯過這個好消息！**在聖經傳單的上面則是被大頭針按上去的一小方索引卡。

徵洗碗工
待優$
意洽安潔兒 MEsa 2-1414

鮑勃在雷諾市的梅普斯飯店還有其他地方都當過洗碗工。他不在意這工作得耐熱、不在意溼答答，也不在乎一個事實：沒有人會跟洗碗工聊天，除了其它洗碗工。

其它人只會交代他們工作，然後就隨便他們了。鮑勃樂於被放牛吃草，樂於跟黑鬼跟墨西哥佬那些萬年洗碗工一起當隱形人。這工作管飯，所以鮑勃當「珍珠潛水員」[105]的工資就都貢獻給了啤酒、汽油、某個地方的房間，還有某個需要讓他這種男人陪伴一下的女人。洗碗可以讓

104 譯註：Ingrid Bergman，1915-1982，瑞典國寶級演員，代表作是《北非諜影》。
105 譯註：pearl diver，洗碗工的俗語。

男人的口袋有點錢——而且任何時候都可以屁股拍拍走人，不用擔心被工作或女人纏住。鮑勃想起有修屋頂的工作在蓋洛普等著，那代表他得在戶外勞動，得敲釘子、搬屋頂板或瓦片、用拖把塗抹熱燙的瀝青。他腦子裡有個聲音在說，先找份室內工作頂著可能比較快活。

花了他五分錢的電話是在電話亭裡打的，那亭子有道提供隱私的摺疊門會在關上時點亮電燈。一塊充當桌面的小鐵板讓人可以有地方抄寫筆記。鮑勃把正面是印第安人的五分錢銅板塞進了投幣孔，聽到墜落的聲音，然後電話便開始鏗拎—鏗拎。線路響了又響，時間久到鮑勃差點想掛上話筒，從退幣處拿回他的五分錢，然後朝著蓋洛普的屋頂騎去。

「喂？」接電話的是一個女人。她稍微有點口音——有點像墨西哥人或印第安人。

「你們還在找洗碗工嗎？」鮑勃問。

「啥？」那名女士反問。「我們四點開張。」

「我看到告示上說你們需要人洗碗。」

「喔。」電話上的女人突然變成啞巴。

「所以你們需要嗎？」鮑勃覺得他好像聽到女人喝了口什麼東西，小小一口。「我可以跟安潔兒說嗎？」

「我需要洗碗工，沒錯。你可以今天開始嗎？」

「我馬上可以開始。」

「我們四點開門。你三點來。我一小時給你一塊錢，但你還有一些小費可以賺。」

「管飯嗎？」

「管。但不包飲料。百事你要給錢。我們三點見。不要提早到。」

「三點。OK。但我們約哪裡？」

「你過來這裡。」

「這裡是哪裡？」

「你不知道我們在哪裡？」

「我只知道你們卡片上的電話。Mesa 2-1414。」

「你是遊民嗎？是的話就不用了。」

「遊民？」

「你是路過的嗎？那就當我沒說。走吧你。」

「等等，」鮑勃說。他不清楚自己為什麼還沒有掛上電話，用輕了五分錢的身體跨上他的煎鍋頭。「我可以跟安潔兒講一下嗎？」

「我就是，」那女人，也就是安潔兒說。

鮑勃．佛斯不想讓電話那頭跟夏娃一樣他壓根不認識的女人誤會自己。「我不是遊民，我是個洗碗工。就這麼簡單。」

「遊民我是不用的。」

「我不是遊民。」

「那你是什麼？」

「安潔兒，我是專業的洗碗工，專治鍋碗瓢盆。」

「打烊時你得把地給拖了。你得幹至少一個月，不然就別來了。」

「行。」鮑勃何以會在那個瞬間把工作一口答應下來，對他也會是一輩子的謎團。但他感覺到內心彷彿塵埃落定，達到了一個平衡點，彷彿在一個地方——弗拉格斯塔夫——停泊一個月，是他好久好久以來覺得最想照做的直覺。

「一個月，鐘點費一美元，」安潔兒對他複述了一遍。「三點到豆板該。」

「那在哪？」

「六十六號公路上，對面有一個巨人拿著個大輪胎，」語畢安潔兒掛了電話。

☆

鮑勃花了幾小時找住的地方——沒有游泳池的一間小汽車旅館——一個開車路過的一家子不會考慮的住所，因為如果你有孩子，你就會需要泳池。一星期十五元的房錢讓鮑勃手頭變得非常、非常緊——只剩兩張一塊錢跟一些零錢——但謹慎這種東西，有時就是只會在窗外隨風飄蕩。他沖了個熱水澡，用浴室臉盆洗了些衣服。他換上了他最整潔的一條褲子，拿濕毛巾擦乾淨了靴子。

兩點半，他騎上了六十六號公路，輕鬆寫意地找到了拿著巨大輪胎的巨人——保羅．班揚[106]揮動著翻新的中古胎——但他看了老半天，還是壓根沒看到什麼甜甜圈店或麵包店還是熱狗攤叫「豆板該」。輪胎巨人對面有家餐廳，上頭的招牌寫著好像是日文的字眼。欸，等等……都扳街[107]——雜碎炒麵。Dough Bun Guy[108]。鮑勃笑了，自己都聽到哪裡去了。他要去洗碗的地方是家中餐廳。行。

他把摩托車停在巨人的身影下，然後趁車子少的時候三兩步過了公路。他不想轟隆隆地騎到都扳街——雜碎炒麵店前，活像那些他常被誤會是的惡棍幫派一樣。時間來到他估計的下午三點（他沒有手錶），鮑勃先是試了試鎖上的門，會響但轉不動，然後他敲了敲餐廳的窗戶。午後的光線反射在大窗戶上，所以他能看到的只有抬著手在幫眼睛擋光的自己。接著他慢慢能辨識出屋裡有個人形從地板上走過，屋內傳來某扇門被打開的聲音，鑰匙開始在他剛剛試過但打不開的門鎖內轉動。

門一開，跟他大眼瞪小眼的是個華裔女人，她上下打量著他，彷彿她在被推銷一頭十美元的馬兒。

「你是洗碗工？」**是這個口音沒錯，鮑勃心想，不是墨西哥也不是納瓦霍印第安人。是中國人。**

「正是。我是來見安潔兒的。」

她讓鮑勃進了她的館子。

那地方打理得有很多紅色，跟很多金色。牆上有三副中國掛曆，上頭有花花綠綠的各種海景、高山跟龍，分別搭配著一年當中各個月份。其中一面牆上有兩張大尺寸的廣角照片，一張

106 譯註：Paul Bunyan，美國民間故事中的巨人樵夫。

107 譯註：舊金山唐人街的主街是葛蘭特大街（Grant Avenue），更早之前叫作杜邦街（Du Pont Street），所以——甚至到了今天——中國移民都還是用粵語發音把葛蘭特大街叫作「都扳街」。

108 譯註：Dough Bun Guy 是鮑勃以為他聽到的字眼，其中 Dough 是麵團，Bun 是麵包（包括夾熱狗的那種），Guy 是傢伙。

是金門大橋，另一張是唐人街裡的某條街——葛蘭特街，路標上寫著。

一名身穿白色廚師服的華裔老人在那兒坐著，一小口一小口用沒有手把的超級小茶杯喝茶，穿插抽著沒有濾嘴的駱駝牌香菸。兩名跑堂的夥計穿著紅色的夾克，既不是中國人也不是年輕小夥子。其中一個肯定是墨西哥人，另一個應該是西南部不知哪一族的原住民；兩人都在疊著碗盤。

「在這工作的只有我一個白人嗎？」鮑勃問。

安潔兒用高跟鞋原地轉了個角度，當場停下腳步。「喔，雪特。我請你還不如請人在腦門上打個洞。」她邁開步伐回到前門處，將之推了開來。「滾，出去。」她往旁邊讓開了一點空間，讓鮑勃有路走，有得滾。

「可是妳需要洗碗工，」鮑勃說。

「我不要你這種。出去。」

「嘿，別這樣。」鮑勃察覺到自己口氣裡的哀求，對此他感覺挺新鮮。「我沒有不好的意思。」事實上，他也真的沒有。

「我們找好人了。」安潔兒射了一道眼色到那兩個墨西哥人身上，彷彿她下一秒就要叫喚他們把這個遊民轟出去。他們一臉不是沒這樣做過的模樣。

「對不起啦。」鮑勃紅著臉，一陣尷尬。他道歉，但又不確定是為了什麼道歉。這個叫安潔兒的女人讓他有一種自己既像排錯隊，又像表格沒有填對的感覺。

安潔兒擋在門口，再一次上下打量起鮑勃。

她把頭歪向一邊，目光對準了鮑勃的摩托車靴，不久前才用濕抹布擦乾淨的那雙。「你要打工還是要給我惹麻煩？我麻煩夠多了。」

「我這人不麻煩，我專門解決麻煩。」鮑勃感覺到自己臉上帶著笑意，而這於他又是一種全新體驗。

安潔兒一臉不是很確定的感覺。「這裡不准喝酒。打烊後我管不著，但在這裡不准。」安潔兒讓門旋著闔上，從鮑勃面前走過，朝著大張葛蘭特街照片左邊的廚房門而去。老廚師看著鮑勃經過眼前，喝了一小口茶。跑堂夥計在把叉子從湯匙中挑出來。

廚房不是普通的小——裡頭有烤箱跟爐子，有掛在鉤子上圓圓的大煎鍋，有頗具深度的不銹鋼水槽，還有一張切菜桌。就是個餐廳的廚房。洗碗區在排水孔蓋的後面，有獨立的雙重水槽。

「你叫什麼名字？」

「鮑勃．佛斯。妳是安潔兒．豆板該？」

「都扳街是舊金山的葛蘭特街。我是安潔兒．林。我父親你在外頭見過了。你要叫他林先生。艾迪跟路易是外場。他們會教你怎麼把各廚站的東西補滿。乾淨的碗盤與各種廚具。席拉與瑪麗亞是服務生。**她們最好快點出現**。小費由她們跟男生還有你分。好的時候一晚有幾塊錢。我們吃飽飯才開門。」安潔兒．林在要出廚房前停下腳步。「你在這最好學快一點，鮑勃．佛斯。你是在這裡上班**唯一**的白人。艾迪不是**酋長**。路易不是**西班牙佬**。如果你用除了「席拉」以外的名字叫席拉，會發生什麼事我等著瞧。瑪麗亞會花點時間決定你這人行不行，在那之前你最好離她遠點。她跟盎格魯人不是很麻吉。這裡的老闆是我。我很嗆。也很公平。但要是你敢用安潔兒或林先生以外的稱呼叫我或我父親，我會切掉你的白色小雞雞，扔到六十六號公路上去。」撂下這些話後，安潔兒走出了廚房，留下了在擺動的門。

「老天，」鮑勃自言自語著，他這麼說既不是在呼喊上帝，也不是對自己的人生有了什麼計畫。

☆

以前在梅普斯，一個從洗碗工幹起的簡餐廚師——一個叫幸運比爾．強森的黑人[109]——跟鮑勃說過洗碗這一行最重要的，就是熱到不能再熱的熱水。滾燙的熱水可以讓洗碗變容易，因為水愈燙，你就愈不需要去刷，但那也同時會讓洗碗這工作變難，因為你必須要受得了熱水，而且些人就是受不了。梅普斯有機器可以幫你處理盤子，那是臺業務用的荷巴特牌洗碗機。但平底鍋與煎鍋就只能用手拿著鋼絲絨去刷。燙得跟火山一樣的熱水不可或缺，而它也確實完成了大部份的洗碗工作。鮑勃發現自己是那種耐得了熱的人。

都扳街沒有荷巴特洗碗機，所以安潔兒．林所有的盤子、碗、刀叉，還有各種五金行買來的東西，通通都得由鮑勃親自在很熱的熱水裡手洗。鮑勃在其中一個水槽裡放滿冒氣的肥皂湯，另一個則是宛若硫磺泉的乾淨熱水。他讓一批數量穩定的盤子、碟子、碗在用來瀝乾的碗架上跟在外頭的廚站上輪替，讓需要的艾迪與路易不致斷炊。他準備了一個鐵桶裝刀叉，並同樣在裡頭放了熱得要死的專業熱水，然後就讓一支支刀叉匙與奇形怪狀的陶瓷調羹在就差沒沸騰的水裡好好待著，差不多了才將桶子移進肥皂水槽裡，由他拿著粗布進行單獨加強，一個一個來。

偶爾也有不忙的時候，鮑勃的洗碗區會看不到鍋碗瓢盆任何一個髒東西在等著他洗。有些人會刻意留一兩個盤子不洗，就等老闆來巡廚房時可以隨時抓起來裝忙。但鮑勃是幸運比爾·強森學校的畢業生——東西都乾淨了，就去抽根菸。

林先生會說的英文幾乎是零——在中國出生的他，說的是廣東話。雖然鮑勃對中國菜的理解就只有雜碎，但這男人確實是個超殺的廚師。林先生的雞肉料理讓鮑勃欲罷不能，他巧手變出的豬肉能把普通豬排一拳擊倒，甚至連帶骨肋排都不是對手。雜碎不准在下午三點的員工餐中出現。事實上雜碎顯然根本不是真正的中國菜。鮑勃原本不知道這點。撈麵（港式拌麵）有各式各樣的醬可以搭配。事實就是林先生做給女服務生、跑堂夥計，還有洗碗工吃的飯菜，比做給白人顧客吃的東西好吃。

鮑勃在都扳街學到了另外一件事：他一直習慣在米飯上擠上番茄醬，搞得都扳街不得不在店裡準備這東西——直到安潔兒實在看不下去了。她建議鮑勃拿起每個桌上都有的小玻璃瓶，用裡面的東西來幫米飯調味。

「我不喜歡甲蟲汁。」鮑勃曾在戰後的日本長崎試過醬油；那嘗起來就像松節油[110]。

安潔兒在桌邊的椅子上往後仰，瞪了鮑勃一眼，然後跟她父親說了一些話，一些廣東話。鮑勃不喜歡這樣。

109 跟那個拍電影的人沒有親戚關係。

110 譯註：松節油是從松柏樹脂中提取的精油，也是一種重要的工業原料，而有種在北美松柏樹皮下產卵的甲蟲就叫松節油甲蟲。

「那是醬油，鮑勃。」安潔兒說。「別當個笨閂[111]。你大概是加太多了。美國人都會加太多。還有這個是中式醬油。」

「有差嗎？」

「當然有差，」安潔兒說著抓起了小玻璃瓶，俐落地讓小小的醬油瀑布染黑了一碗新的白飯。「吃吃看。番茄醬配飯實在太離譜了。」

「我喜歡番茄醬。」鮑勃說。但在稍微試過了中式甲蟲汁與白飯的組合後，那種鹹香好像還行。「挺不錯的，」他說了老實話。「這跟我在日本吃到的醬油哪裡不一樣？」

安潔兒第一時間不是忙著回答，而是爆出了鮑勃上班以來頭一回的捧腹大笑。她用廣東話把問題翻譯給爸爸聽。林先生也笑了。鮑勃完全丈二金剛摸不著腦袋。

週四晚上在都扳街是不成文的華人之夜，弗拉格斯塔夫不算大的亞裔社群——外加那些吃得出正宗美味的當地人——都會來用餐，來跟安潔兒大聲聊天，也來跟三五好友更大聲地談天談笑。鮑勃壓根沒想到會有華人住在亞利桑那州的弗拉格斯塔夫——但這天的餐廳高朋滿座，客人甚至知道要點菜單上沒有的林先生私房菜餚。每逢週四晚上，鮑勃洗的餐具都是筷子多，叉子少。

某次華人之夜，就在開店前，林先生人在廚房裡對著鮑勃又是揮刀、又是粵語連發，同時手還指著放在實木砧板切菜桌上的半打全雞。鮑勃擦乾了手，從林先生手中接過了刀子，或者該說是刀柄。拿起另一把刀，林先生拿起一隻雞，演示起了他要鮑勃怎麼把雞切開。鮑勃的刀極其鋒利，就跟他在陸戰隊裡的那把卡巴格鬥短刀[112]一樣利，然後他就跟著老先生有樣學樣，一片片切起了雞。短短幾分鐘內，所有的雞就都被處理完畢，變成了雞片、雞丁，或去骨的狀態，隨時可以供林先生做成他腦子裡盤算好的菜餚。老先生看似十分滿意，並為了讓鮑勃知道他很滿意而跑到餐廳前頭去，從飲料冰箱帶回了百事可樂來跟他共享。下一個星期四晚上，林先生對鮑勃示範了要如何用一把巨大菜刀切菜。那當中有個訣竅，一旦學起來，切菜就能快如閃電。那之後，甚至在不是星期四的晚上，林先生也會交代鮑勃切點什麼、給東西去骨或是剁點什麼。

一個星期三，安潔兒進到廚房，看到鮑勃在實木砧板前把豬肉切丁，然後大笑了起來。「你看看你，鮑勃。」她搖起了頭。「你看看你自己。」

在女服務生裡面，席拉是人比較好的那個，這或許是因為她小孩很多，所以在都扳街工作對她來說可以透透氣。瑪麗亞始終沒有能喜歡上鮑勃，但她也不會因此就苛扣他那份小費。艾迪與路易會在打烊後跟鮑勃一道去喝杯啤酒，當地有家專門替弗拉格斯塔夫的各路廚工開到很晚的店家，叫做布維那維斯塔，也就是西班牙文的「美景」之意，而鮑勃從沒有跟那樣的一群人喝過酒，真正稱得上多元族群的一群人。他的重機車友全是白人。陸戰隊全是白人。只有在大廚房工作跟在坐牢的時候，他才曾跟有色人種一起吃過飯、做過工、睡過覺、玩過牌，還有偶爾打個架。

鮑勃每晚下班都會去美景喝兩杯。他會在大約凌晨三點帶著一手六瓶冰涼的法斯塔夫啤酒

111 廣東話，意思是愚蠢的討厭鬼。（譯按：亦作「笨柒」，羅馬字拼音為 ban cat。）

112 譯註：Ka-Bar，刀具業者。自從第二次世界大戰，Ka-Bar 就開始照美國陸戰隊的任務需求設計專屬的戰鬥刺刀，並於各戰役中發揮了作用。

回到汽車旅館，然後在沒有冰箱的房間裡喝下慢慢不冰了的它們。太多個早上，鮑勃都是在溫啤酒的陪伴下迎接朝陽。

他會在下午三點抵達都扳街，把車停好在店後面，然後給自己倒一杯咖啡。到了開店時分，所有的廚站都會備足用品彈藥，林先生會有乾淨的煮鍋跟中式炒鍋。安潔兒會從小醬油瓶到幸運餅乾的罐子通通檢查一遍，而鮑勃會把昨晚大部分的啤酒都化為汗水。

「你啤酒喝太多了，」安潔兒．林在一個格外忙碌的週五晚上跟他說。她剛在廚房跟她父親嘰哩呱拉講了一堆像在唱歌的廣東話，而她不知說了啥，父親聽了之後似乎不太爽。「我在這兒都聞得到你的酒氣。」

「我被開除了嗎？」鮑勃問，他自己心情也不是特別好。

「沒有，但你很臭。」

安潔兒按例在星期天晚上付鮑勃薪水，當晚餐廳會提早在十點前打烊，等在週日晚上盛裝上館子用餐的一家子都看完他們的幸運餅乾並起身回家後，就是發薪水的時候了。現金代表著沒有稅，沒有支票，也沒有銀行。

到了十月，他的財務狀況已經達到史上最佳。鮑勃是貨真價實的發了。他搭上了一個他在美景認識、自稱小蜜蜂的女子。小蜜蜂有一點瘋瘋癲癲——那種會受重機騎士吸引的妹仔。她，跟鮑勃一樣，也很愛喝冰的法斯塔夫。床上的她挾著剽悍與令人很享受的需求，朝著他餓虎撲羊，完事了倒頭就睡——而且是呼呼大睡——直到他出門上班都沒醒。小蜜蜂有個她不想見的老公——不知道是前任還是正牌老公——人在德州的沃斯堡，所以她才躲到了弗拉格斯塔夫。

鮑勃從沒問過她有沒有孩子，但她看起來有人母的感覺。

弗拉格斯塔夫沒人在週一吃雜碎，所以那天公休。鮑勃與小蜜蜂會利用這天騎著摩托車，在亞利桑那的那個角落四處轉——她，喜歡速度也喜歡緊抱著男人那種感覺的她，偶爾會在時速五十英里的座位上，在鮑勃的耳邊唱起佩琪．克萊恩[113]的曲子。

有個星期二鮑勃進班，心情不是特別好——他前一天跟小蜜蜂一起喝掉的啤酒，也比平常多。員工們正圍著中間有個轉盤的桌邊吃飯。鮑勃對著一直喝不完的咖啡，顯得沉默寡言，然後就看到安潔兒帶著一壺茶跟兩個那種超小的茶杯，坐在了他的身邊。林先生坐在對面，看著他女兒跟洗碗工。

「我看到你跟一個小姐在一起，鮑勃。」安潔兒說著給自己倒了杯茶。

「什麼時候？」

「昨天。她在你的摩托車後座貼著你。我對你按了喇叭，你沒看過來。但她倒是看了。」

「在哪兒？」

「鎮的另一頭。我按了喇叭。」

「我沒聽到。」

「她聽到了。她是誰？」

「她叫夏洛特。她是鎮那頭的主任圖書館員。也是州長的女兒。」

113 譯註：Patsy Cline，1932-1963，二十世紀五〇年代的著名鄉村女歌手。

安潔兒大笑起來，跟她父親說起了廣東話。風格不太一樣，但林先生也笑了，然後他還補了幾句什麼，讓安潔兒又被逗笑了。

「老爹說了什麼？」鮑勃改叫林先生「老爹」已經一個禮拜了。

「你不會懂的啦。」安潔兒吞了一小口茶。「她跟你一樣，喜歡啤酒嗎？」

「不。她父親反對喝酒，所以我幫她喝。」

「你為什麼喝這麼多啤酒，鮑勃？」

「妳為什麼要跑來弗拉格斯塔夫賣雜碎？」

「我父親在報紙上讀到胡佛水壩，所以我們就來看看。還有大峽谷。我母親跟姊姊說，『OK，我們看過了，』然後就回舊金山去了。唐人街地方小。我們喜歡這裡的天空大。弗拉格斯塔夫跟沙漠對我們的骨頭好。來，嚐嚐。」安潔兒倒了些茶到另一個小杯子裡。與其費勁與她吵，鮑勃索性喝了一口那玩意兒。是苦的。加點糖應該還行。「你老家在哪裡，鮑勃？你是在那裡長成現在這副德性？」

「妳聽過隆巴特嗎？」鮑勃點了跟契斯特菲爾德。安潔兒不抽菸，但他遞上了一根給老爹，還幫他點了火。

「那在哪兒？」

「拿顆石頭從弗里斯科[114]丟個幾百英里，妳就能打中我的故鄉。」

「在加州？」

「正是。要往山谷裡走一大段。」

「你熟城裡嗎？舊金山？」

「有經過一兩次去看些朋友，躲一些算不太上朋友的人。」

「你打仗的時候沒有經過舊金山嗎？」

「沒有。我來去都是走聖地牙哥。」

「戰時每次有船回來、水兵走下來時，我的姊妹們跟我會去碼頭看他們，看他們身上那些一共十三顆釦子的褲子，正面繃得好緊。我們看得出他們每一個都在勃起！」安潔兒在回憶中笑了，笑到摀住了嘴巴。「硬梆梆的！那些小伙子超發姣[115]的。」

「我以前也是陸戰隊。」鮑勃聽到安潔兒在老爹面前說這種話有點尷尬。

「我弟是海軍。侍應兵，但後來他們讓他當了通信兵。就死了。」安潔兒沒有繼續展開弟弟的故事，只是點到為止。她喝了口她的茶，也把鮑勃的茶杯斟上。茶的味道沒那麼苦了。加糖味道就不對了。

林先生說了一些廣東話。安潔兒回了他幾句。然後她問道，「你什麼時候要騎車帶我去兜風，鮑勃？」

「認真？妳想去兜風？」

「不行嗎？我會貼緊緊，」安潔兒說著站起身來，收拾起茶壺、小杯，還有碗。「你的摩

114 譯註：北德州地名。

115 發姣，廣東話的「發情」或「性慾高漲」之意。

托車坐起來，好像很好玩。」

「妳是老闆妳說了算。什麼時候。」鮑勃．佛斯說。

「星期一，下個公休日。」安潔兒．林說。

☆

親愛的羅比，

我欠你這封信，欠了好久。

我知道你爸爸去世了，我當時就應該寫信給你的。這話也是要跟你媽說的。你兩個妹妹我一直不熟，但你們母子倆不應該這麼久沒我的消息才對。我最後一次見到你，你還是個小朋友，現在你自然已經長大成人了。你要是已經結婚，我願她是個好女孩。如果她不是，我希望你另外認識很多好女孩。哈哈。

我這會兒已經結婚十多年了。我太太在舊金山出生，在唐人街長大。我認識她，是在她開在亞利桑那的一家小館。她當起了我的老師，然後我們現在在阿布奎基開了一間金龍餐廳，還算挺有賺頭，也算是阿布奎基叫得出名號的館子，尤其好的中菜館在這裡就那幾間。店是她在經營，我負責廚房。所以，沒錯，我娶了老闆。

我們上次見面，是戰後沒多久。我人還有點一蹋糊塗。那時的我會酗酒，我能喝，也持續喝了很久。但從一九六二年五月十七日至今，我都沒有再碰過一滴酒了。我一星期會去跟狀況跟我很像的人聚會一次。我們很多人都被戰爭搞得一團亂，但我們也不是生來就這樣。我們小時候也是正常的小孩，後來才變成像是被車床裁壞掉的木材。但那當然不是我不跟你們聯絡的正當理由。你還是個小朋友，而我理應當個成熟的大人，問題是我做不到，我不會當大人，不會當舅舅，不知道怎麼在一個地方待著，也不知道怎麼不要惹上麻煩。就在你成長的過程中，我歷經了很多困難，很多摩擦。安潔兒說她第一眼看到我，我身上只有一個地方沒讓她覺得這個人會惹事，那就是我那雙乾淨的靴子。安潔兒是我太太，所以她算是你的舅媽。在結婚之前，我甚至連一次都沒有跟她提起過你。

最後一次在隆巴特見到你時都發生了些什麼事情，我已經記不太清楚了。你跟我好像有騎車在鎮上轉，然後我們好像去克拉克藥局喝了些奶昔。你妹妹還是個小嬰兒，我稍微抱著她，讓她在我膝蓋上跳啊跳，然後很愛著色跟畫畫的你拿了些你的素描跟圖畫給我看。我記得你媽媽叫我別再到處遊蕩，叫我找個地方安定下來——如果不想在老家待，去別處也行。但當時的我就是做不到。

我希望你沒有非得去越南不可——所以你就知道我跟家族失聯得多厲害。我連你有沒有被徵兵都不知道。爲了越戰我連電視新聞也不看了。戰爭是怎麼回事我清楚得很。就算我們在越南打贏了，也不值得讓戰爭去那樣扭曲一個人。我遇過一些人說我這話說得不愛國，但那是他們的想法，而越南可不是珍珠港。要是你不幸被徵召了，我希望你能負責在基地放電影，而不用去叢林裡作戰。你在我心中就是個小男孩，而一想到那個小男孩要去打越戰，我就嚇得一身冷汗。有天我看了一點新聞說有個陸戰隊單位把某個村子給燒了。我當陸戰隊的時候也燒了不少村子。在電視上看到那一幕讓我一個禮拜都沒睡好。要說我什麼時候會想把酒再拿出來喝，大概就是那一刻了。安潔兒，我太太，問我爲什麼反應這麼大，但我不知該從何說起——我只能告訴她那讓我想起太多我當兵時看到的東西，太多我做過的事情。

我跟大部分弟兄一樣，都還是會做惡夢，但我知道那些惡夢來自何處。那些揮之不去的惡夢將來來回回，糾纏我一輩子。但我不希望你覺得我是個整組壞掉、振作不起來的老人家。我不是。現在的我是全世界最幸運的男人。我沒有孩子，但安潔兒有大概一百萬個姪子跟姪女吧，而且她還有一個家中兄弟搬回了阿布奎基，所以我們很常見到他們。如果你還記得，我當年回隆巴特時有台摩托車，我現在也一樣有一台。我喜歡載著老婆，讓她在身後貼著我。我喜歡我的工作，以一個半路出家的廚師來講我也還算不錯，眞希望你有天能來我們餐廳吃個飯。你要是來的話，金龍餐廳一點都不難找。走六十六號公路到市區正中心，有一條中央大街，我們就在那兒，你隨便問都有人知道我們。我們保證會把你餵飽餵好。

但我還是希望你知道我覺得很對不起，我不該拋下你，不該拋下你們。我這輩子做錯很多事情，但沒有能更多更多地待在你們身邊，最讓我後悔莫及。我沒辦法變魔術或用什麼你們能聽得下去的理由，把失去的時間補回來。我消失就是消失了，沒有理由，有的只是我離開的事實。我沒有回去隆巴特的計畫，更不打算跑到你們家門口嚇你們一跳，所以你們不用擔心會有某個奇怪的老人家想把你們找出來。我知道自己做了什麼不該做的事情，有什麼該做的事情沒做，也希望你能以你的方式理解這一點，更希望你可以想通，可以接受我們舅甥不論被命運帶到什麼地方，都還是可以重頭來過。

來看看我們吧——你願意的話。

你永遠的舅舅

鮑勃

一九七〇年聖誕節

羅比／崔福——佛爾想起他在電視上看到過的一則新聞，講的是有一連陸戰隊在越南的叢林裡巡邏。看那新聞的時候在茫、現在也一樣在茫的他記得那新聞有著畫質很差的陰森畫面：一個黑白色調的村落裡有著經美術指導處理過的茅屋與穀倉，還有在原始的越南人之間看起來像巨人的陸戰隊員。高大而笨拙的美國人載著鋼盔、手拿武器，還有那個揹著無線電背包在身後、正用話筒在與人通話的傢伙，他們都只是大男孩，都只是在假裝強悍，在用抽菸來掩蓋他們的無聊、悲慘，和從眼神與站姿裡呼之欲出的恐懼。羅比——以二十九歲的年紀——比他們都大，就連那個在大呼小叫發號施令的軍官都比他小。他們人人都是一臉倦容。一名陸戰隊員拿著他的 Zippo 打火機到了一處低垂的茅屋屋簷下，把火點在了茅草葉上。其他陸戰隊員也用打火機做了一樣的事情。他們接到的命令是要把村裡的茅屋全都燒了。

用 Zippo 打火機點火的效率太低，於是一名陸戰隊員，背上有火焰噴射器的那個，朝一間屋子的整片茅草屋頂灑出了一波膠狀的火焰，然後再下一間。一團團火球從他武器的槍口滴落，在地上燒了起來，邊燃燒自己邊發著嗶啵聲。火焰噴射兵的動作一派意興闌珊，就像週六早上不情願地做著家務的小孩在把割草機切下的草坪耙好在一起，而他的朋友卻能在市立游泳池畔跟小女生打情罵俏。數秒之間，這支陸戰隊就創造出了一片狂躁的火海。他們周圍黑煙四起，燃燒的化學物質讓人彷彿身陷雲霧，而越南的婦女、老人家、小小孩則哭嚎著，慘叫著。火焰噴射兵身上的工業產品，他背後那一缸高壓凝固汽油，將原本被雨浸濕的村莊變成了人間煉獄。

☆

鮑勃．佛斯——鮑勃舅舅——在戰時是火焰噴射兵，當時他夯不啷噹也才十九歲而已。羅比記得鮑勃舅舅那句「那就是我」是對著一本二戰漫畫書說的，書裡的故事說的是一群陸戰隊被火力壓制，然後他們當中的一員，隊上的火焰噴射兵，挺身而出救了大家。羅比記得那本漫畫因為那是鮑勃舅舅買給他的，而羅比後來也畫起了他想像中舅舅用他的火焰發射器做了哪些事情，要知道那把武器在他心目中比只會噠噠噠的機關槍或只會喀—砰的火箭筒酷很多也炫很多。鮑勃舅舅的 M2-2 型可攜式火焰噴射器會發出拉長音的吼—吼聲，讓他變身成一個堅定不移、為了正義而戰的超級英雄。鮑勃舅舅從來不是那個帶著鋼盔百無聊賴但又被嚇得皮皮剉、奉命要用一球球被噴出的膠狀火焰來抹滅農家的年輕小伙子。鮑勃．佛斯是為大家挺身而出的陸戰隊員。

崔福—佛爾當場提筆畫起了這個故事，一個他可以在腦海中看見的史詩，一個可以一分為三的故事。他草擬出了幾頁的大綱，丟掉，重新來過，然後花時間思索、塑造起畫面。等整個故事的草圖頁數達到一定程度後，他將它秀給了公司一名同仁看——一個叫做巴布爾的傢伙——問他覺得如何。

「我不知道耶，老兄，」巴布爾說著抓起了頭。巴布爾在好幾本漫畫裡有著類似首席寫手的定位。他創造過「史噗」這個從《星際爭霸戰》的史巴克山寨出來的角色，史巴克原本長著尖耳朵的地方變成了老二。史噗的銷路很好，在庫爾卡茲算是比較受歡迎的作品之一。「可能要再好笑一點。」

隔天早上羅比已經完成了所有的畫格，它們合起來就是崔福—佛爾的最新一本地下漫畫：《火瀑的傳奇》。

「你為什麼要吹捧殺嬰兒的人？」思凱說，她是辦公室裡的一個女生，而像她一樣開始不跟他講話的女同事還有很多。公司裡大家都看過了崔福—佛爾畫出的東西，而最大宗的意見是《火瀑的傳奇》不夠好笑，不夠發人深省，不夠能揭露戰爭的不道德，不夠與越戰有關，而且結局那幾個畫格真是卑鄙無恥！這才不是庫爾卡茲的漫畫！他應該將之定位成超人與綠燈俠那種老派的作品賣給主流的大公司，把錢給賺了。嫌這麼做不好？那就拜託他把這爛東西丟了。燒了。

「搞得好像美國人需要這種東西一樣，」另一名畫師艾佛瑞說。

「我不知道耶，」巴布爾又說了一次同樣的話。

「你是從哪兒想出這麼沒人性的東西？」戴爾科問。崔福—佛爾不確定這話是在誇他還是損他。

唯一有替《火瀑的傳奇》出聲的粉絲是安妮．匹克，很多畫師需要的美術字體都是由她來操刀。她弟弟在一九六八年一次新春攻勢[116]後的增員中被徵召，然後在一九六九年二月陣亡。她說她弟弟看到這漫畫，肯定會笑。

但即便如此，庫爾卡茲還是把崔福—佛爾這本《火瀑的傳奇》送印，而且這貨也賣起來了。郵購訂單自全美各地寄至，需求如雪片般湧入的盛況延續了兩個禮拜。然後有些漫畫被撕碎送了回來，有些被一頁頁用紅筆畫上納粹的萬字標誌寄了回來。崔福—佛爾收到一些粉絲在仇恨郵件中說他們不敢相信創造出《大肚子警察》與《廢材家族》的作者會有一天胡搞瞎搞出一部對美國大兵致敬的作品。其中一個粉絲寫道「你幹麼不直接畫戈默．派爾[117]就好了?!」有些來信長篇大論問了跟戴爾科一樣的問題：「你是從哪兒想出這麼沒人性的東西？」

116 譯註：Tet Offensive，一九六八年一月三十日由北越向南越與美軍發起的反攻，最終以北越陷入戰術窘境，損失近六萬兵力作收。但新春攻勢也在美國激起反戰情緒，最終迫使美國自越南撤軍。

117 譯註：Gomer Pyle，是於一九六三年首次登場於安迪．葛瑞菲斯秀的一個電視虛構人物，設定是一名天真而溫和的汽車技工，後來在一九六四年獨立成情境喜劇《美國陸戰隊員戈默．派爾》（Gomer Pyle, U.S.M.C），播送到一九七〇年結束。戈馬．派爾在陸戰隊的俚語中代表成事不足敗事有餘的天兵，屬於一種蔑稱。

KOOL KATZ KOMIX
庫爾卡茲漫畫與崔福－佛爾作品
50¢ ADULTS ONLY!
THE LEGEND OF
*火瀑的傳奇
FIREFALL
桑德巴特中校
上尉連長
越共
綜觀美國歷史，許多年輕人的人格塑造都是靠著那
又好玩、又刺激的…戰爭！想一探究竟，
就看這本由本社榮譽出品，庫爾卡茲漫畫的火瀑的傳奇！

THE LEGEND OF FIREFALL
在遼闊太平洋的彼端，一個熱帶雨林之國的一隅，有處叫做一六三高地的地方，那兒有一些美國子弟正陷入危機。
共匪到處都是，上尉！我們在這裡守不了太久了！
用DET索*把那些樹綑起來我們要炸出一片LZ**！
*DET索=導爆索
LZ=給chopper*用的降落區
***chopper=直升機
喏！這些常識自己查好嗎！
FOOM!
TANGO—FOXTROT—HOTEL—MIKE！單位BRAVO X-RAY請求EVAC，地點一・六・三！LZ是熱區！重複一遍！LZ是熱區！
收到，BRAVO X-RAY…休伊已經出發。
該死的查理有火砲，長官！
我會死在這裡嗎，長官?
KA-BOOM!
我可以看到他們有好幾百人，連長！他們正在集結，要來攻擊我們的據點！
我們的EVAC來了！掩護火力全開，弟兄們！
我彈藥用完了！
KA-FOOM!
他們沒辦法降落！LZ太熱了！

嘿！他們的火砲
突然撤走了！
FOOSH!
有個火焰噴射兵
正從後面在火烤他們！
上直升機，
弟兄們！
那些共匪被
巴比Q了！
我們是有哪個人
在下面？
我們在下面
應該沒有人，
長官！
啊啊啊！
啊啊啊啊啊！
真不敢相信，我們
竟然活下來了！
那個人
到底是誰？
各位讀者，大家好，我是
艾德・「狠人」・桑德巴特中校。
你們剛剛看到的劇情，
是發生在越南的真人真事。
沒人知道這名火焰噴射兵
是從哪裡冒出來的，
但我們在最高機密的特種部隊裡
給他起了一個名字，
叫作火瀑！
我們之所以這麼叫他，是因為嗯，
這聽起來他媽的超酷！
而且熱棒中士跟烤麵包少校
都已經有人叫了。
我現在
可以跟大家說，
這已經不是火瀑第一次跳出來拯救
我們被敵人圍困的部隊
——靠著對亞洲佬大開殺戒。
為什麼我現在可以
跟你們說這些？
因為現在這裡我是老大！
你們很多人可能都
已經不記得那場
撥亂反正的行動，
叫作韓戰…

那裡冷到一個汽油在吉普車裡跟卡車裡會結凍的程度。輪子動不了。武器發射不了。時機說多糟就有多糟…
中共朝我們直撲而來，連長！
站起來，大家！看來我們要用走的離開這裡了。
他們切斷了隘口！我們被包圍了！
你要是挖不了洞，那就找顆石頭躲在後面！我們說什麼也不跟中共投降！
敵人來了！
我們要是能清出那條路就好了！
RRROAR! RRROAR!
什麼？是我們的軍刀機去扔了顆燃燒彈嗎？
不長官，你看！
?!
隘口清出來了！
我們走，兄弟們！

有人放火燒起了
那一大堆中共部隊！
奇蹟發生了，長官！
你看，長官！敵軍從他們的後方遭到了攻擊！
他們變成炒飯了。
一名美國大兵
手裡有台相機，
他拍下了
一張照片！
是，沒錯，
照片證據顯示
當我們的戰士們
被檸檬黃色的敵人
困住時，
神祕的火瀑
挺身而出，讓我們
得以逃脫跟存活。
這個英雄是從哪裡
冒出來的？
怎麼冒出來的？
靠著我們的
智慧特遣隊：步兵火炮團隊
——簡稱I.D.I.O.T大隊——
我們覺得我們現在應該知道了…
那場超棒的戰爭！
你們知道的——
老媽跟老爸一天到晚掛在嘴上的那場仗。
第二次世界大戰！
我們相信火瀑的真身是
拉瑟姆・羅伯特・佛斯古德下士
——一名海軍陸戰隊的火焰噴射兵，
他在戰爭尾聲的
沒比基尼礁之役中失蹤。
戰功彪炳的他曾經在
屁股癢
抓蛋蛋
咕咕邦哥
跟花花別墅
等大小戰役中，
讓日本鬼子
灰飛煙滅。
但他自從沒比基尼礁之役
後就下落不明。
那道縫隙
你看到了嗎？
看到了，長官

「敵人就在裡面，
而此處我們無法繞開。
有什麼想法嗎，
佛斯古德？」
要不然我偷偷繞到一旁，
把他們燒個精光？
好樣的。
從縫隙的旁邊，佛斯古德用火流往裡頭送，
然後打完收工。
!?!
在其他不下十二次的短兵相接中，
火瀑都用他穩定的手完成了
火焰槍的操作。
隨著島礁順利到手，
部隊返回了海灘上
吃起了熱飯跟果醬甜甜圈⋯
希望紅十字會
的護士
可以
受得了
我的味道！
此時一名全身髒兮兮
的敵軍狙擊手從洞中爬了出來。
為了向天皇致敬，也讓長崎老家的愛人以我
為榮，我必須跟這些美國狗戰到最後一口氣
。不然我奮戰這麼久豈不是在莊孝維⋯

他的瞄準十字線找到了火瀑，
還有火瀑的鋼瓶，跟管子…
BLAM!
狙擊手的子彈打中了M2-2
可攜式火焰噴射器上最脆弱的地方。
PING!
搞什麼…？
WHOOSH… FLICK…
KABLAM!!
就這樣，才剛打完勝仗的佛斯古德下士，
瞬間人間蒸發…
…了嗎？
天空中一架飛機…
一九四五年八月九日
在傳統的紙窗房子裡，
一名日本女子手握著她愛人的照片…
我衷心希望
伊藤可以從
沒比基尼礁上
活著回來。
我好想他…
咦！那道亮光
是什麼東西？

日本的長崎跟幾天前的廣島一樣，
遭逢了相同的厄運。
FOOM
哇嗚！看那朵蕈狀雲！
我們一口氣殺了好多日本鬼子。
我們不確定火瀑接下來會出現在哪裡——也許在**柏林**，在**莫斯科**，或在你家附近的**大學校園**…但只要命運讓我們的子弟兵身陷重圍，希望頓失之際——請你懷抱信念…期盼著火瀑！
本漫畫由杜蘭飽公司全體同仁
為您獻上——杜蘭飽
DO NOT POUT
別杜蘭！灼燒皮膚的化學品
讓美好生活不困難！

3 開發地獄

比爾・強森（2020）

叮！！叮！叮⋯叮⋯⋯叮⋯⋯⋯

廚房的計時器鬧鐘響起。二十五分鐘已然過去[118]。

比爾・強森有接下來的五分鐘可以自由運用，所以他將自己從他的打字桌前推開，這種特製家具比一般書桌跟餐桌都略矮，讓它的高度特別適合操作老派且還能使用的打字機。他購入打字機是幾十年前的事情，打字桌則是幾年前。他離開屋子去到外頭，飽覽寬廣的蒼穹，也吸一口新墨西哥州沙漠中涼爽的晨間空氣；此時還不到早上七點。街道對面的高爾夫球場上，一行四人正跑來要打早場。他認出了他們——在新墨西哥索科羅這個大學城裡，沒有誰不認識誰——他對他們吹了聲口哨，還揮了揮手。四人組也對他揮手致意。

比爾・強森不是保險業務員或電話行銷的副總。他也不是市議員比爾・強森，不是艾波比休閒餐廳的經理，不是史蓋萊恩高中二〇一九年班的畢業生致詞代表。他不是四樓那個 IT 部門的 BJ——而且誰敢叫他 BJ[119] 你試試看。他不是東谷保健公司裡的齒顎矯正醫師，也不是隔壁那個信摩門教所以在車庫裡囤積罐頭、礦泉水、湯粉包與雪碧汽水的居家男人。以上這些個比爾・強森們——多半應該——都是好人，並且都活在他們這美國滿地都是的菜市場名舒適圈內。

118 譯註：即所謂的番茄工作法：工作二十五分鐘休息五分鐘，算一個番茄，四個番茄後大休息一回的工作法，發明於一九八〇年。

119 譯註：BJ 有 blow job，也就是口交的意思。

這個比爾．強森，這個有台史密斯—可洛娜牌史忒林型骨董打字機放在專用打字桌上的男人，是給電影寫劇本、當導演的那個比爾．強森。他被某些人譽為天才。至於認識他、跟他熟的人，則會同意在說他是天才之前，應該先說他怪。此時此刻，這個拍電影的比爾．強森正處於「待片中」的狀態，正在創意上漂流。

在外頭門前，比爾看到了隔兩戶的皮內多家養的橘色虎斑貓。這隻貓還活著，只能說是奇蹟，畢竟這裡除了酷熱，還有老鷹、郊狼，外加在鎮上四處晃蕩的野狗。比爾不是個喜歡養寵物的人，但看見橘貓沿著圍籬溜達得慢條斯理，他能感受到一股平靜，一種最新的新冠肺炎變種沒有把上帝造物趕盡殺絕的那種安心。

「這邊，貓貓，」比爾叫著，一邊還輕輕打著響指。貓咪沒理睬他。沒貓可摸的比爾只能從肩膀直直向上伸伸伸—展起他的手與雙臂，想像著他的脖子在愈變愈長，就像他是隻橡膠長頸鹿一樣。他深呼吸，看了一眼手錶來確認五分鐘已經過了，然後便回到了屋子裡。

在給自己又做了一杯壓得很完美的雙倍濃縮咖啡後——包含被攪入的一抹阿華田——他坐回了打字桌與他的史忒林打字機前……

如果我可以找到某些原材料，一或兩個人物，某種他或她身處的危機，然後就可以由此發展下去。喔，媽的……要不是拍電影比有趣還有趣，我早就去打那些叫高爾夫球的小白丸了。但高爾夫打太多會讓我覺得自己是個廢物。我一開工，一聽到狄倫的《自由之鐘》[120]就心裡有數重讀自己打出來的東西，他才意識到自己花了二十五分鐘在紙上抱怨；他的意識流完全反映出一個懦夫。他個人的問題到底關其它人什麼鳥事？

所以今天在史密斯．可洛娜前面弄出來的，就只有這些東西了。比爾啵—咻一聲抽出打字機托盤中的紙張，丟進了桌子的抽屜內，讓它加入了其它他每天一早計時敲打出來的訊息。一等抽屜滿到要爆了，他就會把他的各種沉思放進車庫裡的架上一個木頭櫃裡，跟他多年來打出來的東西一起等著看要拿去歸檔，還是拿去壁爐當燃料。

他去到門口的衣櫃，抓起了高爾夫球桿，離開了屋子。他走向高爾夫球場，想趁著天還沒太熱前，把一顆小白丸打過來打過去。

☆

比爾以前的工作習慣是坐在打字桌前寫啊寫啊寫啊，彷彿他是嗑了右旋安非他命[121]的傑克．凱魯亞克[122]，在鍵盤前一坐就是幾個小時，直到他要麼想出某個怪夢一般匪夷所思的故事，要麼在挫敗之中把打字機扔出窗外。動不動，他拉哩拉雜的囈語就會搞丟了時間跟邏輯，結果就是一頁接著一頁宛若無韻詩的不知所云。抑或是，有些日子裡的他會在鍵盤前一坐就是幾小時，

120 譯註：狄倫是鮑伯．狄倫，1941-，美國歌手。二〇一六年成為首位獲得諾貝爾文學獎的音樂創作者。《自由之鐘》（Chimes of Freedom）是他發表於一九六四年的曲子，如詩的歌詞有六大段，全都不一樣。

121 譯註：一種聰明藥，可以幫助人熬夜。

122 譯註：Jack Kerouac，1922-1969，美國小說家。

但時間白白過去，什麼成果都拿不出來，他的腦袋一片空白，他的想像力當機發呆，打字機托盤裡的紙張上沒有隻字片語，處於一種全宇宙都靜止了的狀態。但他自己訂下的紀律號令他在打字機前待著，沒有……任何……理由。隨便打點什麼都好。**拍電影比有趣還有趣**。電話簿、效忠誓詞[123]、史普林斯汀[124]的歌詞：**西班牙強尼昨晚從地下的黑社會開車前來，身上帶著瘀青的手臂與破碎的節奏，還有一輛破爛的老別克，但打扮得卻像炸藥……**

就從這樣充滿暴戾之氣的勞動中，也不知怎麼地，他的劇作一本本從無到有。

但他已經不是當年那個傻不隆咚的年輕人了。自從疫情與居家隔離之後，他就再沒什麼具備主題價值的東西被從他那通常熱情滿溢的大腦，透過標準 QWERTY 鍵盤配置的打字鎚，轉譯到洋蔥皮[125]上了。不再有場景標題或場景切換。不再有角色對話誕生在由鬧鐘設定好、長二十五分鐘的時間區塊裡；沒有一頁頁腳本，沒有主題，沒有故事。近期以一個日記作家的姿態，比爾還算沒有因為非坐在打字機前不可，而陷入迷霧與泥淖。但作為一個劇作家呢？他爛透了。所以，他揹著他的球袋過了街，去對面的高爾夫球場揮個幾桿，琢磨琢磨他的短距離，他的切桿跟推桿，就三四洞，他會在正規計分的一隊隊四人組之間穿梭。

他並非一直都是那種會「打斯伯丁屁股」[126]的人，他是在認識了 Dr. 派特．強森（沒有親戚關係）並搬來索科羅之後，才開始從事這項運動。他開始定居在阿布奎基是幾年前的事情，契機是他在這兒出了電影外景[127]，愛上了這裡的乾熱、這裡無邊的地景，還有這裡一萬五千年的部落歷史。為了搬來索科羅，他放棄了他在山坡上可以俯瞰市景的房子，但只要心血來潮他就會回市區——去吃個好一點的餐廳、去拜訪他當詩人／畫家／水管工／推土機駕駛的朋友、去原住民賭場裡的運動轉播間坐著（看人而不是看比賽）、去中央大街上東一個西一個的跳蚤市場與古董攤裡挖寶，就在那充滿歷史感的六十六號公路上。

很久以前，比爾發過一個誓，他發誓他再也不送任何不曾被擁有過、也就是非二手的東西給人當禮物，初衷是這樣才符合環保上的利他主義。他買來送人的老東西愈多，會在地球上留下傷疤的垃圾掩埋場就愈少。這點心思，讓比爾．強森的禮物不落俗套、動輒獨一無二，但也偶爾會嚴重脫靶。畢竟不是每個人都會因為收到一台四十七歲但還老當益壯的AM調幅收音機而感到貼心。

他會四處探頭探腦地尋找喝根汁啤酒[128]用的舊馬克杯，找舊家電，像是還能用的咖啡濾壺或完全沒壞的理光牌迷你卡帶式錄音筆Dictaphone，找還能播放的程度或高或低的黑膠唱片，找

123 譯註：Pledge of Allegiance，規定在《美國國旗法》當中，向美國國旗以及美利堅合眾國表達忠誠的誓詞，一九四二年獲美國國會採用，迄今歷經四次修訂。

124 譯註：Bruce Springsteen，1949-，美國搖滾歌手。此處的歌詞出自其創作〈五十七街的事件〉。

125 譯註：通常與複寫紙一起使用，用於打字機中作為鍵入副本之用的專用紙，特色是輕薄但結實，且有點半透明。洋蔥皮是俗名。

126 譯註：斯伯丁是運動用品品牌，除了籃球以外也做高爾夫球。打斯伯丁屁股就是打高爾夫球。

127 《英琵里恩》，二〇〇二年，全球票房六點三七億美元。還有《信天翁》——災難一場。兩部片現在都在串流平台VisionBox的架上。

128 譯註：root beer，根汁啤酒，又稱麥根沙士或沙士，最初是藥用，禁酒令時期為了推銷給礦工而改稱根汁啤酒，但實際上無酒精成分，傳統上使用北美 樹的樹根或墨西哥菝 的藤蔓作為根汁啤酒的主要風味來源，故名。

一個字只值一分錢的廉價紙漿小說，找像《瘋狂》[129]、《熱棒改裝車卡通》[130]等經典雜誌，或甚至是很久很久以前的骨董漫畫書。舊雜誌是任何場合都拿得出手的萬用禮物。比爾有滿滿兩個收納紙箱裡裝著一些貨真價實的寶物[131]。

ABQ[132]大街上有一個廣大的跳蚤市場是由法蘭克與狄德雷．麥克海爾經營的「尋根六六」，比爾就是在那裡逛到他的第一組高爾夫器材。屬於整新品的球桿是跳蚤市場與二手商店裡常備的主力商品——尋根六六裡有一簍又一簍，就連用來裝這些舊球桿的舊球袋也一應俱全。比爾相中了一些新品貴參參、但現在整組只要五十美元的PING[133]。

「你這輩子有打過高爾夫嗎？」法蘭克．麥克海爾問他。

「沒有。但我在電視上看過。」

「這些球桿不是你的尺寸。」

「球桿還分尺寸——的嗎？」

「分，就跟褲子一樣分。你這麼高不適合這桿子，跟我來。」

比爾跟著法蘭克在市場裡四處走著，途經不同攤位上一落落不同的球桿、球袋與球具，用他瘦長的骨架當比例尺測量著桿身。本身有在打高爾夫的法蘭克直接在尋根六六的走道上給比爾示範起了該有的握桿法與站姿，往後拉時還不忘注意別打到展示櫃。一組威爾森球桿跟比爾簡直是天作之合。

「每次我來你都是同一套，」比爾說，他看著法蘭克把金額輸入收銀機，並把商品編號告知了賣家。「你都變不出新把戲耶。」

比爾離開尋根六六時，身上多了組合乎他體型的球桿，裝在一個醜不啦嘰到好笑的橘色假皮球袋裡，外加一個一加侖的夾鏈袋，裡面都是二手高爾夫球。他得自己去買發球用的球托，去上一兩堂課，然後等他準備好用量身訂做的球桿組來讓球技更上層樓的時候，法蘭克會從桑迪亞賭場渡假村介紹熟識的「噗摟」[134]給比爾認識。除非他哪天徹底瘋了，否則比爾・強森說什麼也不會花錢買訂做的高爾夫球桿。但這就有意思了，因為當 Dr. 派特・強森在他們以強森與強森的身分共度的第一個聖誕節就把那當禮物送給他時，他可是興奮得不得了。

☆

比爾從來就只有過一名經紀人——煽動者，也就是弗列德・席勒經紀公司的弗列德・席勒。很久以前，弗列德坐在他破破爛爛的小辦公室裡，一共就代表三名客戶，其中兩個待業中，第三個正在替某部情境喜劇當內部的寫手，但該劇在腰斬前只在美國廣播公司電視台上播了

129 譯註：Mad Magazine，創辦於一九五二年，內容以惡搞電影、小說、電玩、卡通為主，為 DC 漫畫旗下雜誌。

130 譯註：Hot Rod Car-toons，創刊於一九五九年，內容以跟汽車有關的幽默跟 Hot Rod 作品為主，其中 Hot Rod 是美國傳統的經典改裝車文化，追求的是復古的車體、大馬力的引擎與肌肉風格的造型。該雜誌於一九九〇年代中期停刊。

131 煽動者一直把專拍超級英雄電影的製片廠資料往他這兒送，就盼著比爾能被某個劇本、某個英雄故事電到。盡是些漫畫書與圖像小說——不分新舊。比爾對這些東西的興趣不大，所以最終都進到了收納的紙箱。

132 譯註：ABQ，阿布奎基的簡稱，有時也指阿布奎基國際機場。

133 譯註：美國的高爾夫球具名牌。

134 譯註：職業選手。

三十九集。這名經紀人算是很勉強擦到影藝圈的邊。某天中午在拉布雷亞附近，在他位於威爾榭大道上的辦公室裡，弗列德沒有電話要回，也沒有電話可接，於是他把手伸向標註著「不請自來」的郵件籃裡，拿起躺在籃中那包鼓鼓的馬尼拉紙信封，去到了大廳裡的咖啡店。對著桌上那瓶可樂，他打開了信封，發現裡面有一本打字的劇本，作者是一個叫作比爾・強森、他不曾聽過的傢伙。弗列德・席勒剛在鬆餅早餐會的抽獎中抽出了中獎彩券。

這劇本長度長得不像話，但讀起來卻有趣到讓人欲罷不能[135]。於是弗列德那天下午跟接下來的兩天，都在做同一件事情，那就是反覆撥著寫在劇本封面上的電話號碼，希望能聯絡上這個叫作比爾・強森的傢伙，但卻一無所獲。比爾有個晚上的兼差，所以用來補眠的白天會把鈴聲關掉，但他沒想到的是，哎呀，上次吸房間地板的時候，他的答錄機插頭被扯掉了。等這兩個人終於講上話，弗列德的開場白是「請問是比爾・強森，劇作家比爾・強森嗎？我是弗列德・席勒經紀公司的弗列德・席勒。」

「嗯，哈囉，弗列德・席勒，」比爾說，剛淋浴完的他還光著屁股。「我是，比爾・強森。」

「我讀了你的投稿。」弗列德頓了一拍。「劇本裡的才華，是騙不了人的。」

「你過獎了，但好吧。」比爾說。

「我想當你的經紀人。你該不會已經有經紀人了，吧？」

「那倒沒有。你想當就給你當。」

「太好了。我們倆今天都走運了。但我必須跟你實話實說。《追逐冷靜》沒有人會想買的。」

「你這麼說，我就糊塗了。你不是說想當我的經紀人？你不是說我們倆今天都走運了？」

「你劇本裡的場景太多了、人物太多了、頁數太多了，就是衝突不夠。你的故事架構太反直覺，第三十頁就該發生的事情，被拖到了四十二頁。」

「那是我刻意不按牌理出牌，」比爾說。「我想打破成規。」

「你要先遵守成規，才能打破成規。你下一部劇本的初稿一定要照規矩來。二稿也是。三稿出來會非常棒，然後我會負責煽動，負責讓人對劇本有天大的興趣。這樣你可以接受嗎？」

「弗列德，」比爾說，此刻的他已經從頭到腳徹底風乾，「你儘管煽動吧。」

比爾足足弄出了七版草稿，才完成了他的下一本劇作——《誰說速記員不能是英雄》——也才讓弗列德．席勒願意開始從事他承諾的煽動。他改出了七份稿子，才讓該發生在第三十頁的事件發生在第三十頁。

沒一家有頭有臉的製片廠對比爾．強森寫出的東西感興趣。不只一個劇本開發主管說他的東西叫「打字」。真正有把弗列德．席勒的電話接起來的人就不多了，更別說去把劇本讀過了。但即便如此，席勒也證明了他這人說到做到。

首先，他對一個靠做鐵絲衣架致富的男人畫起了大餅，一個想進軍電影界的百萬富翁。想實現電影夢最快的辦法，弗列德建議他，就是找到好的題材並買下版權，而他手中正好有比爾．強森一份創作劇本的第七稿。衣架男當場就訂下了劇本的優先開發權[136]。

135 劇名叫《追逐冷靜》——足足有一百七十九頁！

136 權利金是五千美元。這對任何新出道的編劇都是一大筆錢。這對任何不編劇的人也是一大筆錢。

第二步，弗列德說服了衣架大亨，讓他相信在電影界獲致一席之地的保證班就是成為金主。所以，你猜是誰賭上了自己的資金？

第三，就要考慮執導人選的問題：比爾．強森的劇本很大膽，但預算只有三個字，低，低，還是低。但凡有點實績的導演，都不會太想被有限的資金搞得綁手綁腳，所以他們沒人來認領。

一個叫克萊德．凡．艾塔的年輕人——他剛在美國電影學院念完兩年的製片學程——喬出了一個拍攝計畫，準備用僅僅十七天拍完這部電影。克萊德有個AFI[137]的同學剛完成電影攝影學程，他是名叫作史丹利．亞瑟．明的攝影師，特色是拍攝速度快，說來就來。

煽動者把劇本送進了瑪莉亞．克洛斯的手裡——她眼看著就要成為**神奇的**瑪莉亞．克洛斯——作為一名演員，她一眼就能看出劇本裡有哪個很棒的主角可以演。她立刻就朝那第七稿的劇本一撲而上，但很不巧的她有合約「衝堂」——有部大預算的電影已經簽下了她，而且拍攝地在加拿大。那十七天的電影如果要拍，就得**趕快**。

因為拍攝的窗口很窄且導演人選難產，所以煽動者對鐵絲衣架先生說，不然，就讓比爾自己當導演好了。「要我用菜鳥，我就是付菜鳥的薪水喔，」金主說。

「你一毛錢都不要給他，」煽動者說。比爾不拿錢，用電影發行後的抽成分潤去取代薪酬，這樣不就所有人都是贏家了嗎？

還真的。

那被取了個新名字叫《打字員》的頭一部片子不是普通地好，票房也很漂亮，還讓鐵絲衣架老闆發了筆小財（然後賠光在了下一部，也是他勇闖電影圈的最後一部電影）。比爾賺到了他人生第一桶金，進了DGA[138]，並讓昭昭天命[139]帶著他在噴泉大街上向西而去。比爾自編自導了第二部電影（《查理何許人》）、第三部（《新世代老闆》）、第四部（《伊甸》三部曲的第一部）。雖然大型經紀公司的挖角嘗試不斷，但弗列德始終穩居比爾的煽動者。這對搭檔的革命情感在圈內羨煞眾人。

煽動者除了經手比爾的生涯規劃，也沒少拉拔比爾私生活裡的一次次變化——第一段婚姻（媽的災難一場），離婚（沒生小孩所以沒有扶養問題，但他的財產被分掉一半多），過渡期那段醉生夢死彷彿旋轉木馬般的日子，中間還狗屁倒灶地穿插著物質濫用、被壓下來的酒駕，還有與他走入第二段婚姻的那位女士跟兩個小孩——比爾喜歡那兩個孩子——他們甜蜜了一段時間，然後就，就不甜蜜了。第二次離婚讓他荷包瘦得更厲害了。要不是少簽了婚前協議，他早就能晉身私人噴射機的領域。比爾逃離了海邊（跟那兒的女色與毒品），投身新墨西哥這片乾燥而迷人的土地。他那戶在威爾榭走廊（威爾榭大道上的社區）裡，孤家寡人住的三房獨立產權公寓，比爾還是養得起的，只不過除非有戲要拍，洛杉磯他能不去就不去。每個月一次，煽動者會搭航空公司的班機去ABQ見他這位客戶，跟他把這男人的聚會從下午茶弄到變共進晚餐，就為了替比爾．強森盤算跟計畫接下來的職涯。

137 譯註：美國電影學院的縮寫。

138 美國導演工會。

139 譯註：美國人的慣用語，最初是十九世紀的政治口號，後來演化為固定的說法，指的是十九世紀美國人抱持的一種信念：在北美大陸上向西擴張是他們天命所歸。

從在好萊塢的「自由選擇企業」辦公室，美國郵政與聯邦快遞會一起供應比爾各式各樣在坊間流通的試讀本，裡面包括漫畫、圖像小說，還有科幻跟奇幻IP的故事梗概，這些東西讀起來比讀劇本與投稿要花的時間更少一些。比爾會一件件讀過來釐清哪個是哪個，但從不會特別臨幸某一本作品，唯一的例外是戴那摩公司一本軟銷售[140]且知名度不高的漫畫叫《異變特工隊》，故事的幹員主角們是一群內心**非常**糾結的超級英雄怪胎，他們全都是所謂的超能者，也都有著充滿困惑的靈魂。**城堡**（西洋棋裡那種）有著誰看了都會嚇到的臉孔。**冬日王子**像座冰山。**閃電石**有情緒表達障礙。比爾只當這些男性的角色是陪榜的龍套，但那些女性——笑不出來的**大熊座**（北斗七星那個）跟睡不著的**伊芙．奈特**[141]，別名**夜影騎士**——她們很酷。但那也不是說他對她們有什麼電影構想就是了。

在一獎難求的比爾熬過頒獎典禮季節後[142]，COVID-19疫情爆發。眾人熟知的演藝圈沉寂了好一會兒。讓美國與全世界苦不堪言的連番打擊，也降臨到了新墨西哥州那小到不行的大學城索科羅，而那兒正是比爾如今與Dr. 強森的愛巢。如果你一聽到Doctor就覺得好好喔，新冠病毒是怎麼回事隨時有人解釋，那你就誤會了，她不是那種Doctor。

☆

比爾．強森第一眼煞到Dr. 派翠絲．強森（他們不是親戚），是在從ABQ飛往LAX[143]的早班飛機上——他要去自由選擇企業開會，而她則要出席加州大學洛杉磯分校的一場研討會。他們素昧平生，但這兩人可沒少彼此打量。這架班機只坐了半滿。比爾瘦瘦高高，一身的傲氣，外加西部風格的穿搭，但沒有堆高機司機那麼low，而是更接近真正的牧場牛仔；他穿著看得出磨損的西部風牛仔褲，靴子不會太過花俏，而且他的皮帶扣上也沒有藍綠色的土耳其石。再來就是，他算是個高個兒。派翠絲有點像是編著輕度髮辮的傳奇法國電影女星凱薩琳．丹妮芙，人稍微拉長一點，然後皮膚沒少曬新墨西哥的太陽。不夠瘦長、身高沒她高的男人，是約不到她的。至於比爾，他喜歡綁辮子跟脖子被太陽親過的女人。

在洛杉磯國際機場，兩人都來到路邊要搭Uber，但兩人之間一語未發，只是各自被載走，進入了天使之城（或角度之城[144]，也就是洛杉磯。角度之城是比爾流的叫法）去赴他們各自的約。兩天後，在返回ABQ的晚班飛機上，比爾早在位子上坐定，而一臉困惑的派翠絲卻只勉強趕上了即將關上的艙門，拖著她有輪子的登機箱，尋找著她的機位，而那正好是一個靠走道的位子，跟靠窗的比爾只隔一個中間的座位。派翠絲身上還戴著一個黏在她翻領上的磁鐵識別證，上頭寫著DR派翠克．強森——NMINT，而想把登機箱推到頭頂行李櫃中的她似乎遇上了點小麻煩。

「我很樂於幫妳一把，Doctor，」比爾說。「但我不確定現在的防疫規定怎麼說。」

「我沒事，」派翠絲說著重重踩在走道上。她在座位上整理了一下自己，踢掉了鞋子，繫

140 譯註：相對於硬銷售。軟硬銷售最大的區別就是硬銷售短而直接，軟銷售比較婉轉迂迴而且不急於一時。

141 Eve Knight，意譯就是夜裡的騎士。

142 他身兼編導的《滿是聲音的地窖》還輸掉了最佳混音、最佳音效剪輯、最佳服裝設計、最佳藝術指導，以及最佳電影歌曲。他領到了一堆大鴨蛋。

143 LAX，洛杉磯或洛杉磯國際機場的簡稱。

144 譯註：天使是Angel，角度是Angle。

上了安全帶。「嘿，我兩天前有在飛機上見過你。」

「我也有看到妳，」比爾說。他指了指她的識別證。「我有個兄弟也叫派翠克．強森，但他不是Doctor。」

「你發現啦，」派翠絲說。「有人忘了名牌要校對。」

「比爾．強森，」他主動伸出了手，她則握了上去。「派翠絲，」她說著摘下了磁鐵識別證，塞進了口袋。

「妳從事醫療業嗎？」他問。

「地球科學。」

「所以……如果機長問起，機上有沒有誰是doctor？」

「那我們就祈禱現場能有個醫生在吧。」派翠絲說。

「那個識別證上的嗯—埃嗯姆踢到底是什麼意思啊，派翠克—嗯—我是說—派翠絲？」

「新墨西哥礦業暨科技學院。我在那裡教書。」

「教哪個？礦業，科技，還是兩個都教？」

「重要的東西，需要知道的東西，我全都教。並且我也做研究。你該不會那麼巧是那位導演比爾．強森吧？」

哐啷！

比爾．強森的腦子裡發出了這樣的聲響。「妳，怎麼會這麼說呢？」

「你的名字剛好跟那個電影導演一樣。你飛去好萊塢又飛回來。我忘了在哪兒聽說過導演比爾・強森住在聖塔菲。我就是這麼一猜。你不是那位比爾・強森的話，就算了，別放心上。」

「在飛機上這麼問我的人，妳是頭一個，」比爾說。「我不住在聖塔菲——那裡的步調太慢了。我喜歡阿布奎基。還有沒錯，我就是那個比爾・強森。」

「真假？」要是他能進入派翠絲的頭殼裡，比爾就會聽到跟自己剛剛很像的一聲哐啷！「我看過你的一些電影。」

「那就好。」

「我是在沃爾瑪店外頭的紅盒子[145]租的。我之前得鏈球菌咽喉炎的時候，看你的那些伊甸系列看得很兇。」

「租的。從紅盒子。多少錢，一個晚上一塊錢？」

「**三塊錢**。三部曲。你拍那些電影應該拍得很開心吧？」

「開心？拍那些電影差點要了我的命。妳做的是哪種研究？」

「沒有地科背景的人，看我的論文會像在看天書。」

「妳寫過多少篇論文？」

「還不夠多。我人在學界，所以只能一直發表，不然就是死路一條。」

「挖咧，我這行也一樣。」

飛機一升空，她就從飲料推車給他拿來了一罐啤酒。她自己喝的是用塑膠杯裝的紅酒。他

145 譯註：Redbox，跟沃爾瑪有合作關係的租片服務業者，在賣場外有紅色的自助式DVD租片機。

們從起落架收起一直聊到飛機降落ABQ——感覺完全沒有九十分鐘的九十分鐘——然後一起坐著接駁巴士到了機場的停車場，一點也不急於讓他們的對話結束，明明時間已經很晚，天也已經黑了。巴士在停車場的投放點讓兩人下了車——她跟她帶輪子的登機箱，他則跟他有磨損的皮革郵差包。

比爾不是傻子。他知道要是自己不丟出一點什麼請求，跟這個女人多相處一會兒，她就非常有可能會一溜煙飄走，消失在地表的風化層中；他恐怕將再也聽不到那聲哐啷！了。跟她要電話太像大學生會做的事情。問她想不想跟他一起去市區喝一杯又太油、太像生意人搭訕的台詞。比爾並不是想要重新定義自己的人生，那個單一、無牽無掛、沒有空虛需要填補，也沒有什麼需要解釋的人生，那個四處遊蕩，那個寫出故事節點[146]與劇本，跑去馬爾他或加州橘郡拍電影，然後因為自己的勞動而賺到大錢的人生。他可以漂泊，可以不要，那都是他的選擇。他沒有一件事情是為了找到一個伴侶而做的。派翠絲·強森博士是個很棒的女人，她炸開岩石是為了讓環境變好，讓我們種出更好的食物。她問的問題幾乎都與電影無關，除了她想知道他在阿布奎基拍的那部電影叫什麼來著以外[147]。她對他被提名過什麼，得過什麼觀眾票選獎，都一無所知，因為演藝界對她來說，只是人不舒服的時候去紅盒子租來看的東西。地球科學這門課，比爾一堂都沒有修過，但他們倆剛剛還欲罷不能地聊了兩個小時——你多常能跟像強森博士這樣高挑又可口的人一起做這種事情。而且嘿，別忘了那聲哐啷！

「所以……我要怎麼找到妳？」比爾問得好像他在問她現在幾點一樣。

派翠絲不是笨蛋。她人生中不需要男人。上一次她伸長了脖子盼著一個（已婚的）男人，整場鬧劇讓她身上被貼上了一個紅字的標籤[148]。她不介意有機會跟這個有趣且高高瘦瘦的比爾．強森再聊一回，這個靴子沒有太過花俏的男人。沒有他坐在窗邊，這趟回家的班機將會在一杯草草下肚的機上葡萄酒跟直挺挺坐著打盹中度過。因為他，九十分鐘的飛行感覺短到不行。如果她回應以哪怕一絲的可能性，那就等於答應*讓這個男人某天過來見我*。真要命——*哐啷*！

派翠絲抽出了她的手機，滑出了她的相簿app，在卷軸上掠過她那些火成碳酸鹽岩的照片，直到她找到自己倚靠在她Jayco單軸拖車門邊的快照。那張照片是她一個學生拍的，她當時是在田野中採集石膏樣本來記錄濕度水準。她身穿截短的牛仔褲、健行靴，還有一件新墨西哥礦業暨科技學院的拉鏈T恤，跟手裡那罐在大熱天裡忙了一整天研究後的啤酒。派翠斯．強森知道那件截短的褲子露出了一雙很有看頭的美腿。

「我就住在索科羅的中心，校區的旁邊。你左轉個幾次，等到達高爾夫球場南側時就對了。你想迷路也很難。」她給他看了Jayco拖車的照片。「唯一車道上有輛Jayco的那棟，就是我家。我白天要工作，但我回家只要一下子。」

146 譯註：beat，電影術語，指台詞間的換氣、停頓、情節的轉折，或是整體敘事中的一環。節點的英文起源於某俄羅斯編劇說劇本不過是一個個bit（小點、小段落）的集合，但她口音太重所以被聽成長音的beat。節點單（beat sheet）中會列出電影故事裡的所有事件來幫助劇本的撰寫。

147 《英琵里恩》，他告訴了她。《信天翁》被他略過。

148 譯註：The Scarlet Letter，典出霍桑一八五〇年的小說《紅字》（The Scarlet Letter），那是一個女主角被控不守婦道、身上被烙上代表不貞之紅字的故事。

比爾把她的腿看在了眼裡。她的指示感覺相當符合直覺。「要是 Jayco 不在車道上呢？」

「那就是我在田野做調查。」

「那我就不知道哪家是妳家了。」

「你可以等看得出來的時候再來。」

哐啷！有完沒完。

深夜開著車，在返回山腰住家的路上，看著 ABQ 的無敵夜景，比爾不禁莞爾。他私下的**人生如戲**，一如他工作上的**戲如人生**；與可人兒的邂逅，是一場意外，一場由班機的座位跟名牌沒校對好所造就的意外。

在黑暗的公路上往前開著，往索科羅的回家路上，她**從來**沒有哪一次在深夜下了飛機進入 ABQ 的時候如此地警醒，派翠絲心想還真方便，因為萬一她好死不死嫁給了這個比爾・強森，冠不冠夫姓將不是個問題。

☆

新墨西哥州的索科羅距離阿布奎基將近八十英里，位置在南邊的二十五號州際公路上。比爾從來沒去過那兒；他的谷歌地圖要他好好欣賞塞維利亞國家野生動物保護區的風景，並可以在波爾瓦德拉、萊米塔與艾斯康迪達這三個鎮邊上放慢速度。開著他以紅色道奇衝鋒者打底的 Hot Rod 改裝車，在雙重動力的推動下，他才一個小時多一點就進入了索科羅的市界：一個是讓他能把定速設定在時速七十四英里的大馬力，另一個是能在派翠斯博士的主場見到她的轟隆興奮感。比爾開車巡過了鎮上主要的商業大道加利福尼亞街，為的是打量這塊地界，看看沃爾瑪賣場跟賣場外那超沒身價的紅盒子租片機在哪邊，也找找有沒有在地的咖啡店可以坐，這樣萬一他這趟單槍匹馬的大冒險慘遭滑鐵盧，他還不至於沒有地方緩一緩。畢竟萬一走到那一步，他會需要振作一下，然後快速撤退回ABQ。誰知道呢，說不定派翠斯・強森會報警抓他，就像他是不可理喻的跟蹤狂一樣。

在從頭到尾把索科羅考察了一遍後，他照著路標開向了新墨西哥礦業暨科技學院，那地方就算沒有嚮導也並不難找。校園在市區的中間，而校園的中間是一座高爾夫球場，四周圍繞著新墨西哥的沙漠。在轉了幾個彎，並讓球道始終保持在他的左手邊之後，他看到了她說的那輛Jayco拖車，就停在某條車道上。這社區相當宜人，不難想像裡頭住著學院裡陣容堅強的一些理科教師——其傲人的師資，全都是搞石頭跟科技的教授。

門鈴按了有響，但無人回答。強森博士不在家——所以……

比爾返回了他的道奇車去拿那在拍《伊甸的地平線》時印製、上頭還有他名字的舊公文簽條——他早想到自己可能會有這種需要。等強森博士回到家——如果這裡真的是她家，那拖車真的是她的Jayco，而不是，比方說，某個精心設計的藉口，為的是打發掉某個在飛機上堵到她、煞到她，纏著她一個半小時的白癡，那她就會在到家時發現這紙條被塞進她的前門底下。

就這樣。沒有留話。

為了打發時間，比爾把車開回加利福尼亞街，找了個地方享用新墨西哥美食（他辣椒喜歡吃綠的），還一杯接一杯續著阿諾帕瑪[149]，雖然現在吃午餐其實有點早。他在店裡耗到當地人紛紛上門用餐，而他則一會兒從理光錄音筆裡抄錄著筆記，一會兒在本子上把靈感寫下來，一會兒思索著下一部電影的題材[150]。

兩點半多一點，比爾返回到停著Jayco的那戶人家，發現強森博士開的是一款不太吉利的車子——O．J．辛普森[151]那台白色的福特野馬休旅車。他留的簽條已經不在門縫裡，所以她肯定到家了，比爾這麼告訴自己。前提是她真的住在這裡。

按下門鈴後，他聽到了腳步聲，門開了，是她。她已經鬆開髮辮，梳開了頭髮，使之滿滿地垂過了她被陽光親吻的肩頭，被當髮帶使用的是打結綁在頭頂的一條藍色大頭巾。

「你找到我了，」強森博士說。

他們倆怎麼能一直站穩著把那第一個吻親完，誰也無法說明——那個吻可是重重的一擊。幾個小時後，她身上只剩一件薄薄的天藍色睡袍，然後就沒了。他把自己塞回到長褲裡。他們一起光著腳丫，在她的廚房裡。她為他示範了如何在她的德國製雙鍋爐同步式ECM Synchronika專業濃縮咖啡機上煮出全世界最好喝的咖啡。因為，假設啦，他早上在她之前起床，那他就得去磨豆子、裝水、一一設定好儀表、拉桿與管子——這可不是那種一鍵完成的咖啡機。等到第三天早上，他對整個流程已經熟門熟路，能夠煮出一杯完美的雙份濃縮咖啡，讓她可以加半匙阿華田享用。她喜歡巧克力麥芽[152]。

☆這兩人從沒有給自己找麻煩去結婚。他們，在任何時候，都是比爾與派特·強森——旁人會想當然耳地把他們當成夫妻。比爾賣掉了他在ABQ的房子。他們在索科羅的生活很平靜，但也非常緊湊。他有滿腦子的電影要想、要寫。傻不隆咚但玩起來很有趣的遊戲隨時在對街等著，有時候一天兩次，清晨天氣熱起來前一次，或等太陽西下的傍晚再一次。派特有課要教，有研究要做，還得回家吃午餐跟滾床單。

去做田野調查時，派特會把Jayco拖車勾上她的「OJ號」[153]，然後一去好幾天。比爾有電影要拍的時候，他會離開去遙遠的外景地。但這些分離對他們的感情都是利大於弊。只要是她的田野或他的片場有訊號，他們就會在手機上聊個不停。他們會互傳用暗語寫的簡訊跟長長的電郵，讓這些愛的訊號在Wi-Fi的乙太之間來來回回地飛躍。照片也一整天互傳個不停。比爾會在他的史忒林打字機上存放一封信的草稿，感覺一來就寫，一頁一頁地寫，寫完之後就透過

149 譯註：Arnold Palmer，一種由冰紅茶和檸檬水組合出的飲料，得名是因為美國職業高爾夫球手阿諾·帕瑪很愛這種配方。
150 他當時在趕工的一個劇本叫《低潮》。所幸後來被改名成《荒原》。
151 譯註：一九九四年辛普森殺妻案的男主角，曾在實況轉播中上演飛車追逐的戲碼。
152 在蓋洛普長大的她，爸媽會為了讓她不錯過校車而把少量的即溶咖啡加進她早上的那杯阿華田裡。一年年過去，爸媽加的咖啡也愈來愈多。就這樣到了初中，她已經變成往早上的咖啡裡加阿華田。
153 譯註：OJ Mobile，也是辛普森的哏，部分美國人在看過公路追逐的直播後，就把福特野馬休旅車跟O·J·辛普森畫上了等號。

美國郵政寄到P強森博士——車道上的Jayco拖車——索科羅，新墨西哥州。從來沒有寄丟過。要是他在洛杉磯進行後製，派特就會飛過去，而他則會飛回來。在每一次小別後，他們表達愛意的同步程度就會破表，就會跟Synchronika雙鍋爐同步煮出來的濃縮咖啡一樣準確。

一天早上，強森博士出門去勘查由山洪沖開的沉積層，現場在派鎮附近的一處早谷。比爾用一個吻送她出了門，然後拼湊了一頓賣相很差、集合了綠辣椒—早餐—墨西哥捲的糊狀物，就著煎鍋吃了。他在他的史忒林打字機上工作了一個二十五分鐘的區段，不過也只打出了一些前言不對後語的筆記：

啾—噠，啾—噠，啾—噠，啾—噠……

自由選擇企業

國會唱片大樓一七五〇號，好萊塢藤蔓街

比爾·強森

理想的拍攝？

跟ACFOS[154]一樣好玩（爲什麼某部拍起來如魚得水，其他卻像摔角鐵籠戰？）

不要下雨。不要拍超過凌晨一點。好吧。兩點。

小卡司。

小外景地（美國國內）

天氣溫暖——不需要衛生褲。

系列電影。

超級英雄。

不要太空。不要時間旅行。不要邪惡的暴君。

不要披風。

不要白癡名字。要有真實感的名字。

嗯，代號，也許吧。

DC。漫威。戴那摩。？？？

自己編一個？（會很厚工，那樣。）

在叮！！叮！叮…叮……叮………之後，比爾抓起他美翻了的訂做 PING 球桿組要去打幾洞斯伯丁的屁股。一如往常，他帶上了自己的理光錄音筆，塞進他同一款橘色醜球袋的口袋裡。有一洞是標準桿四桿，但他沒有一桿不打歪，最後是九桿進洞——要是有在計分的話，他早就放棄不打了。隨著太陽升起，他跑去有遮蔭的長椅處暫停喝水，做點思考，伸手取出了錄音筆，按下了錄音。

「一部有很多白天外景的電影。拍得實際一點。去外頭現場拍攝。遠景要寬。天空要大。內景拍攝都要有大窗戶顯露出外面的世界。」

停止

錄音

154 譯註：《滿是聲音的地窖》的英文片名縮寫。

「大部分的故事要在戶外。明亮的太陽。大熱天。」

停止

錄音

「也許可以拍那個超能者。那個沒辦法睡覺的？那個有天眼通的。」

停止

錄音

「跟辦公室要那個戴那摩角色的名字。夜——什麼來著？」

停止

錄音

「已成名傳奇故事的全新篇章。徹底翻新且升級。對……」

停止

錄音

（錄音帶上有一段比爾在思考的空檔。）

停止

比爾把他的泰特利斯[155]高爾夫球放上球托，試揮了幾桿，然後站穩腳步來處理球。靠著突然地往後一拉，還有扭腰轉開的臀部，他發力給了白色小藥丸狠狠的一擊！這球旋開了一些，但還是像兔子一樣跳在了球道的邊緣。把開球的木桿放回到橘色球袋後，他又有了另一個想法。

錄音

「女孩需要男孩需要女孩。但他們彼此又恨來恨去。」

停止

OK，高爾夫到此為止，因為早上的太陽慢慢變熱了。比爾把理光錄音筆塞回球袋裡，從球道上回收了他的泰特利斯四號球[156]，又穿越球道走回來，過了馬路，回到了屋子裡。

他在電話上按下了艾兒・麥克—提爾在洛杉機的號碼。

「喂？」艾兒回答，立馬。聽起來她人在車裡，在去國會唱片大樓辦公室的路上，並用免持聽筒在通話。

「戴那摩有一個超級女孩。一個超能者。她叫什麼來著？」

「你是說異變特工隊的其中一員嗎？」

「我不確定。叫夜——什麼的。那個女生睡不了覺。」

「喔。伊芙・奈特。她是那個戴那摩自己也搞不懂的角色。他們試了很久。」

「了解。謝了。」他掛上電話，沒再多說什麼。

兩人很典型的互動。

他操作起強森二人組那台 Synchronika 咖啡機的管子與氣閥，製作一杯新的興奮劑，然後切了一碗蘋果。他的工作架上有一本戴那摩的《異變特工隊》，就在某處，就壓在艾兒從辦公

155 譯註：Titleist，高爾夫球品牌。

156 譯註：高爾夫球上有會一個號碼，但與標示出球的軟硬度的球皮層數無關，只是便於辨識。

室送來的一堆公關書底下。他配著蘋果跟咖啡，把這本動作滿滿的圖畫書又翻過了一遍。對於漫畫上描繪的伊芙．奈特（奈特也有騎士的意思），他並沒有特別著迷。他已經忘了伊芙．奈特成為超能者的起源是她身為一名太空人，在探索月球的時候被某種宇宙射線打到。在漫畫裡，她從來不睡覺這點被演繹成一件好事，就跟她新獲得的其他力量一樣——漂浮的能力，還有她的天眼通跟超級強的聽力。

「嗯，那又怎樣，」比爾自言自語著。「誰做不到那樣。」

啾—噠，啾—噠，啾—噠，啾—噠

這個叫夜影騎士伊芙的角色……

她處於什麼樣的心理／精神狀態？跟所有人一樣——困惑。

她欠缺的是什麼？自信。意義。寧靜。

她在尋找什麼？大家都在尋找的——愛。安歇。安全感。

她在逃離什麼？大家都在逃離的——孤獨。責任！

她最迫切的需求是什麼？——好好睡一晚。

如果她能找到這些東西，我們也可以。

所以……

拿掉——月球／太空人／被射線打到……

來自其他星系或奇幻領域的訪客……

男朋友……

其他超能者或異變特工。先留著，系列成功再拿出來用——當作她起源的回顧？

伊芙·奈特的背景故事

她生來如此。還是個嬰兒時，她的雙親就沒辦法讓她睡著——她會在嬰兒床裡飄著，但帶著笑容而且很開心，所以媽媽跟爸爸並沒有被她這些能力嚇到。她是個很溫和的孩子。她最接近睡眠的表現是她的眼珠子會翻進腦子裡，短短幾秒鐘——而她也就是會在這幾秒裡看到她的天眼通。

大家庭——有個祖父在身邊？

從小她就擁有速度的天賦。在用手吊單槓往前進的設施上，她展現出銀背大猩猩一般的力量與敏捷。

她的天眼通是她的同理心超能力。這些同理心不屬於幻想或記憶。她是真的能聽到人遇到麻煩，可以感覺到數英里以外的痛苦。她可以讀心，就像她曾聽到媽媽在廚房裡找月桂葉。當時伊芙走路還搖搖晃晃，也不認得字，不知道月桂葉是什麼東西，但一感覺到她母親的需求，伊芙就會替她找到上頭寫著「月桂葉」的罐子。

還有跟她一樣的人。在某處。

不屬於全職的超級英雄，也不是有著祕密身分、待命出手的拯救者。只

是個有著上述獨特且沉重負擔的年輕女子。

＃祖父坐輪椅？

＃她可以感受到邪惡的存在。這一點很嚇人……

＃她的各種「能力」如何用電影表現出來——同理心的觸動會帶動她以速度／力量採取行動——拯救某人脫離嚴重的危難（像是被綁架？）。震驚於邪惡……

＃一引人注意就可能導致身分暴露，導致放逐——她躲了起來。媽媽與爸爸確保著她的安全。他們也是超能者嗎？他們過去是超能者嗎？

＃愛情的來臨，一開始是不打不相識。

＃她的髮型是有辮子的。

設定

叮！叮！叮……叮……叮……

「女孩有了，」比爾對著打字機說。「還需要男孩。」

比爾從打字桌前站起，伸展了一下。他給自己又做了一杯濃縮咖啡。他有五分鐘可以離開那些如今在他腦子裡洶湧流動如潮水的靈感。他是海上一艘快速帆船的船長，背後有大風吹著他的滿帆，推動著船兒往前穿越一道道未經測量的經線。接下來要打些什麼他了然於胸。

鎮上是她的天堂，她的「伊甸」，她在那裡很安全……還是說，她安全嗎？

但那是五分鐘後的事情。在那之前他有五分鐘。

如果說廚房的計時器值回票價，那那箱老掉牙的漫畫與雜誌就是連花五塊錢買都嫌浪費。他花錢買過很多掉頁然後散成一片的貨色。比爾翻過這當中一些漫畫雜誌，只單純是出於懷舊，只是想重溫一下廣告裡那些贈送的玩具，那些只要推銷《電訊週報》，老少咸宜的美國家庭報紙！就能抽獎的機會。箱裡的東西已經被他丟掉很多，那些缺頁的、水損的、因為做紀錄的狗耳朵而破損的。他已經從箱子的開頭往尾巴過濾到半途，但幾個禮拜前放棄了。但如今為了打發這計時器創造出的休息時間，他把箱子從工作架上搬了下來，用手指翻找起剩下的內容物，但懷抱著一種隨時要把剩下的也扔到垃圾桶的心情。

剩下的東西裡有更多的散頁，有一張《鬼馬小精靈》的破爛封面，有一本再版的《阿奇與傻瓜》，還有一本長邊對折，硬是用一枚生鏽釘書針釘起來、很舊很舊的六頁漫畫。

這本漫畫沒有封面，所以他無從得知書名或出版社叫什麼。長年風化讓紙張變得很脆。畫風與分鏡都千篇一律地非常簡單，所以這本漫畫完全不是什麼現代的東西，而是一本二次大戰的故事，裡頭有美國大兵在某個不知名的海島上跟日軍作戰，而且附帶一個男性的旁白——他的臉在大部分的格子裡，都位於左上角。那張臉看起來有著心事。而且疲憊不堪。

「我們所有人都沒睡，因爲我們知道前方在等著我們的是什麼…」

登陸艇破浪前行。

「他們沒能擋住我們成功搶灘…」

不分左邊或右邊，都有阿兵哥在陣亡，他們四周不斷有東西在爆炸。

旁白者蹲在海灘上的一個散兵坑裡。他不是配備機槍或火箭炮的一般士兵。這人帶著的是扛在背上一整套的管子跟鋼桶。戰鬥在他週遭進行得如火如荼。戰士們要麼在開槍，要麼在中槍。

「我帶著油料充足的武器，等待著上場的號令，然後就聽到長官一聲令下……」

「我們需要火焰噴射兵上來，馬上！」

旁白就是那名火焰噴射兵。雙眼收到了命令的他對抗起內心的恐懼、疲憊的肉體，還有沉重的武器，勉力讓自己站了起來。一閃火焰出現在他火焰噴射器的槍口。

剩餘的頁數他媽的有夠精彩，而且非常成人，真的。那當中完全沒有看超級英雄故事會有的嗚—哇，也沒有反派標配的「這下子你逃不出我的手掌心了」。取而代之的是恐怖感，是構築這種恐怖感的近戰、暴力，是火焰噴射兵的怒吼，是他用手中武器所送出的那慘無人道的醜惡死亡，還有旁白者頂著那副變硬變重的心靈所收到的命令：

「動手，拉瑟姆！淋下你的火焰瀑布！」

比爾真希望自己能擁有那些剩下的頁數。唉，也沒辦法。

他翻找起五塊錢箱子裡其餘的雜誌。一本舊《瘋狂》的封面上印著身穿太空裝的阿弗列．E．紐曼[157]。比爾將之放到一旁準備再找時間看。《瘋狂》的下面是另一本被老鼠啃過的漫畫，沒有缺頁，但就是少了那張曾經二手價賣二十五分錢的破損封面。在還沒正式成為青少年的時候，十歲上下的比爾曾看過所謂的地下漫畫。這些地下漫畫大都非常有娛樂性。有些叛逆得很不成熟。有些是貨真價實的藝術品。而這一本出自庫爾卡茲漫畫。

火瀑的傳奇。封面上印著以下的字句：「綜觀美國歷史，許多年輕人的人格塑造都是靠著那好玩又刺激的……戰爭！」

這種少年們被塑造的概念……就像他們是一塊塊松木……被放到車床上……就像初中時的比爾在木工（一）的課堂上所學過的那樣。

五分鐘到了，比爾回到屋內，抓起了一本他放在手邊的字典，翻到了都是L開頭的單字那邊，然後是La，然後是Lathe。他坐回到打字桌前，對著史忒林，捲進了一張他的F4紙[158]，然後把鬧鐘計時器設定在二十五分鐘。

啾—噠，啾—噠，啾—噠，啾—噠

「lathe：用車床這種有著銳利刀具的設備進行切削或塑形。」

淡入……

他寫得怒髮衝冠、熱血沸騰，直到耳邊傳來……

叮！叮！叮…叮……叮………

比爾起身。他從前門離開了屋子，踏出到車道上，往平日用來停放Jayco的位子上一站。他仰望淡藍色的天際。有幾片修長的雲朵在高空中往東飄去。他先是來回踱步，然後繞起了圈子。皮內多家的橘貓踩著肉墊，從屋子的邊上來到他身邊，一路上緊靠著牆壁提供的一條細細

157 譯註：Alfred E. Neuman，該雜誌裡的虛構人物，以微笑少年的形象出現。

158 譯註：跟A4差不多寬但略長一些的紙張尺寸。

的陰影。

「嘿，你看你，貓貓，」比爾對貓咪說。貓咪無言以對。

比爾回到屋內。他找出了手機，按下了艾兒的快撥鍵。

「喂？」她人在辦公室。

「有件事，」比爾說。

「喔，天啊。什麼事？」

「那個超能者叫夜影騎士的。戴那摩對它有什麼計畫嗎？」

「知道了。」

這通電話結束得樸實無華，沒有多餘的廢話。

艾兒・麥克—提爾

她等著電話完成它在Wi-Fi信號中的掙扎[159]，她知道如果自己被轉到語音信箱，那就代表他正在家對街那座沙漠球場上揮桿揮到一半，在上午的烈日下被火烤。果嶺始終名符其實地綠草如茵[160]，他們是怎麼辦到的？

稍早，艾兒在等待著演藝圈的辦公時間開始，但那只是出於禮貌。任誰真正在噴泉大街上工作，肯定都六點十五或五點十五就起床了——甚至有些人是四點十五——包括為了趕一早的皮拉提斯課。九點〇二分，她撥出了第一通電話。為了比爾．強森放到她心靈索引卡上的那件事，她一共撥了兩通電話，也留話給了不同的助理。兩通去電都獲得了回電，立馬。為這事她還發出了一則訊息，而且回應來得更快。在比爾．強森時間的十點十七分，艾兒把結果告訴了他。

「嗯哼？」沒有球桿的響聲從電話那一頭傳來，表示他並沒有在打他的威爾森。

「**戴那摩把它賣給了鷹眼**，」艾兒說。

「知道了，」比爾掛了電話。

三秒鐘三句話，中間那句不過十個字，卻封印了他們倆未來二十個月的雙重命運。

比爾．強森，她仁義的大王，徹底改變了她的人生，一如她現在也徹底讓他過得了他想過的人生。多年之前，他曾明智地建議她放棄她的教名艾莉西亞——重音在**西**字上——改用簡潔而且男性化的艾兒（拼法跟艾爾一樣）。沒看到臉，社會大眾都會以為她是男人，而她也很快就用行動證明了自己的能幹、自己的主動強勢、自己的剽悍，並靠這些特質讓她**自此奉主之名阿門**都能獲得回電，立馬。獲得回電，立馬，是噴泉大街上衡量一個人權力大小的標準。不在少數的企業高層／經紀人／律師之流都因為誤以為在回電清單上的艾兒．麥克—提爾是個可以等的人，下場不是灰頭土臉、吃不完兜著走，就是發現自己的停車位被移到了車庫裡最遙遠的

159 譯註：在沒有手機訊號基地台的地方，可以用無線網路 WiFi 來打電話。

160 譯註：果嶺的英文是 greens。

黑暗角落。有些人蠢到把回電排到一整天尾聲的電話垃圾堆裡，殊不知此時有百分之九十九點二的電話都會直接被轉到語音信箱，不然就是被最晚下班的實習生接起，這些人很快就會變成一地碎冰。

「我是艾兒，」她會這麼回答所有在晚間六點十二到七點二十九之間接起的電話。

「喔，您好，麥克—提爾女士，」某個辦公桌前的基層職員會在驚訝中說，「我這邊有輸入蠢蛋姓名回電給您。」

「在垃圾電話時間？當真？把輸入蠢蛋姓名轉給我。」這之後發生的一切，都是輸入蠢蛋姓名的一堂震撼教育。對方會記住垃圾時間的垃圾電話永遠下不為例。

她跟她的老闆在接起對方電話時，都從來不來哈囉或甚至是我那一套。打招呼只是浪費時間。嗯哼這詞的基調與節奏，確立了艾兒與她老闆所需要的一切。客套話——你好嗎？在忙啥？你在哪？那家餐廳還行嗎？你週末跟家人一起過嗎？——留給跟人的私交或企業投資就夠了，留給有利於人在演藝圈食物鏈中往上爬的合作關係就夠了。對於還年輕的人來說，說這些話是為了想上床。要是你有朋友——或更精確地說，要是你有時間交朋友——在電話上聊的可能盡是客套話。但在艾兒與比爾之間，寶貴時間可不是這種花法，這兩人可不能像在賭博時那樣一擲千金。

「嗯哼？」比爾說。

「戴那摩把它賣給了鷹眼。」

除非你是演藝圈的一員，否則這話你會聽得一頭霧水，就像戰時那種彷彿來自外太空的暗號：「嗯哼？」……「三角洲──拳擊手──鞋拔──根汁啤酒──山。」

「知道了。」

這都什麼跟什麼？

但如果你是影藝學院[161]的成員，是某個同業公會或工會的持卡付費會員，是一名助理或專員，是高爾夫球球友，是寫手，是某種手藝的師傅，是SPFX[162]的設計師，是分鏡腳本的畫家，是初出茅廬的內容創作者，或是歷經數十年生涯後在伍德蘭希爾斯的電影之家[163]退休的老前輩──那十個神祕的字身攜高階英特爾的重量與價值。

戴那摩把它賣給了鷹眼。

我們逐字來分析一下。

戴那摩，就是Dynamo，一家電影製片廠，是戴那摩宇宙中電影故事網絡的創始者；**超能者英雄**的世界觀還有**異變特工隊**的系列作都出自他們之手。

鷹眼，是一家串流服務業者，而串流業者又分兩種，一種賺到翻過去，另一種只是些沒有真的賺到錢的紙上公司。一個月只要七點九九美元，訂戶就可以盡情觀賞他們精選的電影與節目，完全沒有廣告。「想看的，隨時看，就在鷹眼！」他們強碰的對手包括，喔，也不多

161 譯註：電影藝術與科學學院，簡稱美國影藝學院，是奧斯卡獎的主辦單位。
162 譯註：Special effects，也就是特效之意。
163 譯註：由電影電視基金提供資金的養老機構，平均月費超過五千美元。

啦，就是一些串流平台同業像 Apple TV +、Netflix、Amazon、Hulu、Disney+、HBO Max、Peacock、VisionBox、EnterWorks、Bee、KosMos、歐普拉的 WinCast，還有來自加拿大的 MUCH。據說這些訂閱模式業者都有錢到不行，但也燒現金燒得很兇，你可以想像他們提著一桶桶牛奶在穀倉裡救火。

賣指的是一項產權——可能是一部戴那摩在開發中的電影——如今已經由交易成為了鷹眼的財產。

它——關鍵的財產——是**夜影騎士**，角色名稱，屬於一部有著坎坷開發史的電影。**夜影騎士**有過許多劇本，許多寫手與寫手團隊都曾嘗試挑戰這個人物。這些寫手有大錢可以領，都是因為有人想讓伊芙．奈特變得有血有肉，想為其量身訂做開發一部電影，但這些嘗試全都沒中；沒有一個劇本帶有對的魔力醬汁可以把這部電影帶出開發地獄，看到放行的綠燈在眼前一閃。夜影騎士被戴那摩列入排程已經三年了，但如今，就像噴泉大街上不在少數的案子，這電影已經成為 COVID-19 的大環境跟商業大片過於飽和的犧牲品。**夜影騎士**已經在開發費用上耗掉很多錢，但能回收成本的台柱大片還是沒有看見，超能者傳奇三部曲的首章或異變特工隊的新戲也都沒個影[164]。與其往電影播映市場這個高風險／低勝率的骰子遊戲中砸天價的經費去製作並行銷夜影騎士，戴那摩宇宙決定接受鷹眼的開價。如果電影果真拍出來，**夜影騎士**不會出現在地方電影院裡上映；你不會有地方可以獲得「**找好車位—購票—買內含爆米花、汽水與紅藤（或東岸的多茲樂）**[165]**的超值包—跟幾百人一起坐在戲院裡觀影**」的體驗。不。夜影騎士會被串流到訂戶的家中，由他們穿著內衣內褲，舒舒服服地在懶骨頭[166]上享用。

☆優格冰淇淋，是艾莉西亞・麥克—提爾加入比爾・強森麾下的原因。二〇〇六年，她戴著名牌，在維吉尼亞州里奇蒙機場的花園套房客棧前台當班。那兒離機場有將近一個小時的車程，但接駁服務隨叫隨到——那是個像 Uber、Lyft 或小馬等交通選項都還沒有問世的年頭。在當時，行動電話就只是**電話**[167]，上頭原始的簡訊功能只有X世代的成員能用得還算準確跟輕鬆。手機上頭還沒有相機（除了在亞洲），沒有網頁瀏覽器，沒有幕前幕後的工作人員清單在 IMDb 上召之即來，因為 IMDb 根本還不存在。

比爾・強森身為房客，住的是四一一四號套房——看出去就是每個套房都看得到的同一個「花園」——而且看起來是個大忙人，很容易分心的感覺。艾莉西亞完全不知道他來維吉尼亞，是馬上要展開為期三個月的前製作業，為的是一部叫作《不問問題（就聽不到謊言）》的電影。她不知道他就是電影《打字員》、《查理何許人》與《伊甸的邊界》的幕後推手。艾莉西亞也不知道這位比爾・強森曾以《新世代老闆》在坎城影展勇奪觀眾票選獎；比爾・強森只是又一個頭髮該剪了，還有共和黨衣服得換好一點的大忙人：他不換件好一點的共和黨衣服，在里奇

164 異變特工隊始自一開始的超能者三劍客——犀牛人、海獅俠、大熊座。在第一部電影大賣之後，其他的超能者開始來來去去。星座與城堡在異變特工中相當有人氣，但多重人與傳令兵則屬於莫再提。

165 譯註：多茲樂跟紅藤一樣是甘草糖果。

166 譯註：也叫豆袋沙發，但裡面裝的不是豆，而是保麗龍。

167 譯註：第一代 iPhone 是二〇〇七年推出。

蒙地區會很難有前途。他有其他人會代替他發言。稍微多笑一點會要他的命嗎？

艾莉西亞．麥克—提爾最早受的訓練，是要面帶笑容，而她也很精於此道。她當初加入花園客棧的管理層多元化計畫，是因為她不可能一輩子不脫下那件嫩德雞制服——即便嫩德雞很受她、也很受大多數美國人歡迎。在得來速的窗口站了將近七個月之後，她辭了工作，加入了多元化計畫，並一路衝到了前台的位子，穿上花園套房客棧那帥氣的綠色連身裙、裙子、襯衫、高跟鞋，還有圍巾。在飯店裡某些格局比較小的人口中，她是那個「新來的黑人女孩」——相對於「其他的黑人女孩」。她逼著自己變得不可或缺，為此她主動替任何人在任何時候挺身而出，任何理由她都接受。在這間花園套房客棧中，艾莉西亞．麥克—提爾是以下兩個問題的答案：**誰能解決這個問題？要是在飯店裡再待上三年，誰能成爲前台領班？**

負責夜班入住登記的她受到的指示、經過的訓練，都讓她堅定地要確保花園套房的每一位客人（每一個貴客）都能感受到舒適、品質與愉悅。她做起這些事能一副輕鬆寫意的模樣，得歸功於她在社區學院那五學期裡修過的一門課——商學一四七——時間管理：L.I.S.T.eN.「傾聽」系統。

L.I.S.T.eN. —— Let It Settle, Then eNact ——**讓事情沉澱，然後動手**。

為了把自己從手寫筆記的支配中解放出來，她學會了在腦中想像五張心靈索引卡，每一張對應一隻手指，同時貼著一項任務的標籤——但卡片就以五張為上限。五張心靈卡片好記也好想像。每完成一個任務，對應的卡片就會在腦子裡被揉成一團，永遠消失，然後卡片就會剩下四張。若有新的任務出現，腦中就會開啟一張新的卡片，但在L.I.S.T.eN. 的系統架構下，任務不論在手上或在腦中，都永遠不會超過五樣。如果一天忙下來，還有卡片沒有揉掉，你就把任務抄在一本標籤上寫著明天的作文簿上，明天再完成。

L.I.S.T.eN. ——讓事情沉澱，然後動手。

如果她不小心聽到客人失望於大廳的「晨光供應站」沒有Special K的穀片，艾西莉亞就會確保隔天早上有幾包一人份的家樂氏產品可用，而且還讓人有葡萄堅果、高纖麥麩、米、麥，或格格脆等口味可以選。如果有運動迷想在花園交誼廳的電視上看到英國的足球比賽，艾莉西亞會檢查並確認飯店的收視選單上有設定好正確的頻道。這樣當英超的阿斯頓維拉對上曼城的比賽時間一到，五五六頻道上就有賽事可看。

又一次，比爾·強森在晚上九點後回到了花園套房客棧。他的隨扈，包括跟他在同一層樓的——坎德絲·米爾斯女士、克萊德·凡·艾塔先生，還有往下一層、住在行政套房的約翰·馬德里先生——都看得出度過了漫長的一天，應該是一整天下來都在里奇蒙四處跑來跑去，坐在那輛剛剛放他們下車、看起來很不舒服的福特廂型車裡[168]。他們每個人都揹著某種背包或郵差包。凡·艾塔先生在講著他的摩托羅拉StarTac折疊式手機，米爾絲女士——帶著一個大包包還有一個提袋，還有從提袋裡的一綑紗線中探出頭來的鉤針——在講她的諾基亞，馬德里先生則看來好像在這世上一個朋友都沒有。就在他們全員踏進電梯的時候，比爾·強森貌似自言自

168 事實上，他們去勘查的取景地點與拍片空間遍及奇卡霍米尼沿岸、殖民地時期首府威廉斯堡、麥坎尼維爾，還有邦艾爾。這一天不是普通的長。

語地說了一句，「突然好想吃有彩色巧克力米在上面的優格冰淇淋喔。」然後電梯門就闔上了。

艾莉西亞聽到了——一名住客有需求，有對優格冰淇淋的渴望。她讓事情沉澱，然後動手。

大廳的「晚間供應站」繼稍早的「正午供應站」與更早的「晨光供應站」，提供客人精選的飲料、點心與名為「晚安輕食」的點心，但就是沒有優格冰淇淋。可以買到優格冰淇淋的最近地點在六十四號公路入口匝道旁的四方迷你市場，那家店叫作「冰淇淋正宗老店」，而艾莉西亞知道那裡有一台機器可以吐出兩種口味的優格冰淇淋，巧克力、香草，也可以把兩種口味捲在一起，而且還提供五花八門的配料，當中也包括了彩虹巧克力米。她平日偶爾會在下班後去那兒繞一圈，為的就是來一杯覆盆莓雪酪，而且她也知道這時候會在當班的女孩叫什麼名字——媞內雅。

短短三分鐘，她已經用電話聯絡上媞內雅，並懸賞十塊錢，就看誰能在東西被室溫打回糊狀物的原形前，送來半品脫裝的香草、巧克力與綜合口味，外加一杯分開裝的彩虹巧克力米。媞內雅親自用保冷的外帶保麗龍杯送來了可口的甜食，彩色的點點糖也放在了另外的容器中。塞在箱中的塑膠湯匙與紙巾上印有「冰淇淋正宗老店」的花飾商標，媞內雅沒有跟艾莉西亞收冰淇淋的錢——她有「在維修中灑出跟遺失」的額度——但把懸賞的十元放進了口袋，而那十元後來被加到了比爾．強森四一一四號房的帳上。

「公爵？」艾莉西亞叫了聲大廳裡的同事，那個負責保持大廳整潔、需要時幫忙移車、擔任機場接駁車駕駛，還有對艾莉西亞有點意思的傢伙。

「嗯—哼？」

「把這個送去強森先生的四一一四號房。」艾莉西亞把裝有「冰淇淋正宗老店」產品的袋子遞給了他。公爵抓住東西，開始爬起樓梯當成運動。

艾莉西亞拿起了前台的電話，按下了 7-4114。

「嗯哼？」比爾・強森接起了在床頭櫃上的無線電話。

「強森先生，晚安，我是前台的艾莉西亞，希望您在本飯店住得還愉快，」她像在背書似地說著。

「沒什麼可抱怨的。」

「我剛剛自作主張，送了些宵夜到您的房間，希望不會太晚。跑腿的公爵應該隨時會到。」

「我聽到敲門聲了。那就是公爵嗎？」

「我想應該是。祝您今晚愉快，強森先生。」跟客人講電話要速戰速決並不是管理層多元化計畫的薰陶，而是艾莉西亞做事的一貫風格。「殷勤中自有效率」，傾聽系統是這麼說的。艾莉西亞搖著筆桿，在花園套房客棧的專用信紙上寫著一張要給比爾・強森的短箋——「冰淇淋正宗老店」的店址，他日後肯定用得上——寫著寫著，前台響起了從四一一四號房打來的電話。

「是，強森先生，有什麼需要為您服務的？」艾莉西亞答道。

「妳有能看到未來的特異功能嗎？」比爾・強森問。

「沒有，強森先生。我從小就信浸信宗[169]。」
「那妳怎麼知道要送優格冰淇淋上來？」
「我聽到您說想吃。」
「真假？我不記得自己有這麼說過。我只記得自己有這麼想。」
「您當時正與凡・艾塔先生、馬德里先生，還有米爾斯女士走進電梯。」
「巧克力米？妳聽到我說彩虹巧克力米？」
「聽得很清楚。希望合您的口味。」
「我對彩虹巧克力米沒有意見，」比爾・強森笑了。「妳叫什麼來著？」
「艾莉西亞。」
「OK，艾莉絲。算妳得分。我會當作自己是死刑犯，大口享用這個冰涼的乳製品跟糖果顆粒，然後明天我會臉上掛著笑容去見上帝。」
「喔，我希望您是在說笑。我們可不能少了您這位貴客。」
「妳真的很會說話。給妳之後參考，我個人偏好是只要香草就好。晚安。」比爾・強森掛上了電話。艾莉西亞在腦中的索引卡上寫下了香草，然後想像卡片被揉成一團，扔掉。
隔天，艾莉西亞正好值一個半的班，多出來的部分是替要去動口腔外科手術的席拉・帕茲代班。中午時分，她發現有封彌封的信在等著她。裡面是一張長長的硬質書籤上草草寫著一段話——這是張公文簽條——因為紙條底部印著自由選擇企業的德絲・米爾斯。

艾莉絲，

妳跟妳的甜點還有配料。妳可以回電到我的手機嗎？

隨時歡迎。

德絲

「德絲」，就是坎德絲女士：四一一一號房。那兒有一支區域號碼是三一〇的電話。艾莉西亞從她的前台駐站撥出了號碼，被轉到語音信箱，在那兒她留了言。「米爾絲女士，我是花園套房客棧的艾莉西亞，在此回您電話。我會找時間再試一次，或者您也可以看您方便聯絡我。真的很感謝您。」

五個小時過去，三一〇開頭的號碼終於出現在前台的電話上。

「我是艾莉西亞，米爾斯女士。有什麼我能為您服務的嗎？」

「妳可以去安排讓貴州的手機訊號好一點，」米爾斯女士說。

「啊，是，」艾莉西亞用至為專業的口吻說道。「我們確實有些地區的收訊會斷斷續續。」

「我還在外頭勘[170]，所以我要是斷線，等我晚上回到甜蜜阿拉花園後可以跟妳談談嗎？」

「沒問題，如果您希望這樣的話。」

169 譯註：聖經明確對靈視、遙視等特異功能持否定的態度。

170 就是勘景的意思，勘是噴泉大街習慣的略稱。

「這跟我希望怎樣無……妳聽得到我嗎？妳聽得到我嗎？妳聽得到我嗎？喔，爛……」

☆

德絲．米爾斯坐在晚間供應站一張高桌前的凳子上，埋頭吃著一份中杯的薄荷巧克力片冰淇淋，一樣是「冰淇淋正宗老店」的產品。她的針織提袋放在對面的凳子上，一起的還有她簡直是雜糧麻袋的皮質包包。幾分鐘前她、比爾．強森、克萊德．凡．艾塔，還有沒朋友的約翰．馬德里，走進了大廳，一副他們一整天都擠在一條太小的帆船上在汪洋上飄蕩，風吹到飽、日曬到爆的模樣。他們回來前去光顧了「冰淇淋正宗老店」，男人們帶著他們的睡前甜點進了電梯門，上到了他們的套房。比爾．強森在經過前台時跟艾莉西亞打了個招呼，但他揮的不是手，而是手中的一品脫[171]香草冰淇淋跟彩虹巧克力米，包括有一湯匙在他嘴裡。

等艾莉西亞騰出點空來，她走到晚間供應站給自己弄了杯熱花草茶，用的是花園套房客棧的**熱飲注意**！外帶杯，還有收納在有機玻璃盒中的茶包。

「現在方便聊兩句嗎，米爾斯女士？」她問。

「妳稜皺夏嗎？」滿口的綠色冰淇淋讓她口齒不清，所以她複述了一遍。「妳能坐下嗎？」

「可以。」艾莉西亞告訴她。「但飯店馬上會有一組客人要來，要是我本來是坐著然後才站起來接待他們，恐怕觀感不好。」

「確實，**秦嗆會搭**。」德絲讓又一匙薄荷巧克力片在她嘴裡融化，然後重說了一遍。「形象會差。」

「我有什麼能替您服務的，米爾斯女士？」

「叫我德絲。坎德絲的德絲。」她把湯匙插進剩下的冰淇淋，把杯子放下到薄薄的木桌桌面上，然後把面前的東西推開。「他們這哪叫中杯，這根本叫吃到飽。」

艾莉西亞微笑著，啜飲了一口她的熱花草茶。

「艾莉西亞，我在這間飯店待了才大概七十二小時，妳已經讓我的人生好過一點了。」

「承蒙您這麼說，我很高興。」艾莉西亞這是肺腑之言。

「我的老闆偶爾，會是個要求很多的小渾蛋。晚上十點想吃優格冰淇淋這種事，常在我累了一整天後正要去沖個澡時，掉到我身上。」

「能幫上忙是我的榮幸，真的。」

「有一次，在法國南部——的蔚藍海岸——我們前一晚還在開趴，派對上有香檳跟貽貝薯條[172]跟一瓶瓶酒，香檳我說了嗎？」

「聽來很好玩。」

「喔，艾莉絲，說了怕妳不信。我帶了個法國男人回我房間！我們的司機！不開玩笑，他就叫居伊[173]。我那晚是豁出去了。」她自己沒感覺，但她的雙手已經摸回了冰淇淋杯上，又挖了一口美味往嘴裡送，讓其緩緩在嘴裡溶化，然後嚼起了幾片巧克力。「總之，居伊跟我正啪啪

171 譯註：一標準美國品脫等於十六盎司，約四七三毫升。
172 譯註：moules-frites，比利時的國菜，是在法比荷三國都很流行的家常菜。
173 譯註：Guy 在英文裡是傢伙、男人的意思，在法文裡可以是男性名字，多音譯為居伊。

啪—砰在認識彼此的時候，電話就開始在那邊吵得要死，結果是我的老闆打來說，『幫我找家店，我想要買放口袋的折疊刀。』那時候是凌晨四點。而且妳知道我在緩過氣來之後，因為，妳知道，居伊跟我剛剛在啪啪啪，我是怎麼跟老闆說的嗎？」

「難為您了，」艾莉西亞說。她喜歡這個德絲．米爾絲。

「我說『包在我身上，老闆。你想什麼時候去？』他說吃完早餐。六小時後我讓他站在一家法國刀具店內，彈開一把把巴克刀[174]，測試著其刀刃的鋒利程度。最後他帶了六把蝴蝶刀走。要當聖誕禮物，他說。他吩咐我把帳結了，退稅文件處理一下，然後把這些刀械包成禮物寄回美國。」德絲又往嘴裡鏟了一些冰淇淋。「里惹麼看勒個故事？」

艾莉西亞不知道該怎麼看這場圍繞著法國刀發生的大冒險。她把銳利的目光朝前門入口處射去，就怕說好的客人隨時會出現。「後來怎麼了，」她說。「您跟居伊。」

德絲笑著吞下了冰淇淋。「喔，我照顧起他。有好一段時間。然後就再也沒見過他了，很完美的結局。誰需要在生命裡擺一個法國男人？夠了，就是夠了。」她說著第二次推開了冰淇淋。「所以……」

艾莉西亞倏地進入了她花園套房管理層的模式，心靈索引卡蓄勢待發。

「假設我需要折疊刀，立馬。我該怎麼做？」

「今晚嗎？」

「明天一早。」

讓事情沉澱，然後動手：「有家露營兼打獵與釣魚用品供應社。在叛逆方塊賣場那兒。不在賣場裡頭，但轉角有他們家的店面。您要是給我點方向，我可以讓他們準備一些樣品送來，這樣您就可以少跑一趟。不然，來個一打左右？」

「哇嗚。」德絲．米爾絲在她的高腳蹬上往後一靠，然後閉住了一隻眼睛，端詳起了花園套房客棧的艾莉西亞。「信手拈來，行雲流水耶。我是真心的。哇嗚。」

「您是要找筆刀，還是大刀，還是李德門[175]的，瑞士刀那種？」

「艾莉絲．不管妳姓什麼……」德絲說。

「麥克—提爾。艾莉西亞．麥克—提爾。」

「艾莉．麥克—提……」德絲歪著頭，注視起艾莉西亞的眼睛。「妳在飯店業做得開心嗎？」

「非常開心。公司內部有很好的升遷機會。我可以調動到花園套房客棧的其它分店，比方說佛羅里達，甚至是巴哈馬。他們還正在歐洲展店。在法蘭克福。這裡比起另一條曾把我掏空的生涯跑道好多了。」一想起自己在嫩德雞的制服，一陣顫動就像電流一樣通過了艾莉西亞在花園套房客棧穿的綠色連身裙。「喔，我的天。我得回櫃臺了。很高興跟您聊天，德絲。」

德絲從她在高桌邊上的位子起身，並把手伸向了杯中在融化的薄荷冰淇淋，但艾莉西亞搶先了她——冰淇淋連同空了的茶杯都經由艾莉西亞之手，進了資源回收桶。德絲拿起她的包包跟提袋，偕艾莉西亞走向了前台。

174 譯註：巴克刀具（Buck Knives）是美國折疊小刀的百年老店，久而久之已經成為帶鎖摺疊刀的代名詞。

175 譯註：Leatherman，一九八三年成立於奧勒岡州波特蘭的刀具品牌。

「妳知道我們工作一結束，就會立刻離開妳的飯店吧？」德絲說。

「我希望您們重返里奇蒙的時候可以再蒞臨本店，能招待各位真的是本店的榮幸。」

「喔，我們沒有要離開里奇蒙。我們要在里奇蒙待上好幾個月。」德絲沒有要去搭電梯的感覺。「我希望妳能來替我工作。」

艾莉西亞聽到了。她讓事情沉澱，但是動不了手……完全動不了。

「您剛剛說？」

「像妳這樣的人才，就算往等重的金條上鑲珠寶去請來也不為過：妳，解決，問題。而且快又狠。夠殷勤。不拖泥帶水，不踢那種『我讓你跟某個反正不是我的人接洽』的皮球。從彩虹巧克力米到脫口而出的瑞士刀店都看得出來。妳夠猛。」

艾莉西亞微微露出了笑容，然後搖了搖頭，就像不論從四一一號套房的德絲．米爾絲口中說出什麼來，她都一概否認似的。這個女人的迷湯灌得太稠了。這些有的沒的閒聊可能只是場序曲，再來就會是**要不要我們去喝一杯，邊喝邊聊妳的未來？我樓上房間裡有一瓶單一純麥**。這種可悲的鬼扯台詞一天到晚朝艾莉西亞迎面而來，讓她渾身發寒。哪個男人敢把這一招用在艾莉西亞身上，他就會變成一頭面無表情的掠食者，變成她與之不共戴天的冤家。女人也不例外。

「妳意下如何？」

「米爾斯女士。我沒有要裝傻，但您是問我對**什麼東西**意下如何？」艾莉西亞的意思是**不要再弄我了，我得回去工作了**。

「妳不知道我們是做什麼的？」

米爾斯女士跟那些與她一道的人是登記在自由選擇企業的公司名稱下。且不論自由選擇企業做的是什麼買賣，都與艾莉西亞無關。生產鋁罐？開發不動產？找出小巧的冰淇淋老店來加盟？

「我不知道，」艾莉西亞說。

「我們從事的是電影製作，」德絲告訴她。

讓事情沉澱，然後動手……

☆

隔天早上，在鬆餅時間這間距離花園套房客棧不遠，但走過去也有點像蒸汽浴的餐廳裡，一場異地會議正在進行，開會的兩造分別是艾莉西亞・麥克—提爾與德絲・米爾斯。

「我好像已經流掉五磅的汗了，」德絲說著，一邊灌下艾莉西亞先點好、在桌上等著她的超大杯柳橙汁——果汁並非鮮榨但非常冰，非常柳橙。「我的上帝，這個濕度，我都濕透了。早知道就該帶衣服來換。」

艾莉西亞提早到了，現正坐在固定座椅的雙人桌前。果汁已經喝下，咖啡即將送上，咖啡後面還有標準菜單的早餐。她用力把耳朵豎起來。考慮到可能的資訊海嘯，以五張為限的心靈卡片恐怕不夠用，所以她新準備了一本作文簿，跟一支花園套房的 1-800 免費專線鋼珠筆在一旁待命。

艾莉西亞生平第一次被挖角。她之前的工作都是應徵來的。她領多少向來是公司規定就是這個薪水——從來沒人問過她希望的待遇，就是能餬口而已。但現在跟這個叫德絲的女人開的這場會議？在鬆餅時間？這是命運之神出人意表在向她點頭，簡直像在拍電影。不，不是拍電影，是電影製作。

電影製作？艾莉西亞從前一晚就一直叨念著這幾個字。在里奇蒙？有這種事？電影的製作不都在好萊塢或突尼西亞？在海上或在夏威夷，應該的，但不會在這兒；在紐約市跟看起來像紐約的地方。里奇蒙看起來不像紐約。何況我在一部電影的製作裡可以負責什麼東西？我根本一無所知於……

「把本子跟筆收起來，」德絲說，名牌上寫著瓊妮兒的制服女侍正好來倒咖啡。德絲加了份量控制的「一半一半」[176]共兩迷你盒，然後一臉嫌棄地加了一包「纖而樂」代糖。試喝了一小口的她皺起面容。「OK，這喝起來很恐怖，但起碼是咖啡因，所以……」她又吞了一小口。

「我點了格子鬆餅搭配蛋、培根跟鄉村起司，」艾莉西亞說。「這裡的餐點蠻基本的。」

「早餐吃格子鬆餅，就像從生日蛋糕展開新的一天，」德絲說。

「我小時候，鬆餅時間是主日做完禮拜去的，」艾莉西亞說。「高中時，我們會很晚才來，然後一直待到被店家說太吵，要我們離開為止。」

「跟我說說上學的事情，」坎德絲說。「對了，現在是我跟你開會的閒聊階段。這不是考試。等餐點上來，我們再辦正事。妳會翹課嗎？有課不去上那種？」

艾莉西亞停頓了一毫微秒，評估著該怎麼在言談中呈現自己的學生時代。五年級那年對才十歲的她，簡直是一部恐怖片。她在巴爾的摩長大，當時家附近有年長的男生教她怎麼抽菸，把她弄到茫。他們對那小女孩做完令人髮指的事情後，就讓她在離家數英里的街上遊蕩。她被送去住院，而且傷勢非常非常嚴重。她很害怕，很困惑。她被同一群女警、兒童保護局人員，還有醫生反覆問了話。然後她的哥哥就被捕了，原因是他痛毆了其中一名掠食者，重傷了另外一個；家族中的遠親也涉入了案情。毒品被找到了，武器也是，然後，喔，世界崩塌了。她那年都沒再上過學，就這樣住在某個寄養家庭裡，直到她的嬸嬸跟叔叔來接她，帶她回到他們在里奇蒙的家，而艾莉西亞在里奇蒙只認識她已經成年的表哥表姊，戴洛與米莎。她在沉默中重讀了五年級。她只要離開家就變成啞巴。她主日在做禮拜的時候也都不開口。她被送到了一間特殊的學校，花了很長時間在一名費絲醫師身邊——費絲是她的名字——她很愛做的事情是讀書，然後討論書裡的故事。有很長一段時間，艾莉西亞都不曾跟費絲醫師說話。她們會進到廚房裡，安安靜靜地做披薩吃。艾莉西亞喜歡做披薩，喜歡一絲不苟地遵照每道指示。她十三歲的時候，叔叔因為糖尿病過世了。戴洛離家去加入了陸戰隊。米莎搬到了佛羅里達，留下了在念高中的艾莉西亞跟嬸嬸相依為命，還經常受到一名少女所能受到最可怕的各種噩夢折磨。高中裡的一些男生（還有鄰里間的一些男人）露出了真面目，原來他們都是面無表情的掠食者。她的第一份工作是在「美國女僕」幫人清潔住家，而她幹不下去是因為有次出勤時她人到了客

176 譯註：一半牛奶一半鮮奶油的乳製品，乳脂肪含量介於兩者之間，大概落在百分之十到十八之間。英國人的說法是half cream，也就是半奶油。

戶家，對方的先生不願意離開讓她好好工作。那名人夫跟著她在屋子裡走來走去，問一堆隱私，還問她打掃完浴室要不要跟他去喝一杯。她應徵過漢堡馬戲團（沒開缺）跟嫩德雞（從兼職做起），去唸了社區大學，照顧嬸嬸直到她搬去佛羅里達跟米莎住為止。艾莉西亞刻意不交男朋友（沒有一個給她安全感），並不時會問候費絲醫師，也報個平安。社區大學與嫩德雞填滿了她的作息；她在這兩個世界裡都很低調。

「我在學校裡很低調，」艾莉西亞對德絲說，這是她對以上這一大段劇場的總結。

「我上高中就跟母雞進到雞舍裡一樣。那是棟建築，一棟我人在裡面理所當然的建築物。」德絲說。然後餐點就到了。「也太快了吧。」

「請享用，」瓊妮兒說，雖然似乎沒人在鬆餅時間不享受。

「妳看看這麵糊、奶油與四分之一寸高的香甜糖漿的組合。血糖們，準備好了嗎。妳幫我作證，艾莉絲，我發誓：這是我在維吉尼亞州的最後一頓格子鬆餅早餐。」

在摺好一條培根往嘴裡送以後，德絲開始了將近一小時的單口相聲，至少鬆餅時間櫃臺上的時鐘是這麼顯示的。筆記沒有必要，她對艾莉西亞表示，因為待辦事項的清單不存在，工作方針不存在，什麼能做什麼不能做的約法三章也不存在。艾莉西亞從德絲口中聽到的與其說是工作面試，還不如說是以人生為題的佈道，是充斥對人性之深思與反問的哲學碎嘴。坎德絲聊到場上的棒球選手與思索宇宙的天文學者，但講著講著又莫名能跟電影製作扯上點關係。她談到繆思女神與時刻表上的航班，談到創作的謎團，談到天才的意外。她提及均衡、魔咒與埋沒，還有一種叫作「滯火」[177]的東西。她說起了關於「絢爛歸於平淡」、「跌落神壇」、「中等才華的傲慢」的故事。她說電影開拍總在星期三，這樣大家就有三天的時間可以證明自己。能力有問題的會在星期五被開除，星期一被替換。她說不論你花多少錢去造橋，河流也永遠不會屬於你。她還提到水肺潛水的發明要歸功於一個叫雅克・庫斯托的法國人。

德絲身上有一種氣質，讓艾莉西亞想起了費絲醫師。這將近一小時她聽得很開心。

「我看得出妳眼裡的迷惑，艾莉絲，」德絲說。「不用為了我說的這些東西鑽牛角尖。」她分享了一個小故事是她有回在一部電影的拍攝期間，花了一整個工作天學習打毛線，她把自己能在這個會把人逼瘋的職場裡保持理智，歸功給這項才藝。一名被找來擔任日聘演員[178]的女性奇葩演員[179]在三拼拖車[180]裡待了一個小時又一個小時，只因為她的角色還在OC[181]。德絲敲了敲她薄薄的拖車門，好未雨綢繆地去撫平任何通告時間[182]過早可能引發的問題。這名七十幾歲的女演員坐在乾淨整潔、清湯掛麵且有消毒劑氣味的「拘留所」裡，完全沒有任何不高興，甚至還客氣到一個不行。她打著圍巾，用的是海軍藍色的紗線。

177 譯註：指槍彈遲發或工作進度停滯不前。

178 譯註：Day Player，戲份不多，可一日殺青的配角。

179 譯註：Character actor/actress，一種專演怪咖的功能性演員，多為配角，一譯性格演員。

180 一輛有三間獨立更衣室的拖車。

181 Off Camera，未出鏡。

182 時鐘上所有人都必須要報到上工的時間。算是拍攝日的正式起始點，牽涉到收工時間與片酬的計算。

「要不要我幫妳拿點什麼東西？」德絲問她。
「有冰紅茶就太棒了。」演員女士說。
「同感！」德絲用無線電叫了兩杯茶加冰到第三十七號卡司處。幾分鐘後，一名副導演出現，手裡拿著水蜜桃口味的紅茶跟裝著冰塊的紅色派對塑膠杯。德絲坐在門開著的三拼車階梯上，跟三十七號分享起飲料，談論起除了老太太已經發了一整天呆卻沒一丁點戲可演以外，太陽底下所有的事情。
「喔，他們付我的就是等待的錢，親愛的。演戲是送的，」演員女士說[183]。
「妳在那兒忙些什麼？」德絲問起了鉤針的事，結果這一問釣出了圍巾是織給波士頓孫女兒的故事，釣出了一段長篇大論講的是一種療癒、平靜的感受會來自親手做衣服，來自有事可做不無聊，來自專注在某件跟工作無關的事情上。德絲從來、從來沒有想過在她鬼畜的工作量外還能有別的活動。想多做點什麼的時間不存在；她一天就是只有二十四小時。一球球的紗線跟一對鉤針有什麼通天的本領，可以提高她一天中的生活品質？但三十七號老太太可不就流露著濃縮再濃縮、提煉再提煉的寧靜。
卡司三十七號的名字是賽姞．金索沃。她的演員生涯（雖然她自己喜歡被叫作「女演員」）始於一九六〇年《邊城英烈傳》[184]當中的一句台詞，當時的導演不是別人，正是大名鼎鼎的約翰．韋恩。接下來的三天，賽姞給德絲上了堂針織課，為此德絲特地安排讓整個禮拜的通告清單上，都有這位女士演員。賽姞賺到超過了短短兩幕戲跟三句台詞該有的工資，而且直到週五晚上九點五十八分才殺青。殺青後她送給了德絲一份禮物是鉤針、紗線，還有一個裝針線的提袋。德絲利用那個週末，織出了她天字第一號的手作圍巾。那部電影是《查理何許人》。賽姞・金索沃四年前在睡夢中過世，美國演員工會獎上的追思橋段裡，也看得到照片裡的她。

「妳一面在噴泉大街往前走，就可以一面學，」德絲告訴艾莉西亞。「就像他們在加拿大海軍裡說的，『這種人生別無分號。』」她的格子鬆餅消失了，一口口在她的故事與故事間，在宛若被她條列成子彈重點的軼事空檔中，被吃掉了。「全都被我嗑掉了。我預測距離我睡成像個嬰兒還有大約半小時。所以……」德絲擦了一下嘴巴，乾掉了杯中的咖啡因。「艾里巴巴。妳對我剛剛所說的一切感覺有什麼想法？」

艾莉西亞緊抓著每一個字不放。出於本能，她知道自己口中吐出的每一個字都會顯得要麼輕率，要麼猶豫不決。她與德絲不是兩個少女約出來八卦大會串，不是兩個發現彼此的共通處不只是都有卵巢的新朋友。在格子鬆餅的滋味中，德絲把花朵撒在了水面上，但那片水的本體其實是暗潮洶湧的一種行業：一份壓力山大的工作操在渾身都是弱點的人類手中——每個人都是一艘看得到裂痕的船，每個人都滿滿的不安全感，每個人都在高壓的職涯中歷經一個又一個永無止境、不成功便成仁的瞬間。艾莉西亞納悶著從事電影業的人為何不人手一對鉤針，因為顯然他們都需要祥和寧靜。她花了點時間，不是要發明某種四平八穩、聽起來夠帥氣就好的答案，而是想整頓好她的用字遣詞，用文字的框架去捕捉她所聽到的，德絲的一字一句所拼湊出

183　這是電影片場一句老話中的老話，出處包括奧森・威爾斯（1915-1985）、賈森・羅巴茲（1922-2000）、奧莉薇亞・德・哈維蘭（1916-2020）與第一代貓女茱莉・紐馬爾（1933-）等人。

184　譯註：英文片名是 The Alamo，講述的是一八三六年阿拉摩之戰促成德州從墨西哥獨立出來的故事。

的完形[185]。

德絲的雙眼鎖定在她身上，歪著頭，在期望中等待著艾莉西亞的回覆，一個無可挑剔的完美回覆，或是一個不僅操壞了她的消化系統，而且還，慘上一千倍的，浪費了她的時間的回覆。「給我一兩槍吧。」她下了命令。

艾莉西亞又多想了兩秒。**砰**。「做電影講求的是解決的問題要多於你引發的問題。」艾莉西亞留意到了德絲右眼眉毛那充滿希望的上翹弧度。**啪**。「娘們兒是幹不來的。」

德絲點起頭來。「說得好，非常好。」

☆

艾莉西亞提前一星期向花園套房客棧提了辭呈，並利用這一星期的時間訓練了接手的新人，媞內雅，她也通過了管理層多元化計畫。艾莉西亞發了通知給她所有的上司，還有總公司，感謝他們一路以來肯定她，讓她在任職於美國花園套房客棧公司的期間學到了很多。

一個星期一早上，艾莉西亞被介紹給了克萊德・凡・艾塔，他作為電影的第一副導演，跟德絲的地位一樣，同時也是德絲的隊友跟搭檔。德絲的正式職銜是製作人。「妳覺得自己有本事挑起這份活兒，是吧？」克萊德問她，用的是一種低配版的微笑。「此時此刻，洛杉磯有很多人睡在他們的車裡，他們都巴不得能得到剛剛被交到妳手上的機會。這一點妳清楚，是吧？」艾莉西亞被問得啞口無言，只能愣在那兒，還好德絲拉著嗓子出來救駕，「不要騷擾人家！克萊德，快進廂型車！」在他們要繼續出發去勘景之前，德絲把一支諾基亞跟兩個預存的號碼交給了艾莉西亞，那分別是德絲・米爾斯與克萊德・凡・艾塔的電話。假以時日，這塊她耳朵上的磚頭會設有二十八組快撥號碼——每一組也都另外寫在作文簿上，放在艾莉西亞不離肩膀的郵差包裡。

「**該認真起來了**，艾莉絲，砰！啪！」德絲說著踏進了小巴，留下艾莉西亞去想辦法**認真起來**。

隨即掉進艾莉西亞懷中的問題，是要把德絲、比爾·強森，還有克萊德·凡·艾塔搬出花園套房客棧這個屎坑[186]。

☆

他們在拍的電影名稱叫做《不問問題（就聽不到謊言）》。倒不是說電影叫什麼對艾莉西亞有什麼影響。電影就算叫《猴子不適合當寵物》或《觔斗坡的哥布林》也不關她的事。她要到幾個禮拜後才會讀到，乃至於手裡才會握著份劇本，屆時她會有公文簽條可用，就是那種上方印著自由選擇企業、底下看得到她名字的便條，也會在德絲·米爾斯辦公室外頭有她自己的辦公桌，還要負責做出德絲喜歡喝的那種咖啡。製作辦公室所在地是麥坎尼維爾的一條死巷子，叫作十瓶巷，那兒曾經是一間保齡球球具公司的總部與廠區。艾莉西亞·麥克—提爾（不要再說成**艾莉絲·麥卡提爾**了，真的很靠腰）幫忙拿下了這個地點，然後替這裡弄齊辦公家具、文具、電話線、紙筆、彩色螢光筆、電腦印表機跟印表紙、延長線與突波保護器、軟木塞板跟

185 譯註：Gestalt，一種心理學概念，可簡單理解為一種一加一大於二，由個體出發但大於個體總和的整體心理狀態。

186 那約翰·馬德里呢？他回到洛杉磯，繼續執行他做為本片專屬片廠幹部的職責。他顧人怨是事實，畢竟……他是本片專屬的片廠幹部。每次他以片廠幹部的身分前來執行任務，都是住在花園套房客棧。

大頭針、白板與白板筆與板擦、各種尺寸的信封、釘書機與釘書針、折疊椅與折疊桌、咖啡機、濃縮咖啡機、咖啡與濃縮咖啡的備品、冰箱、微波爐、免洗的刀／叉／匙／盤／杯，砧板與鋸刀，一張告示上寫著距離公司最近的醫院、派出所、牙科、雜貨店、藥房、獸醫、電影院、熟食店、車行，外加一支自殺防治熱線。

她的第一個上班日，也正好是電影前期製作——簡稱前製——的正式開工日，就讓艾莉西亞跟不動產經紀人、公寓經理人，還有遠地房東都講上了話，為的是約時間去看過要租的地方。她得要找到、確認過、並保留好住宿處，好讓從全美各地前來製作電影的某些部門主管有地方住。艾莉西亞找到了一間翻新過的排屋給比爾·強森——一個在前製、主體拍攝、後製的幾個月中會愈住愈好住的地方——主要是從製作辦公室開車回去只要一下下——但德絲只看了一眼就說這地方她要了。「這裡在嘶吼著呼喚我！」德絲說著把她的鉤針袋丟到了一張超蓬鬆的佩斯里花紋沙發上。「叫頭家去住香菸工廠啦。」

她指的是菸草倉庫改裝成的一處開放空間。那兒的屋主在一九七九年時安裝了一個屬於無法拆卸的硬接線、當時是最新科技的音響系統，牆壁一面接著一面都是分門別類的經典黑膠唱片。比爾·強森喜歡那個地方，還誇口在《不問問題（就聽不到謊言）》拍攝的空檔，他幾乎從來沒把電視打開過，反之他都在讓唱盤轉啊轉，聽著他完全沒聽說過的唱片，包括**跟薩爾·迪亞哥在家裡學恰恰！**

艾莉西亞有點驚訝於有些部門早在她被雇用之前，就已經動起來並在運作中了。比方說外景部門就已經在里奇蒙有一個月了。運輸部門已經訂好了地方上的工會[187]司機。很快地一棒接一棒，其他部門紛紛進駐了十瓶巷的辦公室與小隔間：副導演、選角、攝影、音效、藝術指導、特效、搭景、差旅、會計。等住宿部門上線運作，並由一名瑪麗．比區擔任主管後，艾莉西亞就不需要再在找尋生活空間的問題上糾結了——那是MB（瑪麗．比區）的地盤。艾莉西亞讓MB成為了她粉絲團的終生會員，因為她一通電話就替MB搞定了劇組在花園套房客棧的超優惠房價。這對《ANQ(HNL)》[188]是一大勝利——省到了錢，MB的辦公桌上又少了一條要解決的問題！不過揉掉了一張心靈索引卡，艾莉西亞的名聲就已經**白**到一個不行，只不過她還是得一週七天二十四小時待命。

接下來的十一個月，艾莉西亞解開了謎團、舒緩了壓力、彌平了路障，讓問題像西北雨一樣來得快，去得也快。有她在，該在的礦泉水就在——而且該冰的時候冰，該溫的時候溫。任何東西要預約都可以找她——餐廳、電影、直升機。身為土生土長的維吉尼亞人，她會聽取鄉親的埋怨，然後讓地方父老們放下內心的罣礙，不再大呼小叫著「那個電影劇組」他媽的太打擾人了！用自掏腰包的二十塊錢，她收買了一個小朋友用他家的割草機去蓋過噪音，好讓劇組可以順利進行一早的拍攝工作，事成之後的下午又從劇組的伙食部拿了支冰棒給小朋友送去。德絲一天得叫上她二十回，每回都有不同的問題或吩咐：我想盡快裝台窗型冷氣，要多久時間？手排車妳會開嗎？**薩爾．迪亞哥**（比爾．強森）沒有太喜歡昨天晚上的那家披薩。皮太厚，餡

187 譯註：國際貨車司機聯合會（Teamsters），也就是美國的卡車司機工會。

188 譯註：《不問問題（就聽不到謊言）》的片名縮寫。

料的番茄味太重。另外找家拿波里風味的店。艾莉西亞的職責跟她身穿花園套房客棧的綠色連身裙時比起來，沒有什麼不同，但事情在這裡會一樣接著一樣來，沒有終點，而且要盡快；要解決的問題在這裡都像需要證明的方程式——隨身小刀×優格冰淇淋+彩虹巧克力米的三次方。生活上是有些方便的地方，包括可以一直穿著舒服的鞋子，還有運輸部幫她租了一輛新的吉普車，讓她可以換掉自己那輛醜不啦嘰的鋁罐「拖鞋」[189]，而這也代表她不用再記錄自己的油耗與里程數了。趁著她人在十瓶巷的PO[190]裡工作的時候，一名司機會把吉普車送去洗乾淨，油加滿。

從她參與前製的第一週的第一個星期一，艾莉西亞就開始明白了一部電影對劇組的要求有哪些，首先就是勘景。累死人的勘景是要在外頭搭廂型車跑一整天，車上座無虛席地坐著各部門的人員，到了一個地點後眾人魚貫下車，就像馬戲團裡那種會從車子裡源源不絕跑出來的小丑，大家七嘴八舌地朝各個方向炸開，一隻隻手指分別指向周邊、建築、樹木、對街的烈酒店、地平線上的電線，直到場地徹底被檢視跟評判過後，他們就會又魚貫回到廂型車裡，立刻七嘴八舌地講起手機，而且還會為了蓋過其它人的聲音而拉大嗓門，而工會的司機則同時開往下一個要勘景的地點。有些日子裡，他們可以勘到多達十二個地方，中間他們會花五十分鐘吃個中國菜、烤肉或炸牛排——餐廳也是艾莉西亞安排好的。等勘景終於告一段落，當他們回到十瓶巷之後，各部門頂多去上個廁所或去點心室補個貨，就會開始著手進行他們在過去十個小時與一百二十七英里中得知與決定好的事情。只有在勘景的日子裡，艾莉西亞才會有那麼一咪咪懷念起她在花園套房客棧的往昔，包括那兒的冷氣大廳與綠色連衣裙。

但也就只有一咪咪，因為在——工作開始幾個禮拜後的——一個週五深夜中，在德絲的排屋宿舍裡，這兩名女子脫掉鞋子喝著瑪格麗特，正在把週末的行程走過一遍——這週六會跟維吉尼亞影視辦公室有一場公關造勢，跟特效與妝髮部有說明簡報要做，跟廣告部要開會進行安全宣導，還有週六晚上在比爾·強森的提議下，有興趣的人可以自由參加狄西嘉的《米蘭奇蹟》試映會，那是經典之作《單車失竊記》的前身。星期天，他們會在某個劇組下榻的飯店看一場大螢幕的美式足球比賽（猜猜看是哪場。艾莉西亞請媞內雅安排了水牛城辣雞翅[191]）。在重複按下果汁機上的混合鍵的同時，德絲問起艾莉西亞她對《不問問題（就聽不到謊言）》的劇本有什麼感想。

「我不知道耶。」艾莉西亞說。

「這可不是我想聽到的答案，艾莉—阿克森·弗里，[192]」德絲說著倒起了會讓人喝醉的冰沙，兩個杯子都被補滿到邊緣。「只要出了我們內部的聖殿，妳被任何人問起都要說我們的劇本非常精采、非常讓人意想不到，而且充滿了神奇跟讓人驚呼連連，嗚嗚啊啊之處。但在我們之間——特別是在三杯黃湯下肚後——妳有什麼說什麼。這劇本很廢？很白癡？很制式？很像某種套路？有人做過了？或……」德絲灌下瑪格麗特的速度太快，一瞬間凍住了腦袋。想讓自己恢

189 譯註：《不問問題（就聽不到謊言）》的片名縮寫。

190 譯註：Production Office，製作辦公室。

191 譯註：應該是水牛城比爾隊的比賽。

192 譯註：Ally-Oxen Free，這是用英文裡的一個用法 Olly Olly Oxen Free 來惡搞艾莉西亞的名字。Olly Olly Oxen Free 是小朋友玩捉迷藏等遊戲時的用語，沒有字面上的意義，只是讓玩的人知道遊戲結束可以出來了，現在出來不算輸了。

復的她拍起了額頭。「妳覺得我們在製作的，是又一部電影界的曠世傑作嗎？」

「試試把舌根往後伸到喉嚨深處，暖一暖鼻竇通道，」艾莉西亞建議。

德絲照做了。「鈎—給[193]，」她說。「嘿，好像有點用耶。所以……從實招來吧。劇本。給過還是不給過？」

「說不上來。」艾莉西亞喝了一小口她的第二杯瑪格麗特。

「妳為什麼這麼抗拒給我們的劇本一個評價？」

「我還沒讀。」

「天啊為什麼？」

「我有資格嗎？」

「妳也是這部電影的一份子啊！」

「沒有人給過我本子。我看到的上面都有號碼了。我偷瞄過幾頁，有時在勘景中的廂型車裡，有時在PO。每一頁上都有特定劇組成員的名字被標出來而且印在內文中。我怎麼看都像是閒雜人不能翻閱的機密文件。」

「喔，拜託。那是怕劇本被哪個呆瓜弄丟，或被某經紀公司的間諜偷走。或是怕有人搶在我們把編輯過的版本正式送過去前，就先把劇本夾帶到好萊塢外國記者協會那兒。」德絲放下她半空的瑪格麗特酒杯到咖啡桌上——她還要來第三杯，不用懷疑——走進已經被科技改裝成辦公室的客房。艾莉西亞聽到電腦印表機的電源開啟，短短幾秒鐘就有紙在那邊沙—噗啦、沙—噗啦、沙—噗啦地被吐出到接紙的紙匣。

德絲在回到起居區的路上去廚房中島繞了一下，取得了剩下的綠色靈藥。「妳幾分鐘後就會有一份劇本了。妳今晚就要念完。念完我們馬上討論。然後我們要把這些幹掉，」她說著先把艾莉西亞的瑪格麗特倒滿，然後是她自己的。分裝壺裡還有半寸高的飲料，於是德絲以壺就口，從壺嘴直接乾杯。被幹掉了：瑪格麗特。

等她又忍不住要拍額頭的時候，艾莉西亞提醒了她——把舌根往後伸到喉嚨深處。

☆

一旦你掌握了電影劇本的各種格式與術語，它讀起來就像在看一部有英文字幕的外語片——你會忘記中間的翻譯過程，直接靠文字去理解電影。《不問問題（就聽不到謊言）》的劇本就像那部在螢幕上的電影，但又有夠多的差異讓它的趣味性更勝一籌。這是因為比爾・強森是把劇本寫成粗略的範本，而這些大方向所對應的場景先是浮現在他的腦中，並在為時數月的製作會議上，與在用權威把部門主管說動的過程中慢慢添上具體的輪廓，但也保留了餘裕容納**當天**[194]心血來潮的即興發揮，這一切的一切所匯聚出的，就是隨機的鏡頭能捕捉到的，跟後續剪輯能編排出的，最終結果。大場面，像是三輛聯結車撞在一起的車禍，也在劇本中：一樣東西上不了紙頁，它就上不了底片。但比爾・強森往電影裡加新元素是一天到晚的事情，是想來就來的事情，靠的是拍攝前一晚或在往片場車上的靈光一閃。甚至一名演員的構想如果夠有看頭

193 譯註：在移動舌頭而無法準確發音的OK。
194 當天：特定場景的拍攝日。

到能讓某一幕飛得再高一點點，那已經鎖定列印的文件也可以為其開個窄門。

艾莉西亞所讀的劇本——頂著那麼些萊姆、龍舌蘭和三倍辣的白橙皮酒[195]與其所帶來的昏沉醉意仍一口氣讀完的部分——隻字未提到（由羅斯．麥考伊飾演的）財政部幹員艾伯特．索普在他的破公寓裡聽三十三又三分之一轉的老黑膠唱片自學恰恰。當美國總統三更半夜打電話給索普時，唱針被從電唱機上提了起來，索普踩著恰恰的腳步接起了電話。比爾是在拍攝當天加入了恰恰的元素，是在那天早上才在妝髮拖車上配著咖啡與馬芬麵包，對麥考伊推銷起這個點子。麥考伊睡眼惺忪地看到比爾跑來跟他談這個構想，還睏得很的他不太能想像導演到底在說什麼。但然後他買了帳[196]。

「所以，對於劇本我是這麼想的，」艾莉西亞說。她跟德絲在點心室裡。德絲在切著某個維吉尼亞里奇蒙當成貝果在賣的管他什麼東西。艾莉西亞則在靠陽春的 Viva! 卡布奇諾咖啡機把一些半鮮奶半奶油做成泡沫。

「別在這兒，大嘴巴，」德絲告訴她。「到我辦公室，把門關上。」在前製的這個點上，同仁們星期六都很早開工。

德絲的辦公室俯瞰十瓶巷的停車場，她的窗戶被三棵欠人照顧、可憐兮兮的棕櫚樹給擋住了一部分。

「所以。妳怎麼看？」德絲問道，艾莉西亞將門在身後關上。「我們的名字都要被刊登在這東西上。」

艾莉西亞坐了下來。「嗯，故事完全符合一部電影該有的樣子。精彩。刺激。」

「一部扣人心弦、讓人坐不住的驚悚片？」德絲喝了一小口艾莉西亞特製的咖啡因。

「妳要這麼說也行。政治權謀與諜影幢幢與財政部幹員打擊壞蛋。我沒聽說過財政部的幹員有這些任務在身，但我信了。我有點驚訝肯恩不是臥底。如果他是，那我應該會覺得，哇嗚，那不是明擺著的嗎，但結果他不是，我覺得挺好的。但Z幹員的那場床戲，我必須說，實在太瞎了。」

「那場戲要的就是火辣性感啊。」

「那很搞笑好嗎。外面大雷雨，人在廢棄的馬廄裡做愛？衣服濕成那樣？旁邊又是蜘蛛、又是碎片、又是濕漉漉的乾草？誰會做這種事？」

「電影裡大家一天到晚這麼做啊。」德絲舔掉了從她的貝果裡漏出來到她手指上的超大坨花生醬。「而且可能會是吉妮·波普—艾斯勒來演Z幹員[197]。製片廠會希望她演裸戲，希望她在濕漉漉的乾草裡跟人假裝翻雲覆雨。劇組也會這樣希望。她的身體替身也可以有點收入。」

「我覺得很棒的是世界沒有完蛋得感謝亞伯特·索普，但實情沒有人知道，也永遠不會有

195 譯註：瑪格麗塔是調酒，經典的原料就是萊姆、龍舌蘭與英文叫 triple sec 的白橙皮酒。

196 羅斯·麥考伊當時正在噴泉大街的反彈中往上走。艾莉西亞覺得他，沒錯，很帥，但也是隻公狗。他直撲艾莉西亞而來，一副視她為囊中物、志在必得的模樣。她一點也不喜歡那樣。但那只不過是讓羅斯對她更慾火焚身。同樣的事情搬到今天，他早就被告性騷擾了。同樣的行徑還可以在三名劇組成員身上看到，他們都讓艾兒暴露於讓人不舒服的言談與身體接觸中。

197 吉妮·波普—艾斯勒開的條件我們達不到，所以這角色她就沒接下來。結果是瑪莉亞·克洛斯演了Z幹員，這你們都清楚，而這個選角讓吉妮一聽說就氣壞了。

人知道，而他就這樣回到他的破公寓，繼續當他的公務員，連Z幹員的電話號碼都沒拿到。這樣完全有扣住主題。」

「主題？妳對主題有意見？願聞其詳。」

「我們的自由的捍衛者是一些無名的士兵——那些沒有因此名利雙收、沒有大出鋒頭的男男女女。這對我們所處的現代下了一個很悲哀的註腳。」

德絲在她租來的辦公桌前，往後靠回了她租來的椅子上的僵硬護腰。那東西遲早會讓她半身不遂。「妳這些感想真的是從劇本裡讀出來的？」

「嗯，劇本裡是沒有長篇大論寫出來，但我在字裡行間讀到了這些意思。」

「等比爾・強森知道妳姓誰名啥後，他一定會愛死妳。但妳跟我來這裡，不是為了在文本與潛台詞的差異中沉溺。我們是製作組。我們的工作是處理問題。像是，基本的算術。以一天兩頁的速度，我們的電影拍完要多久？」

艾莉西亞想了一秒鐘，然後回憶起了她讀的劇本有一百二十七頁。「六十三天半。」

「挖咧。」德絲又一次倒回她椅子的護腰裡。「這東西簡直是刑具。」

「起來，」艾莉西亞告訴她。等德絲起身之後，艾莉西亞把椅子轉了一百八十度，找到了椅背中間的鬆緊旋鈕。

德絲說，「拍六十三天會讓我們超支預算一百二十萬美元，讓我們的老闆有大麻煩。」

「妳再試試看，」艾莉西亞退了開來，讓德絲坐回到椅子上。

「這比剛才好一千倍！」椅子現在坐起來有如英國航空的頭等艙一般舒適。

「妳要我把它再調高一點嗎？」

「不用了。」德絲又咬了一口貝果，喝了一小口咖啡。「所以……，」她邊咀嚼邊開口，「我們的預算是抓五十五天拍完。要是我們能在第五十二天殺青，我們的老闆就會被尊為大師。他們會在噴泉大街上幫他辦一場遊行，他會手握一張空白支票，未來五年或三部片約隨他挑，就看是哪一邊的狀況先達到。除非，當然啦，電影上映後票房慘不忍睹。要是那樣，我們的老闆就芭比Q了，就會變成被大家投以同情眼神的瘟神。但，比方說，如果《亂問問題（肥皂跑進眼睛）》[198]能在租片市場中大撈七億五千萬美元，還被捧成是電影史上的標竿神作，那比爾就算是先拍個九十九天之後再補拍兩個禮拜，也沒有人會機機歪歪。他的遊行還是會照常舉行。」

「所以……」艾莉西亞也染上了這種講話講一半，留下點點點的習慣。「如果一部電影一天拍兩頁？這樣的算術行不通囉？」

「一天拍兩頁是沒有根據的謠傳。有時候一天不要說兩頁，只要能拍八分之一頁就是上帝顯靈了——演員會感冒，置景會鬆脫、攝影機會罷工。不論妳怎麼連哄帶騙，那條狗就是不懂什麼叫獵犬。我們這樣進度就落後了嗎？也許。但隔天那場在劇本上有足足七頁，而且對話又臭又長的走路聊天戲份，中午前就拍完了，下午的排程只剩由第二團隊[199]去拍一些嵌入跟開車到

198　譯註：《不問問題（就聽不到謊言）》的惡搞片名。

199　譯註：平日我們想到在拍電影的，是電影的第一團隊／主團隊，他們拍的是主要的戲份；此外還有一支有完整編制，包括導演、攝影、劇組人員都一應俱全的第二團隊／副團隊負責拍輔助的鏡頭。

達的鏡頭。我們這樣就算超前進度了嗎？**也許吧**。所以我說這活兒NFP[200]。」德絲喝了一小口咖啡。「夜間場景妳怎麼看？下雨的部分怎麼辦？」

「那是為必要的床戲鋪陳氣氛吧，我想。」

「是。但怎麼拍呢？那拍起來是地獄列車般的惡夢。它們拍起來要一個禮拜。通告時間：晚間五點四十五分。禮拜一：我們會工作到禮拜二早上的太陽升起。十二個小時後再回到原點，我們的生理時鐘會被打亂。到了星期三，所有人都已經被折磨得不成人形。夢遊的災難會在星期六的破曉時開始。再加上雨？電影用的假雨滴必須要弄成跟鷹嘴豆一樣粗。我們會叫來運水車、消防管線，還有俗稱『雨鳥』的澆灌設備。吊車會把蓮蓬頭的管子吊到幾百英尺高的空中，吊掛扣環會卡在導索上，就像在穩定住齊柏林飛船似的。又濕又冷再加上精疲力盡。穿著要適合作業但又要盡量避免感冒，如果可能的話。」

「我也要去嗎？」

「喔，艾莉絲小朋友，妳休想逃得掉夜拍。」

德絲的手機嗶嗶嗶響起。「嘿，尤基。」尤基就是尤哥斯．卡卡尼斯，美國導演工會的實習生，他穿的衣服有種彷彿以車為家的風格。「OK，我過來。」她啪的一聲把手機闔上，從她如今變得很舒服的租用辦公椅上站了起來。「影視辦公室的人到了。我會介紹妳是在本地雇用的優秀人才，所以『法克』這種話別說。」

☆

在前製的最後一個禮拜，開拍的六天前，艾莉西亞來到了德絲後面的位子坐下，她們前方是一張拼出來的大方桌，為的是眾所期待的首次完整讀劇。房間裡是爆滿的狀態；額外的摺椅被拿了進來，有些人為了不漏掉東西而寧願站著。首次完整讀劇，艾莉西亞得知，是一樁大事。約翰．馬德里跟其他的片廠高層會搭機來「插旗」，表示這電影是他們的。各部門都不會缺席。卡司成員也盡可能被請了來，包括一些已經幾星期沒上工的人。羅斯．麥考伊與瑪莉亞．克洛斯在廢棄馬廄的激情戲裡加入了咿咿唉唉的呻吟。在場的都笑了。也有起反應的。參與過電影製作的人都知道首次完整讀劇代表的是行程上沒有回頭路的第一天。當然啦，有種人不用擔心這些，那就是被開除了的人。

艾莉西亞覺得自己被這個場面捲離了地面，氣有點喘不過來——某件她經驗裡從沒有過的事情就要發生了，而在場的她既是見證人，也是當事人。她即將要參與一部電影的製作。她的身體感覺到一陣悸動。她失去了一些生理上的平衡、精神上的安穩，她感覺到有一部分的自己飄了起來，往上—往上—往上，脫離了身體——化身成幽靈的她懸在房間裡，懸在，十瓶巷的製作辦公室裡。她看到了自己，看到了現場所有人，圍著桌子拼成的方形坐在她下面，在螢光燈下面，而比爾．強森則念起了他自己寫的舞台指示，演員各以不同的熟悉度與投入程度，念著他們各自的台詞。當徘徊游移的艾莉西亞魂魄聽到比爾．強森說道，「漸隱到黑。捲下片尾劇組名單，」肉身的艾莉西亞．麥克—提爾察覺到自己一邊淚眼矇矓，一邊還拍著手。她感覺到自己安全了。

電影正式開拍前的那整個週末跟星期一與星期二，她都被操得非常兇。星期三早上，她人在基地營[201]的一處停車場裡，距離劇組早上七點的通告時間還有五十二分鐘。德絲到的時間是六點三十三分。她們來片場，都是為了電影的開鏡——上午九點二十六分——第一面場記板，攝影開機於第四十二場戲，第一次拍攝，然後就聽見比爾·強森喊出一聲，「Action！」羅斯·麥考伊飾演的亞伯特·索普幹員從一個巷弄裡跑出來，穿越街道，然後跑進另一條巷弄。任何一部電影的第一個鏡頭，都永遠應該要如此簡單而樸實無華。為什麼？因為德絲說了算。艾莉西亞曾經想當然耳地跟所有老百姓一樣，都以為一部電影開拍的第一個鏡頭，就是電影的第一個鏡頭，都以為一部電影是順著照場鏡編號從頭拍到尾。第一天，編號一號的戲。合情合理，對吧？但拍電影不講這種道理。場景的拍攝順序往往是根據外景地點或演員的行程，或根據各式各樣方便性與成本考量有關的理由。

主體拍攝是一段在生氣盎然、慷慨激昂與心浮氣躁中糊成一片的殘影，是由大爆笑所平衡起來的一個個疲勞、慌亂、啜泣與混淆的瞬間。過程中你可以目擊刺激的事物（想知道幾台卡車撞在一起的場面，他們是怎麼拍的嗎？他們找來了好幾台卡車，然後讓他們撞在一起！）、團體活動（一場德州撲克比賽辦在羅斯·麥考伊租來的農舍裡，艾莉西亞輸掉了讓她得以參賽的六十塊基本賭資，而羅斯也是在那天第一次表現出他的公狗行徑），還有一名綠化員[202]跟場務部門[203]一名經驗比較菜的本地雇員差點在片場大打出手。大開眼界的艾莉西亞在一旁看著克萊德·凡·艾塔秀了一手在片場現地的控場技術，讓大家最後冷靜到可以握手言和。最終那個星期五沒有人被開除。對艾莉西亞來說，《ANQ(HNL)》的製作就跟她想像中的陸戰隊基本訓練沒有什麼不同。

多年之後，那幾個禮拜的回憶仍深植在她骨子裡，為她創造出滋滋作響就像電流通過的實感與敬意。因為要負責張羅每天最後看毛片時的點心跟飲料——這裡的毛片是指前一天拍出來的畫面——所以艾莉西亞想的話，她是可以留下來看的。她當然要看！看著那許許多多的毛片——攝影機的位置、台車的移動、過肩與特寫鏡頭——她慢慢覺得拍電影不那麼沒道理了。

在六十個拍攝日的第五十二天，艾莉西亞跟德絲一起坐在租來的野馬裡——這女人想要一輛美國肌肉車，於是運輸部門就幫她安排了一輛。一場雷雨呼嘯而過，讓整個劇組都只能枯等天氣放晴。這天的片場在距離基地營一英里半的地方，要拍的戲是編號八十六、八十六A與八十七這三場——「索普錯過了祕密會面」——而與其在滿地泥濘的影視村帳篷裡待著，艾莉西亞從點心區拿了咖啡，坐進了副駕駛座。穩定的降雨打在野馬的車頂板金上，聽起來就像敲大頭釘用的鎚子在敲。

「所以……」德絲揮動起手中的咖啡杯，指向了擋風玻璃，還有擋風玻璃外的片場、電影

201 譯註：Basecamp，基地營內有明星的保姆車，有卡司成員的拖車，有妝髮跟服裝的拖車，有副導演的辦公室，有運輸部門的辦公室，還有戶外的活動廁所或洗手間。

202 譯註：Greensperson，綠化員在電影片場中負責取得和照料「綠色」或天然物，這包括植物、草木、花卉與其他相關材料如岩石、砂礫等。

203 譯註：Grip department，場務部門，也被稱為器械部門，兩大主要任務一個是與攝影組合作，為其提供吊車、台車或代表其他攝影角度的機具操作，另一個則是與電工部門合作來提供場景所需的燈光與照明。

團隊與降雨。「妳對這些有什麼看法？這份工作。這鬧哄哄的電影事業。」德絲看著艾莉西亞。「妳都學到了些什麼，桃樂絲？」她看了一眼手錶，看了一眼那種不會滴滴答答而是一路順著滑過去的秒針，它剛繞過數字十二。「我給妳十分鐘。預備……來！」

整理了一下思緒，艾莉西亞試著把她的心靈索引卡組織起來，但最後作了罷。她實在沒辦法把自己歷經的一切提煉到一隻手的五根手指上。「做電影，我覺得，壓力很大，大到能把不夠堅強的人的骨頭壓垮。太多瞬間都是那麼地殘酷……」艾莉西亞一口氣連講了九分鐘又三十六秒，中間沒有停下來**嗯，妳知道的**，沒有什麼**那就有點像**。這女人講出了一段獨白，就像中情局在進行狀況回報。創意的亂象與人際互動的效應、企業慣例，還有代號「不問問題（就聽不到謊言）」行動期間對在地環境造成的衝擊。她缺的，就只是子彈重點跟一支雷射筆了。

「說得好」，是德絲唯一擠得出來的三個字。「所以……」

雨勢開始緩和；打在福特車頂上的圓頭鎚力道開始放緩。幾分鐘內，劇組就會恢復拍攝八十六A號場景。「妳知道，妳不需要搬到LA。」

搬到洛杉磯的念頭從沒有閃過艾莉西亞的腦中。等ANQ(HNL)拍完，她會謝過德絲給過她的信任，感謝有機會參與這麼了不起跟這麼刺激的事情，也感謝她看到的跟學會了的一切。她會記得要把同樣的話告訴比爾·強森——此時的他已經開始在克萊德·凡·艾塔與各部門主管面前管她叫艾莉絲·**麥克—T—博德**。再過八個拍攝日，電影就會殺青；主體拍攝就會告一段落。她將不再是現金流的一部份，意思是她將不再受雇。她打算去維吉尼亞影視辦公室求職。

「為了持有維吉尼亞州的退稅，我們會讓一間前製辦公室繼續開著。」德絲搖下了駕駛座一側的車窗，敲著杯子讓冷咖啡滴到車外。「妳會是我在那裡的代理人。妳可以繼續搭這部電影的便車，直到我們鎖門為止。然後妳可以悠閒一陣子，翻翻時尚雜誌，卯起來約會但不要搞大肚子。我感覺有九成五的機率，薩爾・迪亞哥的下一部作品會在這部電影被《綜藝》雜誌狠批跟獲得《好萊塢報導》歡呼之前，就出現在打字機上。到時候，看向西方的天空，艾莉絲。我會放出信號彈。」

艾莉西亞糊塗了。「我不懂，」她說。「信號彈？」

「我會需要妳。」一邊在搖上窗戶的德絲說，「妳已經進入電影業了。」

☆

喔，德絲！我們今晚去艾爾秋羅喝瑪格麗特啦！

艾兒沒有一天不念著那個女人，一有電話打來她就希望、巴望著那會是德絲需要她。在COVID-19恣意肆虐的那幾年裡，她思索著德絲會怎麼看那些讓噴泉大街的車流停頓下來、電影院也因此開不下去的一次次封城、關門與取消。哪些電影可以拿到資金，哪些電影會有人看，還有觀眾是用什麼辦法去看電影，變成了包含鷹眼與其競爭對手在內的串流業者說了算。在家看電影，原來也沒有那麼不堪。

「艾爾—巴尼亞，」德絲肯定會說。「這是綜藝劇場[204]末日的放大版。」當年她可就是在噴泉大街上，學會了關於電影的一切。

204 譯註：Vaudeville，一九二〇到三〇年代風行於美北的劇場歌舞秀，當中也有雜耍。

☆

多年前，坎德絲·「坎蒂」（蜜糖）·米爾斯的老闆是她喪偶的父親，他們的米爾斯辦公室設備公司開在加州的橘市，那裡是她的老家。在有一千個按鍵的加數機[205]，乃至於十鍵計算機的時代都過去後，艾默斯·米爾斯開始在整個橘郡範圍內做起了影印機與印表機的銷售與維修生意。光靠著碳粉匣銷售帶來的現金流，他們的店就從來都閒不下來也不用擔心破產。印表機跟影印機卡紙跟當機是一天到晚的事情，而只要這兩種情形一出現，米爾斯辦公室設備就會出動救援。她父親還有一項副業是修整老打字機。店鋪的後室裡擺放著故障程度不一的各式經典打字機，至於架上陳列著的則有皇家、安德伍德、雷明頓、艾瑪士、奧利維提斯等名牌，全都好好的可以用。偶爾，會有幾台被人買走。

一日，艾默斯·米爾斯出門去維修，所以由女兒看店，而就在此時，一輛破舊的Ranchero——就是那種一半轎車、一半皮卡車的福特車款，後頭擺滿了各式各樣的工具——停進了店門口的跳表停車格裡。那名駕駛，一個高高瘦瘦的傢伙身穿著磨損的工作服，上頭看得到被鋸木屑與乾掉補土弄髒的地方，走進了門內，問起了櫥窗中跟架子上的打字機。它們是要賣的嗎？

「對需要的人來說是，」坎蒂·米爾斯告訴他。

「它們有哪台狀況比較好嗎？」男人問道。

「手讓我看一下，」坎蒂說。他聞言舉起了雙手。那是一雙粗糙扭曲、有著擦傷的手，看得出來主人的生計會用上鎚子、刮刀與補土刀。「張開你的手指。」他照辦了。他有著修長的手指，一如那種可以輕鬆覆蓋一個完整八度的鋼琴師。「你的手指很長。所以……」

「所以，我需要一台大打字機。」

「你完全不需要大打字機。」電腦與文書處理器已經一個禮拜比一個禮拜便宜。「沒有誰需要打字機，除了也許給信封打上住址吧。」

「我想要的是一台機器繆斯女神。一台啟發靈感的工具。」

坎蒂望向窗外停著的 Ranchero，看著貨台上那堆被這個傢伙載來載去、雜七雜八的工具、防水布與五金。「你等下要把東西往車後面一扔，跟你的動力砂磨機跟軍刀鋸擺一起嗎？」

「不。我會用上好的亞麻布把東西包起來，然後輕手輕腳地拿。至於多輕，就要看它會讓我的荷包瘦多少。」他朝著打字機牆揮舞起他有著修長手指的其中一隻手。「那其中一台會讓我變窮多少？」

「喔，那些都是寶貝。藏家會要的東西。稀有的珍品。貴的要六十塊。」

他笑了。「我一直在存錢，就是為了買一台新的老打字機。」

他去到架子旁邊，念起了某幾台機器上的品牌——沒有一台產自一九六一年之前。「我是該投資一台沃斯？一台阿德勒？還是這台小可愛——艾馬士火箭？」

「用你那兩隻大手？那台火箭會打到你哭。我跟你說……」坎蒂滾著有輪子的椅子，從櫃

205 譯註：adding machine，在小型計算機於一九七〇年代跟個人電腦在一九八五年慢慢流行起來之前，加數機，也稱加法機，是隨處可見的辦公室設備。

臺後來到外頭。她把滾輪椅推到一張上頭有台惠普印表機的矮桌邊，拿起了印表機，將它疊在旁邊的另一台惠普印表機上。「這兒有紙。把那台雷明頓無聲打字機拿下來。坐這兒打點東西。試駕看看。每台換著用用看，看哪一台跟你有共鳴。你尊姓大名，要不要來杯很難喝的咖啡？」

「比爾．強森，還有好。怎麼稱呼您？」

「坎蒂。坎德絲的縮寫。」

「嗯，其實沒有縮到。絲不算母音，所以還是兩個音節。」

米爾斯辦公室設備的咖啡是整罐的尤班咖啡，從一台破破爛爛、「咖啡先生」的品牌轉印貼花已經褪色到只剩下咖跟先兩個字的老機器滴出來。他喝的時候搭了兩顆糖跟不含奶的奶精，其中後者的量就健康考量來說肯定超標。一台輪著一台，他把店裡所有能用的打字機都試了——而且這傢伙是真能打，不只是一兩行的 THE QUICK BROWN FOX[206]，而是整段整段的東西，包括他也測試了跳格用的 tab 鍵與留白功能。他不需要提醒，就知道小寫的L（1）就是鍵盤上好像不見了的數字1，也知道機器上找不到一撇的省略符號，代表你要先依序按下句號、退格鍵，然後按住 SHIFT，最後再按下8！

坎蒂像導覽似地跟他說明了一些她從父親那兒耳濡目染的打字機知識。艾瑪士是瑞士品牌。奧林匹亞是在西德生產。陶爾是史密斯—可樂娜公司出品而在西爾斯百貨販售的產品。這些冷知識一個一個，都讓這男人聽得十分入迷——像是奧林匹亞上有額外的德文變音符號鍵，然後缺了$鍵。在以消去法重新瀏覽過一些打字機之後，他欽點的冠軍是：黑上加黑配色的史密斯—可樂娜史忒林打字機。它有著別台都比不上的作動、有可以輕鬆設定的留白，還有一個絕對不會多跳一格的空白鍵。此外史忒林還有比誰都響的鈴聲。

「我不能沒有那超響的鈴聲，」他說。「這樣才能刺穿我激烈到跟雷射一樣的專注力。」

「再來一杯咖啡？」坎蒂問。這將是他的第三杯咖（啡）先（生）。他在店裡已經待了將近兩小時。

「我的身體說不，但我的癮頭說，**給我**。」

接下來的半個小時兩人用在了聊天上——一場雙向的調情。她在店裡幫忙爸爸，她告訴他。她是本地女孩，所以她在迪士尼樂園做過設施操作員，也在納氏草莓樂園當過收票員，兩份差事都有不錯的時數跟鐘點費，但問題就出在服裝讓她覺得太丟臉，還有就是她沒辦法強顏歡笑，沒辦法一直裝出公司規定的興高采烈。

出身俄亥俄州克里夫蘭的他會來到加州，他告訴她有兩個理由——這裡的天氣不會一到冬天就慘兮兮，還有他想要闖蕩演藝圈。事實上，他幾乎一過來就在好萊塢找到了工作，一開始是幫人貼壁紙，後來在那裡認識的一個人的朋友幫他引薦了一個基層的工作，進入了場工班[207]。那是三年前的事情，也是他在混血轎卡車的後面放著各種工具的原因。事實上他也因此才來到

206 譯註：The Quick Brown Fox（身手矯健的咖啡色狐狸）指的是 The quick brown fox jumps over the lazy dog 這個英文裡著名的全字母句，意思是一個句子包含了英文二十六個字母，常被用來測試打字機的字體完整性或電腦鍵盤有無故障。

207 場工班都是跨夜出勤，負責替隔天要進行的拍攝準備好片場或外景地。這宛若一支小部隊的木匠、油漆工、壁紙工、置景工、器械工，還有電工，都從來沒有不累的時候。（譯按：場工班屬於置景部門的機動輔助人員，會在拍攝工作的前後把臨時、緊急或額外的置景搞定，英文叫 swing gang，主要是他們熬夜趕工出來的置景往往是所謂的「鞦韆組」swing set，也就是臨時性而非永久性的場景。）

橘市——有部電影要在這裡拍幾個禮拜，並使用現有的店面與跟用舊戲院改建成的五旬節派教會來當作外景地跟片場。

「這我有聽說。家附近要拍電影。」說起以拍電影為生，坎蒂．米爾斯不會想到一個頭髮裡都是鋸木屑的人。「為什麼是橘市？」

「這裡看著有點像賓州的伊利。」

坎蒂一輩子都住在橘市。「原來如此。」

這個客人做的不只是前製的佈景。「我的腦袋停不下來，」他說。他也是個寫手，他卯起來寫啊寫啊寫啊，寫了一堆賣不出去、被整個產業發無聲卡的劇本，數目多到他把他那台一九七二年的破兄弟牌打字機都操到了燈枯油盡。他奇蹟似地靠一本亂槍打鳥的投稿劇本換來了一名經紀人。但有經紀人不等於有工作。夜裡他與油漆跟補土為伍，但大白天他還是灌著跟米爾斯辦公室設備所招待的一樣爛的咖啡，讓自己有精神擠出一部暫定叫《誰說速記員不能是英雄》的劇本——一齣圍繞著紐約一名年輕女祕書的時代劇，年代設定是一九三九——史忒林打字機開始生產的同一年——那是個有納粹間諜在外頭逛大街的年頭。他希望能在一台運作正常的老派打字機上打出他完整的第一稿——一台他的主角會用的老打字機。

「你是說，你認真要在這台打字機上工作？」坎蒂有點吃驚。畢竟，米爾斯辦公室設備賣的是雷射印表機。現在還會在打字機上寫東西的，只剩下電視劇裡那些兼差辦案的老太太推理作家了。「真夠勇敢耶！你會需要一些洋蔥紙，打錯了會比較好擦。然後你還會需要這些東西。」

坎蒂拿出的補給品有：兩條備用的雙面紅黑雙色色帶；一支看起來像鉛筆的東西，其實是特製而可以弄尖的橡皮擦，一頭還附有一支迷你掃把；用來防止史密斯—可樂娜的按鍵與「內臟」藏污納垢的硬毛刷子；一支大滴管裡裝著縫紉機用的潤滑油；還有一張米爾斯辦公室設備的名片上印著坎蒂．米爾斯——旁邊用原子筆補上了專家二字。「有問題打給我。你應該沒機會打，因為我老爸的功夫到家。但要是你想再多來點爛咖啡，這裡隨時有。」

隔週，他還真的跑來店裡串門子，喝了更多的爛咖啡，也跟坎蒂．米爾斯亂聊了一番，只不過他現在管她叫（只有一個音節的）德絲，而德絲也跟他你一句我一句地聊。他帶她去參觀了電影外景地，在那兒看到了不只是他夜裡在場工工班裡的辛苦成果——整條街讓人感覺來到了賓夕維尼亞州的伊利，而且是一九六四年的伊利——還看到了某一場戲正在拍攝的過程。你會以為現場看人拍電影很有趣，但坎蒂——喔不，德絲——看來看去，只看到一票經典的車子跟一輛巴士在繞著圈子跑來跑去。劇組的大夥兒都像忙到沒辦法吃午餐的模樣。高高的吊車上有台架在旋臂上的攝影機在拍，但那有什麼了不起的嗎？有個大呼小叫的傢伙在命令一名女士，然後那名女士又拿著大聲公把命令複述出去。

德絲．米爾斯與比爾．強森交往了一陣子——交往的意思就是他們上了不少次床，還會輪流逗對方笑，特別是當他們茫掉的時候。一旦覺得滿意了，他會把《誰說速記員不能是英雄》讓她看個幾頁，她就是靠這樣懂得了劇本的術語如**內景**—辦**公室**—**白天**這樣的場景標題，相關人一看就知道這場戲發生在室內、在辦公室的環境中，而且時間是在大白天；她也懂得了「第三十頁的事件」會讓第一幕收尾在某種對未來會發生什麼的期待中。他們喊停了兩人的性關係，是在一場長談之後，他們相互坦承了自己「不打算就此長長久久」，然後出門去杭亭頓海灘的一家店吃了便宜的中國菜。這兩人還是朋友。他們偶爾會做的事情包括一起去迪士尼樂園（靠著她的人脈），或是在北好萊塢的派對上待著（靠著他的人脈）。

比爾．強森後來把《誰說速記員不能是英雄》的設定從一九三九年的曼哈頓改成一九五幾年的無名城市（逛大街的變成共產黨員），結果預算變少，而且少不只一點，少到他可以自己（不拿錢）當導演。透過用同一批經典老車在橘市的同一些外景地進行拍攝，透過找來瑪莉亞．克洛斯擔任主角，還有在預定十七天拍攝工作的第十七天把這兔崽子的主體拍攝殺青，比爾．強森成為了，真真正正的，一名**電影導演**。同時，由於**內景**—**辦公室**的主要片場需要不只一張辦公桌——而且每一張桌子都需要擺一台經典的打字機——米爾斯辦公室設備於是慨允全數提供，而且**完全無償**[208]！德絲．米爾斯解決了比爾的大小問題，讓他在前製的一個月跟拍攝的整整十七天裡都有喝不完的尤班。他沒有付她半毛錢，但替代品好上不知道多少倍——他給了她名份。**協同製作人：德絲．米爾斯**這個職稱以不分性別的單張[209]篇幅，登上了最終的工作人員名單，滾過了被改名為《打字員》的電影片尾。

☆

讓艾默斯．米爾斯變成鰥夫的那種癌症，默默地存在許多女性都持有的 BRCA 基因[210]中；一段被母親傳給了她獨生女的邪惡 DNA。果不其然，那遺傳就像夜班火車一樣緩緩駛來、駛進入她的身體，然後像帶走其母一樣在暴怒中一口氣奪走德絲．米爾斯的生命。

作為比爾．強森自《新世紀老闆》以來都自己有一格畫面的製作人，德絲安排好了讓艾莉西亞．麥克—提爾可以在《ANQ(HNL)》後留在她的座位上。接續的片子，《伊甸的黑暗》，讓艾莉西亞有了動力從老家里奇蒙搬到了路易斯安那州的巴頓魯治。在歷經幾個月的前製與主體拍攝後，終究不是個聖人的艾兒也把生活轉移到了洛杉磯這個宛若風景明信片的海市蜃樓。《伊甸的黑暗》進行後製的地方是瑞德福製片廠，地點就在文圖拉大道與月桂谷大道附近：換句話說，在谷區[211]。住宿部的瑪麗．比區幫她在好萊塢山[212]——的靠谷區一側——找了間出租的木屋，那兒有長得像卡特．史特文斯[213]（但不是）的隔壁鄰居，跟殺手級的夜景。自由選擇企業在好萊塢的環狀國會唱片大樓有半層的空間，而艾兒又在那空間中有一間辦公室——那長得就像一小片派餅的房間裡有辦公桌、電話，跟一面軟木塞牆，緊鄰著德絲的辦公室，那是一間有弧度的大辦公室，門上有張法蘭克辛納屈響個叮叮[214]時代的照片。當比爾．強森的《英琵里恩》劇本被亮起綠燈、從開發地獄裡解放出來時，艾兒也被提拔到在片尾滾動的工作人員名單中有

208 艾默斯．米爾斯氣炸了！租借給別人但一毛錢都沒收？比爾．強森為了安撫老爹，便給他在電影裡安插了一個小角色，是在戲院前排隊的顧客，並且有一句台詞是，「現在是在拖三小？恁爸的新聞影片都快沒了！」老爹一次 OK。

209 譯註：意思是那一格畫面只有她一個人，不與其他人並排或擠在一起。

210 譯註：BRCA 是與乳癌有關的基因，取 Breast Cancer 兩字的各前兩個字母組成。

211 譯註：The Valley，當地人稱谷區，即聖費爾南多谷，包含洛杉磯市的大部份，有華納兄弟與華德迪士尼等代表性的製片廠聚集。文圖拉大道與月桂谷大道都在瑞福德製片廠的南邊不遠。

212 譯註：Hollywood Hills，就是有好萊塢大寫白色字母招牌的地方。

213 譯註：Cat Stevens，1948-，英國歌手。

214 譯註：法蘭克辛納屈在一九六一年創辦 Reprise 唱片公司時的創業作，一共有十二首歌曲，Ring-A-Ding-Ding 是第一首。

著一席之地，職銜也是協同製作人。對許多出身噴泉大街的人而言，這代表她有了份量。她的電話一響起，另一頭愈來愈多是來兜售影響力的馬屁精，這些權力販子會佔用她一點時間，跟她聊兩句*某件事情，重點是這件事不僅對她意義重大，或許還可以推比爾・強森一把！*艾兒並不很喜歡那所散發出的一種爭先恐後的感覺、那種追求起地位時沒有最高只有更高的慾壑難填，無奈這兩種東西掌控了好萊塢塢民行為的方方面面。她視那些人為一種屬於不可抗力的問題，你要麼無視他們，要麼叫他們滾[215]。艾兒夠聰明，所以她知道要三言兩語感謝一下有把事情做好的人、拍出了好電影的人、用某種服務讓德絲・米爾斯、比爾・強森，或她本人的日子稍微不那麼複雜的人。那些三言兩語寫在底部有凸版印著艾兒・麥克—提爾的名字以及*自由選擇企業*的公文簽條上，靠的不是打字機，而是她的手跟筆。

隨著《英琵里恩》進入後製階段，德絲終於能開始同居生活，對象是她交往了三年的不動產律師男友安迪，這男人從三年半前跟前妻離婚後，就一直在向她求婚。安迪住在谷區一棟建在平地上的房子。他有一個有特殊需求的兒子需要全天候的看護，所以一度是馬房的地方被改裝成了生活區，給照顧小安迪的天使們住。隨著她對這段關係愈來愈認真，加上她從在布倫特伍德其中一條海倫娜街的小地方搬到了凡奈斯（誰會做這種事？！），德絲在國會大樓自由選擇企業出現的頻率也很合理地愈來愈低。《英琵里恩》曾經在新墨西哥州的阿布奎基出過六十五天的外景。終於回到家之後，德絲面對的是一個美式足球場大的院子，其需要的是造景；外加一個男人，他需要的是針織毛衣；還有一個與眾不同的小男生，他讓人看著紙板嘉年華[216]裡那些世俗的算計，會覺得這一切還算值得。但不怕，她有艾兒・麥克—提爾為她使命必達。

《英琵里恩》繞過三壘往本壘直奔後，事情非常多。《伊甸的地平線》在開發階段。《信天翁》還只是一份剛登陸在比爾．強森全年無休的大腦灰質中沒多久的劇本。一日上午，艾兒人在自由選擇企業，電話上的她在跟片廠商討邀約名單，主要是他們要辦一場《英琵里恩》的時尚開創者[217]試映會（使用新的臨時配樂[218]），此時她耳邊傳來德絲走進隔壁大辦公室的聲音。沒有任何一丁點的不對勁，空氣中也感覺不到任何期望在震盪。聯繫告一段落的艾兒掛上電話，穿越了德絲的辦公室，準備沿著獨特的弧線牆壁或直或彎，前往她口中的點心站。

「咖啡，還是要別的？」她問德絲。

「來杯花草茶吧，」德絲從她曲線辦公桌後的椅子上說，那曲線是為了配合牆壁的弧度。

215 要忽視這些笨蛋並不難。艾兒學會如何叫人滾蛋，是靠側聽到德絲在電話上的標準示範：「聽著，傻子，你好像嚴重誤會了你可以弄我。你在電話會議上發難，一開口就要砍兩百萬的預算，可我們這會兒都已經在討論完片擔保（譯按：電影業由製作方提供，一定會把片子拍出來的履約保證）了，你聾了嗎？所以我們現在要做的是，你跟你的服務已經不再為自由選擇企業所需要。你被開除了。閉嘴……閉嘴……閉嘴。不，你不是秉持專業在給我們當顧問，你是在我們跟他媽的完片擔保公司開電話會議時，一刀劈過來讓我們矮人家一截，打著捍衛我老闆觀點的幌子在拍對方律師的馬屁。你滾吧。滾。開除你可以為我們省下將近五十萬元，還可以再也不用跟你這個麻煩再見。Vaya con dios（譯按：西班牙文的一種告別用語，直譯是與神同行。），祝你有美好的一天……是這麼說的吧？沒錯吧？錯了就算了。」

216 譯註：Cardboard Carnival，讓小朋友用以紙板為主的材料去想像並設計打造遊戲機台，如彈珠臺、手足球等，然後聚在一起相互觀摩的活動。學校與教育機構都是常見的主辦單位。義大利名導演費德里柯．費里尼（Federico Fellini，1920-1993）曾把電影比喻成紙板嘉年華。

217 譯註：Tastemaker，行銷理論中將消費者分成創新者、早期採用者、早期大眾、晚期大眾、落伍者等五類，其中創新者又稱時尚開創者。

218 臨時配樂是一種音樂，一種隨便用來頂一下，等待最終配樂完成前的替代品，前部電影的音樂提示就常被拿來臨時配樂用。

回想起那天，艾兒不知道自己為什麼沒有注意到德絲沒把鉤針提袋帶在身邊。還有她為什麼想喝花草茶。對著兩人成套杯子裡的不同飲料（一個杯子上的笑容屬於鼠黨[219]成員小山米．戴維斯，另一個則屬於迪恩．馬丁），艾兒聽到德絲問她：「嘿，妳有辦法保密嗎？」

還好艾兒沒有先喝了一小口咖啡，否則她一定會噴得德絲的彎月形金色木桌上到處都是。「妳幹麼不問我，我有沒有辦法說謊？我天天都在說謊，我惟二不騙的只有妳跟薩爾．迪亞哥。」艾兒坐在一張「唾手可及的設計」[220]椅子上，面對著她的恩師、她的嚮導、她的師父。「我的工作大半都是保密。」

「我要走了，孩子。」德絲喝了一小口她的杏仁花草茶。然後是……一片靜默。

我要走了，孩子。這幾個字一出，世界的轉軸偏離了一些，光線也黯淡了一點，艾兒的頭倏地歪向左邊，但沒有移動她宛若鎖住的雙眼。

艾兒自然注意到她瘦了，這點不在話下，那必然是醫療帶來的副作用。然後就是德絲的一舉一動，看起來活力變差了。這點艾兒也注意到了。一如在辦公室經常見不著德絲的身影一事，沒有人多問些什麼，也沒有人想得到什麼解釋。德絲從ABQ以來就是這樣來來去去，電話有時候打有時候不打，要是她希望艾兒知道什麼，她自然會開口，自然會有話直說。

我要走了，孩子。艾兒不需要問那幾個字是什麼意思。她明白那當中簡單但又沉重的心思。**我要走了，孩子**是德絲的口吻，意思就是在說**我要走了……永別了**。

兩個女人都哭了——德絲哭得還沒有她一手帶出來的艾兒兇。艾兒隔著辦公桌，把德絲的手握在自己的手裡，那是友誼、是致敬，也是在表示她與她一體。

德絲還沒等到《英琵里恩》進戲院就走了，這樣的謝幕快得有點無禮，那是醫學的傲慢遭到癌症透過生理學所給的重重一擊。

知道德絲來日無多的沒有幾個人：安迪、艾兒、比爾·強森，還有克萊德·凡·艾塔。公司的四重唱[221]被德絲的預後弄得像是跛了腳，心理重擔將他們的情緒壓得抬不起頭來。但知道真相後的幾個月中，他們沒有一回用那些廢話問題去汙辱德絲，浪費德絲的時間，像是什麼**妳感覺怎麼樣啊？我有什麼可以幫妳做的啊？妳今天的驗血數據好不好啊？**當她開始不進公司後，艾兒跟比爾·強森都沒有去看過她，一次都沒有。德絲會在黑莓機上跟他們通話，一天好幾次，她寧可在音訊裡／電郵裡／BBM（黑莓機的即時通訊軟體）裡機鋒處處，也不想讓人看到她身體愈來愈像根竹竿似地形容枯槁。

最後一次有艾兒、比爾·強森與德絲身處同一地，是在《英琵里恩》的第五卷與第六卷帶子要進行最終流程檢查的混音棚內。德絲靠自己的力量走了進來——一名工會司機去接了她過來，之後也會送她回去——拄著手杖，皮包骨的她就像是懸浮著飄進了混音棚軟調而灰暗的光線中。在跑過完工影片的這最後三分之一後，她開了口說，「好吧，比爾·強森。你算是搞懂

219 譯註：The Rat Pack，鼠黨，由一群美國電影演員合組的非正式團體，其「團長」是亨弗萊·鮑嘉。這一詞在一九六〇年代中期廣見於新聞媒體及民眾口耳之間。在亨弗萊·鮑嘉於一九五七年過世後，鼠黨成員有了變化，但其主力不外法蘭克·辛那屈、迪恩·馬丁、小山米·戴維斯等人。

220 譯註：Design Within Reach，美國的現代家具大廠。

221 譯註：比爾、克萊德、德絲、艾兒。

了要怎麼拍那部電影。」他們三個又聊了大半個小時，大部分時間都笑得人仰馬翻。然後工會司機開車載她離開了混音棚，駛向了她在谷區的住處，也駛向了極樂世界的岸邊。事後有一場告別式，但過程艾兒已經完全想不起來了。

4 前期製作

反正戴那摩也沒本事把夜影騎士塞進異變特工隊的系列裡頭，所以當比爾．強森那天跑來做簡報的時候，他們就差沒有當場開支票給他了。鷹眼串流的高層覺得自己真是走運了，竟然在大製作系列的開山之作就可以找來這麼有來頭的導演。就在比爾．強森繼續寫著劇本的同時，火焰噴射兵的角色版權就由（鷹眼串流的）企業事務部來扮演獵手，另外某個不是亞特蘭大的拍攝地也在（由戴那摩）四處搜尋中。

巴頓魯治來勢洶洶地爭取起這部電影，他們滔滔不絕地吹噓著自家的肯瓊料理，對自己早安排好的絕佳拍攝場地更是讚不絕口。新墨西哥、維吉尼亞與俄亥俄州（對小成本的電影）主打自己是能讓人把錢花在刀口上的露天片廠。然後有點天外飛來一筆的，是前東德的德勒斯登市也跑來湊一腳，做了一份資料給戴那摩跟鷹眼參考。有間電影製片廠就閒置在市郊，而且還有附帶的遊樂園——**奇諾世界！**這個觀光景點是在兩德統一後還暈陶陶的那幾年當中拿到資金並完成興建的，而其用來吸引人潮的設施包括雲霄飛車、咖啡杯，還有連下了毒的水坑都一應具全的牛仔世界——WASSER VERBOTEN！[222]奇諾世界！裡頭建有五處攝影棚——為的就是吸引製作公司前來，而且只要有任何一處外景地選在德勒斯登市境內，市府還會另行補貼。奇諾世界！的攝影棚現在是空著的、可用的、便宜的！

222 譯註：德文的 Wasser 是水，Verboten 是禁止，合起來就是禁止飲用。

比爾・強森不覺得自己有必要去這些候選城市勘景。他有一集伊甸三部曲就是在巴頓魯治拍的。那裡的夏天濕度之高，讓他走起路來整整少了三陣風，而路易斯安那的植相永遠是千篇一律的叢林綠，蓊鬱而原始的地景跟他腦子裡對電影的設想南轅北轍。他沒有特地跑去德勒斯登考察，因為他不需要五個攝影棚，只需要一個大房間放綠幕。比爾・強森對自身電影的外景地開始不作第二處想是在兩件事後：一件是他得知了加州有退稅的可能，另一件是他漫步在了一個古色古香的小鎮街道上，那兒叫作隆巴特。

對於隆巴特，沒有人看走眼。西班牙強尼——任職於加州電影委員會的他，而不是以前在片廠裡是個大白癡的他——完全知道自己在幹什麼。一從《伊甸的地平線》的片場被趕出去，只因為他為了拍片超過十二個小時而吵的次數多了一點（然後又在全球票房達到十二億美元時搶功搶得多了一點）後，西班牙強尼就負氣離開了高幹合唱團[223]，心高氣傲地覺得自己一定能自立門戶，好好開一家製作公司。結果是災難一場。他平安落腳在CFC[224]，並且很開心又接到自由選擇企業的消息。艾兒・麥克—提爾秉持她的金字招牌，早在比爾驅車去親眼看看那小鎮前就預先勘景過、安排過，也播撒過、培植過所有的製片種子。尤基單槍匹馬研究了隆巴特，連個腳本或行事曆都沒帶就開車去那兒調查了這個小鎮的來龍去脈跟風土環境。他在交給比爾・強森的報告中說：「這裡是堪薩斯、內布拉斯加與密蘇里的三合一。」他下載了十七個州的小鎮庫存照片，在當中混入隆巴特的，然後請比爾・強森挑出哪一張位在加州。比爾做不到。「那兒從雪曼奧克斯開車過去，就六小時的事而已。」

「OK，」比爾在辦公室裡宣布，身旁坐著艾兒與尤基。「我們去隆巴特跑一趟。在那兒發信號彈給團隊。」聽他這麼講，艾兒通知了本田陽子這個天才藝術指導，還有用光線作畫的攝影師史丹利・亞瑟・明——通稱SAM，或山姆——讓他們知道遊戲開始了，在跟比爾談過之前不要另接工作。

然後就是一道好運跟一票的法律術語。很久以前，一家叫作鑽石俱樂部出版的公司經過擴張，變成了戴那米克集團，然後戴那米克一擲千金，買下了一大堆作品，當中包括庫爾卡茲漫畫的全數出版品，而那裡頭就有**火瀑的傳奇**。十年過去。隨著電影改編如**E.X.C.E.S.S.——無極限的女孩**與英雄二人組**哨兵與鬧場者**在同名電影中的成功，這些漫畫獲得了巨大的迴響。戴那摩國度就此創造出了超能者的世界，而比爾的電影也就成了**夜影騎士：火瀑的車床**；電影拍攝將在加州北谷區的小鎮隆巴特進行，當地與沙加緬度的車程距離僅一小時不到。你搭Uber、Lyft或小馬都到得了。

☆

一名小馬的駕駛，伊內茲・岡薩雷茲—克魯茲，在沙加緬度土生土長，至今也仍舊是沙加緬度的女兒。她剛辭掉了她其中一份工作，使她近五年來斷斷續續維持的三重受雇身分變成了兩重，在那之前她先是暫停了在鐵彎河社區學院的學業。至此她已經不再是機場花園套房客棧的夜班房務員——這工作她倒是不會想念，她會想念的是那裡的人都很好，尤其是那些擔任部

223 譯註：比喻的說法，指片廠的高層。
224 譯註：加州電影委員會的英文縮寫。

門主力的越南婦女組員，她們有個習慣是會去紀錄有多少住客留下了風流韻事的證據在房內的床鋪上、浴室裡，還有地毯上。每逢星期三早上，伊內茲會替三角洲洗衣服務提供簿記服務，那間公司在伍德蘭有一家可以自己投幣操作，也可以選擇乾洗完會幫你弄鬆弄軟疊好的洗衣店，其他的店面則開在加州鄉下的洛迪、弗雷斯諾與荷巴瑟。她當初是從助理做起，一開始是幫忙把衣服放進洗衣機跟烘衣機。公司的負責人是她很多叔伯裡的其中一位。那裡的帳目非常地一目了然，所以她通常不用到中午就整理好了。在人生中的某個點上，她曾經一個禮拜打四份工，包括在菲爾奧克斯的由你買兼差。她的計畫是等條件允許了，學校重開了，不用再遠距上課了，她就會回到鐵彎河社區學院，把可以轉移的學分修完，但在那之前，她已經先成了零工經濟的奴工，開起了小馬的車子。

打那麼些工要幹麼？不就是為了讓伊內茲可以終於有一個屬於自己的房間。一層公寓。這女人這輩子都不曉得什麼叫作沒有家人躺在她身上，所有有需要的親戚與陌生人都擠在南沙加緬度那間房間很小的家裡，就像一個箱子裡裝了太多隻的貓咪。每多接一份工作，她就可以往前多移動幾塊錢，又可以更接近她渴望的、夢想的那份獨立。她的計畫是存夠錢、搬出去，但還是會每週幾晚回家跟家人吃飯。要是她開的是 Uber、Lyft 或比較新的 SoloCar，那她的命運就可能會瘋狂地有所不同，主要是那些公司的規定不如小馬自由。小馬駕駛所享有的那份彈性，把人性的需求結合進了駕駛／乘客／接到／送抵的運輸方程式裡。伊內茲有常客可以指定叫她的車，或是選擇非她的車不搭。而且只要她想，伊內茲乃至於任何一名小馬駕駛都可以——以折扣價——等待某名乘客把事情辦完，像是去買樣東西或洗個牙，然後再在回程送客人回去原處，或是將行程延長成一系列的接送。要是伊內茲更積極一點去參與公司的另一種受雇方案——小馬特快，這也是公司希望的——那她就可以把一整天塞滿，用衝的把乘客一個一個送到目的地，然後馬上尋找下一則簡訊或需求，在交通、油耗與COVID-19允許的範圍內擠出一個班次裡最多的趟數。但伊內茲選擇不要過這樣的生活。她的自尊不容許她被人看到開著那種笑死人的雙人座迷你計程車，要知道上頭可是有**獨享車、獨享車、獨享車**的字樣印在外面。她愛死了自己那輛輕度二手的福特全順廂型車。她能辦到車貸、買到那輛車，得感謝一名一心想在佛森的席亞拉汽車場當上本月最佳業務的遠房親戚。雖然它的上掀式尾門不只一次敲到她的下巴，但她的福特仍讓伊內茲感覺她在開著倫敦那種充滿代表性的黑色計程車，她的車一樣有讓客人放腳的地方，她的腦一樣對她的城市瞭若指掌。

一開始，小馬鼓勵駕駛與乘客用手指對彼此「開槍」來相認，這麼爛的企業公關不知道是誰想出來的。這個世界——還有美國——已經有太多真的槍擊案了，所以這個提案就很明智地被放棄了。如今擋風玻璃上在乘客這一側會有一個小液晶面板裝置，上頭會閃出叫車顧客的姓名。乘客只要揮動手機，給駕駛一個象徵性的致意，駕駛就會回禮。不需要發射看不見的子彈。

艾兒第一次前往隆巴特與其周遭勘景的那天早上，伊內茲就在她的全順車裡當班。因為伊內茲在當房務員時期的朋友露西・賈西斯運氣不好壓到一根釘子而爆胎，伊內茲於是緊急出動，免費載露西去她上班的花園套房客棧。她從大廳的晨光供應站上拿起一杯咖啡，負責補貨的是巴不得想和她復合的前男友阿曼多・史特隆，而就在此時，她的PDA[225]上跳出一則來自一名艾爾・

225 譯註：個人數位助理，手機大小的行動電子裝置，二〇一〇年後隨智慧型手機和iPad的出現而急速退場。

麥克—提爾的小馬簡訊。這個叫艾爾的傢伙要求車子來機場接他，然後要把他往北送到州際公路下來的一個小鎮——而且要用車一整天。伊內茲立刻回覆**馬上來，八分鐘到**，同時附上了她的小馬會員表情符號跟她車子的GPS位置。她又很溫柔地補了一句**您要來杯咖啡嗎**，畢竟小馬駕駛都上過的線上訓練課程裡三令五申過，要他們「態度要溫柔，服務要主動！」二十秒鐘後，艾爾傳來的回答是**兩份濃縮咖啡，可能的話，一半一半的奶油要熱的**。熱的一半一半，說實在話，是有可能的，所以在拿上給自己續的第二杯滴漏式咖啡／牛奶／糖跟給艾爾的特製咖啡後（兩杯都裝在花園套房客棧的**熱飲注意！**外帶杯裡），伊內茲就出發去接她今天的第一個付費客人了。不到八分鐘，她就已經把車停在了抵達區的路緣。

☆

儀錶板上的液晶面板閃著A. MAC-T。一個女人打了招呼。但伊內茲預期的是個艾爾，而不是艾兒。伊內茲已經做好了服務要主動的準備，正要下車幫女士開門。但沒有必要。這女人身上算得上行李的只有一個深綠色大郵差包（上面突出來的那些是打毛線的鉤針嗎？），而這樣的她，自己開了滑門。

「嘿，」艾兒．麥克—提爾說，這聲嘿表示她注意到了伊內茲這台山寨版倫敦黑色計程車的優點。「腿伸得開。」伊內茲拿掉了全順中間的那排座椅，讓最多能載的人數從五變成三，但換來的腿部空間可說是人人有感。

「早安。您沒有提到要不要加糖，但我這兒有準備一點。」

伊內茲把雙份濃縮咖啡往後遞給了麥克—提爾女士，她得從椅子上前傾才搆得著。

「我夠甜了，感謝妳。」艾兒往後傾，一手繫上了安全帶，並同時注意到了她這杯晨間咖啡的出處。「看來有人跑了一趟晨光供應站。妳今早還好嗎」——艾兒查起手機上的小馬司機姓名——「伊內茲？」

「我很好，謝謝妳。」伊內茲把車駛離了路緣。

「妳熟我要去的地方嗎？一個叫做隆巴特的地方？」

伊內茲沒有真的研究過麥克—提爾在她GPS上的小馬路徑裡所輸入的位置（公司堅持要把GPS重新定義為Great PONY Service，「絕佳的小馬服務」。無言），但瞬間就就知道了確切要去哪裡跟該怎麼走。「舊燈泡工廠。我可以用最快的時間把妳送到那裡，也可以多花幾分鐘走一條風景比較好的路線。妳有想法嗎？」

艾兒看了眼手錶。立馬行動並無必要。西班牙強尼跟其他來自加州電影委員會的制服組（都穿西裝的那些人）可能得被晾在那兒一下下，但那一點都不會讓她覺得可惜。「妳決定吧，」艾兒說。

「那我帶妳走老九九。『穿過北谷之心』。大家是這麼說那條老公路的。在州際公路出現前，九十九號才是主幹道，一路可以通到奧勒岡，途經幾乎每一個城鎮，至少有差的鎮都集滿了。州政府一直以來都希望將之塑造成加州版的六十六號公路。」

「我會被風光與景點迷住嗎？」伊內茲送上的咖啡已經開始涼了。但怎麼說，它都是一杯會上癮的興奮劑，而且還是免費的。

「有些吧。如果呼嘯的卡車才是妳的菜，我也可以走州際。」

一開始的幾英里，「北谷之心」並沒有什麼特別明媚的風景；產業園區與汽車水箱修理這兩個常見的超郊區組合，看上去不是才剛開兩個禮拜就是已經開了二十五年；重點是你分不出哪個是哪個。沿著雙線道再往前走，跳出來的是路肩上那些又稱膠樹的桉樹，還有就是一些看起來被藝術指導過的老店舖，即便它們的百葉窗都是關著的。長長的車道通往有著門廊、甚至偶爾會有穀倉的民房。一處舊根汁啤酒攤位佇立在那裡，就好像還有人在那做生意一樣。老九九確實散發著某種魅力。

伊內茲面對乘客有一項原則——客人不先開口，她不會主動跟他們攀談。她絕不當那種嘰哩呱啦、拿自己的意識流滔滔不絕的人，那種人就是單純不把別人的時間當時間，也不懂別人會累。這名乘客——艾兒．麥克—提爾，人似乎不錯，但她顯然是個不說廢話的女士。伊內茲因此也不拿廢話煩她。她在後座查看著手機，在包包裡挖著找了支筆，然後在作文簿上寫起了一些筆記——她有事，要忙。

「我們要去的這個工廠，妳知道些什麼嗎？」艾兒．麥克—提爾問起，口氣並不很嚴肅，比較像閒聊殺時間。

「他們在裡面做燈泡，做了幾百年。」伊內茲說。「他們是地方上的大雇主。西屋關了那裡是因為他們在州際路網全連起來後開了家更大的。運輸成本掉太多，讓人很難不想搬。有些人在那裡做了好幾代。」

「怎麼聽起來妳在裡面做過。」

伊內茲笑了。「那些都是我**出生前**的事情啦！」

「但在這裡是常識？」

「我們在學校是這樣學的。」

艾兒看著她的小馬司機。她目測伊內茲離開高中還沒太久。「什麼課會講到燈泡工廠？高中的嗎？」

「鐵彎河社區學院。我運氣好，遇到一個好老師——吳老師。她是教政府行政與公民經濟科的。每堂課都是一場對話，而對話的主題就是我們每天會看到的地方。她教會了我們自家城鎮的歷史。」

「所以妳是念商的嗎？還是政府行政？」

「沒有啦，我只是差一個學分要補，然後需要選一門課。我還有另外兩個選擇是口腔衛生入門，或是女子橄欖球。」

艾兒沒有繼續追問。跟司機聊天要非常小心，一個不注意他們就會講述起自己說來話長的坎坷人生。她趕緊岔開了話題。「所以，妳有空跟我耗一整天嗎，伊內茲？」

「我的榮幸。」

☆

從那趟第一次去隆巴特，一直到《夜影騎士：火瀑的車床》製作辦公室開幕，伊內茲都是艾兒的一（女）人運輸部門。腿部空間與代購咖啡都是加分，但艾兒選擇伊內茲的小馬搭乘的決定性因素是駕駛不但不會給她添麻煩，而且還幫她解決了一些麻煩（熱的一半一半奶油後來有了）。她開車很小心，不會急轉彎，也不超速，還有就是她不會太囉嗦、太愛聊。她不會太常看手機。她永遠都是聚精會神，隨傳隨到。艾兒從來不用費神去找福特全順在哪裡，她的小馬司機又在哪裡。

事實證明，那座燈泡工廠拿來當綠幕棚再適合不過——那裡有一座大廳的天花板很高，還有一個棒球場大小的面積。廢棄廠區裡的舊辦公室就像兔子洞一樣——數目很多而且都沒有窗戶，但好吧算啦。停車場超巨大，是平面的，砂石路，這樣子在拍攝電影VFX[226]的那幾個禮拜裡，基地營的拖車都不用怕沒地方停。強尼·馬德里證明了他的價值，他似乎馴服了電影委員會外那些毛很多的州政府官員，靠的是對加州獎勵方案的資訊瞭若指掌，包括一項可能的減稅，由此他幾乎確保了電影可以省下一大筆預算。「我只是該勾的地方有勾，該點的地方有點而已，」約翰這話無非是想耍帥。有點失敗。

她第一眼看到隆巴特小鎮的本尊，是從伊內茲開的全順的後座。雖然接近鎮境時看到的都是雜七雜八的廉價住家與非連鎖商家，像有一家是新的一元雜貨店，還有一家是生鏽的半圓形組合屋上有褪色的字母在窗戶上寫著瓷器，但舊隆巴特在主街與韋伯斯特路交會的主十字路口，則很令人驚豔地散發著典型美國小鎮的韻味，那是一顆時間膠囊，放在沒有雪的玻璃雪球內。店面大都空蕩蕩，鮮少有商家進駐，給人一種時間暫停了三十年的感覺。鬧區找不到一家有在營業的咖啡廳或餐館，但倒是有夠大的客群能撐起一家刺青沙龍跟一家菸具專賣店。原本是「西部汽車」的地方現在變成了廢品舊貨店，但只要瞇起眼，艾兒彷彿就能看到隆巴特舊日的鬼魂，像是當年邦妮與克萊德[227]去過的某一州：有柱子撐起入口處的老式銀行；國家劇院沒有開門，但電影院的模樣還在；克拉克藥局在曾經有霓虹燈圍住的招牌上為自己打著廣告；一個宛若在地體制一部份的建築物上頭有杏仁農會的字樣，沿著飛簷橫刻在石頭上；還有就是一條寬敞的主街，那兒的車流少到可以跟舊時在高爾峽谷的一處露天片廠媲美。在隆巴特拍電影，應該會很容易。

「我們原本有個計畫是要大肆在這裡做一些歷史性的改建，」伊內茲一邊緩緩地四處繞，一邊告訴艾兒。「我們希望吸引觀光客、科技開發人員與藝術家來市區裡住下，給他們弄些精釀啤酒沙龍什麼的。一方面時機非常好——他們在二〇〇八年金融風暴崩盤前已經有點進度了。但然後呢？現在已經不只十二年過去了，信用違約交換造成的破壞毀了一切。很慘。」

「很慘，」艾兒同意。伊內茲知道什麼是信用違約交換？吳老師教的？

「讓我帶妳去看看**古宅區**，」伊內茲說著讓車左彎，然後又左轉、再左轉，一路上只見她的福特晃過了一條條以總統與樹木命名的街道。有些住家確實可以被稱為「很有歷史」，主要是它們有著維多利亞建築的外觀。寬敞的門廊很多，二樓的「寡婦走廊」[228]也很多。高聳而粗壯的遮蔭樹木——它們看起來有一百歲了——讓住家門前與草坪變得涼爽。大部分的家都有住戶

226 VFX就是視覺效果，當中包括簡稱CGI的電腦合成影像，還有被歸為SPFX的東西，也就是像爆炸、超級快跑、飄在空中用功夫對打的特效——這些東西都不會發生現實世界中，只會發生在電影底片上。

227 譯註：邦妮．伊莉莎白．派克和克萊德．切斯特納．巴羅是美國經濟大恐慌時期知名的鴛鴦大盜。這對情侶橫行美國中部搶劫銀行、商家與加油站，成為了美國媒體和民間廣泛關注的犯罪傳奇。他們的故事在一九六七年被改編成電影《我倆沒有明天》（Bonnie and Clyde）。

228 譯註：widow's walk，又稱寡婦瞭望台或屋頂走廊，就是屋頂是上有欄杆圍住的平台，通常還伴隨有圓頂或塔樓。

——或至少有屋主——他們保持著院子的整潔，也讓屋子有人油漆，有人打理。在古宅區那幾平方英里內的所有住家中，只有三間看起來平凡無奇，其他都是屋況保持良好的珍品，甚至有一兩棟稱得上是原石中的紅寶石。

在走老九九往南的回程中，艾兒很明顯感到有點小餓——她自從在從鮑伯．霍伯[229]飛來的班機上嗑了那條多合一食物棒之後，就沒再吃過東西了。「我餓了。」

「那來個起司漢堡怎麼樣？」伊內茲問道。

「我一年的起司漢堡額度就是一個，而我已經用掉了。」

「那是妳沒吃過這裡的起司漢堡。我們剛剛上來的路上有經過一處根汁啤酒攤，我認識他們老闆。妳一定會被他們做的起司漢堡嚇一跳。」

「他們很認真在做起司漢堡，是吧？」

「麥克—提爾女士，」伊內茲在前座說著。艾兒把臉對準了伊內茲的後照鏡。「我解釋不了，但我可以打包票。」

艾兒考慮了一下，決定不掙扎了——她剛剛真的想到流口水了嗎？難道這是帕夫洛夫[230]的漢堡？「OK，」她投降。「我會當個乖女孩拒絕根汁啤酒，然後把吃起司漢堡的代價扛起來。」

伊內茲會認識老闆一家——他們姓亞歷楊德羅——是因為歐巴馬第一次選總統時他們一起參與過選民登記的動員工作。她跟艾兒坐在店外柱廊下一張赤松板條的野餐桌邊。

可惜艾兒沒有把她那座上頭鐫刻著「世界起司漢堡冠軍」燙金字樣的獎盃帶在身上，不然她早就當場把獎頒給里卡多跟茱莉亞．亞歷楊德羅了。這兩個女人沒吃薯條——她們不想撐死自己——而茱莉亞端出了高高的、結霜的馬克杯裡裝的是冰涼而香甜的根汁啤酒，店家招待。就在東喬西喬著要把包山包海包烤洋蔥的起司漢堡從籃子裡放到嘴巴裡的空檔，艾兒與伊內茲之間上演了一場不失禮的閒聊，過程中透露了這名小馬司機的生活、工作與家庭背景；因為她住在家裡，所以她沒有自己的小天地，也沒有隱私可言，從來沒有。職場與學校是她僅有可以透氣的地方，工作與上學是她僅有可以獨處的時光。

「隆巴特對妳而言有什麼特別之處嗎？」伊內茲好奇起來。

聽著艾兒交代了實情，亦即她搭伊內茲的車子是為了籌畫中的電影，伊內茲說得出口的只有「好酷喔」三個字。艾兒早有心理準備要迎接普通老百姓聽到她在名導費里尼所稱的「紙板嘉年華」裡工作時的標準反應——**妳在拍的電影裡面有誰電影叫什麼演的是什麼我可以也參一咖嗎？**然後讓她吃驚的是伊內茲——畢竟也就是一個老百姓的她——完全沒有被她丟下的好萊塢炸彈炸出上述的任何反應。這下子艾兒覺得伊內茲才「酷」。

「等我回來，妳再當我的司機，好嗎？」這麼說的艾兒在大都會機場[231]下了車，準備搭機回鮑伯・霍伯。

229 位於伯班克的機場曾被稱為鮑伯・霍伯機場（鮑伯・霍伯是美國著名演員）。機場的正式名稱已經改過（現在叫好萊塢伯班克機場），但大部分人還是管它叫鮑伯・霍伯。

230 譯註：用狗流口水的實驗研究古典制約的俄國心理學家。

231 譯註：沙加緬度國際機場（Sacramento International Airport；SMF）開幕於一九六七年時的舊稱是沙加緬度大都會機場，後來很多人仍以舊稱稱之。

「沒問題。那就，下次見！」

這話說完，伊內茲就開著她的福特全順廂型車離開了機場，也帶走了所有的腿部空間。艾兒朝著金屬探測器與國土安全局的鞋子檢查哨而去。在飛回伯班克的一小時航程中，她抽出了她的毛線跟鉤針，打起了一頂毛線帽。

伊內茲．岡薩雷茲—克魯茲

艾兒回到沙加緬度，為的是跟電影委員會還有強尼．馬德里面對面開一場一翻兩瞪眼的會議、一個可以跟州長合照的場合（如果前述會議對艾兒來說順利的話），還要接受《沙加緬度蜂報》的記者訪問（一樣要看會議的結果）。伊內茲開小馬去機場接到了她，送上了雙份濃縮咖啡跟熱的一半一半奶油，還騰出了時間要載運她一整天。蜂報記者跟她約的訪問地點是鬧區字母街道上一個傳奇市場／熟食舖子，屆時問答將穿插在三明治之間。

「伊內茲！」艾兒說著扣上了安全帶。「我怎麼會這麼開心又見到妳？」艾兒的好心情並沒有維持太久。

與加州電影委員會的會議很快就進入了事情由大頭交給底下人處理的階段。艾兒得逼著強尼．馬德里把話說清楚，《夜影騎士：火瀑的車床》到底在加州政府裡處於什麼地位：它的預算會高到不適用退稅嗎？它的預算會低到補貼無法啟動嗎？符合退稅資格的電影要參加抽籤嗎？還是先來先拿？他們是不是已經被某部電影插了隊，如果是，那事情他媽的是怎麼發生的？強尼試著解釋鷹眼串流的申請中恐怕出了哪些差錯，還有，沒錯，有其它電影也跑來找委員會想要一樣的退稅。艾兒追問那都是哪些電影，還有它們是不是已經進入了《K:TLOF》（《夜影騎士：火瀑的車床》）**很快很快就要開始的**硬性前製中。強尼說他不方便透露特定的訊息。那為什麼艾兒覺得她在被耍、被玩？她把這想法說出了聲，還順便請教了一下馬德里先生是不是不小心忘了在跟艾兒．麥克—提爾打交道時，自己受過的教訓——他在演藝界的黑歷史。他是不是曾經當著她的面，變成了一個玻璃下巴、一個經不起一拳過去的娘娘腔？

「約翰—底迪！」艾兒吼起了他，聲音大到權力走廊的另一頭都聽得到，甚至可以一路傳到州長辦公室，那兒有名攝影師在等著。「你好像嚴重誤會了，竟然覺得你可以來弄我！」

同時間在她的小馬車中，伊內茲在處理永遠處理不完的家庭危機，一件跟電影委員會無關、跟退稅無關，更與硬性前製工作無關的危機。她的外甥——小法蘭西斯柯——在她姊姊家，而她姊姊得出門去起司蛋糕工廠輪班；沒有別人可以照顧小男孩，所以她可以過去嗎？伊內茲已經答應要用小馬載艾兒．麥克—提爾去「舒馬特的市場與熟食店」接受採訪，然後再送她回機場搭機。載著法蘭西斯柯．裴瑞茲同行是不可能的，至少在她工作的時候不行。難不成，他要當個偷渡者，待在她的車椅上，跟一名客人分享全順的後座嗎？門都沒有。她可以把法蘭西斯柯送回她家，丟給她媽媽嗎？也不行，媽為了甲狀腺的毛病去看醫生了。

這是一個無解的問題——想到她姊姊會錯過輪班；想到小法蘭西斯柯，地球上最可愛的小男孩，沒有人可以照顧他？她就……受……不……了。所以伊內茲必須做出一件無法想像的事，一件小馬的經理們看了會大皺眉頭的事，同時也將違背她與麥克—提爾女士關係的默契。她必須要放艾兒鴿子。

伊內茲打出了一則小馬簡訊，茲茲茲地跳出在艾兒的手機上，同時間艾兒正想著要把她的加州電影委員會咖啡杯扔在強尼．馬德里的玻璃下巴上。

小馬簡訊來自：伊內茲——麥提女士。緊急狀況。會另外安排新的小馬車子給妳。眞的很抱歉。

「等我一下，」艾兒對還沒有挨揍的強尼．馬德里說。她把訊息按了回去：

艾．麥克提——妳沒事吧？？？？

雖然艾兒叫他等一下，但馬德里先生還是說個不停。艾兒必須得明白他也無能為力，妳看嘛，按這邊的生態，大事其實輪不到他拍板，妳知道的。他只是個人微言輕的基層州電影專員。「我說等我一下，這位先生。」艾兒用這話跟一道惡狠狠的眼神讓強尼閉上了嘴。

小馬簡訊來自：伊內茲——是。姊姊有點狀況。

艾．麥克提——她還好嗎？

小馬簡訊來自：伊內茲——沒有保母。抱歉。會安排一個新的司機。

艾．麥克提——妳要顧小孩？

小馬簡訊來自：伊內茲——是。新的司機會是胡立歐，這裡是他的資訊。

艾．麥克提——多大？那孩子？

小馬簡訊，來自：伊內茲——十五個月。胡立歐的小馬是一輛藍色本田。

艾・麥克提——他叫什麼名字？

小馬簡訊來自：伊內茲——胡立歐。藍色本田。

艾・麥克提——我是說小孩。

小馬簡訊來自：伊內茲——法蘭西斯柯。胡立歐十四分鐘到。

艾・麥克提——法蘭西斯柯可愛嗎？

小馬簡訊來自：伊內茲——拜託，可愛死了。

艾・麥克提——他坐在安全座椅裡嗎？

小馬簡訊來自：伊內茲——是。

艾・麥克提——去接他，帶過來。

小馬簡訊來自：伊內茲——這樣違反規定。

艾・麥克提——我說可以就可以。

小馬簡訊來自：伊內茲——大問題。我不能放他在前座。他得跟妳坐後座。

艾・麥克提——只要不放他在駕駛座就好。

小馬簡訊來自：伊內茲——LOL[232]。取消胡立歐中。YMRT[233]。

☆

232 譯註：Laughing Out Loud，笑死。

233 你可能會後悔。（You may regret this.）

所幸有艾兒．麥克－提爾的體諒，伊內茲才得以撐過上午而沒有損失一毛錢薪水。她二十分鐘就到了姊姊那兒，用綁帶把法蘭西斯柯綁在以卡榫固定於她福特全順後座的嬰兒汽車座椅上，然後把車開回了沙加緬度的議會大道去等待開完會的麥克－提爾女士現身。法蘭西斯柯睡著了；這趟行車過程跟他的午睡搭配得天衣無縫。車停在鬧區數千棵大樹中其中一棵的樹蔭下，伊內茲讓側門開著來流通空氣，好讓她能在後座陪著外甥，順便趁這時去電舒馬特市場，確保他們保留了一個位子給麥克－提爾女士受訪。接電話的馬可操西班牙文，但這並不妨礙伊內茲說明她為何跟何時有此一請。艾兒只需要對馬可表明身分，一切就會有人幫她處理好。馬可問起伊內茲是不是已經「名花有主」了，她笑到一個不行，並想著之後再在沙加緬度市區等小馬客人處理事情，她肯定要去舒馬特解決午餐。

法蘭西斯柯終究還是醒了過來，終究還是想要離開座位，所以伊內茲解開了綁帶，還了他自由。

艾．麥克提——贏了。州長超性感。過來找妳。

就在距離伊內茲停車處只有幾碼的地方，法蘭西斯柯在一塊草地上的一張毯子上翻來滾去，艾兒就在此時第一次見到了他。「怎麼會可愛成這樣！他好會笑！」艾兒彎低了身子，用兩眼鎖定了法蘭西斯柯棕色的靈魂之窗。「噢，那雙眼睛！金色的光斑！法蘭西斯柯！趕快長大跟我結婚！」艾兒一整個樂不思蜀！可愛又會笑的寶寶就是有一種魔力，能讓大人的每一句話都以驚嘆號結尾！「我們走吧！我還得跟那些寫報紙的人說話呢！」

舒馬特市場與熟食店開在市區，離議會大樓並不遠，所以街邊停車不太方便。伊內茲放了艾兒下車，叫他去找一位馬可，然後讓她知道他帥或不帥。

「妳先打過電話了？」艾兒眼前為之一亮。「妳剛讓我日子好過了一點！」

伊內茲發現對面街區有個車位就在口袋公園[234]旁邊，公園裡除了給小小孩玩的鞦韆組，還有底下裝著深植入地面的巨型彈簧的金屬搖搖木馬。就在艾兒配著厚得像馬路路基的熟食店三明治（舒馬特的招牌）、一條條醃黃瓜，還有一瓶接一瓶世界好喝的蘋果汁，用嘴巴跟來自地方大報的商業線記者妳來我往的同時，法蘭西斯柯．裴瑞茲一會兒在鞦韆上讓人推著，一會兒巴在搖搖木馬上，一會兒跟他的伊內茲阿姨撿拾著梧桐樹的落葉；這就是一個孩子的幸福天花板了吧？伊內茲玩得之開心，以至於她有點遺憾地聽到簡訊提示聲響起，因為那代表她得開著小馬，回去接艾兒了。

「那個記者跟條醃黃瓜一樣，什麼都不懂！」艾兒跟法蘭西斯柯說。「他回去會寫出一篇笨蛋文章喔[235]！」至於跟伊內茲，她宣布馬可橫看豎看都是個十六歲的小毛頭，鬍鬚都還沒長齊。他們三人一一繫上了安全帶，準備出發去大都會機場，法蘭西斯柯搖響著一大串塑膠玩具鑰匙——一支紅色、一支黃色，還有一支綠色。

「麥克—提爾女士？」伊內茲問起並看向了她的後照鏡，鏡中的艾兒正在撫摸著小法蘭西斯柯的一頭捲髮。「我可以說聲謝謝，感謝您的通融嗎？不是每個人都能接受後座有個小朋

234 譯註：稠密都會區的迷你公園。

235 「串流服務業者利用退稅，省下幾百萬」——沙加緬度蜂報。

友。」艾兒讚嘆著法蘭西斯柯的頭髮，試著讓幾撮黑到發亮的卷子在棕色的頭頂上豎起來。「太多人不懂得欣賞法蘭西斯柯，但我懂！還有妳是不是該改口叫我艾兒了！我們來確認一下我的班機時間！喔，天啊！我的飛機還有一個多小時！走前我們去喝杯咖啡吧！哪裡有好喝的咖啡給大人喝？伊內茲阿姨知道什麼好地方嗎？我要一輩子都像這樣講話嗎？」

你別說，伊內茲還真知道一個地方有不用錢的好咖啡，而且還離機場近到不行。一面跟法蘭西斯柯用幼稚的嬰兒語嘰嘰喳喳，一面還要用手指髮捲替法蘭西斯柯人力燙髮，讓艾兒忙得不可開交，忙到她根本沒注意到伊內茲把車靠邊停到了花園套房客棧的大廳之前。

艾兒帶著笑容跟一大一小進到室內。「每一家花園套房都是同一種味道，」她說。原本深綠色的制服已經改版，變成了灰色而且醜不啦嘰、不男不女的式樣。企業圖示與標誌也換了字型。正午供應站提供著點心，還有看吶，超高級的咖啡機具。拿著免費的熱飲注意！外帶杯，她們在姑且算是飯店大廳的地方坐進了舒服的矮椅裡。法蘭西斯柯靠著紅木風味的咖啡桌撐起了自己，然後就只見飯店同仁開始展開合圍——一面跟伊內茲打招呼，一面確認一個自從兩大一小走進前門後就開始橫掃整間飯店的問題。

「伊內茲！妳生小孩了？」前台櫃員、大廳經理、泊車少爺，還有兩名越南的房務員都湊了過來——每個人都丟出了不同版本的同一個問題，都喜孜孜於小男生的可愛到犯規，都把伊內茲當成家人一樣在噓寒問暖。咖啡喝完後，驅車到了機場，艾兒問起伊內茲剛剛是怎麼回事。

「妳在花園套房客棧怎麼會人見人愛到大家都知道妳叫什麼？」

「妳說什麼？」伊內茲在起飛區的車道上找路，看哪裡能放人下車。

「妳剛剛就像花園套房客棧的女王似的，員工都簇擁到妳身邊。」
「我在那裡上過班，」伊內茲說。「我以前是房務員。」
艾兒把法蘭西斯柯的玩具鑰匙圈在他面前搖得噹噹作響。「我也在花園套房做過。」
「真假？」有輛運動休旅車龜在伊內茲前面。「房務嗎？」
「不，我是前台。」
「要是能做前台，我現在應該還在那兒幹。只是一日房務……」伊內茲轉動方向盤，超越了一些在等待的車輛，停在了起飛區的路緣。「終點站到囉。感謝您此次選擇小馬搭乘。」
「下次見。還有你！」艾兒把法蘭西斯柯鼓鼓的小臉蛋握在一隻手裡，輕輕撥了一下他的雙唇。「趕快長大！我會為你守身如玉！」
隨著伊內茲載著外甥遠去，艾兒也開始拖著腳步朝安檢點前進，邊走邊在她腦中新增了一張索引卡——編號一號，上面寫著一個名字——伊內茲。

☆

鷹眼串流／戴那摩國度／自由選擇企業的製作團隊紛紛開始前進隆巴特。走訪外景地的走訪外景地，拍攝鎮景的拍攝鎮景，還有人一步一腳印地把可能的片場場址標成地圖。尤基——如今他已經貴為比爾的第一副導演，成了個手握拍攝行程與劇組的天才——帶著他當時的女友艾希娜去拍特定角度與攝影機動態的 iPad 影片；艾希娜當夜影，他扮火瀑。在看過他們錄下的東西後，比爾．強森踏上了一趟以他的道奇衝鋒者代步、錄音筆放在副駕駛座的公路旅行。他從新墨西哥開到拉斯維加斯（內華達），北上到雷諾，然後再沿眾山脈南下到上北谷的東部入口。他與攝影師山姆、藝術指導本田陽子[236]還有尤基在隆巴特的市區正當中會合，他們三個在那兒繞著主街，大街小巷地壓著馬路，還在古宅區四處穿梭。

「這地方三百六十度都屬於我們，」山姆說。「我們往任何方向拍都隨我們高興。」靠著一個電腦程式，山姆就能知道任何一個時刻的太陽在什麼位置與跟呈什麼角度。對於黃金時分的鏡頭——太陽西下，光線變成一種稍縱即逝的金絲時——我們徹底可以做到守株待兔。

「隆巴特會是我們的囊中之物，」尤基說。「交通管制會是小菜一碟。」

「這個鎮有很好的骨架，」陽子說。「木板釘起來的、空蕩蕩的畫面不花錢就有。然後還有你的咖啡店場景在那邊。」她指起了一處自帶經典招牌的店面，上面說那裡原本是一間克拉克藥局。「裡頭有櫃台，也有包廂。需要補充的陳設只有藥局專用的架子。」

空無一物的建築後面藏著閒置土地，拿來蓋基地營剛好。遠一點有各種汽車旅館可以當作劇組的宿舍，位置就在洲際公路沿線。要民宿，到處都是AirBnB。古宅區也有完整的住屋可以租。一間修復過的舊杏仁農會大樓裡有房間、辦公室、餐廳，還有一個大廳，就好像那棟建築在大喊著，**用我**！

「嘿，我們把製作辦公室放在這裡好了，別放在綠幕棚那兒了，」比爾說的這裡是杏仁農會以前的招待所。「要是我們能找幾個舊房子給部門主管住，那我們就可以走路上班了。」

「要不直接住在片場？」尤基問。「我們可以搬一些行軍床過來給場工班用。」

所以。就決定是隆巴特了。砰！啪！

比爾在他的史忒林上完成了劇本，然後將之交給了自由選擇企業去轉檔放進一個叫作最終完稿的劇本寫作軟體。硬性前製展開於戴那摩開始開出支票，現金流開始啟動，所有人都搖身一變成為了車床製作公司的員工的一瞬間。

艾兒・麥克—提爾開始經常往沙加緬度飛，而伊內茲也每次都是她的司機。「我好想法蘭西斯柯，」艾兒會這麼說，然後一面鑽進伊內茲福特小馬的腿部空間。「他現在沒有對象，吧？」伊內茲會跟艾兒分享她的 iPhone 照片——照片上有法蘭西斯柯，還有她的其他家人。就在一次次往返隆巴特的溫馨接送情中，這兩名女子聊了天、八了卦、說了笑、半路去暢飲了根汁啤酒、分食了得獎的起司漢堡。隨著製作辦公室將在幾週內開幕，加上春日天氣如此多嬌，這兩個女人從結霜的啤酒杯裡小口啜飲，伊內茲漂進了前所未見的境地。

「我可以問妳個問題嗎？」

OK，艾兒對自己說。來吧——好萊塢的話題。有感於伊內茲也醞釀了好一段時間才不可避免地打開天窗說亮話，問起了**我要如何進入電影圈？我是說，如果妳做得到，那肯定存在一種辦法可以讓我也進入好萊塢，對吧？**艾兒做好了有問必答的準備。走噴泉街。

「那些鉤針是怎麼回事？」伊內茲看過它們從艾兒的手提袋中探出頭來。「我從來沒看妳用過它們。」

艾兒差點笑了出來。這個伊內茲還真是一點心眼都沒有！確實，艾兒從來沒有在伊內茲的車子裡織過任何東西。她總是在講電話、滑 iPad、翻閱厚厚的活頁本，或是在一本作文簿裡做

236 本田陽子跟比爾的合作可以回溯到伊甸三部曲的首部曲。

著筆記。再不然她會跟她可人又有趣的司機聊天。艾兒打毛線，都是在她一個人的時候——在往返鮑伯·霍伯的班機上，在她簡短在鎮上過夜時的花園套房（不然呢）房間內，在雞尾酒會後，在聲音關小的有線電視新聞頻道前。她跟伊內茲在一起的時候還未曾有過打毛線的機會。以這個問題為契機，她長話長說地分享了自己多年前是怎麼學會打毛線，怎麼受到一個名叫德絲的女人指導、影響、關照，還有編織如何讓她在一份往往得在狂野與無止盡的慌亂中連著度過好幾個月的工作上，感覺到安寧與宛如換了個時空的平靜。艾兒就這樣以話語為紗線編織著故事，一直到她在機場下車為止。在鑽出全順的同時，她最後一句話說的是，「編織在，清醒的腦袋就在。」

☆

所以。伊內茲還沒問到有關電影的事——電影是怎麼拍的、艾兒是如何投身紙板嘉年華的工作、像她這樣的人或許可以如何進入電影界，她也從沒提過另一件其他平民在得知艾兒來自好萊塢之後都會忍不住大放厥詞的事情：「妳應該拍一部關於我的電影！」

但岡薩雷茲—克魯茲家可不像伊內茲這麼矜持跟內斂。他們不只是一個家，他們是一個部落。依照你去他們某一個人家串門子的時間不同——去吃飯、去待著、去喝咖啡，老實說不管任何時候——在場的成員都可以上看十七人，全都過著很複雜的日子，打著好幾份工，什麼工都有，有人半工半讀也有人是純學生，工作的有人在替人煮飯，也有人在替人清掃。這份名冊上有老媽瑪麗、老爸葛斯、四千金（伊內茲這輩子都跟姊姊們是同一個房間的室友）、三兄弟（也住同一間房）、兩個老公、一個太太、一兩個男友或女友，小朋友的年紀從法蘭西斯柯的十六個月到小艾絲佩蘭薩的九歲都有。卡門已經不好再叫作小朋友了——她剛辦了她十五歲生日的成年禮。到訪的親戚朋友來自鎮上各個角落，來自鎮外，來自國外，所有人都想找到某種工作、某種出路——某種在美國的出路。葛斯會暫且把他們安插在自己的園藝造景公司裡幫忙，但葛斯的卡車一天就只塞得下那幾個人。他們會睡在沙發上、暗室的墊子上，會在廚房桌邊吃飯，所有人都想像岡薩雷茲—克里茲夫婦一樣，拿到文件、養幾個生為美國人的孩子，遵守美國的法律。他們逃離了貧困與暴力，逃離了誕生自絕望的痛苦，所以睡幾個月墊子真的沒有什麼。一切都是為了待在美國。來來去去的男人中也不乏有人色瞇瞇地看著岡薩雷茲—克魯斯家的女兒。所以她年紀一到就會找各種藉口出門，能不回家就不回家。

當她被用墨西哥、尼加拉瓜、薩爾瓦多等各種口音的西班牙語問起她的工作，伊內茲在你一言我一語、七嘴八舌的激烈餐桌對話中醞釀了一下，然後才報告說她開車載了一位把鉤針跟紗線放在身邊、但從來不真的織東西的忙碌女士。「她是個很了不起的女士，」伊內茲說起了她這名半固定的客戶。「她很沉穩，又風趣，而且迷戀這個小傢伙……」伊內茲彎過身，親了一下法蘭西斯柯的頭。「所以，我問她那些鉤針是怎麼回事。她都在我看不見的時候織東西。」

「一個會打毛線的女人有什麼了不起的嗎？」

「馬麻，妳以前不是也織東西嗎？」

「我好想學會打毛線。」

「誰說妳不能？」

「豪伊街上有個地方寫著針織班。去那兒啊。」

「學織東西得花多少？」

「妳是說時間還是錢？」

「媽媽，教我打毛線。學會我來做聖誕禮物。」

「我沒時間。」

「她有個聽起來像艾爾、讓人以為是男生的名字——艾兒，」伊內茲插了個嘴。「她的工作很辛苦，打毛線可以讓她平靜下來。」

「我想平靜會去睡午覺。」

「我想平靜就把一切都當屎。」

「餐桌上不要這樣講話。」

「就是說嘛，你這屎蛋。」

「我想織東西但那看起來好複雜喔。」

「她是幹哪一行的？」

「妳是在哪裡載到她的？」

「隆巴特。」

「那在哪兒？」

「老九九北上往奇科的方向。」

「啊，對，隆巴特。美國的針織之都。」

「她會去那間老燈泡工廠開會。」

「他們有在徵人嗎？」

「做燈泡的待遇怎樣？」

「那工廠關好多年了。燈泡現在都是在，嗯，越南做的。」

「還有墨西哥的契瓦瓦。」

「她要重開工廠來做燈泡了嗎？」

「她會跟一個州政府的委員會開會，」伊內茲說。「開會時我會載她去市區的議會大樓。她見過州長。」

「州長會很願意重開那間燈泡工廠。或讓那裡生產電動車或電池。」

「毛線。巨大的毛線工廠。」

「我載她去了舒馬特市場吃午餐。」

「我在那裡幹過！佩倫奇歐先生還是老闆嗎？」

「我沒概念。」

「他人很好。但後來我找到了瑪麗．卡蘭德的工作。」

「哪一間瑪麗．卡蘭德？」

「J街上那間。」

「妳怎麼不帶她去瑪麗．卡蘭德？唐尼．賈賽斯現在是那裡的襄理。」

「他不在J街。他在亞登購物中心的分店。」

「她在舒馬特有很重要的約會。就是我照顧法蘭西斯柯的那天。這個小男人！」伊內茲又親了一下那顆可愛的頭。

「從州長到那個地方？」

「她在那裡接受蜂報的訪問。報紙上有登。」

「她被訪問什麼？」

「她想拍一部電影。所以我們才一天到晚跑隆巴特。」

對話的那最後一句話戳中了所有人。在短到不能再短的那點空檔，圍著餐桌的所有人用沉默消化完了伊內茲剛口吐的那個關鍵字：電影。然後岡薩雷茲—克魯茲的家庭晚餐劇場就炸開了各式各樣的發言。

「什麼？！」

「電影？」

「電影？真正的電影嗎？」

「哪一部？」

「電影叫什麼名字？」

「裡面有誰？」

「是關於什麼的電影？」

「片名叫什麼？」

「這個女士叫什麼大名？」
「她自稱艾兒。我也跟著叫她。艾兒。」
「她爲什麼取個那麼像艾爾的名字？」
「伊內茲是女同志的司機了。」
「女同志。LGBTQ[237]。有付車費就好。」
「還有小費。」
「還有五星評價。」
伊內茲的么弟荷西掏出了他的手機，問起了那個女同性戀的名字。
「我不覺得她是同性戀。」
「爲什麼？因爲她沒有打妳的主意嗎？」
「我們聊到過男朋友的話題。」
「妳跟她說了安德烈跟他劈腿的事情嗎？」
「事實上，是，我還真說了。她說要幫我打斷他腿。」
「希望她說到做到。」
「她的名字怎麼拼？」

237 譯註：L（Lesbian）女同性戀者、G（Gay）男同性戀者、B（Bisexual）雙性戀者、T（Transgender）跨性別者、Q（Queer or Question）酷兒或質疑自我性別者，合稱LGBTQ。

荷西在IMDb上搜尋了她。

「我的天啊！」荷西大叫。「她是個製作人！跟她一起拍電影的是比爾．強森！」

「誰？」

「女同志電影嗎？」

「比爾．強森也是女的嗎？」

荷西熟電影。荷西是高中生，以手機為家的高中生。「她拍過《滿是聲音的地窖》！」

伊內茲不知道這些。她跟姊姊安妮塔去看過《滿是聲音的地窖》，但那天晚上她累到在電影院好好睡了一覺，所以大半的電影都沒看到。伊內茲常看電影看到一半睡到頭往後仰，嘴巴開開，下巴放鬆。她會一下子就斷片，因為她兼了那許多工作。所以她也睡掉了艾兒．麥可—提爾的最新一部電影，完全不知道裡面在演什麼。

「她有機會得奧斯卡[238]！」荷西不敢相信這是真的。伊內茲也一樣。

「而且你們看！」荷西把艾兒．麥克—提爾的照片秀給全桌人看。「她不是白人！」

「但你們看她的老闆！」荷西拉出比爾．強森在IMDb上的照片：這男人要多白有多白。

「那些伊甸電影就是他拍的。」

「那幾部都很好看！」

「伊內茲！妳載到大人物了，妳知道嗎？」

「大—蓮—霧啦。」

伊內茲渾然不覺。

「讓她給我在電影裡安排個工作。我很美，又不是白人。」
「如果她是個有錢的電影製作人，爲什麼還要搭伊內茲的車？」
「她應該要搭加長型禮車，像是裡面有按摩浴缸的長版悍馬車。」
「女同性戀很小氣。」
「留點晚餐給你們的把拔。他一會兒就回家了。」
荷西拉出了《沙加緬度蜂報》的網站，找到了艾兒．麥克—提爾在舒馬特市場受訪後被寫成的文章。他將之大聲唸了出來，直到內容講到一些無聊的東西——加州電影委員會如何如何、退稅如何如何、還有來自加州隆坡克的某議員提出的新法案如何如何。伊內茲的姊姊，從六歲就開始學鋼琴的安妮塔，就是在此時從桌邊站起來，帶動全家今晚的熱唱。在客廳的鋼琴旁，她在她的 iPad 上拉出了《充滿聲音的地窖》中獲得奧斯卡提名的插曲《這地方全歸我們了》的樂譜，研究起了節奏與旋律。

人已走盡
無一逗留
只剩你與我
是市區僅剩的人兒……這地方全歸我們了[239]。

238 確實。要是 ACFOS 贏得了最佳影片獎，那艾兒身為掛名的製作人就能帶回家一座小金人。
239 歌詞的使用由艾克斯．露娜．法克斯音樂發行公司授權。

歌唱開始接管客廳，家族成員被一個一個拉了進去，同時間有人在洗碗，有人把留給葛斯的一盤飯菜蓋住留起來，也有其他歌曲從被安妮塔的指尖撥弄的八十八枚琴鍵中流瀉而出。伊內茲與電影製作的絢爛世界擦肩而過所引發的騷動已然褪去，取而代之的是墨西哥人氣民謠與現場的點歌。葛斯終於回到家後，先沖了個澡，然後瑪麗幫他把他的一瓶帕薩菲科[240]啤酒倒進了她幫他冰在冰箱冷凍庫裡的玻璃杯中，再幫他擺出滿滿一盤熱過的晚餐。他一邊吃，卡門．岡薩雷茲—克魯茲一邊唱著《用心去愛》[241]，那是首跟原唱席琳娜．戈梅茲一樣美的單曲。這個又累又餓、平日努力工作的男人配著一口口飯菜，小口喝著他單單一瓶冰涼的啤酒。他的家庭曾經窮到不行。如今他們是如此富有。他聽著他的家人用音樂填滿他的人生；那麼多個嗓子同時唱在旋律上，他這小房子的屋頂都要被掀翻了。怎麼會有人想離開這個家呢？

☆

比爾．強森伸展了他的長腿、他不算太招搖的靴子還遠遠搆不著駕駛座。

伊內茲開著車離開了機場的範圍，目標是老九九，還有老九九另一頭的隆巴特。艾兒與她的老闆大人聯袂搭機從鮑伯．霍伯飛來，帶上的登機皮質小背包裡裝的是滿滿的活頁本、iPad、筆記簿，還有鉤針或者廚房計時器。強森身邊還有一個身經百戰而傷痕累累的舊方形提箱，手把的部分是用鐵絲固定在一起。他把手提箱擱在車地板上，滑進了座位下方。

製作辦公室要設在杏仁農會大樓裡的決定，終究獲得了拍板。大樓後面有夠大的停車場可以擺放拖車，這樣基地營等於就在腳邊。伊芙．奈特公館的可能拍攝地三兩下就可以抵達，此外比爾還修改了劇本，讓更多場戲在隆巴特市區拍攝，這是為了盡量利用那如畫一般的地方。

咖啡店／餐廳、老教堂、十字路口、市鎮與荒野之交的外景地，乃至於夜戰的處所，通通都在這裡。伙食部會在杏仁農會以前設宴跟辦舞會的宴會廳裡供餐。等外景拍攝悉數告一段落後，電影團隊會把基地營移到老燈泡工廠，屆時工廠的建築外殼會被改裝成一個大攝影棚，並被裹在足以把柏林圍牆包起來的綠幕當中。他們會把工廠的外部用作夜影騎士與火瀑的第一場惡戰之地。

在前往隆巴特的車程中，艾兒與比爾．強森一路上都在談公事，所以伊內茲只是專心操控著她的福特。經過根汁啤酒攤位時，是比爾問起了店有沒有開。

「伊內茲認識店家。」艾兒說。

「伊內茲是誰？」比爾問道。

「我們的司機，你個笨蛋，」艾兒告訴他。「我幫你介紹過。」

「拍謝，伊內茲，」比爾從後座喊了一聲。「我是多年的資深笨蛋。妳的名字現在在我腦子裡是永久性的傷疤了。」

伊內茲只是揮了揮手，繼續開她的車。

「我喜歡根汁啤酒，前提是它得是生啤。」比爾說。

電影公司的其他成員已經向隆巴特報到，並下榻在州際公路上的王道汽車客棧，不然就是

240 譯註：Pacifico，墨西哥著名的啤酒品牌，全稱是 Cerveza Pacifico Clara，直譯是太平洋淡色啤酒。

241 譯註：歌名是 The Heart Wants What It Wants，原唱是 Selena Gomez。

佳美汽車旅館。他們都開自己的車過去，並趁著硬性前製的這幾天去鎮上的各個場址勘景。他們所有的開銷都可以報帳。辦公室家具預計在今天送達。一個禮拜內，《夜影騎士：火瀑的車床》就會開始在杏仁農會大樓各辦公室裡用跟牆壁一樣大的日曆開始主體拍攝前的倒數——還有五十六天……還有四十二天……還有三十一天……

照例，艾兒明知這天會非常漫長，漫長到他們其實沒有理由把艾兒扣在身邊，但她還是包下了伊內茲一整天。艾兒跟他老闆會在王道住至少三晚，然後讓伊內茲這匹小馬載他們去搭機回鮑伯．霍伯。

伊內茲在沒落的隆巴特鬧區放了兩名客人下來，然後掉頭往南開上了老九九。她還沒開到陶瓷工廠的廢墟，就看到標準租賃家具公司的送貨卡車緩緩地與她擦身而過，反向朝著隆巴特的市區而去。卡車司機查看著他的定位導航，納悶著自己到底有沒有走對路。伊內茲認得那名司機——卡茲．艾爾巴。伊內茲在鐵彎河社區學院跟卡茲同班過兩門課——健康（一）跟社區閱讀體驗：瓊安．迪迪恩。這兩人就這樣認識了。事實證明卡茲其實風趣到犯規，可能是因為他大麻抽多了，所以話講個不停吧。她不知道卡茲原來替標準家具送貨，但也不驚訝就是了。是人都需要工作，包括那個在卡車副駕駛座睡覺、身上也穿著印有公司標誌的 POLO 衫的那個傢伙。

伊內茲輕按了一下她的小馬喇叭，閃了一下她的福特頭燈。卡茲抬起頭來，認出了她，停下了車。伊內茲靠過去跟他碰頭，兩人各自搖下了駕駛座的車窗。

「妳跑來這鬼地方幹麼，伊內醬？」

「工作啊，卡仔。你該不會是要送貨給電影公司吧？」

「如果是隆巴特主街一六〇七號，那就是了。」

「我帶你去。」伊內茲轉了個小U，卡茲開著卡車在後頭跟著。

杏仁農會裡現在只有一個人，一個叫海莉．貝克，跟藝術部門有點關係的年輕小姐。艾兒跟比爾．強森跟其他人全都走路出門去一些近到不需要工會出動史普林特[242]的候選外景地勘景。

伊內茲把自己跟卡茲介紹給了海莉，然後詢問卡茲卡車上載的那些便宜貨要放到哪裡——茶几、桌子、椅子、沙發、燈具、組合架、鐵絲隔板、延長線插座。海莉想當然耳地覺得家具應該分配給一間間不同的空辦公室，只不過大部分的大件家具應該留給偌大的主辦公室。

「你們看著辦吧，」海莉說。她同時看著兩人說道。她在食物鏈裡的地位不是普通的低，低到她既不懂也不敢亂指揮。

卡茲懵了。「我應該要帶兩個人來的，但有一個從來都不出現，所以今天還是只有我跟凱西二世。」凱西二世就是還在卡車上睡覺的那個，不知道是昏迷中，還是宿醉到不省人事。「這下子可能要搬到天荒地老。」

「我來幫忙。」伊內茲心想，**有何不可**呢？他們一邊工作，卡茲可以一邊逗她笑，雖然他現在一點都不茫，早上上班的時候他從來不茫。

主房間的空間可容納六張桌子、附屬的架子，還有長長的折疊桌跟不太好坐的折疊塑膠椅。

242 譯註：Sprinter，賓士出品的輕型客貨兩用車。

卡茲把卡車挪到了主街入口處。路上車不多，所以他直著把車子倒插進了建築物的前門。伊內茲幫他卸了貨，包括用推車把東西推到車尾的升降台上，然後再全數拉到杏仁農會大樓裡。她排的時候在桌子與桌子中間留足了空間，搞得主辦公室看起來就像是國會議員在尋求連任時的競選總部。杏仁農會大樓裡那些兔洞坑道一般的走廊與辦公室比較靠後面。在卡茲把卡車移動到大樓後面的空地，並又一次倒車把升降台就定位時，凱西二世終於醒了。所以，他沒有昏迷！

「我們到了喔？」凱西問。

多了一個人手加上有伊內茲規劃好有多少辦公室需要多少物品，家具從車上下來的速度稍微快了一點；等到下午三點時，他們已經接近完工了。就在這時有個氣急敗壞的年輕人——一個叫作寇迪．雷克蘭的 PA[243]——衝進了杏仁農會大樓，瞅了一眼伊內茲，然後大叫了一聲，「我有點事，妳來幫我。」

伊內茲穿著便服；不像卡茲跟凱西二世有標準租賃家具的 POLO 衫可以辨識，所以雷克蘭誤以為伊內茲是製作辦公室的員工，可以使喚的那種。

「去買這些咖啡，」寇迪告訴伊內茲，然後遞給她一張手寫的單子上有不同人要的拿鐵、卡布其諾、滴漏咖啡、濃縮咖啡、印度香料茶、無咖啡因咖啡。「等妳回來，我還有食物的點單。盡快！」

寇迪叫她快去時用的是 stat 這個字，伊內茲不懂並反問那是什麼意思。

「現在，拜託！立馬！」

隆巴特範圍內沒有像樣的咖啡店，但州際公路邊上有一處海盜咖啡的得來速。伊內茲一邊用語音撥號預定了共計十四杯特製熱飲，一面開向十七英里外的店家。她用自己的簽帳卡付清了裝在有骷髏頭與交叉骨頭圖案的回收紙杯中、搭配有可分解杯套與杯蓋的各式靈藥，收據也沒忘記要到。二十九分鐘後她把這十四杯東西擺在了一張她自行打開在杏仁農會大樓主辦公室裡的折疊茶几上。卡茲完成工作後已經帶著凱西二世離開。寇迪・雷克蘭找到了他要的三份濃縮海盜咖啡，往裡加了兩包糖，然後遞給了伊內茲一張要讓人能「抓了就走」的午餐點菜單。沙拉。三明治。捲餅。墨西哥捲。兩張披薩——一張要雙份純起司口味，一張要義式臘腸佐橄欖切絲。飲料，當然也少不了。而且全部都要盡快。

她前腳剛踏出前門，為的是再開一次十七英里到州際公路邊上的速食大排檔，艾兒、比爾・強森與一票製作辦公室同仁的後腳就進了杏仁農會大樓的後門。這兩名拍電影的壓根沒看到他們的小馬司機。

午餐可以選的有「捲起來」的捲餅，麥當勞沙拉吧一些還不錯的綠色蔬菜，還有「快烹點心屋」的散裝熟食風三明治。她也在點心屋買了罐裝的汽水與調味的氣泡水。披薩的部分她打了電話給大鸛披薩店，那是一家正在力推單片披薩得來速的連鎖店。但他們也接受整張的訂單。一家「瘋塔可」有賣墨西哥捲，州際公路另一側的「塔可多」也有，所以他把這種墨西哥食物的訂單以州際公路為中線一分為二。一個半小時後，伊內茲讓午餐降落在剛剛放咖啡的同一張

243 PA就是Production assistant，也就是製作助理。他們不是美國導演工會的成員，但都想成為美國導演工會的成員，要不然就是想成為製作人、攝影師、劇作家，或者在某部電影裡上了二十四天班之後，決定轉行。

主辦公室桌上，並將它擺成了一個小「把費」。

寇迪從塔可多的盒子裡抓起了一個貌似墨西哥捲的食物，並對伊內茲說了聲「喏」，意思是給她。他又塞了一張清單給她，這一次是雷射列印的三頁東西，而不是從螺旋裝訂的筆記本上撕下、然後草草用筆寫成的紙條。「可以的話盡量在本地買，算是做公關，讓外界覺得我們溫暖。」

那清單有長度。批量的原子筆。批量的速記本。批量的軟木塞板與圖釘。批量的印表機／影印機用紙。迴紋針與釘書針。杯子。鉛筆。電動削鉛筆機。白板搭配色筆。微波爐與茶壺。車床製作公司的亞馬遜會員登錄電話也寫在單子上，所以伊內茲以為她是要上網去下訂。但說起在地的話，畢德威爾與奇科之間的「由你買」近近的，比沙加緬度的由你買還靠近隆巴特，其中後者可是她的老東家。「這麼多東西你今天就要嗎？」

「**不然呢！**」寇迪這個大小孩說。伊內茲將這話解讀為**盡快**。她抓起一片大鸝的義式臘腸與切絲橄欖，還有已開箱的一瓶礦泉水——會這麼體貼的當然也是她，不然還有誰？——回到了她的全順車上。她一離開杏仁農會大樓的前門，製作團隊就像放牧的羊群一樣走進了擺好午餐的辦公室。又一次，艾兒沒有看到伊內茲，她看到的只有伊內茲擺出的餐點陣仗。

由你買公司一心想狠踹亞馬遜一腳[244]，為此他們開發了一種批量訂購系統，有這系統加上她對由你買的裡裡外外瞭若指掌，讓伊內茲的任務分外輕鬆。她只要把列印出來的採購明細交給由你買的訂購服務台，然後，轟，整批有的沒的就會被送到隆巴特主街一六〇七號，時間不超過隔天早上八點。

等伊內茲回到剛開始有模有樣的車床製作公司，東倒西歪的垃圾與殘羹剩飯沒人管，所以只能她來。但現場的垃圾袋、紙巾之類的存貨不太夠——在進行了能應急但不夠完全的清理後——她再一次開她的車衝到一元雜貨店，買足了清潔備品。她留下了收據。回到隆巴特，她將做到一半的大清掃行動收了尾，擦乾淨了主辦公室裡的一張張茶几，打包了所有的垃圾，並將之提到了後門外空地上一個閒置了有段時間的生鏽大垃圾箱。為了上廁所，她精準地算到了會有衛生紙、乾洗手，還有乾紙巾的需求——這些她都在一元商店買齊了——並依序將之囤在了男性洗手間，然後是女性洗手間。

等她回到走廊，比爾．強森正要去男廁。

「嘿，」導演說。「妳說妳叫什麼來著？」

「伊內茲。」

「喔對對對，伊內茲。妳在忙啥？」比爾沒等回答就直接進了廁所，辦起了正事。

寇迪．雷克蘭正好看到跟聽到跑腿小妹跟電影導演之間的交流。「不。不。不不不不不。」他對伊內茲說。「妳不能跟導演講話。懂嗎？妳不能打擾導演。」

「是他問我叫什麼名字。」

「他是跟妳客套。妳不是一副。妳不是UPM。妳不是製作人。妳……不能……接觸……導演。懂嗎？」

244 祝他們好運囉。

伊內茲不知道什麼是一副，也不知道什麼是UPM[245]。

「OK。」

「把這些洗手間補滿衛生紙。記得要多準備幾卷。肥皂跟紙巾也是。」

伊內茲早就做完了這些事。她正要跟雷克蘭解釋這一點時，比爾．強森出了洗手間。小老闆馬上轉開了他的視線，低頭看著自己的鞋子，免得跟導演對到眼。

「伊內茲！」比爾叫了一聲。「我這次記得了！」說完他消失在走廊的另一端，完全忽視了寇迪．雷克蘭，事實上他以為寇迪叫切斯特。

伊內茲的手機響起了小馬簡訊。

「把那個關靜音，」雷克蘭話說得齜牙裂嘴。「手機在PO都要設成震動。拜託一下。」

艾．麥克提——拜託告訴我我老闆的打字機在妳車裡！！！

小馬簡訊來自：伊內茲——我去看看，盡快！

她衝去了自己停在主街街邊的車子。伊內茲是在後座找到乘客失物的高手。手機的案子最多，三天兩頭要偵辦，主要是她會聽到各式各樣被悶住的手機鈴聲響起。其它被主人遺棄的東西還有包裝好的禮物、手提包、身價不凡的筆、行李、筆電、隨行杯、帶盒子的蒂芬妮訂婚鑽戒一枚、護照若干本，有回甚至有隻寵物登機箱裡的貓咪被撂下。恐怕是哪位仁兄不太喜歡他女朋友的貓。但打字機？這倒挺新鮮。伊內茲根本不記得自己有在哪裡見過打字機，頂多是在老電影裡。

她打開後車廂的掀蓋尾門，小心翼翼地避開了下巴，檢查了置物區，但那兒什麼都沒有，然後乘客的座位上也空空如也。為了怕遺漏什麼，她去找了後座椅子的下面，結果看到那兒有一個破舊的黑色方形箱子上有用鐵絲補強的握把，她心想打字機肯定就在裡面。那箱子很沉。握把旁邊成對的鎖扣有點卡住，所以她在嘗試將之滑開到開啟位置的時候不太順，但終究她聽到了兩聲喀答，然後抬起了手提箱的箱蓋。沒錯。她找到了打字機。那是一台老機器、一台黑色機器，一台機架上寫著史忒林的機器。

小馬簡訊來自：伊內茲——找到了。

艾．麥克提——！！！幫我收著到明天，XX！[246]

小馬簡訊來自：伊內茲——我可以現在送過去。

艾．麥克提——不急！

七十二秒鐘後，伊內茲走進了艾兒在杏仁農會大樓中佔到的空間，也就是只要車床製作公司還在的一天，就屬於她的辦公室。這天稍早，小馬司機在擺設好租來的辦公桌時，壓根沒想到在這天的結尾，艾兒．麥克—提爾會坐在桌子後面。伊內茲手拿著裝在手提箱裡的打字機。

「這是什麼妖術！」艾兒不敢相信伊內茲竟然會這麼快就出現在她辦公室裡。「妳是用光速開車嗎？」

「妳說的，就是這個吧？」伊內茲把手提箱放在了艾兒的桌上。

245 一副，等於第一副導演——尤基．卡卡尼斯。UMP 等於 Unit Production Manager，也就是電影團隊中直屬於製作人，管理劇組中各組事務的執行製作——亞倫．布勞。

246 譯註：XX 就是親親的意思。

「這是怎麼回事，從實招來，」艾兒說。

「不就是妳老闆把這個忘在了車上？妳要我把東西拿來給妳？」

「我說的是明天。妳怎麼能說到就到？我很好奇。」

就在此時，雷克蘭那小子出現在了辦公室的門口。他聽到了怠慢不得的艾兒・麥克—提爾在說話——她可是自由選擇企業的大老闆娘——所以想說他應該能幫得上忙。「不。不。不不不不。不好意思，麥克—提爾女士。」

「不好意思什麼？」艾兒不解的事情突然多了起來。「這太不應該了。」寇狄給了伊內茲一個他希望是責備，但其實看起來更像是演員在社區劇場演出《我愛空姐》[247]的眼色。「我得樣樣規矩都跟妳解釋嗎？」

「寇迪，」艾兒用她日常、沒有要兇人、只是就事論事的聲音說。「需要解釋的規矩是什麼？」

「製作辦公室的規矩。這個女生」——他朝伊內茲坐了一個頭部的假動作——「還不熟這工作。擺家具。買咖啡。跑腿。這些她可以做得不錯，但她得曉得自己不該跟哪些人講話。」

「你知道這個女人有名有姓嗎？你知道她叫什麼嗎？」

「伊內茲，」伊內茲第一時間告訴了他。「我是伊內茲。」

「我沒有去確認在地員工的名字，」雷克蘭解釋說。「那是我不好。我們就不打擾您了，沒搞清楚的地方我們會去釐清。對不起，麥克—提爾女士。我保證下不為例。是吧，易內斯？」

「等等，我有點搞迷糊了，」艾兒說。「伊內茲？妳該不會今天一整天都在這兒幫雷克蘭先生跑腿吧？」

寇迪・雷克蘭嚥了一口口水，他突然感覺到強烈的恐懼感如烏雲罩頂，一股不舒服的刺動從他的四肢流過。艾兒—麥克提爾剛管他叫「雷克蘭先生」。這。不。是。好。事。

伊內茲解釋了她這天是怎麼度過的，開車離開鎮上，途中遇到朋友在載送著租賃家具，也就是此刻整間大樓裡擺著的那些。她的朋友人手不夠，於是她義不容辭地幫忙把東西搬進來。搬完她原本已經要離開，但「這位雷克蘭先生」——寇迪聞言睜大了眼睛——差她去買咖啡，然後買午餐，然後買辦公室備品……所以她就照辦了。往奇科方向去本地的由你買不算，去一元雜貨店也不算，她自始至終都沒有離開隆巴特，否則她也不可能像變魔術一樣拿著比爾・強森的箱子跟打字機突然出現。「我做錯什麼了嗎？」伊內茲不知道自己有錯沒錯，而如果有，她也不知道自己錯的是什麼。

艾兒・麥克—提爾笑了。笑聲大到讓她的呵呵呵足以迴響過走廊、迴響過樓梯間，也迴響過杏仁農會大樓的一間間辦公室。她的莞爾一笑以看不見且不斷遞減的聲波形式，一路反彈在新製作辦公室的立體維度中。「寇迪，」艾兒說，轉頭面向已經石化了的年輕製作助理——石化是指他的肉體，你可以想像他變成一尊石像，一動不動。「我想請你跑一趟去買兩杯咖啡，一杯給易內斯，一杯給我。我要雙份濃縮跟熱的一半一半奶油。伊內茲呢？」

「我要滴漏。加牛奶跟兩顆糖，麻煩你。」

247 譯註：Boeing-Boeing，法國劇作家馬可・卡莫列提原創的鬧劇劇本，一九六二年被譯成英文後於倫敦阿波羅劇院首演，此後連演七年，一九九一年被金氏世界紀錄認定為全球演出次數最多的法文劇本。基本上是一間巴黎公寓裡的單身漢劈腿三個正妹空服員的故事。

寇迪生出了一枝筆跟一本筆記把艾兒的指示記下，不是因為他記不住這麼簡單的交代，而是想符合他千方百計想塑造出的俐落專業人設。

「寇迪啊？」艾兒補了一句。「去PO繞一圈，看有誰想在下午小小振作一下的。拿收據，用辦公室的零用錢報銷。」

「沒問題，」寇迪用有點沙啞的聲音說道。「恩，易內斯？妳今早是去哪裡買的咖啡？」

「海盜咖啡。走韋伯斯特路往西，就在州際公路的這一側。」她用手機叮的一聲，把定位座標傳到了寇迪的手機上。「你可以在線上下單，然後選擇取貨的時間。至少我是這麼做的。」

「收到。」寇迪轉身離開。最後他問到了二十二杯咖啡，二十二杯將裝在有骷髏頭與交叉骨頭圖案的回收紙杯中，還搭配有可快速分解之杯套與杯蓋的各式咖啡。

艾兒認真思考起她的小馬司機，這個她已經認識了好幾個月的女生。等寇迪回來——最終這孩子花了一小時又四十分鐘——她會跟他說明麥克—提爾體系的製作辦公室有什麼規矩。但在那之前，她會跟伊內茲閉門懇談。艾兒需要她來幫自己工作，幫自己解決問題，幫自己拍電影。伊內茲必須放棄她在小馬的工作，必須配合艾兒的需求二十四小時待命，艾兒需要她多久她就得on call多久。伊內茲，艾兒解釋說，是鐵彎河裡淘出的一塊金子——而艾兒可不會這麼輕易就放她走。

「所以，妳會在薪資清冊上，」艾兒告訴這個年輕女生。

雖然她的週薪對紙板嘉年華這一行來說，只會是起薪中的起薪，但那仍勝過伊內茲打兩份，甚至三份工所賺的錢。

那些錢，說實在，比伊內茲做夢夢到的都還要多。

5 選角

伊芙・奈特有超能者的力量，還有一段非常複雜的過往。與她年邁的祖父一起隱姓埋名地生活、逃避所有異變特工的聯絡，她無時無刻不在她的感受與她無從推卸的行俠仗義間掙扎。但，她的生命中沒有快樂——只有恐懼。這女人始終難以成眠，因為她一直看到一個神祕人物的出現，那個大家口中的火瀑……

——《夜影騎士：火瀑的車床》劇情概要

這年頭沒有人知道她住在哪裡，除了少數幾個跟她是朋友的，讓她信任的，不嫌累願意守口如瓶的人。米契琳·王身為她的代表，就是其中一人。

薇倫·連恩倒不是個神經不正常的自閉者，她並沒有喜歡貓咪跟鸚鵡勝過喜歡人類。一點也沒有。這名女士的住處會是個被人保密到家的情報，是為了防跟蹤狂。還有過激的粉絲（大部分是男性），他們堅稱自己跟她是天作之合的靈魂伴侶。還有狗仔隊，他們想拍到這位女士的實際生活照，為此他們會像在跟監的聯邦調查局幹員一樣跟蹤她，行徑簡直就跟綁架預備犯沒兩樣。如果再考慮進那些想讓她在海報、照片與周邊商品上簽名——好拿去賣錢——的商家，你就會得出一個結論：薇倫是個正被一隊混帳賈維爾搜捕的女版尚萬強[248]。

假設薇倫的愛情世界不是可以供應八卦草料的修羅場，事情會不一樣嗎？她是個美人。她拍電影。這是一個同捆包的概念。當她跟惠特·蘇利文分手時——惠特已經很久不見人影——傳言是她已經搬到了蘇格蘭。當她跟柯瑞·郤斯離婚時——柯瑞有會暴怒的問題——有報導說奧斯汀的湖屋歸了她。當她（第二次）取消了與弗拉迪米爾·史邁斯的婚約時，坎薩斯薩利納的地方報說她買了一座生態農場，然後住在了裡頭一個挖空的護堤後面。非也。目前她與人同居在距離洛杉磯不遠一處孤僻的地點，室友是個俊俏的傢伙叫作瓦利，她的異卵雙胞胎手足。

248 譯註：《悲慘世界》的主角，在二〇一二年電影版裡由休·傑克曼演出，因為是個逃獄的犯人，所以被羅素·克洛飾演的警探賈維爾追捕。

他們分攤了那處前甜橙果園的費用。附近有一處小機場讓她停放她的飛機，那是一架西銳一五○。她是在奧斯汀拿的飛行執照，當時她還是柯瑞・卻斯的太太，學開飛機是為了逃避老公的脾氣。她發現開飛機讓她感覺腳踏實地，感覺全神貫注，也感覺充滿挑戰，天空給了她沒有男人給過她的東西（信心帶來的安全感）。

「我下次要跟蠢貨交往前，」她告訴瓦利，「請提醒我犯過的錯。」她跟雙胞胎兄弟住在一起——至少目前是這樣——是因為他們關係親近到一個不行，而且瓦利做生意的腦筋精明到不行。他不光讓他的雙胞胎姊妹保持有錢（精確地說是愈來愈有錢），他還保護著她的安全。

這片地產中有一間被當作客房的小木屋，裡頭住著從洛城警局退休的湯姆・溫德米爾（薇倫身邊另一個信得過且頭腦清醒的男性），還有湯姆的隊友兼妻子，蘿洛，一個強到犯規的廚師。若是進入洛杉磯的範疇，薇倫會住在溫德米爾在鷹岩的房子後面一間「岳母公寓」[249]中。溫德米爾警探是薇倫的生命中的常數，負責確保她不被發現、不被打擾，也不被威脅[250]。

但話雖如此，湯姆仍不能擋掉所有試圖冒犯她的人。在拉斯維加斯一場美國戲院業主協會／西部電影博覽會[251]上，薇倫正在接受年度最佳女星的頒獎，然後只見一名製作人要白癡地在頒獎台上出言不遜，開口就要跟她約炮。他沒多久前在從等待的套房到會場大廳的電梯裡跟薇倫說的話，被拿到台上重複了一遍。關於她為什麼不會後悔跟他一起沖個澡，他提到兩個理由，其中一個是省水。「欸，拜託，別這麼小心眼嘛。開個小玩笑有什麼大不了？」這幹話他也說了兩遍。

這種小玩笑可多了……

在伊利諾州的皮爾旁特，東谷高中二〇〇二年班的溫蒂・連克一天到晚得聽這種小笑話。她被叫過溫老二、溫屁股、溫蒂連嗑男人，大概是這個套路。她在東谷是無人不知無人不曉的「谷花」。她在她那屆畢業前就離開了那兒，捨棄畢業帽與畢業袍去芝加哥接起了一些模特兒工作。瓦利在畢業的那個夏天加入了她，畢竟皮爾旁特這個小鎮的特產是傻瓜。以他的帥臉想闖蕩模特兒界，一樣不成問題，但他討厭被拍照，所以他去唸了西北大學凱洛格管理學院。溫蒂後來轉戰紐約，多接了點模特兒工作，對抗起全新一批的混蛋陣容，拿到個角色是在以小地方市政府為設定的情境喜劇裡扮演一幕限定的性感辦公室賤人。她認真找了個經紀人，還差一點點就拿到串流平台 Showtime 上《小人物弗萊一家》的主角死黨一角，由此她決心去洛杉磯碰碰運氣。瓦利幫她撮合了兩個他在西北時代結識的女性友人，她們在伍德羅威爾森大道上租了間山坡上的房子，正好需要室友。三個女人都做過模特兒／演員，也都上過即興表演課；一度她們是在演藝圈競逐一席之地的「女子會」。

溫蒂・連克學習、運動、跟護膚習慣更勝自己一籌的男人約會、洗盡鉛華去當女服務生端盤子，然後只要是經紀人安排的面試她都去，只是都沒什麼好運氣。比爾・強森的《伊甸的地

249 譯註：房子本體之外另一個附屬的完整生活空間，主要用途是給來訪的岳父母、公婆或姻親住，所以叫岳母公寓。

250 在她剛紅起來那瘋狂的幾年中，兩名掠食者分別闖入了她的地產中——其中一人還進了她的屋內。

251 譯註：NATO/ ShoWest。每年三月中旬，拉斯維加斯都會舉辦這項電影市場展。在這場全球最大的電影院業主和經營者大會上，美國各大片商都會共襄盛舉，就近一兩年會發行的商業大片公佈行銷計畫、最新預告片，甚至是完整的影片，藉此吸引戲院安排檔期上映。

平線》曾讓她去二面並念了劇本，但最終也是不了了之。在別克汽車的一個全國性廣告裡，副駕駛座裡的她在加州箭頭湖附近的蜿蜒山路上轉頭看著後座的可愛孩子，然後曖昧地按摩起他假老公的脖子。那傢伙是同志。帥氣的同志，也是拍攝期間唯一一個沒有——用態度跟眼神——像要把她扒光的生理男性。她把藝名改成了薇倫．連恩[252]，然後很快就在《六十九號受害者》中拿到了屍體的角色。作為一名死人她渾身透藍，但好處是鏡頭時間很長——甚至在幻想戲中還得以睜開眼、開口對丹妮爾扮演的過勞孕婦警探說了一句跟謀殺案有關的台詞：「他們剛抓回來的那個女孩？她，也是。」《六十九號受害者》是部沒話說的好電影，票房也很好。而那個有屍體的場景！選角的人員們都注意到了那個死掉的藍色女孩，薇倫．連恩。

☆

晚間十一點五十七分在她位於神隱村的家中，薇倫在床上對著開著的電視，準備要在透納經典台上奔向貝蒂．戴維斯的某部電影，但就在此時她撞見了自己在《組織之人》當中扮演的海倫。她想起了自己去試鏡唸稿的時候——邊唸邊厭惡——那是何時的事了？二〇〇八。她沒有被考慮演出主角的死黨、溫暖的姊姊、辦公室賤人，或者是屍體。她在試唸劇本的角色是海倫（HELEN[253]）。在失敗了那麼多次試鏡後，她贏了。沒錯，她比領銜主演的明星——波特．霍維斯——年輕十五歲，當時他還有在接戲。老電影明星好像都能演出有小十五歲嫩妻的角色。接著在床上，薇倫看到在電影中的自己開了口，她說的是：

海倫　你看不出他們有多需要你嗎？

你的孩子們想你。我想你。

這麼唬爛的台詞，配的是狗屁的一場戲，在一處漂亮過頭的假廚房裡，她擦著唇蜜，身穿緊身的瑜珈褲跟彈力上衣，懇求著丈夫明白他的工時太長、工作太辛苦，犧牲的是他們家庭的美滿幸福。戲中的那個丈夫／英雄／凡人在委屈到不行的不得已中把頭往後一甩，丟出一句「不然你要我怎麼做？拍拍屁股一走了之嗎？」

海倫　我要你……為了我們……留下來。

身兼編劇的導演最後用了第七次拍攝的結果——也就是他建議她用暫停把台詞斷開的那一次。他親自教戲……給她示範了這句話……要怎麼唸。

事隔多年，這電影如今在一個午夜時分的基本有線頻道上一播再播。但即便如此，這往事還是刺痛著她。她厭惡這部片，她厭惡拍攝這部片的體驗，她甚至有點厭惡接拍這部片的自己。但此刻她還是強迫自己往下看——一路看到**在廚房身穿性感瑜珈行頭並嘴抹唇蜜**的場景（也就是試鏡時當作考題的段落），為的是提醒自己：下不為例。下不為例。絕對。再也不演妻子（**我**

252　溫蒂・連克原本也可能變成薇倫・雷克，但瓦利建議用連恩，因為這樣跟本姓差更少，只用字母e換掉了字母k。

253　在電影腳本中，角色的姓名一向大寫。所以我覺得在書裡也應該比照辦理。

要你……為了我們……留下來）。不演死黨（聽我說，你做得到！）。不演姊姊（他這麼說？才第一次約會耶？）。也不演賤人（要不是你把頭插進瓦倫泰先生的屁股裡插得那麼深，你也不會沒聽到，那件事在簡報的子彈重點裡明明有講！）她再也不演這些角色了。再也不演了……這些角色。

在《組織之人》上映——並迎來軟趴趴的票房——之前，她接到了兩部公式電影：浪漫愛情喜劇《你不是說要打給我》跟動作片《動得了》。兩部片都沒讓她多紅一點。她推掉了《難以捉摸》裡的性感精神科醫師一角，因為——她必須點出——她太年輕了；說她是一個精神科的犯罪專家，完全沒有說服力，而且哪門子的犯罪精神科醫師會不知道泳池清潔工就是雙子座殺手？那完全不合邏輯啊。她當時的經紀人打來對她大喊，「邏輯？薇倫！那是錢啊！是電影啊！邏輯？誰顧得了那麼多？」她不為所動，並透過這電話明白了她得盡快找個時機開除她的經紀人——結果時機一到，她就認識了米契琳·王，當時米契琳剛脫離理查·弗萊許的公司，單飛成了太平洋藝人集團中的一名經紀人。

有了米契琳替她奮戰，薇倫連著在兩部電影裡軋上一角——一部是山寨《煤氣燈下》[254]的《假面》，另一部是很討喜的《長春花開》——這兩個角色要說多不一樣，就有多不一樣，但一樣的是兩邊的演出都能保證她變成A咖。她同一年獲得了金球獎兩項提名！都沒贏就是了，一項輸給了希薇雅·阿普頓女爵士（喜劇類），另一項敗在吉妮·波普—艾斯勒（戲劇類）手中。美國演員工會獎跳過了她，奧斯卡獎的美國影藝學院也是。但無妨，因為這一年無論用任何標準去看，她的表現都可圈可點。她看到了自己的未來已經唾手可得。幾乎。

有一說是她的多元性也是她的絆腳石。她究竟是在《假面》裡那個有仇必報的絕色美女，還是《長春花開》中的鄰家甜心？後來找上她的角色都點燃不了她體內的火花——每個角色都只是她過往演出的翻版。《莎蒂．佛斯特的命運》跟《當怒火遇上麥德威爾》能表現不俗都得歸功於薇倫．連恩的參演。然後就是《超硬派警佐》這部她領銜主演而且名字放在片名上面的作品，讓她的新地位成了一個撐得起超級票房大片，不可方物的性感、美豔、尤物。這部電影與薇倫，成了很多人口中的「我硬了警佐」[255]。屬於她的新時代於焉展開。

當疫情在二〇二〇年三月開始時，演藝產業暫時拉下了鐵門，她與一對製作人在商討的合作計畫也被迫中止，否則對方可是視她為當代的盧克雷齊亞．波吉亞[256]。不過也還好，因為另一部以波吉亞為題的影集搶先他們一步開拍，而且還大老遠跑去匈牙利拍外景，結果等COVID-19殺到布達佩斯他們也只能鳴金收兵。整個封城期間在她的獨處要塞中，薇倫把她的體適能菜單份量翻了一倍，這包括每天在她讓瓦利幫她安裝的噴射水流池中游上一小時，還把她的西銳開上天來一方面累積飛行時數、一方面接受雲朵與地平線的撫慰。她有一陣子什麼都不看，只看由傳奇電影女星演出的老電影——那些自帶氣場的強悍女性完全值得在她們的作品裡掛頭牌，因為她們的角色就是主角——費雯．麗、凱瑟琳．赫本、瓊．克勞馥、英格麗．

254 譯註：Gaslight，一九四四年的黑色驚悚電影，煤氣燈效應的語源。
255 薇倫曾爭取換個新片名但未獲搭理。關於這個角色或電影她已經不回答任何問題。
256 譯註：Lucrezia Borgia，1480-1519，歷史人物，才貌雙全的義大利貴族，出身是羅馬教宗亞歷山大六世的私生女，曾大力贊助文藝復興時期的藝術創作。她通曉多國外語，對詩歌跟舞蹈也有一定造詣。

褒曼、蘇菲亞・羅蘭、貝蒂・戴維斯、（葛麗泰）嘉寶、愛娃・嘉德納、麗塔・海華斯、葛麗・嘉遜、維若妮卡・雷克。她看的老電影多到雙胞胎兄弟瓦利求她能去找一些用特藝彩色[257]底片拍攝的影片，好讓他也可以一起看。她給了找了瑪麗蓮・夢露跟珍・羅素合演的《紳士愛美人》。

「這些女士演的是她們的電影，」薇倫這麼告訴米契琳・王、瓦利、溫德米爾夫婦，還有跟她一起飛過海岸線、沙漠、與谷區的飛行駕駛／教練海勒・古柏。「她們在男人說了算的時代告訴男人老娘說了算。就像薇拉・薩克斯現在在做的事情一樣。」

「薇拉・薩克斯等於凱珊卓拉・蘭帕特，」米契琳在一場有長度的線上會議上用 Zoom 對她說。「不論她接下來做什麼，那都是屬於她的系列電影[258]，誰也搶不走。」

「薇拉・薩克斯。她跟我都被鎖在那些緊身的馬甲中，我們是乳溝在帶著我們前進。貝蒂・戴維斯就是貝蒂・戴維斯。這兩個人給我選，我想當貝蒂・戴維斯。」

米契琳懂她的客戶在說什麼。薇倫眼看就要二十九歲了，她已經厭倦了當「我硬了警佐」。按照她自身的時間規劃，她得在三十三歲前好好進化成貝蒂・戴維斯版的薇倫・連恩。到時候吉妮・波普—艾斯勒想拿到那些好角色，得先過她這一關。

一次在沿著公眾山徑健行時，為了不被認出而微服出巡做運動的薇倫與瓦利才剛走了五英里，就聽見米契琳打來的 FaceTime 視訊響起。這位經紀人人在車裡，或者應該說被堵在一〇一號公路的車陣中。

薇倫接起了電話。「嘿，小米。」

「準備好了嗎？」小米・王問她。

「準備好什麼？」
「行星連珠了。」
「妳斷訊了。」
「太陽系的行星為了妳排起隊來了。」
「妳定格了。妳看得見我嗎？」
「妳可以找個有訊號的地方停一下嗎？」
「這裡可以嗎？」
「別動。」
「妳有沒有興趣過過看超上流的生活？」
「等等。有爬山的人要過。我先把口罩戴起來。」
薇倫在脖子上掛了一副口罩。她以之遮住了自己的嘴巴跟鼻子，好讓一對男女牽著狗狗走過。他們也同樣載起了各自的口罩。「嘿，狗狗好可愛。」
「多謝誇獎，」兩名健行者說。
薇倫轉回 FaceTime 的鏡頭。「妳在說什麼？」

257 譯註：Technicolor，又稱特藝七彩，是最早的彩色負片技術，最早是由麻省理工的三名學生於一九一六年研發出來，後來這三人成立了特藝彩色公司，提供彩色膠捲給好萊塢製片廠使用。
258 譯註：目前有《凱珊卓拉．蘭帕特1：初始之際》、《凱珊卓拉．蘭帕特2：百變特務》、《凱珊卓拉．蘭帕特3：命運關頭》，詳見湯姆．漢克斯所著，《歡迎光臨火星》之〈宣傳打片遊花都〉。

「鷹眼那邊傳出有個機會，」米契琳往下說。「他們要拍一部戴那摩的電影，裡面有個女性的大角色是主演。我覺得非妳莫屬。」

「導演是誰？」

「比爾．強森。編跟導都是他。」

「比爾．強森。喔……」

米契琳的車裡響起了手機鈴聲。她接起另外一支電話，讀起了簡訊。

「比爾．強森沒有很喜歡我，」薇倫提醒了她。

「比爾．強森是可以被說服的，」米契琳邊看另外一支手機邊說。她三兩下打出了不當回事的回覆，放下了手機。「鷹眼會讓超能者電影直上串流平台。這不是開玩笑的。這個角色會跟著妳很多年。」

「那是什麼角色？」

「夜影，夜影騎士。」

「時程怎麼樣？這是要，嗯，去羅馬尼亞拍八個月嗎？」

「我先幫妳把角色拿下來，然後條件我們再來喬。可以嗎？」薇倫想了整整一秒。「行，去吧，獵犬。」

「汪，」米契琳呵呵笑得幸福洋溢。「嘿，湯姆！」

「嘿，米奇，」湯姆從鏡頭外叫著。

「如果有漫畫的話，妳可以寄給我嗎？」薇倫問。

「我會把連結寄給妳。還有劇情概要。」
「什麼？」
「妳可以去連結上讀。還有劇情概要。」
「妳又被踢下線了。」
「我會把連結寄給妳！」
「我聽不見。」
「我會把連結寄給妳！」
「妳又定格了。湯姆說他可以替我去拿。我是說漫畫。」
「我會把劇情概要寄給妳，我是說電影！」
「愛妳呦，米其林。」
薇倫的畫面凍住了。在這段對話中，米契琳在一〇一號公路上前進了十碼，位置在冷水峽谷大街與伍德曼大街之間。

☆

靠著比爾・強森，戴那摩終於替夜影騎士在他們的電影國度裡找到了一條路。此時在後製中的作品是《異變特工隊五：起源》，距離上映還有好幾個月。在高層的授意下，電影的最終寫手團隊寫出了追加的幾場戲，代號是「眾騎士之死」。伊芙・奈特會在最終版本的《AOC5》中以超能者的身分被介紹出場，幾場以神祕的亞特蘭大為背景的戲將花十天拍完，每一場戲都是最高機密。而這談何容易。異變特工隊的卡司必須從天各一方的東南西北被聚集起來，包括其他電影的外景地、更衣室、還有一個密西根上州的僻靜閉關處，那兒有個演員立誓要閉嘴三十個禮拜。那些超能者會被塞回到他們各自的制服當中，收下數十萬美元的片酬，然後在COVID-19的防疫規定下，於喬治亞州的戴那摩片廠拍攝兩個禮拜。

比爾．強森把伊芙．奈特的選角設為他的底線。他破解了故事跟人物，所以理應由他來選擇飾演她的藝人，不然比爾．強森就不玩了。煽動者橫柴入灶地強推了這樣的要求；戴納摩與鷹眼串流在退讓之餘只說他們希望選角一事大家能「商議」一下。

艾兒．麥克—提爾聽到「商議」一詞，她就用她早上的奶昔做了一個老派的「噴飯」動作。商議？跟她老闆？比爾．強森會跟當權者商議到他們啞口無言為止，然後再想用誰演伊芙．奈特就用誰。

一看到太平洋藝人集團的來電顯示，艾兒就知道另一頭不出兩個人——不是米契琳．王，就是該經紀公司的總經理菲利普．波克。米契琳會來電問薇倫．連恩演出伊芙．奈特的事情。菲爾則會打來抱怨產業前途茫茫，然後問她有沒有什麼新理論或耳聞什麼消息。她希望能是菲爾．波克，因為他酸起人來常讓人覺得既殘酷又好笑。

「請稍候，米契琳．王在線上，」新來的助理說。這些人如今工作的方式，從他們的家中打出這些電話——大辦公室還在封鎖中——實在令人嘖嘖稱奇。但話說回來，艾兒自己也在她的後院，聞著那些芬芳的紅衫樹，接著這些電話。

「我們得談談，艾兒，」米契琳．「金剛」．王說。「時間差不多了。」

說起時間，艾兒也不浪費。「她在清單上。」這句子彈重點的翻譯是：薇倫．連恩有被納入演出夜影騎士伊芙一角的考慮名單。

「清單？噢，太好了！妳真是幫了我個大忙耶，讓我去跟我在這世界上唯一覺得有差的客戶報告說她人在清單上。不是隨便一張清單喔，而是你知我知的那張清單。她會問我還有誰在那張清單上，還有我他媽的告訴她這件事幹麼，**大麥克**？」

「噢，天啊，米契琳。我服了。算妳贏。妳這直球太剛猛了，我投降。我現在就把這個角色奉上給溫蒂．連克。妳希望我們付她多少錢，還有煩請把她要的整組福利包轉寄給我。嗚咘斯！裁判丟旗子了[259]。這些決定輪不到我來做，這一行也不是這個玩法，妳清楚得很，至於敢跟妳那個被寵壞了的客戶說什麼，妳自己掂量著吧。」

米契琳爆笑了出來。艾兒也是。「妳明知沒有人更適合演夜影騎士了，艾兒。我是說，妳自己說嘛。」

「我覺得薇倫是不錯的人選。真心不騙。我老闆對她也沒有成見，但開支票的是鷹眼，還有戴那摩也可以表達意見，這妳清楚。」

「最後還是妳的老闆說了算。鷹眼跟戴那摩在他面前只會瑟瑟發抖。」

「如果他們夠聰明的話。」

「而且要是他們之間有某種共識的話，這角色早就定給誰了。我覺得 BJ 應該盡快跟薇倫見個面，這樣他才能看出把角色給薇倫有多正確。」

259 譯註：美式足球中，裁判會在有人犯規時丟出小黃旗。

艾兒讓時間在安靜中流逝了一拍，手機訊號中出現一段沉默……

「要不我讓我老闆知道妳剛叫他BJ，然後妳就可以開始去幫妳那烤焦的生涯抹奶油了？」艾兒問。

「我很抱歉！」米契琳怎麼會不記得絕對、絕對不能叫比爾．強森BJ，那可是Blow Job，也就是幫人口交的意思。真是菜鳥才會犯的錯誤！「我會去用乾洗手把嘴巴洗乾淨！」

艾兒目前的處境是這樣：潔西卡．坎德－派克已經在第一次徵詢時回絕了片酬跟角色，在第二次徵詢時回絕了片酬，然後在第三次徵詢時又回絕了片酬。她說不，就是不！艾兒敬重這一點。然後比爾想找寶妮塔．賈克斯，但她傾向於替歐姆拉．溫芙蕾的溫卡司公司在她自己的半自傳式電影中自導自演。戴那摩推薦喬．安霍特，但她一直喊著要息影，要全心全意去榮耀主耶穌基督，要再多生很多小孩——當然，她可能勉強不了自己回到健身房，用酷刑讓自己回復到夜影騎士的身材，畢竟她身邊有個新寶寶，而且說真的，她有另一個邀約是部真正在洛杉磯拍的電影[260]。鷹眼有意無意散發（承認）的態度是他們會認可任何人選，只要這個女人可以燃起年幼無知準青少年跟不分年齡變態男人的各種幻想——艾兒知道這一塊完全是「我硬了警佐」薇倫的主場。

「讓她打電話給我，」艾兒丟出了一根骨頭給米契琳。艾兒在一頓好萊塢早餐女子會中見過薇倫，那是COVID-19前的事。她們的座位在同一桌。艾兒一眼認出了薇倫，但當她去自我介紹時，薇倫有點被嚇了一跳。她的印象是像艾兒．麥克－提爾這樣一個在鎮上大部分人眼裡屬於需要肅然起敬的人物，一個值得那天早上在好萊塢羅斯福酒店裡所有女性共同效法的榜樣，應該要很難伺候才是。但艾兒人很親切，很好笑。尖，但不酸。

「就這麼說定了，」米契琳說。「Zoom 還是 FaceTime？」

「音訊就好，還要打扮太累了。」

八分鐘後，一通未顯示來電者的電話出現在艾兒的 iPhone 上。

「喂？」艾兒說。

「艾兒・麥克—提爾，我薇倫，連恩。」

「嘿。」

「想知道為什麼我是妳所有問題的答案嗎？」

「妳說。」

薇倫開了口。「夜影騎士這名字拿掉字首的K，就是夜影，就是 nightshade，就是茄科的一種、或者說一系列有毒的植物，它們富含生物鹼與東莨菪鹼與莨菪鹼，而這些東西可以讓妳在譫妄跟幻覺中死去，至少 Google 是這麼說的。夜影騎士伊芙因此是一個帶點嬉皮的名字，要是叫貝拉・唐娜，那就太正經八百了。但問題是，名字以外呢？沒有哪個女人不需要滿足她的渴望：一夜好眠。當然啦，她也會想跟某個好男人共枕同眠，只是時機要對，但哪來什麼對的時機！男人也沒一個好東西。這種事我還不熟悉。」

260 《旋風季節》。她演得讓人完全沒話講。喬・安霍特就是這麼讓人放心。薇倫對她恨得牙癢癢，但又很佩服她。也很被她佩服就是了。

會心的兩個女人呵呵一笑。

薇倫還沒說完，「世界上只有一種女人，那就是疲累的女人。拿掉伊芙的超能力，她就是一個跟所有人都一樣的平凡女人。她需要打個盹的程度遠超過她需要跟男人打個炮。我知道比爾·強森現在愛挑誰就可以挑誰。我真的很納悶他怎麼從來不起碼打個電話給米契琳問我有沒有空，一次都沒有。我懂我在《伊甸的地平線》時期份量不夠。但我可以在《充滿聲音的地窖》裡演莫琳，而且要是他對我哪怕展現一丁點的興趣，我都願意用薪級加一成的片酬替他效力[261]。我二刷了《口袋火箭》。雖然一通電話都沒有接到，但我還是把票投給了《充滿聲音的地窖》，所以我對他完全沒有疙瘩。我覺得他拍的是好電影，而我也想拍好電影。我可以放棄法定的休息時間。前一晚就算是十一點二十九分收工，我隔天還是會一早五點四十五分就在椅子上坐定，而且毫無怨言。我完全知道配合度高的價值所在，所以我會很好搞，要讓左臉或右臉入鏡我都給拍。我可以期待妳把我剛說的一字一句都轉達給比爾吧，我是說一字不差。」

「我會幫他摘錄出精華。」艾兒打開了手機的擴音器。

「他會跟我見面嗎？」

她覺得剛剛聽到的東西還不錯，所以艾兒說，「我可以問問他。」

「真的嗎？」

「他人不在洛杉磯。」

「我可以去找他。」

「他家在新墨西哥州。」

「我可以飛過去。我可以飛去聖塔菲。我有自己的飛機。」

「妳有飛機？」艾兒知道如薇倫之流靠電影賺了不少錢，但私人噴射機則是又跳了一級。

「我有飛行執照。我到聖塔菲只要七小時。」

「他不住聖塔菲，但那不是重點。他不喜歡開會，除非他對所有的選擇都已經心無罣礙。」

「艾兒，如果你們想找的是一劑能引發譫妄的生物鹼，那此時此刻在跟妳講這通電話的我就是最佳解了，沒有之一。」薇倫讓這句她事先演練過的台詞發酵了一拍。然後她發自內心問了一個問題。「話說，他為什麼會想要拍**夜影騎士**？這只是某公司的系列電影的一個篇章。他想拍什麼都行。為什麼要拍夜影？」

艾兒讓這個問題在空中懸停了一拍，因為這是她頭一次在這種電話裡聽到這種東西。為什麼他不跟我談談？為什麼他不看我的影片？我要做什麼，他才會在角色的身上看到我？這些才是演員一天到晚在問的問題。從來沒有人問過她的老闆為什麼想拍某一部電影。「那人於我也是個謎，薇倫。關於見妳的事情我會催促他一下。」

「謝謝。」

「把妳的號碼用簡訊傳給我。」

「正在做。」

「那先這樣。」艾兒按下了手機上的掛斷鍵。

261 按美國演員工會的薪級規定加一成，那一成是要給米契琳・王的。這對像薇倫・連恩這等級的演員來說是大放送。

薇倫也在她的手機上做了一樣的事情。坐在沙發上的瓦利旁聽了完整的對話。

「這個打席表現不錯喔，」他對自己的雙胞胎姊妹說。

「我會表現得太強勢嗎？」

「妳很快就會知道答案了，不是嗎？」

從她家的後院，艾兒按下了速撥鍵給在她在索科羅的老闆，並希望他不論在做什麼都可以把電話接起來。他有一部電影要從腦子的裡面搬到他身體的外面。戴那摩正在為《異變特攻隊五》打造新的片場，就等要演夜影騎士的還不知道是哪個演員定好裝。遊戲已經上路。時鐘正在跑步。

「嗯哼，」他在打高爾夫。艾兒可以通過手機聽到風切聲。

「薇倫·連恩。」

「也許。」

「見她一面。」

「不。」

「我覺得你應該見她一面。她有點料。她過去只要七小時。」

「七小時後，我應該在吃晚餐。」

「那就明天。」

「為什麼？」

「因為她問了我同一個問題。**為什麼**你要拍這部電影？而不是你為什麼不用我。」

「等等。」比爾拿著手機做了一件事情，然後艾兒聽到他的球桿袋子發出了他正字標記的聲響。接著她聽到一聲哀叫，還有球桿頭表面撞擊到球的哐一聲。「啊，該死的，是個剃頭球[262]……妳說我應該見薇倫．連恩一面是爲什麼。」

「是，我就是在說這個，」艾兒確認了這點。「她說她絕對不會遲到。」

「她說謊。」

「我跟山姆確認過了。」史丹利．亞瑟．明跟薇倫在《超硬派警佐》的補拍中合作過，並且已經傳了訊息給艾兒；只要所有人各司其職，她就不會有任何狀況。

「好。明天正午。她一定會遲到。」

「她會開飛機過去。你準備好在機場告訴她為什麼你要拍這部電影。」

「喔，那點事我馬上就去準備。把腳本傳給她。」比爾．強森按下了掛斷鍵，揮出了他的十號鐵桿，劈挖起了距離果嶺遠不如他希望地近的凹痕高爾夫球。接著他收拾起球具，回到了屋子去工作。

☆

以其只有一百四十英里的時速，駕西銳去見比爾．強森會是一段漫長而憋屈的航程。海勒．古柏拿得到很多飛機，所以她替薇倫凹來了一架雙引擎的比奇空中之王C90B。比起單螺旋槳的西銳一五〇，空中之王往返索科羅只要一半的時間，而且也可以讓她預先體驗一下她可能的下

262 譯註：topping，只打到球的上緣。

一架飛機。她們在日出前起飛，往東朝著朝陽而去（那很美，但六分鐘後就會讓你頭痛到想罵王八蛋），之所以提早出發是因為新墨西哥州的時區快一小時。薇倫開了一段時間去感受空中之王的雙引擎，然後就把飛機交回給海勒去重讀比爾．強森的劇本，這會是第三遍。她的打扮既沒有講究到模特兒去拍照時的豔光四射，也沒有隨便到像要去詮釋鄰家女孩的角色：她王牌的李維氏古著牛仔褲——也就是可以完美貼合她屁股線條的那一件——健行登山靴，巧克力棕色的寬版皮帶，土耳其藍色的閃電造型皮帶扣，一件白色湯姆．福特的帶領上衫搭配深綠色阿拉伯方巾，一手戴著一只男用且有年份的小錶面不鏽鋼勞力士，另一手則是有厚度的皮革手環上綴有寧靜字樣的浮雕，外加一副經典復刻版的藍道夫工程飛行員墨鏡。海勒．古柏也戴著一副藍道夫，但身穿她的機師制服——深藍色褲子與外套，黑色領帶，白色襯衫附帶肩章，上頭有標註她生涯發展的三條橫槓。

在索科羅降落的時間跟她們的預期分毫不差。當地時間上午十一點五十分，盤旋在機場上空的薇倫看見了比爾．強森的紅色道奇衝鋒者停在FBO[263]附近。薇倫將飛機降落，然後令其滑行到機場業務辦公室，然後在午前兩分鐘關閉了雙引擎。

「強森先生，」她打起招呼，開始朝靠著引擎蓋、雙臂抱胸，臉上戴著雷朋墨鏡的比爾前進。

「連恩女士，」他回答，然後打開了副駕的車門。「妳飛得很有型。」

他在日正當中時載著她穿過了索科羅的中央，一樣樣指出了所謂的地標。「那邊那個，是家沃爾瑪。」

在「法蘭克與露霈的墨西哥帽」餐廳，他停了下來去買他們的午餐。

「妳馬上就有一個很大的挑戰，知道嗎，」比爾說，同時把車開到了車道上停了輛 Jayco 拖車的房子處。「紅色還是綠色？」

「綠色，」薇倫說。她知道這宣言是什麼意思。辣椒的種類有分：紅色或綠色，或對某些紅綠辣椒通殺的新墨西哥州州民而言，聖誕節。跟她科普這些的是瓦利，而教會他這一切的則是有退休爸媽住在「特魯斯或康西昆西斯」[264]的一個前女友。選綠辣椒，才代表你是「巷子內」的內行人。

強森博士在給學生上課，所以廚房裡只有他們孤男寡女。比爾完成了成對的擺盤，菜色是墨西哥煎蛋[265]，另外還倒上了冰紅茶。

「所以，」薇倫說。「男士優先。」

「不先閒聊一下嗎？」比爾瞅了她一眼。薇倫・連恩是個漂亮的女人，但從很久以前他就懂得了一件事：漂亮的女人一抓一大把，而且她們漂亮有錢可拿。漂亮讓女人住進高聳的城堡，場景怎麼換都會受到崇拜，但又會因為美女的日子很好過而被賭爛。比爾學會了要去聽美女講

263 譯註：Field Business Office／Fixed-Base Operator，機場業務辦公室／固定基地營運商。由機場授權在機場內營運的業者，提供的航空相關服務包括加油、機庫停放、飛機租賃、飛機維修與飛行指導等。

264 譯註：Truth or Consequences，這個奇葩地名的直譯是「老實說，不然就承擔後果」，有點坦白從寬抗拒從嚴的意思，原本是一個電視猜題節目。一九五〇年，製作單位宣布哪一個地方把名字改成跟節目一樣，他們就去哪裡錄十周年特別節目，結果拔得頭籌的就是這個地方，不然那裡原本應該叫 Hot Springs，是個溫泉鄉。

265 譯註：huevos rancheros，墨西哥菜，煎蛋或水煮蛋放在墨西哥玉米餅上佐辣醬。

話，也知道絕對別對美女唬爛。他往後一靠，靜靜地開了口：「我拍電影，是因為沒有其他的勞動可以滿足我的尋求，我尋求的是一項無法言喻的真理，而這項真理是如此之純粹與未被發現，觀眾會腦門一拍恍然大悟，心想說自己怎麼會從來沒看見。這堆會動的照片的集合體——關於夜影騎士與火瀑——講的是男男女女困在這個煉獄裡，而我們給那煉獄的名字就叫今時今日。平等這東西，永遠不會出現在男人與女人之間——也許有朝一日會有所謂的同工同酬，即便連那都還不是一條坦途。我們真的敢奢望世人接受男孩跟女孩的差異嗎？我們可以只是相互尊重彼此孱弱的人性嗎？那種事究竟要何時才他媽的會，才他媽的能發生呢？」

「可以理解，」薇倫說著聳了聳她完美無瑕的雙肩。

「那就是爲什麼我想要拍這部電影。我可以把超級英雄動作片的語言拿來使用。約翰．福特有西部片。約翰．法蘭克海默有車子裡的條子。史柯西斯有小義大利[266]。史匹柏有家庭元素。我有伊芙．夜影騎士。而妳想要當她……」

薇倫擔心了起來：這傢伙現在是進入白癡領域了嗎？就是那個什麼問題最後都要加上點點點的領域？那句尾的刪節號，是該翻譯成「妳願意為了這角色做些什麼……」嗎？很久以前在紐約，一部要去保加利亞拍攝的低預算電影製作人說過：「妳想要這個角色……？很快幫我打個手槍就有了……」為了脫身，溫蒂．連克假裝不小心打翻了咖啡，灑了那個白癡滿桌，然後抱歉連連地速速撤退。要是換成今天，薇倫．連恩會把咖啡往他的胸前扔，喚來助理，然後大**喊把你剛剛的話再說一遍，然後去請個律師！**

「為什麼？」比爾問得單刀直入。「總不會是妳想聽妳的敵人痛哭失聲吧。」

「因為……」要用刪節號，薇倫也不會輸。「她睡不著。」

比爾嚼了一下食物，然後用還有滿滿墨西哥煎蛋的嘴巴開了口。艾兒已經跟他說了睡不著的設定。「所以。超能力？那只是給眼睛吃的冰淇淋，只是用來讓觀眾定住的煙火秀。處理得當的話，伊芙・奈特會讓人目不轉睛而且收割一大票同情。想要看到她——總算——能好好睡一覺，將會是這部片的脊梁。那會是那不搔不痛快的癢。正所謂麥高芬[267]。而且還能在熱烈如火瀑的男人懷中入睡？很有爆點，吭？」比爾又多嚼了幾下，然後把手伸向了他的紅茶。「天啊，希望我們不要搞砸。」

薇倫一動不動坐在那兒。她手握著叉子。金色的蛋黃混著綠色的辣椒，躺在她盤子上。「聽著，」她說，然後靜靜放下她的餐具，開始在腦中搜尋起她接下來想說的字句，那些代表底定、具體與理解的字句。「我不想在這時候聽起來好像是個二流劇作家，但你是不是剛說了我覺得你說了的東西？」

「妳覺得我剛剛說了什麼？」

「我們。你希望我們不要搞砸。我們。你跟我的我們。你是導演而我是伊芙。」

「正是。」比爾叉了一口午餐到嘴裡。「不行嗎？」

薇倫吐了口氣，深到可以聽得見的一口氣，那氣流強到足以把新冠肺炎病毒傳播出去，當

266 譯註：紐約曼哈頓下城區的義大利移民聚集地。

267 希區考克定義中一部電影之關鍵元素。（譯按：MacGuffin，希區考克自創的名詞。）

然那要以她是陽性為前提（而她不是）。她聽見自己的耳裡傳來一聲低語——只有她自己聽得到——**那就說定了**。

她重複了一遍「那就說定了」給比爾，給坐在桌子另一邊的他聽。她拿起自己的紅茶。「還挺快的嘛。」

「連恩小姐，我從妳《假面》開始的每一部片都看了。妳是個很有才華的演員。有點被低估，有點沒被重用。」

這話讓薇倫聽得他媽的心花怒放。

「我好奇一件事。」比爾把手伸向了薇倫右手腕，也就是皮帶手環上雕有**寧靜**一詞的那隻手。「妳何時曾感受到這個？」

寧靜。薇倫挑中這款配件是為了搭配她的外觀，去平衡鬆鬆地懸在左腕的勞力士，免得讓人隱約將她連結到神力女超人或大熊座等超級英雄，須知她們倆都戴著性感的手環。她買下這皮帶是一時衝動，在一家在地藝術家自產自銷的小店裡。她的選擇還有**愛情**、**希望**、**和平**，或是**投降**，但這些感覺都太普通了，普通到就像情人節的應景商品。她選擇寧靜是因為她不打算對任何人投降。寧靜曾經是、也永遠會是一個她從還是個叫溫蒂·連克的女孩時，就可望而不可及的嚮往。

「不要去做別人可能也會嘗試的事情，」比爾說。「拍攝期間不要熬夜，免得把自己搞得像真人版伊芙一樣又累又失眠。她的那些超能力讓她不僅需要睡眠，還讓她知道睡不了覺正在殺死她的精神。」

「她從來沒有休息過，」薇倫說。「她從沒有過平靜的心靈與靜止的身體。她從來不曾感受過凡人那種在昏沉中睡去的單純樂趣，不曾進入到時間失去意義、夢境帶她遠離的境地。」

就像我，薇倫心想。

比爾意興闌珊地聽著，然後說了一句，「正是。」

☆

肯尼．薛普拉克在拉布雷亞開車往北，手機突然響起了他特別留給薇倫的鈴聲——鄉村女歌手金．卡恩斯的《貝蒂戴維斯的眼睛》跟她那刺耳的聲音。她大小姐特愛每天早上在那部警佐電影的化妝椅上聽這歌，讓拖車充滿能量。充滿薇倫的能量。肯尼的音樂世代是木匠兄妹合唱團，但聰明的化妝師會讓藝人想轉到什麼音樂就轉到什麼音樂。

他只在《長春花開》代班了兩天——那已經是好幾年前了——他就是在那個地方、那個時候認識連恩小姐的。肯尼的發展從那之後就慢了下來；愈來愈少早班通告再加工作十六小時跟十小時的休息。這份工作——他做了四十多年的這份工作——已經讓他遍體鱗傷地歷經三段艱辛的婚姻、三個如今已經長大成人的小孩，一點輕微的心肌驟停問題，還有在洛杉磯東南西北許許多多次的遷徙：他的人生，就是標準男性化妝師的人生。

蒂娜．德．拉．維聶是薇倫．連恩當時的御用化妝師。她多年來與肯尼並肩待過了很多H/MU[268]拖車，而《長春花開》拍到一半，她正好需要休一個禮拜去開個刀——一場不能拖的刀

268 Hair and makeup，即妝髮。

——所以她就問薇倫能不能接受肯尼這個這些年做過一票電影、且經手過大咖如碧兒翠絲・甘迺迪之大部分作品的男人。碧兒翠絲・甘迺迪是個一頭鴉黑秀髮的美女，而雖然薇倫的頭髮比起棕色更接近金色，但讓肯尼・薛普拉克照顧她一星期的決定仍像是中了獎，尤其是在他帶著一壺茶跟他自己買的手指三明治去拜完碼頭後。蒂娜後來回來並做完了《長春花開》，但健康問題還在，所以她在電影殺青一個禮拜後打電話給薇倫，說她要留在家裡陪伴家人。於是肯尼就這樣成為了薇倫的化妝師，而且——按照她合約上所寫——只能為她工作，跟她工作，在她的電影裡工作。

「肯尼！」薇倫在免持聽筒的電話裡叫了起來。「又該你來幫我化妝了！」

「聽到這消息我最開心了，」肯尼說。「我們這次要去哪兒，薇小倫？」

薇倫喜歡被這個男人叫薇小倫，他有一股讓人平靜的力量，他是藝術家，是工匠，還有他也是，嗯，一個聖人。聖薛普拉克，她會這麼叫他。「第一站，亞特蘭大。很快會出發，但不會待太久。」

「OK，亞特蘭大。」肯尼在亞特蘭大做過碧兒翠絲・甘迺迪的兩部電影。亞特蘭大還行。

「隆巴特聽過嗎？」

肯尼知道有這麼個小鎮。他一九九四年在瑞丁附近做過《下匝道》[269]的化妝總監。「我聽過。是什麼樣的電影？」

「是一部關於我一邊扁人一邊看起來很辣的電影。」

「又一部？」她被這回答逗笑了——啊，那個女孩的笑聲真是！「什麼時候？」

「就等我的合約條件喬好。有部電影已經拍完了，但他們想把我塞進幾幕戲裡。然後隔幾個月再接著拍同一個角色。我們得馬上開工。」

「導演是誰？」

「比爾・強森。」

「我認識比爾。」肯尼做過一部份的《伊甸的邊界》，另外也幫忙替《荒地》進行過準備，只是後來跑去服務碧兒翠絲・甘迺迪。

「所以呢？你來嗎？」

「妳去我就去。」

「肯尼・薛普拉克，你這話讓我成了一個非常開心的女人。」

「那我就是個非常開心的男人。」

這一行真不得了，肯尼心想。他人正在拉布雷亞，要北上到噴泉大街。五十年前，也就是半世紀之前，他身上沒幾個錢，也幾乎不認識誰，他僅有的就是扁扁皮夾裡的一個電話號碼。他把車停在米奇・哈吉泰[270]造景公司後面，然後就睡在車上，就……在那邊[271]。他的方向是綠燈，所以他開過那個點，且按照慣例朝那個他個人歷史的遺跡吹了一個飛吻——肯尼・薛普拉克在

269 「大爛片一部，」按薛普拉克的看法。

270 譯註：Mickey Hargitay，1926-2006，匈牙利出身，後來入籍美國的演員。

271 米奇是二十世紀中期的好萊塢貴族，畢竟他娶到了珍・曼斯菲，又是瑪麗絲卡・哈吉泰的父親。他既當過健美選手，也是第一流的造景師。

此睡過。

多年前，他曾經從密蘇里州的貝茨市開車到洛杉磯，二手雪佛蘭羚羊的後行李廂中擺著他的化妝箱與各種備品，而他能倚靠的就是皮夾裡的兩個名字。一個是住在長灘的遠房半表親[272]；另一個是弗列德·帕拉迪尼，這名多年前曾在密蘇里獨立市的外景地拍《貝羅幫》時聽到H/MU拖車外有人敲門，結果就去應了門的化妝師。那時是晚上八點，晚上有拍攝工作，而讓弗列德不敢相信的是敲門的這傢伙竟然不自己進來，還要他親自去開門。結果佇在那兒、連拖車階梯都不敢踩上去的，是個孩子，一個抱著活頁本的孩子。

「怎樣？」弗列德問。

「是這樣的，我可以跟化妝的負責人說話嗎？」

「你有何貴幹？」

「我從小就有化妝跟偶戲的經驗，然後我想成為職業的。」

「那是你的作品集嗎？」弗列德指著那孩子手中的活頁本說。

「是的，先生。」

「這個嘛，我現在有點忙。我大概凌晨一點會有吃飯時間可以休息。你到時再把東西帶給我看。」

「我會的，先生。」

「你叫什麼？」

「肯尼斯·薛普拉克？」

「到時候見，肯尼。」弗列德在那孩子面前關上了門，繼續回去給飾演巴克．貝羅的演員化妝。弗列德．帕拉迪尼一開始在好萊塢工作，擔任的是有如牛棚裡救援投手一般角色的化妝師，專門負責在特藝彩色之全景寬螢幕的聖經史詩老電影裡，或是在黑白B級西部電影裡，把假鬍子放到臨演臉上。電視時代來臨後他做過《靈犬萊西》，然後近三十年來都持續在業界接工作。他在六〇年代進入電影長片界，沒有什麼事他不知道、沒有哪裡他沒幹過活、沒有誰他沒有合作過。他請在髮型部門的艾薇幫他拿兩個三明治跟幾罐可樂，並替他在吃飯時間開始前送到拖車內。凌晨一點五分，拖車外再次傳來敲門聲，那是來赴約的小肯尼斯。

「快進來，」弗列德吩咐著少年。「你吃了嗎？來個三明治吧。你說你叫什麼來著？」

肯尼沒有馬上回答——他的五感已經過載了，畢竟這是他人生第一次踏進大電影的化妝間，當然不是大電影的他也沒去過就是了。化妝鏡周圍的那圈燈泡、放假髮的頭型支架、挑高的椅子，還有海綿、彩妝調色盤、刷子跟各種工具。酒精膠[273]跟粉餅散發著跟他高中話劇更衣室裡一樣的氣味。「肯尼斯．薛普拉克？」又一次，這孩子用像在問問題的拉高語調說出了自己的名字。

「拉把椅子，**許普洛克**先生。」他說的是化妝椅。「弗列德．帕拉迪尼。我要邊吃邊聊。你餓了就自己來。」

肯尼．薛普拉克在跟弗列德．帕拉迪尼說話。那個替《霧裡的人們》操刀化妝的弗列德．

272 譯註：他們各自的其中一個雙親是同父異母或同母異父的手足。

273 譯註：用來黏假髮假鬍子假皮膚的黏著劑。

帕拉迪尼。幾十部電影的片尾工作人員清單上都寫著的那個化妝……弗列德・帕拉迪尼，而且是像《瑪歌》、《九個麥卡洛》、《風中的狐狸》這樣的電影！他就在他的化妝椅上坐著！肯尼覺得自己好像在作夢。

弗列德咬了一口他的蛋沙拉三明治，朝著肯尼的活頁本點了點頭。「來看看你的作品集吧。」等弗列德翻過了照片，看過了肯尼在高中、在地方性劇場，還有在「兒童木偶劇團」的化妝作品後，身為前輩的他大概對這年輕人還未經琢磨的才華有了些概念。他給肯尼斯秀了幾手怎麼用膠跟粉牢牢壓住假鼻子的邊緣，還有如何把海綿裁成鋒利如剃刀的塗抹邊緣。他讓他見識了自己在調色盤上混合調製的色彩，還有他依照傷口種類不同而使用的各式電影血液，肺部的血得比肩傷的血暗沉一些。他叫肯・薛普拉克繼續努力，並說萬一他哪天再來到西岸，就給他打通電話。戰後不久也有個男性化妝師對他做過一樣的事情。弗列德到時會帶他參觀自己的車庫工作坊，並多指點他幾招。凌晨兩點，演員們開始成群重返化妝拖車——人手一杯咖啡，他們——所以肯尼只得離開。他沒有碰三明治一根寒毛，但確實帶走了可樂跟弗列德的電話號碼。那是一九七一年。

兩年後，肯尼來到洛杉磯，口袋只剩最後的十八塊錢。長灘的那半個親戚已經不在長灘或長灘以外的任何地方。弗列德・帕拉迪尼給的電話他已經打了四次，但都沒人接。所以來自密蘇里州貝茨市的肯尼・薛普拉克在好萊塢既沒有人能講講話，也沒有誰可以投靠一下。米奇・哈吉泰造景公司後方的樹叢是肯尼尿尿的地方。他的三餐是香蕉跟直接用罐子吃花生醬。他會繼續嘗試帕拉迪尼的電話直到，嗯，他打不下去，比方說被告知他的電話錯了，或米奇・哈吉泰打電話報了警。

星期六早上，他從一夜焦慮的睡夢中醒來，在雪佛蘭羚羊（他老爸在一九六六年以舊車購入）明明很寬敞的後座中，讓他整晚輾轉反側的是警笛聲、是車流，是一九七二年以好萊塢那一帶的路街為家的閒雜人在大呼小叫。醒來後的他鎖上了車子，走到梅爾羅斯街旁一間加油站的公共電話，掏出口袋裡兩枚十分錢硬幣的其中一枚，然後再一次嘗試了弗列德·帕拉迪尼的電話。

「喂？」那是弗列德·帕拉迪尼！他終於接他電話了！

「帕拉迪尼先生？」

「嗯？」

「我是肯尼·薛普拉克？我在密蘇里跟您有過一面之緣，當時您在拍《貝羅幫》？」

「那個帶化妝作品集來的年輕人？」

「您記得我？」

「當然。你來洛杉磯？」

「是，然後我照您給的號碼打了電話？」

「打得好。所以，你在洛杉磯，吭？」

肯尼在洛杉磯。他隻字未提自己手頭緊，沒說自己都吃了些什麼東西，也沒講到米奇·哈吉泰無意中招待的善意。弗列德在科羅拉多州拍了一星期的外景，所以才一直沒接到電話。

「這麼著吧，孩子。我今天下午可以跟你約在工坊見面。你有空嗎？」

有空極了，而且他也找到了那個叫作谷區的地方。他買了一本湯瑪斯兄弟指南——書裡有格狀街區的地圖，隨處都有賣，初來乍到者必備。

弗列德・帕拉迪尼的工坊看來更像間工廠，而不太像讓人在裡面哄哩　啷研究電影魔法的小天地。那兒有壓模機跟模具，有用石膏鑄造了一段時間的頭，有工業用大包裝的化學物質與裝備。如果你不是化妝師，也沒有要成為化妝師的意思，那這個地方就充滿了可以跟游泳池備品倉庫平起平坐的魅力。對肯尼・薛普拉克來講，這裡是烏托邦。弗列德給他看了自己的製品，有舊作也有半成品，一看就是兩個小時，帶他散步到一家墨西哥捲餅店吃了點東西，然後跟他在作業臺旁邊喝咖啡喝到下午快五點。

「我看這樣吧，」弗列德邊說邊鎖門。「我會打電話給我一個朋友，他在好萊塢電影學院也有管一些事。他們一天到晚有學生電影在拍，也會有化妝師的需求，因為他們本身不教這一塊。這沒有錢賺，但你可以累積作品，也累積一些人脈。人脈是拍電影這一行裡很大的一塊。」在肯尼的雪佛蘭羚羊車中，弗列德很難不從各種蛛絲馬跡中注意到這孩子過的是什麼樣的日子。「我是四七年出來闖蕩的。當時只能睡在我老爸戰前開的普利茅斯[274]車上。但最後也撐過來了。你可以的，只要運氣別太差，該準時要準時就好。」

弗列德・帕拉迪尼真是貴人。事實證明就在隔天，真有些在拍學生電影的年輕人需要一名化妝師，拍攝地在北邊的布朗森山洞群[275]旁。這部電影會需要血。肯尼把車停在「好萊塢碗」（好萊塢露天劇場）上方的穆荷蘭大道[276]旁，在一路延伸到地平線與更遠處的萬家燈火中睡著。那個星期天早上，他嗑掉了香蕉、在樹叢裡拉了一坨屎，用舊的童子軍圓形水壺倒水刷了牙，然後準時趕到了布朗森山洞群的製片現場，也就是蝙蝠車曾在電視上怒吼著衝出蝙蝠洞的地方。天曉得有多少影視作品就完成在那些洞穴中，就完成在好萊塢的標誌地標下，話說在一九七二年，那些字母之破落與荒廢，它們讀起來比較像H u l l j W a b D。

五十多年前，他就是在這種條件下起家的。肯尼．薛普拉克遇見了一些人。外加他夠走運，而且從不遲到。等肯尼回到他在山丘上的家，一份比爾．強森的劇本已經躺在他電子郵件的收件匣裡——每一頁都被標上了淡灰色噴漆字體的K．薛普拉克——此外還附了一封艾兒．麥克——提爾跟自由選擇企業的說明信。

肯尼，

老規矩你都很清楚了。我們很期待再次與你攜手合作。有什麼需求與問題再跟我說。

AM–T

274 譯註：克萊斯勒公司旗下的汽車品牌，創立於一九二八年，二〇〇一年走入歷史。

275 譯註：Bronson Caves，也稱布朗森峽谷（Bronson Canyon），就在好萊塢北邊不遠處的人造洞穴群，為洛杉磯格里菲斯公園的一部分。當地本來是個採石場，後於（應該是）一九〇〇年被挖成洞穴，成為很多電影與電視影集的外景地。不遠處就有著名的好萊塢標誌。

276 譯註：穆荷蘭大道是一條山路。

蓋兒，他的女朋友，去帶看房子了，所以在只有他一個人的家中[277]，他泡了點茶，把《夜影騎士：火瀑的車床》讀過了一遍。這劇本在肯尼看來，並不是那種千篇一律要撐起票房大樑的系列電影，而是個挺有巧思的故事，沒那麼多解釋來解釋去、也沒那麼多一步一腳印的平鋪直敘。**伊芙・奈特**對連恩小姐來說是個再適合也不過的角色——薇倫會用演技把這個人物的精髓一滴不漏地榨出來——同時就化妝這部份來說，這部電影也會是部很不得了的製作，主要是他們會需要一堆傷疤來對應那些打鬥場景。靠著肯尼坐鎮化妝，跟一如往常，外號「巧廚組合」的兩位女士經手頭髮，薇倫本尊的億元級顏值將原汁原味登上大螢幕。大工程會是火瀑這個角色的特效化妝——這部分應該能讓人做得很盡興——但肯尼（身為薇倫的專屬化妝師）只會做壁上觀，也許稍事協助，一切都要看整部片的化妝服務供應商是誰。

印出腳本的紙本後，肯尼開始標記頁數來研究連戲跟時間線的問題。他此時還有另外一部戲在手上忙。

☆

薇倫從來沒有在打開皮質三環活頁劇本封面的時候——就是右下角有浮雕寫著她的名字縮寫W.L.的那本——手邊沒有先準備好兩隻筆，一支紅墨水，另一支藍墨水。紅色是要拿來筆記下她的潛台詞，也就是伊芙．夜影騎士沒有一併說出口的弦外之音。

伊芙・奈特　我就在這裡，爺爺……

意思是「我實在受夠了照顧這個又老又虛弱的男人！」——至少那次讀是這種感覺。在她下一次讀過這裡時，她用紅筆寫道**我永遠都只能困在這裡！**薇倫會在留白處寫滿各式各樣的潛台詞變化，以至於她的劇本看起來就像需要認真修訂一番的大學生報告。藍筆負責的是任何突然跑到她腦子裡的想法，像是**她嘗了要給爺爺喝的藥水、指節上的傷疤？還有頭部突然**

一扭：她聽到了什麼！

雖然米契琳・王還在與戴那摩／鷹眼的企業事務部就合約的談判過招（「薇倫演出夜影騎士可不是為了幫你們忙！你們知道你們是串流界最走運的混蛋才能請到她吧！」），瓦利・連克與溫德米爾夫婦已經開始尋找她在上州的住宿處。薇倫會需要隱私、安全與空間。院落是必要的，而且要有圍籬、配上鐵門，還有被動的障礙物像是樹木與（無生命的）硬景觀，還有光束燈跟監視錄影器，都要視需求進行安裝。有附健身房會很理想，這點不在話下，畢竟夜影騎士有著超級英雄的身材，所以薇倫需要鍛鍊體適能的房間、一名教練，還有營養師——全都包在她的福利包中，只不過她一次也沒用到過，畢竟蘿洛・溫德米爾包辦了所有的烹飪。薇倫從很早期就是「德雷—卡特四十乘六體能系統」的忠實用戶，那是一種一週六天的系列運動，每節恰好四十分鐘。其效果堪稱奧運等級。這樣的例課在前三個禮拜會感覺像酷刑，但一路走到現在的薇倫已經可以劈哩啪啦把德雷—卡特做完，而且輕鬆到跟在iPad上看葛雷登・卡特的《航

277 蓋兒的先夫卡爾・班克斯也是個化妝師，而且以前常跟肯尼一起合作。他四年前死於腦動脈瘤。肯尼已經離了婚，蓋兒則一直都是個好女孩。

空郵件》[278]沒有兩樣。

下一條要渡過的盧比孔河[279]——對所有關係人都一樣——是誰要演火瀑？他得能在星度上跟薇倫．連恩平起平坐，像洛睿．索普或布魯諾．強斯或傑森．海明威嗎？薇倫會笑著聽到被找來的是洛睿．索普，他暫且沒有片約在身，而且按照薇拉．薩克斯的說法，他是個肩上有腦袋、有想法的男人。但弄了半年索普已經簽了約要去拍《綠英畝》的電影版。至於其他男演員也都騰不出檔期，他們都有各自的系列作要忙。

按合約走，薇倫可以同意或否決所有選角的決定——這條款讓比爾．強森老神在在地心想，**是啦，最好是**。沒有誰可以叫他該選誰又不該選誰。由於劇本裡鮮少有場景需要片名裡的兩個主角演對手戲，所以火瀑誰來演都行，反正超級英雄的制服穿上去就好。但鷹眼就想找一個BFS[280]，戴那摩也是，他們的計畫是把這兩個英雄都變成長期性的角色，屆時他們除了有自己的電影，還會在戴那摩國度現行的電影裡客串；把夜影騎士放進AOC5的場景已在拍攝中。薇倫會飾演伊芙．夜影騎士直到年齡不允許，這點火瀑不管誰演也將比照辦理。

一如經常有的情形，火瀑的選角完成在轉瞬之間。米契琳．王、艾兒．麥克—提爾、比爾．強森，還有鷹眼與戴那摩的大頭都問了同一個問題：O．K．貝利演火瀑如何？這名男星剛拍完一部現代版的《紅花俠》，場景設在刻板印象中的老巴黎，但配上了從頭到尾無所不在的嘻哈／搖滾配樂，蒸氣龐克的製作設計，還有瘋狂編舞過的擊劍／功夫／綜合格鬥打戲場景。電影頂著大膽的《西洋劍客》片名，可說備受期待，而被他經紀人叫作OKB的貝利是個大帥哥。鷹眼哈他哈得要死，戴那摩更是已經哈死了。米契琳爭取她的客戶要是放在片名之上的領銜主演，而對此艾兒．麥克—提爾只能說「嘿，各位，那是我老闆說了算！」比爾．強森思索起他的選項。

火瀑在片中大多時候就是個**活動道具**。角色台詞不多，但其存在感就像是某種概念的物理性化身，無異於初代的科學怪人。在一九三〇年代初期，死者復生的概念讓某些觀眾暈厥，讓另一些觀眾暴跳如雷。那怪物都還沒走出半步，演他的卡洛夫都還沒在經典的橋段中起身踩來踩去，光是他原本了無生氣的手在抖動的畫面，就已經讓女性觀眾尖叫，讓男性觀眾大喊「不」，讓宗教界與政壇的勢力群起譴責，說在電影裡違背神意去創造生命是一種傲慢的牟利行徑。等卡洛夫在電影裡拖起沉重的腳步並展開雙臂，電影院裡已經有人大驚失色地開始逃命。比爾．強森的火瀑絕辦不到這種清場的效果——因為這部片根本不會在任何戲院上映。但火瀑仍得先往死裡讓觀眾反感，嚇壞他們，哪怕一毫秒也好，然後再揭曉自己也跟科學怪人一樣是有血有肉有缺陷的有機體；他不是死而不僵的活屍、外星人、冥界兵團的戰士，也不是常駐在每週一部新電影裡的那些怎麼樣都殺不死的神級跟蹤狂。火瀑不是怪物，而是**無名的士兵**，是臉孔與姓名都只有上帝知道的傷員，是尋找著慰藉、平靜與永恆安歇的戰爭苦主。

鷹眼急於敲定 OKB 來演這個角色，話也說出口了；破格的完整合約正在為這名男星量身打造中。在卡爾弗市的戴那摩辦公室一場「大家有話好說」的會議中，比爾聽著電影公司的人員

278 譯註：葛雷登．卡特是《浮華世界》的前總編輯，《航空郵件》是他創辦的數位雜誌。

279 譯註：凱撒在西元前四十九年打破了軍人的禁忌，率兵橫渡盧比孔河，點燃了羅馬內戰的導火線，結果是凱撒成為獨裁者，羅馬進入帝國時代。渡過盧比孔河就等於「破釜沉舟」。

280 Big Fucking Star，他媽的大明星。

手舞足蹈地進行著他們的「商議」。一旦《西洋劍客》進入大街小巷，OKB就會變成天王級的明星，所以電影公司的人想趕緊把他鎖定。而且還有誰比他更適合這角色，說真的？

比爾看過OKB的演出。這演員在《石之手》當中看起來很猛，整部戲的風采基本上都被他搶走了。在《西洋劍客》中，某些算是亮點的地方可以給過，而那些片段都是沒有對話的，這一點有利於他出演火瀑——這角色也沒幾句話要說。要說這顆雞蛋能讓比爾挑骨頭的地方，那就是OKB的眼睛。他深色的眼睛。劇本裡有一個瞬間——在比爾的腦海中——需要火瀑的眼睛被第一次看見，而那雙眼睛必須要看起來脆弱。火瀑必須要脆弱。深色的眼睛做得到脆弱嗎？

所以，比爾思索了OKB演出火瀑的可能性，過目了許多應該選用他的論點，最後提議他跟演員應該約個時間談談。

OKB最近剛開除了他的經紀人，因為他這獵物已經被僅存兩大超級經紀公司的其中一家給偷走了。OKB住在巴黎。OKB想先讀過劇本。然後他的超級經紀人團隊終於確定了，他很樂意與比爾．強森談談。

艾兒．麥克—提爾寄出了一份保密到家的《夜影騎士：火瀑的車床》劇本到演員的電郵信箱。三天後（三天？在拖什麼？），一封電郵出現在艾兒的收信匣中：**我可以**。OKB。比爾很欣賞這演員的回應只有三個字，氣場很符合角色本身的神祕兮兮。

兩個男人都不怎麼愛Zoom或Skype一類的東西（「它們包不住祕密，」OKB說），所以一段半小時的國際手機通話獲得了安排。O．K．貝利在兩步路就能到特洛卡德厚花園欣賞著名艾菲爾鐵塔美景的地方，小口喝著紅酒，嘴裡說著巴黎相較於洛杉磯和紐約的優越之處。比爾提到了許多旅居過巴黎這座光之城的美國名人。OKB 提起火瀑，比導演先。

「你可以趕上我的第三幕，你知道嗎，」男星說。

「什麼意思？」比爾以為他是在說電影的第三幕。

但 OKB 說的是他生涯的第三幕。「第一幕是《石之手》。我演殺手，天啊。但那都是過去式了。第二幕，《西洋劍客》，沒人覺得那部片會有什麼搞頭，但網路上對我們先導預告片的迴響你看到了嗎？」

比爾看到了。OKB，他的劍術，還有他的深色眼睛，已經連著幾天在網路上爆紅。「我一整個風度翩翩，怡然自得地用優雅的身段斬殺了所有的壞蛋，大家到時一定會笑我這戲拍得也太輕鬆了吧。在《車床》裡，我會像是，嗯，堅忍內斂。遭到誤解。殺無赦。薇倫．連恩拚了全力也攔不住我。那兒有點我們可以發揮的地方，是吧？」

「確實，」比爾說。他談到了科學怪人的模式，沉默寡言的角色設定，還談到了火瀑的脆弱之處——他之所以是他的人性。「他對電影公司來說是全新的角色，一個超能者裡的新面孔。沒有我們需要概括承受自前作的能力或個性。所以我們會從零開始。」

「我喜歡從零開始。火哥就交給我了，」OKB 給起了承諾。「BJ，OKB 是你的人了。」

比爾．強森倒抽了一絲絲憤怒的肌肉，那綽號就是有這種效果，但他隨即就告訴自己不用認真，畢竟說出那兩個字母的是一個用第三人稱在自稱的人，而且用的還是三個字母。

鷹眼樂翻了。戴那摩砸了上噸的錢到合約中。薇倫．連恩虛心接受了自家導演的專業度。

OKB 夠帥但不是她的菜，不如想像中高，而且會選擇住在巴黎，有可能有波希米亞的不羈屬性。

這些都無所謂，真的，因為夜影騎士跟火瀑一起入鏡的篇幅只有電影的不到三分之一——不過也確實，那幾場戲都有長度，裡面有滿滿的打鬥過招跟SPFX特效。這兩人通常不會同一天工作。比爾強森給她打了電話——他被託付了她堪稱最高機密的手機號碼——好讓卡司拍板，並跟她說了另外幾件事情來套套她的口風。

「OKB我OK，」她告訴比爾。「你就算找個貓王的模仿者來，我們還是能拍出好電影。」

「很好。其它方面妳怎麼樣？」比爾問。「有什麼需要嗎？還是有什麼不放心的？有什麼需要我們做的？」

「比爾，」薇倫告訴他。「我不是那種需要你三天兩頭來確認我情緒穩不穩定、有沒有男朋友問題，或是我受不了劇本哪裡的明星。要是有這些情形，我會主動告訴你。」

寧靜。原來如此。比爾．強森再也沒有用確認電話去煩過薇倫。

但艾兒有，而且就在幾天之後，因為鷹眼有些較基層的主管在質疑電影片名裡怎麼會出現**車床**這個詞。他們不覺得觀眾會知道車床是什麼，畢竟這些小主管自己都不知道車床是什麼。

薇倫有什麼看法嗎，艾兒在想。

「那叫這部電影《夜影騎士與操你媽個B的吸懶叫者》好了。」薇倫並不常噴這樣的髒話，但她剛做完今天的運動，還聽了一些「大個小子先生」[281]的歌。

艾兒．麥克—提爾說她會轉達這個建議片名給當權者知道。

☆

靠著在亞特蘭大那六天的拍攝，如同當今電影史中所記載的，薇倫已經硬是闖入了《異變特工隊五：起源》的宇宙裡。世界見證了她雙親「騎士二人組」的死，見證了倫敦幹員所率團隊之陰謀詭計，見證了其它超能者是如何認同起夜影騎士是個值得信賴之人，也見證了薇倫．連恩所扮演的伊芙是何等的狠角色。八大行星還真的在這個角色上，為薇倫連成了一線。她與大熊座的一場戲，直接讓網路陷入瘋狂。這麼多內容被塞進短短幾幕戲裡，用極機密的方式拍出來，然後混入AOC5的最終版，這項事實顯示出戴那摩拿著一個十億美元等級的系列電影，可以做到什麼程度。

比爾．強森針對《起源》一片中的幾個節點，給了編劇團隊一些意見，但此外他很樂於讓戴那摩去做戴那摩會做的事情。在一旁像沒事人一樣的鷹眼，則發出小惡魔般的嘿嘿嘿笑聲，有點幸災樂禍地看著他們擁有的這角色把戴那摩國度鬧得天翻地覆。身為串流業者，他們擺出廣告，用震耳的破音昭告天下夜影騎士很快就會回歸，但只有在鷹眼才能獨家看到。短短二十四小時不到，二百六十萬的新訂戶就順利搞定。而且這趨勢還在持續[282]。

距離她自己的電影於隆巴特開拍，已經剩不到幾週了，下榻處是薇倫的當務之急。住宿之事是湯姆．溫德米爾在處理，而他看著半打的可能性，將它們全數打了槍，理由包括太過暴露、隱私不夠、誰都到得了，而且安全性不夠。湯姆從來沒有透露這些地方不合格的真正理由，他只是默默藏著一張清單，上頭全是在他監控中的已知跟蹤狂，那些他知道將對薇倫構成威脅的

281 譯註：Biggie Smalls，指的是美國黑人饒舌歌手「聲名狼藉先生」，大個小子是他的暱稱。

282 兩百六十萬訂戶乘以月費十五美元再乘以十二個月，年收入就是：四億六千八百萬美元。

掠食者。瓦利也參與了找尋，而他最後提了一個很適合他雙胞胎姊妹的院落；一片廣大的土地上有，不用懷疑，私人的跑道，供她的西銳一五〇起降[283]。她跟她的團隊在排戲前一個月搬了進去，然後就愛上了那裡。她的運動、她的飛機、她研究場景的安靜夜晚、還有她特技教練的例課，全都在她租來的這處仙那度／香格里拉／邋遢喬三明治店綜合體中得到了滿足，不用離開住處。偶爾她會偷偷溜下山到沙加緬度去享受一下墨西哥美食，有個替艾兒．麥克—提爾辦事的親切女士叫伊內茲的，會安排好一切。在地的雇員熟門熟路，也熟每一個人。

為了累積飛行時數，薇倫與海勒經常一起飛越整個北加州，直朝著北邊的沙斯塔山而去，那是一座君臨谷區最北端的巨大休眠火山，還曾經有一度整年都被靄靄白雪所覆蓋。氣候變遷讓她變成了一座M型的棕色山峰。拉森山，東北方那一座，也是個火山，並且也在國家公園範圍內。洛城說去就去非常容易，為的是有會議或看牙醫。出於保險的要求，薇倫照理說還不能開自己的飛機，但她才不管那麼多。只要有人肯聽，海勒．古柏就會跟他們說，「我就是她的保險。」

一個萬里無雲的晚上，這兩名飛行員在剛日落時升空，朝著舊金山的方向西飛，在夜幕慢慢降臨、灣區的城市燈火與靛青蒼穹的群星爭輝之際，在空中畫出一個八字形。一條條的光河——州際公路上的車流——白紅錯落著在她們下方流動，導引著她們往返於「灣邊的巴格達」[284]。對飛機的控制已經隨心所欲的薇倫感覺飛機像是脫離了她，她就像自己在飛一樣——她飛在空中靠的不是飛機，而是自己原生的能力，就像一名超級英雄。一名超能者。一名異變特工。

O・K・貝利（OKB）

兩位大明星見到彼此的第一面，是在艾兒・麥克─提爾位於國會唱片大樓的辦公室裡。薇倫從她在隆巴特的大院南飛到了好萊塢。O・K・貝利剛從巴黎返美。他們被安排在有咖啡與健康點心可用的地方獨處了一小時，進行了目的在相互認識一下、天南地北的閒聊。他跟薇倫說起了自己身為演員是如何工作在巴黎，生活在巴黎，問她有沒有經常去巴黎，還說他會盡快回巴黎，就看按合約規定他何時能離開隆巴特牌肛門塞──他想玩巴特／屁股的雙關但落地失敗，察覺災難的他馬上亡羊補牢說，**梅爾德**[285]**，看我這張狗嘴！**進入劇本心得交換階段，OKB說他想盡可能把「這兒是你的答案！問題是什麼？」這句台詞融入到每一場戲中，因為一如BJ所說，他們是「從零開始」，而OKB有很多靈感。薇倫把她這邊的對話導向兩個角色的人格缺陷，兩人是如此的沉默寡言，還有兩人是如此命定地要相見。

「我也喜歡這一點，」他說。「我們就像是超級英雄界的羅密歐與茱麗葉。」

283 原本是在矽谷一家獨角獸企業主名下，而對方又是從一名杏仁農夫／鰥夫手中買來。這個新的主人有飛機機隊──一台本田噴射機、一台塞斯納卡拉凡、一台超輕型飛機，還有一台海狸水上飛機──所以他蓋了跑道。

284 譯註：Baghdad by the Bay，就是舊金山，美國專欄作家發明於一九四〇年代的綽號，主要指涉其多元文化與異國特色。

285 譯註：Merde，法文的 shit，用法一樣。

胡說，薇倫心想。莎士比亞的年輕戀人是人在愛河中，也知道自己人在愛河中的兩個孩子。他們相視一眼，然後轟一聲，你就有了靈魂伴侶被命運捉弄的經典故事。火瀑跟夜影騎士都不是孩子了，但她還是把話說得客客氣氣。「但我們不是年輕的戀人，對吧？我們一開始是敵人，各自有各自的過往。我察覺到你但沒有親眼見過你，我感覺到風雨欲來的衝突並擋住了你的去路。你嘗試把我掃開但並沒能做到。我們好幾次試圖毀滅對方，最終打了個平手，然後才覺得對方是個遍體鱗傷而且飽受折磨的靈魂。這不太能說是卡普雷提跟蒙太鳩[286]吧。彼特魯喬跟凱特[287]也許還說得過去？」

「誰？」OKB 問。

他們後續的**天南**聊的是拍攝日程，**地北**講的是每天在化妝椅上的時間——她是要被畫得美而不艷，而他則是要被弄上傷疤。兩人交換了一下對可能的服裝的看法。她不願被逼著穿上哪件蠢披風；OKB 則不想像個笨蛋似地戴起陸軍鋼盔。「妳跟我的夢想可以不用被劇本綁死，是吧？」

一週後，薇倫收到由外送員送來的聯邦快遞包裹，當中有一盒劃哪裡都能點著的非安全火柴（相對於一定要劃火柴盒側邊才會著的安全火柴）跟一段被炙燒在薄薄一小塊三夾板上的訊息。**我能把妳點著嗎，伊芙？這兒是妳的答案！XX OKB** 被烙印在那片木瓦上，看起來挺可愛、也不失禮。薇倫投桃報李地回寄了一只她在網路上找到的 Zippo 老打火機，上頭有美國海軍陸戰隊的地球與船錨徽記——以致敬他角色的出身。她透過他的經紀公司把東西寄給了他，上頭還附了一張手寫的便條：**感謝您保家衛國，EK（WL）**——伊芙．奈特（薇倫．連恩）。

一週後，從巴黎，捎來了一張也是手寫的便條：謝謝妳的Zippo。有ㄆ等架打完再ㄉ吧。OKB。

「有ㄆ等架打完再ㄉ？有ㄆ等架打完再ㄉ！有ㄆ等架打完再ㄉ是哪門子的句子啊？」薇倫問起瓦利。

「嗯，ㄆ開頭的字有炮，ㄉ開頭的字有打。」

劇本裡有一行台詞是火瀑要對夜影騎士說的，那是一場需要編排過的打戲。（那是一場很長的戲份——排練起來是對體力的一大考驗。薇倫需要夜間的物理治療與富含礦物質的全身身體敷膜才能恢復元氣。）那行台詞裡對應的地方是ㄏ跟ㄕ，不是ㄆ跟ㄉ。

戰士們暫停戰鬥，喘了一口氣……

夜影騎士　這樣下去你不會有好下場。

火瀑　有話等架打完再說吧。

夜影騎士　要打完除非我滅了你。

286 譯註：Capulet and Montague，茱麗葉與羅蜜歐的姓氏。

287 譯註：Petruchio and Kate，莎士比亞《馴悍記》中的男女主角。

有話等架打完再說吧！如果 OKB 的ㄆ跟ㄉ真的是炮跟打這兩個字，薇倫可不會把這ㄕˇ吞下去。她拍了張便條的照片，然後用訊息傳給了艾兒．麥克—提爾。艾兒被嚇得不輕。

在隆巴特的一個星期四，主體拍攝的十三天前，薇倫跟 OKB 被叫到了西屋燈泡工廠內部的巨大挑高虛擬片場——這裡會是綠幕攝影棚所在地，也就是那些宛如空中芭蕾的打戲拍攝之處。那裡已經拉好了鋼索、滑輪跟鎖扣，好讓演員可以在特定幾場戲被懸在空中，或讓他們的動作替身一吊幾小時。為了所有相關部門所需，這些打鬥戲的索具會進行一次測試來看看現場設置[288]需要多久時間，會佔用多少場地面積，還有演員受不受得了一面被鋼絲組的人員像鋸子一樣在空中拉來拉去，一面還要在一場場戲中演出內心糾結的感情、曖昧的粉紅泡泡，或是在那邊你揍我我揍你。這麼大費周章只有一個希望，那就是未雨綢繆，避免正式來的時候出包而浪費時間，須知一天的拍攝就是一天的錢，而且那都不是小錢。

一整個禮拜，通告單上的一號（薇倫）與二號（OKB）都在分別接受挑戰、訓練與指導。如果薇倫在索具上接受「博士」艾利斯本人的監督——艾利斯是（她在《我硬了警佐》時期合作過的）特技指導——那 OKB 就會在道場接受博士的團隊一絲不苟的訓練。然後他們會交換。薇倫挺投入她彷彿以加入太陽馬戲團為目標的訓練。她享受著一邊綁著鋼絲，一邊要用飛行跟芭蕾動作來詮釋功夫的各種挑戰。OKB 覺得意興闌珊，而且有點不滿博士的團隊，因為他覺得在《西洋劍客》裡訓練他的那些人跟他比較合拍。薇倫會在課後留下來自我加強，微調她吊鋼絲時的皮帶，在她的滯空時間中加入空中觔斗。OKB 則會盡其所能不耽誤午餐。

在薇倫與 OKB 被綁好並扣上如蟒蛇纏身般的裝備後，兩人就開始嘗試聯手跟同時的，第一次搭配。尤基跟他的第二副導演們照看著兩位明星，評估著在拍攝當天需要多少提醒時間（讓演員就定位準備開拍）。伊內茲擺出了咖啡、點心、堅果雜糧食物棒跟水果，然後就在一旁候著以備不時之需。她備得好，因為OKB一走進來就開口要了奶昔——內容物要有鳳梨、芹菜、蛋白（的）蛋白質，還有羽衣甘藍。伊內茲將之生了出來——她有她的門路——然後又繼續留下來看起了在她眼裡像是馬戲團的空中飛人表演。比爾．強森被安全帶綁在了俗稱「採櫻桃籃」的活動吊車中，從地面被抬到了與他的演員們平行的高度，並用他的iPhone錄起影來找尋可能的鏡頭角度。EPK[289]組員捕捉到了他們絕對用不完的影片量。兩名高層——一個來自鷹眼，一個來自戴那摩——為了露個臉而從洛杉磯飛上來。之後，他們與艾兒跟比爾關室開了兩小時的會，當中足足有十五分鐘在討論正事。他們回程搭的是戴那摩的噴射公務機，燃料與落地費都會開帳單給製作公司當庶務費用。

薇倫與OKB被掛、甩、吊、轉，被帶著像老鷹一樣上升，又像登月者一樣降落。毫無疑問的是等所有的外景與片場鏡頭拍攝完畢，進了儲片盒（或者該說存進了硬碟），所有人都移動到要拍上兩個禮拜的綠幕棚後，這兩個明星會有好一番時間要懸在半空中。而此時當兩人都被抬高到安全氣囊護墊上空二十英尺的地方，相擁著排練他們的近距離對手戲時，OKB提議他們共進晚餐，就兩人。

288 譯註：setup，指的是為了以攝影機角度跟燈光照明為主，涵蓋搭景、音效、演員等種種因素在內的整套設定。設定只要有變就算是一次新的設置，每次設置可以拍一到多個鏡頭。

289 Electronic Press Kit，即電子媒體資料包。

「我不知道我有沒有空，」薇倫說。「我得健身。」自從那則ㄉㄆ的訊息後，薇倫就決定自己絕不與這名合作的明星孤男寡女共處一室了，就算要，門也要大開著。等她告訴艾兒說她不太想跟他單獨見面後，麥克—提爾女士也同意這種事萬萬使不得到了一個他媽的極點，她會盯好不讓這種會議被排進行程。

「我們總是要吃飯的嘛，」OKB懸在吊帶上說。「我們在電影裡是有一段情的嘛。趁其他演員還沒來，我們先好好培養一下感情。」

他口中的其他演員——演**老人克拉克**、四名**調查者**、伊芙在輪椅上不良於行的爺爺等的那些，都還沒有來到隆巴特，這可以讓製作公司省下住宿費跟出差的日支費。主體拍攝的頭幾天，通告單上僅有的卡司成員將是夜影騎士、火瀑，還有日聘的演員。

「讓我確認一下我的行事曆，」薇倫咕噥著。

「請便，」OKB學她咕噥了回來。「這吊帶弄得我卵袋好痛！我們可以排練吻戲了嗎？」沒人理他，直到比爾從活動吊車上喊了一聲「不行」。在演員工會規定的保護下，演員綁在身體吊帶上的時間是有限的。這對主角被放到了地面上，接受了鬆綁。

「專屬於演員之間的食物分享是好事一樁，」OKB在下來的途中說。「只有妳跟我，還有我們內心的獨白。我們可以藉此慶祝一下我們的開工日。有儀式感一點。來嘛。薇倫倫。」

「我們是應該要辦個開工典禮之類的東西，」對「薇倫倫」接受度是零的薇倫說，並在博士的協助下踏出了吊帶。「我在想我們可以辦個開工倒數兩週的晚餐同樂會，找，嗯，所有人一起來，就這禮拜。就這麼說定了。」

「所有人？」OKB反問的口氣像個噘嘴的小孩。「太好了。所有人。」

☆

聚餐被排在了星期二晚上。出於安全的考量，活動被辦在薇倫的院落中[290]。受邀的有薇倫的團隊——肯尼．薛普拉克；蘿妮．古德跟歌蒂．庫克，也就是合稱「巧—廚組合」的古德與庫克，古德是good，就是巧，庫克是cooke，就是廚，她們從《長春花開》起就把關著薇倫的真髮與假髮；她的雙胞胎兄弟，瓦利；外加視需求在四處巡邏的湯姆．溫德米爾；至於蘿洛則在決定要吃墨西哥菜之後就在伊內茲的協助下做起了料理。從她媽媽的廚房裡，伊內茲準備了一碟碟姓氏叫溫德米爾的女人絕對弄不出來的菜色。再加上艾兒、尤基、亞倫．布勞、比爾．強森、山姆、跟OKB，總數就來到了十三人，剩下的空間還能讓兩個人攜伴。

湯姆在院落的安檢門口與眾人的車子碰了頭；他已經事先用訊息發了GPS定位到他們的手機上。從門口開到屋子會要走過一條四分之一英里長的砂石車道，路旁有移植過來的蒙特瑞松，而屋子本身是一棟訴求貼近地面的建築瑰寶，上頭看得到有鋼材具備生鏽的視覺效果，有三層注氣隔熱玻璃的巨大窗口，還有建材可以兼作為太陽能板。雖然有這許多噱頭加上造價直逼九千萬鎂，這房子乍看有點不怎麼起眼，主要是其附屬的一條飛機跑道跟穀倉、馬廄、一處棒球場、匹克球場[291]都不在視野內，更不用說那放養了鱸魚的人工湖了。薇倫讓門廊的門都敞開

290　湯姆．溫德米爾堅持要這樣。要是晚宴辦在，比如說，某家餐廳的私人包廂中，餐廳員工肯定會發文到社群媒體上——「欸，我們餐廳來了一堆電影明星！我要去自拍！」你怪得了他們嗎？

291　譯註：pickleball，一種起源於西雅圖，集網球、羽球與乒乓球於一身的新興運動，得名於其中一個發明人養的一條狗；匹克球的場地無異於羽毛球，只是球網需要降低到網球賽的高度。

著，還打開了特殊的燈具，其特殊之處在於你看上去像是火炬，但其實那只是效果驚人的模擬——無煙、無著火的危險，也不發熱。

薇倫做了瑪格麗特。誰想來杯雞尾酒，吧檯有無限量供應。肯尼帶了三瓶頂級的酒。比爾帶了一手，也就是六罐裝的哈姆特級拉格啤酒。山姆用伏特加為底做了山姆流的髒馬丁尼。亞倫喝了低熱量的健怡薑汁汽水。這晚就這樣順順地開始，雖然（或正因為）OKB姍姍來遲。

「我想那是他了，」尤基這話讓吃了一個半小時的墨式炸春捲開胃菜跟四種不同莎莎醬跟玉米片的大家都笑了。大家笑的是OKB的全新奧迪發出轟隆隆的聲音，迴響在晚間的軟調空氣中。OKB開上了那四分之一英里的車道，速度那叫一個怕人不知道跟蠢得不得了，最後還在房子前熱血地轉了一圈，拉起德國引擎的轉速，就像一輛直線加速賽[292]的奇葩跑車。砂石從打轉的車輪中噴出，就像水平的冰雹打在其他人的車子上，把公司租來的公務車烤漆弄得坑坑巴巴。伊內茲的全順也挨了一波鵝卵石散彈的轟炸。

有個女伴陪在OKB身旁。現場只有他攜伴沒先講。

「見過妮可萊，各位！」OKB大嗓門介紹了她。妮克萊看上去像個累斃了的十七歲巴黎女孩，而支持這種看法的證據包括她那身在巴黎穿很潮／在隆巴特穿很怪的行頭、她瘦得很不健康的骨架（她抽菸，而且不是一點），還有一點是她的法國航空班機從巴黎的夏爾戴高樂（機場）起飛，歷經十二個小時的飛行，當天晚上才在舊金山一落地——就被OKB接起並直送到派對現場。一瞬間，那一夜的畫風丕變，一切都突然變得如此妙不可言。

都餓了的大家很欣喜於料理的品質與道地——桌上沒有拿來給人吃粗飽的墨西哥捲或普通

紅醬。有的是墨式研缽風格的綠色酪梨醬，是包蟹肉餡的墨式炸春捲，是慢工出細活的烤豬肉，是海鮮口味的淋醬墨西哥捲，是佐法式酸奶油的鬼頭刀一條，外加某樣被叫作「寡婦湯」的東西。比爾很驚豔於綠辣椒的供應（薇倫的要求），而且每個人都才按自己的喜好喝了適量的酒。不過要說這場晚宴最大的記憶點，用大白話說，還得是 OKB 大變身成徹頭徹尾的 SOB[293]。

　　這傢伙那晚是嗑了古柯鹼？也許，但可以確定的是他並沒有分一點給妮可萊；那可憐的女孩原本就已經睏得要命，還得被英語的聽力跟會話練習弄得精疲力盡。OKB 說起話來嗓門又大、聲音又尖，就像一面在現場刷存在感，一面在對遠方某處電話擴音器前的側聽者說話。他會說一些不是笑話的東西，然後自顧自笑得花枝亂顫。他會在餐桌上對聊天的進行發號施令，包括他會用餐刀猛敲酒杯，喝令要「對話！對話！我有一個問題要請教 BJ！逼接！你跟全桌說說你怎麼會他媽的拍出《信天翁》那種東西？」接著他呵呵笑起來的樣子活像法蘭克．葛辛，一九六六年電視版蝙蝠俠裡的謎天大聖。

　　比爾．強森並不用回答這個問題，因為 OKB 根本也沒有給他時間回答。餐桌上唯一真正的對話，只發生在 OKB 的腦袋跟 OKB 的嘴巴之間。

　　原文照登，以下是 OKB 這晚大放厥詞的一個樣本：「各位，你們也得承認那整個案子就是一場大翻車，就連你也不能否認吧，BJ？你把那電影取名叫《信天翁》，真的假的。怎麼著，

292 譯註：最常見的直線加速賽就是四分之一英里。
293 譯註：SOB = son of a bitch，王八蛋。

《屎風暴》已經有人取了嗎？……我拿到《石之手》片約的時候，每個人都想演的是那兩個勝利的戰士，但我知道麥克葛羅才是他們砍不掉的角色。沒有麥克葛羅就沒有巴士司機……我從來不用自動排檔，至少在像奧迪這種車子裡不用！有種東西叫換檔撥片，拜託！……要是你今年只讀一本書，那就讀這本老書吧，那講的是一隻海鷗，好像，嗯，是一九七〇年代出的[294]。你花半小時讀完，就能改變你的一生……我被《西洋劍客》這場雙人鏡頭的戲卡住，一卡就是三天。他媽的三天，老兄。你也要這樣整我嗎，BJ？花幹你娘的三天去拍他媽的某個過肩視角的鏡頭？我叫他們把鏡頭範圍縮緊，然後讓我的替身把最後一次設置拍完……BJ，你得替妮可萊想個角色，你不覺得嗎？……我在拍《西洋劍客》的時候發現了刮鬍子的祕訣。千萬不要用刀片跟泡沫，而要準備三款不同的電鬍刀，然後每三或四小時輪流剃過一遍你的鬍子。肯尼·薛普拉克，我說的沒錯吧？這難道不是保持下巴沒有鬍根跟皮膚柔軟最好的辦法嗎？我車裡都會放一台諾雷爾科[295]……BJ，你午餐時間會換鞋嗎？我聽說史柯西斯是這麼做的——在午餐時分換鞋。妮可萊在巴黎就像個野女人——她是《法國環球雜誌》的平面模特兒，而且上過，可以說，法國最紅的一個電視影集，某天晚上如果影集裡有她，全法國，可以說，都會放下手邊的事情，她可以說無所不在……我住的地方比起這裡就是個垃圾堆……妳會自己開飛機？真假？我差點就去上了一個肯亞人的飛行課程……」

這人一直講，一直講，一直講講講到他跟妮可萊說走就走，而且走時又噴了一大堆砂石到其他人的車上，跟薇倫價值九千萬美元的租屋處門面上[296]。

等其他人都走了，艾兒與比爾還在薇倫的家中待著，同時伊內茲則在幫著蘿洛·溫德米爾把廚房收拾乾淨。瓦利給她們幫了把手。時間已經晚了，但又一壺瑪格麗塔在艾兒手中被組裝跟混合出來，她特地抓了讓留下來的人都有得喝的量。等伊內茲載著裝滿滿從家中帶來、現在要空空如也載回去的碟子離開時，蘿洛也跟所有人道了晚安，至於湯姆則融化在黑暗中，去巡邏起宅院的四周。瓦利的疲累感已經足夠他去睡了，但他還不打算就這麼投降。不可能！他一整晚都靜悄悄——只在一開始跟雙胞胎姊妹的電影人朋友有禮貌性小聊——但之後就來了OKB跟來自諾曼第的「妮古丁」。晚餐劇場的檢討大會是一定要的；這場合瓦利說什麼也不會錯過。開什麼玩笑，需要人當司儀他也義不容辭。

「我對電影的所知，只有在當薇倫的素人假男友時所看到的一切，」瓦利說著在主廳的訂做大沙發上坐下——主廳就是那個當薛帕·費瑞[297]的畫作升起，後面就是液晶電視的房間。「但那個叫OKB的傢伙肯定會成為某人的噩夢。」

294 譯註：《天地一沙鷗》。

295 譯註：飛利浦的電鬍刀品牌。

296 法律免責聲明在此：妮可萊不是她的真名。我們討論的這個女人其實有二十歲，只是看起來年輕很多。她的名聲臭不是因為我們在此指控的事情，而是因為她是歐洲人，而且也算是某種名人。但我們可以證實她的確因為半日的飛行與相應的時差而疲累到非常誇張。

297 譯註：Shepard Fairey，1970~，美國當代街頭藝術家。曾在歐巴馬競選時為他創作紅白藍三色的歐巴馬剪影噴漆作品，名為「希望」。

「我們見過這種人，是吧，老闆大人？」艾兒說著，把她的「國境以南的喜悅」[298]舉到了唇邊。她心想，就一瞬間心想，她看到了德絲——親愛的德絲——坐在了巨大沙發的另一端，帶著莞爾的微笑喝著她的瑪格麗塔，織著一雙無指手套。

「這個嘛，」比爾拖著聲音說。他不知道自己該不該蹚進這一晚慢慢發展出來的渾水。薇倫，他領銜出演的女主角，人就在現場，主持了晚餐派對，從頭到尾看完了由要跟她一起被排在劇名上共演的男一所演出的實況恐怖片。親愛的上帝啊，他們全都要在一個禮拜後開工，而要是比爾不算好他的腦中有多少事情在跑——他對於 OKB 所愈累積愈多的擔心——那他只要一句話說錯，可是會嚇到薇倫，讓她在拍攝前出現一陣陣的焦慮。但他研究著她，看著她又把寫著寧靜的皮帶手環戴了回去，掂量著他從索科羅那頓綠辣椒午餐後都看到過什麼樣的她。薇倫是個很努力的演員，很少抱怨，但她對她要演的伊芙卻有一拖拉庫的想法——**我不是說我們一定要拍這個，但我會把它留在我的口袋裡**——而比爾對這種態度很是欣賞。「我們進入靜默之錐[299]，現在，OK？」

「靜默之錐是什麼意思？」薇倫問道。

「我們現在要跟妳分享的事情，會讓妳，薇倫，變成一名共犯，」艾兒說著，偷偷鬆了口氣。讓薇倫在某些主題上成為知情者，會讓她的日子輕鬆一點，讓她在伊內茲之外還能多一個發洩的出口。

「是喔，」薇倫這話不是在問問題，而比較像在確認她聽到的說法。「如果這牽涉到 OKB，那我對於怎麼處理他的屍體有一些提議。我是說，如果我們殺了他，他神祕地失蹤了，這不就可以跟保險公司要錢了嗎？」

艾兒哈一聲笑了出來，然後看著比爾很快朝薇倫點了個頭。「她看起來像是**他們**的人，但想法像**我們**的人。」

比爾也有同樣的想法。一般來說把卡司成員蒙在鼓裡，別讓他們知道製作辦公室有哪些內部運作、決策內容，還有辦公室中都說了些什麼，會是比較理想的做法。但薇倫值得特殊待遇。

「是啊，比O．K．貝利更爛的我們也處理過。」

「不至於更爛啦，」艾兒尖聲說。「都一樣爛。**粗體名字一號**原來在他的拖車裡吸著微量的海洛英，但我們還是押著他拍完了**電影名稱**。**粗體名字二號**在辦離婚，幹燈光師，開把我，但她該拍**另外一部電影名字**的時候都會準時出現。」

「我們的日子就是關關難過關關過，」比爾說。「我們把他們搞到片場，弄進戲服，讓他們按正確的順序說出台詞，摸著石頭過河。但這都得在幕後進行，因為幕前的表演不能停。在**比爾的一部好電影**當中，我們遇到了**粗體名字三號**，他早上都沒有問題，但午餐後——在拖車裡跟他的貼身助理，**約翰走路黑標**，待了一個半小時後——他就會完全失去控制。整個下午他會什麼都有意見。跌跌撞撞，口齒不清。」

「手來腳來。偶爾會大吐特吐。某個超級結屎面的演員，」艾兒說，她心裡有數自己剛剛

298 譯註：瑪格麗塔的別稱。

299 譯註：無線電訊號塔上方、信號無法被飛行器接收到的錐型區域，引申成保守祕密的領域。

放進果汁機的龍舌蘭酒，已足以讓她也變成一張結屎面。

薇倫為之一驚！「粗體名字三號是酒後會變成哥吉拉的人？」

「很抱歉讓妳知道了這些人的敗絮其中，」比爾告訴她。「他們有些人的內心可以說是一蹋糊塗，妳知道嗎？我們的這門藝術與科學中有太多要靠十二道步驟去戒斷癮頭的預備軍，除非他們在加入戒酒或戒毒匿名會前就先用濕毛巾把廚房門封好，然後把頭塞進烤箱中。又或者是因為口耳相傳讓沒有導演敢用他們。」

這話讓瓦利萌生了一個問題。「所以，你們第一手知道粗體名字一號二號三號有行為問題，因為你們跟他們拍了電影。但之後在公開場合上，你們又會口沫橫飛說他們多好又多好，說他們有火一般的熱情，說他們有不能妥協的工作倫理。說他們只要攝影機一轉起來就會角色附身。」

「我的天，瓦利，」比爾說。「你把我要說的話都說了。」

「要是有其它導演打給你，問你跟結屎面三號合作是什麼感覺呢？」瓦利問。「導演工會沒有什麼倫理規範會要求你得實話實說、絕無隱瞞嗎？你難道不用警告他們，『快逃，有多快逃多快』嗎？」

「你確實會說實話，」比爾說。「實話，沒錯，粗體名字們合作起來是很恐怖，但……他們也值得你去跟他們扭打。雖然有那麼多麻煩，但你還會再找他們拍電影嗎？會。」

「我無法想像不比 FUOKB[300] 差的演員，外面會找不到，」瓦利說。「誰會為了拍一部電影那麼拚？」

「瓦利，」——比爾笑了——「那是你不吃這行飯。」比爾讓那在空中發笑了一會兒。那三分之一表述、三分之二指控的東西。

「老闆？」艾兒問。「要開始了嗎？」挑著眉毛，她把頭歪往薇倫的方向。

薇倫感覺到了比爾・強森的視線停在自己身上，就像幾個月前在新墨西哥索科羅那樣。

「好啦，」比爾說。「我想我們準備好了。」

「OK，」艾兒移動起沙發上的身體，面向著薇倫・連恩。「女孩，妳得決定，此時此刻，看妳是要加入智囊團，還是立刻請我們離開。我要妳歃血為盟，在此。妳將保守祕密。」

薇倫爆笑起來。

「這不是開玩笑。我們要妳為了保護我們全體而不惜說謊。妳將開始說謊，將成為雙面人。妳要，還是不要？」

「我們有什麼祕密的握手嗎？」

「沒有握手。只有祕密。」比爾原本把玩著他的第二罐哈姆特級拉格啤酒，但如今也已經將之喝個精光。

「那就來吧！」薇恩說。

瓦利突然開了口。「所以我現在也要說謊了嗎？」

艾兒看向帥氣的男版薇恩。「瓦萊斯，你不算。不要生氣喔。」

300 譯註：Fuck You OKB。

「不氣不氣。反正我每天都在說謊，」他說。「對了，你們是什麼人？你們在這屋子裡幹麼？這場對話真的有發生過嗎？根本沒有。」

比爾從他屁股下那塊組合式沙發的其中一部分上起身，要去拿第三罐哈姆，邊移動還邊說話。「OKB 是天選之人，是真正的火瀑嗎？吶，才不是。有人是嗎？沒有。火瀑根本不存在，根本還沒在時空連續體中佔有一席之地。他還沒有被拍到電影上。火曝暫且只是在紙張上跟在 iPad 螢幕上的字眼。他是服裝的呈現與角色的描繪。他還沒有被鏡頭捕捉到形象。」

「星期五，」艾兒說。「實機測試是星期五。」

薇倫知道這件事。她跟勒黛拉．若維已經連續好幾個禮拜都在拼命地討論服裝、試穿、再試穿，還有——這需要她用說的嗎？——再再試穿，好確保伊芙．夜影騎士要換的六套戲服可以完美無缺。星期五，她會像模特兒一樣試穿十四種造型，十四種顯而易見、一目了然的完美。

比爾接著說，「OKB 有『中間小孩情結』[301]。火瀑需要的那些特效化妝讓他不舒服。他不配合道具組學習噴火槍的用法，反正最後也是要靠電腦特效。博士艾利斯說訓練 OKB 演出特技動作讓他很痛苦，因為他臉上要一直掛著假笑，否則他內心的挫敗就會顯現出來，他的挫敗要是顯現出來，OKB 的自尊就會受到傷害。一部電影的明星絕對不能自尊受到傷害。勒黛拉說他在試裝的時候會噘嘴，就像尿布濕了的嬰兒一樣。還有什麼我沒說到的嗎，艾兒？」

「他很愛聊他的兩部電影——他僅有的兩部電影——好像它們有多驚天動地。他會說《石之手》已經上了串流平台「標準頻道」[302]的 app，而《西洋姦客》會比所有的〇〇七電影加起來還紅。」

「《西洋劍客》，」比爾糾正了他。

「我剛剛說了什麼？」

「西洋姦客。」

「差不多啦。」

比爾輕輕喝了一口哈姆，不是為了酒精，而是為了冰涼的味蕾衝擊。「靠著火瀑，OKB有可能成為太陽底下數一數二紅的電影大明星。果真如此，他的各種失控暴走，就像今晚這種，就會被看做是天才所為。觀眾會往他身上投射自身所有對雄性特質的想像，所有浪漫的綺思，所有對英雄事蹟的憧憬，只因為他可以使出大師級的劍術擊退敵人，然後把妳，薇倫．連恩，從夜影騎士那孤單疲憊的人生中拯救出來。他的紅花俠與火瀑，有機會等於白蘭度[303]的斯坦利．科瓦爾斯基與泰瑞．馬洛伊。」

「或者他也可能加入前面幾十個人，成為又一個沒行情的演員，」比爾說。「帥到不行但跟小狗一樣欠缺訓練。更糟糕的藝人我也經手過。」

「藝人？」薇倫突然有感而發。「你是這樣叫我們的嗎？演員是藝人？就像核廢料？牲畜？病原體？」

301　譯註：覺得自己夾在老大與老么中間，擔心自己受到忽略的心理。

302　譯註：The Criterion Channel。

303　譯註：馬龍白蘭度，斯坦利．科瓦爾斯基是他在《慾望街車》中的角色名字，泰瑞．馬洛伊是他在《岸上風雲》中的角色名。

「你已經錯過退出的機會了，親愛的，」艾兒說。「這就是我們在聖堂內殿說話的方式。」

「連恩女士，」比爾說，口氣就像《星球日報》的克拉克・肯特在跟露薏絲[304]講話。「寧靜。」他指著她的皮帶手環說。「那是噴泉大街上少見的特質，但在妳身上看得到。我們已經看到妳把靈魂與肌肉投入到伊芙・夜影騎士之中，但在製作辦公室的水面上連一道漣漪都沒有興起。從十一個禮拜前認識以來，我在妳身上看到一名藝術家帶著直覺的衝動與壓抑不了的好奇心，在追尋電影中一個最關鍵的角色，在想著怎麼看清她、進駐她、體現她，而我們全體的命運都繫於這一個角色。現在我知道了——我們都知道了——我們有多幸運。薇倫・連恩是伊芙・夜影騎士。要是沒有妳，我們真不知道拍這電影有何意義？妳解決了我們最存在主義的問題：我們聚在這裡幹嘛。妳是我們可遇不可求的奇蹟。」

溫蒂・連克一邊臉紅，一邊感覺到淚眼矇矓。何曾有人這麼跟她講話，何曾有人讓她感覺自己這麼有成就感、這麼天生地具有價值，頂多就是瓦利？還有湯姆・溫德米爾？還有肯尼・薛普拉克？她發現艾兒・麥克—提爾看著她，眼神裡盡是肯定，並頻頻跟身旁的老闆一同點頭稱是。

比爾接著說，「OKB是我們預期中的問題，他跟很多他的同類一樣——新崛起的大明星，禁果一般的帥氣猛男接班人，散發著虛張聲勢的自信。我們只能假設他可以被牽著鼻子走，可以被操控、奉承、哄騙、伺候、照顧，打理到可以上鏡頭，然後照時間被送到片場。在跟那男孩談話時，我就察覺到不對勁了，」比爾說。「他想要嘗試一種鄉巴佬的方言。他不太喜歡自己戴著頭盔的模樣。出於某種智商不是很高的理由，他想讓火爆說出『這兒是你的答案』。我有把握可以讓他打消這些念頭。他的好主意不是那麼多，但他提供了一種我會好好利用的彈性。所以，薇倫，我們打個商量……」

全室陷入了等待。瓦利把頭歪向一邊。薇倫一時間屏住了呼吸。艾兒一語未發，就等著他老闆打開金口。

「我不是說妳要多尊重那男人，」比爾．強森說。「但妳確實必須尊重這個流程。妳會表現得像個專業演員。妳不會讓OKB破壞妳的作品或阻礙妳的創作之路。讓我們」——他朝艾兒點了個頭——「來應付他。妳就讓共演明星對妳情緒操勞的影響小到跟鷹眼的會計部一模一樣就好。千萬不要讓他影響妳服務於這又一部電影傑作的誕生……」比爾舉起兩根指頭到唇邊，發出了吐口水的聲音啐啐啐；艾兒也做了一樣的動作，為的是讓偉大的期許擺脫詛咒[305]——「妳將成為我的創作夥伴。」

艾兒揚起了眉頭。**夥伴**，吭？就她所知比爾只把夥伴這詞用在另外兩名演員身上過：瑪莉亞．克洛斯自然不在話下，那算是往事了，還有就是已故的保羅．愷特，他在《荒原》裡擔任旁白，其角色在拍攝中與在後製時無數次的錄音過程中不斷擴大。比爾曾邀請保羅進入剪輯室來協助他感受電影的步調與強度，並幫忙執筆電影的開場白。有時候比爾會，終於，對他們做出的作品感到滿意，覺得他們可以收工了，但在再次試看了電影之後，保羅．愷特會開口問他，

304 譯註：克拉克．肯特是超人在漫畫中的本名，跟他談戀愛的露薏絲姓蓮恩。

305 他們這麼做是跟尤基學的。身為希臘人的他對這種事情很迷信。吐三次口水是在罵走惡魔，讓預示著偉大的預言得以擺脫詛咒。

「你為什麼覺得我們完成了？我們可以做得更好，不是嗎？」而如今？今晚？薇倫・連恩即將呼吸到那同樣珍稀的空氣。

比爾接著說，「妳跟我會討論一切的改變、劇本新頁，而且這適用於所有的角色，不限於伊芙。妳可以跟我、海克特與瑪莉蓮一起看一週的毛片（海克特與瑪莉蓮分別姓邱與凱克布列德，他們不收錢在平板卡車上剪了《打字員》，當時他們還是老電視節目《里奇・霍洛維茨：心靈扭曲者》的編輯助理的助理；那是很久以前的事了，但海克特與瑪莉蓮剪片就像切奶油一樣）。「直到我們把定剪好的影片上鎖前，我都會為妳敞開影片。妳有任何想法，任何意見，都可以跟我說——就跟那個女人一樣。」他指著艾兒說。「這部夜影騎士 vs. 大傻蛋我拍不出來，除非有夜影騎士當我的夥伴。我們有共識了嗎？」

薇倫的視線還沒有離開比爾。事實上她在這男人講話的期間，身體都沒有移動過。她既沒有把她的酒杯放下，也沒意識到自己的手已經被杯中的冰涼靈藥凍成什麼樣。她的人一動不動但心卻狂跳著；她聽得到流動的血液穿過她的耳朵。薇倫知道她的生命剛剛發生了巨變。

「就這麼說定了。」

「很好，」比爾說，看上去一臉滿意。「現在我們可以來討論接下來該做的事了。」

☆

電影還沒有完整讀過本，主要是 COVID-19 的防疫規定讓人不方便群聚。再加上把完整的卡司聚在一起只為了一日讀本行程，在成本上也說不過去。比爾會在某場戲即將拍攝前私下去與藝人見面排演，就像他與薇倫和 OKB 所做的那樣。OKB 已經不再堅持南方方言的選擇，開始有一搭沒一搭地提議起布魯克林幫派份子的搭們——仄些——大些（他們——這些——那些）。然後就是星期五的實機測試了。

薇倫由湯姆開車送到片場，早上六點三十六分抵達並在加工廠[306]裡就座。OKB收到的是一個比較晚的接車時間，八點整。他的特效化妝需要幾小時的工夫——那堆傷疤組織與燒傷的皮膚——所以計畫是讓他在下午一點造型就緒，把他丟到鏡頭裡，讓他站到正要完成最後一個測試鏡頭的薇倫旁——而也就在這一刻，他們兩個將會第一次，合體成為了夜影騎士與火瀑。按這計畫，一天的工作會在一點三十分完成。屆時他們會宣布吃午餐並收工，結束一天的行程。

艾倫．「王牌」．艾斯韋多，一名本地員工，把車停在了法蘭佐草原的演員住宿處外頭，時間是早上七點四十五分，他面前的方向盤屬於合約規定的Range Rover。對於晨間的接車而言，七點四十五分等於賴床，對前一年已經從在電影中接送人的工作中退休的王牌來說，這是偏晚的時間了。他跟他太太在尤巴市西北方有一塊宜人的八英畝地，她在那兒飼養迷你馬，王牌則忙起了織布——他紡起了自己的織物。事實上，他建起了自己的織布機，養成了這種嗜好，就好像聖雄甘地跟他的手紡車一樣。只不過一日工會司機，終生工會司機，所以每當製作公司打來找在地員工，王牌都會義不容辭接下工作，畢竟那薪水相當優渥。一個禮拜前，當他第一次跟OKB見面拜碼頭時，火瀑告訴王牌不論在任何狀況下，都不准在來接他時按門鈴。絕對不准。「OKB準備好了，OKB自然會出來。」

306 加工廠：妝髮。基地營副導演記下演員到達片場的時間，是為了寫進製片報告裡。

「你是我這艘船的船長，」王牌說。但此時此刻是星期五早上，八點，然後八點十五，然後八點二十五，都沒有演員的任何動靜。王牌發了簡訊給尤基的其中一名副導。**王牌：等待中**。八點四十五分，他又傳了一則訊息。**王牌：OKB 沒出現**。副導此時把事情告知尤基，立馬，於是尤基把情報通報給了從早上六點就進駐了製作拖車的艾兒。艾兒於是一通電話打到製作辦公室提供給 OKB 的 iPhone 上，還留了一則訊息：「嘿，B 先生，不知道今早有沒有什麼我們可以為你服務的地方。今天是大日子，可以這麼說啦。基地營需要你！回我個電話。」

繼續是無聲卡。九點十七分，艾兒的簡訊鈴聲啾了一聲。**石之西洋劍客：!#@^%^%**&！**艾兒大膽假設這些鎖住大寫的亂碼訊息是代表 OKB 已經**在路上**，也代表王牌在**橫衝直撞**趕來中。但當他到達基地營時仍舊已經是十點零四分，王牌還替他背著塞得滿滿的一大包帆布袋，從側邊的《石之手》標誌看來，應該是電影劇組送他的紀念品。

稍早在八點零八分時，伊內茲已經把一杯新鮮奶昔放在了 OKB 的拖車廚房櫃檯上——鳳梨、芹菜、蛋白（的）蛋白質，還有羽衣甘藍。側耳聽到艾兒告訴尤基說通告單上的二號不是遲到，而是遲到中的遲到，她在途經伙食部時又重做了一杯 OKB 特調，然後用新鮮的這杯換掉已經放了不只一小時的那杯。只不過等到男一報到上工，那杯健康的新奶昔也已經老了。OKB 連碰都沒碰。他呼叫伊內茲去找他，而她一聽到火瀑想要見她，而且只見她一個人，就立刻過去了。OKB 想知道她能不能幫他找些香蕉鬆餅來，還說他在飽餐一頓早點之前「絕不碰化妝椅」。靠著運氣跟伙食部同仁的嫻熟廚藝，一只烤盤完成了加熱，加水就能用的鬆餅粉完成了打發，整根切片香蕉被放到了一疊高高的鬆餅上，就像一張笑臉。

「我要的是香蕉鬆餅，」OKB 看著伊內茲送來的有蓋餐盤跟一瓶糖漿說。「不是鬆餅跟香蕉。」此時是上午十一點零二分。在攝影機前面，薇倫已經把十套衣服的定裝照都拍完，而 OKB 連妝髮工廠都還沒進去。

這一整天都是這種套路。不。更離譜。

OKB 不喜歡膠水被用刷子像一堆焦油似地塗在臉上——他討厭那種冰冷黏稠的東西沾在脖子上的感覺。會需要膠水，是為了固定乳膠道具，那能讓他變身成火瀑的特效化妝。那會變成火瀑被燙傷的頭皮的禿頭道具，感覺對 OKB 來說好像太緊了，所以必須先拿下來，再黏上去，結果還是太緊，所以又被拿下來，再黏上去[307]。在妝髮工廠的期間，他無時無刻不低頭在滑手機，一會兒發簡訊跟電郵，一會兒刷臉書跟 BiO[308] 的貼文，同時間三人團隊在他身邊各種操作，把精細的裝置安到他的脖子上、肩膀上、下巴上，還有假頭皮上。他們得一而再再而三地請 OKB 抬起下巴，往上看，不要前傾身體，**一下下就好**，好讓他們可以塗上膠水，順過那開模特製出的特效道具。他照辦了，但也一邊抗議。

在幾乎剛好中午的時候，薇倫換上了她最後一套戲服選項。肯尼與巧廚組合已經把她的各

307 星期五的實機定裝測試並不是 OKB 第一次變身成火瀑。他們已經走過三遍，才研究出了現在的複雜流程。OKB 第一次來得很早，但團隊還沒有準備好，所以他去四處晃了一下，一個小時後才回來。他另外兩次演練都遲到了幾小時。他已經拒絕再做一次他頭部的石膏取模，那得把亂七八糟且讓人窒息的石膏糊蓋在他肩膀上、包覆住他的頭，期間他只能靠插在鼻孔裡的吸管呼吸。他已經在拍《西洋鏡》的時候做過一次石膏取模，並堅持要將之從巴黎郵寄過來。他討厭那頭呈現燒焦效果的假髮，而且既然他橫豎要戴陸軍的鋼盔，那小帽跟假髮的意義是？

308 譯註：虛構的社群媒體。

種造型搞定，每一種如今都已經入了鏡。比爾指導她擺出了各種動作，以便讓服裝可以由各種角度進行檢視——先走到一個標誌處，然後拍側面，左邊，右邊，繞一圈，然後再走回來。所有人都在旁邊聊天，評論，說笑，主要是這些測試只是為了看看就戲服而言，實際的效果是怎樣。鏡頭與燈光進行了調整，然後她又把同樣的動作做了一遍。又一次的鏡頭更換跟幾個推軌台車的額外動作，針對的是她在打鬥戲裡的一些身段。接著他們就移動到了室外，那兒有用自然光拍攝的第二台攝影機。

在這個時間點上，若按照原本的計畫，OKB 應該要已經穿好戲服，化好妝，準備好站在鏡頭前，但事實上他沒有，至少尤基是這麼對現場的眾人通報的。他的第二名第二副導演已經跑去妝髮拖車中評估 OKB 的準備狀況。完全沒有從——開擴音在播抖音的——手機中抬起頭來的 OKB 說：「我再八分鐘就好！」但他其實是在說笑。特效化妝組的組長指著黏在 OKB 頭上但還沒上色的道具說他們起碼還要一個半鐘頭。

「所以情況就是這樣，」尤基告訴比爾與艾兒跟山姆跟劇組。想把薇倫跟 OKB 放進一個雙人鏡頭裡拍攝，就會意味著漫長的等待，而那又能換來什麼？兩個角色的數位合成，也只能湊合著用了。

「讓劇組解散去用餐，」艾兒說。「OKB 讓他繼續待在加工廠。他只有一個鏡頭要拍，所以我們四點收工。」

「那，我可以走囉？」薇倫問。今天早上五點半就起床的她稍晚還排了健身，而且她還希望明天早上能同樣早起去飛一下西銳一五〇。薇倫需要一些時間飛上天，而這個週末就是她最後的機會。

「掰掰，」比爾跟她道了別。

OKB一聽說劇組已經解散去吃飯，他就從化妝椅上跳了起來。「我們都去午休一小時，好好吃個飯吧！」就在他頂著距離完成還很遠的妝容，朝自己的拖車走去的同時，第二名第二副導演告訴他他要留在加工廠裡，這樣等劇組回來時，他的妝髮才會剛好就緒。「人總歸要吃飯吧。幫我把可愛的伊內茲找來。」

伊內茲正好跟艾兒與尤基一同待在外燴帳篷裡；一組很精簡的伙食部人員替那天上工的二十二個人隨意弄了頓午餐。尤基的耳機鬼叫著要找伊內茲的要求，他只好派她去了OKB那。

「他離開了加工廠。去吃午飯，」他告訴艾兒。

「該說，不意外嗎，」艾兒說。

OKB人在拖車裡滑著電視目錄，伊內茲敲門時，他正在找衛星網路上有沒有運動賽事的直播或謎片的新番。

「嘿，康絲薇露[309]，」他對伊內茲·岡薩雷茲—克魯茲說。「在這個『隆里』[310]的隆巴特，有沒有拔絲豬肉三明治的名店？」

「我可以幫你去伙食部拿個三明治，」伊內茲說。

309 譯註：Consuelo，西班牙文的女性名，有撫慰照顧之意思，也暗指聖母瑪利亞。

310 譯註：Lonely，孤單寂寞的意思。這裡也是跟地名「隆巴特」（Lone Butte）在玩雙關語。

「拔絲豬肉的嗎？好吃的巴比Q？」
「應該不是，可是……」
「我現在超想吃巴比Q。軟嫩多汁的豬肉，滴著夠味的醬汁。總有哪間店在賣吧，吭？」
「我找看看。」
「妳找。還有豆子跟涼拌高麗菜也要。」就在此時，電視螢幕上跳出了滿屏的成人電影在成人頻道上。「挖咧，看看那奶媽的奶子！」

☆

身為戲服設計師，勒黛拉．若維會在工作中面對演員赤裸裸的一面，赤裸裸三個字並不是比喻。她得拿著衣服去包裹住的有自我憎恨外加有嚴重身體焦慮的人類（即便他們對外是美麗與健康的模範生）；有喜歡發號施令的專業人士，只因為他們很清楚自己怎樣看起來最帥最美（但經常錯得離譜）；有屁眼被半打馬屁精深深插進去的大明星，以至於試穿戲服儼然是一個眾人在主子面前爭寵的過程；有什麼都想嘗試所以一直換裝一直換裝一直換裝的藝人，也有想速戰速決，十分鐘通通搞定的朋友。老得像羊肉的明星想打扮得像頭綿羊。有些明星想把衣服留下。OKB 算是問題兒童的集大成之作，這讓勒黛拉對他非常感冒。

在前期製作的短短幾週中，OKB 曾經讓勒黛拉一等就是幾小時，因為他說戲服反正就那一套，不是嗎？他取消過試穿，堅持要她過來他在法蘭佐草原的住處，然後又忘記自己這麼做過，開始大聊特聊「他在電影裡學到了什麼最棒的演戲之道，像是永遠應該聽從直覺，直覺是無法取代的。」他對勒黛拉苦心鑽研了五個月的各種造型版本毫無看法，只是翻來覆去提到關於火瀑的服裝，他有「用心眼看到的各種替代選項」在他腦子裡嘎答作響，然後一直說他想從零開始。在劇本中，火瀑穿著在戰鬥中留下了各種傷疤的二戰陸戰隊制服，代表他內心還是個在太平洋打著幻影戰爭的陸戰隊員，但OKB，嗯，他「**有點不能接受這沒有彈性的看法，**」特別是鋼盔的部分。

「他就是一個死掉的阿兵哥，」OKB說個不停。「我明白那是BJ拍這部電影的起點。但那樣我要演什麼？我們來創造一些謎團！」

那個星期五下午，要進行實機測試的下午，變身成火瀑的OKB直到下午三點五十六分才出現在鏡頭的前方。是的，他被裝扮成一名陸戰隊，有著假燒傷與黏上去的傷疤。他肩膀上有一具道具噴火槍。他把戴在頭上的鋼盔翻得老高，感覺活潑過了頭。他簡直沒辦法站定不動，抖啊抖地像在跳著永遠跳不完的軟鞋踢踏舞。只有在一個點上，他照做了比爾・強森——導演兼編劇，這整個事業的大老闆——的要求。OKB把鋼盔盔沿壓低到了眼睛的上面一點點，然後站定不動。他看向左邊，看向右邊，直盯著鏡頭，然後又重新把鋼盔翻回到活潑過頭的高度，開始用一種搞笑的速度走來走去——向後轉、搞笑走路法、再向後轉——轉的時候他會喊口令「**向後⋯⋯轉！**」他不想走到外面的自然光下，因為光就是光，去外面能幹麼？

在自然光的測試完成後，他做了一個請求。他有一些自己的想法。他在開車去洛杉磯與灣區的途中採買了一些東西，妮可萊也幫了些忙。他想要趁那天，擇日不如撞日，測試看看一些**他的**選擇，畢竟那些單品勒黛拉只見識過一部分。他需要她提供的只是一些大方巾。接下來的兩個小時，他在測試現場與他的拖車之間跑來跑去，在他的禮物帆布包裡東翻西找，試穿起各式各樣的褲子、套頭毛衣、帽T、短褲、靴子，夾腳拖，還有，沒錯，大方巾——弄出了他覺得粗獷、充滿男人味、神祕，而且獨特的一系列造型；他覺得他的火爆可以不用只是個死阿兵哥，還有其他一系列更理想、更直覺的選擇。共通點是他一次都沒有戴上帽子。在各種變身中，他依次看起來像條子、樵夫、搭便車的、焊接工、太空人，還有肌肉發達的衝浪玩家[311]，而這些身分，只要用創意稍加修改一下BJ的劇本，就可以透過命運在宇宙裡的一次次扭曲變成那個在噴火的傢伙。「就像亞瑟王跟他的寶劍，你看！」為什麼要將就於那個搞笑的背包跟像水管的玩意兒？OKB不解。要不要就直接來個，嗯，火屬性魔杖或手腕上某種特製的盔甲護手？要是他根本不需要什麼裝置就可以把火變出來呢？OKB自行描繪了一些可能性，或者應該說是妮可萊畫的，畢竟他其實不是多會畫畫；他是個想點子的人，而且他們不是要從零開始嗎？

比爾，很有耐性地，像個禪師一般，讓這名演員測試完了他所有的衣服，也按OKB的想像拍攝下了各種版本的火爆。等他裝衣服的大帆布袋終於清空了之後，比爾告訴他的男主角說他對所有的選項都沒有感到驚艷，但他還是會不帶成見地把測試影片看過，然後他們再談。

「謝了，BJ，」OKB說著便要離開他的拖車，準備鑽進方向盤前是王牌的Range Rover後座。「我實在是覺得阿兵哥的造型已經被用到爛了。」

比爾．強森、艾兒與各部門頭頭當晚在回到了杏仁農會大樓後，於已經被改裝成數位試映室的空間裡把測試影片看了一遍。伊內茲擺出的自助餐菜色是奇科金穗中餐廳的中國菜，但吃起來勝過奇科該有的中國菜。配著星期五晚上的啤酒／葡萄酒／馬丁尼，關於薇倫眾多造型的討論是如此地正面，有如此多極好且多元的選項，比爾忍不住敬了肯尼與巧廚組合一杯，而且他對由勒黛拉拍板最後的服裝毫無異議。

「薇倫穿什麼都好看，」勒黛拉說出了大家的心聲。

比爾接著放出了OKB的片段。他凍結住了那由OKB所飾演，經典、頹廢且火焚過的一九四四年美國陸戰隊火槍兵幽靈，好讓所有人都看得到那幅畫面——鋼盔壓低到他的眼睛上面，火瀑靜止的軀體把持著整個螢幕，一頭令人望而生畏的生物，一幀難以抹滅的影像——有一點約翰·韋恩，有一點李·馬文，有一點查爾頓·赫斯頓[312]。在那幀凍結的影格中，O·K·貝利被從區區的凡人變成了電影偶像。

「看！」比爾叫了一聲。「我的天！那就是火瀑，那就是為什麼這角色是OKB的！」以三倍快轉的速度，他稀哩呼嚕看過了剩下的段落，也就是OKB那些來亂的服裝提案，然後說了句，「你們猜我給過的是哪一套穿搭，」並喀一聲打開了又一罐哈姆啤酒。

隔天，星期六，上午時分。比爾致電給OKB由製作辦公室提供的iPhone，連絡上了開擴音器的OKB，他正開著他那輛火辣的奧迪在前往某處。

「我在聽，**逼接**，」男演員說。「要是我斷線了你就再打來。我在帶小妮子去金門大橋。**勒旁多爾**[313]。」

311 「就像他媽的各種村民，」艾兒說。

312 韋恩、馬文與赫斯頓是串流平台出現前的標誌性電影明星。

313 譯註：Le Pont d'Or，法文，直譯是「金的大橋」。

「測試的影片看起來不錯，」比爾．強森說。被叫逼接之事被他直接忽略。

「然後呢。」

「你看起來很迷人。」

「你是說哪一套？」OKB 想知道細節。

「就第一套。第一次換裝。那就是火瀑的樣子。」

電話中一下子沒了人聲。要不是還聽得到 OKB 深踩油門讓奧迪換到更高檔位的聲音，比爾還以為電話斷了。「你是說我扮的 G. I. Joe[314]？」

「我是說你扮的火瀑，」比爾用對免持聽筒的人講電話時需要的高音說。「你 hold 住了整個螢幕，那只有你做得到。只要一眼，觀眾就會被驚嚇並驚豔到在心中納悶……誰？這傢伙是誰？」

「真的。」對面傳來一些比爾聽不出來是什麼、用法文說的悄悄話。「我可以告訴你他是誰，」OKB 說。「他是……嗯，那種人叫什麼來著，我又忘了？喔，對，阿兵哥。」

「陸戰隊。他是這部片的精髓所在，也是個狠角色。」

「其他服裝，我換的其他套服裝呢？它們也是狠角色啊。我知道它們不是勒黛拉的風格，但，你懂的。」

「那些服裝，有點混淆。他不是焊接工，不是衝浪選手。穿夾腳拖會妨礙你的打戲。」

「那拿掉夾腳拖，OK？我是在讓你有得選。我帶來的第一套，那套破牛仔褲加V領T恤加，沒錯，怎麼能少的噴火槍呢？」比爾覺得那套戲服讓 OKB 看起來像休閒服品牌 A&F 版本的修車店黑手，揹著一台吹落葉的機器。「你認為你知道那傢伙的出身背景？我可是有手臂線條的，哥。我健身。我身材好。結果你想把這些東西藏在戈莫．派爾[315]的橄欖灰色下面？」

「我想讓戲全部在OKB的眼睛裡，」比爾說，並蓄勢要把迷湯一股腦倒出來讓他的男一開心。「你會投影出一頭怪物，但當我們把鏡頭拉近，看到你的眼睛時呢？你有一雙顯得沉重的眼睛，一雙看過了太多事情的眼睛。當那頂頭盔被拉下來，而你的臉被部分隱藏起來，孤立在那些傷疤與鐵帽子的堅硬線條間，你的眼睛會有如沒有月亮的夜空般深邃。你是馬爾斯——戰神馬爾斯。你被判處的刑罰就是要遊蕩於世間直到再也無仗可打。」

電話又沉默了一陣，然後又一陣。奧迪的引擎聲持續嗡嗡作響。「我被踢下線了嗎？」比爾問道。「你還在嗎？你有聽到我說的話嗎？我訊號沒了嗎，OKB？你在嗎？」

「好吧，」擴音器終於傳來OKB的聲音。「馬爾斯，吭？我沒在劇本裡讀到這個。」

「他是戰神。我會把讓我們所有人慾火焚身的那一幕截圖傳給你。你看了就懂。你是一幅絕景。」

「OK，逼接。其它的劃掉。把你說的那個什麼傳給我。」

「開車小心。在舊金山好好玩。禮拜一見。」

「隨便啦。」

314 譯註：美國一九八〇年代的經典漫畫暨動畫，內容是講述美國特種部隊對抗神祕邪惡組織「眼鏡蛇」，避免「眼鏡蛇」統治全世界的陰謀得逞。

315 譯註：Gomer Pyle，美國一九七〇年代的情境喜劇。同名主角是陸戰隊裡的老實修車工。

OKB 的 iPhone 安靜了下來。比爾看向艾兒，她剛剛一直在旁邊當著聽眾。他們人坐在艾兒徵用來作為她隆巴特住處的房子後院，位置在市中心的古宅區，那兒有一些成熟的李樹長成整齊的一排，跟隔壁院子的李樹還能對得起來，簡直就像它們原本屬於同一片果園似的。在後院那些果樹與屋前那些開枝散葉的巨大梧桐樹之間，艾兒幾乎可以想像自己又回到了她在聖塔莫尼卡那幸福而平靜的紅木林中。那條街甚至就被命名為榆樹街[316]。到處都是，樹。

比爾從實機測試的檔案中拉出一張截圖，OKB 扮成火瀑那張，寄到了他男主角的手機中。

「我在那通電話裡聽不到任何熱情，老闆。」

「他還蠻容易就放棄了那雙夾腳拖。」比爾知道艾兒，又一次，說對了，她向來都是對的。

然後比爾的手機乒的一聲。

石之西洋劍客：鋼盔不錯喔。

「老闆，他這話要麼是同意，要麼是叫你去死一死。」艾兒說，而且她比較傾向於後者。比爾也是，於是這兩人立刻一起琢磨了起來。他們在一部部電影裡共同經歷過太多——那些年他們一起處理過的愛哭鬼、王八蛋、內心像火車撞車現場的傢伙、還在戒酒車上的酒鬼、從戒毒車上摔下來的毒蟲、在經歷離婚、監護權爭奪戰、破產的劇組成員，還有藝人之間不只一兩件的互看不順眼——這些年太多次的考驗，讓他們很難去否認 OKB 帶有的潛在問題。任何一個演員只要對被強加的藝術選擇有意見，都會在片場造成問題。如時間的延誤、熱情乃至於動能的流失。從他前一天在實機測試中的表現看起來，OKB 有機會成為另一個**粗體名字四號**，那個讓大家在拍攝**成功電影名稱**的日子變成活生生的地獄，然後還可以收穫美國影藝學院的提名跟一系列幾百萬美元合約的傢伙。又或者他會成為那另外一樣東西：一個比爾必須在剪輯室裡貼著邊將其剪得一乾二淨的角色。

在比爾．強森的作品史上，他曾經開除過就那一個藝人。那件事在憤怒的一眨眼間發生後，便滿溢著尖酸與報復的威脅，還造成電影整整停工了罪孽深重的三天。當時還鬧出了官司。作為事發背景的電影是《屎風暴》，也就是《信天翁》。那種事絕不能再發生。所以很久以前，一個備案就在自由選擇企業被擬定了出來，就是怕這種禍端再起……

艾兒問，「要不要我用吹風機[317]聯絡尤基？」

「要，」比爾．強森說。「亞倫跟山姆也叫來。」

就在此時，拍攝前三天的通告清單有了異動——這時已經是星期六，前製只剩最後三天。

☆

比爾開拍電影總是在星期三，這是為了讓劇組的第一週可以比較短、比較放鬆，可以先搞定一些比較基本的拍攝，也就是那些場景架設不會太複雜、演員的情緒勞動不會太繁重的東西。那在五十三天的拍攝過程裡屬於只有一句台詞，屬於簡化過、形同克里夫斯筆記[318]版本的首日戲份，通告排的是用外景的長鏡頭與廣角鏡頭去拍攝伊芙先是走在荒涼的市中心，然後接近著克

316 譯註：榆樹也是一種紅木。
317 譯註：俚語，指電話。
318 譯註：美國著名的課業筆記網站，當中會提供複雜課文的簡單版本供學生速成。

拉克咖啡店，最後進入其中但看不見裡面有什麼。此外她還會步行經過教堂跟國家劇院。鎮民也會入鏡。

五十三天的第二天也將大同小異，但會用低角度去拍熱浪從人行道升起，會去拍銀行招牌上的數位溫度計、窗戶與車輛後照鏡上的映影，還有**調查者**的來臨——他們搭的是一輛消光黑的運動休旅車，外加後頭一節像刺蝟一樣插著各式天線與裝置、同風格的廂型拖車。正常來講，比爾會直接把一部份這類鏡頭交給第二團隊，但考慮到第一週的熱身需求，他會寧多勿少地拍，多拍的他之後可以拿去剪輯室裡剪點東西。排在第二天的一場大戲是夜影騎士在法院外的飲水機喝了點水——這會用到一台纜繩攝影機去把鏡頭往前推近，還會有一些ECU，也就是超特寫，那永遠是對於跟焦師的一大考驗，尤其在第一週。史丹利．亞瑟．明想要午後向晚時夕陽低垂在西方、黃金時分的軟調光芒。第三天，星期五，會一分為二來進行拍攝；劇組會在正午集合，用午後的光線拍半天，然後再設置一個大景來拍為數不多的其中一場夜戲：場次7，**伊芙聽見麻煩然後跑起來**。薇倫會跑一下，做一些恐懼、驚慌與擔憂的關鍵表情（這部分比爾想要有充分的時間可以慢慢來），然後她的特技替身會去做那些比較困難的肢體動作。這週會收工在午夜，屆時所有人都會感覺到信心跟安心。OKB這三天都會休息。

等到星期五晚上，製作辦公室裡所有證明了自己工作很不上手、所有製造的問題比解決的問題多的、所有一開始被雇用就是個錯誤的人，都會像是一碗紅蘿蔔裡的利馬豆一樣一目了然。那些人、那些問題，都會在星期五晚上收工時被送走，在週末被取代，在週一午飯前被忘記。這就是為什麼拍攝的第一天永遠是星期三。

但……五十三之第一天的修正新版通告單，被改成了把 OKB 放在製作開始的起跑線最前面。他將在早上五點十五分向加工廠報到，在九點三十分到片場拍攝場次 4：那是誰？火瀑！還有 OKB 穿著戲服在鎮上四處搜尋的鏡頭。第二天會拍場次 93：從混亂中脫身：火瀑！第三天（星期五！）通告排的是場次 93XX：戰鬥的元素 #2。也就是說星期三、星期四與星期五都會讓 OKB 從早忙到晚，而且是要一直穿著完整的戲服跟 SPFX 假皮現身在複雜的場景中，由額外的攝影機增加鏡頭涵蓋。薇倫也會在部分鏡頭中出現。

如果有幸能得到好的啾啾[319]眷顧，星期五的那個 OKB 將會心在團隊上，人在電影裡，全身都是角色的精氣神滿溢。他將變得專注、平靜，而且全人投入到與火瀑合為一體。若不幸是壞的啾啾降臨，我們看到的 OKB 就會大異其趣。

殘影

經過這些個禮拜的前製作業，每天都過著把創意當羊群在趕的日子，比爾・強森在 PO 的辦公室看起來就像從來沒有被分派給這部電影裡的任何人似的。那房間一塵不染。簡樸到頗斯巴達。那兒有必備的書桌與椅子。一支手機。多兩張椅子是給訪客準備的。一張沙發跟咖啡桌。

319 譯註：juju，非洲的黑魔法。

一張低矮的滾輪桌，給打字機用的，被推到了角落。釘在牆上的粒片板上的，只有內部對講機分機的清單，跟一頁緊急聯絡電話。他書桌上不放紙。抽屜裡有枝筆，外加一疊公文簽條，那長長的長方形卡片上方印有**夜影騎士：火爆的車床**字樣，底部則印著比爾．強森。另外一疊不一樣的公文簽條有他的名字在底部跟**自由選擇企業**的字樣在頂端。他之所以把自己的空間保持得如此荒蕪，他說，是因為他在前製時的腦袋是如此雜亂，所以他需要讓自己的空間變成一片虛空，否則他會發瘋。大部分的會議，他都是到艾兒的辦公室去開。

他從不離身、永遠一拿就有的，是一份皮革裝訂的劇本，折起的狗耳跟皺皺的紙頁是因為他三不五時就會拿出來翻閱。留白處沒有眉批——沒有鉛筆或原子筆留下的刮痕——因為不論他在研讀那些頁面時萌生了什麼新點子或畫面，都會烙印在他的腦殼內。他記不得的筆記，就是不值得記住的筆記。咖啡漬是他劇本裡僅有的標記。比爾．強森的辦公室，在杏仁農會大樓裡那間，是個他可以在那裡閱讀、思索、各種轉圈圈鑽牛角尖，還有接電話的地方。

在前製階段某天的尾聲，他坐在他獨處的要塞中一面害怕，也一面急著想趕快開始那即將啟動的狂潮。拍攝工作。他重擔的開端，就好像他至此所做的事情都只是牛刀小試似的。哈！

他在等著香草口味的優格冰淇淋加彩虹巧克力米。他的門開著，伊內茲就這樣走了進來，手上拿著幾個《優格冰淇淋加油》的袋子。

「艾兒叫我把這個拿給你，」伊內茲說。

「**有何不可**的伊納特？」比爾說。「進來吧。」

艾兒沒一會兒也跟著出現。「妳手腳會不會太快。」

「他們已經認識我了，」伊內茲說著從袋子中取出了外帶容器。「我連車都不用下。他們會把東西送過來給我。」

「妳一定要嚐嚐這個，」比爾說，他指的是伊內茲。

「喔，我不用。謝謝。」

「我不是在問妳想不想。我是在命令妳。不准少於一湯匙。」

伊內茲用眼睛徵詢起艾兒的指引，她不想做錯什麼事情。

「喏，」艾兒說著遞出一根多的湯匙跟她自己那杯一次性杯子的無糖覆盆子甜點。「這是我們的傳統。我們會先暫停吃個優格冰淇淋，緩過氣，然後再前進殘影。」艾兒把她的杯子等距放在自己跟伊內茲之間。

「殘影是什麼？」

「妳很快就會知道了，」比爾說。「一切就等我們開始拍攝，開始把千金重擔扛在身上。」

「我好興奮啊，」伊內茲。「我們終於可以專心拍電影了。」

艾兒跟她的老闆，比爾，爆笑了出來！他們笑啊笑，笑到得大口補充空氣。「喔，伊內茲！……我們……終於可以……專心……拍電影了！」

伊內茲皺起一張臉，就像復活節晚餐上那個不停重複著嘴裡的黃色笑話、但就是聽不懂的小孩。

「殘影是我們全體未來三個月的家，伊諾特，」比爾說。「妳會想不起我們前一天都拍了些什麼。除了劇組通告，時間將再無意義。一旦移動起鏡頭，我們在片場解決的大魔王都會變成散落四處的渣渣。我們每完成一項任務，就會再有一億個任務要去肉搏，而且在每一項任務中，我們都可能親手為自身的毀滅播種，即便我們多想扭轉自身的命運，也他媽的無能為力。」比爾咧嘴發出了笑意，讓他活像個正在幻聽的神經病。

「你嚇到她了，」艾兒說。「跟她說說那些意外的事情，老闆。那些會發生的好康。」

「不急，」導演說。「岡薩雷茲—克魯茲小姐，我們有一段五十三天的拍攝行程。如果我們能堅持到第二十六天的午餐，那我們就會站上反彈的頂端、我們動能的高點。中點線。從現在到那個點，我們將身處於一道只有在戰爭、愛情與雨天的美式足球賽裡才會捲起的旋風中。理應發生的事情不會發生，真正發生的事情通通不講道理。我們會爆肝，會頂著被過度刺激到冒煙的腦細胞東奔西跑。但怎麼說我們還是會跑完一半的路，對吧?你會想，**啊，我們可以鬆口氣了。這之後就是好走的下坡路了。**嗯，並沒有。我們在那個點上所將完成的一切，都根本無關緊要。還在前面等著的，是日復一日苦澀的妥協，是他媽的一波未平一波又起，而且搞不好我們在那些日子裡所鑄造的，根本是整條鎖鏈裡最弱的環節，那個環節終將應聲而斷，讓整部電影淪為笑柄，而這還是好的，更慘的是電影會陷入軟爛、空洞的迴響，其價值不過是高爾夫球式的鼓掌[320]，」比爾說著便緩緩拍起手來，像在示範怎麼把掌聲拍得跟幾乎沒拍一樣。「**嘿，我有個朋友去看了你的電影。說挺可愛的。**」他挖了一匙優格冰淇淋圓丘往嘴裡送。「**尤點像欸暗停著**[321]**就是了……**」他吞下了冰淇淋。「我們走過的是……一片地雷區。一失足就是轟。」

伊內茲聽到湯匙完全動不了。她臉上的表情跟有一次超速被公路警察攔下來，被警官告誡她可能危害到多少條生命時的瞬間一模一樣。

「又或者？」艾兒用叫的說。「把**又或者**告訴她。」

「又或者……」比爾讓這三個字在他辦公室裡整整齊齊、一塵不染的空氣立方體中懸停了一會兒。「我們可以讓底片轉起來，捕捉到魔法。我們會是迪利廣場綠草原丘上的澤普魯德[322]。我們會有一個鏡頭拍得如此扣人心弦，讓我們邁向下一個設置時像自信爆棚的公雞一樣雄糾糾氣昂昂。譬如：《荒原》裡的垃圾桶[323]。拍電影就像在實驗室裡四處亂晃，然後不小心發明出硫化橡膠或便利貼。我們正好逮到耗盡了合成燃料的納粹坦克。我們從自身的二十二碼線傳了一個深遠的球，然後達陣拿了六分。我們邀請畢業舞會皇后跟我們去吃辣味熱狗，結果她回說，**總算！我等你開口等好久了，我早就想把兩隻手放上你的……**」

「我想她懂了，隊長，」艾兒拍了拍伊內茲的手臂。「在殘影裡，好事跟爛事會肩並著肩發生。」

320 譯註：高爾夫球道上那種用一手手指輕拍另一手掌心的輕快掌聲，這在打高爾夫時是禮貌，但在平日是一種諷刺。

321 譯註：有點像《黑暗行者》。Dark Walker 是二〇〇三年的一部青少年恐怖片，劇中的主角群要逃脫一種看不見的形體，也就是黑暗行者的追殺。

322 譯註：一九六三年十一月二十二日，美國人亞伯拉罕・澤普魯德（Abraham Zapruder）使用家用攝影機拍下美國總統車隊通過德州達拉斯迪利廣場時的過程，正好捕捉到甘迺迪的遇刺瞬間。澤普魯德影片是關於這樁歷史事件最完整、角度也最好的影片。

323 那是那部電影中的名場面——在席爾斯百貨的停車場裡——爆炸完的垃圾桶不偏不倚地落在法拉利的引擎蓋上，而且他們拍了一次就搞定，就一次。

「我們會有幾場戲拍了兩天半，但在電影裡播起來只有四十八格，甚至一格都沒有。我們拿出來供您考慮的片段，有時只是最後才想到要補拍的畫面。妳跟岡佐─海飛茲小姐[324]說說什麼叫作**扭曲情緒連續體**。」

「什麼？」伊內茲努力參透著她耳裡聽到的一切，試著想像腦中只有五張L.I.S.T.eN.「傾聽」系統的索引卡，但想著想著她就亂掉了。

艾兒解釋說，「我們看似一個大家庭，整個電影團隊，全都在忙同一部電影，全都有每天的工作要做。我們從來不會停止相互照應。我們眼中的彼此有最好的一面，也有最壞的一面。我們說笑之餘也會保持專業的態度——相互尊重，巴拉巴拉。不過一旦開始拍攝，我們就會過起時間跟精力都不夠用的日子，就會被操到形容枯槁、挫骨揚灰。我們會害怕牽扯進誰的私生活，因為除了把電影拍出來，其它的都不重要。演員們會彼此廝混，變成朋友與情人、變成前任情人與對手。有三個月的時間我們全都在同一條船上——奮力工作、沒日沒夜地工作、為了工作而工作。你會覺得**努力不要被開除的漫長考驗**應該會把我們捆作伙、會把我們鎔鑄成同一種存在，對吧？」

這個嘛，伊內茲的想法是到目前為止，艾兒所說的一切都與伊內茲的體驗完全吻合。她覺得她跟劇組或卡司裡的每個她有幸認識的人關係都很緊密。她知道每個人的名字，也能翻譯出他們的身體語言。就連寇迪，那個很久以前在PO的大混蛋PA都已經學乖，變成每次跟伊內茲一起負責事情都有點緊張但不失友善的同事。「我們是一個整體。對吧？」

「對，」艾兒說。「直到電影殺青的最後一刻，我們都是同一列馬車車隊上的拓荒者，應許之地是我們共同的目的地。但只要你一能說出『嘿，我找到另一份工作了！』的瞬間，這一切」——艾兒揮動起手臂，指著辦公室那一大圈，意思是這整體的電影製作經驗——「只會是一道殘影。從我把妳引誘進噴泉大街的車流中開始算起，伊內茲，想想妳至此經歷過什麼樣的步調與壓力。乘以三。然後平方它。然後加上妳月經來又強碰到我們要拍夜戲，所以妳不能去參加妳麻吉的準媽媽派對，而她也沒辦法諒解妳不能請假的理由。」

「艾兒，」比爾說，「跟她講一下**填入演員姓名**。」

伊內茲一聽到這麼大咖的名人，精神都來了。她至今還沒有膽子去多問艾兒合作過的某些名人——他們是什麼樣的人，他們本人有沒有跟在電影裡一樣那麼出眾。

「啊。」艾兒搖起了頭。「我當時被指派去照顧**填入演員姓名**拍我們做的那部電影。我的師父德絲指點了我在一整天的工作過程中，要怎麼輕手輕腳地從旁靠近，才能顯示出對他的恭敬，要怎麼跟他找話聊，藉此去挖掘出他有沒有在不爽什麼，有沒有需要什麼，順便測量一下他情緒的溫度。」

「他一肩扛起了整部電影，」比爾解釋說。「他每一幕都要入戲，這無關乎他想與不想。他明明很開心，也得陪著電影角色一蹶不振。他就算把自己的人生與拍這部電影的每個人都恨到了骨子裡，也得把角色演得既風趣又有魅力。你會覺得劇本每頁都是在跟他作對，是偏要他跟實際的心情反著演。我們需要他在拍攝當天整個人都在現場，需要他使命必達。」

324 譯註：岡薩雷茲—克魯茲。

「所以我就被賦予了重任，要當他的演員版動物溝通師，」艾兒說。「我會準備我知道他喜歡的巧克力蝴蝶餅，給他帶上。我會陪他演練台詞。我會在片場冷到靠北的時候，把他的椅子挪到暖爐前。我們聊到了唐老鴨的卡通，然後我便想方設法，讓一些迪士尼經典出現在他隔天早上五點半的拖車電視上。我聽著他心情不好時的嘰嘰喳喳，來者不拒地把他的懊惱失誤收下。他好心情時的各種哏我通通覺得好笑，來多少我笑多少。我會回報這個人」——艾兒指著比爾——「也回報給德絲我認為**填入演員名字**的心理狀態，每個小時的準點一次，好讓他們得到預警，先知道他到達現場時大概會是什麼心情。我週間會天天這麼搞，外加週末也會略加關照。這很累。有點像打工換宿的互惠生[325]要二十四小時且沒有週末地照顧一個陰晴不定、路也走不好的小孩。說起路都走不好的小孩，你為什麼一直不讓我抱到法蘭西斯柯？」

「我會找機會帶他來探班。」

「務必。我大概需要愛慕他一個小時左右。」

「不要離題了，艾兒，」比爾說。「**填入演員名字**。」

「某天如果上班十二個小時，我有其中十一個都在照顧**填入演員名字**。要是拍攝時間長了，比方說那天搞到了十五或十六小時，我會像個將軍的副官一樣在他身邊亦步亦趨，超時的每一分鐘都跟他形影不離。我幫他修過一次指甲，好把他留在片場的椅子上。在六十六天的拍攝行程中，我都像個崇拜他的小妹妹。然後**我們拍的那部電影**殺青，團隊解散，就此各奔東西。一個月後，當我恰好溜進要與德絲共進牛排與馬丁尼晚餐的金牛餐廳，吧檯上坐的可不就是**填入演員名字**。我上前跟他說了句，『看看是誰在這裡！嘿！』而他看著我，就像我是在洛杉磯機場討錢的某個哈瑞奎師那[326]。連眨個眼致意都沒有。我們人不在片場，你要知道。我也沒有在伺候他，亦即我不至於被誤認為是餐廳的工作人員。而且我還不是出身殘影的某個模糊的人影。但我是發自內心，很開心能巧遇到一個我近期曾花了一狗票時間在他身邊，而且我們還，一起，拍了又一部電影傑作的傢伙。我打招呼時喊了他名字，作勢要跟他抱一下。他伸出手臂推開了我。他說『我不來擁抱這一套。而且現在是我的私人時間，所以別跟我要自拍。』我說，『**填入演員名字**，你不記得我了嗎？』他還真不記得。『幫我恢復一下記憶。我跟妳什麼關係？』演員就是這副德性。他們什麼都記不住，他們只記得住自己在單張小海報上面的長相。我們這些製作組的一輩子都記得每張臉，一輩子都不會認不出誰。」

「而這就是殘影，」比爾說著站起身來，把他皮革裝訂的劇本塞到腋下。「乘河水如落葉。」他站定了一會兒，眼神瞅著伊內茲。「我有句話妳姑且聽聽，伊內茲．岡薩雷茲—克魯茲小姐，我就見過三個人能在妳的位子上幹得像是天生要吃這行飯。妳是其中一個。我很慶幸這部電影有妳。」

現場頓時只剩下艾兒與伊內茲。「乘河水如落葉。在胡說八道什麼。」艾兒嗤之以鼻。

「另外兩個是誰啊？」伊內茲問。「生來要吃這行飯的？」

「一個是我，我覺得。還有德絲，她妳不認識。但他說的沒錯，伊內茲。一部電影能扔給

325 譯註：au pair是國外一種打工換宿的做法，法文原意是平等互惠，由互惠生到國外從事一些簡單的家務，協助國外家庭陪伴小孩，和他們互相交流彼此的文化和語言，寄宿家庭則提供食宿、語言學校的學費和每個月金額不定的零用金。

326 譯註：一種基於印度教的邪教，其成員會在機場跟人要錢。

妳的所有問題，妳都沒有漏接。妳的前製之旅算通過得漂亮。如今妳算是踏上起跑線了。」艾兒站起身。「法蘭西斯柯的事我沒在跟妳開玩笑。盡快帶他來。我想那小男人的味道了。」

☆

智囊團重新安排了拍攝行程，並通知了各部門。星期天，開拍的三天前，比爾用一個早上為如今被提前的火瀑戲份走過了分鏡與預先視覺化[327]，然後他與山姆勘查了拍攝鏡頭的新位置，而艾兒則聯繫了飾演四名調查者的卡司代表，讓他們知道演員現在要改在星期一向隆巴特報到並進行試裝、實機測試，還有排演。住宿部手上也有些突發事項要忙，但他們順利在州際公路旁的旅店找到並訂下了空房。開拍兩天前的早上只見比爾猛操，第一個，藝術部門與置景人員，主要是場次 93XX 需要一條已經淪為廢墟、被火肆虐過的主街；第二個是 SPFX 團隊，他們的任務是搞定戲份所需的火焰效果；第三個是亞倫，他的業務包括處理好所有工會、公會、OSHA[328]要求的安全規範；最後則是妝髮團隊要負責微調火瀑的造型。比爾想要凸顯在 OKB 脖子上的傷與他鋼盔下的深色眼睛之間那條水平的分界，而那就代表他的軀幹上、頭上、脖子上都得要拍上更多的膠水。定位是救火隊的場工班進入全面備戰，所以艾兒答應每天凌晨兩點都會外送披薩過去。伊內茲會安排並監督披薩的送達與分發。她已經跟大鸛的人交上了朋友，所以知道他們過午夜後用的是一組青少年店員。星期二，距主體拍攝開始只剩一天，比爾在杏仁農會大樓製作辦公室的走廊上走來走去，回應所有有問題要找他的人，一間間小辦公室去探個頭，劇本一翻再翻，然後在艾兒的辦公桌前坐下，跟她為之後的拍攝推演起各種天馬行空的點子跟可能性。

晚上大約六點，比爾旁邊坐著艾兒，然後他用桌上型的固網電話撥給OKB。「都還好嗎，強棒？」

艾兒看著他做起了嘴形，強棒？

「還行，」演員說。「你怎麼樣，隊長？」

比爾笑了。「我準備好了。拍戲。你對這幾場戲沒意見吧？這麼開始是有點快，我知道，但我會說就來吧。」

「是，就，來吧。」

「我必須請你，尤其這是第一天，一定要注意時間。第一天就不能準時開工，大家都會很悶，是吧？」

「是啦。」

「倒不是說第一天每件事都會照著計劃走。我們都緊張，都繃在那兒。但我們把所有該上的螺絲都上得他媽夠緊。而且第三與第四場戲會是一整個很酷的段落。我還蠻期待的。」

「我也是，**BJ**，先生。」

「非常好，」比爾說，並把已經到嘴邊的強棒吞了回去。「把妮可萊也帶來。我們開鏡前會有一個有旗子、有場記板的儀式，她也應該參與一下。」

327 Pre-visualization，或簡稱 Pre-Viz，即用動畫化的動態分鏡來預覽一場戲。

328 譯註：Occupational Safety and Health Administration，美國職業安全與健康管理局。

「妮可萊跑了。」

比爾的心臟因為這個消息而每分鐘多跳了幾下。他可以感覺到頸動脈的異狀。一道恐懼像沙漠路上被腳步聲驚擾的蜥蜴，快步穿越了他的身體。「她跑了？」

艾兒注意到她老闆的聲線高了起來。他的口氣聽來像是在說，「她跑了？？？？」

「是啊。搭小馬一路搭到舊金山，然後回了巴黎。還是哪個鬼地方。天曉得哪裡是她家。」

比爾用張得老大的眼睛朝艾兒射了一道目光，意思是喔喔，不妙，然後一面從她桌上整整齊齊的整疊公文簽條中抓起一張，一面從加州電影委員會的咖啡馬克杯中抽出一支紅色的簽字筆。他兩三筆寫出一張字卡，秀給了她看。

跟妮可分手了　妮可跑了

艾兒也抓起公文簽條跟簽字筆，刷刷刷寫了起來。

跟妮可分手了　妮可跑了

雪特！！！

他們身為製片人的日子，一瞬間又變得更加烏雲罩頂。製作單位裡任何一顆新碎的心，都會讓所有牽涉其中的人變成一部浮誇到爆的肥皂劇，須知它作為一個話題，太多的流言蜚語會迴盪在每一個部門中、每一部拖車裡、還有每一次休息用餐時。這事要是發生在主角之一身上，又在前製的最後一天？那叫災難。OKB 跟他的法國情人分手，完全有潛力變成規模與損失都不下於讓《埃及豔后》[329]拍一次翻船一次的程咬金。

「我很遺憾，強棒。」又來了？強棒？

「不需要。」OKB 一吸一呼之間，氣息很是沉重。「女性關係方面從零開始，對我反而更好。」

「這種跟心有關的事情……」比爾希望能想到什麼靈感。但他腦袋一片空白。

「得出去跑一圈讓腦袋清醒一點，」OKB 說。「然後上床睡覺。」

「我們白天見，」啊！一則金句降落到比爾的腦子裡！「這次，也會過去的。」

「收到，」OKB 答得乾脆。「火大郎下士，通話完畢下線。」

電話一結束，艾兒就拿起手機傳訊給伊內茲：**來人，現在**。

伊內茲倏地出現在門口。「什麼狀況？」

艾兒問，「你能不能去查查昨晚有一輛小馬載著妮可萊，從 OKB 住的地方去了 SFO[330]？」

伊內茲只花了一瞬間裡的一瞬間就消化完了交辦事項。妮可萊？OKB？她讓事情沉澱，然

329 譯註：一九六三年版的《埃及豔后》在拍攝製作過程中風波不斷，包含預算嚴重超支、導演跟卡司的變動、外景地點的調整與場景的重複搭建，乃至於劇本的來回修改，遑論還有主角伊莉莎白．泰勒跟李察．波頓的私人醜聞。《埃及豔后》在當時是史上最貴的電影，差點害片商二十世紀福斯破產，且以創紀錄之票房仍無法回本。

330 譯註：舊金山國際機場。

後……「應該不難。」她一邊跨出辦公室，一邊舉起手機，開始按起了文字訊息。

「他人生一直都不缺床伴，那對他來說應該是常態，我猜，」艾兒說。「但即便如此他仍一直是個宇宙霹靂無敵大混蛋。」

「他會歷經一段憤怒期。」

「而且會看所有女人都有氣，」艾兒鐵口直斷。或該說艾兒看到了未來。

「他會很受挫。會情緒不穩。會胡思亂想。」

「你講得好像他之前沒這樣似的。」

伊內茲跨回到房間裡。「我小馬朋友接到一通叫車，是要從法蘭佐的一戶人家到舊金山機場，時間是凌晨三點三十七分。」

「那算晚得瘋狂還是早得誇張？」比爾問。

「夜裡那個時段很多人叫車，大部分都是不開車的派對動物。」伊內茲說明。「所以……一個皮包骨的女人只拉著一個巨大滾輪行李箱就跑了出來。有個傢伙站在門口，對著她大吼，而且身上只有內衣內褲。」

「四角還是三角？」

「他們在吵架。用法文。我朋友會說高中裡教的那種法文。她聽到很多褻瀆上帝的話。小馬駕駛所受的教育訓練是不要蹚這種渾水，除非面臨暴力威脅。現場原本只有動口而沒有動手。直到女人準備要上車之前。她一邊尖叫，一邊還有力氣把行李用槓桿原理推進後座，然後只見她從步道上扯下一塊磚頭，往穿著不知道是四角還是三角褲的男人方向丟，打中窗戶，碎裂聲。

他接著大呼小叫。她鑽進車子然後說了句法文，Allon zee![331]下一站，SFO。法國航空。兩小時的車程。回沙加緬度的途中沒有客人。

「謝了，伊諾特。」比爾一天到晚叫她伊諾特，也不知道為什麼。伊內茲並沒放在心上。他同時看著兩位女性，輕輕嘆了口氣。

「我們的日子這下更難過了。」

331　譯註：激動版的 allons-y，意思是 let's go，我們走。

6 拍攝

工會司機搶到了頭香，他們到得很早，非常早。早到夜半還是一片暗暝矇。

工會司機活在一種時間翹曲中，那兒不歸正規的日出班，也不歸墓仔埔的大夜班管。他們不光是安全、可靠地把卡車開好、停好，他們還負責搬運整部電影，然後把所有東西按空間規劃好，就像在一個平方英尺數不管怎麼看，也不像塞得下這麼多拖車的面積裡，玩起了真人版的**俄羅斯方塊**。但不像歸不像，拖車竟都一一塞了進去；如此鋪陳出的基地營有著幾何的精確性，也兼有邏輯性的美學與尊卑，至於其在黑夜中的組裝，則彷彿得歸功於一支午夜突擊隊。卡車工會司機是靠車軸在辦事的工程師，居住在一個與電影劇組的其他部門若即又若離的平面上。基地營的存在不能自外於工會司機。有了工會司機，電影才演得下去[332]。

按照車牌、車頭的里程數、還有拖車的磨損程度不同，這些卡車曾裝載過屬於電影史一部分的工具、裝備與有的沒有的東西，跑遍了全美，但他們的出身是好萊塢——就算不真的來自洛杉磯的那個好萊塢，也來自於好萊塢這個概念。納瓦霍保留區裡的紀念碑谷，普吉特海灣的沿岸，大芝加哥都會區上的街道，北卡羅萊納威爾明頓的各間攝影棚，喬治亞州的亞特蘭大與薩凡納，路易斯安那的紐奧良與巴頓魯治，還有拉斯維加斯的鄰近地帶——內華達與新墨西哥州——都曾見識過基地營的卡車肩並肩或頭尾相連地停著，而且還一整夜敞開著，一整週作業

332 工會司機可以比誰都先吃飯，沒有人會不滿；他們在車艙裡補眠，也不會被任何人鞭——他們已經打卡上班了好幾個鐘頭。

著，期間不斷溢出著製作電影、電視節目、劇情長片所需要的裝備、工具，還有壓縮餅乾。開在路上，你看不出這些卡車的葫蘆裡在賣什麼藥；他們看上去就是公路上常見的大個頭，天曉得載了什麼？床墊？朝鮮薊？擦紙巾？不。這些卡車肚子裡裝的是幻想與魔法的工具與模具：燈具、攝影零件、穿衣鏡、更衣室、洗衣機、衣物架。道具卡車裡的東西之五花八門，你可以走進去說你要一台能 DIY 汽水的玻璃瓶壓蓋機、對決用的骨董手槍、老式的股票代碼機，還有經過處理、相對不傷肺的有機香菸。任何東西只要劇本需要，你都能在道具卡車裡找到。還有個大抽屜是專門放電池的，你要什麼尺寸都有。

電影裡的每個部門都有其專屬的卡車——木工有一輛、特效有一輛、綠化員[333]有一輛、藝術部門有一輛、場務與電工部門[334]也有一輛。這些部門的組員都熟門熟路地知道內建在這些大拖車裡的每一只掛勾跟每一條綁帶、每一處抽屜與櫥櫃，也知道裡頭都放了些什麼寶貝，因為每樣東西都是他們親手放進去、分好門別好類的。有一個組員會被指派為相當於船上之瞭望員或部隊之軍需官的職位，他的一隻耳朵要聆聽正確的無線電頻道來隨時接受召喚，另一隻要注意有沒有腳步聲從斜坡板子上傳來。需求：搭建舞池少一片三夾板、各種厚度的蘋果箱[335]都要、再來點旗子跟網子，假警察的橡皮槍需要個像樣的皮套，瑞士來的攝影指導需要一杯熱騰騰的濃縮咖啡——等等，改成四杯好了，台車器械師、操作員、跟焦師也需要補充咖啡因。收到了嗎？收到！

劇組每天圍著卡車團團轉，一天起碼得有十二小時、十四小時、十八小時，而且動不動就要一邊操作車尾的升降台，一邊放開嗓門警告週遭的人避免受傷。受傷這事……萬萬……使不得。一旦現場醫護必須把EMT[336]叫來，那拍攝日就得一直延誤到救護車駛抵基地營。拍攝日延誤是災難一場，是褻瀆上帝的罪孽。

在地人——普通老百姓——可能會以為巡迴馬戲團來到了鎮上。而他們也是對的，畢竟**演員已來到這裡了，殿下**[337]。史萊戈米爾奇與星光馬車是休息空間的註冊商標廠牌，有些可以大到等於是一房公寓，裡面有品質不差的床鋪、寬敞的淋浴間，還有大螢幕的衛星電視，為的就是要讓在通告單上名列前茅的明星演員舒舒服服的。雙拼拖車是蓋在同一副底盤上的兩間套房，內部設施都一樣，只是規格沒那麼頂。三拼拖車對應的是那些其角色編號比藝名還多人知道的卡司成員——二十九號的警員、三十二號的遛狗女士。他們在行事曆上的工作天數沒那麼多，姓名不會出現在片尾，也沒有大牌到可以有一輛專屬的拖車——沒有淋浴間，只有張行軍床可以躺一下。甜心牌拖車則屬於小房間，排成一列就像馬棚，有些日子還挺舒服，但有時候像住看守所。

妝髮拖車是一處行動美容沙龍，裡頭聞得到未乾髮膠與酒精膠、假髮、髮雕與噴劑，各式

333 負責栽種樹木、叢林與植物的部門。

334 場務負責移動「有的沒有的各種東西」。電工負責移動電燈與電纜——任何有個電字在前面的東西。

335 譯註：攝影棚萬用道具，可用來輔助調整拍攝角度。

336 譯註：Emergency Medical Technician，緊急救護技術員。

337 《哈姆雷特》第二幕第二景。

深淺不一的唇蜜拼盤與仿曬膚色劑。在襯底的音樂之上是人與人的閒聊聲，之下則是壓低聲音交流的八卦，那是在半打演員同時現身加工廠時沒有才奇怪的事情。妝髮拖車裡有照片印表機、標籤機、濃縮咖啡機、還有一壺壺全天供應的茶。化妝椅前方是圍了一圈燈泡的鏡子，由此臉上不論是裂縫、斑點、皺紋都無所遁形，都能由妝髮師的巧手遮蓋掉。一塊塊造型乳膠會在經過「視覺強化技師」的黏貼與上色後變成傷疤、結痂與斷掉的鼻梁，他們早早就在自身的站點準備就緒，就等睡眼惺忪還有起床氣的卡司成員爬上拖車的階梯。走一趟妝髮拖車，美麗會更上層樓，角色會從無到有，心靈會平靜沉著。

那那些身價不凡的客製化露營拖車與觀光大巴呢？裡面都是些什麼人？那些都是大名鼎鼎的電影明星跟德高望重的製片人——家喻戶曉，素人只要瞄到一眼都能認出來的名字。那輛閃閃發光的三傳動軸 Airstream 高檔露營拖車不知道主人是誰，但他無疑很會顧車，不然就是有個很會顧車的工會司機。好吧，十次有十次都是後者[338]。

拍電影的地方無所不在。製片廠——就像在加州卡爾弗城、柏本克、環球市的那些——在世界各地運作的身影可見於羅馬與貝爾法斯特與波茨坦與墨西哥市與艾德蒙頓。布達佩斯有影視園區在競相招徠電影前來拍攝。拍片一族的基地營之遠，可以遠至越南。

出外景讓拍攝工作變成一場冒險。任何地方的基地營都充滿著可能性，那跟你是紮營在奧斯汀的停車場、駱駝岩的廢棄賭場，倫敦海德公園的九曲湖，還是佛羅倫斯一處走路就可以到達阿諾河上那座「老橋」的地方，都沒有關係。

隨著主體拍攝眼看就要開始，基地營開始擠進一些全都由卡車工會司機擔任駕駛的中小型車輛。車門邊有低矮階梯方便司機上下車的送貨專用車；客貨兩用的史普林特廂型車；租賃車會共同負責把人員從他們下榻的出租別墅跟劇組飯店接到外景地。電動高爾夫球車、運牛的柵欄卡車，還有後車箱延續到駕駛座頭頂的小貨車（俗稱「矮仔四十」），則一起負責片場裝備的去跟回——而這段路可以是五英里，也可以是街角轉個彎就到。VIP的貴賓級待遇是可以搭車窗貼黑的運動休旅車。伙食部的塔口玉米餅卡車就在片廠旁邊，你可以在人潮聚集的那裡補充咖啡、即時燕麥、拉麵、奶昔，還有下午或晚間會供應整鍋的墨西哥湯辣椒、切片的墨西哥起司薄餅，或是花生醬果醬三明治。伙食部的小夥伴會以隨時把劇組的油箱加滿澱粉與蛋白質為己任，為此他們會端著托盤上的食物直達攝影機台車旁，就像在雞尾酒會上穿梭的友善的餐廳外場。他們既提供份量足又健康的點心，也供應一些對身體有百害而無一利、但吃到的人都會感覺非常非常受用的東西。

一天兩次，劇組可以在基地營有如派對的氣氛中獲得餵食，上菜的地方可能是帳篷、可能是空曠的大廳，也可能是可以展開到四倍寬，含氣動自動門、暖通空調系統（暖氣通風加空調）跟百人座席都一應俱全的好幾輛拖車。

吃到飽的早餐主打熱量跟療癒——一大鍋用辦桌大鍋子煮的粥、鐵板現烤的格子鬆餅，個

338 有這麼一個演員在英國拍了一部電影。他的化妝間是全新的「第五輪」式拖車（譯按：車子有四輪，拖車就是第五輪），裡面有走在科技尖端的音響系統與電視。長長的五年過後，他人在芬蘭的赫爾辛基工作，並又被分配到了同一輛「篷車」。事隔半個十年，車內的電子產品已經不再先進，而且整個車內瀰漫著一種被閒雜人偷住過的味道。從英國被開到赫爾辛基，在顛簸的旅程中一路彈跳過來，這玩意如今已經幾乎是個有輪子的垃圾堆。但這演員看了一眼「他的」篷車竟然眼淚奪眶而出。他到家了！

別包裝的山寨麥當勞滿福堡，客製化的歐姆蛋、比斯吉麵包配上用史特諾酒精膏罐頭保溫的肉汁，陳列在托盤上的美式鬆餅、炒蛋、培根、香腸、綜合水果——規矩是「要吃就拿，拿了要吃」。那些想吃得健康一點、營養一點的不用委屈，早餐沒有不能準備的東西。想來碗羅甘莓配以山羊奶為底的克菲爾鹹優格只需要開口講，隔天早上你就能如願以償。

早餐供餐時間是在拍攝當天早上的通告時間之前。對某些人而言，這代表他們可以好整以暇地開個迷你計劃會議、可以在第三杯咖啡中安靜地思索，也可以把昨晚在卡拉OK吧狂歡的搞笑故事說一說，然後順順地展開新的一天。等時鐘答的一聲到點，所有人都會魚貫起身上工，在雨淋、日曬、慌張、篤定中歷經各種高壓。

六個小時之後——過了一天的折返點——午餐從去排隊的最後一個人算起延續三十分鐘。怕選擇少的人多慮了，主題式的歐式自助餐已經有過泰式融合日、墨西哥—古巴日、義大利麵—燉飯日、愛爾蘭的聖派翠克鹽醃牛肉燉高麗菜日。有厚度的肉會由主廚按個人需求切片放在原木砧板上。魚類會先去骨再交給在等待的你。大卸「四」塊的雞肉，摩登原始人大小的肋排、漢堡，還有德國油煎香腸在明火的巴比Q上燒烤。調味的佐料自助。沙拉吧目測有四分之一英里長，綠色蔬菜與沙拉醬會一直補。壽星會有蠟燭吹，有生日快樂歌可唱，還有用糖霜寫了名字的蛋糕可以切。冰淇淋在桶子裡等著人挖。由方塊組成的布朗尼跟算盆的酥皮水果餡餅可以伸手抓，一如那些已經切成三角形的西瓜。疊著的紅色派對塑膠杯旁邊就是冰櫃跟大個頭的玻璃分裝器，裡面有冷水、檸檬茶與檸檬水。但想喝阿諾帕瑪可就要自己調了。

誰都可以對這樣的大餐說不，只是簡單吃個自己弄一弄的三明治或水果沙拉，然後溜去某個地方睡午覺。在基地營，午餐由你自己定義。食材跟農產都新鮮，都是從當地鎮上的店家與廠商取得。還是那句話，要吃就拿，拿了要吃。還有要回收做環保。

外燴人員倒是從外縣市請來的，但他們還是需要從現地招募一些額外的人手。電影公司少不了得倚靠在自己家鄉打拼的人才——本地員工——來解決問題，來摸清門路。由於本地員工就住在外景地，所以他們的住宿費用是零，出差的日支費也一毛都不用付出去。

但他們已經不是素人了！他們靠份專業領了薪，基地營如今也是他們的基地營。漫長的拍攝日與他們以禮拜計投入到電影中的努力，將成為他們終其一生的話題。他們會被問起，**你是在洲際公路上的哪裡拍的那場戲？那些噴射機有在丟炸彈的時候傷到任何人嗎？答：一、在一間大攝影棚裡；二、那些噴射機是假的，炸彈也是假的。**

電影最後的畫面開始慢慢往下爬的時候，也會滾過他們的名字，生生世世直到永遠，專業的他們會一次次獲得片尾的點名致意，那是他們應得的、也是他們掙得的。他們出力拍了一部電影。

（預定五十三個拍攝日的）第一天

伊內茲決定睡在她的全順裡，就在基地營，舒適度滿分的車內有日式布團、有顆不錯的枕頭，還有一條很好蓋的棉被。她想要一大早四點半就到製作辦公室，好幫忙確認外燴的早餐已經就定位。此外她也實在太興奮，興奮到沒辦法開車回沙加緬度的家，逼著自己上床，躺在隔壁床的姊姊旁邊，然後只能翻來覆去地期待、擔心、然後起床、開車到隆巴特，一個搞不好，還會在拍攝的第一天就遲到。伊內茲的這種興奮，一如她姊姊要替岡薩雷茲—克魯茲家生下第一個孫子的時候，全家族的人都不遠千里跑來，當助手的當助手，當觀眾的當觀眾。她現在比較喜歡待在職場——一心一意專注在隆巴特的電影上——那比起在家裡面對她的家人跟來來去去的過客，一天到晚吵吵鬧鬧、還有一堆家事要做，都好得多了。拍電影讓她覺得自己與眾不同。她幫 OKB 找吃的！她去了薇倫．連恩的家！薇倫．連恩寄了封信給她媽媽，感謝她準備了那**好吃到犯規**的晚餐，而且還是一字一句寫在磅數很夠的知更鳥蛋藍色信紙上，上頭還看得到花式草寫的浮凸 WL 字樣。那封信現在被框了起來，挺立在岡薩雷茲—克魯茲家客廳的鋼琴上。

清晨四點二十分，伊內茲在杏仁農會大樓的女性休息室裡沖了個戰鬥澡（水管師傅被找來確保過熱水可以像老樣子正常運作），然後用她從家裡帶來的毛巾把自己擦乾。

艾兒．麥克—提爾在五點十五分起床。她給自己泡了杯咖啡，用的是她私人的迪歐索尼格羅濃縮咖啡機，紫色的三顆——她從來都懶得去管豆子的烘焙法是哪種，她只認膠囊的顏色。趁著她的義大利黑熊（迪歐索尼格羅就是義大利文的黑熊之意）在奮力滴漏著咖啡，她用她的一半一半奶油弄出了奶泡，然後站在她位於歷史區的租房廚房水槽前啜飲了第一口，同時看著外頭後院的李樹。有那麼微微的一瞬間，一股想要回家跟她的峽谷紅木作伴的渴望湧上心頭，讓她納悶起自己幹麼像個瘋子一樣工作得那麼拼，工時又那麼長，但隨即她就從體內跟腦中驅散了這個念頭——她有電影等著她去拍！她劈哩啪啦處理完了些電郵，很快地檢查過了各部門，確認了尤基或其他人都沒有緊急的簡訊傳來。她的 L.I.S.T.eN 手機應用程式上只顯示著三張卡片：

1 一面旗子：意思是要確保藝術部門能在第一個鏡頭開始轉動前交出典禮用的特殊旗子，還有場記板的照片。

2 一只時鐘：顯示著早上九點，分毫不差，因為那是電影第一個鏡頭的開工時間，即便那只是副攝影機要拍一些B鏡頭的銀行背景畫面。

3 一名士兵身上打著一個問號：意思是，OKB 會穿好戲服，按比爾・強森寫下的時間準時出現嗎？

艾兒在手機上滑出另外一個 app，一個休閒用的 app，那是老派神奇八號球占卜玩具的數位版。「我們今天可以順順利利的嗎？」她問手機程式。她搖晃起自己的 iPhone，使畫面溶解成液體般的藍色，然後白色的字母跑了出來，秀出了她的算命結果：**只有時間能證明一切**。她截了張螢幕圖，傳給了比爾・強森。他醒來時就會看到。

早上六點的比爾・強森還在床上。他睡著睡著來到了七點三十一分。一聽到薩爾・迪亞哥的「爪哇咖啡牛奶恰恰」鈴聲在 iPhone 的鬧鐘上響起，比爾頭一件事是檢查簡訊裡有沒有什麼緊急事件。而他看到的只有艾兒的那則「只有時間能證明一切」。接著他用 FaceTime 視訊了在索科羅的派特，接通的是在廚房桌前有杯咖啡在喝的她。

「頭還在枕頭上？」她這叫看圖說故事。

「人在一張空著一半的寂寞床上。」

「祝你今天順利，強森。」他們夫妻的傳統是前製的最後幾週或開拍第一天不睡在一起。工作量太大，比爾的心思太多，派特有太多她沒辦法在外景地完成的事情，像是地表風化層的課她就沒辦法上。她會飛過去度週末，星期天陪她的男人，星期一到片場。

沖完澡他換上自己向來這麼穿、將來也不打算改變的電影拍攝制服：舊的寬鬆靴型牛仔褲，磨損的牛仔皮靴，搭配成套的皮帶，脖子處有釦子的經典亨利衫，還有一件格子法蘭絨牛仔襯衫飾有假珍珠按釦。接著他坐上了他的紅色道奇，駛抵了基地營，把鑰匙拋給會幫他停車的工會司機，晃進宴會廳去拿了一片法式吐司、一顆水煮蛋，還有一碗水果沙拉，然後吃了起來。這人還真是無憂無慮啊，是吧？起碼旁人看上去是如此。但其實在他的內心，五臟六腑糾結得就像帆船的索具。

薇倫・連恩在手機響起溫柔的蟋蟀叫聲之前五分鐘就醒了。昨晚她服用了低 THC[339] 的小熊軟糖來讓大腦平靜下來。今天她要第一天成為伊芙・夜影騎士，有太多東西必須由這個角色一肩挑起，不靠那合法的藥，她根本沒辦法沉沉睡去（就跟伊芙一模一樣！）。

她在這第一天不會有附台詞的戲，但她會被叫去當夜影騎士——劇組令人分心的一舉一動、導演的指揮，OKB 的鬼把戲，她都不用理。這部片現在是屬於她的了。她的。她有那麼多的想法、情緒、互有關聯的領悟被塞滿在她的腦袋瓜、在她身為演員的口袋裡。她會在該到的時間到，會把台詞裡的每一個場景記牢（為此她會不斷複習來加強記憶）。只要她的那第一個瞬間被鏡頭所捕捉，她就能就此釋放她體內那股一直以來被安撫著、之後也會持續需要安撫下來的創作怒火。按住那把火的是她冷靜而專業的外型，是所謂的寧靜兩個字。

她舒展了身體。她做了二十下那可以讓自己更上相的德雷—卡特練習。在慢慢轉亮的晨光中，她走在小徑上，繞行著院落，一手拿著綠色的果汁，一手是肉桂麵包。五點十五分，她人已經在車子裡，就等著湯姆·溫德米爾載她前往隆巴特。

「來吧，」她對著正把安全帶繫上的湯姆說。「帶我去上工。」

五點四十二分，她往加工廠的椅子上一坐，巧廚二人組跟肯尼·薛普拉克已經在恭候，三人的工具、別針、膠水、乳霜、唇蜜，還有各種明星級的化妝品，都已經擺放得一絲不苟。

「開工大吉，美女，」肯尼對她說。「讓我們把他們迷死吧。還有這個，謝囉。」她包了禮物送給肯尼跟兩名巧廚——裡頭是一把銀色的折疊小刀，上頭刻有「伊芙·K懂你。XXWL」的字樣。薇倫的等級可以要求一輛專屬的妝髮拖車——一個她可以不受到任何人打擾、為了一整天的拍攝進行打理的小天地。但薇倫反而比較喜歡全體共用的那輛妝髮車，或者該說她喜歡那裡的各種動態——那種美容院風的七嘴八舌，那裡的革命情感。她想融入每一名卡司成員跟每一位妝髮專家共有的八卦、幹勁、爆笑，還有偶爾會駕臨拖車中的崩潰。一個有如寶物般的回憶是她聽到一個故事的主人翁是一名女演員，重點是她無可救藥地單戀一部電影的男一，卻始終沒辦法與對方修成正果（這裡是指禁果）。天啊，那女孩真是有夠拚。在拍攝最後一天

339 譯註：四氫大麻酚，大麻中的主要神經活性成分。

到加工廠報到後，這位女演員先後歷經了悶悶不樂、然後是怒不可遏，最後泣不成聲，而肯尼．薛普拉克與其他組員只能設法讓她上得了鏡頭。在不知道她怎麼了也不知道能怎麼幫她的大家——一而再再而三——逼問之下，她終於崩潰地喊了出來，「我只是想要幹他！！有那麼十惡不赦嗎？！」要是在她專屬的拖車裡，薇倫．連恩哪聽得到這種故事！

尤基，跟他手下的副導演們，還有製作助理們，在早上六點鐘集合。他們會有時間在宴會廳裡吃頓簡短的早餐，期間尤基會發表他「我不入地獄誰入地獄」的演講，那是他獨特的傳統。「主體拍攝是我們的戰區。我們的。副導演、製作助理。我們要未雨綢繆地解決問題，要做到讓所有人都不知道那裡曾經有個問題。所有身上沒有這一支」——尤基說著舉起了他的對講機，也包括耳機與夾掛麥克風——「沒辦法對準了頻道一來收聽製作專用頻道的人，都會羨慕我們！多年後，那些現在還在床上的人會宣稱他們來這裡拍過電影。你們……是被愛的。」

劇組的通告時間是早上七點。午餐會在下午一點。拍攝第一天的最後一個鏡頭，會在晚上七點完成。當然，**只有時間能證明一切**。

艾兒加入了比爾，而與她一同如此的還有尤基、史丹利．亞瑟．明、亞倫與場記[340]法蘭西絲．「法力無邊」．迪拜亞希，其中法蘭西絲做著她繁雜的工作，靠的是一只長秒針會掃過整個錶面（相對於有另外的秒針小錶面）的舊式碼錶，外加一台 iPad Pro 平板搭配觸控筆，而不是厚得像烤火腿的三環活頁本、直尺跟多色筆這些老東西。他們湊在一塊討論的是他們希望在午餐之前搞定哪些鏡頭：開拍伊芙半數的開場頁數，主要是太陽的位置剛剛好，有些頁數得用攝影機的吊掛套件拍，但大部分讓攝影機立著拍就行。把火瀑的進場弄到令人滿意，然後用午後的光線拍伊芙的「倒拍」[341]鏡頭。移動走路的距離去拍各種低難度的段落，然後在法院的前面收工。零對話，多台攝影機、特效組、五個場次、兩頁半的劇本篇幅，然後這就是很可以的第一天了。

☆

王牌．艾斯韋多沒有理由發出「信號彈」簡訊去警告片場的人，因為OKB走出法蘭佐草原的住處時，時間是準準的早上七點四十五——分秒不差，完全是專業作風——只見他一邊往整張臉上揉著百靈牌電鬍刀，一邊跳上了Range Rover的副駕駛座。王牌納悶著屋子的前窗怎麼了；一塊藍色的防水布如今覆蓋在被砸破的長方形窗格上。

OKB關掉了在嗡嗡叫的百靈牌電鬍刀，將之放進了他牛血色的深紅皮革《西洋劍客》郵差包中。他接著掏出了一支飛利浦諾雷爾科三刀頭電鬍刀，接著往臉上揉。

基地營位在製作辦公室後面的大片空地上，其中OKB的拖車走幾步路就是H/MU。伊內茲在他到之前就擺好了開工大吉的賀禮。他的經紀人送來了一個花籃。鷹眼送來了還沒開封的經典款G. I. Joe卡通公仔。戴那摩國度送了他一只上頭有陸戰隊地球與船錨隊徽的復古雙筒望遠鏡。自由選擇企業——艾兒與比爾——送了他一雙要價不菲的皮手套，給他開那輛奧迪用。薇倫．連恩送了他一副飛行員墨鏡，藍道夫牌的。「毫無疑問你將展翅高飛！」她用她在上方

340 譯註：script supervisor／continuity supervisor。場記做為電影劇組成員的職責是監控場景中的演員服裝、道具、妝髮、動作，以確保畫面連戲。

341 譯註：reverse，為了效果（笑料或解釋劇情）或安全（緊急煞車或千鈞一髮的鏡頭）而使用，在時間順序上反著拍的電影攝影技巧。

有浮凸WL字樣的個人化信紙上寫著。伊內茲把這堆貼心的禮物排好在他拖車的餐桌上，還把他的奶昔冰到冰箱，杯子上有張便利貼，上頭有她親筆畫的笑臉。負責顧車的卡車工會人員把七十二吋液晶電視轉到了福斯新聞。冰箱裡囤滿了礦泉水、汽水、果汁與不含乳製品的蛋白質飲品，外加一瓶瓶燕麥奶、杏仁奶、牛奶、還有黃豆製的一半一半奶油。一碗切好的水果擺在廚房流理台上，就像炸彈開花。一堆堅果棒盛開在籃子裡，組成一朵棕色與橘色葉片交錯的石蓮花。另外還有台「北海刀」咖啡機在待命，一旁的各種膠囊代表九種不同的烘焙法選項。

OKB爬上了拖車階梯，然後就這樣讓門開著，三兩下換上了運動長褲、雪靴，還有一件帶釦子的法蘭絨襯衫，也就是他化妝時的制服，然後一把抓起奶昔，掉頭走下拖車階梯，直朝妝髮拖車而去，上了椅子，在加工廠裡就好定位。嘿！進度超前三分鐘。

薇倫的團隊已經把她打理好了，所以鏡子裡只有OKB一個演員。

☆

第一天的拍攝就跟大部分電影的開始很像，都有一種有大事要發生了的感覺，只差沒有號角響起跟敲鑼打鼓，所以不是很熱鬧罷了。一場秀眼看著就要輪胎落地、向前奔馳而去。理論與計畫靠邊站，接下來就是要做與拍。

製作辦公室的同仁都鬆了一口氣，因為他們終於、終於讓電影動起來了。整個劇組都為了主體拍攝的啟動而充滿了幹勁。高幹合唱團也有幾個人飛了過來，說要參與「他們的」電影開拍，結果沒人比他們更興奮——也更嚇得皮皮剉。

同樣在這第一天屬於初來乍到隆巴特的還有幾名演員，他們在電影裡是所謂的**調查者**——

一支像獵犬般在世界各地追著火瀑跑、很快也會跟夜影騎士「打」成一片的小隊[342]。他們全都用Zoom在線上遠距量過尺寸，如今則會在外景地需要多久待多久。艾兒確保了薇倫有機會在這個好日子的早上跟調查者們一一打過招呼，算是一種歡迎，而他們都很高興能共同被拍進一張歷史性的照片裡。八點五十，電影的整個團隊被集合在主街的中央——包含PO的同仁，以及每一輛卡車、每一間辦公室與每一頂帳篷裡的每個人。OKB被從加工廠裡拖了出來，看上去既恐怖又滑稽，那些假皮跟還沒塗完的焦膚顏色，與他的運動褲與腳上的雪靴形成了一定的對比。藝術部門做了一面旗子來代表這部電影，橙紅的旗幟上有夜影騎士EK的符號，有一個火焰噴射兵，還有大大的粗體字母拼出了「隆巴特」。A攝影機的場記板上有電影的特製標誌，上面看得到比爾還有攝影指導山姆的名字。用水性馬克筆寫上的字樣是**開機：第一場第一次**。劇照攝影師站在爬梯上，其他人都圍成一團。卡車工會司機出了他們的卡車與廂型車；忙了整晚的場工班也沒閃，他們就想看看自家電影的第一個鏡頭開拍。夯不啷噹一共九十八張笑臉對準了照相機。薇倫已經是一張可以入鏡的臉，身上的袍子是為了遮擋戲服。對許多劇組同仁而言，這是他們看到這個女人的第一眼，但許多硬漢內心的小鹿已經撞得滿頭血。

伊內茲在團體的邊緣找了個位子，在框框的左手邊，然後對著鏡頭展露了笑容。這是怎麼發生的？是什麼魔法讓她來到這裡？她不得不抹去眼角的淚滴。

342 知名的卡珊卓·戴爾—霍拉回歸出演倫敦——她在亞特蘭大替戴那摩補拍東西時見過薇倫。尼克·薩伯是新的格拉斯哥。克洛瓦妲·葛雷洛飾演馬德里，她從很久以前就是比爾·強森的愛將。還有擔綱利馬的是第二次出演比爾強森電影的艾克·克里帕（他就是《充滿聲音的地窖》裡的酒保洛伊）。

值得紀念的一刻捕捉完，比爾被遞上了一把剪綵用的剪刀。就像個小孩在參加自己的生日派對，他剪開旗子的模樣也很像在切蛋糕，只不過是個方了點的蛋糕。

「按照傳統，在我們即將出發邁向這場我們共有的冒險時，」比爾宣布，「請從這面旗子上剪下屬於你的一小塊，找個特別的地方收著。等我們一起從紙板嘉年華中殺青，當交織著藝術奮鬥與體力勞動的日子告一段落，在大家全都置身於電影天堂的那天，我們再把它們一片片縫起來，邊縫邊回味我們在未來這段日子裡將歷經的一切。」

一個接一個，劇組的成員們向前取得了一小塊旗子，就連四名調查者都帶著一點窘迫跟一點新鮮，加入了這個傳統。薇倫剪下了EK字樣上的一部份E。OKB則懶得做這種事。他直接回到自己的拖車去上起了廁所。他唯一沒有懶得拆的禮物是薇倫送的太陽眼鏡。他戴起了那副墨鏡，在鏡子前欣賞了自己半天，然後才回到加工廠去把剩下的妝髮弄完。

影視村是個架設難度不高的帳篷，裡頭擺著能顯示每一台攝影機畫面的電視監視螢幕，而攝影機的編號是用Sharpie簽字筆豪邁寫在一小片白膠帶上的A、B、C等粗體字母。各式各樣的椅子被排成一排給旁觀者使用。在這個側邊敞開因此空氣很流通的遮蔭處坐著高幹合唱團一類的訪客，外加薇倫、艾兒、法蘭西絲，還有偶爾的尤基，只不過他一直在跑來跑去，每隔幾秒就會進進出出。伊內茲因為還沒有被交辦工作，一時間也不知道該上哪兒去，結果就跑來了這裡，離攝影機只有幾碼的距離。

數位影像技師那印著縮寫DIT的帳篷並不是個歡迎人來的地方，而是個深陷在烏漆墨黑裡的方塊，這東西如果搬到路易斯安那州的監獄農場上，就是獄友會在裡頭被教訓的「黑箱」。

DIT的帳篷門是用魔鬼氈材質的襟片關閉，以徹底阻絕光線。一台可攜式空調主機讓帳內空氣適於跟影視村一樣的攝影機畫面監視器運行，也適合經常待在裡面的四個人呼吸——比爾・強森、史丹利・亞瑟・明、（來來去去的）尤基，還有技師本人，一個叫做賽普的傢伙，他在黑暗空間中待的時間實在太久，以至於他已經稱不上有什麼膚色。在黑暗與陽光之間進進出出重創了他的視力，所以他大半天都待著不動。在鏡頭之間他會打開一片帳篷門看看外面，但人還是待在裡面，就像他是隻在接受關籠訓練的小狗。

《夜影騎士：火瀑的車床》那第一個中的第一個鏡頭，拍的是一道影子：一道晨光照在鎮銀行的旋轉標誌上，投射在主街人行道上的低矮影子。不論是銀行還是其緩緩在旋轉的標誌，都不是真有其物，而是場景設計師、搭景人員，還有場工班的心血結晶。那標誌將會出現在電影後期的一場打鬥戲中。在製作報告上記錄的上午九點二十二分，A攝影機[343]開始轉動，鏡頭在一條短軌[344]上帶點小小的推近，外加在台車頭部[345]有點微微的上升，就這樣拍了兩次。比爾很滿意。山姆說他拍到了計畫中的畫面，於是攝影機為了下一系列的鏡頭展開移動，他們這會兒要拍的是薇倫演出伊芙的第一批鏡頭。

343 擔綱主要鏡頭的主攝影機。B、C、D攝影機以此類推，則負責其他的拍攝角度。

344 長度只有幾英尺、跟鐵路一樣的軌道，功能是讓攝影機可以推近或拉遠，進而為鏡頭畫面增添動態。

345 攝影機置於台車頭部，而台車頭可在拍攝過程中控制攝影機的升與降。

場次1外景　鐵斷崖—主街—白天

伊芙奈特——別名夜影騎士。

她是異變特工隊前作裡的角色。

她飄浮在街道中央。現場看不到車子。看不到民眾。只有酷熱的高溫。

她的雙眼閃爍，就像她在深度的快速動眼睡眠中，所以我們知道：這名女人在感知——在感覺——某樣東西。

其他電影明星會在屁股後面拖著一群隨扈、助理，還有想要賣電影明星人情的傢伙。薇倫喜歡一個人，加上遠遠地有個湯姆．溫德米爾盯著她的安全。在街道的中央，她跟在攝影機旁邊的比爾咬了咬耳朵，然後褪去了她的外袍，將之交給了她的服裝師[346]。她在行人穿越道中間用紅色膠帶貼出的T字上就好定位，準備好了要進行她的第一次拍攝。肯尼與巧廚雙人組上前進行了最後的檢查。

伊內茲不知道眼睛該往哪裡瞧。她應該偷瞄影視村的監視螢幕、看著被叫作「視訊水龍頭」的預覽裝置來欣賞薇倫的鏡頭初登板？還是可以往攝影機站近一點？她應該有自知之明地去跟新的卡司成員站在一起，跟——害羞的——他們一起看著他們沒有出場的鏡頭嗎，直到他們被趕去開會、試衣、回飯店房間？她應該在人行道上找個地方，跟一些劇組的其他同仁抱成團嗎？他們有些人有iPad可以顯示視訊水龍頭傳來的畫面，主要是電影製作的科技已經把所有東西都連上了Wi-Fi。伊內茲在電影製作上的素養實在太淺，以至於她連判斷該往哪兒站都有困難。

艾兒注意到了。「嘿，伊內茲，」她叫了聲。「過來。」艾兒從她在監視螢幕前的椅子中站了起來。「這給妳坐。」伊內茲不敢相信有這種好康，一時間有點當機，她擔心自己是不是做錯了什麼事情。「快點。坐這裡。」艾兒是認真的。「這是個重要的瞬間。」她拿著一組連著無線電機組、非常貴的耳機，往伊內茲的耳朵套了上去。耳機中可以聽到從那支長長的延伸桿大麥克風上傳來的薇倫的聲音，至於握著延伸桿的人，則是鏡頭外的那名女性收音員。伊內茲聽得到攝影組的聲音，尤基與其餘副導演的聲音。她聽到薇倫在問鏡頭有多寬，她想確認自己要移動的範圍會不會對跟焦造成困擾。

伊內茲可以聽到風聲，還有她自己的心跳。

「我們開機了，」尤基說。至少一打人大叫了一聲開機！

收音速度正常。

預備。

在DIT帳篷裡的比爾・強森用沉穩的聲音說出Action。

尤基按鈕打開了他的麥克風。所有在一號頻道上的人都聽到了第一副導演重複的那聲，Action。

有個壓低的聲音伊內茲聽不出來是誰——一個既不是來自帳篷，也不是來自無線電耳機的

346 一個叫比莉的女性，她從《長春花開》起就是薇倫的服裝師。扣掉發過寧靜誓言的修女不算，你或許就找不到比比莉更安靜的人類了。

聲音——叫伊內茲看清楚，然後永遠別忘記。

在監視螢幕上，已經看不到薇倫了。她不見了。伊芙．夜影騎士進駐了她的身體與靈魂，操控起她閃爍的雙眼……

就像她在深度的快速動眼睡眠中，所以我們知道：這名女人在感知——在感覺——某樣東西。

卡。

卡！

伊內茲自己的眼睛也閃爍了一下，飄動了一下。剛剛是怎麼了？薇倫的第一個鏡頭是不是才十七秒就完了？還是剛剛過去的是十七分鐘？大功告成。電影開拍了。

☆

七十英尺的軌道被鋪設在了主街的正中央，方位朝北，為的是用長鏡頭拍攝火瀑的揭露鏡頭[347]。B攝影機會被架設在一處店面內來取得火瀑橫越景框的角度，景框裡會有些柔焦過的**昆比麵包車**[348]被弄成剪影，放進FG[349]。

OKB在加工廠的事情已經弄完，他的造型已經搞定。替他把服裝準備好的是一名叫馬里歐的同仁，勒黛拉之前的三部戲都有跟他合作過服裝。OKB認可了馬里歐，雖然要是能有個女性的化妝助理會更好。馬里歐——他喜歡的人稱代名詞是「they/them」[350]——在一旁待命，隨時準備幫OKB把那套破爛且燒痕累累的陸戰隊制服的任何一部分套上身體，但這名演員向「them」保證他知道怎麼把自己的G. I. Joe靴子繫好鞋帶，謝了。

「給公爵十五分鐘，」尤基按下無線電的發話鈕，在一號頻道這麼宣布。公爵是無線電上對OKB在火瀑狀態下的代號。副導演組中的年輕成員對於公爵是《硫磺島浴血戰》裡的約翰·韋恩一事，完全沒概念。基地營的副導演——一個叫作妮娜的女生，她已經在尤基的團隊裡待了過去十八個月——明白她現在應該要去輕輕敲上OKB的拖車門，等一拍，然後開一個小縫去讓通告單上的二號知道片場會在十五分鐘後準備好迎接他。

「貝利先生？」她說，並從縫隙中往上瞧，結果她看到的是男星仍慵懶地躺在沙發上，看著手機，身上穿的就是運動褲跟一雙雪靴。他的妝容讓他看起來著實嚇人。「這是您的十五分鐘警告。」

「是嗎？」OKB說，看著手機的眼睛完全沒抬起來。「我的警告？意思是**你最好皮繃緊一點，我警告你……**嗎？」

347 譯註：reveal shot，用來讓人物登場的鏡頭類型。

348 譯註：Koombie，即Kombi，福斯出品於一九五〇年代的經典廂型車，圓滾滾的車體與車前的V字造型是最大特色，非常暢銷，在非洲與南美不少地方是小巴的代名詞。

349 Foreground，前景。

350 譯註：性別中立者不喜歡被用he/him（他）或she/her（她）等非男即女的人稱代名詞，他們會說自己希望被用they/them稱呼，這裡的they/them是英文裡屬於「性別中性」的「單數」代名詞，可以理解為「他／她」。

「只是想讓您知道他們馬上就能準備好了，」妮娜表達了異議。「需要我幫您拿點什麼東西嗎？」

OKB關掉了手機，起身站到了拖車的門口，他「燒傷」的半張臉在光線下顯得非常驚人。

「進來一下，提娜。」

「是妮娜。」她往階梯上爬了三步，並讓門大開，那是規定。

「把妳耳朵裡的無線電拿掉，」OKB說，妮娜照辦了。「我現在要冒昧地告訴妳要怎麼做這份工作。」

「請說，」妮娜應了聲。「我能替您做點什麼？」

「妳可以看一眼四週，然後了解到妳不需要跟那些製作公司的奴才一樣，只會機械式地聽命行事。看看我擺在那兒的戲服。」火瀑的行頭已經擺好在淋浴間與玻璃滑門櫃往後一點的位置，就在拖車寢室區的雙人床上。「那些東西我要穿起來，也就是一分鐘半的事情，就算加上那雙戰鬥靴也一樣。我不需要十五分鐘的警告。所以，要不妳就別麻煩了。不論他們用無線電在妳耳朵裡說了什麼，都請妳等到他們在片場裡真真正正一切就緒，說拍就可以拍了，然後妳再來敲我的門。我會親自來開門。妳會告訴我他們準備好了。然後我會把門關上，撒泡尿，穿上我的軍服，弄杯我可以帶著走的飲料，然後在三分鐘後出來。接著妳就可以回報那些大人們我出發了。這流程在我看來簡單明瞭。妳覺得簡單明瞭嗎？」

「當然，」妮娜接了話。「沒問題。」

「很好。還有不要再問能不能替我做點什麼了。我要是需要什麼我會說。這些話我是很想好好講，但身上貼著這些塑膠跟顏料，而且我知道要貼一整天，天天貼，連貼三個月，我就客氣不太起來。下次來找我，請等他們全都在等我了再來。但也不要直接說『他們全都在等你了』，好像我已經遲到了、是我的錯似的。妳去想個是這個意思但不這麼說的暗號。」

「了解。」妮娜退下了拖車的台階。「『錨起了』如何？」

「這行，」OKB 說著把手伸向了門栓，將門關了起來。

妮娜把耳機戴了回去，等到離拖車足夠的安全距離外才向尤基回報說「公爵又在番了。」尤基想要聽到的是 OKB 已經在待命。番是副導演的黑話，翻譯成白話就是「可能準備好了但情緒太不穩很難判斷。我會隨機應變。」

「十五分後帶他來，」尤基告訴妮娜。

「收到，」妮娜按鈕回了話。

十二分鐘後，妮娜去敲了門。OKB 開了門。妮娜差點脫口而出說大家已經在片場等他。「錨起了？」她問。

OKB 翻了個白眼，關上了門。十五分鐘後他出了拖車，一身火瀑的裝扮，手拿著用大鋼杯裝著的北海刀咖啡跟燕麥奶。「起他媽的錨了，」他咕噥著，把薇倫送的墨鏡往眼前一戴。

在拖車外站了四十五分鐘的馬里歐注意到 OKB 忘了火瀑的鋼盔，便進到了拖車裡去取。

「走路中，」跟 OKB 一起在朝片場前進的妮娜對著麥克風說，為的是讓尤基知道 OKB 要到了。

「我不想聽到這種話，好嗎？」OKB 說。「不要在那邊打我小報告，好像我是犯人在操場上放風似的。」

OKB 來到片場的瞬間，只聽得比爾．強森大喊了一聲，「注意！」現場有零星的掌聲，有對 OKB 的化妝跟戲服此起彼落的稱讚，還有許多劇組同仁投來的目光，他們都想看一眼戲裡另一名大明星的廬山真面目，再來就是有薇倫伸手與他擊掌，畢竟她還留在片場，就是為了替他在本片的第一個鏡頭加油打氣。她送他的飛行員墨鏡就戴在他的臉上。

「哇，」薇倫對 OKB 說。「你要不要這麼性感！」

「應到一名，實到一名，可以了吧。」OKB 說。

比爾上前把他身為導演能導的一切，都使了出來。「你的第一個鏡頭就是個小魔王，懂嗎。看到那邊了嗎？」他指著北邊，主街的遠端，那兒有名副導演站在一個交通錐旁。「電腦特效會把你包圍在一陣火旋風當中，就像我在預先視覺化裡給你看過的那樣。聽到 Action 你就往前走。記得你是火瀑。」

「我要看哪裡？」OKB 問。

「鏡頭很寬，你看哪我們都看不見，真的。」

「我問的不是這個，」OKB 說。「我在找什麼？」

「這個鏡頭不屬於敘事的一部份，這只是伊芙腦中對邪惡的驚鴻一瞥。你嚇人的外表才是這裡的重點。」

「但我無論如何是出現在了這個又小又熱的鎮上，不是嗎？」OKB 遙望著遠處擺著交通錐的點。「我肯定無事不登三寶殿。我來的理由是什麼？」

比爾停了下來，開始思考，OK，**這裡他需要一個發揮的施力點，一個動機**。有種演員會胸有成竹地來到片場，他們知道自己為什麼出現在鏡頭中、在本子裡，也知道自己在鏡頭裡跟本子裡是什麼模樣。而且他們還把台詞都背熟了。另一種演員則兩手空空就跑來；他們需要導演的「導」。真相大白，後者就包括 OKB。「你來這裡，是為了把夜影騎士嚇得魂飛魄散，」比爾下了指導。

「喔，」OKB 說著點起了頭。「**貓王進場了**[351]。」

「你內行。」比爾對他點頭致了個意。

OKB，就在要拍起他在比爾強森電影裡的第一個鏡頭前一下下，轉頭對身後說了句，「他是 gay，你懂的。火瀑感覺陰陽怪氣。」

這話比爾聽在耳裡。如果這個角色在劇本裡是二戰時期一個沒出櫃的同志陸戰隊員，這當然就不是問題。但劇本裡沒有一個字容許這樣的詮釋。事實上，劇本的意思剛好相反。OKB 要是在拍攝首日的幾個月前提到火瀑是同性戀，那怕是一點點，比爾都會開口說那**不是**他要的東西，但是個他們應該「在口袋裡擱著」、不錯的角色矛盾。主角之間的 URST[352]是這部電影的關係結構骨幹。畢竟片中有，那一**吻**。在成堆的其他重要瞬間、其他的情緒節點當中，火瀑體內那股糾結的性傾向並沒有在比爾與二號角色之間獲得過討論，一次都沒有。此時此刻，比爾只

351 譯註：貓王的演唱會結束後，現場會廣播說他「已經離開現場了」，好讓歌迷知道不會再有安可曲。這後來變成一種比喻，意思是「秀已經結束了」。反之貓王進場了是指主角到了，秀要開始了。

352 UnResolved Sexual Tension，未解決的性張力。一如希區考克的麥高芬，也是一種推動情節的裝置。

想讓底片轉動起來，只想讓OKB的第一個鏡頭正式開拍。

一輛高爾夫車接起了OKB與抓著火瀑鋼盔的馬里歐，免得他們得在主街上走上半天，才到得了幾百碼外的交通錐。道具組已經備好M2-2在終點處待命，就等著幫演員把火焰噴射器戴上。

開機。

聲速正常。

攝影機待命。

Action。ACTION！ACTION——ACTION！

在A攝影機上，火瀑小到像螞蟻的身形開始走動。幾秒後，在B攝影機上，一個側景捕捉到他以全身從店鋪窗戶的另一側通過景框，移動在外頭那屬於夏日早晨的溫暖陽光下。接著C攝影機上模糊的一團東西，在景框裡變得巨大無比，成了火瀑腳上的那雙磨損、燒傷的軍靴，一次次在人行道上跨出艱難的步伐。

卡！卡！卡——卡！

看看他。獲得完整呈現的火瀑。大功告成。

「那個，是太陽眼鏡嗎？」問問題的是艾兒。她在台車復位的同時看著A攝影機的監視螢幕。法蘭西斯在看她的筆記。高幹合唱團已經踏出帳篷去相互恭喜。伊內茲是影視村裡唯一另外一個看到的人，沒錯，火瀑剛剛一直戴著一副甚是摩登的潮牌墨鏡。啊，等等。薇倫也看到了。

「那是我送他的，」她說。「飛行員墨鏡。開鏡賀禮。」

「回到一[353]，」尤基用無線電發出了指示，然後半打人沒什麼來由地複述著。團隊開始重新集結要重複第一次的拍攝過程。

「老闆大人，」艾兒說。比爾人在DIT帳篷裡但聽得到她說話。「OKB的墨鏡沒摘下來。」

「是喔？」比爾剛在研究著攝影機的運動與取景。山姆剛剛在看著陰影與陽光的角度。他想在B攝影機上做點調整。「倒回去，卡比。」

卡比是回放組的同仁，他會把每一台攝影機的每一次拍攝都錄起來，並對所有內容瞭若指掌。他人在自己的站點，一個專屬於他的小小摺疊帳篷，並在裡頭用開放式麥克風側聽影視村跟DIT。有事靠著內部對講機他可以直接回答，或為省時他可以用一聲**咪**的音效表示他**聽到了，處理中**。

「回放中，」卡比回報給導演。首先，A攝影機從場記板卡喀一聲開始跑。隔著大老遠，人根本看不到OKB／火瀑臉上有沒有墨鏡，直到台車沿推軌把鏡頭推近，你才會看到暗色的墨鏡出現在鋼盔壓低的盔沿下面。

「還真的，」比爾說。「切到B攝影機，謝謝。」此話一出，B攝影機的錄影畫面出現在監視器上——也就是山姆如今正為了前景那些**昆比麵包車**在重新裝配的同一個鏡頭。等OKB出現在景框右邊，只要你用心去找，黑色墨鏡就會赫然出現。「是真的。」比爾看到了。身為導演，比爾並不喜歡帶著個隨身對講機走來走去——他會下命令給尤基，由尤基把該辦／該改

353 整場戲的起點。

／該修／該調的事情廣播給需要知道的人知道。但要跟遠方定點的演員說話，你只能靠無線電，而監視器推車上就有一個。「尤基，拿個無線電給OKB。」

「拿個無線電給藝人，麻煩。」尤基在頻道一上說。在主街的另外一頭，一名副導演帶著一支備用無線電，為的就是這種時候。在A攝影機的饋送畫面上清晰可見的，是OKB從副導手中接過了無線電。

「威士忌—探戈—狐步舞[354]，」演員OKB說道。

「OKB，」比爾按鈕回話，「你剛剛墨鏡沒脫。」

「正確，BJ。」

「我們把墨鏡拿掉，重拍一次吧。」

「嗯……」無線電在OKB兩次按下發話鈕間發出嘩啦嘩啦的雜音。「那是我在用狠角色的人設賦予角色新生，長官。」

「吶。我們得拿掉墨鏡，重來一次。」

「拿掉墨鏡？」這下子OKB問起問題了。「我覺得有墨鏡挺好的。」

這段對話因為在一號頻道上進行，所以所有配戴片場無線電的人都聽得一清二楚。二三四號等頻道是供其它部門相互暢所欲言所設。但一號頻道是製作部門的專屬頻道——是片場動態的頻道，是「讓我們為了同一個目標齊心協力」的頻道。

「我過來找你，」比爾說。他朝著主街的盡頭走去，他的男主角跟兩名道具組的人、一名副導，還有馬里歐都在那，橘色的交通錐也在那兒。那段距離已經遠到搭高爾夫球車也不過分，但比爾的選擇是雙腳萬能。

「口令是**屎面**，」OKB 在一號頻道上說完，就把無線電交還給了副導演。「把這給我拿下來，」他對道具組的男男女女們說，於是他們就把 OKB 身上的 M2-2 背包給卸了下來。他還脫下了他的陸軍鋼盔，將之遞給馬里歐，而馬里歐也早就未雨綢繆地伸出手，接下了那東西；他們的工作是顧好戲服，行有餘力還要顧好演員舒不舒服。馬里歐要是有一樣搞砸，他們就都得在戲服卡車上洗那巨無霸洗烘衣機裡的衣服，直到電影告一段落。

比爾從攝影機走到第一個標註點的漫漫長路，給了他時間既去思索這個瞬間的現實——有個演員在拍攝當天對自己的角色有了新的見解——也去斟酌他該使出什麼話術才能得到他要的鏡頭。火爆不是同志陸戰隊員，也不可以有太陽眼鏡擋在他眼前……

在一個老掉牙的片場權力套路中，OKB 並沒有上前去迎接比爾，跟他寒暄。不，製作方的奴才得主動來見片場的王室成員。副導演與馬里歐閃得老遠，躲到了東邊人行道的建築陰影下面。頭上沒了鋼盔的 OKB 站在主街中間，眼前仍遮著那副藍道夫牌的飛行員墨鏡，鏡面上映照著一路愈來愈近的比爾．強森。

「停，」OKB 下起了命令。「口令是什麼？」

「**我眞的看不懂墨鏡，OK。**」比爾話說得直截了當。

「只是丟個想法出來嘛，逼接。」

354 譯註：Whiskey-Tango-Foxtrot，美軍黑話，取其字首 WTF，也就是 What The Fuck，「搞什麼」、「怎麼了」之意。

「那副眼鏡時代不對。」

「娘兒們才管史實。」

「它們會遮住你的眼睛。」

「鋼盔也會遮住我的眼睛啊。墨鏡可以創造神祕感。」

「鏡片會反射，電腦特效得一個鏡頭一個鏡頭修掉。」

「這是部大片，不是嗎？這點錢你出得起。」

「但我是想埋個**大爆點**。當伊芙打掉你的頭盔，我們會看到你滿佈傷疤的頭跟雙眼——那兩扇窗能讓人望進火瀑的靈魂。」

這說法 OKB 並不買單。「有墨鏡的話，爆點不是更大，哥。首先是鋼盔被打掉，好不容易，對嗎？但這之後還有，我的墨鏡。你看看這個……」OKB 抬起手來，緩—緩—摘下了飛行員墨鏡——在用力擠出來的瞇瞇眼中顯露出他深色的眼眸。「砰。火球 XL-5[355]**上台鞠躬**。」

「但問題就出在這兒。那變成我們**只有這時**才看得到你的眼睛。其他時候電影裡都只有一個戴著黑眼鏡的傢伙。」

「是不是，」OKB 把球丟給了導演。

「這我們討論過了，」比爾又把球丟了回去。「我來到這裡」——比爾舉起了兩隻手，框住了 OKB 臉上那個被演員自己稱為 BFCU-OKB[356]的區域——「就一定要看到那雙你爸媽生給你的好東西，你內建的原子光熱線。那雙眼睛告訴我們你**把一切都看在眼裡**。」

「是啦，」OKB 還想拗。「但那是一種宣示嘛。讓人想問問題錯了嗎？這個傢伙是何方神聖？他瞎了嗎？他能感知到一切嗎？他是gay嗎？他是直男嗎？他在生氣嗎？他在戀愛中嗎？我們在此要用什麼癢去讓人想抓？」

「好吧，我得老實說，我不懂。」比爾讓這話在空中懸了一會兒。「這個角色從來都沒有過這樣的設定。」

「在你的劇本裡沒有，確實。但在這顆腦袋裡，一直都有。」OKB指起他的太陽穴。「為什麼不試試看呢？」

「我們從來沒有討論過這麼具體的抉擇。」

「我知道，是我不好，BJ。」

「所以……我們試試不要墨鏡吧。」

OKB低頭望著他的戰鬥靴，抿起了嘴唇。「我在此跟你說說我的作業流程。」比爾・強森等不及想聽聽OKB能有什麼作業流程。「本能的傾向姑且不說——我還真覺得戴深色眼鏡很有道理，火光與陰影，對吧？但這部份我們先擱著。邏輯問題呢？就這個鏡頭而言，它的邏輯在哪裡？我看到了什麼不尋常之處嗎？除了陰森森地扮鬼以外，我跑來這個龍發特還有別的什麼理由嗎？按BJ、老闆大人表示是沒有。我只是薇倫那顆小椰子殼腦袋裡看到的一種夢境。一

355 譯註：Fireball XL-5，一九六〇年代的英國兒童科幻電視偶劇，火球XL-5號是劇中在二〇六二年巡邏宇宙的太空飛船。

356 Big Fucking Close-Up O. K. Bailey，也就是「幹，有夠大的特寫——O・K・貝利」。其它常用的稱號還有：明星製造機、驚天動地霹靂眼、得娘疼的眼睛、李・凡・克里夫（譯按：Lee Van Cleef，1925-1989，著名西部片反派型男，人設冷酷少言）、餅乾狙擊手。

種被想像出來的東西。一種幻想。天啊，先生，這小倆口都還沒相遇耶。伊芙・冷飲起士根本不知道我長得是圓是方。對她來說我就算是頭戴草帽、腳踩帆布鞋，也不是沒可能。」

「但伊芙看到了我們看到的。火瀑在這一幕中——對我們——定義了自己。而太陽眼鏡在這裡不合邏輯。」

「只要我們選擇這樣，太陽眼鏡就合全世界的邏輯！」

「那……倒是……並沒有。」

艾兒遠遠地旁觀著一切，她光看肢體語言就知道那是怎麼回事。一個鏡頭下去——還拍不到兩次——該來的就來了，意志的戰鬥。一名演員不想讓需要某個鏡頭的導演得償所願。導演不肯放行某句台詞、某個節點，某個場面。整部電影不是不可能就這樣脫軌。這種事鮮少發生在比爾・強森出品的電影裡——之前僅有的一例發生在《信天翁》中（說是一例，其實是三例合為一例）。《滿是聲音的地窖》的一場戲差一咪咪就要自爆，是因為女角琪琪・史朵哈特一直在「喃喃自語」著她「內在的心跳」（她自行出版了她原創的角色聖經，還印出來送給妝髮部門、給服裝部的勒・黛拉，給跟她合演的演員，給比爾、艾兒，還有道具部），並帶上了一枝「藍色鉛筆」[357]在拍攝當天改起了她的對白。在拍攝各夜店鏡頭之間的空檔——在她自身的**BFCU-KS（幹，有夠大的特寫——琪琪・史朵哈特）**之前——她走向了跟艾兒一起坐著的比爾，問起她能不能對她的對白內容做一些調整，那樣她念起來會比較順口。比爾讀了她用筆墨改過的版本。

「我希望這場戲能融入電影，」比爾對他的演員說，並順勢遞回了她改寫的對白。「妳不也想，嗎？」

琪琪・史朵哈特從這話尾巴中讀出的意思是：要是她照自創版的台詞去演，這場戲就會被剪掉，這個節點會被剪掉。她的角色也會被剪掉。

「我會照原版的去演，」她說。「也許我們之後可以設法加入一些我的潛台詞？」

「世事難料，」比爾說[358]。

回到隆巴特，艾兒看著比爾一步步沿著長長的街區走回到攝影機跟影視村跟 DIT 帳篷，並用眼神讓她知道了關於火瀑臉上的墨鏡，他跟 OKB 達成了某種協議。

三台攝影機的場記板**喀答**一響，第二次試拍的 Action 被喊了出來。在主街的另外一頭，OKB 像尊石像似的一動不動。他沒戴著太陽眼鏡。他在法蘭西斯的長秒針碼表上足足有二十七秒沒有動作。然後演員 OKB 把手伸進了他制服的一處口袋裡，抽出了黑色的墨鏡，並煞有介事地將其戴到了臉上。然後他才開始一步步在主街上前進。

比爾從 DIT 帳篷喊了聲**卡**，然後只聽見一聲聲卡被重複在公司的無線電上，還有多名也在複述的副導演把嗓門拉得老高。「我們再來一遍，」導演說著又往演員的方向走去，期間現場可以不斷聽到**回到一、回到一、回到一**的回音。

357 譯註：藍色鉛筆是傳統上由審稿人員或副編輯用來顯示對書面副本的更正的鉛筆。專門使用該顏色是因為在某些平版印刷或攝影複製過程中不會顯示該顏色。

358 比爾在後來的一場戲裡，讓她在女廁的女孩子之間說了她的台詞。他讓她試拍了兩次，並用了她其中一句台詞片段在完成的電影裡。

OKB 已經在恭候大駕。「我給了你你想要的東西，對吧？沒有墨鏡。」

「你明明就把眼鏡戴回去了，OK。」

「沒錯，但那之前你已經有了，嗯，超多沒有眼鏡的畫面。」

「你把眼鏡戴回去了。」

「你不喜歡戴眼鏡的我，不用就是了。」

「我不可能不用。這是火爆的出場畫面。他會走過整條街。這是我們第一次看到他，從頭到腳的他。我會拉近鏡頭去看他。墨鏡這樣是行不通的。」

「但你兩次試拍都會印成拷貝正片[359]，對吧。」

「我們現在拍片都已經數位化了。我們不會把某一次試拍印成正片，我們要每一次拍攝的資料都有。問題不在我們印什麼，問題是我們拍什麼。墨鏡跟這場戲搭不起來。」

「但墨鏡可以幫我一把。讓我先戴墨鏡拍；等我熱車熱好了，你懂的，等我覺得我人來到這裡了，進入**那裡**了，我就拍幾次沒有墨鏡的給你。」

比爾・強森已經落後於他自行想像中的進度。意義非凡的第一個拍攝日已經在不斷地流逝——一如他所擔心——只因為 OKB 想要**從零開始**。

怎麼辦？

艾兒完全知道她的老闆打算怎麼辦。他要燃燒鏡頭。

第三次試拍拍到的是 OKB 戴著墨鏡從頭演到底。第四次試拍，他先拿下了墨鏡，而且到最後都沒有戴回去。那就是比爾・強森從這第一個設置中想得到的東西，就是他想像出來、就是他寫在劇本裡，就是他在往下走之前需要的東西。但他還沒來得及在各頻道上宣布「往下走！」，OKB 就開口要求再一個 take，拜託，因為他想試試看一個他覺得行得通的想法。所以……回到一。

艾兒與比爾又交換了一個眼色。**她：你爲什麼要花時間再拍一次，在這個節骨眼，老闆？他：給他一個機會自曝其短，也許。她：你不使出低頻嗓音跟冰冷目光的大絕招嗎？他：我想先試試冷靜跟耐心模式。我需要的東西已經到手了。**艾兒指了指她的手腕，就像她那裡有支錶似的，但她當然沒有，她看時間靠的是 iPhone。比爾，點了點頭：**我知道，我知道……**

第五次試拍：OKB 迂迴曲折地在街道的兩邊跑過來又跑過去，讓沒有心理準備也沒有預演過的跟焦師焦頭爛額到要變成焦屍。

第六次試拍：又來了一次 Z 字形走法，這次跟焦師先抓好了焦點標記。

第七次試拍：OKB 倒是又一次沒有戴上墨鏡，但以火瀑的造型，他在街上跳了一點小舞，一點左右換腳跑跳—單腳跳—橫著跑跳的組合技，就像鬼魅般的陸戰隊噴火兵突然變成了無憂無慮的八歲小孩……

第八次試拍：OKB 跑下了主街，就像他在全速衝刺、要對隆巴特發動攻擊似的。

第九次試拍：OKB 拒絕戴上美軍鋼盔。他將之留在了不知如何是好的馬里歐手中，然後自

359 譯註：傳統電影用負片拍完後會印製成稱為「拷貝正片」的電影底片，再送至電影院作放映用。

顧自走上了主街，直到現場傳來一聲**卡**！

比爾搭上高爾夫車去跟 OKB 溝通這點。他從頭到尾都沒有下車。

「那不成，」比爾告訴他的演員。「鋼盔你得戴著。」

「我只是想讓你看看一種可能。不喜歡你不要印成正片就好了。」

「問題不在那裡。問題是你的頭跟頭皮上沒有特效化妝的假皮，看起來會好像沒有燒傷。」

「那些你可以加上去啊。用電腦特效。在後製時，」OKB 說。「你可以在後製時把它們加上去，對吧？」

「是可以，但也不可以。這是預算問題。我們現在需要鋼盔。等要拍把頭露出來的戲分時，我們會讓你去化妝部給人處理。但此時此刻我們不能讓人看到 OKB 的頭上沒有火瀑的疤痕。」

「再一個 take，就一個，我就心滿意足了。看在 OKB 的份上再一次。」

「行，」比爾把高爾夫車掉了頭，嗡嗡嗡回到了 DIT 帳篷。再行一次方便，就為了讓他的演員開心，然後他就可以移動攝影機了。代價是三小時的晨光、頭一天的拍攝、組員們的時間、還有比爾．強森不少的本錢，就這樣一去不返了。

開機。

聲速正常。

攝影機就位。

Action。ACTION! ACTION — ACTION!

頂著頭上的鋼盔，OKB 像機器人似地走上了主街——踏起了納粹風暴兵[360]的正步——然後就聽得一聲「卡」傳自DIT帳篷。

在無線電上，尤基公開說，「往下走了啦！」

艾兒則自言自語著，「白燒了八個take。」

五十三個拍攝日的第一天就在這樣的反覆中耗完。每一次重新設置，都只換來火瀑演出一段各種版本、看不懂想表達什麼的「這樣比較好」跟「劇本上是這樣寫的啊。」一整天十二小時下來，成果是一整段精彩畫面中的伊芙，外加寥寥幾秒的火瀑。比爾·強森想要的，需要的，都沒有到手。

「收工吧，」比爾強森在晚上六點五十一分說道。拍攝日在無線電廣播上大聲宣布的事情很多，但沒有一次宣布的音量比得過那一聲「收工！」

尤基在一號頻道上對所有人補了一句，「感謝你們完成了史詩般的第一天拍攝。你們是被愛的。」

☆

OKB懷著無憂無慮的好心情，走進了妝髮拖車——臉上的笑意說明了他是如何滿意於他按自己的直覺、心血來潮，還有創意啾啾黑魔法，主導了一整天的拍攝工作。火瀑正順風順水地在軌道上，朝著成為一個讓人傾倒且獨一無二、只有OKB能演得活靈活現的電影經典邁進。他坐在加工廠的椅子上，讓人把他所有的假皮移除，皮膚修復，整個過程得花掉一個小時。就在

360 譯註：起源於一戰的壕塹戰後期，並在二戰時獲納粹採用的步兵突擊部隊，也是星際大戰中的帝國風暴兵原型。

他閉著眼睛、讓三人團隊把黏呼呼的膠水從他身上清掉的同時，他聽到有人踏進了拖車，然後又聽到了艾兒・麥克－提爾的說話聲。

「第一天，辛苦了。」艾兒說。「幹得好，大家。」拖車裡的其他人紛紛給出「謝謝……」、「今天很順利……」、「效果看起來很好」等回應。「OKB，關於明天的拍攝，稍後可以很快跟你聊一下嗎？在你的拖車，老闆會來。」

「沒問題，」演員OKB說。「我們好好聊聊。」

「那到時候見。」

「羅傑・威爾科[361]，收到。」

對OKB而言，在他拖車裡開的這場會是他的說明大會，他用這六分鐘解釋了他的工作流程，好讓他在新片中的同仁們有個概念。「這就是我的風格，大家，」他對艾兒還有如今在他口中變成啵啾的比爾說。「這就是我做事的流程。你跟我不是聊了那麼多個小時嗎？我聽得很用力，哥。我都懂。我都把東西歸檔到我的筋肉跟大腦灰白質裡了。現在那些東西開始往外流。我開始丟東西出來。從零開始自由發揮。我把我有的一切全部都給了你，而正解就在其中。我所做的每件事，都有我的愛跟認可。那你那邊呢？嗯，我是個大人了——你就把看到的當作是你需要的材料。我這邊沒有大頭症。我負責供應原料，你就負責把金塊跟寶石切掉[362]。」

「你說的這些都很好，」啵啾對他的演員說。「我也懂你想要表達的意思，但有些東西比較離譜一點，所以我不想給你添麻煩，讓你多耗寶貴的時間。」

「這話什麼意思？」OKB拿著拖車冰箱裡的牛奶代用品在讀著包裝盒上的原料明細。

「我不想逼著你在這麼短的時間裡想出這麼多演技方案。畢竟時間到了我們就是要往下拍。」

OKB又說了一遍，「這話什麼意思？」

「我會很希望你能在，比方說，前幾次試拍時，揣摩一下什麼叫『少即是多』，以此當成我們詮釋火瀑的目標。」

「我參加過一些電影，經驗告訴我少就是少。少，就是不夠。」

艾兒在頭殼內迴響起靜音模式的嗤之以鼻：這毛頭小子就拍過兩部電影！兩部！

比爾說，「我們可以用少一點的選擇跟試拍去把時間省下來。」

OKB說，「但選擇要夠多，時間就是省不得啊。我這人做事就是慢工出細活，催不得。」

「我當然沒有要催你的意思，我知道你有你的流程，」比爾很沉得住氣地解釋。「但同時我也不想浪費你的時間。或是精力。我們要不就先把原版的一次搞定，然後再來重置，再來稍微玩玩看？」

「我演戲需要放鬆，你懂嗎？」演員OKB說。「放鬆才能讓角色從我體內流出來，原汁原味，沒有那麼多規定壓在我身上。就像我們今天做的那樣。」

「我們進度已經落後半天了，」艾兒說。

361 譯註：Roger wilco，無線電用語，意思是「了解，悉聽尊便。」

362 譯註：他的意思是把金塊跟寶石雕切出來。

「你講的是拍攝行程，甜心，」OKB就這樣管艾兒・麥克—提爾叫了聲「甜心」。「那不歸我管。我來這裡的工作就是要變身成打火的阿兵哥然後入了鏡就走路、講話、氣勢擺出來，然後嚇唬人。OKB可以替你做的就是這些。拍攝行程是製作部那些耳朵裡有無線電的奴才在管的。」

「好吧，不然這麼著吧，」比爾提出了個方案。「明天，你跟我先聊聊，確保我們的想法一致，也確保我們對拍出來的東西都能滿意。」

「你的意思是說，嗯，在我進酷刑室之前在這裡聊嗎？」他說的酷刑室就是妝髮加工廠。

「看你何時感覺對了，也準備好了，我們都可以聊。比方說在片場花個十五分鐘講一下，然後我們拍幾個take，完了我們就可以讓你自由發揮一下。」

「我比較希望我們可以先拍個六次，看看手中有哪些牌，然後再聊一下。」

「啊。」比爾就只說了這樣，就一聲啊。

「這樣我最好工作。正解是正解，時間是時間，這是兩碼子事。何況為了抓出正解而去慢慢深挖何錯之有，n'est ce pas[363]？而且我必須跟你老實講，我對今天最後拍出來的螢火蟲感覺很滿意。」

「那就好，」比爾說著站起身，朝拖車門移動起來。「你忙吧。」

外頭，王牌已經跟Range Rover在一旁待命，等著要把OKB載回住宿處——破窗已經被片場一名木匠拿板子釘了起來。明天會有藝術部門來裝新玻璃。天底下沒有電影團隊解決不了的問題。

劇組的各個要角——妝髮團隊、尤基與亞倫、音效部門，還有山姆的攝影機操作師，外加高幹合唱團——為了看今天的毛片而聚集在了杏仁農會，伊內茲在那兒準備了一些三明治拚盤。事實是隨著這年頭的現代數位監視器功能愈來愈厲害，這種大家齊聚一堂的毛片放映會已經沒有必要——開個檢討大會來檢視毛片之所以多餘，是因為一整天下來，大家都已經看過這些畫面的「實況轉播」。只不過今天是拍攝過程中別具意義的頭一天，而且難搞的OKB又盧了一天，所以臨時試映室滿滿的都是憂心忡忡的觀眾。

扣除耀眼的薇倫這唯一的亮點，這天的毛片可說是慘不忍睹。就連高幹合唱團都嚴肅了起來，突然不相互擊掌了。配著對半切的三明治跟法式生菜沙拉，在場的人一起看著毛片裡的OKB又是花枝亂顫、又是手舞足蹈、又是反應過度，又是耍笨搞笑，一個角度換過一個角度，一次試拍接著一次試拍，浪費了一堆時間，燒掉了一堆運算。

等這部恐怖片終於演完，比爾留下來嗑掉了一盤雞肉沙拉，此時還留在媒體室裡的只剩下艾兒、亞倫與尤基。「所以，」比爾嚼著清脆的蒔蘿醃小黃瓜剖片說，「我們要做點什麼來拯救我們的電影？」

（預定五十三個拍攝日的）第二天

363 譯註：法文的「不是嗎？」。

星期四的拍攝就跟前一天一樣脫軌，差別只在於OKB那天早上遲了一小時又四十七分鐘才到基地營。他想要改變奶昔的食材，所以讓伊內茲跑了三趟伙食部，然後才晃晃悠悠地去到了加工廠，結果又在化妝椅上睡著，飲料根本碰都沒碰。打瞌睡的他不停點著頭，妝髮團隊只得不停把他喚醒才能把工作做完，包括把化妝品塗上去，並把質感、色彩與亮度都弄到毫無破綻。

尤基在前一晚九點發佈了新的通告單——各部門當晚都有收到要等通告單的通知——上頭交代了第二天的第一場戲是場次4A（非全部），當中會有火瀑在市區的各個角落，從呼嘯著滾燙熱風跟煙霧的VFX（視覺效果）旋風中艱難地穿過。有一部分的煙會是真實世界的實景，由駐片場的SPFX（特殊效果）負責提供。剩下的通通會是等後製時再加上的VFX。下午的拍攝工作會由薇倫在片場拍攝原本第一天就該拍好的場次5。OKB說好要跟波啾在片場進行的拍攝前討論，拖啊拖地拖到了十點五十一。為了能多少有點進度，比爾讓山姆開機拍攝了嵌入鏡頭（插入在兩段畫面中間的鏡頭）、旁跳鏡頭（跳開提供額外訊息的鏡頭）與場景建立鏡頭（交代場景的遠景鏡頭），反正這些東西雖然劇本裡沒有，但在剪輯和後製階段會很好用。

最後，OKB總算姍姍來遲到了攝影機前。比爾在第二天的第一個鏡頭前跟他交談了一下，但演員OKB只是說著好啦、好啦。知道了、知道了、沒問題，然後就就了他的定位。他的第一段演出按照劇本所寫，是要讓火瀑踏出個幾步，惡狠狠定住一下，決定好前路，然後像個無懈可擊的戰士般走出鏡頭。

開機。開機。我們要開機了。

攝影機開機！

錄音開機。

各就各位。

攝影機待命。

Action。Action！火瀑闖進了景框，拿掉了鋼盔，抓起了頭，然後單腳一跳蹦出了鏡頭，就像他是個五歲小孩在玩**你搖我碰**。比爾叫出了聲，「卡」——副導演團隊也跟著一呼百應。這場戲就這樣以各種同樣無厘頭的方式不斷歪掉，一歪就是十七個take。Take十七次，比爾就跟OKB在正式來之前耳提面命了十七次。Take十七次，演員OKB就大同小異地說了十七次**我知道……嗯哼……那也是個想法……讓我發揮一下創意……好啦好啦。懂了，知道了，然**後又故態復萌地愛怎麼演就怎麼演。

艾兒人不在片場。她在PO的個人辦公室裡。高幹合唱團的半數成員也跟她在一起（另外一半已經返回他們在洛杉磯的總部）。在她關上的門後，那扇有伊內茲在外頭把風所以沒人進得去的門後，艾兒正在進行一段繁複但是不得不為的編舞工作。

「我們聘請的演員在拍攝的第二天遲到兩小時，」她對在場的「迷你高幹合唱團」解釋著——來自戴那摩的一個男人跟來自鷹眼的一名女士，兩人在各自的「聖秩」（神職階級）中都貴為副總。「他對自己在演什麼電影毫無概念，對他飾演的角色也沒概念，他只知道火瀑是gay，戴飛行員墨鏡很帥，但戴鋼盔很醜。我們拍完第一天，他能用的畫面只有四秒。」

「火瀑是同性戀？我怎麼都沒看出來，」來自鷹眼的女士說。「但我們可以喬喬看。」

艾兒解釋了起來，「那會把這部電影我們一致覺得可行的劇本，搞得沒有意義。」

「戴那摩已經有一個同性戀超級英雄叫蒼天使了，」戴那摩的高幹不帶感情地說著。「不需要再多一個。跨性別的英雄行得通嗎？」

艾兒無視了這句話。「要是我們為了追上天數而被逼著改拍攝行程，那就代表劇本得改。要麼修，要麼刪。」

「要刪的話我有些點子。」戴那摩先生說。

「我們在鷹眼的創意部門也討論過了要怎麼修。」

「都先不急。」艾兒說。「在我們請我老闆修改他的劇本前，他正拚了命在搞定我們的二號主角，希望他能在不知不覺中被操控，然後演出一點讓人看得懂的東西。我們可以重新安排那場只有一句台詞的戲份，盡快讓火爆跟伊芙演完對手戲。我們得比希望的時間早一點開始綠幕攝影棚的拍攝，但也沒辦法。然後我們會用最快的速度讓OKB殺青，讓他趕緊從這部片畢業。嘿，伊內茲？」艾兒往門的方向叫了一聲。只在一瞬之間，伊內茲就出現在細細的門縫內。

「您需要什麼？」她問。

「給所有人來一輪爪哇豆醒腦劑。你們喝咖啡要怎麼加？」艾兒問起了在場的高幹。

「我都知道，」伊內茲撂下話就走了。

艾兒轉頭看著片廠諸高層。「他繼續這麼遲到，我們可以威脅他的經紀人，就說遲到造成的損失得算在OKB的帳上。」

「這樣好，」鷹眼代表說。「讓他學點教訓。」

「嗯，肯定的，」艾兒嘴巴上這麼說，但心裡清楚 OKB 有多不受教。

回到片場這邊，OKB 非常興奮於他剛冒出的一個構想，那是個一瞬間從他體內彈出來的靈感。他跟道具組討了一小條「多汁水果」牌口香糖，拆了一半，然後整把往嘴裡送。火瀑這下子成了一邊咂咂咂在嚼著口香糖，一邊四處在搜尋目標的獵人。他動著被迫加班的下巴，兩腳在場景間悠閒地溜達。「啵棒的強尼！」他又給比爾・強森取了個 B 跟 J 開頭的新名字。「我找到了！這就是火瀑該有的樣子！」

「我不是很確定耶，」事實上，比爾非常確定——這不是火瀑該有的樣子。

「我們試試看不嚼口香糖好不好。」

「不，哥！」OKB 說著還在咂著他的口香糖。「我們大膽一點拚了吧。這是一種對位法[364]！我之前都靠跳動、靠移動、靠抽動去找出戈默・派爾的演法，但現在有了這個……」他試著吹出一個泡泡，但多汁水果就不是那種吹得出泡泡的口香糖。「聽著，哥，你要我站多定我就站多定，但現在我覺得我抓到了我一直想要的那種感覺。」

OKB 站倒是站定了，鋼盔也戴上了，沒有太陽眼鏡，看上去也盡可能惡狠狠了，但就是嚼著厚厚一團口香糖的下巴動得很厲害，看上去就像嘴裡塞滿了花生醬的艾德先生[365]。

「我們倒回去重拍昨天的東西吧！」OKB 對新點子顯得興致勃勃！

364 譯註：對位法是在音樂創作中的概念，意思是使兩條或者更多條相互獨立的旋律同時發聲並且彼此融洽的技術。

365 艾德先生是一個很老的電視節目，裡面有一頭會說話的馬。節目會把花生醬放進艾德的嘴裡。他會一邊舔，一邊好像在說些什麼。據說艾德是一匹喜歡花生醬的快樂小馬。

「也許之後的行程我們再找時間，」比爾說。

「擇日不日撞日！現在大家都在！我們來把主街搭好景，拍我的出場戲吧！兩個 take 就有了！」含著嘴裡的口香糖，OKB 吐出的每根驚嘆號都夾帶著口水。

「要搬動的裝備太多了。」

「才兩條街而已？」

「那裡頭有推軌、有吊車、還有三台攝影機。」比爾解釋說。

「那不然，排在今天的最後。嘿，山米？」OKB 叫了個史丹利．亞瑟．明恨之入骨的稱呼。

「是？」山姆問。

「你想不想拍點超狂的黃金時分鏡頭給昨天的戲份用？」

「我們今天不是也有黃金時分的戲要拍？」山姆怔怔望著比爾。

「我昨天還沒有這個，」OKB 指著他的嘴巴還有嘴裡的口香糖。「現在的我解放了！」

「我們先把這裡的東西解決掉吧，」比爾說著從口袋裡掏出了一張看似是鏡頭清單的東西，作勢研讀了起來。

「午餐前我們還要再拍兩個設置，然後我們再來看看行程。」

「收到！」OKB 回到了他的定點。「新的多汁水果口香糖先幫我備好，我用得上！」演員 OKB 大聲交代起道具組。

比爾繼續目不轉睛地盯著一張小卡片，但那其實是玩 Jotto 遊戲留下來的東西，他有時候會在設置調整的空檔玩這種兩人之間的猜字遊戲，藉以打發時間。「山姆？」

「是？」

「還有尤基？」比爾也叫來了他的第一副導演，然後跟這兩人說在午餐之後，他想要把攝影機架到廣場與法院四周的建築屋頂上，用長鏡頭去捕捉寬景框，讓裡頭看上去有一個小小的火瀑。接著他們會移動到吊車跟旋臂，把攝影機B跟C放到塔上靜候午後的光線，然後從背後拍攝火瀑。

薇倫收到的通知是她下午不用工作。

☆

薇倫並不想放一下午的假。她想要工作，雖說一個演員能在電影裡聽到的第二大好消息——僅次於「他們準備好在等你了」之外——就是「我們今天不需要你」。於是她做了全套的德雷—卡特運動，也做了她那長不拉嘰又慢條斯理的伸展操，筆不離手地重讀了一遍她的劇本，跟溫德米爾夫婦與瓦利吃了頓輕食晚餐，然後準備把晚間投資在一部老電影上。狠人貝蒂．戴維斯在一九四六年的《偷生》裡同時演出凱特與派翠西亞這對雙胞胎，而薇倫想看看這名噴泉大街的傳奇是如何辦到在同一部電影裡一人分飾兩角。她坐進了科技巨擘的錢所能買到最最舒服的一張躺椅，在媒體室裡看著巨大的液晶螢幕為這部黑白電影注入亮度到不同的灰階中，而她的 iPhone 也在此時響起了艾爾．葛林的《讓我們長相廝守》。那是她給艾兒．麥克—提爾設定的專用鈴聲。

「暫停，」薇倫對著媒體室說了一聲，讓跟房間一樣寬的螢幕凍結在舊華納兄弟盾形標誌的畫面上。「怎麼了？」她對著手機說。

「這麼個晚上，妳的寧靜保持得怎麼樣？」比爾．強森——這部電影裡唯一影響力超過艾兒的人——在用艾兒的手機打電話。

「**超嗨的，就像他們在高中畢業紀念冊裡說的那樣。**」她回答的是《滿是聲音的地窖》裡的台詞。「你怎麼打起了艾兒的手機？」

「我在這！」艾兒喊了一聲，原來另一頭的手機開了擴音。他們在PO的艾兒辦公室裡。「怎麼了嗎？」

比爾開了口。「也可以說跟妳無關，只不過這事跟所有人都有關……」

「怎麼聽起來不是很妙，」薇倫說，然後補了一句，「燈光調亮——半強。」這話是說給媒體室聽的，室內的燈光就這樣漸強為中等亮度。

「男人就是這樣憨慢說話，」艾兒說。「我們需要開個會，我們三個。」

「現在？」

「正是。」比爾說。

週五夜屠殺夜

姍姍來遲的OKB出現在基地營，已經遲了一個多小時，但他還是先享用了一頓早餐，才被請到妝髮拖車裡。王牌在停車時，尤基親自過來跟Range Rover打了招呼，並以第一副導演的身分解釋說今早的分鏡拍攝可能有所異動，所以不用急著進加工廠。「我們至少還要一個小時才會把攝影機架好去拍還不需要您的鏡頭，所以您怎麼舒服怎麼來，先生。」

「伊內茲呢？」是 OKB 聽到這匯報的反應。

「我可以用無線電呼叫她，」尤基說。

「我今天沒胃口再喝溫溫的奶昔了。我想吃點墨西哥煎蛋不加香菜，但培根要脆到像被 M2-2 火焰噴射器燒過。」

「沒問題，先生。」

「行程這麼延誤，是不是應該要有人先跟我說一聲，」OKB 邊說邊把星光馬車的門給關上。「早知道我就可以多睡會兒，不用莫名其妙在那邊趕。」一個正午的通告還能遲到一個多小時的男人如是說。

伊內茲帶著用鋁箔包好在盤子裡的特製早餐出現，敲了門。出來應門的 OKB 從她手中接過早餐，然後說了一句，「多謝，蜜汁鮑魚。聽清楚了，我說的是鮑魚。」

☆

美國海軍的官方軍歌是《起錨歌》，所以正確的說法應該是「起錨了」，而不是「錨起了」——但在艾兒終於現身在攝影機旁邊吹起她正字標記的旋律後，這點小知識就無所謂了。比爾轉向她，緊抿著嘴唇露出了一個苦中作樂的無奈微笑。她翻了個白眼，那是她給自己一上午扮演神鬼戰士廝殺所下的註腳，但結果是好的：大拇指朝上。

比爾離開了片場，幾步路走到了杏仁農會大樓，那兒已經設好了俗稱「綠室」的演員休息室。對於還沒輪到自己要拍的場景的卡司成員來講，他們需要一個室內空間裡有真正的沙發跟椅子，有大電視，有他們專屬的複式膠囊義式濃縮咖啡機，還有多到不用搶的充電器插座。穿著制服／戲服的艾克．克里帕就是已經做好了飾演利馬先生的一切準備，在這裡等待拍他在這部電影裡的第一個畫面。他經伊內茲告知，說比爾．強森要來跟他很快聊一下。

「好喔，」這演員說。

「我能幫您準備點什麼嗎？」伊內茲主動表示。

「完全不用，我剛打了個盹，這裡有喝到飽的咖啡。過幾個小時還有午餐不用錢。伊內茲，我很好。」

兩分鐘後，比爾．強森來到了綠室。兩個男人進行了十二分鐘的閉室密談。等門再度開啟，比爾走了出來，直朝著基地營而去，OKB 的拖車是他的目的地。

艾兒在一旁待命，手機握在手裡，眼光緊盯著她的老闆。六十秒鐘後，她就要打出那通只有比爾、薇倫與戴那摩跟鷹眼高層知道會由她打出的電話。

比爾三連發敲在鋁門上，然後開了門，喊了聲，「我是比爾。我可以進來跟你說幾句話嗎？」

「你敢不進來，」OKB 在車內說著。艾兒按下了 iPhone 上的撥出鈕。

OKB 躺在拖車沙發上，配著電視上靜音的《茱蒂法官》，他手裡用 iPhone 滑著抖音。「現在什麼情況，叭噗傑克，為啥我還沒被叫去拍戲？」

「那就是我來要談的事情。」比爾沒有找地方坐下，而是靠在了小廚房的流理台邊上。「我們還沒開拍是因為我犯了一個錯誤，而我想要坦承自己的錯誤。我有過機會——或該說責任

——去確立這部電影的走向。確立我需要看到什麼樣的火瀑。確立這個角色應該如何活過來。」

這時 OKB 才放下了手上的抖音。「所以呢？」

「在你追尋你的直覺，在我讓你追逐直覺的過程中，我偏離了對作品願景的正軌。角色在改變，人物在朝著創意的山丘而去，而電影本身也在偏移。我早該採取的做法——從一開始就該採取的做法，所以這是我的問題——就是讓一隻更有智慧也更篤定的手來指引你。」

茱蒂法官在大電視上說著什麼；那女士在點著頭，就像是默默在對比爾的話表達贊同。「一隻更篤定的手，」OKB 複述了一遍。「成。」

「最後的結果，同樣全都要怪我，顯然行不通。這完完全全跟，嗯，跟你，或嗯，跟你的做事流程或任何一個，嗯，你的選擇，都沒有關係。」

「我同意。」

「所以我們要做個改變。而這是我的決定。我一個人的決定。一個我應該早點說清楚的決定。」

「很好！」OKB 從沙發上坐了起來。茱蒂法官已經把螢幕給讓了出來，好讓一家專攻人身傷害的法律事務所可以用廣告做點宣傳。「我會說我們該做的第一件事是重新檢討鋼盔的問題。這事我應該要更用力爭取才是。是我不好。光這一點就能讓我們回到正軌，也讓我當個百分之百的**火哥**。算是幫你個忙，我可以找幾個星期六來補拍要重來的部分。劇組可能會跳腳，但我義不容辭。」

「不，」比爾說。「我們星期六不拍。」

「只要我去化妝那裡把頭上的疤給畫上去——畢竟我們終於把鋼盔摘掉了——我們就可以把今天當成是第一天，對吧？什麼叫從零開始！」

「不，」比爾的不字連發起來。「我們不管哪天都不拍了。」

「很好！我的化妝團隊會需要一點時間思考我沒有鋼盔的腦袋造型。看起來不酷可不行，貝克·強強！你說的天是指白天吧，有時夜拍就是有種魔力，你說是吧？」

「我很抱歉，」比爾說著陷入了暫停。暫停。暫停。「我們要做的改變，就是要讓你走人。」

「你是說我今天收工了嗎？我在這兒坐了好幾個小時，結果你今天不用我？搞什麼，哥。」

「我們要讓你從這部電影裡走人。」

OKB 完全聽不懂這句話在說什麼。

比爾接著說道，「這樣不是辦法。我們要換角。」

OKB 覺得自己應該是聽錯了什麼——但隨後他就在腦子裡猜到了 Wordle[366]今天的五個字母：FIRED。「你覺得你可以火掉我？」

「這是我的錯，OK。而且這是我的決定。我對自己涉及這件事的部分非常抱歉。還是那句話，我從我們第一次對話就應該要有不一樣的做法。」

OKB 坐在沙發上，一動不動到一個不行。他的目光鎖定了這個不知天高地厚，闖進了他拖車的混帳娘們兒：導演，比爾·「老二吹得嗶嗶叫」·強森身上。「我頭已經洗下去了。攝影機已經對著我轉動過了。」

「我知道你聽到這件事肯定很難接受。你是個很了不得的演員……」

「我是這部片的明星，而你覺得你沒了我還可以活得好好的？你連三天的主體拍攝都吃不下來。強森。這可不是你的那些伊甸園電影有死忠的少女跟可悲的迷弟撐場面。你需要我。沒了我你就等著完蛋。」

「這真的行不通。」

「戴那摩已經讓我簽下了另外三部電影，老兄！你搞清楚自己在跟誰說話，你是在跟他媽的整個系列電影講話好嗎？搞不清楚狀況。開除我對你就是自殺。你以為你拍一部《信天翁》第二集能讓你的生涯再起秋一次嗎？」

就在此時，隨著茱蒂法官重新回到她的電視法庭裡，OKB 的 iPhone 開始在震動中嗡嗡作響。螢幕亮起了他經紀公司的標誌，而那代表艾兒已經用她一貫的精準無誤，完成了她那一頭的點火程序。OKB 馬上就要聽到的不是抖音，而是一樁慘劇。

「那是你的經紀人在找你，」比爾說著走回他剛剛進來時的鋁門，準備離開。「他的解釋會比我清楚。對不起了，OK。」

艾克．克里帕需要十二分鐘去聊——開除 OKB 只用了三分鐘不到。

☆

「假如是艾克．克里帕，妳怎麼說？」比爾問起薇倫，就在發難的前一晚。

「我會說，他誰？」這是一個陌生的名字。

366 譯註：二〇二二年爆紅的線上字謎遊戲，謎底有五個字母。同好會在網路上分享自己今天組出了什麼樣的方塊圖。

「艾克・克里帕，」艾兒解釋說。「妳見過他。」
「有嗎？」
「有喔。」艾兒向她確認了這一點。
「什麼時候？」
「昨天。拍第一個鏡頭時。」
「我們開鏡的第一天？」
「他也在卡司裡，」比爾說。「他是其中一個調查者。」
「喔！演利馬先生的那個？」薇倫恍然大悟。「《滿是聲音的地窖》裡的酒保！」
「正是，」比爾說。「艾克・克里帕。」
「艾克・克里帕，」薇倫重複了一遍。「哇嗚。」
「妳這是在有所猶豫嗎？」比爾問。
「不，」薇倫說。「我在哇嗚的是你要冒的風險，老闆。」
艾兒看著比爾，兩眼睜得老大。薇倫是對的。薇倫懂。
「我在想像酒保，艾克，身穿陸戰隊制服的模樣，」薇倫補充說。「有一對不錯的肩膀。夠高。對我來說很神祕。眼睛好看……」電話中暫停了一下。「你為什麼一開始選角時不直接用他呢？」
☆
在外頭，艾兒等著她老闆從住著前火瀑的金屬盒子裡現身。當他們步伐一致朝著製作辦公室而去時，她與比爾已經昂首闊步。兩人之間沒有交談，也不需要交談。凱撒已死。共和國等著他們去拯救。

王牌收到的指示是跟停好在怠轉的 Range Rover 一起待命。吃飯休息的通知已經宣布下去。把劇組支開到杏仁農會大樓的大宴會廳用餐，基地營就可以清空劇組成員，OKB 就可以保住面子，不用在離開拖車、電影團隊、製作組的時候來一段眾目睽睽下的「遊街示眾」。

艾兒請伊內茲把她的小馬車子開到停車場的入口停好，然後要她坐在後座，從福特貼黑的車窗後盯著 OKB 搭車離開。伊內茲沒等多久就看到了車子現身，也看到了方向盤後的王牌，至於在副駕駛座的 OKB 則對著手機在大吼大叫，但也只能任車子把他朝著在鎮上西邊的法蘭佐草原愈載愈遠。除了王牌以外，伊內茲就是最後一個看到 OKB 在隆巴特出現的劇組成員了，沒有之一。後來有一些平民老百姓看到了一輛銀色雙人座奧迪飛馳出了鎮，沿著老韋伯斯特路朝州際公路而去，時速在限速四十五英里的區域起碼七十五英里，但鄉親們並不知道方向盤後面的是何方神聖。

伊內茲按開了設定在四號頻道的無線電去呼叫艾兒。「嘿嘿，」她隔空開了口。

「喂？」艾兒一直在等著實況轉播的結果。

「有根錨起了。」她給出了信號，一如之前所說好。OKB 已經 GBG 了[367]。

「收到。回片場來，愈快愈好，」艾兒尖叫起來。

367 Gone, baby. Gone. 掰掰了，寶貝，掰掰了。

伊內茲在方向盤後面精神一振，一個右轉開了三條街，然後又一個右轉往東，最後把車停在了塔可玉米餅卡車後面，這時劇組正從午／晚餐中回到工作崗位上。她從來沒有跟劇組一起吃過午餐——她一直都抽不出時間好好坐著吃飯——於是她在烤麵包上給自己做了一個急就章的伙食部流花生醬果醬三明治。她把無線電調回到一號頻道，正好趕上尤基對全體劇組宣布事情。

「全員注意，劇組所有同仁，包含電影團隊的每一分子，請至攝影機前面集合聽取簡要的宣布事項。每個人都要。包含每輛卡車。包含PO的製作組。所有工作人員都請到片場開會。你們是被愛的。」

大集合花了將近十五分鐘。有些工會司機小睡到一半被叫醒。伙食部同仁可以不用到，但很多人還是照樣跑來了。就人員組成而言，此刻的集合與相隔兩個早上——恍如隔世的星期三——的那次沒什麼不一樣，只不過當時集合是為了劇組大合照、剪旗儀式，還有電影的開鏡。比爾．強森站在尤基讓場務領班搭起的平台，材料是四個相連的蘋果箱跟一方三夾板。有了這樣的制高點，大家就都能看見他們這部電影的編劇兼導演了。大家也都聽得到他講話，所以不需要很有事地讓大聲公或上帝視角的廣播系統出場。

「嘿，大家，這就幾分鐘的事情，」他宣布著。「我們暫停拍攝是要更動卡司。關於主要角色中的火瀑……」

群眾當中有人發出了形容為「叛逆的吶喊加鬆一口氣」應該不為過的叫聲。

「火瀑會交由一名新演員來詮釋。我們已經向才華橫溢的貝利先生道了一聲集專業、禮數與敬意於一身的再見，也確信他日後會繼續在演藝之路上繼續有著不可限量的發展，為此我們會為他獻上最誠摯的祝願。那麼在我們重新出發之前，今天的工作就先到這邊了。頭三天的工作就先畫上句點，大家這段時間都一直在拍片——」

「拍片？我們有在拍片？」有人嗆了一聲。不少人笑了出來。

「也請大家週末好好休息，辛苦了。你們的努力與敬業讓我既感謝又欽佩。大家週一見。」現場爆起一陣歡呼——響亮的喝采聲中夾雜著掌聲加口哨聲跟又一次的叛逆吶喊。沒有人不喜歡週五提早收班。尤基按開了無線電麥克風，讓劇組知道大家最晚可以在午夜前去電郵收件匣裡查看週一的新通告單。

有些劇組成員焦慮了起來，他們擔心的是自己搞不好也會是週五夜屠殺夜的亡魂一員。火瀑的妝髮團隊可能會被炒，主要是他們一直都只服務如今已經買單的 OKB。王牌·艾斯韋多在想他會不會被改派去開基地營的客貨兩用廂型車，或是開電動高爾夫球車，還是直接被請回家去弄他的織布機或小馬，畢竟他這幾天接駁的大咖在這裡已經不再是個咖了。就連伊內茲都看到一種可能性是艾兒會輕手輕腳地靠近她，道一聲集專業、禮數與尊敬於一身的再見，然後伊內茲就只好拍拍屁股走人，回到她的小馬司機生涯，也回到她顧小孩的責任上。畢竟她一直也就是被如今已成過去式的 OKB 呼來喚去。不過除了通告單上的二號確定陣亡以外，團隊裡唯一一個將一去不復返的是製作組裡的一名會計，原因是她獲悉母親被告知了一些跟醫病有關的壞消息，而她必須要照顧起自己的大家庭。接替者會於週末就地延聘。

等全體演員收工，一切設備存放好，卡車通通鎖好並檢查過、確認安全無虞後，電影團隊就會展開他們的「加碼週末」，一個比平時更長的週末，大夥奔向了沙加緬度與舊金山，奔向了山中的營地，也奔向了大鐵彎河的泛舟之旅，此外還有一班「賭徒號共乘班車」要開往內華達州太浩湖畔的大小賭場。

週末

電影棟樑們在星期六跟星期天也得上班，在大力士等級兼史詩分量的操勞中途從不靠站。OKB魔王被斬首那短暫暢快的一瞬間只持續了一毫秒，就讓位給了《夜影騎士：火瀑的車床》這個「民族國家」百廢待舉、民心望治的現實。部門頭頭們只能比他們的部下提早出發二十四小時——他們沒一個有閒工夫去泛舟或擲骰子。

艾兒．麥克—提爾以緊迫盯人的方式要一個個部門主管去清點他們手中的資源，去完成必須的調整與改變來因應換角的重大頓挫，但沒有一個人龜縮。她跟選角的同仁們討論了一番利馬先生一角要如何替換。有人提及直接把這個角色砍掉——多出來的劇情與台詞就直接分給剩下的三名調查者，但艾兒否決了這個提案，她的意思是換角騰出的空間應該用來為製片引入更多的多元性。她手握的網絡中有所有曾經來試鏡過的演員，於是便逕自開始物色新一代利馬先生的臉，並在與卡司部門共商大計前先挑出了她中意的人選。週六上午十點，艾兒已經在與米勒．湯普森與凱茲經紀公司的波莉．凱茲用Zoom視訊——一一列出可能的候選人。下午一點四十五分，艾兒人在PO的辦公室裡把來到她辦公桌上的各種凹凸不平處給鈑金磨平，而這當中就包括一通落落長而且髒話滿天飛的電話，來自戴那摩的一名高層。驚慌失措的對方對於這他媽的整件事，又開始不確定了起來。

史丹利・亞瑟・明開始仔細研究起拍下的畫面，好決定當中有哪些，甚至是有沒有，可以給比爾・強森過目的部分——也搏一個可以修改的機會。要是山姆得把硬碟上的東西通通重拍一遍，那他會把攝影機安排在另外兩個地方來玩玩看倒影。

勒黛拉・若維並沒有驚慌於突發的換角。從她給艾克・克里帕量到的尺寸看來，他要合身撐起戲服應該不成問題。她認識艾克是在《滿是聲音的地窖》的時期，當時她的印象是他很隨和，而且面對服裝師願意「禮賢專業」，畢竟他也不諱言自己是時尚白癡。他唯一能給勒黛拉添的亂，就是他對自己的腳很敏感，他說。他會希望戰鬥靴穿起來可以不要好像他在綑小腳。勒黛拉馬上真正要頭痛的是不管新任的利馬先生是誰，尺寸的測量都得愈快愈好。

亞倫・布勞與尤基在焦頭爛額的是第四到第十四天的行程要怎麼重排。薇倫的某些戲份可以挪到前面，但那也只有一些。其他的卡司成員——那些戲份在克拉克咖啡店的演員——還沒有來到隆巴特。他們之前的決定是要在第十到第十四天以拆分日[368]的方式完成拍攝——從正午拍到午夜——但那距今還有一個禮拜。

伊內茲・岡薩雷茲——**克魯茲**開車從隆巴特回到了她家，並選擇在午夜前幾分鐘出發，這

368 譯註：splits 或 split day，一種拍攝日的配置，基本精神是晚開始晚結束。不影響片酬，但早上可以從容一點。會叫拆分日是因為拍攝日被拆成日夜兩半。

樣她就可以在睽違數週後第一次醒來跟家人共進早餐。她整頓早飯都把小法蘭西斯柯抱在大腿上，期間還拍了跟小外甥的自拍照，給艾兒發了過去，標題是新利馬先生是你？

艾．麥克提——大心大心大心大心大心大心大心！！！

然後，相隔了幾秒鐘。

艾．麥克提——下禮拜會很瘋狂。不准妳開車回家了。打個包來住我家空房。

派特．強森博士受夠了身邊沒有比爾的日子。與其搭飛機過去找他，她在星期三——也就是拍攝的第一天——一早掛好了自己的 Jayco 拖車，花了三天的時間駕駛兼宿營。這樣子她抵達隆巴特，差不多會是她的男人在拍攝期間第一個休假日週六早上醒來的時候。她過夜的營地都是在一個叫「顧—台—廂型車」的網站上訂的，其中最後一天的營區經營者是一群佛教徒；雖然她沒親眼見到他們，但她確實聽到了一些敲鑼的聲響。當她進入 Wi-Fi 的訊號範圍已經是星期五早上的事情，當時是比爾聯繫上她，跟她分享了他丟包 OKB 這個感傷歸感傷、但他不得不這麼做的決定。她週六正午前一定會趕到隆巴特，她信誓旦旦地說。

比爾．強森在週末起了個大早，然後在超大劑量的咖啡因中又一次重讀起了劇本。如今有了艾克當他的火瀑，他讓已經了然於胸的台詞再次沖刷過他，就像一陣下在體內、將他清洗乾淨的雨。然後他在隆巴特古宅區仍睡眼惺忪的街道上散了個步，一路上都帶著那根在跳蚤市場買的九號鐵桿，就像是他的手杖。他一邊對人行道上的落葉跟掉在草地上的樹木殘枝揮桿，一邊讓與電影有關的靈感在腦中沙沙作響。那毫無疑問可以被稱作「影」思泉湧。

他早上的行程會是一場會議接著一場會議接著一場會議，然後要去那些得早早提前派上用場的一票外景地勘景。重中之重是他要與艾克花時間交流。身為導演他必須與他的新明星好好「心心相印」地培養一下默契，因為天曉得要是火瀑繼續像之前那樣亂七八糟，那可不是開玩笑的。比爾可以說把一切都賭在了艾克身上。萬一再有什麼白癡行徑讓拍攝工作哪怕是耽誤僅僅一天，代價都會高到讓人無法承受；到時候那就是一場可怕的失誤，一場煽動者得費盡千辛萬苦去收拾殘局的過錯。一手好牌玩到砸鍋，可是會讓噴泉大街直皺眉頭。

☆

在那個命運的星期五，就在OKB被炒魷魚的幾分鐘前，比爾在綠室見到了艾克。他正做著波比跳[369]，然後只見導演關上了身後的房門。

「艾克，」導演說。「我有個問題，不知道你能不能幫忙。」

「有什麼忙我可以幫？」艾克喘著氣，用長袖運動衫拭去了一層閃閃發光的汗液。

「當我的新火瀑。」

艾克完全理解不了這六個字。「你是說，讓利馬先生變成火焰噴射兵嗎？」艾克想像起他的角色歷經某種狼人式的蛻變，原因可能是某種詛咒或有的沒有的宇宙騷動讓他的國防部／中情局／調查者角色變身成陸戰魅影。

「不，我們會另外找人演利馬。」

369　譯註：burpee，基本上就是結合往上跳加伏地挺身（或者反過來）的一套動作，可燃燒脂肪並緊實肌肉，細分的話可以拆成一上跳、二深蹲、三伏地挺身等步驟，其中第二跟三的步驟中包含了「伏地後踢」（squat thrust）。

「找我以外的人嗎？」艾克突然感覺喉嚨有點緊。

「我需要幫忙，艾克。我需要你來演火瀑。我會請OKB，嗯，把位子讓出來。要是你能勝任，而我也確信你能勝任，我會希望你能接手這個角色。」

「火瀑？」

「是。」

「我？」

「是。」

「演火瀑。」

比爾點了點頭。

「我有點不確定這是這麼回事。」

「我想請你幫的忙，就是成為火瀑。進駐這個角色。我列了一張清單，一一研究了可能的人選，我要的是有人能把我看到的、寫出來的，電影裡該有的火瀑給創造出來。沒有人更適合了，除了你。」

又一次，艾克對比爾說的話有聽沒有懂。至少沒有一聽就懂。

比爾接著說，「你是個靠直覺的演員。你會動腦。你會傾聽。你會隨機反應。你不會需要人手把手一步步帶著你前進。你會自備動機，會按角色在戲中每個當下的處境去演繹。你不會為了譁眾取寵而無所不用其極，你會從無到有地讓人對你目不轉睛。在《充滿聲音的地窖》中，我請你在戲裡創造一些動態——一些我沒能寫出來或沒空去想出來的節點，結果action喊聲一出，你就開始擦吧檯後的鏡子。你自己跑去跟道具組要了一瓶穩潔，用報紙擦起鏡子，然後報紙上的一篇報導引起了你的注意，你開始邊擦鏡子邊讀報[370]。我要一個節點，你給了我四個。我跟你要一個創意，你讓我可以翹著二郎腿看戲。你解決了自己的問題，也解決了我的。」

「好喔……」

「你會站上定位，把真相說出來。早在演出酒保洛伊的時候就是這樣。我錯就錯在沒有在三個月之前就明白這一點，沒有一開始就跑去跟片廠說，**我找到了你們要的火瀑——他就是艾克．克里帕，我要他，不作第二人想**。我很抱歉我遲到了，但我現在來了。最後關頭。驟死賽。劇本你讀過了嗎？」

「嗯，當然。」

「你看的主要是自己的對話？利馬的戲份？」

「當然，是。」

「你現在開始讀火瀑的。讀他個一百遍，一有機會就讀。幫我把真相找出來。」

「把這個角色從 OKB 手裡搶走？我不想做搶人工作的事情。」

「你沒有搶人工作。不論你怎麼回答我，他都要被換掉。他走定了。這在拍電影的時候是難免的事情。巴迪．埃普森對錫人的化妝過敏，所以傑克．哈利加入了托托[371]跟大傢伙。你看棒

370 那部電影裡一個很棒的旁跳鏡頭——大概在第四十七分鐘處。

371 譯註：電影《綠野仙蹤》裡的狗狗。

球嗎？盧・賈里格[372]聽過嗎？」

「巴迪・埃普森打不到曲球所以角色歸了蓋瑞・古柏[373]？」

「瓦利・皮普[374]有天沒本事再打下去了。賈里格頂替了他的一壘手位置，然後一打就是兩千多場。」

「兩千一百三十。我在《終極版超級大富翁》的猜謎裡聽到過。所以OKB是瓦利・皮普，而我是洋基的驕傲？」

「如果你有賈里格的球技的話。」

「我盡量。」

「別盡量，就是你了。你更大的挑戰是在一年之後，等電影上映時，屆時你的人生會與現在截然不同。眾人的火燙目光會如白熾將你腐蝕。又或許你會樂不思蜀到變成個瘋子。出名不是人類的自然狀態。世上也沒有出名訓練班。稍微準備一下你就會沒事的。你會變成有錢人，也許，如果你懂得守財的話。」

艾克的腦袋瓜裡頭：轟！

比爾接著說。「你的經紀人跟公司那邊的企業事務部會有一番討價還價的拉鋸。鷹眼與戴那麼會想讓你多拍幾部——那不是什麼壞事。上面的腦袋要清醒，下面的鞋帶要綁緊。我們的行事曆還有得調整，所以我還沒辦法馬上跟你說你何時開鏡，但下週的某個時點上你就會與火瀑合而為一。」

艾克先是沉默，但開口說道，「等等。」聽到他這麼說的比爾不等也不行。「薇倫？這些事她知道了嗎？」
「要不是她完全認同，我也不會來找你說這些。」
「真的嗎？」
「騙你幹麼。」
有那麼一瞬間艾克感覺他的身體在拉長，就像他的頭變成橢圓形，頭頂朝著杏仁農會大樓的天花板而去。他的耳裡開始朦朦朧朧地迴響起貝殼裡宛若大海的吼聲，他分辨不出比爾．強森口吐著的那些字句：「在這裡待一下下，我去找OKB談。等我那邊談妥，你這裡就可以開始了。」比爾朝著門口走去。「酷一點，艾克，像火瀑那樣。」
艾克．克里帕有種人在高空跳傘時的感覺——飛翔的快感是一回事，以終端速度在往下掉的現實又是另外一回事。他既心花怒放，又嚇得皮皮挫，既確信有種自我價值感，又肯定自己是個詐騙集團。此時他生命中唯一可以確定的是他最新版的五年計畫已經被扔出窗外，不用撿回來了。這時只有三個字閃進他的腦袋，來到他的嘴邊，「看我的。」

☆

372 譯註：Lou Gehrig，1903-1941，美國職棒洋基隊名將，外號「鐵馬」，曾保有最長連續出賽兩千一百三十場的紀錄，後因罹患以他命名的漸凍人症被迫退役，曾在告別演說中表示「我是地表上最幸運之人」。

373 譯註：Gary Cooper，1901-1961，美國影壇傳奇男星，曾在一九四二年的《洋基的驕傲》一片中飾演盧．賈里格。

374 譯註：Wally Pipp，1893-1965，美國職棒洋基隊的選手，一九二五年球隊大改組，陷入低潮的皮普也就此被換掉。當年老闆跟他說賈里格只是代班一天。

艾克在杏仁農會大樓用 FaceTime 視訊了他的妻子。媞雅・克洛普弗自然是在忙著照顧寶寶。在他把發生的事情告訴她的過程中，她足足得把事情的前因後果聽過三遍，才終於能理出一個頭緒。然後她笑了。她舉起手機，好讓艾克能看到他們的女兒，十個月大的露比・克洛普弗，是如何在地板上踢著毯子。

「等我把她把拔的事情告訴她，」媞雅說。「她說不定會打嗝加挫屎。你打算怎麼回應呢，親愛的，等你把這一切都消化完畢之後？你還好嗎？」

「我還好嗎？」艾克重複了妻子的問候。「我也不知道自己是被親了一下還是被揍了一拳。」

許多年前，艾克曾經跟媞雅一起站在隊伍裡，等著參加在地人的卡司招募，為的是參演一部保密到家的電影叫**無名一九七〇年代企劃**。她把她的名字填到了一張清單上，於是艾克也一起報了名。他們都跟未入鏡的聲音進行了九十秒的面談。比爾中意他的長相，而且這小子在想逗笑沒露面的選角總監時還挺有哏的：「你這辦公室不錯嘛。禮品店在哪裡？」

艾克在《滿是聲音的地窖》裡是個加分但或許稍嫌影薄的存在，是一名會準時到、會把劇本背好，會自備微妙的動機在戲中表現出來的一名群戲成員。他不多話，他會不插嘴地好好傾聽，他從來不會不跟哪位副導演報備一聲就擅離片場，而且他跟其它人都能好好地打成一片——甚至連前面提到過的琪琪・史朵哈特都不例外。在拍攝《地窖》的那幾個禮拜裡，演員艾克始終保持在說來就來的備戰狀態，就像風中一根細瘦但強韌如鞭的蘆葦。在最終的剪輯裡，比爾索性都切到酒保羅伊那兒去找節點、笑料、眉批，因為艾克永遠都在戲裡面。就因為這一點，艾克是《夜影騎士：火瀑的車床》裡第一個被放進卡司的演員，須知按照劇本的寫法，利馬這角色比活動道具強不了多少，他只是個解說的水龍頭，只是個讓鍵盤有人去按的配置。艾克．克里帕，比爾知道，是個有本事把「這誰啊？」的無名小卒變成「這誰啊！」的一號人物。

週六的艾克一刻不得閒。首先，他要去做保險需要的體檢，然後他要讓人帶著去特技團隊，去服裝部，然後是妝髮，再來是基地在燈泡工廠的特效鋼絲團隊、道具組，最後回服裝，才算是拜完一圈碼頭。肯尼．薛普拉克問他能不能騰出點時間辛苦一下，讓他製作快乾石膏的頭模，於是他又回頭去找了妝髮，團隊已經做好準備要進行那很麻煩的過程，地點在杏仁農會大樓地下室的一間空房，那兒有洗滌用的水槽，但沒鋪地毯。一個大桶子裡已經裝滿水，等著要攪勻鑄模的原料。等材料攪拌成糊狀，艾克就會閉上雙眼，涼冷的灰泥就會淋在他的頭上，由人手拍打到定位，期間他只能靠兩根吸管呼吸，一邊鼻孔一根。他的耳朵也被蓋住，突然間世界聽起來是那麼、那麼地遙遠——幾乎就像艾克曾經呼麻呼到嗨的感覺，但就是少了眼前迷茫的幻象。在那官能被剝奪的狀態下，時間先是感覺靜止到停下，然後又慢慢退潮到了過往。

艾克的人生

一如全人類，他也是宇宙萬物間許多條岔路走到底的結果。他的受孕，發生在一個美好而洋溢著醉意的夜晚，那天他母親想要變成準媽媽，而他父親也願意配合她。賴瑞．施密特與艾荻．克洛普弗既不是夫妻，也不是異性戀，他們只是有著多年深刻友誼的好朋友。幾小杯龍舌蘭下肚加上各種天時地利，讓他們只做了一次就成就了生物學上的可能性。

「我們簡直是果蠅！」賴瑞大叫起來，是因為艾荻跑來他家，而且還揮舞著她從藥房買來的驗孕棒，重點是上頭那細細的紅線。

九個月後，在「九一一」一詞還沒有被蝕刻在恐怖與危難中的某個九月十一日，艾爾文．克洛普弗來到了人世間，而在四周迎接他的有整組的同性戀男人、同性戀女人、施密特與克洛普弗家族中的直男直女，有不知道在瞎起鬨什麼的熱鬧氣氛，還有經驗說不可少或法律規定要的各種育兒用品跟器具。賴瑞就住在附近。艾荻已經打算好要咬牙當個單親媽媽。艾爾文的名字是紀念艾荻的祖父，他在二戰 D-Day 的前一夜跳出飛機往諾曼第的上空躍去，然後就此消失在人間，連遺體也沒得再見。這孩子被喚作艾夫、艾維、小文，各種花樣可多了，但不管怎麼叫，都不會感覺不合理。

他是個獨生子，但從小他就不是個孤獨的孩子。他有表兄弟姊妹、玩伴，還有閱兵般一個接一個、多少讀過幾本育兒書的一流保母跟照顧者。兩組爺奶（其中一人是繼祖父母；阿公、阿嬤、娜娜、巴索是開心老人家的四重奏）。他從有記憶起的每一天都有兩個爸爸，賴瑞跟葛雷格，還有跟那兩個爸爸並不是一對的，兩個媽媽，艾荻跟克萊兒，重點是他們全都會唸書給他聽，滾球給他接，陪他畫畫的時間也比讓他坐在電視前面當電視兒童的鐘點數多得多。有時候你會感覺艾爾文生命中的大人一個個都鐵了心要讓他開心、讓他有事幹，也都鐵了心要投資時間在他身上。一直要到他上了小學，開始去朋友家過夜後，小艾爾文才赫然發現不是每個人的生活都跟他的一樣，裡頭有著宛若龍捲風的各種身分、觀念、行為、親職組合。他不時會有覺得無聊的時候，但他本身並不無聊，不像他的很多朋友一有了Xbox、PlayStation或手機就變成一個無聊的小孩。在學校枯燥的必修課堂上，他會研究起天花板吸音磚上的洞洞，讓他的想像力天馬行空。如果是遇到有趣的科目，那他的學習動力就會很強，強到他不用做筆記也可以分數非常漂亮。他拿數學沒輒，化學也一竅不通，但那又如何？他的成績單幾乎千篇一律的是：A、A、A、C、C、C-。直到上了高中，拿C已經是阿彌陀佛。

他在等公車的時候抽起人生第一根大麻菸，然後笑著，溶化在呵呵聲、遊手好閒跟翹掉的課表中，連去學校也省了的日子中，就這樣度過了接下來的幾年。高中勒令他退學，他也就笑著，照辦了。艾荻面色鐵青——她既氣校方，也氣兒子正在一天天變成的蘑菇頭[375]——但畢竟她自己在高二的時候也沒少做過一些大同小異的事情，所以她如今也只能幫兒子找間新學校，然後嘴裡說著，「我希望這間你讀得下去。」賴瑞與葛雷格對毒品的態度是零容忍——他們歡迎艾爾文想來就來，但不准在他們家想嗨就嗨。

他最終落腳到班寧學院這間標榜進步主義、以營利為宗旨的工業園區高中，而且他的課表極度集中，集中到他即便是上課日，也中午就自由了。他可以早上眼一張就呼個麻，然後輕飄飄地去上學，下午則可以自由地像個上岸放假的海員。他去看了電影，去拍了影片，去鎮上四周晃來晃去，然後開始打起了青少年可以打的工：挖冰淇淋與去書店的庫房拆箱。艾荻一個開

375 譯註：蘑菇指迷幻蘑菇，也是毒品，蘑菇頭就是毒蟲。

餐廳的朋友幫他找了份跑堂的工作，然後他又兼差當起外場的服務生，其中他在外場的「藝名」是服務生艾爾。

他當時交遊的是一夥大麻友，一群一點都不有趣、只有在呼麻呼到不省人事時例外的傢伙。跟這些人混，讓他遭遇了一些州警，並在那一晚鋃鐺入獄，度過了艾爾文跟他的同夥都覺得很搞笑的幾個小時，但當四氫大麻酚的效力耗盡後就另當別論了。在那之後，被拘留就一點都不好玩了。艾荻跑來接她家的**憤青**——從可以來帶人離開的時間算起，她多等了幾乎足足一天——並告訴他她不欣賞這群朋友。他咕噥著，「那真是他媽的太遺憾了。」她二話不說賞了他一巴掌，一手在方向盤上，另一手在他臉上留下一個紅色的手印。

「**太遺憾了我吞**，」她母親說。「**他媽的太遺憾了**，我吞不下。」

那人母的**狠狠一擊**，是艾爾文人生中的一條岔路，那種他本來要往那兒轉、但最後卻轉了這一邊的岔路，那種他會寫在筆記本裡的岔路。他原本已經走在路上，眼看著就要成為那種懷才不遇、眼高手低的小子——一個小丑、一個看什麼都不順眼，自以為聰明的笨蛋、一個權威者通通會被他拿來恥笑，一個在社群媒體上看到任何東西都會被點到笑穴，邊說著「你看看這個」邊把手機影片拿來展示，但根本沒人要理他的傢伙。等到臉從被拍出的紅色褪回到平日那有點白但又不是純白的臉色時，他已經戒掉了大麻，他對毒品的興趣不再無窮無盡。他開始刻意散起長長的步，一邊走路一邊聽著沒聽過的「新」音樂，即便那些唱片已經出了四十年之久，同時他還讀起了他在課堂上看過但從來沒有翻開過的書。他修改了他的五年計畫——裡頭再也沒有只寫著**牙買加！**的條目。他決定少說，但多聽，決定把瀏覽器從手機上卸除，決定搬到屬於自己的空間，決定讓自己出落得端正得宜一點，神采奕奕一點，甚至讓自己蛻變得有個人風格一點。

等到他親爹跟葛雷格聯袂搬居到佛羅里達，而他母親則進了摩爾社區學院去上起了律師助理的課程後，艾爾以十九歲的年紀已經完全獨立，完全自由到可以去做一些很酷炫的事情，包括搬到巴黎去用炭筆畫畫，在一台老打字機上寫東西給《國際先鋒論壇報》。他母親主動說要幫他出去程的機票。

但艾爾文·克洛普弗沒收媽媽的錢，他只是在餐廳班表上排了更多時數，勾搭起會在小費支票填上金額的女孩或女人，認真思考起加入海岸防衛隊，去茶茶咖啡當起咖啡師，辭職，然後拿起了速寫本跟圓珠筆寫起了新的五年計畫[376]。

他把日期寫在紙頁的最上方，從今年到五年後。然後他寫下了確定的事：

餐廳服務生

時間都是我自己的。太過了嗎？

然後他寫下了，可能性：

管理餐廳——領薪水而不是小費

找個生活，而不是找職業

念大學？速記／汽車修理／噴漆工／雜耍／飯店管理課程？

376 班寧學院的一個老師很愛訂五年計畫。艾爾文在學校渾渾噩噩，唯一學到的大概就是五年計畫。

再來是，希望：

認眞讀個像樣的課程／科系

不要再當服務生艾爾了

最後，艾爾文寫下了他的任務宣言。

第一行寫著，第一年：我承認不論目的地是「應許之地」還是「浩瀚無垠」，我都在下交流道。他繼續在速寫本上搖著筆桿，一寫就是二十二頁，其中最後幾個字寫的是第五年：看我的。

☆

摩爾社區學院的規模足以讓他一整個白天都不會沒事幹，餡派烤盤餐廳則可以讓他晚間流連忘返。在MCC（摩爾社區學院的縮寫），艾爾文選修了植物學基礎、托爾斯泰入門、健康與樂活1A、橄欖球、舞台／展覽照明，還有美國歷史（一）。他的第二學期則帶著他去念了人類生物學、大學閱讀體驗、公共關係、健康與樂活1B、羽毛球、進階舞台／展覽照明，還有美國歷史（二）。那年夏天他去應徵了將開幕在柯克伍德廳的全新主題餐廳，那餐廳代表的是想把生意帶回到柯克伍德廳的徒勞嘗試。

潰瘍博士的黑暗血腥專賣店作為一種沉浸式用餐／劇場體驗，其目標客群是聚餐的全家福與／或強制以外食來連絡感情的企業團體。作為一個你可以將之想成是晚餐劇場的地方，這裡有完整的菜單上列著各種聽起來就很嚇人的餐點與甜食：波里斯食屍鬼匈牙（尖嘴）利湯，兀鷹版腐（伏）特加醬筆管義大利麵，凱撒（鬼魂的）沙拉，血布丁。一名司儀／主持人——

潰瘍博士（他的頭會包纏著血淋淋的繃帶）——會領著客人進行各種遊戲、競賽與解謎，然後餐廳會送上一晚可以演出兩場、全長有一小時的音樂劇。每一幕戲都是由明星臉打扮成怪物或鬼魅與報喪女妖，當中的歌曲與笑話都是由公司裡中等才華的人寫成，他們期盼的是能讓血腥專賣店變成加盟體系，推廣到全美與全世界。音樂是預錄的。「邪惡」·普萊斯利、「大動脈」·富蘭克林、「椎間盤脫落」狄斯可、布蘭克·「辛苦了再一曲」、葛蕾·斯里克[377]——包含這些在內的各種註冊商標人物會唱著讓人不忍卒「聽」的公版白爛改歌，或改到剛好不用付版稅的非公版歪歌。另外還有個葷腥不忌版的「血腥時光」，可以用來帶動單身男女的派對氣氛。而每逢星期一晚上，整個地方會被公司行號、民間社團、家庭聚會給包起來，然後音樂劇部分會由某個教會團體表演一個劇本與歌曲都「充分稀釋過」的特別版。

艾爾文被雇來掛燈光，並負責晚間音樂劇的舞台統籌。伙食部的人員很擅長按表操課地把制式的食物砰砰砰端出來，他們會抓好時間，正好在表演要開始前送上甜點，然後在秀場剩半小時要結束時動手把桌子清理重置好。這份工作之所以對艾爾文來說如此特別，是因為他很享受跟表演者互動的樂趣。秀場卡司裡有幾個三十幾歲的成員自認是專業演員。潰瘍博士也是食物王子超市的配音員，有些廣播裡的廣告就是他錄的。大動脈·富蘭克林上過「極品漢堡」的電視廣告，她在裡面演一個看著巨大的「邋遢起司與肋排巴比Q三明治」飄過城市上空、啞然

377 譯註：Elvis Presley 變成 Evils Presley；Aretha Franklin 變成 Aorta Franklin；Slipped Disc 變成 Slipped Disco；Frank Sinatra 變成 Blank Sin-a-lot-tra；Grace Slick 變成 Gray Slick。

失色的女子。就這份工作的片酬，已經可以讓她買輛新的Kia汽車。而且這位女士是真的能唱！

唱功不遑多讓的還有葛蕾・斯里克，也就是媞雅・希爾，她在餐廳秀裡除了個人負責兩首歌，也會加入尾聲的全體大合唱。艾爾跟她已經在擦槍，他確信遲早會走火，一切就看他何時玩夠了幾名服務生妹子，也看媞雅何時甩掉她那有著一份無聊的工作、每天做著無聊的事情、永遠都在等扮演葛蕾・斯里克的她卸完妝的男朋友。媞雅受不了他開車的方式，但罪不及他那輛賓士雙門跑車。

跑馬燈光盤的操作很簡單，靠著熟能生巧與電腦信號，誰都做得來。艾爾文每晚坐在燈光控制室裡，被卡司成員偷渡到劇本裡的脫稿演出逗得樂不可支——他們有人在開餐廳的內部玩笑，也有以下犯上在偷酸企業的長官。觀眾根本跟不上，但後臺的夥伴會人仰馬翻，台上的演員也會笑到臉痠。不過只要公司派的人一來，大家就會馬上變乖。

☆

一個星期六，約當正午，扮演潰瘍博士的演員尺度炸裂到整個收不回來。那傢伙一通電話打來到專賣店，劈哩啪啦說了一大堆粗話，意思是他再也不想娛樂那些「傳宗接代的異性戀」後代跟喝得爛醉的共和黨了。他擇日不如撞日地當場辭職，時間正好選在一整週最忙碌的一天要臨到同事們的頭上之際。兩輪生日派對加上兩場晚間的餐廳秀，他們一定得生出一個潰瘍博士來，沒人也要有人。布蘭克・「辛苦了再一曲」是個無名但有實的候補，而且所有男性角色他都研究過，問題是這可憐的演員正好發炎發到耳腔，狀況一場糊塗的他根本無法挑起主持的大樑。所以你猜誰可以？由於他從餐廳開幕以來就每場表演都無役不與，所以不光是潰瘍博士，而是任何一個角色都熟到翻過去，管他是誰在秀裡任何一瞬間的任何一句台詞或歌詞，他都可以像機槍一樣掃射出來，結果就是艾爾文．克洛普弗在命運的那一夜，成為了一名演員。

他把燈光的操作交代給了一名叫作梅庚的女服務生——他們餐廳有一個梅庚跟一個梅根。潰瘍博士的戲服褲子短到他可以當成戲稱「挖牡蠣」用的海盜褲（七分褲）來穿，外套則小到肩膀跟袖子都很緊，但這都反而讓角色的恐怖喜感更加突現出來。卡司成員們幫艾爾文畫上了疤痕跟白色妝容——葛蕾．斯里克／媞雅．希爾在他的嘴邊加上了縫線般的黑線，好創造出一種墨西哥亡靈節的氛圍。艾爾文上台當起了司儀，在異性戀後代面前有點緊張，但等到演給喝醉的共和黨員看的最後一場秀時，二代潰瘍博士已經能惹得哄堂大笑。那種笑聲以前也有過，但就是不曾這麼大聲過。餐廳秀的卡司就此有了一個新成員。艾爾文．克洛普弗撞見了路上的一根叉子，將之撿了起來。

不久之後，終歸會發生的事情發生了——媞雅甩掉了她的賓士男，而艾爾文跟梅庚的那一段也（在哭哭啼啼中）畫下了句點。潰瘍博士跟葛蕾．斯里克的兩人議會正式開議。在一起的第一晚，他們就接了吻、煎了歐姆蛋、做了愛，然後她在他的住處過了夜。艾爾文最新版的五年計畫一瞬間淪為跟回收的報紙相同的命運。

「我覺得你應該改個名字。」媞雅一絲不掛地陪他躺在床上。

「你對艾爾文這名字有意見嗎？」艾爾文問。臥室裡是暗的。此時是將近凌晨四點，兩人正在他們第一次跟第二次激情間的中場休息。媞雅還不滿足，而艾爾文就是頭年輕的公鹿。

「我的經紀人是這麼覺得，」媞雅說。一個自稱是媞雅經紀人的女士看過了餐廳秀，然後跑去跟艾爾文自我介紹，只不過她真的是個經紀人嗎？這個鎮上真的有什麼經紀人嗎？她的公司會安排攝影師棚拍、快閃公關，會製作小市場的廣告給廣播電視用，還有就是遇到有某個大會來鎮上開，需要發言人的時候，那名女士也會來找人。這樣的她能算是經紀人嗎？媞雅曾經一個週末就賺了五十塊錢，工作是在一場護髮主題的大拜拜上當模特兒，試戴各款假髮，所以**也許是吧**。此外還有那個糖尿病用藥的方塊舞廣告，也是有給錢的。

「我生氣了，」驕傲的艾爾文．克洛普弗說。

媞雅喜歡這男人，她在他身上看到了自己的倒影，看到了她在一個不受標準侷限、自由自在的生活中，想要成為的自己。她解釋說，「一旦你出去闖，你的名字就會出現在各種清單上：克洛普弗？艾爾文．克洛普弗？還是克萊普佛？克里奧—帕—佛？很多人會不知道怎麼叫你，發音會造成很多問題。」

「其實我還真的常遇到這種狀況。你真幸運。媞雅．希爾。簡單明瞭，但希爾有山的意思，所以好像也可以是個地名？我一定要去爬爬看……媞雅山。」

「你的自介影帶裡會有你念出『艾爾文．克洛普弗』的畫面，但這時選角人員又會納悶你的名字要怎麼拚。」

「照你的意思我不就只能叫迪克．瓊斯。史丹．帕克。吉姆．唐恩。簡簡單單，聽起來像是一聲槍響的菜市場名。」

「只要不是艾爾文．克洛普—弗就好，然後快親我。」

「**我在爬……媞雅山**。」

薇倫．連恩給她即將要合演的新明星打了一通電話，好讓他知道他能在這次換角中雀屏中選，於她也是喜事一樁。她的顯示身分是**公司手機**，所以艾克接起電話時並不知道另一頭是誰。

「是？」

「是我，」她說。「薇倫。」

「是喔，妳好。」艾克詞窮到他只能擠出，「怎麼了嗎？」

薇倫笑了。「只是想跟你說，我很高興可以跟你合作。」

她提議邀他在星期天晚上來她家吃晚餐，艾兒會來作陪，可能的話會再加上比爾，這樣他們星期一就可以帶著對彼此的一點熟悉感開工。「讓我們先把**初次見面不好意思**的感覺排開。」

「好喔，就這麼辦。能跟您初次見面會是我的榮幸。」我沒有聽錯吧，他真的那麼說了嗎？也太老實了吧這人。

由於薇倫．連恩的下榻處是機密，因此伊內茲得負責載艾克去赴這場週日的晚宴。艾克沒有像小馬乘客那樣坐在後座，而是從汽車旅館跑出來，跳上了副駕駛座，跟負責開車的伊內茲一起在前座七嘴八舌起來。他們沒聊電影，沒聊行程，也沒聊他的命運丕變，而是聊起了小孩。

艾克秀出了 iPhone 上他女兒的照片與影片。伊內茲也禮尚往來地分享了她家族裡的嬰兒群像——法蘭西斯柯長出了新牙——所有的寶寶都比艾克的小女兒有更多頭髮。她還給他介紹了她手機裡一個叫 L.I.S.T.eN 的 app。條理，是他在接下來的新人生中不可或缺的東西。

車行到門口，伊內茲按下了按鈕，朝著對講機裡說了一句，「錨起了！」，然後只見生著假鏽的鐵柵滑開。四分之一英里後伊內茲把車停在了屋前，不知道的人會以為這是某個在跟○○七情報員作對的魔頭的巢穴，因為那裡連在其實是前門的假鏽鐵柵門前站崗的爪牙都一應俱全。「湯姆．溫德米爾。」爪牙自介了起來。

「克里帕。艾克．克里帕。」艾克說。他差一點就沒忍住接著說出搖就好，別攪[378]。

伊內茲的工作至此到一段落。「艾兒會在吃完飯後送你回家，」她說。「回頭見！」伴隨她驅車離開，艾克也跟著湯姆進到了屋內。

「好漂亮的地方，」艾克邊說邊飽覽起裝潢裡一眼望不盡的科技泰坦風。「禮品店在哪裡？」

「薇倫一會兒就出來。」湯姆的撲克臉依舊深鎖。「喝點什麼？」

「薇倫女士會喝什麼？」

「茶，想必。」

「那我也要茶香檳。」湯姆．溫德米爾的笑穴還是沒被點到。

薇倫的聲音在此時傳了出來。「所以這就是我們的當紅炸子雞，」艾克得東張西望才能知道聲音來自哪裡，這房子實在是大到你看不出有走廊或通道連到屋子的其它地方。喔，她在那兒，紅木梁柱後面原來還能藏人。她穿著一件男版黑色湯姆福特V領毛衣跟長度到小腿中段的墨綠直筒褲，腳踩牛血紅的涼鞋。她手腕一邊是只要價不菲的男用不鏽鋼腕錶，一邊是頗具寬度的手環。沒有看到戒指。她的髮型是媞雅跟艾克說過的法式包頭——俗稱空姐頭，女性專門用來讓你知道**今天是公事但你還是可以看我兩眼**的髮型。「想去外頭坐坐嗎？」

「麻煩妳帶路。」艾克跟著她出了大房間，繞過了有弧度的門廊，來到了房子一個看不出有門口的開口處——那只是個牆壁不見了一大段的地方，有點像個屋側的有蓋停車棚。一些設計精巧的木質家具上頭是開闊的緋紅天空，眼看著就要褪成藍色，再轉成靛青。

「我是蘿洛，」一名正在擺出茶跟點心來招待客人的女士說。

「嗨，蘿莉，我是艾克。」

「是蘿**洛**。我聽說了很多你的事喔，最近。」

薇倫坐了下來。「你從星期四以來就是頭版頭條。鼠尾草可以嗎？」她指的是茶。

「鼠尾草沒問題。」

蘿洛問他想不想喝點別的，但艾克說沒有關係。「你吃素嗎？」

「我不吃。」艾克望向薇倫，心想他可能得稍微說明一下。「我沒有不吃菜，我吃很多青菜。瑞士甜菜。油菜。玉米——連梗的，或拌著奶油的玉米粒。羽衣甘藍。」

「蘿蔔？」薇倫問。「你吃蘿蔔嗎？」

378 譯註：「〇〇七」詹姆斯·龐德點馬丁尼時專有的指示。

「我從沒拒絕過蘿蔔。」

「山藥？」

慢著。慢著。「山藥我無法，」艾克承認。他在想薇倫．連恩是素食者，還是維根主義[379]者，或是兩者之間的某種綜合體。要是果真如此，她會怎麼看他的飲食習慣？他會不會在她眼裡突然就黑掉了？新的頭條：**我的合演明星竟然吃肉！**今天的晚餐該不會全都是天然、自種、生食的菜色吧？「地瓜我也不愛，很抱歉。」

「南瓜呢？南瓜屬的呢？」

「夏南瓜[380]切細炸熟。我可以。」

「嗯，今晚是自己組漢堡。你要是不吃牛，蘿洛可以可以幫你用甜菜根做成肉餅。或火雞肉餅，跟艾兒一樣。」

「我不懂甜菜根怎麼能取代牛肉。」

「答案是**不能**！」薇倫突然激動了起來。

就在這時，就在這一瞬間，艾克．克里帕覺得他在地表上的位子穩了，他感受到地軸旋轉的角動量變柔和了。從星期五以來，他就被拋進各種關注與活動的炮轟中，這個房間結束就馬上要趕去另外一個地方。鷹眼與戴那摩國度各一名高層致電他拍片用的 iPhone，兩位老闆都說他們懷著「興奮之情與信心」歡迎他成為火瀑：艾克不記得他們誰是誰，但他現在有他們的手機號碼了。那天早上，比爾．強森跟艾克花了三小時在聊長柄曲棍球是第一項真正意義上的北美運動，因為早在白人來到普利茅斯巖[381]之前很久很久，原住民部落作為「第一民族」就曾從事過這種一打就是好幾天的暴力競技；聊雅克．庫斯托是獨立潛水水肺被發明出來的關鍵人物；聊史丹利．亞瑟．明將如何把一種屈光鏡片用在成堆的拍攝鏡頭中；聊在拍《滿是聲音的地窖》時發生了多少美好的意外；聊了一堆跟手上的電影無關，也跟他們即將開拍的劇本無關的話題。「火瀑，」比爾說，終於切到了工作上的正題，「是個堅忍之人。他是一名立誓不在戰場上丟下任何一名弟兄，而且說到做到的陸戰隊員。幫我把他演出來，你做得到的，是吧？」

艾克發誓他會做到。從星期五以來——從他知道自己將放下利馬的角色，被拔擢到通告單上之後——艾克就成為了一個緊張但不失配合度的員工，一個焦慮的小兵，一頭在農場上嗅到屠宰場氣息的牛隻。**火瀑？OK。這些戰鬥靴合腳嗎？它們OK。黏呼呼的東西被從他的頭上澆下來，直到其慢慢變硬？OK。這些身體吊帶戴起來會痛嗎，把你吊到像那樣的高空中你OK嗎？我OK。來來來，他被告知，我們要你跳進波濤洶湧的海裡，抱緊這枚狂野的魚雷，直到它要麼動力告罄、沉入海底，或是擊中船體炸開到天際。OK**，艾克說著已經憋起了氣。

早在星期三他就已經被介紹給了這部片的大明星，當時他還只是個叫利馬先生的雜魚。如今貴為火瀑，他附和著薇倫說鼠尾草茶沒問題，還有他喜歡蘿蔔。他嶄新的超現實世界如今包

379 譯註：從保護動物權益作為出發點的純素主義者。泛稱的素食者中還可能有奶蛋素或各種寬鬆之處，但維根素是嚴格的純素主義者，而且會將其避免動物性成分的理念落實在生活中的衣食住行各種消費中。

380 譯註：就是台灣訛傳為櫛瓜的那種瓜，跟大南瓜（pumpkin）和小南瓜（squash）同屬南瓜屬。

381 譯註：相傳五月花號上的清教徒在北美登岸的地方。

括跟一個跟他一樣恨甜菜入骨的電影明星拿著起司漢堡當話題。最後，艾克．克里帕的轉速表從原本的紅線區放慢下來，回復到系統一切正常的貓貓呼嚕怠轉。一切都只因為薇倫．連恩讓他笑了出來。

這兩名演員有了一點時間可以閒聊，孤男寡女地聊，話題亂槍打鳥、天馬行空地聊：

她：我高中時代都在閃避混蛋，閃著閃著就離開了。

他：我高中時代都笑著在使用一種管制藥物，用著用著我就被請走了。

她：最可靠的生命體？我的雙胞胎兄弟，瓦利。你會認識他的。

他：媞雅，我的新娘，妳會認識她的。

她：透納頻道的經典電影系列。貝蒂．戴維斯。

他：超級大富翁！我都會錄起來。

她：音樂。愛美蘿．哈里斯。露辛妲．威廉斯。瑪哥．普萊斯。

他：愛絲佩藍薩．斯伯汀。

她：誰？

他：我也不知道，我只是想聽起來酷一點[382]。當我吸到嗨的時候，《風中的塵埃》[383]成爲一篇深刻的音樂論文，談的是失根，也是厭世。

她：厭世？你搬出厭世來壓我？

他：死前必遊清單──越南。

她：普吉島。冰島。

他：我做波比跳。
她：德雷——卡特對我有神效。
他：妳上健身房？
她：我上這房子裡的那間健身房。
他：這房子？妳是說這個園區吧。這個行館。
她：我有時候會在半夜三點醒來，看著鏡子，然後心想這張在回望我的臉是誰？她在這裡幹什麼？
他：想把那種感覺放大四倍嗎？有著老婆小孩，然後出門幾個月去假裝你是個火焰噴射兵。我在這裡幹麼？
她：你是來救我們的！
他：我會盡力而爲。不會給自己壓力。
她：最棒的〇〇七？
他：羅傑．摩爾。他的髮型從來沒有亂掉。
她：伊卓瑞斯．艾巴[384]。

382 愛絲佩藍薩．斯伯丁（Esperanza Spalding）是名爵士歌唱家，很棒的那種。
383 譯註：Dust in the Wind，原唱是堪薩斯合唱團的名曲。
384 譯註：《環太平洋》第一集裡，人類陣營的黑人元帥。

他：他才沒有演過詹姆斯．龐德。

她：那是導演眼光差。

☆

艾兒來了，然後沒過多久，強森夫婦也開著一輛紅色道奇衝鋒者從路的那頭開了過來。瓦利．連克從院落中的一處賓館走了進來，漢堡時間即將展開。作為這個俱樂部的最新成員，艾克算是撐住了自己的門面。一整晚大部分的時候，晚餐的對話聽來都像一段無解的密碼——綽號、噴泉大街的典故、艾克不認識的同事跟他們的小故事。這要是頓只有艾兒跟薇倫一起、沒有別人的晚餐，那音容宛在的OKB早就會被她們用撒旦的火炭炎上到九霄雲外，但礙於今晚的場合大家都在，這名前卡司唯一得到的篇幅只有比爾．強森祝福他「未來有更好的發展」。

艾克在想導演或製作人或女一何時會提起電影之後會如何的話題，畢竟拍攝工作明天一早就要重啟，但他們從頭到尾都隻字未提。他們在比爾祝福完OKB後唯一一次講到電影，是比爾說了一個故事關乎亨弗萊．鮑嘉，也關乎他跟其他人如何一起拍出**北非諜影**。

比爾．強森：那部電影是幫華納拍的，而一如所有華納的電影，其拍攝的行程只有短短幾星期——他們用搞工廠的方式把東西生了出來。導演是麥可．寇蒂斯，匈牙利人，所以他講英文有口音。拍攝過程熱得像烤箱，主要是當年的照明用的是碳弧燈，而電影膠片需要亮度夠才能感光，同時所有演員都穿著正裝在瑞克酒店[385]裡賭博的賭博、喝酒的喝酒，躲納粹的躲納粹。《北非諜影》的原著劇本，你知道的，就是《沒有人不上瑞克酒店》。四名編劇。包括兩名艾普斯坦跟霍華．柯赫。劇本的新頁飛過來，又被丟過去，不斷有對話在試驗效果。約聘的演員想要在他們的戲份中得分。英格麗・褒曼光是待在現場就是對所有人的挑逗。克勞德・雷恩斯[386]高高在上而無懈可擊。而鮑嘉則位於他反彈之路上的頂點——他終於可以不用再演一臉兇相而沉重的黑幫反派、不用演俗稱「二號香蕉」的喜劇配角，也再也不用為了餬口而只求有不求好。紙板嘉年華這一行裡的明星能有多大牌，他此時就有多大牌。跟寇蒂斯一樣菸不離手且貪杯酗酒，讓操著匈牙利口音喋喋不休的導演對他讚不絕口。拍攝日程來到一半的某天，鮑嘉身穿一件白色的正式西裝外套，但沒有人知道該拍什麼。劇本還沒到，而這天已經長得讓人煎熬，飾演酒店老闆瑞克的鮑嘉已經滿腦子都是要回家來上幾杯高球雞尾酒，然後直奔西羅[387]或斯拉普西・麥克西[388]吃晚飯。寇蒂斯非得拍出點東西不可，否則傑克・華納[389]肯定會追著他的歐洲屁股跑。場景打亮，代表這場戲是白天。「偶們（我們）現在這樣子來喔！鮑子。你入一下鏡然後出去，丁維（定位）要走到，懂？朝景框卓邊（左邊）點個頭。認真點個頭，想像你在對山姆

385 譯註：片中的主要場景，瑞克是酒店老闆兼前美國情報員。

386 譯註：Claude Rains，1889-1967，美國演員，在戲裡飾演與瑞克相交為友的老油條，魁儡維琪政府在卡薩布蘭加的警察隊長路易・雷諾。

387 譯註：Ciro's，洛杉磯著名的老牌夜總會兼義式餐廳，位在西好萊塢的日落大道上。

388 譯註：Slapsie Maxie's。由美國職業拳手麥克斯・羅森布魯（Max Rosenbloom）開的夜總會，Slapsie Maxie 是他的綽號。他在從拳擊生涯結束前的一九三七年好萊塢的邀請，當起了奇葩演員，後來還開了這間以他為名的夜總會，但也有人說他只是掛名而已。

389 譯註：Jack Warner，創立華納兄弟的四名兄弟之一。

或哪個阿狗阿貓梭（說）鯽K（OK）。」「你要我入鏡來然後出鏡？」亨弗萊．鮑嘉問。「遊河不可（有何不可）？」寇蒂斯回說。敲鐘。開機。錄音。Action。瑞克進場，站住，嚴肅到好像要心臟病發，點了個頭——也不知道是在跟什麼點頭？路過的貓？畫面從景框左邊切了出去。卡！很好。「這我費（會）用在仄（這）部電銀（影）的某個地方。鮑子你今天搜（收）工了。」電影上映了，結果你知道鮑子是在對什麼東西點頭嗎？答案是樂隊。劇裡那是瑞克在示意要酒店樂隊演奏《馬賽曲》[390]，並在維克多．拉斯洛[391]的領唱下蓋掉戲中的山寨版《旗幟飄揚》[392]，把納粹軍官氣死在現場，也讓酒店內所有人情不自禁地立正為法蘭西引吭，更讓螢幕前的觀眾起了一次十年難得一見的雞皮疙瘩。英格麗眼裡因為有了愛，閃閃發光。瑞克酒店被德國佬當場勒令關門。克勞德／警察隊長一邊收下贏得的賭金，一邊十分震驚，震驚於這裡竟然有人聚賭，那他只好奉命關店了。整部電影就因為鮑子點的那個頭而氣場為之一變，而這個畫面之所以會被拍下來，並沒有什麼特別的理由，就是為了殺時間，就是為了開機而開機。

艾兒對薇倫（小小聲）：他一天到晚說這個故事。

薇倫對艾兒（小小聲）：這是我第二次聽了。

派特對全桌：你真的很愛這個故事。

比爾對全桌：這是電影拍攝工作的縮影。

艾克對全桌：你讓我在拍**地窖**時也做過一樣的事情。站在吧檯後面，往左邊的鏡頭外瞧，聳聳肩像是在說**我不知道**，然後原來那是我在放拿假身分證的年輕人進來，把大家笑死了。我當時聳肩的對象是史丹利．亞瑟．明好嗎。

比爾·強森：是啊。我需要拍點東西而你正好在場。我明天早上也要拍東西，所以薇倫，謝謝妳的漢堡大餐。我們明天準時開始。艾克，給我準時不然小心我扁你。

艾克：去你的，你這個大惡霸。

派特：說得太好了。千萬別被他壓得死死的。

艾兒：照例，還是先來乾一杯。敬我們逃過一劫，敬我們的電影。敬在噴泉大街上閃過坑坑洞洞的每一個人。

艾克：嗯，噴泉大街在哪兒？

☆

媞雅說著，「我很高興你跟薇倫·連恩在薇倫·連恩的大本營跟薇倫·連恩共度了美好的一夜。」她的臉塞滿了艾克的 iPhone 螢幕。他人在他的汽車旅館裡，她人在娘家，床上，剛接到她老公用 FaceTime 打來的視訊電話，但其實只睡了幾小時的她還在半夢半醒之間。「世界上最美的電影小明星幫你親手做了起司漢堡，還很捧場地為了你的笑話笑得花枝亂顫，而我只能

390 譯註：La Marseillaise，又稱馬賽進行曲，在法國歷史上幾度成為國歌，也是現今的法國國歌，對法國人而言是極具凝聚力的樂曲。

391 譯註：英格麗·褒曼在劇中的丈夫，身分是為自由法國出生入死的民主鬥士，由奧地利演員保羅·亨雷（Paul Henreid）飾演。

392 譯註：又稱《霍斯特·威賽爾之歌》，從一九三〇到一九四五年的納粹黨歌，用以紀念納粹英雄霍斯特·威賽爾（Horst Wessel）。惟由於《旗幟飄揚》在拍片當時的非同盟國地區仍受到國際版權的保護，因此本片後來修改了使用原版的計畫，只能另行把《守衛萊茵》（Die Wacht am Rhein）這首德軍軍歌用作為山寨版的《旗幟飄揚》。

在這看著我的豬腿愈來愈肥，還有一個打嗝的寶寶吐在我的運動褲上。」

「我不記得她有笑過我的任何一個笑話。」

「你跟她孤男寡女了多久？」

「完全沒有。她身邊有一個打手、一個廚師，還有一個雙胞胎兄弟。還有艾兒跟比爾．派特．強森。」

「但是剛開始喝茶的時候呢？那個時候只有你跟薇倫．連恩。」

「那倒是。我們在一處院子裡，月光下，空氣中有一縷茉莉花香。遠處的海灘邊有交響樂團演奏著輕柔的音樂，一顆流星從我們頭頂劃過。我們許了願——她希望下一部電影的合約可以重談，我希望把我的大小美女接來隆巴特。」

「樂團在演奏什麼曲子？」

「香榭麗舍樂團的《龍舌蘭》。」

「你喝了幾杯？」

「一杯都沒有。她喝了十四杯，後來打起嗝，吐在了她的運動褲上。她的雙胞胎兄弟還得幫她把頭髮撩起來。」

「應該是不想看到她把那頭法式卷髮給毀了。她的公司也是雙胞胎兄弟在幫忙經營。但她會自己開飛機。」

「原來如此。」

「她離過婚。跟哪個男的在一起都沒有太久。」

「她有點迷伊卓瑞斯・艾巴。」

「我也有點迷伊卓瑞斯・艾巴。」

「我對於她說喜歡伊卓瑞斯・艾巴的反應是這張『緩衝』的假臉。」艾克忍住不眨眼，在鏡頭面前盡可能撐住他說的表情。

「你斷線了嗎？你斷線了嗎？緩衝中。緩衝中……你聚餐完是怎麼回住處的？」緩衝臉是媞雅跟艾克之間的爛哏。

在表情繼續凍結了四秒之後，艾克說，「是艾兒。」

「他們還記得我拍過地窖嗎？」

「他們說，『替我們問候洗手間的二號女孩。』」

接著的三分鐘他們討論起了各種後勤——他們要在何時用什麼方式前往隆巴特度過這段期間——討論起了寶寶跟她媽媽跟她需要多走點路，也討論起了他是如何把每天的步數走到爆表，只因為他一直在房間裡踱來踱去想讓心率平靜下來，畢竟他實在無法想像像火瀑這麼重要的角色，自己要如何才能挑起大樑。媞雅說她累了；她跟老公說了她愛他，然後說，「你會知道怎麼做的，艾爾文，」而那也就是夜深人靜的此時她唯一能做的事了。然後她就乾脆地結束了通話，把手機放在床頭櫃上，閉上了眼睛，但躺在那裡的她好久都睡不著，只是一直想著薇倫・連恩是怎麼跟她的老公喝了茶。

在隆巴特的汽車旅館裡，艾克也把手機放到了床頭櫃上，拾起了躺在床上的劇本。他一口氣從頭讀到尾，且這次不再在利馬的台詞上逗留，而是把重點放在火瀑那寥寥幾句話。他讀了所有切至的瞬間：火瀑的雙眼——他那怒火中燒、犀利如雷射的眼神焦點。艾克一讀就是一個小時，偶爾起來踱步，但始終一本在手。他來到大場面動作戲的頁數，那一對一的短兵相接：夜影 vs. 火瀑，裡頭包含了武打的編排、空中飛人的鋼索，還有身體的吊帶。最後的決鬥將在高潮中歸結為那一吻，一個劇力萬鈞的大螢幕之吻。這一吻蘊含了過載的意義、激情與肢體接觸，以至於參與的兩名演員都要根據戴那摩國度的人力資源部門與美國演員工會的強制規定，接受由「親密行為統籌專員」進行的授課。艾克納悶著他到底要怎麼樣才能跟薇倫一起把這個吻搞定。蓋著棉被躺在床上，他聽了好久好久的大卡車在州際公路上南來北往，才好不容易睡下。

薇倫．連恩很怕吻戲。她不喜歡衛生的現實考量，不喜歡硬擠出來的假情緒，不喜歡一而再再而三的重拍，也不喜歡嘴唇吸來擠去搞得肯尼必須不斷去清理跟補妝。在電影裡接吻是個機械式的過程。但她會敬業地拍完。等拍攝的日子到來，攝影機動起來，伊芙會吻上火瀑，然後他們會繼續前往下一個鏡頭。

比吻戲更糟糕的是「激情的床戲」，也就是乾柴烈火的一男一女要撕扯彼此的衣服好趕緊做起來的情節。編劇寫這種劇情是家常便飯。導演則覺得那看起來很性感。但那根本是鬼扯。一對情侶除非是都喝醉了，否則才不會有人互撕衣服然後飢渴地一頭栽下去接吻，這麼做只會讓他們把牙齒撞斷，而且做完愛還得一身破破爛爛。

那一晚等所有客人都離開後，薇倫跟瓦利交換起了對艾克．克里帕的看法。那男人在瓦利的眼中神智還算正常，可能有人會覺得他有點油腔滑調，但應該也會有人覺得那叫風趣幽默；

對瓦利而言艾克屬於後者。這部電影可能還真的會因為這次的換角而得救，就好像有個宛若不定時炸彈的酒鬼小舅子從家族團圓中被請走了。

在朝著睡床而去的途中，薇倫滿懷著對艾克、對他的個性、對他的進退應對、還有對他不會勾勾纏的好感。等行程走到他們要拍對手戲的時候，薇倫確信他們在鏡頭前可以是一對好拍檔。她對他唯一抱持的一點遲疑是：他為什麼非得是個有婦之夫呢？

（預定五十三個拍攝日的）第四天

這禮拜的第一個鏡頭，啟動在早上八點五十七分

場次16外景　鐵斷崖—街道—同前

伊芙・奈特是僅有的行人。

她行經一些待在自家門廊上的老人家。雙方相互打了招呼。

一名男性青少年在草坪上割草。雙方相互打了招呼。

小朋友在草坪上的戲水池裡玩著馬可波羅[393]。

393 譯註：一種在游泳池裡玩的捉迷藏，被矇住眼睛的鬼喊馬可，其他人喊波羅，然後鬼用聽到的聲音來判斷其他人的位置。

伊芙・奈特 波羅！波羅！

主街的角落

對這一幕我們留有開場時的印象……

伊芙走過了緊閉的商家與店面。

銀行招牌上寫著時間、溫度、存錢、節約

她不按交通規則地橫越了馬路（路上沒車），走進了

克拉克藥局

薇倫・連恩明豔照人，但她只不過是在街上走著。那天早上七點四十五分，艾克・克里帕先由王牌・艾斯韋多在基地營放下車，接著被安置進他除了在遊艇與露營車展以外不曾見過的氣派拖車，大小幾乎跟流動廁所車差不了多少——上禮拜的他還得將就用一個侷促的棚子當更衣空間。今早他的更衣車比他人生第一間公寓還大一點，而且裡頭應有盡有地準備了你想得到跟想不到的各種食物跟飲料，一台頻道轉到福斯新聞網（但被他關掉）的寬螢幕電視，還有靜靜坐在廚房桌子上、上頭繫著不只一個氣球的一籃子山藥、夏南瓜跟蘿蔔，附上的紙條上有手寫的幾個字：**打敗厭世！XX WL**。

艾克吃了一碗堅果麥片，喝了一瓶V8百分百純蔬果汁。妮娜敲起門並把門拉開，告訴他大家已經在加工廠準備好，就等他過來。他步行穿越了基地營，舉高了手，敲上了妝髮拖車的門，然後一邊爬上了階梯，一邊還不忘出聲提醒「我進來囉！」這樣拿著眼線筆的妝髮師們才知道要先暫停手邊的動作一秒鐘，好避掉地板的晃動。

艾克一進門就映入眼簾的，是自己的三種版本。一個是牆上整排鏡子裡的自己——他的映影。另外兩個則是他的石膏頭模——一臉嚴肅、眼睛闔著、嘴巴緊閉，那是他星期六被醒「糊」灌頂後的成果。其中一顆頭顱被安上了火瀑不戴鋼盔時的傷疤套件，另外一顆則戴上了來自服裝部的鋼盔。

「坐，年輕人，」肯．薛普拉克說。「我們要來好好把你打理一番[394]。」艾克閉上了眼睛，讓妝髮團隊把他塗上一層膠，然後在他的雙肩、脖子、前臂與頭皮上拼貼起了乳膠套件，讓他變身成一個令人怵目驚心的科學怪人。包含兩次讓他站起來伸展一下的休息時間在內，他所飾角色的第一個能上鏡的造型花了快五個小時設置。一直弄到下午一點的午餐時間。雞肉巴比Q跟沙拉（明天會是夏威夷蓋飯[395]日）後的第一個鏡頭是火瀑的實機測試。頂著妝容與戲服，艾克在掌聲中走進了片場。混音師打開廣播系統，大聲放起了美國海軍陸戰隊樂團演奏的《蒙提祖

394 在場的化妝團隊成員還有史恩（康納萊）、傑森（王子戰群妖；一九六三年的電影）跟布列塔尼（在法國）。艾克得靠括號裡的提示才能不忘記每個人各叫什麼。肯尼半途得中離去片場顧薇倫。

395 譯註：Poke bowl。Poke 夏威夷語的「切塊」之意，夏威夷蓋飯是當地一種生魚料理，做法是把生魚切塊，然後用醬汁醃漬後蓋於米飯上。傳到美國西岸後又有新的變化。

瑪的大廳》[396]，這聽在一些（陸戰隊退伍的）劇組同仁耳中，有人感覺動容，有人覺得不妥。

比爾．強森讓艾克走動、轉身、踱步、穿越，同時攝影機則在台車上一會兒推近，一會兒拉遠。鋼盔戴著。然後，整套再來一遍。鋼盔脫了。鏡頭逼近來一個大特寫後，比爾請他的演員自由發揮但就是別笑，而這種指示自然讓艾克想不笑都不行。實機測試花費了整整二十分鐘。薇倫來到片場時正好趕上艾克測試完畢。她，如同其他每一個有機會親眼驗貨的人，都能看出他在言行舉止與應對進退上跟前一版有著明顯的差別。新版的火瀑扛起的重量、存在感與在片中的一席之地，就跟他扛著的 M2-2 火焰噴射器一樣令人放心。薇倫告訴他，「要死了，艾克。我眼睛整個黏在你身上了耶！」艾克止不住那股聽到薇倫．連恩親口這樣說的酥麻。他能藏住臉紅多虧了那些假傷疤。

在接受完數位掃描後，他花了快一個小時才卸完妝——這過程讓他有點驚訝。他還以為他可以把橡膠皮從臉上直接撕下。還好他沒有這麼做，否則他會一併撕下自己的好幾層皮。到時候他就會被緊急送醫，然後留下一輩子都消不了的傷疤。

下午三點，電影團隊在主街上拍攝——期間夜影騎士伊芙更換了不同的服裝與妝容。艾克跑去影視村觀摩的時間長到要請伊內茲給他送一罐健怡可樂來。

「您喜歡哪種冰塊？」她問。

「壓碎的那種，」艾克說。他是在說笑！但，冰塊就這麼被壓碎了，被裝在紅色塑膠杯中送來。

三點五十分，今天收工了的艾克感覺自己只像是另一個閒雜人，也單純是跑來意淫薇倫．

連恩而已。於是他問起王牌他的汽車旅館有多遠。他想著自己要不運動一下，順便模擬一下美國大兵在炎熱的山谷間行軍是什麼體驗。在計算過距離跟所需的時間後，他們弄清了艾克該在什麼地方下車才可以步行一小時抵達他的住宿處，比方說沿韋伯斯特路／加州一二二號公路走個五英里。王牌堅持他會把車開到汽車旅館，好確認演員有平安到家——免得他消失太久。萬一體力不支或熱浪搞垮了艾克，他的卡車工會司機也只有一則訊息的距離。最後艾克花了七十六分鐘來完成這趟行軍，途中他沿著雙線道的路肩，欣賞著由膠樹一條條灑落下來的交替陰影。他邁開大步直直往前，用自然的速率在健行，腳底踩著輕柔的節奏，一邊想像自己是個歷經太多戰役而精疲力盡、烏雲罩頂，找不著內心平靜的老兵。靠著設定在iPhone上的計時器，他會每十分鐘停下來做一組六個的波比跳，就在韋伯斯特路的路肩上。午後熱浪中的長距離步行，是一種冥想，一段與自身思緒獨處的時光，而他思索著的是在前方等著他的工作，是他怎麼完成從艾爾文變成艾克，又從利馬變成火瀑的大變身。

邊穿越汽車旅館／客棧的停車場——邊朝王牌揮起在說**我做到了**的手——艾克心知這會是他未來一次又一次健行中的第一次。他會去跟道具部門討一個二戰時代的背包，再跟服裝部拿一雙戰鬥靴，那會是他在追尋火瀑的形象之路上的雙重護身符。他會慢慢把靴子穿軟，會用

396 譯註：From the halls of Montezuma，亦稱《海軍陸戰隊讚歌》，是美國海軍陸戰隊的官方軍歌，其歌詞第一段唱的是：從蒙提祖馬的大廳，到的黎波里海岸；我們為祖國戰鬥，在陸地也在海洋……。蒙提祖瑪（1466－1520）是墨西哥阿茲特克帝國的第九世皇帝，他的大廳指的是與墨西哥的作戰；的黎波里海岸指的是美國與巴巴里海盜在北非進行的第一次巴巴里戰爭。

瓶裝水、他的那份劇本，還有幾塊大石頭來替背包增重，好讓他的肉體也能感受到他精神上的重擔。

第四天在下午六點五十八分正式收工，所有參與拍攝的人都被高溫弄得疲累不堪。

（預定五十三個拍攝日的）第五天

門廊女士們——通告單上的卡司編號十一與十二——在電影裡只有一項任務：坐在那種廉價的折疊式雙人椅上，朝走過她們門廊前的伊芙・奈特揮手。她們的名字是雪莉・馬葛德（門廊女士一）跟瑪莉・維利斯（門廊女士二）。她們素昧平生，但都覺得辦在隆巴特杏仁農會大樓的卡司甄選很有趣，值得去看個究竟，畢竟聽說那是為了一部「在地的好萊塢製作」而辦的海選。雪莉是從奇科開車過來，而瑪莉則是從麥斯威爾上來。兩人一上午就跟著「卡司甄選」現場張貼的各種標誌闖關，一下子排隊，一下子拍照，一下子在有免費礦泉水跟點心的大房間裡坐著，直到她們的名字被叫到。她們倆都跟一名年輕有禮、叫伊內茲的小姐相處了幾分鐘，對方跟她們閒聊了一下今天有多熱跟她們住得離隆巴特有多近。然後兩個女人都被說了聲謝謝，她們就各自開車回奇科跟麥斯威爾了。一個禮拜後，她們收到了錄取通知，並被告知了要去哪裡報到來測量戲服的尺寸——她們就是在那裡打了第一次的照面。

如今她們身在片場，坐在一處門廊上，身邊圍繞著燈光、攝影機與 Action！然後只見薇倫・

連恩走路經過，看上去身材又好，人又正。身為電影明星的她朝兩名門廊女士揮手。雪莉與瑪莉也朝她揮手致意。她們被告知不要發出任何聲音——就是不要說話，單純揮手就好。然後身為電影導演的那個人——強森先生——趁攝影機出於某種原因要移動位置的時候，輕手輕腳地湊近了門廊，來了個自我介紹，身邊還跟著一個叫艾兒的女人。艾兒問起雪莉或瑪莉有沒有哪一個會打鉤針。結果兩個都會。

「太好了！」艾兒說。她把伊內茲叫到了片場。伊內茲一到就收到的指示是：「去跟道具組要一些毛線跟鉤針給我們的門廊女士。」

這下子強森先生在兩位門廊女士面前改了口，他請她們除了對薇倫·連恩揮手，還要加上一句「早啊，伊芙」，由雪莉負責說出，跟一句「哈囉，說妳呢！」，這是瑪莉的台詞。強森先生讓她們各練習了兩次。她們「做得很棒」，他告訴她們。

那個叫伊內茲的女生帶來了一名道具組的先生，而他發給了門廊女士一人一袋毛線跟鉤針，外加幾英寸長已經織好的圍巾。雪莉分到的是藍色的毛線，瑪莉是白色。那個叫艾兒的女人叫她們在鏡頭中從頭到尾「接著鉤」，包括在說「早啊，伊芙」與「哈囉，說妳呢」的時候。而她們也照做了。

燈光、攝影機變多了，然後強森先生喊出了 Action！雪莉與瑪莉打著毛線。薇倫·連恩步行經過，揮起手，然後說了聲「嗨！」

「早啊，伊芙，」雪莉說。「哈囉，說妳呢！」瑪莉喊著。

強森先生說出了卡。

強森先生週遭的一些劇組人員嘰嘰喳喳起來。很顯然音效部門沒人準備好要聽到*早啊，伊芙*跟*哈囉，說妳呢！*

回到一！

一個叫貝西的女士拿著長長的桿子，上頭有毛絨絨的球狀物[397]，同時她還戴著耳機，在跟只有她能聽到的人說話。這樣的她請兩位門廊女士用跟剛剛相同的「水準」說出她們的台詞。

早啊，伊芙！

哈囉，說妳呢！

有人接著大喊了一聲，「OK！」

我們開機了！聲速正常！Action。

薇倫．連恩再一次走路經過並揮起手來。

「早啊，伊芙！……哈囉，說妳呢！」

卡。

強森先生說，「這不是挺好的嗎？」

雪莉與瑪莉被告知她們得先留步，主要是電影新加了一個伊芙吃完早餐走回家的鏡頭，屆時門廊女士們可能還得上場。她們被領著去到了杏仁農會大樓裡的臨時演員待命區休息，等午後光線適合時再麻煩她們。伊內茲請她們幫電影一個忙，那就是在下一個鏡頭開拍前繼續織她們的道具，這樣圍巾的長度才能在畫面裡連戲。一個有禮貌到不行、甚至有點過頭的年輕人寇迪拿了一些文件來給雪莉跟瑪莉簽，照他說是為了她們的「升級」。由於她們被導演加了有露臉的對話，所以她們在這部片裡已不再是背景演員，她們成了日聘演員。她們有開口，就可以多領點錢！

「妳們是 SAG 的成員嗎？」寇迪問。

「SAG 是什麼東西？」沒聽過演員工會的雪莉問。

「不是，」瑪莉說。

「需要我幫妳們拿點什麼嗎？」寇迪獻起殷勤，因為他收到的命令是臨演待命區裡的每個人都要一視同仁，不能嫌麻煩就不問。

在全劇組都可以享用的大餐級午餐之後又隔了好一段時間，雪莉與瑪莉才又回到了門廊的片場，這時她們手上的圍巾都足足長了四寸半。她們已經準備好要拍連恩女士回家的戲，但由於主要演員都在主街拍攝抽不開身，所以她們那天下午並沒有上工。她們受邀隔天再回來，她們織的東西也被道具組收起來保管。

她們各自開車回家，一個往奇科，一個往麥斯威爾。

她們各自會再領一天的錢。

397 貝西．「收音桿」．隆茲是音效組兩名收音桿操作員的其中一名，其他的音效組成員還包括傳奇混音師馬文．普里奇，二號收音師肯特．「鬥牛犬」．阿拉貢尼斯，以及管訊號線的吉莉安．派特森。其中舞者出身的吉莉安是在音樂錄影帶的拍攝中認識了馬文，然後跟他當了很短暫的夫妻，短到離異之後還能保持好朋友的關係。馬文把這位前妻留在他的組裡，圖的是醫療保險。

第五天收工在下午六點五十六分，也收工在尤基昭告團隊你們是被愛的的聲音中。

（預定五十三個拍攝日的）第六天

王牌．艾斯韋多在清晨四點三十分來到了旅館的停車場，他準備的兩大杯滴漏式咖啡都蓋著蓋子：一杯是他自己的，一杯是給艾克的。王牌喝咖啡向來是配非乳製的奶精。艾克以往的晨間咖啡一直是濃縮咖啡、熱水和隨便一種奶精大約各三分之一，但為了融入火瀑這個男主角，他把早上的第一杯咖啡換成了陸戰隊風格的那杯「喬」。黑咖啡對他來說難喝得不得了，但為了體驗他堅持把牙一咬；這位美國大兵為了啟動他的系統，不惜往化油器裡倒煤油。早上四點四十四分，即將為了他第一個鏡頭赴加工廠準備的艾克幾乎徹夜未眠。他凌晨兩點起來吐了一遍。緊張得不得了。他做了兩百五十個波比跳。

伴隨脖子上的第一抹酒精膠——那冰涼而黏稠的糊狀物一接觸到皮膚——艾克就瑟縮了一下。那感覺好噁心。

史恩（康納萊）問，「你還好嗎？」

「還好，」艾克說，「只不過，挖咧。那黏膠一下去。我脖子凹進去的地方。我得想辦法跟那種不舒服的感覺和平相處。」

「確實，」傑森（王子戰群妖）說。「你能習慣最好。不然你接下來天天都要痛苦一遍。」

「你可以的，艾克，」（是法國一部份的）布列塔尼保證。「你要是個軟腳蝦那就另當別論。」

艾克被逗笑了。他喜歡這三劍客。

那些膠被又多又猛地抹在艾克身上的各個地方——頸部、臉上、肩膀、手臂、胸膛，還有頭皮上——就像冷冷的一堆玉米糖漿。接著是一層層追加的黏膠，主要是有許多不同的乳膠套件得在被固定好以後壓上他如今黏答答的表皮。再來，每一片假皮都得上色，傷疤與燒傷處都得接受塑形跟描繪。隨著拍攝工作的進行，這套流程會逐漸快上幾分鐘，但只要是艾克需要扮演火瀑的每一天，他都得在加工廠裡待到四小時以上。想在不舒服中逃避現實的艾克把腦筋動到了他 iPhone 的冥想 app 上。他會迷迷糊糊地睡去，而只要化妝團隊需要他把身子坐正，布列塔尼就得透過她纖細的指尖用手扶住他的頭，免得弄醒他。那叫作一個日復一日[398]。

劇組再一次搭設起了火瀑登場時的夢幻場景，一樣是長長的台車軌道穿過主街中央，一樣是攝影機架在前景中有昆比麵包車的古董店裡，也一樣有人行道上的長鏡頭可以捕捉靴子的畫面。山姆又加了第四台攝影機在旋轉銀行招牌正後方的一處平台上，招牌每轉一圈都能讓火瀑的身影露出一次。

六點五十分，比爾．強森和在 PO 中的艾兒會合，就利馬一角的重新選定扣下了扳機。一名

398 艾克．克里帕：「早上那第一抹黏膠——每天早上——成為了我的夢魘。一想到每天第一坨酒精膠落到我身上時的那種觸感、那種氣味，我就好像渾身爬滿了東西。不過只要第一次海綿下去起來之後，我就能像個男人一樣挺住了。軟腳蝦，我不當！」

叫作祖項的越南籍站立喜劇演員長相很理想，而且比起其他人，他在試鏡戲分裡處理那些亂碼假台詞時也很有一套，所以事情就這麼定了。四名調查者這下子成了跟美國一樣的種族大熔爐：演員裡有黑人、有西裔，有越南人，還有跟演過小畢佛的傑瑞・馬瑟斯[399]一樣白的尼克・薩伯。

「把祖項找來，愈快愈好，」艾兒交代起卡司、企業事務、交通與住宿部門的同仁。

由於薇倫今天是「等通知」的待命狀態，不一定有東西拍，所以艾克是隻身一人在加工廠中。九點零二分，他來到主街的片場，從頭到腳是火瀑的裝扮。伙食部用可以拿著到處走的托盤供應著吉拿棒，所以沒有人真正注意到艾克來到了現場。

「OK，愛嗑・大西瓜，」比爾對他說。「你看到遠遠的有個交通錐了嗎？」他指著主街另一頭的起始標誌說。「我一喊 Action，你等一拍，然後開始朝我們走過來。」

「嗯嗯，」艾克嘴裡唸了起來。「Action。等一拍。走過來。」

「對，」導演說。

「看我的。」艾克開始朝主街另一頭走去。他自信的態度是一場秀，一段默劇表演。在他的心眼裡，他看到的只有恐怖，他很怕一聽到 Action，他就會被自己的戰鬥靴絆倒，然後一跤跌在他下巴上。道具組的團隊幫著他把 M2-2 火焰噴射槍穿戴到了身上，然後就退到了鏡頭外，只留下艾克一人在整個世界的中央。

Action！

艾克並沒有絆倒。他並沒有摔到自己的下巴。

在試拍了三次後，他們開始把進度往前推，最終他們得以完成了火瀑頭一天的整張分鏡表。

薇倫在午餐後被叫進了加工廠。她進入妝髮拖車的時候，艾克正在為了下午要拍的鏡頭補妝。她把手放上了他的肩膀，看著鏡子裡的他，然後開口說道，「艾克，」此時她並沒有看著他本人，而是透過鏡子直接看進他的眼裡。「我睡得比較好，都是因為這裡有你……」

艾克發現自己像被雷打到一樣，目瞪口呆而「沒有絆倒」地走出了加工廠，回到了片場，接著拍火瀑的走路戲。薇倫·連恩的觸摸與她的眼神，還有她身上的香氣都，嗯，非常有感染力。

就在薇倫進行準備的時候，團隊準備好了兩名在地上游泳池裡的小朋友，池裡的水他們補了一上午。貝瑞·蕭，那個在操作割草機的小孩，被叫來玩馬可波羅，跟鄰居小孩我潑你你潑我。雪莉與瑪莉被重新安置回門廊上。

一等適合的光線出現，薇倫走過了門廊前，再次揮了揮手。在試拍三次後，尤基逕行宣布「我們超棒的前廊女士正式殺青！讓我們讓她們知道她們是被愛的！」此話一出掀起了一片掌聲。薇倫、導演跟艾兒都祝福她們萬事如意，也讓她們留下了織物當紀念品。道具組很不高興。

在院子裡有戲水池的房子裡，貝瑞·蕭、一個小女孩，還有一個小男孩一起待在水裡。當鬼的貝瑞眼睛閉著，大叫了一聲「馬可！」兩個小孩回說「波羅」，然後開始躲起了貝瑞的捉捕。薇倫在步行經過的時候也湊起熱鬧，喊了一聲「波羅！」七次試拍加翻轉了幾次鏡頭後，這場戲大功告成。

399 譯註：Jerry Mathers，1948~，美國演員，還是個小男孩的他曾在一九五七到一九六三年的情境喜劇《天才小麻煩》（Leave it to Beaver）中演出主角畢佛，故事裡的他生在一個標準的美國中產白人家庭。

「艾兒？」比爾叫了聲。「尤基？」主團隊正在移動到奈特的家，要去拍外景的美顏鏡頭[400]。「去請 VFX 小組讓夜影騎士劃過這個小水池，濺起一些水花，分別在她第一次去救人的去程跟返程中。」

「你是說場次 9XX。」尤基那顆腦子不僅對劇本頁數如數家珍，而且對場次編號也一清二楚。畢竟他是位列第一的副導，腦子像電腦是一定要的。

「嗯，把這裡保留為熱景[401]。」比爾轉向艾兒。「嘿，我們速度可以拉起來了，這都得感謝愛嗑．大西瓜。讓克拉克咖啡店的卡司熱身，立馬。」

「收到。」

第六天收工在七點零二分，還在工作天尾聲十二分鐘的「寬限」期間（不算加班）。最後一個鏡頭是薇倫與艾克在只見於伊芙．夜影騎士心目中的奇幻瞬間對峙，可重要了。

（預定五十三個拍攝日的）第七天

四名調查者來到了隆巴特，待命中，隨時準備入鏡，當然這不包括場次13與14。尼克．薩伯（格拉斯哥先生）從他在托班加峽谷用石材蓋成的房子開車上來，COVID-19 戰爭期間他就是跟他老公在峽谷裡從頭閉關到尾。克洛瓦妲．「拉拉」．葛雷洛（馬德里女士）從阿布奎基被用飛機載來。她丟著得自生自滅的家人不管，只因為她又有一部比爾．強森的電影要拍——

這次，是部小孩子會喜歡的電影。基於她跟戴那摩的合作史，卡珊卓・戴爾—霍拉（倫敦女士）被從她在紐約尼亞克村的住家用飛機載來，並被安置在了法蘭佐草原一處空閒的排屋中。

靠著僅提前七十二小時的通知，祖項降落在了沙加緬度大都會機場，並在路邊找到了他訂的小馬車子，「祖」字閃爍在儀表板上。還沒吃早餐的他肚子咕嚕咕嚕叫，所以穩將小姐伊內茲・**某某某**先帶他走老九九去一處攤子嗑了重量級的起司漢堡，外加一大杯美味的傳統根汁啤酒。電影公司跟他約的是下午三點。伊內茲會直接把祖項送到片場，送到隆巴特的法院前面，分秒不差。

「知道你要來大家都很期待，」伊內茲告訴他。

「是喔？」項必須要拉高嗓門，因為這台小馬的後座與駕駛座距離實在太遠。「昨天我還在跟我失業的朋友一起寫脫口秀段子，今天我就要跟薇倫・連恩見面，成為異變特工隊電影裡的一員。我可以用喊的問妳一個問題嗎，女士？」

「我叫伊內茲。你儘管問。」

「這種好事他媽的，怎麼會發生在我身上？」祖項才二十歲。在新冠肺炎疫情前，他是歐噴麥之夜[402]裡還算好笑的其中一員，在笑吧跟窖哈哈等酒吧接案表演一場五十塊錢，上台用的不

400 譯註：beauty shot，美顏鏡頭就是強調人事物之美的鏡頭或場景。

401 熱景——之後還要用來拍攝、暫時保留的片場。不准以任何方式觸碰、調整、改變。就連泳池裡的水都不准放掉。

402 譯註：Open Mic Night，開放麥克風之夜，誰都可以登記上台試試身手的笑話之夜。

是英文名亨利，而是特立獨行的越南語姓名。如今祖項被電影找去，他身邊的每個朋友都在問他：**這種好事他媽的，怎麼會發生在你身上？**

下午三點，項出現在法院前的影視村帳篷裡，跟他在說話的艾兒・麥克—提爾把他介紹給了比爾・強森。天氣熱到像有火在燒。

「很高興有你加入，」導演說。「看到那裡的陸戰隊員了嗎？」項看著火瀑的演員坐在一張有遮蔭的椅子上，旁邊有把扇子在往他身上搧，顯然是因為那人身上穿著的一大堆戲服跟妝容。「他原本演你的角色，現在你要演他本來演的角色。塞翁失馬焉知非福，是吧？」

艾兒接下來陪著項去到了製作辦公室，在那裡，接連不斷地有人湧上來要麼問他問題，要麼交代他事情。幾個小時過去，他隻身坐在了遠在公路旁的一個飯店房間裡。

項把他私人的手機從口袋裡掏了出來[403]，打開了BiO的小程式，進入了他名為**我的大冒險**的專頁，按下了**在忙什麼**的按鈕。自拍相機啟動了錄影。

「嘿，反臉書的同志們，是我，祖項。跟大家報告一下近況。我吃了個超級棒的東西，道地到不行的國境以南風**查爾—烏—皮塔餅**[404]，那間速食店的旁邊不遠處就是高速公路（他說著讓網友們看了一眼這種靈感來自墨西哥小吃的混血食物），此外我也盡量在享受這裡超逼真的場景，地點就在州際公路旁，不遠處還有個小鎮叫隆巴特。有人也沒聽過嗎？我也沒聽過，直到幾天前……還記得我跟你們說過褲裡有大象的本大「項」遇到了一件很有搞頭的事嗎？原本我還不敢洩漏天機，我怕把這四一一[405]說出去會壞了我人生到目前為止，也沒什麼啦，就最走運的一次而已，僅次於查爾—烏—皮塔餅……」他說著咬了一口。「超好吃。我喜歡它在我嘴裡的口感……所以說，我之所以跑來這裡，各位我的狐群狗黨，是因為，我要拍電影了！老子就是這麼屌，爽啦！下一部異變特工隊的電影裡會有我。我會跟那些超能者混在一起！薇倫．連恩會跟我在同一個地方走來走去。誰？她？你少開我玩笑了，祖項？不會吧！噢耶，就是會。現在進行式，兄弟們！那就是我的現在進行式……我就在忙這個！」

項根本懶得去檢查一遍自己錄了些什麼。他按下了發表鍵，影片就這樣被送到了每一個登錄在BiO軟體上且願意去看的人面前。此舉的後果，事實證明，將非常慘烈。悲慘的慘，激烈的烈。

全體演員收工在晚間七點，分秒不差。

（預定五十三個拍攝日的）第八天

對於得負責薇倫．連恩之安全維護，並讓她享受不受打擾之福祉的湯姆．溫德米爾與瓦利．

403 項也被分配了一支拍片用的iPhone。他此後得兩支手機都不離身。

404 譯註：Chal-u-pita，拆開來是Chalupa與pita，前者是墨西哥傳統的船形玉米麵夾餅「查魯帕」，內餡可菜可肉也會加醬，後者是常見的皮塔口袋餅。這個字代表兩者的混搭。

405 譯註：美國電話的查號台號碼是四一一，引申為情報之意。

連克而言，星期四也許並不是個好日子，但這天對祖項而言，那肯定是個**大凶**之日。

項並不習慣於在 BiO 上人氣爆棚。他向來最多也就是幾千個人在他的**在忙什麼**動態上按下**好耶**！但他最新的爆炸性發言，說什麼他要跟薇倫．連恩在隆巴特拍電影，讓他的社群媒體足跡比平日整個大上一號。他那一則**在忙什麼**累積了三十七萬四千五百六十五個**好耶**！同時新電影的消息、外景地位置、還有薇倫．連恩的行蹤都以星際爭霸戰的九級曲速朝四面八方擴散，速度比超能者大熊座在宇宙中移動的速度還快。在大大小小的演藝界、粉絲團與娛樂圈的網路新聞網站上，相關的消息都開始聚集。祖項賞了網際網路一個大獨家。

薇倫對於在社群媒體上炸開的事情渾然不覺，只是專注在工作上，一心只想著怎麼變身成那個既安靜又內斂的伊芙本人。項這邊則是欣喜若狂，因為這種關注度在他出身的站立喜劇世界裡，是通行的貨幣。湯姆．溫德米爾想要找到他，把他過肩摔到地上。

瓦利．連克想要跟這個自以為好笑的男人聊聊。他像在看實況轉播般，看著他一直以來守護的最高機密在指數性成長中變成人盡皆知的事情。那天早上，他的薇倫．連恩警報器閃著紅光，而紅色代表的是他知名的手足在網路上被大量、非常大量地提及。而隨著網路爆量曝光所接踵而至的，就是對他雙胞胎姊妹的各種貼文、各種評論，乃至於各種安全上的威脅。

WL在哪兒？隆巴特？我要……我要把薇倫．連恩當馬路，從她的正中間壓過去！……那個婊子會毀了異變特攻隊！大熊座 wan 歲……W．連恩什麼時候才要回應我？？？……去死啦賤人！去死啦賤人！去死啦賤人！……幫我生小孩薇倫……

就在湯姆把薇倫送到基地營去展開新一天的工作時，瓦利掃過了所有的評論與貼文。他用會自動對螢幕截圖的線上安全軟體把每一則網路威脅都抓下來，交由一個資料庫去參照其他時間點的其他貼文一一進行交叉比對，藉此組建出每一名做出威脅的掠食者後選人的數位路徑。自從那名擅闖民宅者被捕，他們開始覺得有必要對可能的後繼者蒐集證據來方便提告，從此維護這樣一份紀錄就變成了標準作業程序。至於非標準的，則是湯姆從各種其他來源蒐集到的資訊。

星期四上午六點四十四分，瓦利．連克傳了簡訊給艾兒．麥克—提爾。

瓦．連克＠天空公園：有空嗎？

艾．麥克提：打給我。

瓦．連克＠天空公園：私下面談。

艾．麥克提：榆樹街一一四號。咖啡招待。

薇倫的雙胞胎兄弟是個冷靜、有格調的人，這點不在話下，但在拍攝第八日的早上七點說有事情要面對面詳談，還是讓艾兒不得不硬起來迎接某個搞不好會很棘手的問題。到底是什麼事情讓瓦利——也就是讓薇倫——這麼不開心？她希望這事跟艾克．克里帕沒有關係。要是艾克是這問題的起因，那她跟她老闆比爾就慘了。

「這老房子挺不錯，」瓦利一邊這麼說，一邊從鋼筋混凝土的門廊穿過前門。「這些樹的年紀肯定跟美國一樣大。」

「這工作的一個福利就是有好房子可以先選。」艾兒說。「我主要住在廚房裡。這邊請。」

廚房一角的老式小餐桌有與之成套的人造皮椅，主題是假大理石的蜷曲花紋。艾兒的咖啡機個頭大得像工業用縫紉機。她按出了濃縮咖啡，加入了她熱過的一半一半奶油，然後單刀直入問起了重點。「有什麼獨家？」

「公司對社群媒體的政策是什麼？」瓦利好奇地問起。

「零容忍。」參與製作的任何人都不得發佈跟電影有關的貼文，沒有任何例外。社群媒體一概不准——不分類別。每張通告單都在左上角的一個小框框中印有這樣的字眼：**請勿在社群媒體上張貼任何我們在此工作的內容**。戴那摩國度與鷹眼歐斯底里地管制著所有從隆巴特出去的新聞與訊息。卡司或劇組的任何成員都無權在網路上放上自拍照，林林總總的理由除了牽涉到法律、宣傳、保險的問題以外，還有安全的考量。

「你們的一個卡司成員po文說他人在這裡，還說他一起拍戲的對象有我的合夥人。我是說我的雙胞胎姊妹。」

「誰幹的？」艾兒一把抓起她的手機去搜尋薇倫．連恩的名字，然後就在一顆夸克穿過鋼樑需要的時間內，連恩女士赫然出現在——該死的整個網際網路上。在大拇指的幾次拉動下，艾兒找到了BiO，找到了祖項的**此時此刻**影片。「這不太妙，」艾兒說。「你喝一下咖啡，我研究一下這個。」

「有阿華田嗎？」由於劇本需要伊芙．奈特喝咖啡加阿華田，因此薇倫也開始在現實中做起一樣的事情。瓦利原本覺得這種喝法是邪門歪道，但他現在也非常熱中此道。

「沒有耶，抱歉。」艾兒接著叫了一聲，「嘿，伊內茲？」

伊內茲從樓上的臥室應了一聲。「怎麼了？」

「妳可以去這間飯店把祖項帶過來嗎？」
「要多快？」
「盡快。」
「需要順便帶點早餐什麼的嗎？」
「不用，祖項就好。」
「收到！」
伊內茲捧著已經在手中的一杯咖啡，穿過了廚房。「喔！早啊，連克先生。」她離開了後門廊，走時那一甩讓紗門發出砰的一響。
「『祖項就好』？」瓦利說。「聽起來像是殺人定讞。」
「也許吧。這鍋砸得可不小。薇倫是什麼反應？」
「她還不知道，現在就靠我們處理得宜，她就不用打破寧靜。」艾兒打訊息的手沒停過。

艾．麥克提：祖先生？您醒了嗎？
祖組祖：說醒也醒，說沒醒也沒醒。
艾．麥克提：我想邀請您過來喝咖啡聊是非一下，立馬。
祖組祖：?&?
艾．麥克提：在我家喝。伊內茲會去接您，就等您準備就緒。
祖組祖：！

伊內茲把項帶到了榆樹街一一四號的後門廊，快狠準外加砰的一聲。

艾兒首先跟他打了招呼，「這可不就是我們的利馬先生嗎。」然後她端上咖啡，讓他在廚房坐下，把他介紹給了瓦利．連克，並緊接著丟出一個問題。「你還沒有看過通告單，對吧？」

「我應該要看過嗎？」項打了個哈欠。他之所以起這麼個大早，唯一的理由就是卡珊卓．戴爾—霍拉命令調查者在她家見面，說是要開始背場次13跟14那九頁戲分的對話。

「我幫你印了一份出來，」艾兒說著把最新版的通告單放在了祖項跟他的咖啡前面。「這是今天的。我陪你瀏覽過一遍，好嗎？」

「OK，」項說著嘗了一口他這輩子喝過最濃的咖啡。

「先看背面……」艾兒把文件翻了過去——釘書機釘好的三頁紙加雙面列印，所以內容一共是六頁。「這兩頁是我們關於火焰效果的定型化安全警示。保險用的……這幾頁是工作人員的姓名跟部門主管的清單，團隊所有人的資料都在這裡了。這裡是大家都懶得讀的一堆訊息……然後這個頭一頁，的最下面，是明天的預告行程——所有我們要預先準備好的工作……往上走，我們會看到我們需要的用餐次數，通告時間，還有這裡……卡司陣容跟他們何時需要向片場報到。看，你在這裡！通告單上的九號，官方狀態是**待命中**。你今天可以放一天假。」

「最好是。我今天要跟卡珊卓、尼克跟拉拉彩排，」項說著往咖啡裡加起了糖，而且量大到瓦利納悶這小子是不是海洛英成癮過。

「這裡是我們今天要拍的場次……這裡是日期……五十三天裡的第八天……日出跟日落時間。簡單明瞭，吧？」

「麥克—提爾女士，」項開口，放下了他的咖啡。「我知道通告單是什麼。我在那個關於一九六八年的迷你劇集中演出越共士兵時，就拿到演員工會會員證了[406]。」

「那裡面有你？」瓦利．連克看的大都是真實歷史改編的影視劇。「那部拍得不錯。」

艾兒接著說，「所以我們通告單左上角這個小方塊裡的字句，你應該不會不熟囉。」她指著的地方寫著：

請勿在社群媒體上

張貼任何我們在此工作的內容

「看到了嗎？」艾兒問起了項。

「看到了。」項識字。也是啦，他確實還沒有親眼見到K:TLOF的通告單，畢竟他真正開始拍片要等到……喔，雪特！「我發了一個此時此刻在我的BiO網頁上！」項早就為了這篇貼文創造的巨大流量在那裡得意忘形。他所有的朋友都在恭喜他，他的經紀人也確信在網路上爆紅會為他創造出很多工作機會。

「沒錯，你是發了，」瓦利說。「請把東西撤下。」

「立馬，」艾兒補了一句，「盡快。」

項七手八腳地掏出手機。「我不知道我不應該在BiO上貼文啊，所以我被開除了嗎？」

406 《一九六八》是在EnterWorks上串流的作品。不用多費心思去找祖項了。你從頭到尾看不到他的臉。他的戲份只是從樹線後喊些不堪入耳的髒話。

艾兒解釋說，「我覺得你的經紀人們應該知道，但我沒有去確認。是我不好。我今天早上會把她們好好訓一頓。」

項用大拇指在螢幕上一番操作，刪掉了那則**此時此刻**。「這跟法律什麼的有關係嗎？」

艾兒看向瓦利，意思是讓他來解釋。

「你要知道，」瓦利的口氣顯得平靜、沒有敵意，但也讓人**不寒而慄**。「我們不想看到隆巴特跑來一大堆粉絲，結果都是假粉絲。對著卡車跟市界標誌拍照，或許再加上在飯店門口遊蕩、看能不能跟演利馬先生的演員來個自拍是一回事，但說實在的，我們的機密總是愈少人知道，愈好。這麼說你可以接受吧？」

「我現在可以了，」項說。這個叫瓦利．連克的傢伙不知道該說是笑裡藏了好大一把刀，還是該說他是個風度翩翩的刺客。「是說，你是哪位啊？為什麼是你在跟我說這些東西？」

「我從一出生就是薇倫．連恩的合夥人。」

湯姆．溫德米爾維護著一個有關威脅評估的資料庫——目前，他有十二名列管的 TA（**在評估中的潛在威脅**）——並為此導入了一組在保全產業中開展生涯第二春的退役警官。他跟艾兒聯手在隆巴特的各個外景地外圍建立了管制圈，並保持著劇組識別證跟運輸車輛儀表板卡片的登記與更新。他會每兩天更換一次薇倫的用車，免得有人掌握她某個當下的代步工具。有名便衣保鑣進駐在基地營與片場，而且該名前警官會一方面緊盯著現場的來來去去，一方面保持好足夠的距離去避免干擾薇倫演戲。他讓蘿洛去收容所挑選了兩隻供人認養的狗狗，然後安排了訓練師，為的是確保牠們有良好的行為，但遇到陌生人會吠。一個很簡單的事實就是，會叫的狗總是可以嚇掉大部分的掠食者半條命。

林林總總的這些支出，讓戴那摩在拍攝期間增加了近百萬元的維安成本。梅庚・巴克曼・賽利塔斯——她在戴那摩企業事務部裡叫作MBS——在這一點上對艾兒頗有微詞，她說維安成本應該早就包含在拍板的預算裡了。對此艾兒除了告知她「並沒有」以外，還補了一刀說，嗯，出來混總會遇到硬奶頭[407]，男人遇到這種細節時都是這麼說的。

（預定五十三個拍攝日的）第九天

星期五屬於順暢到任何一個電影團隊都夢寐以求的那種工作日。薇倫跟艾克在比爾的主團隊指揮下拍了在隆巴特／鐵斷崖市中心的外景白天戲份[408]，然後跟第二團隊跟特效組拍了個別的鏡頭。調查者被叫來拍了「開車到克拉克咖啡店」的畫面。

只微調了一下攝影機，調查者一行人就又從咖啡店跑了出來，魚貫回到運動休旅車內，而隨著車子呼嘯著揚長而去，場次78的拍攝工作也告一段落。

407　譯註：整句是tough titty said the kitty，有點粗俗的美國打油詩，用小貓吸不到母奶來比喻形容「人生不如意事十之八九」，意思近似「在那叫什麼」。

408　劇本裡會寫作EXT. DAY，分別代表EXTERIOR SHOT，也就是外景鏡頭，跟DAYTIME，也就是白天。

星期五另外一件值得一提的事情，是克蘭西．歐芬利飾演的**老人克拉克**登場了。有些劇組成員在通告單上看到他的名字，還以為來的會是個紅髮的愛爾蘭人。那不是克蘭西。比爾記得的他，是《衝刺與翻滾》裡的分局警佐亞當斯，那是幾十年前一部很好看的警察劇。看到他要演老人克拉克的提案送上來，比爾嚇了一跳，他沒想到克蘭西還活著。

「我需要克拉克有一張寫滿了過去的臉，」比爾說著把角色託付給了他。「我需要讓觀眾捫心自問，**這個人來鐵斷崖做什麼？**」

「這個問題有標準答案嗎？」克蘭西問。

「只要是你給的，就是標準答案，」比爾告訴他。克蘭西當場就認定他喜歡比爾．強森，喜歡得不得了。

星期五，克蘭西加入拍攝的第一天，需要他完成兩句台詞。

場次1A克拉克藥局兼咖啡店——窗邊。

老人克拉克……

從他藥局的窗邊看出去。他以前也看過這事發生在這美麗的年輕女子身上。

老人克拉克 （小聲說）怎麼回事，女孩兒？……什麼麻煩在追著妳？

然後：

場次3沙塵暴

個頭與速度愈來愈誇張——顏色也變了……

那個漏斗形狀的東西已經不再是灰塵，而是……煙霧

老人克拉克　（眼看著一切）那……到底是……什麼鬼？

三十三分鐘完成了三個設置。

這禮拜最後的收工喊在晚間六點五十八分。

「謝謝大家讓我們這五天過得這麼多姿多彩，」尤基透過無線電廣播。「週末愉快，別忘記你們是被愛的。」

演員們

卡珊卓・戴爾—霍拉在之前每一集的超能者／異變特工隊電影中，都是倫敦女士的演員。由此不論在電影裡還是在動漫展，粉絲們對她的現身都有所期待。此前她與超能者在螢幕上相

處最久的一次，是《異變特工隊二：再生》；自從故事的那一章之後，她就只有短短幾星期演過美國海軍陸戰隊的倫敦中校（現已退役）。這次在《夜影騎士：火瀑的車床》中，倫敦女士將被召回並獨領她那一半的風騷。

她跟比爾．強森聊過幾次天，她以為他會壓力山大地被戴那摩逼著拿出戴那摩根據戴那摩大計想看到的東西，會被逼著不准拿戴那摩幾十億美元的系列電影胡搞瞎搞。但比爾．強森的心境就像是跟爺爺去到一條平靜的小溪，正與世無爭地釣魚。

「妳有什麼想法？」比爾在Zoom的視訊會議中問她。她在她位於哈德遜河上的小房子裡，他則在德州或亞利桑那州某處的高爾夫球道上。

「強森先生，」她說。「從有這些電影以來，我只聽人跟我說過一件事情，那就是走到定位，說話快一點。」

「我看得出來。」比爾看過了所有的異變特工隊／超能者電影。「叫我『比爾』就好。」

卡珊卓接著說。「你寫出了一路以來最有趣的倫敦女士。她為什麼陸戰隊不待了？她為什麼會有那整個**如今只是尋常百姓**的場景？」

比爾說，「軍服主題的設定我已經看到膩了，所以我說服了戴那摩，我跟他們說電影與電影間的改變可以為後來的故事打開創意的可能性。妳不喜歡嗎？」

「完全不會，」卡珊卓說。「我終於不用一天到晚只能穿藍色軍常服[409]跟迷彩服了。我可以問個老實的問題嗎？」

「只要妳能接受老實的回答。」

「有人提到要讓我因為年紀退休，另外找年輕的演員接手嗎？」

「片廠那兒有個小朋友說了幾句什麼倫敦已經徐娘全老了的話。但高幹合唱團認為妳，戴爾—霍拉女士，是超能者連戲的代表人物。這話放到某個演海獅的演員身上就不好說了。妳知道在我們的電影裡該做些什麼。我不會跟妳過不去，只要妳準時到，台詞背熟，開機的時候能大殺四方一下就好。算是打個預防針，我想請妳如果在大夏天的時候遇到雨蓋戲[410]，火氣不要太大。」

卡珊卓在通告單上排名第三——這創下了她從影以來的新高。倫敦在《夜影騎士：火瀑的車床》裡是牽一髮動全身的巨大因子。她肯定會很殺。

☆

卡珊卓．戴爾—霍拉（異變特工：倫敦女士）：「我週末要幹什麼？拍戲當中的週末？賴床。散個步。消除一週下來累積的疲勞——就跟你一樣。但這個週末辦不到。場次13跟14的戲你看了嗎？九頁的對話。還有螢幕上那一大堆電腦資料。尼克、拉拉，還有項克，我是說項，會過來我的住處，我們會一起把那幕戲學起來。

「有人問，**這麼多台詞你是怎麼記住的**？就是背。幾個小時幾個小時地去背，你幫我我幫你地去背，靠一遍又一遍複習去背，這樣就不用怕某場戲特別長——而九頁的戲就很長。要

409 譯註：在本書收錄的第一篇漫畫《砲火下的英雄》當中，最後一格右手邊的那種軍裝。

410 雨蓋就是天候讓外景戲拍不成時的室內備案。

是我們在拍攝日去到片場，但沒有徹底把對話記牢，那天就會是災難一場。一天可以拍完的戲會變成兩天，兩天的戲會被砍短，風聲會外傳：那些演員是不背台詞的。當然等正式開拍了，我們會打散節點，藉此把對話嵌入到場景中。那會是一個找出正解的作業。但場次13與14的戲你看過了嗎？正如一名劇場教母跟我說過的，『把台詞弄熟是無可替代的，所以快去把該死的台詞給我背起來。』

「亞特蘭大的拍攝——那些跟其餘異變特工隊一起的場景——讓我們從各自的電影中集合起來，開起了同學會。亞特蘭大之所以能成，是因為比爾跟片廠討論了這部電影的必要性，而後戴那摩捍衛起了超能者系列的整個故事弧線。薇倫橫空出世，以班上的新同學之姿在我們這些老將之間交代起了前情提要。她撐住了場面，套上了戲服，拿下了自己的一席之地。她跟我是唯二能讀到全本劇本的卡司成員——其他人都只拿到各自的部分。劇本的每一頁都是戴那摩的最高機密。

「我成年之後就一直是個專業演員，沒錯。活躍在劇場。我客串過《衝刺與翻滾》，也算跟克蘭西．歐芬利有過一片之緣，當時我還是個孩子，而他已經是傳奇——我是不奢望他會記得啦。那對我來說是走了一次大運，主要是我才剛在百老匯結束了《方向盤與風》的一檔演出。我曾經搬到過洛杉磯。但我不喜歡加州。後來我被叫去拍一部超級英雄電影，接著莫名其妙我就穿上了陸戰隊的制服，開始在摩洛哥的沙漠裡跑來跑去！我開起了那把機關槍。倫敦少校變成了倫敦中校——其中一個非超能者的異變特工。而如今她更在這裡發號施令，大殺四方。我愛倫敦。隆巴特嘛？太熱。又乾。」

克蘭西・歐芬利（老人克拉克）：「我承認。我不記得卡珊卓。或者應該說我連《衝刺與翻滾》都忘得差不多了。古柯鹼，你懂的。上帝會給你的生命一點甜頭，惡魔會讓你甜食不離手。所有毒蟲的故事都相同，在某個點上，在某個低點上。然後就是戒毒匿名會的十二個步驟，前提是你鴻福當頭。

「是什麼救了我？用一個詞來說？高爾夫。別笑。我曾經每天打十八洞高爾夫球，一共打了一百零二天——連著——四個人一起打，其中一個當過海洛英毒販，二十四歲的他是個酒鬼，第一次喝酒的時候才九歲，還有一個消防員吸古柯鹼吸到他的鼻腔已經扭曲得像是小朋友玩的『搞笑黏土』。我是這夥裡唯一的演員。我怎麼還能繼續工作是一個謎團，只有上帝心裡才有數。

「卡珊卓說我是個傳奇？她肯定是在說哈姆雷特——在費城，在U.P.L.[411]的時期。那是超級棒的一部製作——在某個點會有六十個人同時登台，一度比台下的觀眾還多。然後口碑傳出去說那是一部黑色哈姆雷特。黑色哈姆雷特？我呸。我演的就是**哈姆雷特**。沒有什麼黑色。演了一檔百老匯。演了一大堆莎士比亞節。奧賽羅？馬伏里奧[412]。李爾王。我厭倦了車裡的一切就是我的全副家當。去洛杉磯試了試身手。演了皮條客、毒販。但就是從來沒演過哈姆雷特。然後我拍了《衝刺與翻滾》。然後我沾上了毒癮。戒掉是最後兩季的事情。在《加護病房》演了三季提奧醫師。賺回了很多錢。認識了我太太。生了兩個孩子。期間我繼續東一個西一個地接戲。

411 都市表演閣樓。現已廢團，但當年是一方勢力。

412 譯註：莎翁喜劇《第十二夜》中的角色，名字在義大利語中的意思是「惡意」，意指他討人厭的個性。

在羅馬尼亞拍了一些沒有美國人看過的電影——可能變成錄影帶了吧，當時還是有錄影帶店的年代。現在來到二五二五年，我又在跟比爾．強森跟卡珊卓合作了。蛤？啥？我？真假？

「如果可以重來，我想改變的一件事情？我角色的名字。老人克拉克。怎麼不是俊男克拉克。

「我週末要做什麼？Fore[413]！」

克洛瓦妲．「拉拉」．葛雷洛（異變特工：馬德里女士）：「我住在阿布奎基。我曾經在學校體系裡工作過。我曾經是行政人員，但如今的我是表演者。我接廣告，有家按摩浴缸公司的看板上就有我。我這次要演的是馬德里女士，主要是之前在一部叫《信天翁》的電影裡，比爾曾把我以在地雇員的身分加入到卡司中。我演的是警方的勤務派遣員。幾乎要打起來的那晚我人也在場。好吧那就是場全武行。我覺得電影很棒。當然啦，我也是其中的一分子嘛。比爾把我找去《滿是聲音的地窖》拍了一個禮拜——我是那個把裡頭的貝斯手當掉的駕訓班教練。我不知道比爾為什麼一直給我這些工作。我甚至連在他面前試鏡都不用。

「馬德里在調查者的每一場戲裡都沒缺席。卡珊卓氣場超強，項超好笑。尼克長著一張好像是聆聽專用的臉，你有注意到嗎？然後他會把台詞講出來，好像他才剛剛想起來似的。比爾希望我能聽起來像是個警察勤務派遣員出身的駕駛講習教師。他有夠寶的。

「緊張？為了在電影裡軋一角緊張？不會啊，還好。比爾一直跟我說要有話直說，還有我做什麼都是對的。他這個人疑人不用，所以我不用瞻前顧後。我不覺得我有哪天在電影片場不開心過，前提是現場沒有人大打出手。

「週末我會拿去跟家人在Skype上視訊。還有排戲。卡珊卓為了場次13與14的戲份，簡直變成了個瘋女人。」

尼克・薩伯（異變特工：格拉斯哥先生）：「格拉斯哥是自從新冠肺炎封鎖住我們後，我接到的第一份工作。我原本應WinCast[414]之邀要演出一個迷你劇集，但事情一拖就是六個月，然後更整個不了了之。我在托潘加那間我跟我老公同住的房子裡待了一年。那是一間用石板跟石頭當建材、一些神經病在一九六〇年代蓋起來的房子——地點在峽谷的很上面，再適合我們也不過了。幾乎百分百防火。防淹水的部分，就還好。

「我開始演戲是大學時代的事情，後來停了一陣是因為我學會了邊溜直排輪邊吞火。我跑去拉斯維加斯，替大製作的主秀當起幕間表演者。我賺的是AGVA[415]的錢。再來我跑去紐約的市民劇場進修，替拜耳拍了一個阿斯匹靈的電視廣告。我覺得比爾把格拉斯哥一角交給我，是因為封城期間長的肉還被我帶在身上，不像電影裡的其他人身材都那麼好，那麼瘦。」

祖項（異變特工：利馬先生）：「我有必要跟你講話嗎？我可不想再被吼一次。我不需要瓦力・連克用他那雙見血封喉的眼睛看著我，用那種『你不用怕這一點都不痛』的口氣對我長篇大論地說教。你要是有東西要問我，請先去跟艾兒・麥克—提爾確認過，然後再用書面呈

413 譯註：高爾夫球術語：前面的長點眼，我要開球啦！

414 譯註：虛構的影音串流業者。

415 American Guild of Variety Artists，即美國綜藝藝術家工會。

給我。

「反正我也沒有時間理你。卡珊卓已經下令要我們去她的住處繼續練台詞。你見過場次13跟14的戲份了嗎？那些對話我學起來超簡單的，就跟要把健怡山露汽水瓶身上的成分表背出來一樣簡單。」

艾略特・葛尼爾（阿莫斯・「爺爺」・奈特）：「小哥，我開始當演員的時候，你還沒開始吃固體食物咧。你要是不小心把我的話匣子打開，我的故事可以一直講一直講，講到你的耳朵掉下來。別眨眼，你就能在星際大戰裡看到我。

「喔，說起連恩女士我這感想就說不完啊。她邀我到她的拖車中喝茶，聊天，聊到我一整個流連忘返。我們聊得好像是認識了好幾年的朋友似的。我看過她的電影，沒錯。她在《長春花開》中的演出讓我聯想到，嗯，那個人叫什麼來著？她的名字是……在那部電影裡……喔，挖咧。我過一兩分鐘一定會喊出來。

「連恩女士問起了我關於爺爺的事，他是什麼樣的人，還有他人生中都有過什麼見識。她的問題有夠多。她沒有聊她自己的角色，但是都在聊我的。世上怎麼會有這種人啊？

「這是我生涯第四十七部電影。當然了，我把那些我台詞沒幾句、拍個一兩天就可以殺青的也算了進去。我上次演像奈特爺爺這麼重要的角色，已經可以追溯到……梅莉・史翠普！《蘇菲亞的選擇》！」

伊雅・卡卡爾（護士蘇）：「強森先生是在Zoom的視訊上完成了對我的選角。他是在《陸軍流動外科醫院》中注意到我的，我在裡頭演那個『不肯把發生了什麼事情說出來的女人』。

他說我的臉能問出的問題，比任何獨白或對話都多。我演過很多護士。我肯定是長著一張護士臉吧。我從洛杉磯飛過來的時候，跟艾略特·葛尼爾搭同一班飛機，我們還就坐在一起。我們原本素昧平生，但一發現我們要去拍的是同一部電影？我們的話匣子就瞬間開啟。他去了洗手間的時候我幫了把手，於是空服員就想當然耳地認定我是他的隨行護士。所以好吧，我是有一張護士臉沒錯。」

（預定五十三個拍攝日的）第十到第十四天

負責視覺效果的VFX小組在隆巴特的東西南北忙碌著，他們首先在老棧橋用上了無人機攝影機，為的是拍攝盤旋跟俯衝的鏡頭，當中屆時會納入一名CGI出來的伊芙·夜影騎士——在那兒用她的超人速度又是跑、又是搖擺、又是跳躍。C攝影機在獨立於主團隊之外、但高爾夫球車到得了的地方拍攝嵌入鏡頭跟各種設置，這是為了讓比爾可以確認並放行鏡頭的構圖，包括伊芙要在那馬可波羅遊戲熱景中的兒童戲水池裡沾個醬油的畫面。貝瑞·蕭上了通告清單，一起的還有克蘭西·歐芬利，還有一票鎮民，他們要來聽取電影第二週的各種基本細節。

拆分日的拍攝讓主團隊有半天能在自然光中工作——期間有兩次豪華奢侈的黃金時分——搞得山姆在狹窄的時間窗口中忙得像瘋子一樣。在用餐休息之後，隆巴特的人行道與石造建築從太陽的直接曝曬中冷卻了下來，夜晚開始慢慢過渡進一種T恤的涼爽跟寬垮短褲的舒適。拍攝空檔的薇倫穿著夾腳拖。接著登場的就是黑暗中的作業，場次93與93XX，伊芙／火瀑第二場打戲的各個元素，在鐵斷崖市區搭配SPFX燃燒彈與VFX火焰的對戰。小型的真實火焰由火效部門從他們自奇科開來的卡車中負責控制。有些空中的置景缺之不可，主要是沒有了那些索具，薇倫跟艾克就沒辦法像牽線木偶一樣被吊在空中，然後在那兒笑得像兩個小朋友。

在週五夜間作業的最後三個小時裡，伙食部訂了一輛霜淇淋卡車到現場。伊內茲確保了所有有工作在身而走不開的劇組同仁都能收到有人送過去的杯裝霜淇淋或霜淇淋甜筒，至於口味則有香草、巧克力，或呈現波紋的綜合口味。要是劇組被問起第十到第十四個拍攝日有什麼值得一提的大事，那肯定就是薇倫．連恩與艾克．克里帕之間的化學作用，特別是在場次93A，火瀑露出一顆光頭的瞬間。伊芙一腳踢中他的頭部，讓他的鋼盔飛到了空中，徒留他立於原處，負傷而脆弱。不再是一頭怪獸，而只是一名孩子陷於驚懼之中。

團隊在凌晨十二點四十六分收工。等於是週六早上。幾小時後，王牌把艾克送到了大都會機場去趕許多班次中的頭一班飛機回家；拖了許久，他終於將利用這個短週末打包好媞雅跟寶寶露比的行李，把她們帶到隆巴特。你要知道，媞雅．克洛普弗可不會乖乖地一個人撫養她們的小女兒。不可能。最好是她會讓艾克在那邊變成電影明星，每天還能跟「我硬了警佐」肩並肩一起拍戲……

（預定五十三個拍攝日的）第十五到十九天

星期一的工作——奈特祖孫在前門門廊——完全就是美夢成真。山姆用網子跟柔光用的絲綢頂蓋把片場包了起來。艾略特與伊雅，兩人待在一起，就像一對有幾十年夜店經驗、一秒就可以深愛彼此的演藝界情侶。爺爺與護士蘇是如此行雲流水、默契十足的一對，讓伊芙在前兩次設置中有種自己是個落單的左手手套的感覺。直到艾略特恭維了她兩句，薇倫才放鬆下來。

「妳會給妳的台詞上捲子，連恩女士。就像黛博拉．溫格。」大螢幕上的黛博拉．溫格曾讓艾略特．葛爾尼癱軟得像一灘爛泥。能被比作黛博拉．溫格（她那個時代的貝蒂．戴維斯），讓薇倫感激涕零到要融化。這天早上不論是巧廚組合或肯尼都投入了不比尋常的細心跟焦慮——各種微調都是為了本日的特寫鏡頭。拍攝順利得有如無風的海面。比爾甚至能額外多涵蓋一些不同的角度，那不能說不奢侈。

星期二只有爺爺跟護士蘇要在後院，所以薇倫早上可以去跟第二團隊拍點東西，然後去西屋燈泡工廠向綠幕攝影棚報到，拍吊索具的第一場打鬥元素。薇倫很失望地看到通告單上寫著這場戲只有她，沒有艾克。

當天下午一點四十四分，王牌開著一輛史普林特廂型車在大都會機場等著接「克洛普弗隊」的飛機。下機時的艾克、媞雅、寶寶露比只能說是驚魂未定、精疲力盡，冒險的感覺是零。他們的大包小包跟嬰兒用具的數量之多，讓將東西通通塞進廂型車的第一次嘗試以失敗告終，只能重新思考，重新來過。露比的安全座椅也不是那麼輕鬆就能扣好帶子。他們在飛機上已經頭大過一次。

此外露比身為一個寶寶心情也不太好，畢竟她已經在那張汽車安全座椅裡待夠久了。那小女孩在前往汽車旅館的路上幾乎都在吵鬧、號哭加尖叫。王牌從頭到尾都掛著一張笑臉，幸災樂禍地想著還好他的小孩都已經超過三十歲。媞雅覺得她的頭就要爆炸了。艾克努力不懈地在他怨念不斷的女嬰眼前搖著一串玩具鑰匙，而這也讓他意識到他身為一個有家累的男人想兼顧演戲的事業，有多少麻煩正在朝他面前集結。他期待著的是能一早就有通告，一整天都泡在片場，或是沿著韋伯斯特路每走一段距離，就做一些波比跳。

他在汽車旅館裡安排了一間連通房，也就是兩個標準房中間有一道門可以打開相連，兩邊各有一張「皇后級」的加寬雙人床。媞雅瞄了一眼起居空間，搖了搖她一陣陣在抽痛的頭。

她注意到一件事，「這裡沒有廚房。」

「但這裡有咖啡店，跟泳池，」艾克指了出來。沒錯，這裡還真有。在汽車旅館的主建物後面，距離沿州際公路南來北往呼嘯而過的卡車僅僅幾百碼處，就有一座游泳池。泳池旁，還有一處遊樂場：木製的鞦韆旁邊有已經龜裂的平衡木，外加一處呈塑膠管狀的溜滑梯，那些塑膠都已經被太陽曬到變白褪色。溜滑梯裡就是個可以烤餅乾的對流烤箱。媞雅不是很樂見他們一家子下榻處的情況。

艾克對這點心裡有數，是因為他的妻子安靜了下來。此時他的手機嗶的一聲響起，一則訊息傳來自尤基——「這週會把你移到等通知狀態，準備去綠幕那邊拍 VFX。詳見通告單，歡迎歸隊。YAL[416]，」媞雅對著這則訊息瞪起了瞇瞇眼。「也要通知我，可以嗎？」然後她問起了另外一件事情。「你上次說，這部電影要拍多久？」

☆

隔天，薇倫、艾略特與伊雅在奈特家進行拍攝。克蘭西．歐芬利得重做他的數位掃描，然後跟博士艾利斯見面討論他能接受的特技，還有就是要比對出一個明星臉來當他的替身。

「老人克拉克還需要做特技？」克蘭西問起。比爾．強森曾經多次重讀他自己的劇本，而就在其中一次重讀時，這位導演開出了一張願望清單，清單上盡是他希望在伊芙與火瀑在夜裡主街上那次動作滿滿的遭遇戲裡，能拍到的各種鏡頭。老人克拉克會撲滅一些威脅到他店面的火焰，並在過程中進行一次翻滾。當然前提是克蘭西可以做出這項特技動作而毫髮無傷。「不，我做不到。」這名演員說。結果他的特技替身在拍攝日摔在了墊子上，代替克蘭西扭傷了肩膀。

艾克在基地營打理好造型後，便向西屋燈泡工廠報到——通告時間是令人心曠神怡的，早上六點。後來為了讓她們從汽車旅館的連通房中出來透透氣，王牌帶著媞雅與露比來到在基地營旁邊的杏仁農會大樓。初來乍到的她們能在基地營通行無阻，全靠寇迪的殷勤導覽。娘家姓希爾的這對母女在幾乎空無一人的餐室裡用餐，因為主團隊還沒有休息吃午餐，而從奈特家走路過來要八分鐘。伊內茲一邊拿起一早供應的水果沙拉，一邊認出了她在艾克手機的 iPhoto 相簿中看到過的媞雅與露比。

「這就是小露比嗎？」開啟了她與大小希爾的對話。媞雅心裡似乎有點疙瘩，主要是她以為艾爾文會來跟她們共進午餐，結果他人根本不在農會大樓裡。

小馬簡訊來自伊內茲：VIP家庭@P0。
艾麥克提：？
小馬簡訊來自伊內茲：艾克的家人。
艾麥克提：帶來片場！
小馬簡訊來自伊內茲：寶寶？
艾麥克提：我來找妳。

一名卡車工會司機放了艾兒下來——偌大的廂型車裡就她一個人——好讓她可以盡快跟火瀑夫人打上招呼。

「是妳，化妝室裡的女孩，」她高喊了起來。「嘿，媞雅！」別忘了，媞雅演過《充滿聲音的地窖》。

艾兒坐在了大小VIP的身邊，戳起了山寨版的考伯沙拉[417]。在基地營，妮娜恰好跟薇倫說了艾克的妻子跟寶寶人在伙食部，而通告單上的一號不可能不去見一下通告單二號的夫人，本尊。等劇組開始大軍壓境地湧入用餐時，沒有人不驚訝於貴為女一的伊芙．奈特竟然紆尊降貴地加入了他們。午餐時分的薇倫一向會退居到她的拖車裡——為的是在那裡先冥想，然後再幫自己打一杯蛋白質奶昔。

「哈囉，媞雅，」電影明星說。「我是薇倫。妳能過來真是太好了。」

「薇倫，我們總算見面了。」媞雅說。薇倫確實是個美人胚子，但也沒有外頭風向帶的那麼婀娜多姿或女神轉世。「外子真的承蒙妳照顧了。至少他是這麼說的。」

「艾克跟我說妳也是演員。」

「說起當演員我是艾克的學姊，」媞雅把話挑明了講。「所以，沒錯。」

因為想給媞雅在外景地的地位撐腰，艾兒開了口說。「她就是《地窖》電影裡那個在洗手間的女生。」

「喔，」薇倫應了一聲。她選擇坐了下來，加入了這場女子會。在布滿整間食堂、名為用餐的喧嘩與嗡嗡聲裡，幾個女人邊交談邊戳著各自的沙拉。伊內茲去找來了一些乾的Cheerios穀片給寶寶用手指拿到嘴邊吃，一次一片。

「你們住哪？」薇倫問。這事情艾兒也想知道，她估計艾克應該是自己跑去住宿部要了一個大小夠他一家子待著的處所。

「汽車旅館。」媞雅說。

「什麼？！」艾兒的聲音大到在劇組的一片喧囂聲中都聽得到。

有些同仁因此看了過來。

「我們有連通房可住。大廳有一間餐廳跟一些點心。墨西哥菜跟披薩之類的東西在停車場對面。還有一個泳池。我親眼看到的。」

「汽車旅館？」薇倫挑起了一道無可挑剔的柳眉。「住汽車旅館太委屈妳了。」

417 譯註：考伯沙拉是源起於美國的沙拉，主要食材有各種生菜基底，以及依序排列的番茄、煎培根、雞胸肉、水煮蛋、酪梨、蝦夷蔥、藍乳酪，再灑上混入紅酒的油醋。

「妳這話我沒有異議。」

艾兒說，「我會去跟住宿部研究一下。」

「我們不想給誰添麻煩。」媞雅說著，很開心能給人添麻煩。那飯店也不是多破爛，但她想要的住處要有窗戶能開。

「一點也不麻煩，」艾兒說著從桌前站了起來。「但艾克有笨到不讓製作公司替他安排好一點的住宿處嗎？」

「笨不是我會用的字眼，」媞雅說。艾兒看到她的腦海中浮現了五張索引卡。

一：艾克·克里帕的臉跟一個大大的問號。他為什麼從頭到尾都沒有開口要製作公司幫忙安置他的妻小？

二：一輛後座有嬰兒安全座椅的租賃車會由製作公司負擔。不能再讓卡車工會司機接送寶寶露比。

三：一間房子。火瀑一家得住得像樣一點。

四：廚房的食物儲藏室要擺得滿滿滿。伊內茲會負責去大採購生活用品，就等地方找到。

五：在通告單上把媞雅·希爾列為準卡司，這樣這女人就會在電影裡有個角色。有個工作可以期待，她就不會滿腦子只有一整天跟薇倫·連恩泡在一起的老公何時要回家。

伊內茲的腦子裡也冒出來一張卡片：那幅畫面裡有她的表妹露霈抱著小露比。媞雅用得上保母幫她看小孩。

薇倫腦子裡有幅影像在飄來飄去，她看到的是自己院落中那些空蕩蕩的賓館，特別是池塘邊上那間特別大的。回到在奈特公館的拍攝工作後，薇倫看到艾兒坐在影視村裡，手裡拿著iPhone在跟另一頭的住宿部溝通。

「鎮上肯定有地方空著吧，」艾兒這麼說著。法蘭佐草原的排屋，OKB本來的住處，現在歸了卡珊卓・戴爾—霍拉。可惜了，不然那裡對克里帕一家而言會是個大躍進。「我們有科技跟人力去讓一個地方變成寶寶住也沒問題。OK。OK。但這件事是當務之急，懂嗎？去想辦法，立馬。等你電話。」

「嘿，艾兒，」薇倫說。「我有一個想法。」

「我愛想法。」

「關於艾克的居住問題？他需要一個地方，對吧？」

「他？不需要。他的太太跟小孩，需要。艾克在河邊一個軍規帳篷裡也可以住得很高興。」

「這個嘛，我那兒有一間多的賓館。」

「我知道。」

「湯姆跟蘿洛住在舒服的那間，瓦利住在蒙古包。空著的那間有三間臥房跟按摩浴缸。」

「我知道。不好意思。」

「然後那個只是你的賓館？」

「我不覺得這是個好主意，這基本上等於是要他們跟妳同居。距離太近……可能會讓人不太適應。」

「我想的是讓妳住進去。」

「我？」

「對。」

「妳跟我每天除了工作還是工作。我們如果不想見面就幾乎見不到面。妳可以來來去去還可以有自己的廚房。讓艾克跟，妳懂的，他的賢內助跟可愛的寶寶去住妳的地方。妳來我這裡也可以幫製作公司省點經費，不是嗎？」

「妳真的是人聰明心地又好耶，大小姐。」艾兒說。「但我讓伊內茲週末晚上睡我那裡，那樣她就不用開車回沙（加緬）度，也不用睡在車上。是說睡車上這種事她還真做過幾次。」

「一個房間給她睡不就好了。」

「這樣子妳不介意嗎？」

「介意什麼？我們工作都很認真，也都不抽菸。」

「讓我思考一下，」艾兒說。她在榆樹街一一四號的住處可以走路到PO，住起來夠舒服，而且一個電影製作人需要的大小裝備那裡一應俱全。艾兒基本上是住在廚房裡。由於榆樹街跟薇倫的賓館都已經在製作的預算內，所以這麼做確實可以省下克里帕家的額外住宿費。「我從榆樹街一一四號可以走路到片場。這點我很愛。」

「湯姆二十分鐘可以送我到基地營。」

「那就是半則podcast長短的通勤。這點放空的時間我倒是用得上。但答應我，妳隨時覺得我住在那裡很煩，妳一定要說出來。」

「我連妳的車子都看不到。賓館遠在池塘邊。」

「讓我好好想想。」艾兒說。「妳現在先去演戲。」

那天晚上，艾兒打了電話到薇倫的大宅院給湯姆．溫德米爾，確認了連恩團隊對於她搬過去沒有疙瘩，然後才給了薇倫肯定的回答。薇倫很高興能有小圈圈以外的人住進她的護堤以內，而且走幾步路就可以見到對方。日行一善後，這名演員拿出了她的劇本跟 iPad 前往匹克球場預習週五要拍的場次34。場次34不同於電影裡的其他戲分，它是伊芙與她爺爺發自內心連結的關鍵，是在她從讓她心生畏懼的遙視中脫離後，兩人一場心心相印的交流。她用上了手機程式ACT-1來機械式地唸出她的台詞跟提示，然後等她掌握好台詞後，程式就只會念出提示而已了。

☆

山姆把奈特公館用黑色的帆布罩了起來，讓那地方看起來就像馬上要被一家走哥德風的殺蟲劑公司進行白蟻防治似的——這是為了使演員可以在白天進行內景的夜戲拍攝。一台巨大的暖通空調機組通過夭壽大的黃色管線把冷空氣打進奈特公館，其效率之高讓片場的劇組全都得穿上連帽外套。艾略特與伊雅在設置調整的空檔都穿著厚棉袍。數位影像技師賽普在他的——大黑帳篷裡的——小黑帳篷中有台小型暖氣。

大黑帳篷有些縫隙，給山姆造成了一些照明上的問題。比爾的分鏡表在把場景封好的期間出現了指數型的增長——三次台車的移動與涵蓋鏡頭[418]。奈特公館要是設在攝影棚內，那牆壁早

418 譯註：coverage；在影視術語當中，涵蓋或稱覆蓋鏡頭是個相對抽象的綜合概念，它指的是一個場景的拍攝順序和整體掌控，具體涉及演繹、走位、布光、拍攝等環節。主要是拍電影的時候，導演需要對同一個場景拍攝不同的鏡頭來展示創作者想要展示的內容。簡單講將剪輯時會用得上的所有鏡頭都拍出來，就叫作所謂的涵蓋或覆蓋。

就玩起大風吹了——為了給攝影機吊車騰出空間而移來移去。這在貨真價實的房子裡，在實景當中，自然是不可能。

然後艾略特台詞老記不住，這對這樣一名專業大前輩來說，實在有點顏面掛不住。

「我們可以幫你準備卡片型的大字報，」比爾釋出了善意。「這樣你就跟（馬龍）白蘭度有了個共通點。」

「我可不是白蘭度，」艾略特小聲說著。「你會看得出我在讀大字報。」為了顧全這位老前輩的面子，也讓他的實力能獲得最好的發揮，比爾的拍攝步調變得很冷靜，變得慢條斯理。艾略特若需要提詞，場記法蘭西絲就會悄悄地把東西餵給他，然後他會暫停，然後用自己的節奏把台詞講出來。薇倫展現了風度與耐心，在額外涵蓋鏡頭的拍攝過程中，沒入鏡的她會就坐在鏡頭的旁邊，看著艾略特演出獨角戲或特寫戲分。那男人來到一週中最後幾個小時的衝刺，已經非常疲憊，而他主張自己會這麼累，都是因為比爾想從他身上取得的演出品質，同時也是因為他親口說的那句，「我可不能輸給妳，薇倫，親愛的」。

電影的拍攝進度落後中。場次67——*內景，夜間，阿莫斯的臥室*——被延後到了星期一。為了確保拍攝時的速度與舒適性，三台螢幕提詞機將被放在艾略特視線可以輕鬆對到、方便他把對話講出來的地方——劇本上有兩頁的這場戲幾乎是阿莫斯包了。第六十七場戲急不得。也放棄不得。第六十七場戲解釋了整部電影的來龍去脈。

星期五，伊內茲先幫艾兒遷出了榆樹街一一四號，然後搬進了薇倫那幾畝地裡的池畔賓館。她把她的老闆安置在主臥室，然後自己進駐了有兩張雙人床的「小」房間裡。她往池畔賓館的食物儲藏室裡擺滿了她知道她老闆沒有會活不下去的東西，然後再對克洛普弗家的廚房也做了一樣的事情；一個兩大一寶的家庭有著各式各樣的需求。艾兒讓運輸部替克洛普弗家弄了輛租賃的SUV，並將之停好在房子後面的砂石路車道上，挨在一棵棵李樹旁。接著便是媞雅與露比在王牌跟伊內茲的幫助下，搬進了新家。不再有州際公路轟隆隆地吵她們一整天，不再得在汽車旅館大廳吃早餐，不用再眼看著兩張皇后級的床佔據房間中央的一大塊地方。這一切發生的同時，艾克都在西屋燈泡工廠裡拍攝打鬥元素，但沒跟薇倫一起。

這一週收工在晚間十點十七分，期間製作組白白錯過了好幾個小時（半）的黃金時分。伊內茲讓人外送來了二十四張大鸛披薩，伙食部則擺出了一個個保冷箱，裡頭裝有各式各樣的無酒精飲料跟風味礦泉水。在奈特公館的後面，一場即興的街區派對被辦了起來，靠的是妝髮拖車裡的上好葡萄酒，以及大多數拖車裡都有的冰啤酒。薇倫與艾略特一起坐著，很奢侈地人手一片披薩，來慶祝這啵棒的一週。「這位小姐，妳是個很棒的藝術家，也是個真正專業的演員。」艾略特輕輕地這麼告訴了薇倫。「妳對參與這部電影的大夥兒來說，都是一份禮物。」

「艾略特，」薇倫說，口氣中有一點點激動。「謝謝你這麼說。」

「看看他們，」艾略特對歡聚一堂的團隊揮舞起他手中的純起司披薩。「我不是沒合作過那種攝影機一關，就讓劇組只想四散奔逃的明星。」

薇倫看了一眼夥伴們，吃著喝著笑著。

「就因為我們有一個散發著魔力的女一，他們才流連忘返地在這裡意猶未盡……」

尤基謝過了劇組又一週優秀得沒話說的拍攝工作，並告訴上上下下他有多愛他們。

週末

比起原本的汽車旅館，榆樹街一一四號應該正名為伊甸大街一一四號。那兒有果樹——被夏日陽光曬熟的李子可以用手摘下來吃。屋子本身有中央空調，但媞雅喜歡的是那些先被門前遮蔭的樹木弄涼過的空氣，它們會透過紗窗跟開著的門窗飄進來、穿過屋子，然後從後門廊穿門而出。房子老歸老但一點也不陰森，地板木片的嘎吱聲就像代表有人醒著的餅乾屑，只是標註著家人的腳步聲，來來去去。真要挑這老屋的毛病，就是後門廊的紗門，它很容易在關上的時候狠狠地砰一聲。

星期天白天一大早，伊內茲開車回老家去接她的表妹露霈跟外甥法蘭西斯柯，然後回到隆巴特。她買來了充氣式的兒童戲水池，造型是隻大烏龜，艾克靠肺活量吹了好一陣子，期間媞雅跟露霈就喝著咖啡在聊天。後來一名家裡有個十五個月大男寶的製作組會計——一個叫卡琳娜·德魯茲曼的本地員工——也加入了她們，一起陪小朋友度過開心的一天。在不足一寸高的水裡，三個小不點玩到整個瘋掉，又是鬼吼鬼叫，又是用潑水的手拍打著安全無虞的淺池。他們愛死了有人用塑膠水壺把一道小小的水柱淋在他們的頭上，三個小人捧腹笑到煞車失靈，搞得大人也被他們點到了笑穴。

身邊圍繞著女人跟小朋友，讓媞雅燃起了她在隆巴特可以過得愉快的希望。而看著有成年女性在那兒當救生員，艾克開始套上了他的戰鬥靴。

「你有哪裡要去嗎？」媞雅問道。

「我得去繞著隆巴特健行。」

「為什麼？」

「這裡反正用不上我。」

「你這樣沒有回答我的問題，」媞雅說。「不是嗎？」

確實沒有。「我是說，這裡有人幫妳看孩子。所以我想我不如去冥想一下之後的工作。也順便運動運動。」

媞雅把頭歪到一邊。「你寧可去冥想運動，也不跟家人好好共度一個下午？你不想看你女兒跟其他小朋友玩耍嗎？」

「我不會去太久。」

「也許不會，」媞雅說著，掉頭走開，「但你就是不能不去。」

鎮上幾乎是荒廢的狀態，所以，就跟他的角色一樣，艾克走在了街道的正中央，每四分之一英里就做一下波比跳。他越過了老棧橋，去到了鐵彎河的對岸探索小鐵彎河上的老公園，繞行著一面面標註鎮界的牌子，直到下午三點多才回到榆樹街一一四號。他這整段時間都在冥想下一週的新工作嗎？當然。「四個小時？」媞雅在他回來後問起他。此時客人已經走得一個不剩，露比則在午睡。

「那場戲是頭野獸。我直撲老人而來，而那真的是電影的結尾了。我想要做好準備。」

媞雅讀過劇本。她知道丈夫在準備的是什麼——場次96、97與98。他的對話有十一個字。當然，他也得一站一整天——站在薇倫・連恩的旁邊。前後共三場戲。共十一個字的對話。累死人了。

「伊內茲的表妹會來幫我們忙，」媞雅告訴丈夫。

「幫什麼？」

「幫我們顧小孩。從八點到下午四點。外加一些週末。四百塊一個禮拜。」

艾克對這些還能說什麼？

「OK。」

（預定五十三個拍攝日的）第二十與第二十一天

艾克很早就被叫到加工廠裡，因為他一整天都要在西屋燈泡工廠裡吊鋼絲。薇倫進入妝髮車時，他人已經在裡面了。

「妳搞不好救了我的婚姻，」艾克告訴她。「我們搬出汽車旅館的差別真的太大了。」

「那太好了，」薇倫收下了當事人對她搬家流婚姻諮商的肯定。「艾略特！」她在戲裡的爺爺正好踏進了拖車。「我的小豌豆，」他也打起了招呼。「而你一定就是我可敬的對手艾克了。我艾略特。」陰錯陽差，這兩個男人之前一直沒打過照面。「我一直知道在那一身恐怖的打扮裡，一定藏著一個好青年。」

「很榮幸認識您，」艾克說。

「很榮幸能一起工作，」艾略特糾正了眼前的年輕人。「不知道我們做的事情算不算工作就是了。」

艾克繼續著他變身成火瀑的過程，而薇倫跟葛尼爾先生則化好了妝被請到了片場。奈特公館仍舊罩著帳篷、開著空調、搭著場景，就等著艾略特、薇倫與伊雅來拍場次67。四台提詞機螢幕被擺放在了阿莫斯的臥房四周，操作員則位在賽普的DIT帳篷之後。

「我才不需要這些東西！」艾略特指著提詞機誇下海口。他從星期六中午以後就在演練這場戲，台詞都已經鎖進他的腦子裡。他跟薇倫在她家度過了美好的週日午後，期間不是兩人在演練台詞，就是在聊艾略特落腳洛杉磯並開始演員第二春之前，在地區劇場裡的日子。「電影業，」是他給這第二春起的名字。他本不願跟薇倫八卦他結識過的舊情人，但薇倫還是撬開了他的嘴，聽到了一個讓她忍不住驚呼的名字，「最好是啦！」

「其實沒什麼好說嘴的，」艾略特不諱言。那個女人，**一個非常有名的女演員**，基本上「誰都可以」。

關於提詞機，比爾說，「擺著當個保險也不是壞事。」導演知道這天會相當漫長，其中的涵蓋鏡頭、不同角度的鏡頭，還有過肩跟嵌入鏡頭，每一樣都會吃掉艾略特．葛爾尼的「資源」。這男人在第六十七場戲有一大堆台詞——主要是爺爺終於跟他孫女分享了他過往的祕密——他在戰時的經歷——他的老照片——他與火瀑之間的連結……

等到第三個設置時，艾略特已經開始用提詞機當輔助，而他也嚇了一跳自己竟然做得到。艾兒鬆了口氣，因為他終於開始接受提詞機，而且他的眼睛還可以在看似不經意的一瞥中落在螢幕上，念起上頭那超級大的字體。「我本來以為它就是支拐杖，」他對他的老闆、共演明星、還有提詞機操作員說。「但如今我覺得有這玩意兒還真是奢侈！」這位老前輩笑著把兩條腿甩下了床，用袍子裹住自己去抵禦空調，然後用一杯茶暖暖身子。

隨著這天的時間往前推移，他的精力也開始消退。伊內茲主動說要幫他把午餐送來片場，好讓他能不用為了吃飯跑出去曬太陽。艾略特躺在床上，連杯湯都幾乎沒有碰。把身體撐起來小睡一下的他抱怨起枕頭讓他頸部有點彎，頭有點痛。對這位老牌演員來說的一個好消息是他今天不用再入鏡了。他可以像在念口白一樣拿著劇本，把台詞念出來，讓比爾跟薇倫有充裕的時間去磨這場戲裡屬於伊芙的部分。

有人說薇倫在靜靜聽著她爺爺描述那些照片時的神情，是她生涯迄今最巔峰的演技。

☆

星期二的拍攝工作會繼續在阿莫斯・奈特的臥室進行。艾克會在午後重返西屋燈泡工廠。作為對火瀑這個角色的研究，他夜裡睡在榆樹街一一四號後院的帆布帳篷裡，就像陸戰隊在野營一樣。

「我以為火瀑是不睡覺的，」媞雅說。「但你睡？而且還在帳篷裡睡？」

「在他消失之前，火瀑就是個跟其它人沒什麼不一樣的陸戰隊員。」在帳篷裡睡覺來進入角色，聽來像是件其它演員為了準備演出會做的事情。「夜裡睡在帳篷裡是一種準備工夫。」

也是種把寶寶丟給我的藉口，媞雅自顧自嘀咕著。

早上第一件事，媞雅便通過擋片把露比送進了帳篷托嬰，附贈一只奶瓶、一些用來把她屁屁擦乾淨的濕紙巾，還有可以替換的尿布。艾克還在睡眼惺忪。

「妳可以泡杯咖啡給我嗎？」他對太太說，但她已經通過有紗窗的門廊要進到屋內。

「陸戰隊員都嘛自己泡咖啡，」她給了個軟釘子，然後讓門在她身後砰的一聲。

艾克用奶瓶餵起了露比，並開始試著在帳篷裡坐起來，讓大腿成為女兒的座椅。硬梆梆的地面讓他睡到背痛。

此時在奈特公館的片場，眼看著就要到午餐時間，且場次98的戲預定在午餐回來後開拍，艾略特老實對尤基說他頭痛到「頭痛這兩個字無法形容」的程度。

結果那成為他所說出的最後一句話。

暫停

音樂播送著：一曲軟調、恩雅[419]流的音樂段落反覆迴盪著，聽著就像是海上的波浪，誘發出一種讓人感覺心滿意足的平靜……

419　譯註：很具代表性的愛爾蘭女歌手，曲風空靈，唱過電影《魔戒》第一集的主題曲。

現場陳設著照片蒙太奇。

累積了一輩子的靜照——橫跨了不只七十年……

艾略特・葛爾尼，還是個寶寶的他，在母親的懷抱裡，那可想而知是他接受洗禮命名的當天……

然後，艾略特變成一個路還走不穩的小孩，站在一張咖啡桌旁——桌上的四個大人抽菸的抽菸、喝酒的喝酒，一樣的是都掛著笑容——抬著頭，看著照相機的鏡頭，那表情困惑到你會以為他在微笑……

五歲時，他在後院推著玩具推車……

在他三年級的班級合照裡，看得到他跟同學一起站在階梯上。他露齒笑得像隻山貓……

他高中加入了田徑隊，並以一英里[420]接力頭一棒跑者的身份遞出了棒子。所以他當過運動員……

……跟演員，不然呢。在舞台上，他的眼妝太濃，他在諾爾・寇威爾[421]的《歡樂的精靈》中的手勢太超過。不過但凡誰看過兩場演出中的其中一場（一九六四年春天的星期五或星期六晚場）都會跟你說，舞台上最精采的演出屬於艾略特・葛爾尼……

這組蒙太奇裡看不到艾略特大學生活的照片，因為當年他上不起大學……

但你看得到他在那兒，在某個口袋尺寸的《皆大歡喜》製作中[422]。他的眼妝已經不再濃重，他的手勢拿捏變得細膩得多。

他的嬉皮婚禮上花多、吉他也多，多到照片看起來像是設計過的。他的新娘一身長袍，就像自然之母一樣閃耀……
他在生涯中演過的角色淡入又淡出，一個接著一個……
他舞台劇生涯的照片都是從觀眾席拍下的。它們看起來不像是真實人生，而像是被人捕捉下來的表演瞬間，像是被人遠遠地看見……
他入鏡的作品，他的**戲如人生**，被清晰如水晶地展示了出來……
喔，看吶！他演了麥當勞的廣告！
還有，他在《星際大戰》裡的太空酒吧！
他演過一集《陸軍流動外科醫院》！
接下來，是他在許許多多的電視節目中出現的場面……還有電影中……
然後他回歸舞台。全國巡演了改編版本的——那是**史溫尼．陶德**[423]嗎？
他在NBC的《中城之蠢》裡演出了六年，角色是文斯警員。
他在谷區裡的房子……他搬到帕洛斯韋德斯[424]斷崖的過程……他的孩子……他的第二任

420　譯註：約一千六百公尺。
421　譯註：Noël Coward，1899-1973，英國演員兼劇作家，《歡樂的精靈》（Blithe Spirit）是他創作於一九四一年的三幕喜劇。
422　譯註：莎士比亞的喜劇，As You Like It。
423　譯註：十九世紀維多利亞時的民間傳說人物，後來被改編成音樂劇，在一九七九年獲得東尼獎，二〇〇七年又被搬上大螢幕，即強尼．戴普主演的《瘋狂理髮師》。
424　譯註：Palos Verdes，加州的城市名，屬於海岸邊的高級住宅區。

妻子⋯⋯

啊，變得滿頭灰白的他，成了長壽情境喜劇《要賭賭看嗎？》中的那個鄰居。他在大部分的集數裡都只會出現在一場戲裡，但一場一場加起來也相當可觀。

他的第三任妻子是他一生的摯愛——她比他小一輪，而且有她自己的孩子，但真愛就是真愛，對吧？

看！他們在環遊世界——大笨鐘的鐘樓、特諾奇提特蘭的金字塔群、徜徉在七海其中一海的海面上，在馬薩達，在雪梨港⋯⋯

最後——是我們所熟知的艾略特。在飾演阿莫斯·奈特的片場，在兩次試拍之間，喝著一杯茶，對著劇照攝影師露出一抹微笑⋯⋯

☆

所有人都一蹶不振。

劇組裡的老前輩——那些已經可以跟人生第六個或第七個十年揮手打上招呼的工作人員——開始動搖於自己也將終有一死的感覺。巧廚組合與肯尼·薛普拉克聚在一起喝了幾瓶酒，聊起了一長串那些曾進到他們的拖車、坐上他們的椅子，那些按他們的說法，已經「收工了」的人們。這三個身經百戰的老將有感而發地說這部電影搞不好、可能是、應該就是，他們在噴泉大街上的最後一趟出勤。

艾克與媞雅在這之前，從沒有體驗過自然的猝逝降臨於朋友或同事身上——艾略特是第一個。他們長談到了週二的深夜。做了愛。

薇倫在無邊無際的悲傷中，幾度流下了眼淚。她已經慢慢把艾略特看作是自己真正的祖父，這種連結就是會發生在藝術家之間，當他們在工作上如此沒有距離，如此親近，當他們的對手戲裡有如此費解但又充滿深意的對話，就像伊芙與阿莫斯·奈特之間的台詞那樣。她跟瓦利一邊喝酒一邊聊起他們的爸媽——走了很久的他們即便已經離開，也跟他們以前在家裡一樣難以捉摸——並且納悶著他們若無雙胞胎在分子層次上的連結，兩人會各自經歷什麼樣的人生。薇倫希望她能再次擁有一個戀人——她希望能有個男人跟她一起在哀傷的蔭影中緬懷艾略特那溫暖的眼神。她想過要一通電話撥給艾克，跟他聊聊——他們都是卡司的一分子，不是嗎？但她並沒有拿起她的手機。退而求其次，她跟海勒駕著西銳飛上了天空，在上頭逃避隆巴特那令人悲傷的滯火[425]。

歷經了週四的告別式——整個電影團隊把杏仁農會大樓的宴會廳擠了個水洩不通[426]——伊內茲回家去陪伴家人，並盡可能把天數拉到了最長。她父親在其中一處職場摔了一跤，造成了肩膀脫臼，但他沒有喊痛。又一次，伊內茲睡在了她兒時的床上，分攤起她母親照顧所有家人的責任——包括每一頓大餐、每一個要人顧的寶貝、每一個親戚、每一個短暫路過的移民。她納悶著在這種這麼讓人難過的事情之後，電影還拍不拍得下去。她會很想念在電影團隊裡的感覺，很想，很想。

425 譯註：hang-fire，槍砲術語，指彈藥的延遲發射。

426 葛爾尼的幾個親戚也出席了——他們當中有些人已經幾年沒跟彼此講過話了。

艾兒．麥克—提爾走啊走地繞著她如今跟薇倫．連恩與她的快樂夥伴同住的大宅院。是的，她把 iPhone 帶在身上待命，因為電影的製作必須要繼續下去。那個星期二的震撼與混亂——可憐的艾略特坐在他在片場的床上，安詳地離開——從 EMT 到場後所有的緊急應變與標準流程，到全公司都收到指示，再到現場的對話——終於不得不——從「怎麼會發生這種事！」變成「我們現在該怎麼辦？」的那個瞬間，那整個過程讓此刻的艾兒只能一直走著，只能隻身一人在腦中左思右想活著的意義，也憑弔著一個親愛的、貼心的男性。艾兒一遍又一遍穿梭在連恩大院——降落跑道、棒球場、魚池、修剪過的草原、周邊的圍籬、護堤、匹克球的場地。就一天，她繞著圈子安安靜靜。然後她又重新撥起了身為一個電影製作人必須要打的一通通電話。

星期六，艾兒在主屋的義式廚房裡與瓦利共商大計，他們要回答的大哉問是下個禮拜該如何操盤，電影要怎麼拍完，還有，嗯，接下來會有哪些挑戰。

派特博士飛來參加了告別式。在儀式上她握住了她男人的手，她拍電影的老公的手，她深知以這樣的方式失去演員對比爾是多大的打擊，他放進卡司的演員就這樣在他面前，演完了他永恆的最後一個角色。比爾當然也不年輕了，所以他自然不會沒閃過「那也可能是我」的念頭。就在派特準備著早餐、用花朵擺飾著餐桌的同時，比爾拿著他的老九號鐵桿，在長長的街區上走著，一遍遍在鄰里間繞著，思考的不僅僅是他的生之有涯，也思考著要如何讓電影保持在軌道上。

☆

他跟艾兒交換起意見，是在他於人行道上走的第七趟。

「嘿……」薇倫看到了來電顯示的是誰。她從到家之後只講過少少幾通電話。鷹眼與戴那摩的高層來電都被她轉進了語音信箱。米契琳・王陪她聊了一個小時，安慰她，也聽她講話，而肯尼則從隆巴特打來「確認我的小美女沒事」。上帝保佑他們每個人。這時，是艾兒。

「喔，薇倫。」艾兒嘆了口氣。「我很難過。妳怎麼樣？」

「當下，就是全部。這通電話是要決定我們何時重新開工嗎？」

「就等妳準備好。」

薇倫感覺到自己再次熱淚盈眶。「沒有艾略特我們要怎麼往下拍？我們要回片場，看著他死在上面的床，然後假裝他還在那裡嗎？」

「不，」艾兒說。「我們不會那麼做。我們會撤出那間房子，在西屋燈泡工廠蓋一個場地的替身，然後把那最後一場戲留到最後一天再拍。沒有人會再回到那裡，除了最後去收拾。」

「感謝老天爺。那我們怎麼去……」薇倫又卡住了一次。

「怎麼去替換一個無法被替換的人？」艾兒問。「來拍完把他的角色送上天堂的那場戲？來為整部該死的電影作結？」

「是……」

「我們會想出辦法的。」艾兒嘆了口氣，那是種人必須硬著頭皮往前走時會嘆的氣。「現在就看妳何時能調整好狀況回來。」

「所以是看我囉？不是看，那個，比爾或那些戴那摩老鷹？他們不會因為我他媽的難過到沒辦法馬上回去拍戲，因為我沒辦法表現得好像艾略特沒死一樣，就跑去告我吧？」

「不會，妳想歸隊的時候跟我說一聲，然後妳再歸隊。」

薇倫——這時候換成她——嘆了一口氣，就像有人要把話說死時會嘆的那種氣。「下禮拜吧。」

「那到時候見。」

（預定五十三個拍攝日／暫停三天後的）第二十二到第二十六天

派特·強森博士堅定地拒絕了演出土金色頭髮的國家公園巡警，也不管比爾如何力邀。軋這一角只會占用她一個禮拜一。

「外頭一定有某個土金色頭髮的演員需要一份工作。我不需要，」這麼說的她正躺在兩人在隆巴特住宿處的床上，時間是在艾略特的告別式之後。「某個才華橫溢的專業演員才能好好詮釋出自你手筆的對話，那是我永遠做不到的事情。」

「那個巡警就是要解釋地質學好嗎，博士。」比爾發出了抗議。「妳不就是地質學者。那個對話對妳就是小菜一碟。」

「你那個地質對話就是大一新生在東拉西扯。抱歉了，牛仔。」

「靠，」比爾認輸了。「我好想看妳穿那件巡警制服啊……」[427]

在片場的悲劇後，祖項把他內心的頑皮鬼關了個緊閉，要知道想拿地獄哏開玩笑，沒人比得過專業的喜劇演員。他承襲的越南傳統讓他穿起了顏色樸素的衣物，並點起了香，祭拜起葛爾尼先生。笑鬧在越南傳統葬禮中是大忌。就連小寶寶都哭嚎著，就像他們知道悲傷的重量一樣。時間來到星期二，他已經壓抑不住想要搞笑的衝動，為此他抓著那股慾望，一次次在第72、76與78場戲中重複起了台詞，而且每次都很不按牌理出牌。他詮釋的「這有用耶！嘿！我的質量熱感應器有用耶！要是妳之前在克里夫蘭有這玩意，這位小姐……」其中的「這位小姐」——作為即興的脫稿演出——是如此無厘頭，連卡珊卓都笑了。

克蘭西——戲裡的老人克拉克——在拍攝過程中發號施令，就好像他真的是克拉克咖啡店的老闆一樣。整個早上他都把他的對白提示掛在嘴上——因此在加工廠裡冒出了一連串的對話彩排——同時他還跟在片場的大家介紹了要演出卡爾·米爾斯的男孩——一個十三歲的唐氏症演員——是「我們這場秀的明星」。

上了年紀的洗碗工／跑堂是由比爾·強森飾演，演員身分的他在演員清單裡，藝名是**好運強森**。[427]

星期五，由於薇倫跟艾克都還不在通告清單上，比爾先讓主副團隊在隆巴特的鬧區各處幹

427 國家公園巡警的角色交給了芮娃·歐斯古德—班特這名沙加緬度的社區劇場演員。她一個月前寄了自拍的試鏡內容給本地人選角處，表示希望能有演出的機會，角色不拘。她前一晚收到訊息說她已經被選入了卡司。隔天早上五點四十五分，她已經記好對白，被套進了她公園巡警的戲服中，歷經了妝髮的加工廠處理，然後向熔岩坑報到，該片場架設在小鐵彎河公園裡的斷崖旁邊。整群觀光客全是臨演。卡司裡沒有小小孩，有的只是一句從鏡頭外傳來的喊叫台詞。所以完完整整的這個星期一，芮娃·歐斯古德—班特是整部片唯一的明星。你完全不用擔心把歐斯古德—班特女士跟派特博士搞混，要知道這女人身高五呎兩吋，分量十足。

活。等光線適合了——主要是天色得夠暗——四名調查者便被叫來拍了場次98的奈特公館外景，在西屋燈泡工廠的一處新片場，他們在那裡利用高科技雷射麥克風，聽著原本該有的火瀑與阿莫斯跟伊芙的面對面互動——那場內景如今已被推遲到了拍攝的最後幾日。

☆

時間來到星期六，克洛普弗一家焦躁不安。艾克這個週末不用工作，而既然不用工作，待在隆巴特的意義就不大了。至少對媞雅來說是如此。他們離開了榆樹街一一四號去奇科購物——一嘆大一寸的露比需要各種嬰兒用品——然後繼續沿老九九一路北上，去到了沙斯塔山上的沙斯塔鎮。他們在沙斯塔客棧吃了飯，然後掉頭南返。露比一路睡到回家，就和媞雅一樣——長袖運動衫變成了她的枕頭，乘客座椅則被她倒下到了盡頭。

回到隆巴特後，艾克一開口就是要套上戰鬥靴，揹上背包，出發去進行火瀑式的健行。媞雅在想他會不會捲起帳篷一起帶上，然後去河邊進行野營的研究，然後就這樣不見人影到星期一。他想進駐羅伯特·沒有中間名·佛斯的各種嘗試已經稱得上是不眠不休。

艾克才離家十二分鐘，做著他的第二組波比跳，就想起了與他在電影中共演的明星，想著歷經了這一切的薇倫不知道好不好。他不希望她難過……

他傳了簡訊給她。

艾克里普：妳還好嗎？

他的手機在電光石火間嗶的一聲，響起了一個未顯示號碼。

「妳好嗎？」

「喔，艾克……」薇倫的聲音愈變愈小。「我們要怎麼繼續……？」

艾克放慢了他火爆的步伐。他自然而然地轉了個彎，走上了韋伯斯特路，向著西方，沿著這條老路的路肩前行，走在那整片桉樹下。「總是有辦法的。」

短短一句話，但，正是薇倫想聽到的那句話。「他人真的很好很好……」薇倫開始止不住淚水。「我忍不住一直哭……他的事我跟每個人都聊過了……除了你。我知道他是個老人家。我知道他的時候到了。這些我都知道。但我總是。」

「總是有辦法的。我們一起。」這次多了一句話，但他對話語的選擇更多是出於沒有經驗，而不是出於同理。一個哀悼中的女人，對他來說是個全新的領域。尤其當這個女人是薇倫・連恩時，他的腦子一下根本轉不過來，既不知道該說什麼，也不知道要怎麼說，更不知道該於何時開口。但這都不影響他想要從旁扶薇倫一把。

「幫幫我，艾克，」她壓低了聲音說。「幫我度過這一關……」

「我會的。」這話是艾克從電視劇上聽來的。

「你跟我……」薇倫的口氣幾乎像在哀求。「我們……得走進加工廠，化上妝，穿上我們蠢斃了的戲服，說出我們的台詞，就好像艾略特人還在一樣。他是我爺爺，艾克！我沒辦法在他住過的地方講出那些東西……」

「我知道。」腦袋一片空白的艾克只能有什麼說什麼。「我，也是。」我，也是？

在長長的沉默後：「你是怎麼面對跟消化這一切的？」薇倫是認真想要知道。

艾克沒有在面對跟消化什麼。他失去了腳下的立足地，感覺到一切都是那麼地沒有意義跟傻里傻氣。他在等著人通知他該怎麼辦，在那之前他只能毫無頭緒地在榆樹街一一四號占空間，看小孩，心知肚明媞雅對於他就是電影裡的「那個男人」的光環已經愈來愈不買單。艾兒・麥克—提爾稍微提到過要把她也放進電影，給她一個等同於「化妝室裡的女孩」的角色，對此媞雅不能說不開心，但久而久之她也放棄了期待。告別式之後，艾克心中的問題總是會繞回到薇倫，繞回到他能替她做些什麼。

「你做了些什麼，」薇倫問道，口氣裡有等著被滿足的需求，「去應變？」

要說他做了什麼事情去應變，艾克能想到的只有幾天前的晚上，他曾拿起紙筆——當時他爬起來，是為了在榆樹街一一四號的深夜廚房裡給露比換尿布，把她抱在懷裡哄。「我重新思考了我的五年計畫……」

「你的五年計畫？」薇倫的聲音裡稍稍有了那麼一點希望。那是艾克給的希望，而意識到這一點也讓他心跳加速。

「人生在世就像在海上行船。航道修改是家常便飯。」

「飛行也是，常常。」薇倫說。

「飛行妳是專家，確實。我會先寫下所有確定的事情。顯而易見的東西。」

「像是合約在身的我們必須把電影拍完，」薇倫說。

「沒錯，」艾克肯定了薇倫。「不論事情多讓人難過。」

「喔，那確實是確定的事情。這想法很好，艾克。等我一下我去拿紙筆。」這個天聊下來她做了一大堆筆記[428]。

在艾克接下來的一英里健行之路上，這兩名演員用很快的語速搶著彼此的話講。他們聊到了各種**可能性**，包括可能的好事跟慘劇。電影可能準時殺青。她可能在吊鋼絲拍打戲的時候受傷。電影出來的成果可能很理想，也可能是悲劇一場。沒有什麼事不可能發生，沒有什麼事不會發生。

「新的友誼可能從工作中誕生，又或者某個混蛋會再次讓你心碎。」艾克試著在有意無意間把餌丟出去，但薇倫大剌剌寫下的筆記是：**陷入愛河**？？？

接下來艾克解釋了**希望**的部分，包括人控制得了跟控制不了的那些。這兩名共演者大談特談起他們的希望。

最後——也耗時最久的——是**任務宣言**。「你對自己的佈道，」艾克解釋說。「你讓自己知道**我在這裡做什麼**的信條，你的誓詞，你的**誰敢誰贏戰鬥補丁**[429]。我寫過的任務宣言不下一百萬頁。」

薇倫想知道艾克現在的任務宣言。「認真？」他問。「我就想不遲到，把台詞全部背好，然後有點想法可以讓比爾刮目相看。前兩個很簡單，有想法比較難。」

薇倫感到不可置信！「你在開我玩笑嗎？艾克！你光是站好定位就很耀眼了！」

428 至今她都還留著那些筆記。

429 譯註：battle patch，繡在軍裝上的圖案補丁，通常是一種榮譽與信念的象徵。湯姆克魯斯在電影《捍衛戰士》裡的飛行夾克背後就有這類補丁。

艾克在韋伯斯特路上停下了腳步。他就像被定住了，既說不出話來，也忘記了呼吸。

然後換薇倫給出了她的任務宣言：**活在當下，活得誠實，放下所有預期心**。教給她這些的是她跟艾略特在場景重置的空檔對話，當時他們正在拍門廊上的外景。「親愛的，」他告訴她。「學那些優秀的人做事。該出現就出現，該說實話就說，不要瞻前顧後……」在她的記事本上，薇倫寫下了**效法艾克**。

兩名演員持續著交流，直到艾克經過了前往州際公路的中點——隨著他跟薇倫的談話，時間與距離就在可名為輕鬆聊的順轉嗡嗡聲（或者說殘影）中，不知不覺地一閃而過。他腳跟一轉，朝著隆巴特跟榆樹街一一四號回頭。

薇倫並不急於掛上電話。艾克也是，就這樣一直到國家劇院已經進入艾克的視野，這兩名演員才開始為專業上的切磋跟私人層面的「交流」收尾。

「我真的很幸運能接到你打來的電話，」薇倫說。「我需要……我曾經需要你讓我的腦袋別繼續打結。」

「我的榮幸，」艾克嘴上說著，心裡想著**慘了，我跑出來太久了！這下子怎麼跟媞雅交代？**

「幫我跟媞雅問好，還有毯子裡的那團小可愛，露比。」

「沒問題。」

「嘿，你知道找個週末，怎麼樣會很好玩嗎？讓我帶你去飛。」薇倫的聲音明顯明亮了起來。

「坐妳的飛機嗎？」

「不，艾克。是坐我的六二年龐帝克。」

「那肯定會好玩。那會是露比人生第二次坐飛機。」

薇倫並沒有想著要讓艾克的小女兒一起來。或是艾克的太太。「我會讓你握飛機的操縱桿。」

「我從來沒有開過飛機。」

「我本來也沒有啊，但然後我一開，天空就變成了一個全新的世界。」

被這話一cue，兩人同時唱起了迪士尼動畫裡的歌曲〈The Whole New World〉。兩人都笑了。兩人也都第一次在這禮拜感覺到了放鬆跟如釋重負。

「那片場見，」薇倫主動出擊。

「好喔。」

「再次謝過。」

「隨時打給我。」

「我眞的會喔。」

「那我很期待。」

「我也是。」薇倫按下了手機上的中止通話鍵。我也是？她真的那麼說了嗎？

☆

回到家，艾克隻字未提這通跟薇倫的電話。

星期天，比爾人在往奇科方向一處高爾夫球場上的第二洞。他跟克蘭西正在進行一輪「當人想遠走高飛時可以玩得很高興的搞笑遊戲」。第二洞是朝左彎的狗腿洞，標準桿五桿，需要他們拿出卡拉威牌大貝爾塔[430]超級木桿。他的手機在此時響起。

打來的是艾兒。「嗯哼，」他答道。

「我們得馬上談談。」艾兒說。艾略特的憾事這麼一發生，想在五十三天內殺青已經不是必然的前景，當然準時把電影拍出來從來就不是誰可以保證的事情。

「我知道。我們被狐步了[431]。有什麼辦法解決嗎？」

「準備跟亞倫與尤基開會，就等後者從教會回來。」尤基，一部分是為了對艾略特的逝世致意，驅車前往了瑞丁，為的是去那裡的東正教會再一次沉思何以壞事會發生在好人身上，畢竟那是任何一個希臘好孩子都會做的事情。「等等……」比爾說。在等待的期間，艾兒可以聽到電話另一頭有聲音傳來，先是一道咻嗚，然後一聲叩嘍。

克蘭西的喊聲出現在背景音中，「進洞了，艾莉絲！」

「不會吧。」比爾聽起來很洩氣。「克蘭西剛剛那球打得跟巴德·艾伯特一樣直[432]，而且跑了好遠好遠。我再六洞就進PO……」

艾兒打電話的地方是池塘邊的長椅，而池塘所在的大院如今只有她隻身一人，當然這是沒把湯姆額外安排的警衛算進去，否則在護堤後面的前門附近還有若干保全住在一輛Airstream拖車裡。如今也住進院落裡的狗狗並不是受過訓練的警衛犬，牠們只不過是兩隻負責對生面孔吠叫的米克斯——而艾兒在牠們眼裡已經不再陌生了。她準備了一罐網球跟一支「幫我丟」（用來跟狗狗玩的網球發射器），主要是說不準狗狗何時會跑來把她聞個遍，但今早牠們還沒來這麼做就是了。

艾兒按出了一則訊息。

艾麥克提：伊？

沒一會兒，伊內茲從沙加緬度打來了電話。「有什麼吩咐，老闆？」

「有沒有興趣多了解一下電影這一行？」

「有啊。」

「等等要去開會解決問題。一起來吧。」

「今天嗎？」她問。

「在PO，立馬。想想哪些東西可以**咖掉**，哪些可以推給其他組別去弄，哪些可以擠一擠用比較少的天數拍完。」

「妳要我去想這些事情？」

430 譯註：Big Bertha，德文，有大砲的意思。

431 最近的比爾很愛用軍用的呼叫用語來取代髒話。因為都是F開頭，「幹」（Fuck）變成「狐步」（Foxtrot）——所以「完蛋了」（Fucked）變成「被狐步了」。A開頭的「王八蛋」（Asshole）變成了「艾爾法．厚德路」（Alpha Hotel）。那「吸懶叫的人」（Cocksucker）呢？「查理．奧斯卡．查理．基洛．吸爺拉」（Charlie Oscar Charlie Kilo Sierra）。

432 譯註：Bud Abbot，1897-1974，美國演員，以在喜劇的分工中扮演「直男」著稱。這裡的直男不是異性戀的意思，而是板著一張正經八百「直臉」在鋪哏的演員。

「有什麼不可以嗎？」

伊內茲感覺到內心慢慢燃起——那是種有信任被傳遞給你時的溫熱。伊內茲本以為葛爾尼先生這一走，電影會被無限期喊停。但沒有。她依舊是整個團隊的一分子，依舊被委以襄助製作的責任。但她父親還是只能從床上去到客廳的椅子，再遠就到不了了。她母親掛著一臉藏得很彆腳的恐懼跟擔心。她的一個表兄弟安東尼奧剛因為酒駕被捕，而考量到家裡週末的工作行程還是得照舊，這個禮拜天的伊內茲得跟姊姊一起當保母照顧三個小女孩，外加法蘭西斯柯，他是基本款。所以她該怎麼辦？

她在腦海中叫出L.I.S.T.eN系統的五張索引卡，看到了顯而易見的答案：五個小朋友在幾顆李樹下的兒童戲水池裡。改成四個小朋友好了，四個都是女生。「妳可以接受我把法蘭西斯柯帶來嗎？」她問起了艾兒。

「我的小情人？我的小天使？」艾兒這禮拜第一次笑逐顏開，並想起了她的小法蘭西斯柯，他的棕色眼睛、他一團蓬亂的黑髮，他聞起來像是一整袋馬芬的香味。「妳敢不帶他來，我就崩潰給妳看！」

下午兩點十分，伊內茲人在榆樹街一一四號的後院，介紹著她的姊姊跟外甥女們給媞雅跟小露比認識。戲水池從庭院的水管接了兩寸深的水，玩具、毛巾與毯子攤開在切好的食物、一盒盒的果汁還有給大人坐的舒服折椅之間。艾克沒有與會。按媞雅的說法，他又出門**走來走去**說那是**演員在備戲**了。「他通常會在天黑前回來，」她說，然後喝了一小口哈姆特淡。「但也說不太準。」

露比在比她大不了多少的小孩陪伴下又是拍手又是歡笑，而這場水池派對按計畫會把兩個小時撐完。伊內茲把法蘭西斯柯跟他的嬰兒車來了個指揮艇組合，然後推著他沿隆巴特人行道的樹蔭前進，目標杏仁農會大樓。

他們在比爾的斯巴達風辦公室的門後，完成了集合。

艾兒先是把法蘭西斯柯抱上大腿，然後眼裡只有他沒有別人了好一會兒。接著尤基抱了他一下，再來換比爾，其中比爾記得他對他的一些前繼子女也做過同樣的事情。艾兒堅持要亞倫・布勞也抱一下法蘭西斯柯，他照辦了，結果這小小孩坐在他大腿上，宛若某種森林裡的生物，就說是隻小河狸吧，也有點像松貂。搞笑的是，法蘭西斯柯就在這節骨眼上選擇了睡著。

需要在禮拜天這場會議上找到解決方案的問題有一大票。首先……

事項：卡司折損一名重要演員。

比爾・強森：「阿莫斯・奈特會出現在第97與98場戲。我們找個人去床上躺著，並在他臉上裝好CGI的標籤，這樣我們就可以用數位的方式把他變成艾略特，畢竟我們之前有掃描過艾略特的臉。這場戲需要拍兩天，那就兩天。火瀑、伊芙、護士蘇，還有阿莫斯通通到齊。靠腰，我們的電影**不就有了**。」

事項：通告單一號的情緒儲備。通告單上的每個人都很重要，是啦，但騙誰呢。關鍵就是薇倫。

艾兒・麥克—提爾：「叫薇倫去對著某個臉上貼滿點點的陌生人演戲？跟她的祖父在那樣的情境下道別？你幹麼不乾脆擺一支燈架在床上，上頭再夾一顆網球給她當目光的焦點？勢利鬼。但，把第97跟98場戲延後成我們最後一天要拍的最後兩場戲，我們就能當場把整部電影收尾。我賭薇倫會善用所有的情緒重量，把拍攝一口氣搞定。」

事項：行程上剩下要壓縮的部分。

尤基：「我們還等著拍的，嗯，包括伊芙在克拉克咖啡店、伊芙救狗、伊芙拯救被綁架的一家子、伊芙在木料廠遇見FF[433]。這當中穿插的三場打戲。調查者扣掉克蘭西的每一場戲。第11到第14場戲共有十三頁劇本。可能要週六加班了，目前看來。」

伊內茲：「亞倫，你法蘭西斯柯要不要給我抱？他口水滴到你襯衫了。」

亞倫：「沒事，讓他睡吧……」

尤基：「有場戲是夜影騎士跟調查者一起，她會把他們的車子翻過去，然後他們會混戰到州際公路上，外加場次8跟9裡的綁架營救戲。」

艾兒・麥克—提爾：「巴頓魯治跟克里夫蘭的外景。巴頓魯治跟克里夫蘭的內景。然後還要加上，還在後頭的，我不說大家也知道，但我又不能不提的，那件麻煩事……」

比爾・強森：「拜託，不要再營造氣氛了。」

艾兒・麥克—提爾：「田野上的黃金時分？場次101跟102。取景地在一個小時的車程外，預定要拍一個整日。」

亞倫：「而且艾克與薇倫，他們倆，都必須要人在現場。我是說情緒上。」

比爾・強森：「關於這件麻煩事，我們需要一些新鮮的看法。」

小小的辦公室安靜了下來。

比爾・強森：「妳怎麼說，伊諾特？」

伊內茲：「我嗎？」

比爾・強森：「有什麼想法直接告訴我們。這件麻煩事該怎麼處理。」

伊內茲：「認真？」

比爾・強森：「有什麼不行嗎，伊諾特？」

艾兒讓伊內茲讀過了劇本，那是她剛被雇用時的事了。她在那之後重讀了許多次劇本，主要是她很享受在腦海裡看電影的樂趣，但每次重讀也都會對每一場戲有新的見解。根據她親眼目睹過的創意瞬間——包括在毛片裡或在艾兒的 iPad 上那些——真正的電影看起來比她想像中的那部要更好。

比爾・強森：「我們得刪掉一些場次。刪哪幾場好，妳覺得？」

伊內茲：「都不好。」

在場的每一條眉毛，除了法蘭西斯柯的以外，都瞬時往上一挑。

伊內茲：「我看過你們在同一時間拍攝不同的場景，在主街的時候，一台攝影機在這裡，另外一台在那裡。」

比爾・強森：「那些是同一場景的不同鏡頭，術語叫涵蓋，就是增加一些額外的鏡頭設置。」

伊內茲：「好像有點複雜。我知道巴頓魯治跟克里夫蘭的內景應該是實景。這麼說沒有錯

433 譯註：即火瀑。

吧？實景？」

亞倫：「嗯，拍攝地點是在取景地的房子裡。而不是我們在西屋燈泡工廠的那些片場。」

伊內茲：「對。真房子裡的真房間。那我們可以讓樓上的一些房間，我是說在杏仁農會這裡的樓上，也把景……搭起來嗎？用搭這個動詞對嗎？搭出一間臥室跟養老院的場景。這樣我們是不是就可以在這裡拍那些場景的戲，而你們同時在克拉克咖啡店拍伊芙的東西？你們只要過個街，來到杏仁農會大樓這邊，就可以拿到你們要的畫面。」

房間裡的所有人，除了睡著的法蘭西斯柯以外，都看著伊內茲，就好像她剛剛搭時光機回到過去，幹掉了希特勒似的。

（預定至少五十三個或X個拍攝日的）第二十七到第三十一天

在關於預算、行程與製片需求的又一番操作後，比爾扣下了扳機，在西屋燈泡工廠拍攝起了州際公路上的救援戲，現場有一個美式足球場大的面積，還有夠一個馬戲團用的照明。薇倫跟艾克到場拍攝了他們打戲的元素，但僅僅是個別的鏡頭，那些工作比起這星期在等著他們的東西，僅僅是小菜兩三碟。

他們的拍攝依序進行，為的是盡可能避免混亂，並方便VFX團隊讓他們的後製工作慢慢就緒。一夜之間，工會司機們把基地營挪到了舊燈泡工廠的砂石停車場裡。場工班、燈光組還有搭景組的同仁一連工作了十八個小時。

星期一一早，團隊集合在廣闊的綠幕攝影棚。博士艾利斯的特技團隊蓄勢待發。薇倫很開心能拍出一場肢體表現很豐富、怒氣很滿，但是當中既沒有對白也沒有新人物的戲分。場次7XX到場次9早在幾星期前就敲定的卡司，終於在一夜之間收到了他們的通告。**壞蛋**是由兩名特技組員擔綱。**單親媽媽**是一名來自舊金山的女演員，她趁週一的休假日暫別美國經典劇目劇團的一檔安東．契柯夫《櫻桃園》，然後用兩天的電影拍攝賺到她演二十八場瓦雅[434]都賺不到的錢。小孩子是從洛杉磯找來的卡司，他們在現實中也是手足。

所有人都度過了充實的一天，現場笑語不斷，壞蛋綁匪往贓車前檔撞進去時的鼓掌聲也不斷。

☆

艾兒走了趟榆樹街一一四號，她想與之聊聊的不是艾克，而是媞雅。克洛普弗太太人在屋子的前門廊，坐在她搬到屋子前面來一個人靜靜的一張海灘椅上。「艾克在後院波比跳，」她對艾兒喊著，主要是她想當然耳地認為艾兒是來找艾克的。「不然就是在他用卡巴挖出來的散兵坑裡練習制式教練。不要問我卡巴是什麼喔。」

歐喔。艾兒可以從這女人的肢體語言中看出——還有從她說話的口氣中聽出——她不是個幸福的配偶，而是只能百無聊賴地待在一個鳥不生蛋的地方，每天眼睜睜看著老公從早到晚跟

434 譯註：Varya，櫻桃園裡的養女角色。

長春花開小姐合拍一部該死的大電影。一整天下來，媞雅想有事幹就是顧小孩，想說話就只能跟露霈；能轉移她注意力的東西就到此為止了。艾兒對這種情境並不陌生；電影工作一從邁向開拍的眼花撩亂過渡到邁向殺青的固定作息，製作人／部門主管／（大部分）卡司成員的老爺或正宮／人生伴侶就會發現在取景地消磨時光，就像拖著遲緩的步伐，長時間走在一段崎嶇而乏味的岩石路上。每晚演員回到家，動輒迎接他們的就是一個無聊到不行跟／或有氣無處發的另一半。於是乎在名為工作的避風港內，就會滋長出一些愛苗，兩隻眼睛咕溜咕溜含情脈脈的片場鴛鴦會用這樣的藝界情緣，把其他人的婚姻關係搞砸到支離破碎。很多人的生命——連帶著電影的製作——都會因此脫軌。艾兒向上天祈求：別讓艾克含情脈脈地看著薇倫（只不過哪個男人忍得住呢）。

艾兒看得出來——她確定——媞雅．希爾．克洛普弗已經受夠了丈夫那些作為電影明星的吸爺拉—厚德路—印地歐—探戈[435]。「我得跟妳聊聊。」艾兒宣告了來意。**時機恰到好處**。

「妳要來杯咖啡嗎？」媞雅問。「來個馬克杯裝的陸戰隊喬？」

「我今天咖啡因攝取夠了，多謝。我今天是以製作人的身分來的。」

「是嗎？」

「妳這禮拜可以來演一場戲嗎？」

「演個什麼？」

「一個關鍵的角色，**打工做小馬美食快遞的女人**。拍攝日，嗯，就在明天。我們需要妳鼎力相助。」

「跟艾克同場嗎？」
「並沒有。」
「跟天之嬌女薇倫・連恩？」
「也不是。是跟卡珊卓與拉拉。」
媞雅隨即口吐兩個字。「我來。」

☆

星期三的拍攝是在曾經的西屋燈泡工廠中，那裡在前管理層辦公室裡搭起了一個實景。這是要介紹**倫敦女士**登場的一場戲，地點設定在她破爛的辦公室裡，召喚她出來的是**馬德里女士**。

就在比爾把這場戲當成一九六六年的警察辦案流程劇在拍的時候，媞雅進到了服裝拖車，然後是加工廠，接著她被指定到艾克那巨大的拖車裡去等待被叫到片場。隻身一人在那輛休旅拖車中，身穿小馬美食快遞制服的她翻起了車內的每一個抽屜跟每一只櫥櫃。在一疊舊劇本跟通告單裡頭她發現一張短箋，是女人的筆跡，藍色的用紙上留有花式的名字縮寫。

打敗厭世！XX WL

媞雅自言自語地唸出了箋上的訊息。「打敗厭世，驚嘆號，親一個、親一個，搭跛尤・欸囉。」抽屜裡剛好有枝黑色簽字筆。她摘掉了筆蓋，寫上了**還眞是可愛喔！**位置就在代表親親

譯註：Sierra Hotel Indio Tango，S-H-I-T，狗屁。

的XX下面。她把短箋丟回了抽屜，用舊通告單蓋了上去。妮娜，基地營的副導演，正好在此時敲上了拖車門，三響之後，門開了一道縫。

「希爾女士？」妮娜喊了一聲。

「是？」

「我們想邀請您移駕到片場。」

「我在此正式接受邀請。」

第12與12A場戲三兩下就拍完了；倫敦與馬德里通過了安全門，進了一台電梯。

媞雅被帶往了一台架在走廊上的攝影機前，旁邊有兩片經由藝術指導過的電梯門。

「哈囉，妳，」比爾以此跟她打了聲招呼。「準備好拍妳的特寫了嗎？」

「我知道台詞，所以，我好了。」

「看妳這樣子，我有一個問題。」

「你說。」

「妳看起來會不會有點太，嗯，振作了。或者應該說，太冷靜了一點？」

「戲服是你們發的啊，我只是穿上而已。」

「我說的不是戲服。我說的是妳外顯的感覺。試想妳今天是一個精疲力盡、想靠外送來餬口的女性。妳家裡有個生病的孩子。妳丈夫喝得有點多，而且還丟了工作。妳每張信用卡都有欠錢，而且加上披薩外送妳打了三份工。妳週末還幫人打掃房子，並在餐廳當外場。」

媞雅想了一下，「我母親叫我別嫁這男人，或至少別急著懷孕。我們的租金太貴但又不能解約。我得趕緊把剩下的六趟跑完，然後回家顧寶寶，因為我老公多半會跑去跟他的白癡兄弟鬼混。我渾身痠痛，我一肚子火，一整天下來我幾乎就要受夠了。我把這些通通演給你如何？」

「在八分之七頁的篇幅裡，沒問題。」比爾走了開來，為了這位女士能再度演出他的電影而感到開懷。

媞雅讓自己在最後往馬德里的身上狠狠一瞪，同時她一邊數著現金的小費，一邊心想那個數字還真小氣，真寒酸。隨著電梯門在她面前闔上，媞雅搖了搖頭，咕噥著問候了馬德里的祖宗。

比爾哈哈大笑，尤基帶頭與現場一起拍手叫好，因為媞雅．希爾在《夜影騎士：火瀑的車床》一片中正式殺青，而且她絕絕對對是被愛的。

場次13

這場戲預定要拍兩天。但卡司成員在備戲上下的功夫，還有一次次強制的彩排，共同讓場次13在十三個小時半內拍完。組員的加班費要照付，但一天的拍攝行程扎扎實實地省了下來。

卡珊卓、拉拉、尼克與項人有準時到、台詞有背牢，意見有想好。他們是實打實的專業演員。也是英雄。

哎呀

清晨五點三十二分在榆樹街一一四號的屋子裡，寶寶在鬧脾氣，而艾克在淋浴。所以，又一回，媞雅在床上醒著。艾克的公司 iPhone 在臥室的床頭櫃上充電，一封簡訊使之在震動中活了過來。

公司手機：FF——聽説我今天在救狗狗的時候，你去要吊鋼絲。CUITW。

CUITW[436]。**我們加工廠見。**讀簡訊很簡單，用姆指滑出上頭整個簡訊的對話串也不難；那是非常長的一串來回，最早可以回溯到一個禮拜前，甚至更久遠。

媞雅把畫面拉到最近撥出／接到的通話。有些是打給媞雅或媞雅打來。裡頭有很多——很多很多很多——是打給公司手機或公司手機打來。

媞雅接著檢查了語音信箱。沒有一則來自公司手機——剩下的都是那些最近紀錄……照片的 app 輕輕鬆鬆就被滑到螢幕中央。一張接著一張：

艾克跟薇倫在妝髮車上——品嘗著拿鐵。

艾克跟薇倫在基地營耍白癡。

艾克跟薇倫化身成伊芙與火瀑在自拍，喔嗚，笑得真是燦爛！

艾克與薇倫。

艾克與薇倫。

艾克與薇倫。

趁著艾克還在淋浴間，她的妻子朝床頭櫃趴了過去，抓到了iPhone的充電線，把手機插了回去。

然後她把手機丟到了床與床頭櫃之間的地板上。確認過螢幕沒裂之後，她用充電線拉回手機，然後第二次把手機丟到了床與床頭櫃之間的地板上。媞雅又多摔了三遍，才讓螢幕裂到手機不能再用。

「哎呀，」她這麼驚呼了一聲才翻身回到被窩中，去再睡一點回籠覺。

門口的男人

藝術部門、搭景組與場工班將杏仁農會大樓的幾個房間，改裝成了可用的片場。日聘演員的卡司在週末被帶了過來。史丹利・亞瑟・明讓B攝影機為農會的這幾場戲做起了準備，而他的A與C攝影機則在克拉克藥局，那兒要拍的是在電影一開始確立整個故事的若干關鍵場景。首先開工的是農會的部分——在走廊跟安寧病房的場景有艾克跟卡珊卓依劇本出場。按計畫，他們會先拍走廊、接著撤回克拉克藥局，然後再重返杏仁農會拍病房的場景。這代表著妝髮拖

436 譯註：See you in the Works的縮寫。

車會忙一整天，也代表薇倫跟艾克的行程會在基地營重疊。

公司手機：我們今天都要上工？咖啡？

公司手機：我九點進片場。我來煮……

公司手機：你一定會在椅子上貼假皮。我去找你……

公司手機：你要是在四點前收工，我就帶刨冰去晃一下。

公司手機：嘿，FF！你在無視我嗎？？？

艾克自始至終都沒有看到這些訊息，因為他的手機從床頭櫃上摔了下來。他把手機交給了伊內茲去送修螢幕，甚至是整支手機。他在薇倫出現在加工廠時解釋了自己為何沒有回應。

他們的工作行程過半後，拍攝速度開始一路順如下坡，團隊的氣氛為之一振。士氣非常高昂。肯尼．薛普拉克對薇倫說，「我們已經打通了這部片的任督二脈。」

比爾有點分身乏術，這點無庸置疑，畢竟他得兩邊片場跑來跑去，雖說那點路走起來就短短的而已。這一週大概就是這個調調，比爾很操，但拍攝的快步調讓電影進度得以不用落後。

☆

星期四晚上，由於早上的通告比較晚，所以薇倫邀請了賴在她賓館不走的傢伙——艾兒與伊內茲——與她共進週間的簡單晚餐。艾兒做了瑪格麗特，伊內茲不斷擺出各種菜色，而薇倫則不斷命令她坐下。蘿洛與湯姆．溫德米爾也來湊了個熱鬧，但瓦利無法，因為他人在洛杉磯[437]。薇倫原本也想把艾克跟媞雅邀來，但最後只是想想。她學起了艾克在鏡頭間的空檔做一組六下波比跳的樣子——他氣喘吁吁數著**一二三四五**的口氣被她模仿得維妙維肖：嘻……

赫……漢……旭……虎……大家都笑得很嗨。

湯姆說要告退一下，因為他在他從不離身的無線電上收到克雷格的呼叫，克雷格是被請來加強保全的其中一名前警察。他開著車經過四分之一英里長的車道來到了前門，一輛老本田已經停在那邊，克雷格站在打開的駕駛座車窗邊。為了不打開可行車的大門，湯姆利用側邊的行人入口加入了克雷格，並問起了他能夠幫上什麼忙。

本田的方向盤後是一個光頭仔。

湯姆一眼就認出了那傢伙，他還給這人設了一個代號叫「小刀」。

小刀在湯姆的資料庫裡，是十二名在評估中的TA（**潛在威脅**）之一。薇倫剛拍完伊芙．奈特最初的幾場戲之後，小刀就現身在了亞特蘭大。他曾在參觀戴那摩製片廠的導覽中跳車，然後在影城內四處亂闖，就為了找到薇倫，然後是警衛發現了他，看到了他的案底，才將他扭送出了片廠。

小刀從《超硬派警佐》的那幾年就開始嘗試要接觸薇倫。

靠著他不願透露的安全防護軟體與作業程序，湯姆建立了一個小刀的TA檔案——就跟另外十一個潛在威脅一樣——並不時會更新資料。

如今網路資訊讓小刀如虎添翼，他於是殺到了隆巴特。想跟薇倫．連恩講上話。

437　這男人一口氣在經營三項事業。他自己的公司、他雙胞胎姊妹之公司的財務部門、還有為了連克家兩個小孩而存在的各種投資。瓦利常利用薇倫的飛機與機師（他本身沒有飛行執照）飛到洛杉磯，有時候是去洽公，有時候是去談情說愛。

一台監視器錄下了他的身影。「這個傢伙，」小刀指著克雷格說，「在把我當白癡。」

「我相信你不是白癡，」湯姆彬彬有禮地說道。「對吧？」湯姆望向克雷格。

克雷格一開口是如此地不帶感情，聽起來就像是人工智慧生成的聲音。「我已經知會了這位先生，這裡沒有誰符合對於他想找之人的描繪。」

「兄弟，」小刀說。「誰不知道薇倫住這兒。便利商店的小哥。自助加油站的阿姨。賣墨西哥玉米餅的攤子。他們都逢人就說她住這兒。你看……」小刀說著舉起了手機。「這裡在Google Earth查得到，沒錯吧？薇倫就住在這棟大房子裡，*這裡*。」他指著一張螢幕截圖，圖上有整座宅院，包括偌大的主屋。

「這個嘛，這位先生，」湯姆說。「我們來此是要告訴您，這裡沒有人叫那個名字。所以，我們想請您在那邊的空地迴轉，然後離開。您可以配合我們嗎，先生？」

「靠腰。你他媽的講不通耶，」小刀一邊嘴裡念念有詞，一邊把手伸到後座拿起一本厚厚的資料，揮舞了起來。「薇倫得跟我談談。現在就要。不然她之後會很慘。」

「我再說一次，先生，」湯姆說，口氣跟之前相比沒有拉高一分一毫。「我們要請你利用迴轉區離開。」

「聽好了……」小刀被這種鬼打牆弄得氣急敗壞。「我跟她是親戚，好嗎？我媽娘家姓連恩，好嗎？我跟她有什麼連結的細節我都用信跟文件傳給她了。我跟人合寫了她未來兩部電影的劇本。她再這麼不把我的付出放在眼裡，她就會惹上一大堆法律問題，她私底下跟工作上都會賠上很多錢跟人脈，懂嗎？她非得跟我談談不可，而且愈快愈好。這是為她好，兄弟。」

「我再說一次，先生，」——湯姆的聲線還是一樣平靜無波——「我們要請你去迴轉處掉頭離開。」

「你最好把這些東西交給她，叫她要讀過。」小刀把檔案舉到車窗邊。

「先生，我們沒有理由收受你這樣送來的東西。我們得請你迴轉離開。我們沒有必要把事情鬧大。」

小刀把匕首般的眼神射向了克雷格與湯姆。「好吧，你們兩個屎蛋。是你們自己給臉不要臉。」小刀倒起了車，然後把他的本田喜美先進再退做了一個Y字型的迴轉，最後揚長而去。

湯姆回頭上了車，發動引擎，開過大門，離開了宅院，用他的舊本田跟蹤起了小刀。

☆

薇倫與一幫人如今坐到了外頭的前門廊上，一方面把飲料收尾，一方面信誓旦旦地說要在週末辦一場廣達全宅院的匹克球錦標賽。伊內茲要參賽得先把規則搞清楚。團隊的精神已經散播到整間屋子，就像學年來到了最後幾週——剩下的就是幾場魔王級的大考，包括重返奈特公館去拍有阿莫斯跟火瀑的那場戲，然後整個紙板嘉年華就可以圓滿落幕了。

「整部片大致已經在我們的後照鏡裡了，**小馬女孩**，」艾兒對伊內茲說。這兩名女士都很享受她們的瑪格麗塔。「妳已經在殘影中走了這麼遠。一度一切看來都是那麼遙不可及。」

「你們大家可以有這種感覺，」薇倫說。「我沒辦法這麼奢侈。」薇倫的意思是她的情緒責任還在延續中。每天睜開眼，她都還得繼續讓情緒**到位**。

「那當然，」艾兒說。「我不是以藝術家的身分在發言。我是以一名理貨員的立場在說話。」

「我感覺有點難過，」伊內茲不諱言。「雖然抱怨了那麼多拍電影的過程有多瘋狂，但在我們開拍之後，我的眼睛不管看到哪裡，耳朵不管聽到哪一個字，我都能學到一些原本我不知道的事情。辛苦歸辛苦，卻也很有趣。」

「拍電影就是這麼回事，」艾兒面露笑意。

蘿洛突有一問。「妳覺得工作最辛苦的是誰？」

「她！」伊內茲指起了薇倫。「沒有人知道妳是怎麼做到的！」

薇倫露出了一個受寵若驚的表情，舉起了她的右手腕，上頭的皮手環刻著寧靜二字。

「比爾．強森在某個點上肯定會爆炸。」蘿洛說。

艾兒此時開了口。「他以前真的爆炸過。但如今的他已經見識過了所有在片場裡能夠發生的事情，而他依舊會把電影拍出來。」

「最辛苦的是每一個人，」伊內茲說。「這話會不會讓人聽不懂啊？在某個點上，大家都輪得到最辛苦的時候，只是你不知道何時會輪到。但時候到了，總有人要把整部電影扛在肩上，某時某地。道具組可能生不出阿華田。發電機可能會突然動不了。安全吊帶上的扣環可能沒卡好，結果害薇倫摔下來。電影裡的每個人都必須把工作做好，否則就會有事情出包。他們必須努力工作。而且要說到做到。每個人在電影裡的工作都是最重要的。哎喲，我不知道我在胡說八道什麼……」

艾兒自顧自笑了。伊內茲是內行的。

就在這時他們聽到了一個男人在咆哮。

咆哮聲聽來遙遠，所以那些字句有點混成一團，聽不太出來在講些什麼，唯一能讓人聽懂的就是「薇倫！」一遍又一遍的「薇倫！」自黑暗中傳來，並伴隨著一些大嗓門但難以解讀的胡言亂語。那些咆哮的口氣中帶著怒火。聽著有點恐怖。

薇倫的臉上頓失血色。她聽過這種咆哮，有時來自想看到她一眼也好的群眾，有時來自路障另一邊在衝鋒陷陣的粉絲，有時來自半夜兩點的她家外頭。也有時是來自想刻意激怒她的狗仔隊。但此刻她竟然在隆巴特聽到這樣的大呼小叫，讓薇倫頓時深受打擊。她的安全感破了功，一如艾兒與伊內茲也無法倖免。

☆

由戴那摩出錢安裝在宅院外圍的夜視保全監視器錄下了當時的畫面，當中可以看到小刀把車停在距離主屋最近的彎道處，然後人鑽出了本田。影片中的他先是大吼大叫，然後隔著圍籬把一個大包裹扔進了私人產業中。湯姆．溫德米爾停下了他閃著警示燈的車子，同時以頭燈那刺眼的灰色光芒照亮了現場。湯姆跨出了車子，開始接近小刀，而小刀也顯然開始把怒氣對準湯姆。小刀叫喊著、比劃著、指指點點著。畫面中的湯姆按兵不動。小刀踩回了車子，砰一聲關上門，狂野地駛進了黑夜。湯姆回到車上追了上去。一路追到州際公路。

一早，拍攝工作按小幅更改過的排程繼續進行。調查者被叫到西屋燈泡工廠拍攝搭車的內景。薇倫獲得了一天休假。艾兒給媞雅打了電話，跟她說了發生在薇倫住處的事情，讓他們看到薇倫驚魂未定時不要吃驚。媞雅覺得毛骨悚然。

雖然門口那個男人的外貌被當成祕密下了禁口令，但當尤基宣布這週的拍攝收工時，他那聲「你們是被愛的」是意有所指地在說給薇倫聽。

拄著手杖的男人

來自戴那摩的第一張支票嚇掉了羅比・安德森半條命，但它就躺在那裡，就在被釘在一棵樹上充當信箱的舊咖啡壺裡等著他。他會在瑪莎葡萄園島[438]上買下這處快散架的破地方之時將之取名為咖啡壺，就是因為他在穀倉裡發現了這個既生鏽、又不知道在大幾點的家電。如今他的回郵地址唸出來就是**奇爾馬克鎮咖啡壺**，MV，MA[439]。說起安德森—馬迪歐家，郵差都知道。

戴那摩付的第一筆錢，是版權費，他們看上的是一部由庫爾卡茲漫畫出版，作者是崔福—佛爾／羅伯特・安德森的作品，叫《火瀑的傳奇》。他們後來又付了一次錢，是因為叫《夜影騎士：火瀑的車床》的電影展開了製作。這兩張支票加起來，是一大筆錢。羅比很開心能再有錢一次。他也從沒缺過錢就是了。

他的作品不論是銷路還是名氣，都還健在於許多小眾之間——崔福—佛爾的「河景系列」在一九九〇年代那景氣最好時的藝壇，也著實轟轟烈烈過一番。他買下咖啡壺，圖的是瑪莎葡萄園島知名的柔軟陽光。之後他以穀倉為家，繼續畫畫——遠離河景系列後的再出發。這年頭，他腦子裡有什麼便畫什麼。

火瀑上次進入他的腦海，是一九八九年。他鮑勃舅舅過世的那年。

☆

一九七七到七八年，他在聖路易斯—奧比斯保郊外替一個夏季莎翁劇團設計了場景，然後在洛杉磯過了冬，當時洛城的藝壇發展朝氣蓬勃，而且還有歐菲莉亞小姐[440]陪伴著他。等她溫和但堅定地跟他分手後，他便踏上了旅程，往東而去，一路走一路畫。他還留有很多鐵彎河的東西——以前在家鄉對著那條河畫成的一張張習作——並將這些東西補完成了河景系列的成品。他的二手福特皮卡，搭配上不只二手的露營拖車（瓦斯不能用所以爐子沒辦法開火，另外還有個沒冰的冰櫃），就成了他的住家兼工作室。他會找個地方安營紮寨，搬出一大張胸部高度的摺疊桌，然後擺出他的材料跟工具，包括紙張、畫布、顏料、畫筆、鉛筆，外加一台裝在福特尾門上的手搖削鉛筆機。

等他踏上新墨西哥州境，來到阿布奎基附近，他已經手握一份相當可觀的作品集。他一走進金龍餐廳——就在中央大街的老六十六號公路上——就對安潔兒．佛斯自介說，「妳如果名叫安潔兒，那我就是妳的外甥。」鮑勃舅舅人在廚房。一時間大家都有點懵，但隨即鮑勃舅舅就在這個站在他面前的男人身上，看到了當年的小男孩，睽違三十年。安潔兒笑了出聲。

☆

438 譯註：Martha's Vineyard，麻塞諸塞州在鱈魚角以南的離島，渡假勝地，很多富豪在上面都有別墅。

439 譯註：MV是瑪莎葡萄園島，MA是麻州。

440 譯註：Lady Ophelia，莎翁名劇《哈姆雷特》中的女性要角，是丹麥貴族，也是哈姆雷特的未婚妻。這裡是指扮演歐菲莉亞的女演員。

羅比待了一個多禮拜，期間他在廚房裡幫了忙，去上了主日的教堂，還給他的舅媽跟舅舅看了他創作的繪畫。在格蘭德河的棉白楊樹下，羅比找到地方多畫了些習作，鮑勃還讓外甥騎他的摩托車——一台花俏的大傢伙——在泥土路上跑來跑去。兩個男人坐在一團火邊，在寬廣的天空下暢談，訴說著一些彼此的過往，這是一定要的，但更多時候他們分享的是他們學到的教訓、他們放棄的一切，還有他們還剩下什麼東西帶在身上。羅比知曉了鮑勃舅舅不再飄泊的簡單人生。鮑勃·佛斯聽聞了他外甥四處漫遊的靴跟。

在留下了他一些完成度不那麼高的作品——與一幅以鐵彎河上的老棧橋為題，上面看得到小小的身影正往河裡跳的成品——給舅舅跟舅媽後，羅比開始繼續東行。八二年他落腳曼哈頓。八七年他的作品開始展露頭角。與其寄信，他會往安潔兒舅媽跟鮑勃舅舅那裡寄出手繪的水彩明信片，有時候接著幾天一寄一大堆。那些明信片現在值錢了。安潔兒把東西給了她的一名姪兒。

七年後，當鮑勃病倒時，而且是因為一個從來沒有被檢查出的第四期癌症而說倒就倒時，羅比飛到了ABQ，趕上了跟還能說話的舅舅見最後一面。喪禮上集合了各式各樣的悼念者——安潔兒·林那邊的家人、地方上的鄉親父老、重機騎士、陸戰隊的老兵。羅比是唯一出席的安德森家人，因為他也是僅存還跟自己舅舅有聯絡的安德森家人。

墓地邊，家庭牧師在講完他的演說與福音書經文之後，唱出了一段簡單的詩歌副歌。

必享安樂。

必享安樂。

必享安樂。
待得明日。
必享安樂。
羅比．安德森哭得顧不上丟不丟臉。

☆

咖啡壺在二〇〇二年擴建，是因為史黛拉．安德森．馬迪歐買下了隔壁那塊地，清掉了足夠的樹木，蓋起了她的離婚和解房。她為孩子保留了夫姓，並把咖啡壺當成了她的郵寄地址。從公路連過來的砂石路車道，如今像鈕扣鉤[441]似地環繞著羅比的穀倉／工作室跟她的現代鹽盒[442]雙層樓房。在她的四個小孩中，葛雷格里與凱莉趁夏天回到了葡萄園島上工作，正好遇到戴那摩的兩張支票像被點燃的鞭炮一樣炸開。

羅比因為髖部的問題而有點不良於行，所以走路得拄手杖，但他大多時候都還是會過來用餐。史黛拉作為比「羅比跟羅比的耕馬所生的小馬加起來」小十四歲的妹妹[443]，已經精通了快煮壓力鍋與有機菜園，羅比來蹭多少次飯她都能兵來將擋，水來土淹。

441 譯註：buttonhook，一種頂端有鉤子或套環可以鉤住釦子，方便人把襯衫釦子扣上的工具。

442 譯註：saltbox，鹽盒屋是一種木屋，多見於北美，尤其是新英格蘭。這種屋型分前後兩部分，前者有二層，後者僅一層，都有斜頂，中間有煙囪，其前後不對稱的外型貌似盛鹽的盒子，因而得名。鹽盒屋之所以起源於北美殖民時期，是有避免樓起過高被課重稅的意圖。

443 譯註：小公馬通常是四歲，加上史黛拉比羅比小九歲多，加起來大約十四歲。

「這故事是你寫的？」凱莉問。她在手機上拉出了有五十年歷史的庫爾卡茲漫畫。

「我寫的，畫也是我畫的。」羅比用湯匙把黑豆從快煮鍋中舀到從飯鍋盛出來的糙米上。

「支票還被我拿去兌現。」

拿著冰棒在吃的葛雷格利從凱莉的身後看了過去。「《火瀑的傳奇》。我聞得到瀏覽器散發著大麻味。這麼天才的作品到底靈感哪來的？」

「我是懷念起我們的一個舅舅，他去打過仗，所以我就以他為原型設定了一個故事，當作一種奇談式的致敬。」

「你有舅舅，還打過越戰？」

「不是越戰，」史黛拉說。她已經吃過了。「我們媽媽的弟弟是二戰時的陸戰隊員。我沒見過他本人。」她出了廚房，去到樓上，她在樓上一間儲藏室裡放著家族中最老的老相簿。那些東西是許多年前從隆巴特大老遠載來的，她母親的遺物。

「他是一名火焰噴射兵，我記得，」羅比說。

「他戰死了嗎？」凱莉問，漫畫已經看到只剩一點。

「沒有。他有次騎著一輛大摩托車來到鎮上，然後又不見了。後來我莫名其妙收到他的來信。一封很感人的信。所以我就創作了那個。」羅比指向凱莉的手機。「過幾年我找到了他。在他跟他太太那裡住了一個禮拜。後來我們有保持聯繫。他的葬禮我也去了。」

「OK，」凱莉說著，看完了漫畫，然後手機螢幕一抹去深挖起了網路。「你舅舅要跟薇倫・連恩一起演電影。」

「他才沒有！」葛雷格里從冰箱冷凍庫裡拿了一支新的檸檬冰棒。「妳說的是未來的葛雷格里·馬迪歐太太！」

凱莉列起了把關鍵字「火瀑 戴那摩 電影」隨手餵給谷歌所得到的資訊。薇倫·連恩。戴那摩國度。《夜影騎士：火瀑的車床》。比爾·強森。

史黛拉拿著一本翻開到中間、龜裂又褪色的相簿，走進了廚房。一些被註明是V-Mail，看起來又小又舊的信件，散落在相簿內，外加有張小照片還好端端在位子上屹立不搖，那是膠水的功勞。

「這就是他，」史黛拉說著把活頁本放在了廚房桌上。在一小方一九四二年的黑白快照上，羅伯特·安德森·佛斯，美國海軍陸戰隊，穿著他的藍色軍常服。

「我的名字就是跟著他取的。」羅比說。

「在隆巴特？」凱莉問，聲線微微翹起。

「正是，」羅比邊答邊彎著腰，看著相簿上的小小照片，在頭戴白色軍帽、身穿黑色束腰短大衣，下身是閃亮長褲的那個小伙子身上，尋找著他的鮑勃舅舅。他就站在那裡，挺拔得像根鐵桿。

「喔嗚，」凱莉語氣沒有太大起伏地說道。

「怎麼了？」

「他們的電影取景就在那裡。隆巴特。」她說。「網路上說的。」

羅比看著他的外甥女，然後看向他的妹妹。「網路提到隆巴特，」他說，「那肯定就是真的了。」

☆

從舊金山出發的公路旅行讓兩個年輕人興高采烈，但對羅比．安德森跟他的妹妹史黛拉而言卻簡直是一幅幻滅如反烏托邦的畫面。北加州在他們兄妹的記憶中沒有那麼都會。同時他們租來的車子也毫無懸念是台破銅爛鐵，只不過他們也沒其他車可以選。

從都市——從奧克蘭——到隆巴特的這一段加州，跟幾十年前在地理上沒有什麼不同，但如今他看在眼裡卻已幾乎認不出來。只有沿老九九而上的路段能感覺到一絲熟悉，也才有足夠的老地標把羅比跟史黛拉帶回到他們青春歲月裡的地景。為了從鳥籠般的車體中出來舒展一下手腳，他們在沙加緬度以北的一個攤位喝了冰涼的根汁啤酒，然後繼續往隆巴特本尊前進，那裡從南邊進入的角度看過去，幾乎毫無改變到一個讓人毛骨悚然的地步。瓷器的字樣依稀可見。主街。國家劇院。聖斐理伯內利教會。克拉克藥局。停在杏仁農會大樓旁邊的卡車與拖車是唯一能看見的二十一世紀風景。史黛拉說就連樹都好像跟以前是一般大小。

羅比閉著眼睛也可以開著車駛遍鎮上。他光憑直覺就可以把車子精準地停在房子前面。這麼多年過去，羅比唯一真正不一樣了的地方，是他下車的時候需要拄著手杖。

站在人行道上，榆樹街一一四號的屋前，羅比可以看到一個有張帥臉的年輕人，二十來歲吧，應該是現任的租客，在門廊上一身汗地做著一組組的伏地後踢（兩手伏地，腿往後踢再縮回）。

艾克剛完成了他第四組的波比跳，就見到門前的人行道上站著這個傢伙，手裡拄著根手杖，一臉饒富興味地仰頭看著房子，十之八九是跑來追星的粉絲。

「早啊，」艾克用他在波比跳狀態下能擠出的所有肺活量打了聲招呼。

「彼此彼此，」拄著手杖的男人說道。

「有什麼我可以幫忙的嗎？」這傢伙只要敢提到薇倫的名字，艾克就會馬上打電話給瓦利。湯姆一陣風就會抵達現場。

「沒事兒。只是看看我的家。」

「這是你家，是吧？」

「現在不是了啦。但我是在這裡長大的。後院有李樹，我小時候是一排四棵。如果後門廊還有紗窗圍住的話，那兒應該有一台手搖的削鉛筆機用螺絲固定在廚房門邊大約三尺高的地方。」

艾克眨了眨眼。後門廊確實有一團生鏽的機具離地大約一碼高，那曾經是能用的削鉛筆機完全說得過去。「聽起來你真的住過這裡。」

「這裡現在是你的地方嗎？」羅比問道。

「沒有，只是租的而已。」艾克瞄了一眼車子，看到駕駛座裡有位女士，後座則是兩個成年的孩子。「他們也住過這裡嗎？」

「我妹妹，是的。凱莉跟葛雷格，那兩個孩子沒有。他們是第一次來隆巴特，而且覺得這裡不怎麼樣。我是羅伯·安德森。」

「艾克·克里帕。」

「艾克．克里帕？」羅比的聲音升高了八度。「真假？你要在電影裡演火瀑？」

聽到對方提起電影，讓艾克在門廊上覺得神經緊繃了起來。他幹麼不說自己是艾爾文．克洛普弗？就算他知道後門有台削鉛筆機，就算艾克的名號還不算響亮，也不一定代表這老番顛就不會只是個想要來蹭名人的私闖民宅慣犯。在電影剛開拍的日子裡，薇倫、比爾、艾兒，甚至是肯．薛普拉克都告訴過艾克要有心理準備，他們說遇上這種沒禮貌的人在所難免。

「你說的是哪一部電影？」

「網路上講的那部啊。我看到你的名字，上面說你要演火瀑。」

「你剛剛說你的大名是？」艾克正準備要從門廊上下來，一副準備要接招的感覺。

「羅伯．安德森。羅比也行。但你可能比較聽過我的另一個名字崔福—佛爾。」

艾克停下了腳步。「崔福—佛爾？」

屋子裡，在他的筆電上與三孔活頁紙本劇本裡，都看得到兩本經典漫畫的掃描電子檔。那些漫畫一頁頁被釘在服裝跟藝術部門的一面面牆上。其中一本出自二戰期間。另外一本則來自五十年前，故事的原創者叫作崔福—佛爾。

「你是崔福—佛爾？」

羅比仍仰頭看著他兒時住處的屋頂輪廓。「正是。」

艾兒收到艾克用新公司手機發來的一條簡訊，上頭提出了一個在星期天早上很讓人費解的疑問。

艾克里普：讓比爾想到要拍火瀑的那本老嬉皮漫畫，畫家叫什麼名字？

艾麥克提：老兄。今天星期天耶……

她打開筆電，用滾輪在資料裡挖啊挖，就為了在與戴那摩國度的通信中找到關於版權與權利金給付的內容——那些東西她從前期製作以來就沒有再打開過了。

艾麥克提：崔福—佛爾。庫爾卡茲漫畫。摳摳已經付了。

艾克里普：這些我知道。崔福—佛爾的本名叫什麼？

艾麥克提：老兄！！！今天星期天！！！在再用游標在文件中掃過一番後：羅伯・安德森。花惹發[444]？

艾克里普：崔福—佛爾人就坐在我家廚房裡，現在……

艾麥克提：花惹發？？！！

艾兒把車停在了榆樹街一一四號前，前後只花了半小時不到。安德森馬迪歐一族已經遊覽過了房子，過程中史黛拉與羅比講述了一個又一個的往事，一則又一則的生活點滴，一切都發生在那些老牆壁的範圍裡。媞雅與史黛拉就這房子的不按牌理出牌處交換了心得。有人煮了咖

444 WTF，What The Fuck，什麼鬼？

啡。一些潤滑／清潔／防鏽三合一的潤滑油被翻了出來，塗抹在了後門廊那只三尺高的削鉛筆機上，然後那玩意兒就多少又能用了。羅比身上永遠帶著一本小素描簿，外加一支鉛筆，他把那支鉛筆往機器裡推，直到筆尖變成一小點。用這筆尖，他替艾克．克里帕畫起了火瀑——要送給火瀑的火瀑。

「能見到您真的是太榮幸了！」艾兒說著加入了在廚房桌邊的他們。「您出生在這間屋子裡嗎？」

「不，」羅比說著撕下了素描簿上的一頁，交給了艾克。「我們家是在我爸打仗回來後才搬來這裡。我在這裡住到去奧克蘭念美術學校為止。」

「我出生在這裡，」史黛拉說。「也在這裡長大，直到我們往法蘭佐草原以外的一處處新家搬。好玩的是這個家永遠放得下一張廚房餐桌，就在*這裡*。」

「他是天生的畫家，」艾克說著又倒了些黑咖啡，並舉起了火瀑的素描。「這是他的舅舅。」

「正是，」羅伯．安德森此時素描起了剛進來坐下的媞雅。「鮑勃舅舅有天就突然跑了來，當時我還是個小孩。」

「那時我還沒出生，」史黛拉說。

「我去阿布奎基看過他。」

「我一次都沒見過他。」史黛拉說。「他跟媽有書信往來。他的手藝真的有那麼好嗎？」

「真的。他跟他太太在六十六號公路上有家中餐館。他把那些祕密菜色都學起來了。我在那裡待了一個禮拜。他太太，安潔兒，讓我去洗碗來抵飯錢，但那其實是她在開玩笑啦。她只是要讓我跟鮑勃舅舅在廚房相處。他跟我說了一些挺狂野的故事，有些發生在他小時候，有些發生在他人在陸戰隊的時候，有些發生在他騎重機的時候。他後來變得有那麼點信仰。他說那神聖地在指引他方向的三位一體是——他太太、他的哈雷，還有那高於他的神。」

「聽聽這個，」艾克說。「那人根本不知道自己是火瀑。」

「真的嗎？」艾兒問。

「我根本忘了自己畫過那篇漫畫。」凱莉進到了廚房。露比被從她手中傳到了史黛拉的大腿上。羅比開始畫起了寶寶。「我後來畫了一大堆其他漫畫，而且還發展出了我的河景系列。」

「就是畫河，」史黛拉解釋說。「想知道怎麼把自己搞到傾家蕩產然後有一頓沒一頓嗎？答案就是河景系列[445]。」

「他還騎摩托車喔？」艾克覺得那樣酷斃了。

「我人生第一次坐摩托車，就是他帶我去了克拉克藥局。」

「克拉克藥局？」艾兒問。「主街上那個？」

「正是。他在那裡給我買了可樂跟漫畫。」

「您可以帶我們參觀一下那個地方嗎？」艾兒問。

「我們進得了克拉克藥局？」

「當然！」

445 畫壇中人現在會出六位數來買羅比的一些河景系列作品，原因自然與電影的推出與火瀑的出場脫不了干係。

☆

艾兒讓人把片場打開，供他們進行星期天的勘景，其中伊內茲的出現伴隨著一盤盤的墨西哥速食。她叫比爾帶著他的高爾夫屁股滾來片場面見他電影的原創者，然後編寫了一則簡訊給薇倫：**克拉克片場有個妳可能會想見見的超級 VIP！**

公司電話：？

艾麥克提：火瀑的外甥。

雖然嚴格說來那裡不是一個熱景，但克拉克藥局仍保持在隨時可以追加拍攝的狀態，就看有沒有需要。那天早上在主街上僅有的車子，就是艾克一家子一輛、安德森家租來的破鋁罐、伊內茲的小馬福特、艾兒的野馬，還有比爾的衝鋒者。

「哇嗚，」史黛拉說。「這個地方重現得真好。至少用餐區給過。」

羅比也這麼覺得。「飲料機櫃台跟包廂都跟以前一模一樣。真沒想到他們這麼多年都沒去改動。那邊，」他揮著手說。「那邊以前是雜貨店區，東西都五分錢十分錢那種。以前這兒有間藥局。這塊是書報攤。」他指的是就在前門入口處邊上的一角，也就是他們如今站著的地方。

姍姍來遲的湯姆．溫德米爾把運輸部門提供的車子停了下來。坐在副駕駛座的薇倫跳下了車，手裡還抱著一個綁著粉紅緞帶的小盒子。她一進到克拉克藥局，葛雷格里．馬迪歐就發現自己的喉嚨乾得跟什麼一樣——薇倫．連恩跟他在同一個房間裡。薇倫．連恩自介了起來。薇倫．連恩跟他握了手。薇倫．連恩。

食物與飲料被擺上了櫃台。薇倫直接走向媞雅，遞上緞帶盒。「給今天是壽星的女孩，」

她說。盒子裡是杯子蛋糕跟蠟燭，還有藍色的信紙上寫著給露比的短短一句話，祝妳永遠都這麼老，XX WL。

露比這個禮拜就要過一歲生日了。很久以前，艾克提到過女兒的生日，而薇倫非常用心地將它記了下來。

「讓妳費心了。」媞雅說。

薇倫如此釋出善意，讓她感覺還挺受用的，再加上之前有痴漢去薇倫門前騷擾的事件，讓媞雅燃起了希望，也許薇倫的為人其實還行。薇倫給了媞雅一個擁抱，輕聲說了一句，「我才要謝謝妳。」媞雅無法確定薇倫這話是否是真心真意。但當她又補了一句，「我當時真的……嚇壞了……」媞雅決定放這女人一馬。那種狀況誰不會害怕？媞雅肯定會嚇死。

「我就坐在這裡，」羅比說著坐上了那張他曾經小到沒辦法坐的凳子上。「鮑勃舅舅在這兒。我們一起看了漫畫。他抽了幾根菸。他的摩托車就停在伊內茲現在的位置。後來他坐不住了，說得去辦點事。結果就一去不回。」

「你自己走回家？」這一段，史黛拉之前也沒聽過。

「顧書報攤的人送了我一程。」羅比一瞬間彷彿靈魂出竅，他坐在櫃檯前跟當年一模一樣的位置。

「我在克拉克藥局的那幾場戲裡，就是坐在你現在的位置。」薇倫說。「同一個凳子。」

比爾問起出於他自己的使命感，大家願不願意為了他擠到包廂裡，而且是那個他鏡頭下的調查者們第一次來尋找火瀑時所坐的包廂。大家照辦了：艾克、抱著露比的媞雅、挨著羅比的薇倫、在一角的史黛拉。凱莉與葛雷格利也擠了進去。

伊內茲可以充分感受到這當中有什麼樣的歷史緣分在作用著，就在克拉克藥局的此時此刻。她跟艾兒說，「我猜這種事在電影裡，也不是很常發生吧。」艾兒只是張大了眼睛，讓伊內茲看見她眼裡的驚奇與讚嘆，那意思很明白，不，一點都不常。

「我們這裡有戲—如—人—生的夜影騎士跟火瀑，也有人—生—如—戲的火瀑原型，」伊內茲對現場的大家說。「要是再來個人—生—如—戲的伊芙就好了。」

「我們有啊。」薇倫說。她把手伸過了桌子，抓住了露比的小腳。「這不就是我們的異變特工！」

大家都笑了，包括媞雅，她決定再多放眼前這女人一馬。

一如咖啡店跟栩栩如生的電影片場會有的效果，克拉克藥局讓這群人就想要再多待一會兒。讓咖啡保持熱度的一只只保溫壺也很加分。女人們固守著包廂聊天。比爾與艾克則陪著羅比，聽他講述在隆巴特長大的故事。

「跟我們說說，」比爾問起羅比。「你的舅舅。你為什麼會想把他畫成火瀑？」

「他當年還是個孩子。他們讓他去當火焰噴射兵。讓他上戰場，做了可怕的事情。回到家，然後消失無蹤。」羅比說。「然後突然有一天，他出現了。就像一個幽靈。一個魅影。」接下來的一個小時在櫃檯邊，比爾與艾克把鮑勃．佛斯能讓人知道的事情全都知道了個遍。「我舅舅是我的神，」鮑勃．佛斯年逾八旬的外甥說。

這個最終行程滿滿的星期天，帶著所有人去參觀了西屋燈泡工廠的各個攝影棚，去開車經過了最近才變成一元雜貨店的家庭式印刷廠原址，去看了一眼如今已經廢校的聯邦高中，去兜風駛過了老棧橋，然後回到了榆樹街一一四號。一張全體在後院擺好姿勢、以身後李樹為背景的大合照，靠定時設定拍進了比爾的手機。伊內茲印出了一本附有崔福—佛爾識別證的劇本，讓所有人拿鉛筆簽了名。老削鉛筆機被從門口撬了下來，好讓羅比·安德森可以帶回去當紀念品。

到了超級 VIP 要上車踏上歸途的時刻，眾人相互擁抱了一番。凱莉自告奮勇，說她願意照顧露比一個禮拜。葛雷格里則是在薇倫敞開雙臂抱住他、說他有演戲資質的時候，心臟漏了一拍。上了車的羅比·安德森從副駕駛座揮起手來，車子就這樣駛離了榆樹街，而那將是恆久遠的一次告別。

收尾

妮娜（基地營的副導演）：基地營的管理獨立於片場的進度之外。時間在基地營是暫停的狀態，唯一不停的是我。對基地營的副導而言，一個不成文的潛規則是你要坐，就只能到製作組的拖車裡去坐。所以我一整天都站著，耳朵也一直聽著無線電。我會一直去感覺事情究竟是順風順水，還是有什麼張力會溢出到我的區域來。我有人要指導、要通知、要移動、要掌握、要討好。我預測、我警告、我讓卡司移動到加工廠、移動到片場，讓他們吃完午餐後移駕回來。

我會請要睡午覺的藝人跟我說一聲，這樣我去敲門的時候就會輕柔一點。不同的狀況對應著不同的暗號或數字。錨起了的意思是「沒問題」。最慘的是隼鷹一〇九，隼鷹等於Falcon、等於F開頭的那個字，一〇九是緊急電話，合起來就是「幹你娘的災難」。

伊內茲：我盡可能把基地營弄得舒舒服服，但在西屋燈泡工廠，基地營就只是個砂石路上的停車場。沒有像杏仁農會大樓那裡的遮蔭。我在艾克的拖車門前擺了張野餐桌跟露營椅，而艾克的拖車一旁就是薇倫的拖車。藝術部門給了我們一些加厚的人工草皮，還有，你知道的，遊戲護欄等嬰兒設備，另外還有一只卡車工會司機用他們的壓縮氣瓶弄鼓起來的戲水池。媞雅跟露比，還有我表妹露霈，常常會在上午時分過來，所以我讓置景組帶了未雨綢繆的大傘過來，拖車的遮陽篷到午後就會漏洞百出了。

尤基：一部電影拍到倒數幾週，會有一件天大的好消息，那就是每過一天，被你拋諸腦後的工作就會愈來愈多。你不用再為了正等著你的天曉得多少顆鏡頭去計劃、去開會、去排程。每天你都可以從代辦事項上劃掉一項任務，同時一個鏡頭拍完了，它就是拍完了，不會又突然變回沒拍。你不能虎頭蛇尾地過早放鬆，這是當然，電影的世界裡容不下怠轉滑行的公務員心態，但工作的負擔確實會不斷在消化中下探。

艾兒：讓基地營進駐西屋燈泡工廠是一種取捨——你從戶外進到室內，你有了空調，你再不用管天氣好壞或時間早晚，想拍就可以拍。但這種動能與衝勁是要付出代價的。每件事都會更耗時，因為你有各種技術上的故障需要排除，所以⋯⋯薇倫說到有些日子裡的攝影棚是多麼無聊，她是怎麼說的？厭世。對了。就是厭世。有種厭世會開始賴著不走。

薇倫：攝影棚的工作就是各個鏡頭——這道眼神、那個動作、一個推近或是吊車升起。但我還是必須讓情緒到位。怎麼個到位法我無法言傳。就算可以言傳我也不會告訴你。過程是機密。至少我的是。

艾克：我們有三場打戲。白天的木料廠。晚間的主街。還有在奈特公館的那場。三場都要吊鋼絲。我們在空中有得待了。

薇倫：打戲一，我想阻止火瀑。打戲二，我想要火瀑的命。打戲三，崩潰的我隻身一人，在對著命運嘶吼。每場戲都不盡相同。

艾克：說也奇怪，每場打戲拍下來，裡頭都確實內含有不同的步調跟情感衝突。那是另一種層次的東西。每場打戲中屬於演技與表現的部分，都需要加入一種新的因子，一種，嗯，會讓我想不到的因子。跟薇倫如此沒有距離地共事？我不知不覺地會，嗯，無法自拔地陷於其中。她對人就是會有這種效果，懂？即便有身上的吊帶，有鋼絲，VFX，有特技團隊把你團團圍住。薇倫，怎麼說呢，她不光是看著你，她是會去搜尋你的靈魂。是的，有我家人在場，大部分的日子都，嗯，還行。讓我不會飄走。懂？

亞倫．布勞：第二團隊在隆巴特各角落跑來跑去，而第一團隊則固守在綠幕攝影棚。最後那幾星期都只關乎一件事情，那就是把要的鏡頭通通收集到。比爾有張打開之後有兩隻手臂寬的清單，上頭全是他想要的鏡頭，都是電影需要的節點。我們沒有片刻可以浪費，每一次讓第二團隊開機，我們都非得拿下比爾身兼編導所想要的畫面。

卡珊卓：每逢星期六，就是輪到要拍我們調查者的場景——專攻只有我們的劇本頁數。

祖項：星期六誰想工作？我是不想啦。劇組也不想。我們要拍車子的內景跟在州際公路上那場超賤的戲。我們不是真的在州際公路上，而是在那又大又黑的攝影棚裡擺出來的一段道路鋪面上。薇倫那場戲一整個氣呼呼的。我覺得她討厭我——這個人。她有跟你說些什麼嗎？

尼克．薩博：艾克週六跑來旁觀。那傢伙一路用走的從隆巴特走到西屋燈泡工廠——然後又走了回去。看伊芙跟倫敦彼此齜牙咧嘴，實在很有趣。

海克特．邱跟瑪麗安．凱克布列德（電影剪輯師）：我們天天都在剪片，而且我們從伊芙與佛斯（火瀑）的第一場戲就看出來了，那兩個人之間有什麼在醞釀著……他們的角色，錯不了……那兩個人在毛片中，簡直就是乾柴烈火。分開來看，伊芙獨來獨往而火瀑充滿了謎團——同樣的是兩人都無比地孤單……他們把孤單都放進了眼裡，走到哪都帶著……等終於湊在一起了，他們表現出來的就是……在第一眼的恨意稍縱即逝後的……一見鍾情。我感覺伊芙活了一輩子，都在等待一名火瀑，但他卻是吃了一驚……艾克在木料廠的打戲中有一個鏡頭，是他露出了一個歐喔，我慘了的表情，但他的慘並不是拳腳打不過伊芙的慘，而是伊芙懾走了他的心魄……我們整理出了一段他們三分鐘長的精華畫面，只是為了讓人知道我們在剪輯室裡手握什麼樣的閃電，而我們也在殺青後的某晚將它搬上了PO的試映室螢幕。

伊內茲：我買了優格冰淇淋。但毛片一開始播放，就沒誰的湯匙動過一下。我們一口氣重看了四遍。

艾克：我百分百肯定我老闆，或山姆，或尤基，或整個團隊的付出。但是。薇倫與艾克！

這兩個人就像一輛雙人座奧迪裡的一對戀人。

派特·強森博士：比爾放起了能夠跟螢幕上的情緒搭配的音樂。他說那是一種廉價的手法，但我的天啊，那效果有夠好。我見識過電影是怎麼拍出來的，多年來我也早就曉得那個過程可以有多麼世俗。比爾告訴我他之所以能在電影圈混到現在，完全就是瞎貓遇到死耗子，香燒得夠好。但我看到的那幾幕裡完全沒有運氣的成分。薇倫與艾克在電影中的表現，請容我耍個冷，真的很火燙。

艾兒：要是你的世界因為去看了場電影而有所放大——如果你跟我們一樣，也需要電影來讓我們的生命變得寬闊、變得完整——一部好電影所能夠蘊含的改變人心的力量，並不遜於那些能填滿人靈魂的音樂，也不輸給那些能讓人彷彿被下了咒語的佈道或偉大演講。那段三分鐘的試映，會讓你覺得活著真好，覺得能在噴泉大街上真是老天眷顧。一切都是因為薇倫與艾克。艾克與薇倫。

尤基：打戲。一些對白。特寫鏡頭。但我們完全沒有心理準備的是他們雙眸中透出的眼神。艾克的揭露（鏡頭）。薇倫的反應。

勒黛拉·若維（戲服設計師）：第二場打戲，在市中心有火焰紛飛的那場。然後是薇倫打掉鋼盔後，我們捕捉到艾克的第一個表情？我們深深地潛入了艾克的雙眼。還有倒拍的部分，薇倫的？第一次看到他的整張臉龐。望進他的雙眼。就像她的眼淚即將奪眶而出。她抓到了些什麼，抵達了某種情緒。我把一聲「水喔！」大聲喊了出來。

山姆：我們讓他們以剪影出現，拍了過肩鏡頭，還有超特寫，外加一個長距離的 Pogo-Cam[446]視角。效果很好。

伊內茲：而這是在我們拍完最後一場打戲之前的事情——是在阿莫斯．奈特猝逝、伊芙只能孤孤單單到底之後的事情。

艾兒：我們還有吻戲要拍。要是薇倫跟艾克不用親—下—去就能正面衝撞出那麼多讓人欲罷不能的火花與連結，那等吻下去的一瞬間來臨會何等盛況空前？我們隔天就有了答案。喔，不會吧。不會吧，喔不會吧。不會吧。哇嗚。

媞雅．希爾：艾克拍第三場打戲的時候，我選擇了待在家。我受夠了基地營。

伊內茲：在那巨大空間的中央，伴隨所有負責場景搭建與設置的劇組，他們卻表現地旁若無人，儼然是一對孤男寡女。劇本裡稱之為「萬世一遇的一吻」。在不同次試拍間的空檔，他們安靜地交談著，艾克與薇倫。不是悄悄話，只是壓低了聲音，用著親近的口氣。頭挨著頭。滿臉的笑容。

海克特．邱跟瑪麗安．凱克布列德：那些毛片非比尋常。艾克與薇倫好像一次都沒有把目光從對方的身上移開……就連打板的瞬間，他們都在戲裡……吻戲常常都是敷衍了事……要不就是太過火。那些吻被演得太用力，演員一看就是在假裝……但夜影騎士，在她要吻上火瀑的前一刻呢？還有他的反應呢？比爾跟艾兒跑來了剪輯室裡，一遍一遍又一遍地看過了毛片……艾兒那句話是怎麼說的？

艾兒：我也想這樣去吻一個男人。

貝瑞・蕭

在（預定五十三個拍攝日的）第四十九天，一場會議被召開在幾乎可以用荒涼去形容的比爾・強森辦公室。這是一場閉門會議。

星期一早上。七點零六分。根據通告單，這天都是些哩哩摳摳的工作：一些VFX的需求、嵌入鏡頭、更多調查者在運動休旅車跟房車裡的畫面，還有特技組要拍伊芙先把休旅車的車門扯下來、像扔報紙一樣扔開，然後再把調查者的房車翻過去的鏡頭；這天的工作就是劈柴跟挑水。薇倫一抵達基地營，艾克就從加工廠裡被拉了出來。伊雅・卡卡爾之前因為暫停的時間太久而先回洛杉磯的家了，但如今回歸的她已經向在西屋燈泡工廠的綠室報到。伊內茲如常接下了早餐訂單，而所有人也都拿到了他們選擇的咖啡。薇倫喝了一杯綠色的益生菌飲品。艾兒在場。比爾一臉嚴肅。

「我們要如何讓電影殺青，各位？」他問。

沒有人不知道他這話是什麼意思。

第97場戲。結局。火瀑之追尋的終點。爺爺的逝去。故事的完結。護士蘇。伊芙。火瀑。

446 譯註：用磁鐵黏在眼鏡或穿戴裝置上的攝影模組，號稱最小的攝影機。

還有阿莫斯・奈特。有演員已經從「塵世的紛擾」[447]中解脫的這麼一場戲，你要怎麼處理？該在的人不在，戲要怎麼拍？

「沒有場次97，我們就不成一部電影。我絞盡腦汁能想到的就是兩條路，」導演說。「我們必須要擇一。」

「所以我們要一起決定？」薇倫問。

比爾乾乾地說道。「我們是靈魂伴侶。我們一起歷經了這麼多，這事不是誰可以一個人說了算。技術上來講，這事一點都不難。弄幾個設置讓法蘭西絲去念阿莫斯的台詞。你們三個看著空床演。靠硬碟裡留存的艾略特音檔，我們可以在後製時進行逆向工程去模擬出大部分的對白。VFX可以弄出一個CGI阿莫斯・奈特來滿足我們對任何動作的需求。物理上——技術上——我們都能得到我們要的鏡頭。」

阿莫斯的臥室已經在西屋燈泡工廠的附屬空間中被完美複製出來——那場景逼真到薇倫至今沒有勇氣去看一眼，畢竟一想起親愛、可愛、神奇的艾略特・葛爾尼，那回憶仍在她心中一碰就痛。

比爾接著說，「我毫不懷疑你們會全力以赴。但我總忍不住想，在這樣的挑戰裡，難道沒有些什麼神祕的元素嗎？艾兒跟我祕密討論了好幾個禮拜。這場會議就是我們討論出的結果。」

艾克傾聽著。伊雅驚嘆著比爾即便在這種時候——面對著電影製作的夢魘來襲——依然能這樣深入人心。薇倫的感覺一如她非常久以前——在索科羅——當比爾・強森喊話要她找回寧靜的時候。

「我深思熟慮後的方案如下……」

在眾人聽完他的提案之後，投票的結果是無條件通過。

☆

調查者在（預定五十三個拍攝日的）第五十天完成了他們在電影中所有的對白。他們在隆巴特拍了外景，然後在西屋燈泡工廠裡完成了工時長達十四個小時的拍攝日。祖項一直在把他的台詞惡搞成笑話。尼克・薩博跟拉拉在一些必要的旁跳鏡頭裡的房車後座上，共同搞出了一段溫馨的演出。卡珊卓的台詞說得無懈可擊，敬業態度無可挑剔，因為她深知AOC（異變特工隊）的這個最新篇章將會修飾清楚、會重新定義超能者宇宙的走向。戴那摩，艾兒通報說，很驚訝於調查者在螢幕上的化學作用之優秀。艾兒與高幹合唱團好幾次聊到他們對成果有多欣慰，而她也讓其他人都知道了這一點。

「別在我們的最後一天功虧一簣，」卡珊卓扮起了黑臉。他們還剩最後一場戲，在劇本的最後一頁上，沒有台詞但壓力山大。「他們有可能會讓我們在下一部電影裡合體。」

「《異變特攻隊六：利馬的復仇》嗎？」祖項問。「錢太少我可不來。」

他們在第五十一天輪空。根據的是**通告單：場次**97。

比爾欽定這天的拍攝就是十個小時，為的是保持專注力的緊湊與動能的流動——午餐休息直接跳過。他跟山姆討論過了攝影機所有的移動佈署，還有鏡頭的每一丁點涵蓋調度，他們將

447 譯註：mortal coil，典出《哈姆雷特》。

捨棄簡短中斷的分段，每次試拍跟每個角度都採用全場從頭一鏡到底的完整拍攝方式。跟VFX的討論讓所有人有了共識。

艾克在清晨五點被叫到加工廠，讓又冷又黏的糊狀膠水被重新塗抹到他頸部的皺褶中。肯尼．薛普拉克曾提議為了讓他的皮膚跟膠水貼合得更好，他可以把鬍子刮乾淨一點，而且要一口氣用上三種不同的電鬍刀。結果成效似乎不錯[448]。艾克準備好入鏡是在九點。薇倫與伊雅在妝髮拖車加入他，是在七點半。大家都在安靜中忙碌著，但為了打破那工作當前的高壓，那籠罩著所有人的不自然跟緊繃氣氛，薇倫問他們能不能小小聲練習台詞——盡量沒有抑揚頓挫，不要演出來。護士蘇在那場戲裡幾乎是個啞巴，所以只有伊雅獨白起了阿莫斯的台詞。

☆

在西屋燈泡工廠的另一個房間裡，待著貝瑞．蕭——早在伊芙走去克拉克咖啡店吃早餐的那場戲裡，他就是那個割了草、也在池裡玩了馬可波羅的孩子。

貝瑞在拍片期間過了一次生日，那是七月十日的事了。他實際年齡是十八歲，但視覺上連票都還不能投。他住在瑞丁郊外從小長大的那間房子裡。他六月高中畢業，但沒有上大學的計畫，頂多就是去念一下沙斯塔社區學院，然後兼差當個聯邦快遞／亞馬遜的駕駛。他的志願是成為一名緊急救護技術員，也就是EMT，還有去就讀加州公路巡邏警校。他聽說了有電影在隆巴特取景，他在高中參與過《吉屋出租》[449]的製作，也能唸出《漢彌爾頓》[450]裡全數的饒舌歌詞，因此他把握短短的面試時間，三兩下就說服了就地選角的同仁。他們愛死了這孩子。

在馬可波羅遊戲的那場戲後，他又被叫來在主街上拍了好幾晚。在火瀑跟夜影騎士大打出手、幾乎讓鐵斷崖付之一炬的同時，他是鎮上的其中一個民眾。在毛片裡他有著獨特的行為舉止，有著一種自然的肢體語言，就好像他不是在鏡頭前演戲，而只是做他當下該做的事情。有一個獨特的特寫鏡頭——在聖斐理伯內利教會，也就是我們的受難聖母瑪利亞面前——他在鏡頭外看著想像中的火焰——啪地一聲正中了比爾．強森的內心。那天晚上，比爾加了一個鏡頭是火瀑的鋼盔在第二場大戲中被打掉，滾到水溝處，然後由那個馬可波羅少年撿了起來。貝瑞身上有一種東西可以引燃喜悅。海克特與瑪莉蓮一看到那一幕，就在毛片上將之標註了起來。

幾天前，貝瑞的電話在他在替老爸洗車的時候響起。那輛福特 F-150 皮卡很快就會是他的了，就看他什麼時候開始上沙斯塔社區學院。

「蕭先生，我是製作公司的艾兒．麥克—提爾。你好嗎？」一個很正式的聲音說。

貝瑞在夜拍的時候認識了麥克—提爾女士。「我很好，妳好嗎？」

「有時間跟老闆談一下嗎？」

「現在嗎？」貝瑞根本不知道她說的「老闆」會是誰。「是有啦。」比爾．強森的聲音傳出在他的手機裡。

「貝瑞！你怎麼樣，小哥？」

448 關於這部電影，艾克只期待一樣東西趕緊告一段落，那就是每天的膠水。雖然史恩、傑森與布列塔尼都是每個該死的早上會讓人想見到的人。但不行，還是受不了。受不了！

449 譯註：音樂劇，Rent。

450 譯註：音樂劇，Hamilton。

「我很好，應該吧。」

「你有想我們嗎？」夜拍已經是一段時間前的事了。在進行拍攝的最後一個早上，第一副導演把所有的鎮民集合在克拉克藥局前，感謝他們的積極態度跟敬業精神，告訴他們他們是被愛的、他們的付出有人看到，並鉅細靡遺地向他們道了別，以各種指示請他們把道具跟服裝全數歸還到臨時演員休息處。電影這麼拍下來，對貝瑞來講，大致就跟他想像中的拍電影一樣有趣，就是熬整夜讓人有點受不了。

「嗯，算是有一點想吧。」

「啊，有一點想，是嗎？那我在想，你會不會有興趣回來跟我們再多拍一點電影……」

貝瑞有點丈二金剛摸不著腦袋。他原本要跟幾個孩子去戲水池拍個一天，接著被找去超大的一整段戲裡當吃瓜群眾，最後還在一段長度不短的篇幅中撿鋼盔。更別說他好幾次得以在伙食部裡站在薇倫．連恩的旁邊。這種好康誰會不想再來一遍？

「是喔，好啊。」貝瑞說。「我是有點想。」

「太好了。你今天過來，我們談談。但先告訴我一件事，」比爾．強森說，「你能把這一切當成一個大祕密，不要說出去嗎？」

「可以，」貝瑞說。「當然。」他沒有問理由。

「我相信你。艾兒會跟你說要幾點到PO。」麥克—提爾女士回到了電話上。「貝瑞？」

「是？」

「現在馬上過來。」

貝瑞花了點時間把福特 F-150 沖乾淨，然後開著還在滴水的皮卡車來到了隆巴特。

☆

貝瑞會在那天早上的七點四十七分身處於西屋燈泡工廠裡一個單獨且祕密的房間、身邊圍著一群 VFX，只有一個原因，那就是他的年輕。

比爾兩天前跟他的靈魂伴侶們解釋過：「那些上戰場的陸戰隊員，大都只是高中剛畢業的孩子。只要你有個二十四歲，就會被叫做**老爹**或**老人**了。還沒念大學。還沒做出一番事業——畢竟世界大戰剛開打，而你還在聯邦高中的代數或拉丁文考試裡作弊，是能有什麼作為。艾克，羅伯特·**沒有中間名**·佛斯是個孩子。薇倫，妳覺得阿莫斯·奈特在他上戰場的時候，是幾歲的年紀？」

薇倫很久以前就曾在思考她的背景故事時想過了這一點。在開拍的初期，她曾跟艾略特討論過阿默斯的生平。「爺爺在珍珠港遇襲時是十九歲，隔天他就應徵入了伍。他原本想進海軍，但一起排隊的一個傢伙說服了他，讓他簽成了陸戰隊員。」

「好，」比爾說。「奈特與佛斯，兩個被送進地獄的孩子。只有一個回來。所以。要是說，與其為了第 97 場戲想像妳年紀正確的祖父躺在那張床上……」

比爾話鋒一停。艾克、薇倫與伊雅挨近了身體。伊內茲屏住了呼吸。

「你們看到的，會是**當年的**阿莫斯。在他剛認識羅伯特·佛斯的那天。」全室陷入了沉默。

「在他們進入地獄前。」薇倫仰望起天空，想像起那幅畫面。艾克垂下了頭，想像起那個瞬間。

伊雅點著頭。艾兒等待著答覆。這是她跟比爾花了無數個小時討論出來的轉折，她在想卡司成員能不能看到他們看到的那種可能性。
如同前面所說，投票的結果是無異議通過。三票贊成。等等，是四票。
伊內茲的那一票也得到了採計。
貝瑞被巧廚組合剪了個陸戰隊的平頭。VFX／CGI團隊用導引點標註了他的臉，以便在後製階段，可以用艾略特．葛爾尼的臉部數位掃描來取代掉貝瑞。他收到了阿莫斯已經拍完的戲份裡的音軌，為的是讓他可以有東西揣摩艾略特演技中的音色與韻律[451]。
拍攝當日，他在爺爺房間的片場爬上了床，時間比薇倫、艾克與伊雅被請來早了半小時。

☆

尤基：攝影棚被保持在冷靜與安靜的狀態下。沒有人多說話，頂多就是劇組會收到一些指示。所有人都配有附耳機的對講機，所以即便是嘰嘰喳喳的閒聊也變得悶悶的。貝瑞始終沒有下床。他在鏡頭與鏡頭或設置與設置之間只是閉上眼睛。這名藝人沒有在那邊進進出出。我通常會看著監視器來做出需要的調整；在有問題出現時評估我可以如何去協助解決。但遇到場次97，喔，真的是，那當中無一刻沒有精彩的看點。我在監視器前看得目不轉睛。
山姆：比爾跟我覺得簡簡單單最好——每個設置都安排成靜態、每個遠近景別[452]都決定好就不再更改。我們之前的拍攝都是用動態跟主觀的攝影機，當中由設計好的鏡頭組成一個個橋段——攝影機動不動就在移動，就在推近。但針對場次97，我們鎖定了鏡頭，真的。我們搬出了遙控頭[453]，這樣操作員與跟焦師就可以脫離片場，遠遠地在視距外進行作業。臥室裡只有薇倫、艾克、伊雅跟那個孩子。沒錯，就是貝瑞。

法蘭西絲：他們的眼睛。他們是用眼睛在傾聽。伊雅的台詞只有短短一句話——「是，阿莫斯？」——但她讓那四個字裡充滿了愛。薇倫要求她的涵蓋部分要最後拍。所以伊雅第一個上，而她也設下了一個很高的標竿。

尤基：我們大概彩排一下，只確認了一下走位跟定點，然後就首先拍起了親密的特寫。伊雅的戲分花了幾次試拍、兩種景別搞定。接著是艾克，而這傢伙在前幾次試拍中可以說是一蹋糊塗。

法蘭西絲：比爾要艾克在整場戲中都保持火瀑的設定——堅忍不拔，對吧？然後要一整個「任務至上」，按照比爾的說法。艾克的表現連著兩次走樣，但比爾倒也沒有喊卡。他讓艾克在戲的帶領下自由飄蕩。有幾個瞬間我以為他忘詞了，但實際的狀況是艾克說不出話來。他在腦中組裝著字句，但就是沒辦法把它們講出口。

山姆：薇倫去到了不同的境界。我已經習慣了她的特立獨行，她就是喜歡在她電影表演中的各個選擇裡，把細節通通放進去。但在第97場戲中，她走在了某個其他的平面上。她直接用她的臉在講話——沒有修飾、沒有在對某種情緒點頭致意。也就是沒有「演出」。她沒有太多對白，但她說起話來流露著一股慾望、一種意志。很少演員做得到這一點。雖然他們都想。

451　他每晚把他的福特 F-150 皮卡開出去，在瑞丁四周繞來繞去，邊繞邊聽那些音軌，也邊演練第97場戲的對白，不知道有多少個、但就是很多個小時。

452　譯註：shot size。人物在鏡頭中的占比大小，也就是遠景、近景、特寫的拿捏。

453　譯註：remote head。一種上頭可以裝上攝影機來進行拍攝角度調整的遙控「機器人」。

法蘭西絲：就是在那時我發現了艾克的雙眼跟貝瑞．蕭顏色一樣。不是正藍，而是一種藍與灰的結合。這個巧合讓我嚇了一大跳。貝瑞不是在唸對白，他是在講出自己的思緒。他想到可以把牛排跟雞蛋的那句台詞重複一遍。他在書裡讀到過諾曼第登陸前的早餐細節。他問比爾他能不能多加一次。這孩子真帶種！比爾讓他放手去做，反正要是行不通，他讓人不露痕跡地剪掉就是了。那一幕，他媽的無價。

山姆：貝瑞會在後製中被取代掉，沒錯。但他還是研究了艾略特的聲音。他聽起來跟艾略特像到爆。他簡直就是阿莫斯．奈特。薇倫第一次聽到他說話時驚呼了一聲。

馬文．普里奇（**混音師**）：我有我的一台小監視器，所以我看得到攝影機上的畫面。就算我是個瞎子，我聽到的東西也已經足以讓我知道場次97是這部電影的巔峰。

唐尼．馬可斯（**燈光師**）：我們前一天先預演了片場的照明，今天也在卡司報到前調校了一上午。沒有回到實屋裡讓片場得以擁有野牆[454]。山姆要多自由就能多自由。但真正發生的事情還是因為卡司。我在嚴肅的日子裡待過嚴肅的片場，看著嚴肅的張力強到可以拿刀切開，現場的每一位劇組都躡手躡腳、生怕弄翻了船。那個片場冷靜得有點不科學。

泰德．杜魯門（**跟焦師**）：我只記得很恐怖，很怕自己會軟手。

尤基：事實證明我們不需要整整十個小時。在涵蓋貝瑞的部分完成後，比爾要了一個廣角的主鏡頭[455]——像是一種類畫鏡頭[456]——外加最後一個透過窗戶從屋外看進去的角度。只有薇倫跟艾克，望著床。貝瑞仍在床上，但我們能看到的只有他的手。

海克特與瑪莉蓮：那一瞥目光，伊芙與火瀑那互望的一眼？那是在一聲卡之後發生的事情

——那不是那場戲裡的東西……薇倫與艾克只是單純地找到了彼此。他們已經變成了伊芙與鮑勃・佛斯……那當中有愛。

你們是被愛的

（預定五十三個拍攝日的）第五十二天一閃而過：伊芙在淋浴。伊芙在戶外的淋浴間裡接釘子。伊芙跑出來到了州際公路上（綠幕），射著釘子。VFX 嵌入鏡頭。

然後就來到了最後一張通告單。（預定五十三個拍攝日的）第五十三天。

因為能夠在暮夏一個璀璨的日子裡、在西屋燈泡工廠的外頭，用電影裡的最後一場戲來為主體拍攝畫下句點，劇組成員們都鬆了一口氣。有沒有那麼巧？第一場戲的第一個鏡頭，最後一場戲的最後一個鏡頭，都是外景。取景地是隆巴特西北方一個農場上的一片田野，基地營搭

454 譯註：電影或電視的公寓場景中方便拆卸，可提供劇組的彈性去進行布置跟拍攝的牆壁。

455 譯註：Master shot，相對於特殊鏡頭 specific。粗略地說，一部電影就是由主鏡頭與特殊鏡頭共同組成。主鏡頭是由主攝影機拍攝而成，供導演與攝影師拍攝一個特定的場面，當中會涵蓋主要的人物與要緊的風景點，所以說主鏡頭也幾乎都是廣角鏡頭。

456 譯註：Tableau shot，類畫鏡頭可以理解為一幅畫，只不過是電影裡的畫，當中人事物配置都是一種如畫的安排，景框就是畫框。

在河邊。妝髮拖車裡鬧哄哄，氣氛相當熱烈，原來是薇倫、艾克與全體調查者同時都在裡面；他們是第一次大家都在同一場戲裡。在音樂播放聲中，所有人都參與著同一場對話，一場順得像水流過石頭的對話。

肯·薛普拉克說起了他在阿根廷拍過一部電影，結果最後一天的一道閃電打中了發電機，引發了一場爆炸。於是導演一聲「殺青」，所有美國人就都在幾小時內搭上了返國的飛機。巧廚組合說起她們有部電影的最後一天在摩洛哥拍了二十七個小時，期間她們待的是一個幾乎要被風吹走的帳篷。薇倫表示說到最後一個鏡頭，她只記得一部電影，那就是《長春花開》，當時她必須要跌進一池泥巴裡，結果眼睛也濺進了一些泥水而導致了感染。她的這個故事起了個頭，帶出了一連串「我差點就沒命了」的經驗分享。項說他在《一九六八》裡被蜘蛛咬過。卡珊卓有次到不了攝影機拍攝的定位，因為那個鏡頭需要的設備擋死了所有的路，還絆倒了她。艾克拜託所有人閉嘴，因為他想趁著貼傷疤的時候試著睡一下。薇倫聞言便把音樂調大，其他人則選了首紅粉佳人的《派對開起來》，開始了大合唱，並用上了自己所有的肺活量。

妮娜請艾克跟薇倫移駕到了片場，最後一個拍攝日就此展開。媞雅把露比帶到高草區玩耍並順便吃午餐。伙食部的帳篷將四面都掀了開來，圖的是外頭的新鮮空氣，這讓在那裡休息吃飯有一種參加戶外婚禮的感覺。

步調頗為悠閒。分鏡清單上盡是些優雅的鏡頭移動與經過構圖的揭露畫面。火瀑最後的身影與同班陸戰隊消失在樹林中的鏡頭，得靜候黃金時分才能動手。

場次99　早晨的日出。

場次100　外景　高草的原野——鐵斷崖郊外。

　夜影騎士與火瀑側臥，火瀑從後環抱著伊芙。

他們都在沉睡。

我們從來沒見過兩個生命處在如此放鬆的睡眠中。

伊芙首先醒來。她仍舊睡眼惺忪。她試著要找到自己，認清她身在何處。

她在睡眠的後續效應中顯得迷迷糊糊。

她想起自己失去了爺爺。

她拉動羅伯特・沒有中間名・佛斯圍繞著她的手臂。使之更緊一些。

他醒了。他也被自己睡的這一覺改變了。

他坐了起來，一如身邊的她。他們互望著彼此。

伊芙・奈特　你會在那陪著他嗎？

火瀑　會。

她站起身。

越過高草上方，她可以看到鐵斷崖。
還有一些煙霧，沒錯。
但那似乎是多年前的事了。
她思索著地平線，還有此前所發生的一切……
我們看見她的臉——經驗、智慧、豁達。
我們看見她找到了內心的平靜。
她感覺到一陣微風，摻著灰塵的風…
她轉頭看向羅伯特·佛斯。他灼傷的臉，他佈滿疤痕、沒有了鋼盔的頭。
他的眼睛。
他站起身來。他舉起他的 M2-2 火焰噴射器，扛到了肩上。
一陣沙塵暴在他的周圍成形。
沙塵變成了煙霧，愈轉愈快，
開始將他抹消…
轉速愈來愈快，愈來愈快，無能爲力的伊芙只能旁觀。
然後他不見了。
伊芙站在原野中。
她獨自一人…徹底一人。
她聽到有人的聲音…一個年輕人的聲音…「伊芙！」…

她看向原野遠處的樹線。

場次101 樹線——同前。

一班陸戰隊員——緩緩地朝著一場戰鬥走去——率領他們的是一名年輕的中士阿莫斯．奈特[457]。

在隊伍最後方的尾巴查理[458]，是頭上沒有戰鬥鋼盔的一名火焰噴射兵。中士比出了手勢。這班士兵於是轉向消失在了樹林裡。

火焰噴射兵回頭一望，就一下下，對著他剛剛待過的地方。他揮起了手。伊芙也朝他揮了回去。

場次102 外景 馬路——同前

倫敦一直在看著……透過一副監視眼鏡……

她的一整隊調查者始終在用攝影機、雷達與各種配備記錄著一切……

倫敦把眼鏡轉向……

457 由貝瑞．蕭飾演。

458 譯註：Tail End Charlie，二戰時傳自英軍的俚語，指的是軍機編隊的最後一架飛機，或轟炸機尾端砲塔的操作員，或是巡邏隊伍中殿後的士兵。

主觀視角鏡頭

……伊芙・奈特。

她轉身……直瞪著倫敦的眼睛。

瞬切到

黑畫面

然後……

「伊芙・奈特將強勢回歸於《異變特攻隊六：呼天嗆地》。」

滾動卡司與劇組名單

7 後製

與強森博士的對話

「我躬逢其盛地參與了最後一天的拍攝工作，還有在杏仁農會大樓裡的殺青慶功宴。我對瑪利亞奇音樂[459]跟那個樂團完全沒有抵抗力——伊內茲的朋友——喔，他們太棒了！比爾被電影殺青掏空到他鮮少在自己的派對中待得太久，但我逼著他坐下，叫他當作這是跟我出來的約會夜，而不是什麼工作上非去不可的應酬。這種活動，劇組成員們的大嫂團總是無役不與，而且她們每次都打扮到最高點。薇倫一身優雅登場。艾克對於電影就這樣拍完了，顯得有點『砲彈休克』，人感覺呆呆的。媞雅大喜過望。許多在地鄉親也跑來趴踢了一整晚，我聽說啦。小隆巴特從此脫胎換骨[460]。

「電影後製，就是我能把老公找回來的期間。在狂熱的拍攝工作後，只要我擠得出休假，我們會盡量四處走走。我們此前去過葡萄牙、希臘，甚至還走過一趟南極，但那是因為我順便有點研究要去做。這一次拍完片，比爾一個人去了越南。騎著單車從河內到了順化。跟著個嚮導。放緩步調，他說。我因為有課要上走不開。

「他需要時間減壓，需要讓電影兩個字完全從他的腦中消失。他需要讓身心去四處晃蕩。

459 譯註：Mariachi，墨西哥街頭音樂，由三至四人身穿傳統服飾加大帽子，並手拿小號跟吉他與提琴獻唱，原本是婚禮表演，如今已成為墨西哥民間的代表性音樂風格。

460 艾略特．葛爾尼的一張大照片被架設在大廳裡，算是一種紀念。旁邊擺放著許多的獻花。那一夜的尾聲，一些喝醉的派對動物貼起了一張 OKB 的列印照片，上頭有草草用簽字筆寫上的 RIP——請他安息吧。

我只堅持他不準出現在高爾夫球場上。想打高爾夫他過條馬路就可以辦到了。

「一回來，比爾就開始把整部電影重新再製作一次。前製是外交。拍攝是打仗。而後製則是佔領。他這麼跟我解釋是在很久以前，當時我還對電影的製作充滿好奇，但那已經是過去式了。如今我已經目睹過整個過程。我沒辦法摸著良心說我覺得拍電影很迷人。我死也不會想進入演藝圈光鮮亮麗的殿堂。但比爾讓我見識到這份工作有其崇高的地方，他讓我看到就像我對科學跟對教學工作有一份熱愛，拍電影同樣需要好奇心作為燃料，同樣需要熱情帶著你往前走。失去其中一樣你都會完蛋。什麼時候你面對事情出現機械式的反應、什麼時候你開始將就於『可以了啦』，你就開始與電影這一行漸行漸遠了。我覺得他很棒的地方是他願意承認自己不懂，他相信電影會告訴他該怎麼做，他相信運氣來了他就能關關難過關關過。他是個小偷，但小偷也有屬於小偷的自我要求。

「哪種小偷？詐騙集團。江湖郎中。巡迴嘉年華裡的員工。他把拍電影形容成紙板嘉年華。客人買票，他就讓有此渴求的客人用幾塊錢的花費，忘卻生活中的煩憂。

「我喜歡他的電影嗎？這你叫我該怎麼說呢？口味這檔事是不能勉強的，他很清楚這一點。比爾如果是那種拍了電影需要我去崇拜、去喜愛、去口沫橫飛地吹捧的傢伙，那他就不會是我選擇的男人了。但他也從來不會一點都不懷疑自己拍出來的成品，這點讓我十分感佩。他心裡沒底自己的電影到底成還是不成。這答案得由別人來告訴他。

「這部電影他第一次拍，就是在寫劇本的時候。那就是他的想像力在透過那台老打字機流瀉而出的時候——那第一版染著墨漬、點綴著鉛筆眉批跟便利貼的初稿。他說那就是他想拍的電影。前製階段我還能有他在身邊，但在他開始第二次拍這部電影的當下就會失去他。主體拍攝永遠是地獄。實際拍攝的工作量可以有多大，沒有極限可言。他的創作上爬著上百萬隻螞蟻。他的一些偉大的夢想必須被割捨，有些必須被截肢掉來拯救身體，有些必須被窖藏起來看是會變成陳年美酒還是陳年老醋。他能控制的東西少之又少。他控制不了天氣，控制不了雇員的心理狀態——除了直屬於他的**強森小隊**以外——也控制不了新冠肺炎的防疫規定[461]。唯一可以由他一個人說了算的決定，只有起床或是不要起床。最辛苦、最漫長、最嚴酷的工作，莫過於主體拍攝。主體拍攝是他**不得不**去拍的那部電影，而由主體拍攝衍生出來的，就是有十億枚玻璃碎片得一片片讓它們破鏡重圓。

「那就是會在後製時發生的事情。電影第三次被拍。由**他**所拍的電影。

「他的第一步，是要把他儲片盒裡的所有東西串在一起，那包括每一天拍下的每一個鏡頭。每一場戲都有開始、中間跟結尾。以《信天翁》而言，他串起來的影片總長超過五小時。《夜影騎士》只有一半長，但還是太長。

「不，我不看那些剪輯片段。我會等到他需要新鮮的視角時再說。進入後製的幾個月後，

461 說一下COVID-19。我一直沒有多費力氣去詳述卡司與劇組每週兩次的篩檢、把劇組分開用的工作艙，也沒有多提壓克力隔板的安裝，或是社交距離的保持，因為那會占掉太多頁數，而且讀者看起來也只會像是巴拉－滴滴－巴拉巴拉。反正時間久了，防疫規定變得像例行公事。再者即便有一些陽性的案例與接續的隔離，其造成的工作阻礙也微乎其微。我略去了現實中妝髮拖車裡各種必要的遮擋與分隔，不知道的人還以為裡頭所有人都是緊靠著在工作，一整個暢通無阻。事實上口罩、隔板、刻意錯開的通告時間都出於保險的理由與工會的要求而一樣都沒少。新冠肺炎讓預算膨脹了兩百六十萬美元。一名染病的劇組成員惡化成重症，被送去住院，直到電影拍完都沒有回來。

他會秀出一個剪輯版給我看、給聯邦快遞的送貨小妹看、給一些大學生看、給國會唱片大樓停車場的泊車人員看，給簽了保密協定的每一個人看。或許也給某個不需要耳提面命也知道這一套是如何運作的卡司成員，像是克蘭西·歐芬利跟他太太，這樣的人看。這對賢伉儷很清楚哪些牛角尖可以不用鑽。我如果看著無聊會告訴他。

「比爾不是不能在索科羅設一間剪輯室，但那會代表整個團隊都得搬過來住，而索科羅不是誰都住得慣的地方。他在自由選擇企業裡有個房間，並且他挺喜歡從他在威爾榭大道的單身公寓通勤到好萊塢。他在（好萊塢的）谷區進行所有的混音與配音。你跟我說說混音跟配音差在哪裡——我從來不需要知道。比爾跟我說不論他的電影處於什麼狀態，後製的每一天都能讓它變得更好一點。

「我來來去去。利用週末飛過去對我比較好。禮拜六早上他照例會播放一遍一週以來的成果，然後我們接著會去山上健個行，又或者我會坐著看書，而他則在影視城[462]的練習場打一桶高爾夫。星期天他會做早餐給我吃，然後我們會一整天無所事事，或是嗯，你知道的。我會伺機搭『取消被取消』的班機飛回 ABQ。

「從一個非戰鬥人員的角度去看，後製的那幾個月有夠無聊。那進度條慢到你會納悶它到底是有在動還沒在動。一大堆時間被花在討論莫名其妙的各種決定，像是某句補洞台詞[463]的等化器音量大小[464]吻不吻合某場戲的環境空氣音[465]，或是為什麼不讓護士蘇怒瞪阿莫斯的那一眼多維持幾個影格？那些討論沒完沒了。有病。而且這一病就是幾個月，沒騙你。卡司必須重錄他們的一些台詞，這個過程叫做 ADR，全名『自動對白補錄』，也叫 looping。演員們會看到特定幾場戲，但不會看到整部電影。有些 ADR 的過程會又長又痛苦，但遇到這群卡司是例外。至少比爾是這麼告訴我的。

「最終，在某個晚上，死黨限定的試映登場。那將是我第二次看到他的電影，而按照慣例，這部電影會非常不同於第一版的剪輯。來看的也許會有十五個人，裡面有他來自其他部電影的朋友。艾兒是一定要的。煽動者。伊內茲這次也來了，畢竟她已經搬來了洛杉磯。這階段還沒有卡司成員——他們自有他們專屬的試片會。戴那摩或鷹眼的人也都沒有受邀。只有總共一打多一點的我們。這一版中只會包含一部分的特效，大部分能看到的還只是所謂的合成圖跟暫用畫面，但那並不影響我們掌握電影想表達的精髓。

「觀眾席的燈光重新亮起後，比爾會問『所以，你們覺得如何？』然後他會一字不漏地聽取——每一筆意見、想法、建議、見解，並在聽完後追問，好確認他沒有誤會發言的意思。

462 譯註：Studio City，洛杉磯市地名，好萊塢聖費南多谷裡的高檔社區，因拉德福影視拍攝中心（Radford Studio Center）得名。

463 譯註：loop line。補洞台詞就是在主體拍攝已經殺青、所有人集合在剪輯室時才新加的台詞。如果有某場戲劇情交代得不夠清楚、試看者有人反映看不懂在演什麼，但又沒辦法重拍的時候，補洞台詞就會被加進去。演員會進錄音室錄好補洞台詞，然後該音訊會被插入到演員沒有露臉的某個鏡頭中。如果你發現：音質有變動、演員沒露臉、有段話似乎在刻意解釋什麼，那那段話可能就是補洞台詞。也有一些洞需要補是因為拍攝時的收音欠佳或效果不夠好。這整個補錄音的後製過程叫「自動對白替換」（Automatic Dialogue Replacement），簡稱 ADR，也叫 looping。

464 譯註：EQ level，也就是 Equalizer Level。等化器簡單講就是「特定頻率範圍」內的音量控制器。任何可以播放的東西都可以調整音量，而等化器就是讓人可以設定一個特定的頻率範圍，然後只把那個頻率範圍的音量調大調小。

465 譯註：room tone，影片內容中的空氣音。背景音可以有效避免對白與對白間的完全沉默，也可以在整個聲音錄製中打底，因此在後製中的地位極其重要。

「他會把所有意見照單全收嗎？不會。但他說試映會是對電影的考驗。要是有哪一場戲被所有人公認看不懂或演壞了，他就會拿那一場戲開刀。

「他接著剪輯、接著混音，把特效鏡頭加入電影裡，然後把成果秀給不同的高幹合唱團看。他把電影秀給薇倫看——在一個只有她獨自一人的試映室裡。這事機密性之高，知情者就他們倆，再加上艾兒。事後她跟比爾一而再、再而三地進行了討論。幾天後，比爾鎖定了電影。這根據我所聽到的說法，是很了不得的事情。電影一旦鎖定，剩下的就是拋光跟磨亮。

「他試著把辦給卡司看的試映會弄得像個小派對。洛杉磯那場招待的是薇倫與瓦利、又來了的克蘭西。外加項跟尼克，還有他們的伴。伊雅把她的大家庭都帶來了。比爾、艾兒與伊內茲飛到紐約，就為了把電影秀給艾克與媞雅、卡珊卓，還有一些製作長專題[466]的媒體。伊內茲是第一次來紐約，她巴不得能搬來這裡。

「他們不辦研究用的試映會。戴那摩有一項政策是不讓他們任何一部超級英雄電影的任何一點資訊外洩。網路每次遇到這些試映會就會陷入瘋狂，我記得早期有部超級英雄電影曾因此嘗過苦頭，事件跟大熊座獅女的某套戲服有關。他們的維安工作滴水不漏。比爾反正本來就很討厭招募人來進行試映。他從回歸拍攝主流賣座片之後就不這麼幹了。來看片的觀眾會被問起，你喜歡哪些地方？哪些地方對你來說有中？哪幾場戲你特別有感？你喜歡跟不喜歡的角色分別是哪些？你給本作的推薦語會是：必看／值得一看／有機會可看／不用看了。有多少人看不下去直接走人？比爾說招募人來看的試映會是行銷人的玩意兒。他在合約裡有這麼一條——最終剪輯權[467]——所以他根本不甩試映的結果。

「戴那摩撲了上來，帶著一堆意見——或者該說一大疊。艾兒在電話上聽了好幾個小時戴那摩想拿比爾的導演剪輯版怎麼改又怎麼改。比爾讀過了每一則筆記，艾兒則跟他完整說明了片廠想要的東西。他可能會採納他們的一兩項意見。但前提是他真的認同那樣能讓電影更好一點。他會是我看上的男人，這也是原因之一。」

☆

在某場劇組試映會後不久，肯尼．薛普拉克發了簡訊給薇倫，但薇倫女士正為了她的飛行、她的生涯選項，還有她的存在是多麼的特別，忙得一整個不可開交。她的回覆是表情符號的親親跟眨眼頭像、一個時鐘的鐘面，還有一個問號。他想要跟她快速談一下，但不急。她後來有空時打到了他的手機，聯繫上了正在四〇五州際公路的車流中走走停停的他。

「肯尼！」她尖叫了一聲，就像是某個迷著偶像的青少女。「我想死你了！你好嗎？」

「這位小姐，」他說，一動不動的車子前面是一輛地景設計公司的南下卡車，陪他一起堵在塞普爾維達山口[468]中。「我這輩子沒有這麼好過，而且我想告訴你為什麼。」

466 譯註：longlead press，媒體有分長專題與短專題，分別代表他們做出一個專題需要的時間線長短，長專題的代表就是書報雜誌等平面媒體。

467 這非常稀有。即便是對可以爆預算的某些A咖大導而言，最終剪輯權都是合約裡讓所有導演垂涎欲滴的聖杯。片廠把導演欠缺最終剪輯權這一點當成他們手中的大棒子，但這根棒子要是落到導演手裡，導演就可以叫公司高層去死。比爾覺得電影確定了就是確定了，誰也別想在那裡雞雞歪歪。

468 譯註：Sepulveda Pass，塞普維達山口是穿過洛杉磯聖塔莫尼卡山脈的隘口。賽普維達是該山口所在地的地主家族。該山口連起了洛杉磯盆地與聖費南多谷。

「我要聽！」

「我收工了，親愛的。我是說**收工**，收工了。」

「你……」薇倫想要確認一下，當場。「你要退休？」

「走出片場。最後一次殺青。再也不會有要我早上五點半到的通告了。我這一年來都在思考要怎麼做才最好。聽到妳邀請我合作《夜影騎士》，我心想，這就是了。我要跟薇倫在這部電影裡同進退，然後為自己畫下一個句點。我好快樂。」

「喔，肯尼。」薇倫在電話上輕柔地說道。「我的薛普。少了你，日子還是要過，但我該怎麼往前走呢？」

「親愛的薇倫小姐，妳的路一定會走得順—順順。」

薇倫喜歡他的用字，像是順—順順。也喜歡被稱呼為**親愛的薇倫小姐**。但這個消息代表她得另覓其他的天才化妝師來合作，否則她就拍不成接下來在南非的《珍之歌》，拍不成再接下來的《異變特工隊：下一部關於異變特工隊的異變特工隊電影》。

「肯尼，」她透過電話說。「我希望你能得到你應得的所有幸福，因為我愛你，我會永遠愛你。」

「彼此彼此，孩子。」

她開飛機把瓦利載到庫比蒂諾[469]去開一些矽谷的創投會議，剛剛才飛回來。此刻她正從起落場開車要到她在洛杉磯北邊的祕密住所，她心知一個新的時代於她已經正式展開。《珍之歌》找上她的過程中，經紀人米契琳連小拇指都不需要抬一下——他們就是想要薇倫，只有她是他們不作第二人想的第一志願，薇倫不演珍，這電影他們也懶得拍了（嗯，好喔）。她讓自己在最小程度內沾沾自喜，畢竟她知道有那麼多志在必得的女星在那兒裝模作樣，最後還是只能當她的**手下敗將**。嘿嘿。薇倫感覺就像是《彗星美人》[470]或《紅衫淚痕》[471]裡的貝蒂．戴維斯。還有誰能演出那些角色？誰也不能。她將學習騎馬，將在南非一住四個月，也許五個月，她會在海外見證鷹眼釋出《夜影騎士：火瀑的車床》並於全世界串流。那時能在拍片會是好事一樁。

電影的前導預告——首映於動漫展——在網路上燒成一片，這是個好預兆。有比這更好的消息嗎？有。就在前導預告釋出後沒多久，鷹眼那些開始月付七點七七美元的新訂戶數量就有了變化。新登錄者有近兩百萬之譜。數學課來了：兩百萬人乘以七點七七美元再乘以十二個月，相當於天降大約一億八千六百四十萬美元正中鷹眼的錢櫃。這陣旋風一颳起來，戴那摩的每個人都自以為是天才，都覺得他們讓伊芙．夜影騎士加入異變特工隊之舉真是天縱英才[472]。薇倫知道兩件非常重要的事情：電影本身好得要命——相較於其他超能者電影而言與眾不同、精瘦、快節奏（片長：一百零七分鐘），但滿滿地有系列電影必不可少的各種養眼的視覺糖果。再來

469 譯註：Cupertino，庫比蒂諾市位於北加州舊金山灣區，矽谷的中心，距離聖荷西國際機場僅需二十分鐘車程。庫比蒂諾跟台灣半導體重鎮所在的新竹市是姊妹市。

470 譯註：All About Eve。

471 譯註：Jezebel。

472 鷹眼號稱全球有超過一點一四億名訂戶。以每人七點七七美元去算，每個月進帳就是八億八千五百七十八萬美元。這種數學挺不錯的。

就是很快地，她將會拿到決定自己未來五年命運的空白支票，正好趕得上在戴那摩出於年齡考量將她除役時，把前途的選項在自己手裡抓好。某個地方，一個國中話劇裡的女孩將成為新一代的夜影騎士——新一代的溫蒂．連克。

當她回到家，回到她那漫無邊境的農場，她發了封簡訊給在亞特蘭大的艾克，用的是她新設的 Wi-Fi 身分。

伊．摩登原始人：肯．薛普拉克要退休了！

艾克正在兩個鏡頭間的空檔，秒回的他用的也是全新的電子人格。

波比人：那眞是噴泉大街的損失。妳沒事吧？

伊．摩登原始人：嗯。媞雅呢？

波比人：好一點了。早上比較不會孕吐了。

伊．摩登原始人：幫我親親她。你在亞特蘭大？

波比人：沒有，在隆巴特。這裡有部電影——幫我保個密，不然戴那摩會告我！

薇倫的螢幕上塞滿了艾克的身影，上頭的他又一次變身為了火瀑。他被趕著去拍的新戲份屬於超能者的新片，《海獅：沉默的世界》。這部片將融入異變特工隊的新篇章，而新篇章將有可能會——也可能不會——讓他跟薇倫在片場再會。艾克希望會。有人正在忙著編寫某份劇本，然後又會有人甘冒十億美元的風險，在上頭賭一把。

☆

媞雅懷上了第二胎。這次懷孕算是意料之外，但當然不是生理上的意外，這點要說清楚，畢竟他們做的就是會懷孕的事情。說是意料之外，是因為艾克或媞雅都沒有要增加家庭成員的計畫。他們才剛付了頭期款，在（紐澤西州的）霍博肯買下了一層獨立產權的公寓——那是一棟新房，所處的社區裡有健身房、有安親中心，而且進市區很容易（媞雅一邊試鏡，一邊在上即興表演的課程）——媞雅那種「我肚子裡出事了」的熟悉感受就冒了出來。接著便是居家驗孕組上的兩條線證明了她的直覺——「生米煮成了熟飯」。克洛普弗將變成一家四口，那層霍博肯公寓將變得有點小。

而，如果艾爾文／艾克能拿到《法克斯——檢察官之狐》的那個角色，他將不會需要像在演出火瀑時那樣被四小時的化妝跟假皮弄得面目全非。他將能以真面目示人，並可能讓大街小巷都知道他長什麼模樣。艾爾文．克洛普弗可以以霍博肯的一層華廈公寓為家，但艾克．克里帕可以嗎？他們恐怕得考慮往紐澤西上州的某個地方搬。

媞雅人在巴克海德的一間旅館裡，人完全談不上舒服，她身邊除了有到處走來走去的露比，還有負責照顧露比的一個年輕保母，名叫卡熙荻。媞雅在等客房服務把火烤起司三明治送來。電視在播著有線電視的某個頻道。薇倫．連恩的《超硬派警佐》是午後四點的節目。薇倫正到翻。媞雅則是愈來愈肥。這就是她的人生——寶寶在肚內，小朋友在腳邊；她在巴克海德，艾克在長時間替一個不是比爾．強森的導演拍片，而超硬派警佐則坐在電腦前辦案，身上只穿著胸罩跟小褲褲。

媞雅也走了些運。她在串流平台 KosMos 的《市區太太與先生》裡軋上了一角，要在曼哈頓拍一個禮拜。她懷著一絲希望，盼著這次的角色不是一次性的設定。但就算角色的性質如她所願，馬上要變成二寶媽的她真能接得下來嗎？要是艾克真成了法克斯——又一個名字以F開頭的角色——那他就會一連幾個月在巴頓魯治或匹茲堡或布達佩斯拍片，就看哪裡的退稅比較好。那對四口人的克洛普弗之家會代表什麼意義呢？他們能應付得了嗎？那些錢會讓日子好過一點嗎？名氣會讓他們的生活變得難過嗎？他們會沒事嗎？媞雅很深很深的內心裡希望她沒有懷孕，她希望成為《市區太太與先生》的班底，她希望跟同場飆戲的演員或A攝影機的跟焦師陷入愛河，她跟艾克可以繼續當好朋友，繼續扮演慈愛的父母親，但在不同的公寓裡過著不同的生活。大人就是會做這樣的安排，不是嗎？

媞雅把這樣的心思坦露給了母親，母親會心地點起頭來，畢竟她也有過自己一言難盡的人生。「媞雅，妳如今正在屎坑裡。別掙扎。讓寶寶在妳肚子裡好好長大。盡妳所能讓露比的日子無憂無慮。過個五年再說。就五年。到時妳就知道什麼是什麼，該做的事情妳自然就會去做。」

五年計畫正是媞雅此刻所需。剎那間她已對自己未來半個十年的人生地圖了然於胸，一個出類拔萃的方案，而且一丁點都不倚賴艾克的際遇。

艾克有他自己的計畫。戴那摩還可以用他拍三部超能者電影[473]。他的新經紀公司——TRUK——已經安排好了他與另外兩名編導的合作，製作也已經排上日程。以他現今二十八歲的年紀，他會厭倦這樣的平步青雲嗎？他的公眾人設模板是要成為一個家喻戶曉的名字。他，又，將當起爸爸。大盤子上放著小盤子的克里帕拼盤愈來愈擠了。他的五年計畫，在其最純粹的狀態下，究其本質，是要再造他在隆巴特演出火爆時所感受到的體驗、意義與驚奇。那，做得到嗎？他有辦法讓他在隆巴特那五十三天當中的每一天中都感受到的命運感，再次顯現出來嗎？他會再一次吻上薇倫．連恩嗎？他會陷進一種自我療癒式的厭世嗎，周遭圍繞著各種成功與年歲的路標，但他卻只感到一切都是歹戲拖棚、都只是一件接著一件的爛事？他的髮量是不是愈來愈稀疏了？

他的第一個作戰計畫將是去問伊內茲．岡薩雷茲—克魯茲願不願意來當他的助理——這個職缺現在已經被以預算的形式納入他的交易備忘錄裡，成為了他由TRUK公司去談出來的福利包內容。有伊內茲在他身邊輔佐，下一部電影或許就可能像K:TLOF一樣特別。有伊內茲照料他們一家大小，媞雅的火氣或許也會小一些。

☆

伊內茲婉拒了收到的邀約，眼睛連眨都沒眨。

她是極少數最後才驅車離開隆巴特的劇組成員，她的福特全順滿載著拍攝工作的一些殘存證據，南行在老九九上。她已經從隆巴特出發跑了三趟，而她這麼來來回回做的都是疏散的工作，為的是在沙加緬度把貨物跟人員下放到大都會機場。在她的第四趟也是最後一趟離開隆巴特時，她帶上的只有她自己跟她在電影團隊裡身為目擊者兼工作人員的回憶。除了辦在國家劇院那場特別的**在地民眾專屬**電影試映會（她跟會計卡琳娜．德魯茲曼吃了飯）以外，她將再也沒有機會以不是歸來者、老校友，或者也許一名老兵——另外一個羅比．安德森／崔福—佛爾——的身分返回到隆巴特。每次回來她都會開著車在鎮上繞一圈；西屋燈泡工廠、主街上的克

473 他確實拿到了《法克斯——檢察官之狐》的角色，而這部片也成為了系列作。

拉克藥房、杏仁農會大樓，法院，還有榆樹街一一四號。這時的隆巴特會儼然是一個空蕩而鬼魅般的虛無之所，再不復見曾經存在於那裡的基地營、取景地、製作辦公室，有的只是用紙板搭成的嘉年華會所留下的陰影。

她在她家將她的小馬裝滿了在洛杉磯會需要的那少少一點東西——隨便誰家裡的晚餐能有多吵，她家人給她送行的晚餐就有多吵。她有份新工作，在好萊塢……

妳會在那兒替我也找份工作。是吧？

妳說這工作會需要妳做「所有的事情」。到底什麼事情？

如果我明年去念書，可以跟妳一起住嗎？

妳有新的電影要拍嗎？

那兒離迪士尼樂園有多近，阿姨？

她沒有權限雇用任何人。

她的工作是替艾兒．麥克—提爾分憂，讓艾兒可以好好工作，也就是當替艾兒解決問題的小幫手。

在沙發上睡一個禮拜當然沒問題，但她的公寓不會大到能讓兩人長住。

自由選擇企業有好幾個企劃案在開發，希望能拍成電影。

她住得離迪士尼樂園很近，近到她隨時可以帶姪女跟外甥女跟法蘭西斯柯過去，就看小朋友們何時有興趣！

艾兒讓住宿部幫她找了一間公寓，位於屋齡十年的山谷村[474]社區，那個社區懸在被稱為LA

河的混凝土高架橋之上——公寓本身是一間附夾層而無可挑剔的套房，其無可挑剔的地方就在於它屬於伊內茲一個人，破天荒地專屬於她。運輸部幫她找了台很划算的紅色迷你庫柏，車尾不是往上翻的艙門，而是左右對開的拉門。靠著她公司 iPhone（簡訊：*伊諾特，在嗎？*）上的 GPS 導航，她穿梭在國會唱片大樓、諾霍藝術區[475]的混音攝影棚、比爾．強森在威爾榭大道的單身公寓、艾兒在海邊的紅木陽光屋之間，乃至於偶爾會在噴泉大街本尊上跑來跑去。

她的薪水很好笑，多到很好笑。她每個禮拜都會用 Venmo[476]把錢轉給爸媽。

她在國會大樓有自己的辦公室——曾經屬於艾兒的一塊派餅切片。麥克—提爾女士人在隔壁的房間，那兒的辦公桌有著配合建築輪廓的弧度。伊內茲常計畫著要開車北上回到沙加緬度，或許看看家人，或許在晚餐後圍著鋼琴合唱，但她的新工作責任實在太滿，以至於她至今都還沒回去過。但她倒是騰出一個早出晚歸的星期天去了迪士尼樂園，後頭拖著一幫小朋友。

岡薩雷茲—克魯茲小姐永遠掛著笑容，永遠不是準時到就是*早早在那*等，總是開開心心地回覆那些聊備一格或讓人頭痛的電話，還有就是她總有辦法在傳達壞消息的時候讓對方聽得感激涕零。每當伊內茲要在電話上發表「這事沒門兒」的演講——比方說要讓某個作家知道他滿

474 譯註：山谷村是洛杉磯市的一個區，位於聖費南多谷內。

475 譯註：NoHo Arts District，NoHo 是 North Hollywood 的縮寫。諾霍藝術區位於北好萊塢，也是聖費爾多谷的一部分。那一帶有住宅、劇院、藝廊、音效工作室、電視藝術暨科學學院，還有方便的地鐵，外加雞尾酒吧、精釀啤酒吧、古董店及咖啡廳。

476 譯註：PayPal 旗下的行動支付服務品牌。

懷期待的創意在自由選擇企業裡絕對沒有搞頭時——她都能把令人失望的消息講得無比優雅，以至於對方最後反而會不住地感謝她。伊內茲把噴泉大街上的所有人都加為了現實中的好友。當艾兒把一疊公文簽條頒發給她——**自由選擇企業在頂端，伊內茲・岡薩雷茲—克魯茲**在底下——的時候，兩個女人禁不住興奮地哇嗚了起來。

☆

艾兒・麥克—提爾有長長一串事情做得很聰明的紀錄，那張令人垂涎的清單上列滿了她採取過的正確行動、做過的睿智決定，還有無懈可擊的直覺。把伊內茲找來拍電影就是最近的一例。艾兒的生活與工作變得更加順暢而不再那麼瘋狂，因為伊內茲超快就學會了演藝界的各種眉角，什麼風波起伏都難不倒她。艾兒看著比爾把《夜影騎士：火瀑的車床》變成電影界的一頭猛獸，首先用上的是他的扳手與弓鋸，然後再用上他的錶匠工具與金鋼砂板。套用在——被戴那摩強力控管的——動作戲上的CGI，都是藝術品的程度。把年輕的貝瑞・蕭起用為老阿莫斯・奈特，幾乎可說是一場奇蹟。永遠不會有人知道螢幕上的阿莫斯被掉了包，唯一的例外是電影產業中屬於CGI那一塊裡的每一個人，因為他們全都有張閉不起來的大嘴巴[477]。戴那摩一直會替那些很硬核的演藝圈酸民辦理時尚開創者的試映會，而那些人也通常都會抓著艾兒猛丟直球，或在口頭上跟她肉搏。但如今他們打來問的是自己吃錯了什麼藥，怎麼會被一部動漫電影搞到眼淚停不了？

這部電影哪來的此等份量？比爾・強森？沒錯。COVID-19鬆開了一點魔掌？也是。伊芙與火瀑這兩個一身是傷的謎樣角色？**他狐步的**當然。

但艾兒心裡有數，她知道這部電影的力量來自於薇倫與艾克。毫無疑問。眾人意料中的雙人議會不論是在兩個角色之間，還是在角色背後的那對男女之間，都在螢幕上昭然若揭。他們所謂的打戲，看起來更像是激情的床戲。兩人之間最初的對白訴說了一切，當伊芙在廢棄的木料廠察覺到火瀑的存在之際，在他們之間的目光交流中，在他們自己的眼睛裡，在他們的肢體語言中，在她說出那句「這樣下去你不會……有好下場」時的情慾張力中。火瀑回了她一句「有話等架打完再說吧。」女人看了肯定暈船，男人肯定會把這句話學起來順利通關。在那之後，按照德絲肯定會有的說法，就完全是法國男人在飯店房間裡，而外頭是蔚藍海岸。

艾兒現在有時間了，她可以在聖塔莫尼卡的低懸晨霧裡，悠閒地在她的老樹下與咖啡為伴，也可以從市立的自行車道／人行道上看海。她現在有時間可以天天一早走到碼頭邊再走回來。她會把上午的電話打一打，會去狠操戴那摩與鷹眼的高幹合唱團，會讓比爾·強森無憂無慮。她會把在自由選擇企業上班的生活與諷刺之處，一一跟伊內茲說清。

所以……《夜影騎士：火瀑的車床》大功告成，就等著上片。此時消息傳出戴那摩在各大城市預訂起戲院的檔期，因為他們想在半打大螢幕上先行打片，所以他們所選的戲院都俱備最新穎的視覺與音效科技。這麼做再搭配上緊接其後在鷹眼平台的同步串流上線，就是一個不惜血本去攬客的概念。但這部電影就是有這種潛力，就是有這種討論熱度。讓它在電影院上映的成本，就等於是在社群媒體上餵食輿論的飼料費。但說真的，這個點子會被推出來，還是因為

477 貝瑞·蕭如今已在「砰電視！」上成為《瘋狂榛果家庭》的群戲卡司之一。他同時也在沙斯塔郡當上了有執照的 EMT。

薇倫與艾克之間那跟火山一樣燙的激情。或者應該說是夜影騎士跟火瀑之間的激情。不，應該還是薇倫跟艾克。

戴那摩授權了一本根據電影改編的全新圖像小說／漫畫。宅男漫畫上的十八禁橋段並不能與薇倫・連恩跟艾克・克里帕在螢幕上的化學作用相提並論，而那也坐實了動態電影的力量所在。這一點，也被艾兒在一場她如今有了時間去辦理的研討會上（終於，感謝伊內茲的辦事效率）提及了，會場在蒙大拿州博茲曼市附近的奇澤姆山藝術學院。針對電影，她只被授權展示了網路版的前導片——但她應學生要求一連重放了六遍——還有授權漫畫書的封面。此外的任何東西都是最高機密，都是受保密協議保護的東西。艾兒花了將近四小時講述她在演藝界打滾的故事，並以口述的方式進行了一場《充滿聲音的地窖》的試映。在之後的提問階段，她不可避免地被問到了一個不問她問誰的問題：「我們想在好萊塢闖出一片天的話，您有什麼建議？」

我以為她會說，「走噴泉路。」但沒有，她談起了解決問題與製造問題之間的鴻溝，還有準時的重要性。

寬宏電影中心

作為一個可容納一千一百一十四人、恢弘氣派的電影宮殿，位於時代廣場的寬宏電影中心差一點就沒能活過新冠肺炎疫情帶來的小月與變異病毒引發的威脅。在電影播映還是個每年價值一百一十億美元的產業時，這裡曾經被吹捧得不可一世，但就是這樣一個戲院，在疫情期間摔了一大跤，畢竟任何人有那麼一點心思想在上千個陌生人的包圍下看部電影，都會在口罩、疫苗、恐怖致命病毒的阻攔下，變得寸步難行。最後，在生活走走停停、好不容易有一搭沒一搭地恢復正常後，電影總算重新出現在了電影院裡，在寬宏電影中心裡，即便上映期只有線上串流開始前的十七天。

戴那摩原本並沒有計畫展出其手中屬於薇倫·連恩的道具。後來他們決定這麼做，是因為《夜影騎士：火瀑的車床》毫無疑問「賣翻了」。在世界各地的大螢幕上，比爾·強森這部「**老娘不吃那套！**文化的傑作」[478]已然成了一台吸票機器，而此時鷹眼的訂戶都還沒能在他們的客廳、男人窩、套房公寓裡看到這部電影。那些等著輕輕鬆鬆地用串流去觀看 K:TLOF 的觀眾，就這樣錯過了伊芙、鮑勃·佛斯、異變特工倫敦等角色在寬螢幕上被放大了的力量與聲量。

羅比·安德森拒絕在咖啡壺看這部電影。史黛拉在孩子們的指導下早就是鷹眼的訂戶，但她也忍到了整個安德森—馬迪歐家族有空在曼哈頓集合，一起來到了寬宏電影中心。事實證明這是一項艱鉅的任務，主要是羅比摔了一跤，狠狠地跌裂了髖部。

「我是個骨頭裂掉的老人家，」他在從拉瓜迪亞機場前往時代廣場花園套房全球飯店的路上，在小馬車裡說了這句話。在葡萄園島上他已經能只靠助行器走來走去，所以算是還有能走

478 莫琳·道德，《紐約時報》，〈關於這個伊芙的一切〉。（譯按：這應該是指美國演藝圈有名黑人饒舌女歌手兼電影演員也叫伊芙〔Eve Jihan Jeffers Cooper〕，而她在 Got it All 這首歌裡的歌詞曾提到 With them other broads / You might rule it all / But not with me〔跟其他娘們／你可以耍老大／但老娘不吃那套〕。）

動的獨立性。但因為要進城跟要去看電影都得轉乘來轉乘去，所以史黛拉還是給他哥哥租了輛輪椅。「我得靠孩子們把我推來推去，我搆不著的東西也得他們遞給我。我覺得自己好像老人波特。」

「你是說哈利波特的老爸嗎？」葛雷格里問道。

「不是啦，」羅伯舅舅說。「當我沒說。」[479]

☆

他們在穿越著的，是一大群回歸的訪客，他們重新回到了紐約市的第七大道與百老匯的交叉口、美國的十字路口、達菲神父廣場、還有劇院的白色燈光[480]。凱莉保管著在寬宏電影中心的官方 app —— Grand CC —— 上購得的四張票，葛雷格里推著他脾氣彆扭的舅舅，史黛拉數著有多少穿戲服的角色在爭著跟遊客拍照，只為賺點小錢。他們頭頂上有一面發光的告示板，偌大地懸在空中，上頭沒有別人，正是一臉堅毅的伊芙．夜影騎士幾乎要鼻碰鼻地對峙著一個頭頂鋼盔、面目猙獰的火瀑。他們的頭有熱氣球那麼大。

「你們看！兩尊神，」羅比從他在向前滾動的坐姿中說。「雅典娜對決馬爾斯。」

「薇倫，我的愛！」葛雷格里驚呼。

「小心！」史黛拉在警告的是一個大金剛裡的路易吉[481]，因為他差一點就撞到了羅比的輪椅。「這裡有輪椅在滾好嗎！」

再往北，在 M&M 巧克力的超級旗艦店旁邊，就是寬宏電影中心，它那兩層樓高的入口門廊上張貼有另外一個版本的薇倫與艾克，是他們的半身像，背對背，一本正經地彰顯著正邪之爭、光明與黑暗之爭、彼特與葛蕾迪絲[482]之爭。大廳有一種表面的富麗堂皇感，包括一條貓屋紅的地毯與比摩洛哥飯店更多的金色管線。電梯在滑動之間，把顧客往上帶到了一二樓之間的夾層座位，但凱莉已經預約了二樓包廂下方的身障者專用位置，那兒會有空間容納羅比的輪椅。

與牆等高的妓院紅色幕簾可能已經提供了暗示，但那螢幕真的大到有如一頭巨獸。在中央的舞台上，一名作燕尾服打扮的傢伙在演奏著馬戲團尺寸的風琴，感覺很樂在其中。他彈的是一首組曲，裡面有各式各樣的電影主題旋律。羅比記得在一九五〇年代，在隆巴特的國家劇院裡，也有過一名女士在彈奏著戲院內部的風琴，位置不在舞台中央，而是偏在一旁，然後等戲要開場了，他們就會把鍵盤的照明關掉。伴隨終曲一首大合唱的〈紐約．紐約〉（**「如果我可以……成功在這裡。我就能成功在……任何一地」**），寬宏電影中心的汽笛風琴聲開始慢慢減弱並消失在容納樂團的樂池中，現場響起了歡送音樂先生離開的掌聲與口哨聲。

479 「老人波特」是法蘭克．卡普拉執導於一九四六年的電影《風雲人物》中，一名不良於行所以得坐輪椅的暴躁老人，由萊諾．貝瑞摩飾演，那部電影之後成為了假日電視上的常客。說了你可能不信：七歲的羅比．安德森被他媽媽跟爹地帶去看了這部電影，地點就在隆巴特的國家劇院，而雖然搞不太懂整個故事線，但他深深迷上了那部電影，並愛上了戲裡的唐娜．瑞德。國家劇院至今仍是羅比心目中，真正的電影宮殿。

480 譯註：時代廣場位於第七大道與百老匯大道（也就是四十五街）的交會口，有世界／美國的十字路口之稱，並以四十五街為界分成南北兩個「領結」區，其中北領結又稱達菲神父廣場。

481 譯註：任天堂大金剛遊戲裡的主角是初代的馬利歐，路易吉是他的弟弟。

482 譯註：Pete and Gladys，由哈利．摩根跟卡拉．威廉斯主演的美國電視情境喜劇，從一九六〇年九月播出到一九六二年，劇中的彼特是保險業務員，葛蕾迪絲是他太太，兩人幸福地住在加州。

等簾幕升起後，事項宣布與廣告在螢幕上一播二十分鐘，期間葛雷格里跑去買了看電影必備的爆米花跟汽水。他回來看了其他電影的預告片——那些即將上檔的主打新片——每一部都有大同小異的爆炸、衝撞、怪物與英雄。有部預告片上演的是一部很特別的電影——一部古裝音樂劇，講述的是一艘時運不濟、在第一次世界大戰前被魚雷擊中過的安德利亞・多利亞號。觀眾看著片段，大聲嘲笑起裡頭那些死到臨頭還唱作俱佳地在又唱又跳的乘客，包括其中的潔西卡・坎德—派克，她推掉過伊芙・奈特的演出機會。

最後，寬宏電影中心裡的觀眾席燈光慢慢變暗、變黑，而簾幕則慢慢拉開，顯露出一個從一邊的地平線延伸到另一邊地平線的螢幕。超重低音的轟隆聲像震波一樣，撼動著觀眾的胸腔與珠寶，同時只見魔術般的螢幕牆上炸出一個影像，是一隻黑翼的猛禽從鮮明的天空中俯衝而下，愈飛愈近、愈顯恫嚇，直到僅存能看到的只剩鳥兒那黑色而沒有靈魂的眼眸。

就這麼宣布了這部電影來自你們在鷹眼的好朋友。

接著，出現一座冒著煙的電廠剪影，同時一道道閃電閃進天界，電光組成了雲層底下六個代表戴那摩的字母，DYNAMO。

再來，一個由白光形成的簡單方塊閃動著、迸發著不連續的景框與刮痕，就像是一台線路沒有好好接上的電影投影機，然後只見**自由選擇企業**的模糊字樣，躍然在螢幕上。

九個交響樂團的音符在後來將成為「伊芙的主題」的配樂中響起——叭，嘟—滴—噠，叭—滴—嘟哩—達。然後音軌陷入沉默，取而代之的是乾燥而柔軟的風勢發出要人安靜的噓聲。寬宏中心全場的觀眾——包括安德森—馬迪歐家族在內——都被帶著去感受到了他們人在戶外，在光禿的天幕之下，在熾烈的酷暑夏日中，背上有燥熱的風從他們身後吹拂而過。螢幕上，一只銀行的數位時鐘在毫無特色的建築物頂端轉動，場景是一條小鎮主街上的角落……

時間 1:02……氣溫一〇二度[483]……時間 1:02……氣溫一〇二度……

羅比不再身處於曼哈頓中城一間電影院的輪椅上。

他回到了隆巴特。回到了五歲的他。

那兒有伊芙／薇倫……身處危難之中……克拉克藥局……老人克拉克……「怎麼回事，女孩？」……薇倫／伊芙轉過頭……某個違背了神意的形體在主街的遠處慢慢成形……

一柱煙霧，還有火焰……一個身形……一名火焰噴射兵……一步步踱出了地獄的大門……

羅比．安德森開始哭得顧不上丟不丟臉。好久好久，他的眼淚止不住地流。

鮑勃舅舅……

☆

483 譯註：華氏一〇二度約等於攝氏三十九度。

No animals were harmed in the making of this motion picture.
Special thanks to the people and the town of Lone Butte, California.

沒有動物在本部電影的製作中受到傷害

特別感謝加州隆巴特的地靈人傑

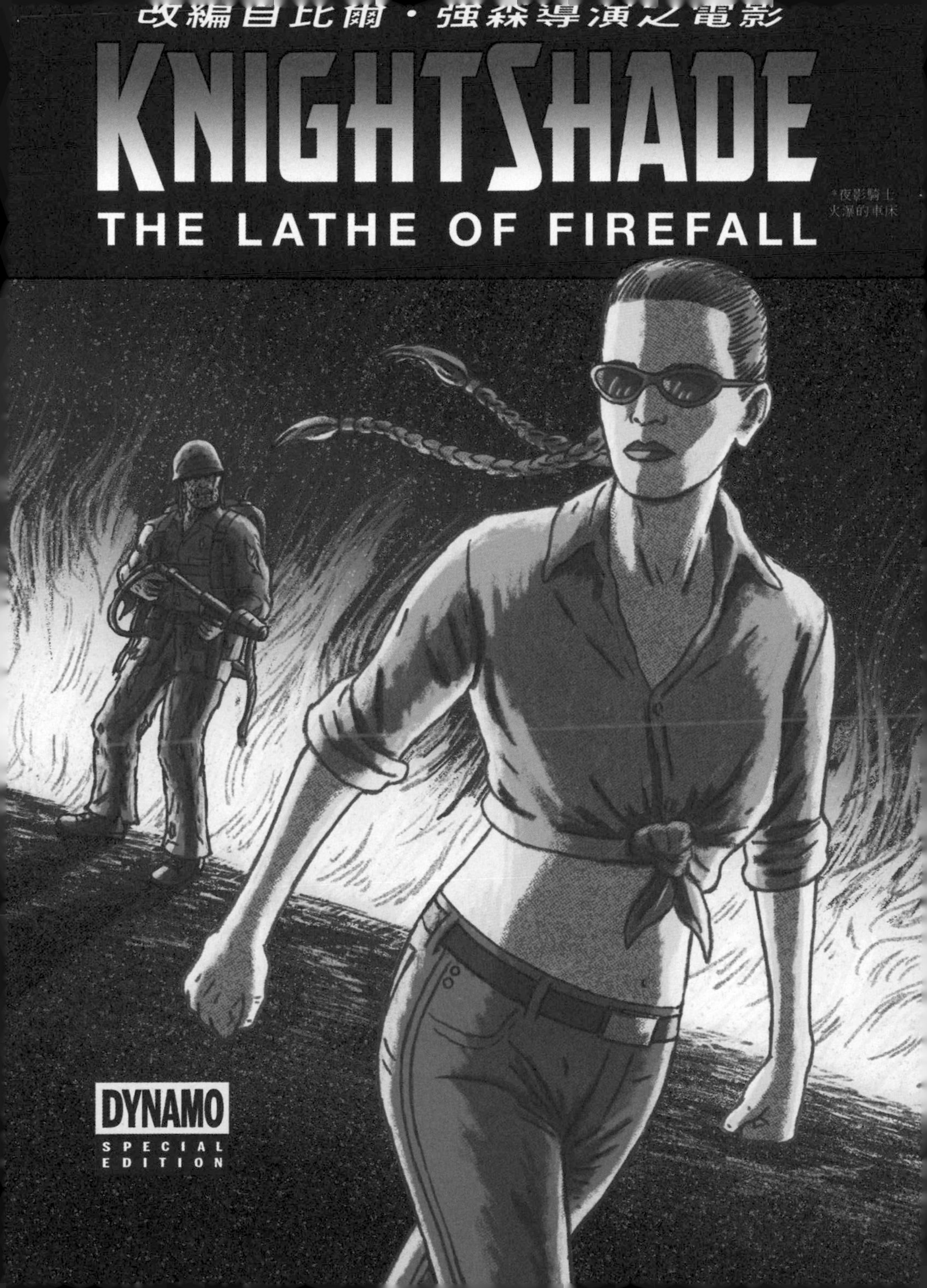
改編自比爾・強森導演之電影
KNIGHTSHADE
THE LATHE OF FIREFALL
*夜影騎士
火瀑的車床
DYNAMO
SPECIAL EDITION

LATHE・動詞：用「車床」這種有著銳利刀具的設備進行切削或塑形。
加州，鐵斷崖
1:02
天氣超爆熱
102°
伊芙・奈特——也就是夜影騎士
FIRST NATIONAL
她站在街道中央。
沒有車。
沒有人。
只有沸騰的氣溫。
她的眼睛閃動，就像她人在深度的快速動眼睡眠中似的。
這女人在感知著——感受著——某樣東西。

老人克拉克
怎麼回事，女孩？…什麼麻煩在追著妳？
她的眼睛抖動著…
她握起了拳頭…
她的臉猙獰了起來…
她的腳…慢慢騰空。
她飄浮在灼熱的人行道之上。
她的眼睛緊閉著。
她的身體抽搐著…

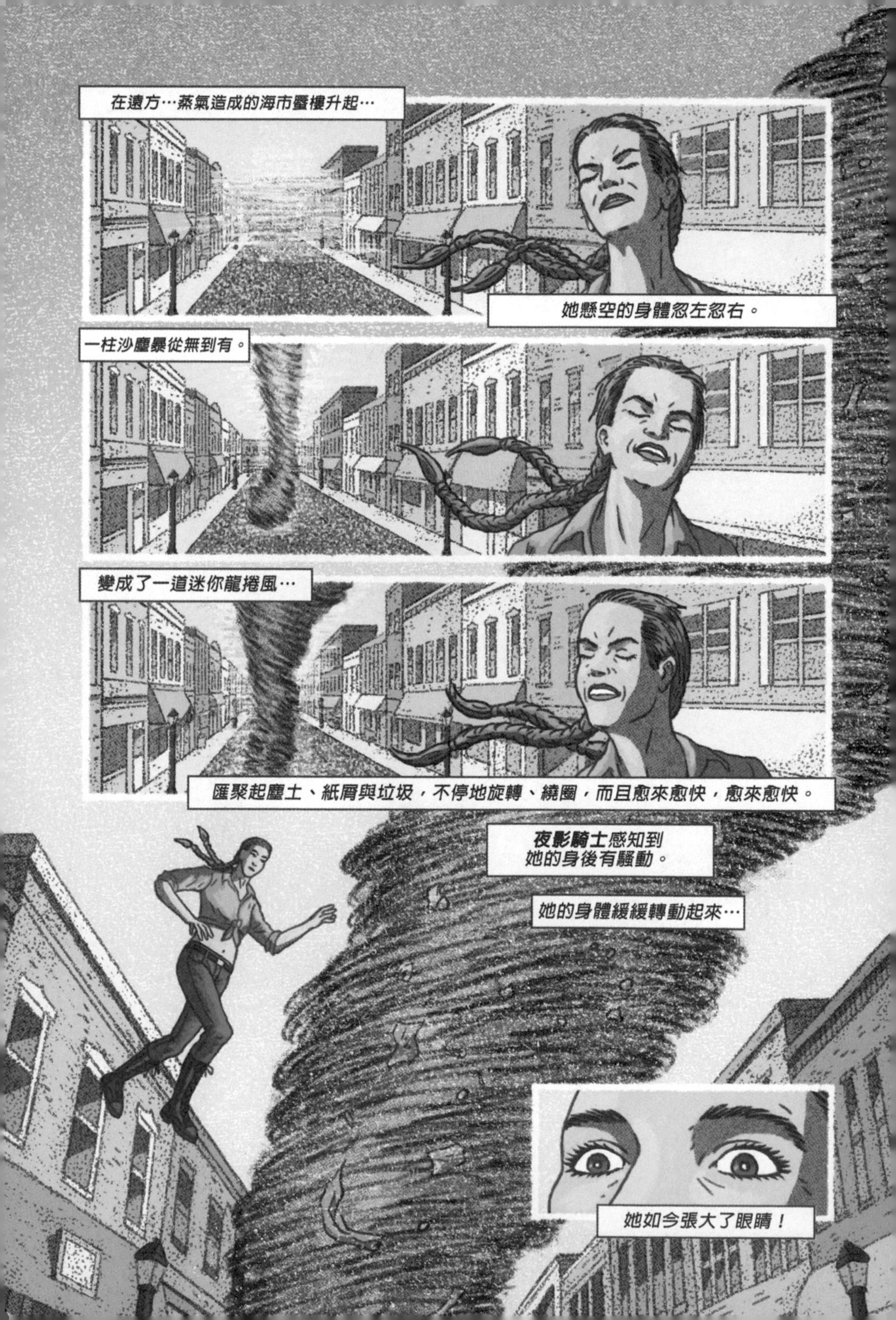
在遠方…蒸氣造成的海市蜃樓升起…
她懸空的身體忽左忽右。
一柱沙塵暴從無到有。
變成了一道迷你龍捲風…
匯聚起塵土、紙屑與垃圾，不停地旋轉、繞圈，而且愈來愈快，愈來愈快。
夜影騎士感知到
她的身後有騷動。
她的身體緩緩轉動起來…
她如今張大了眼睛！

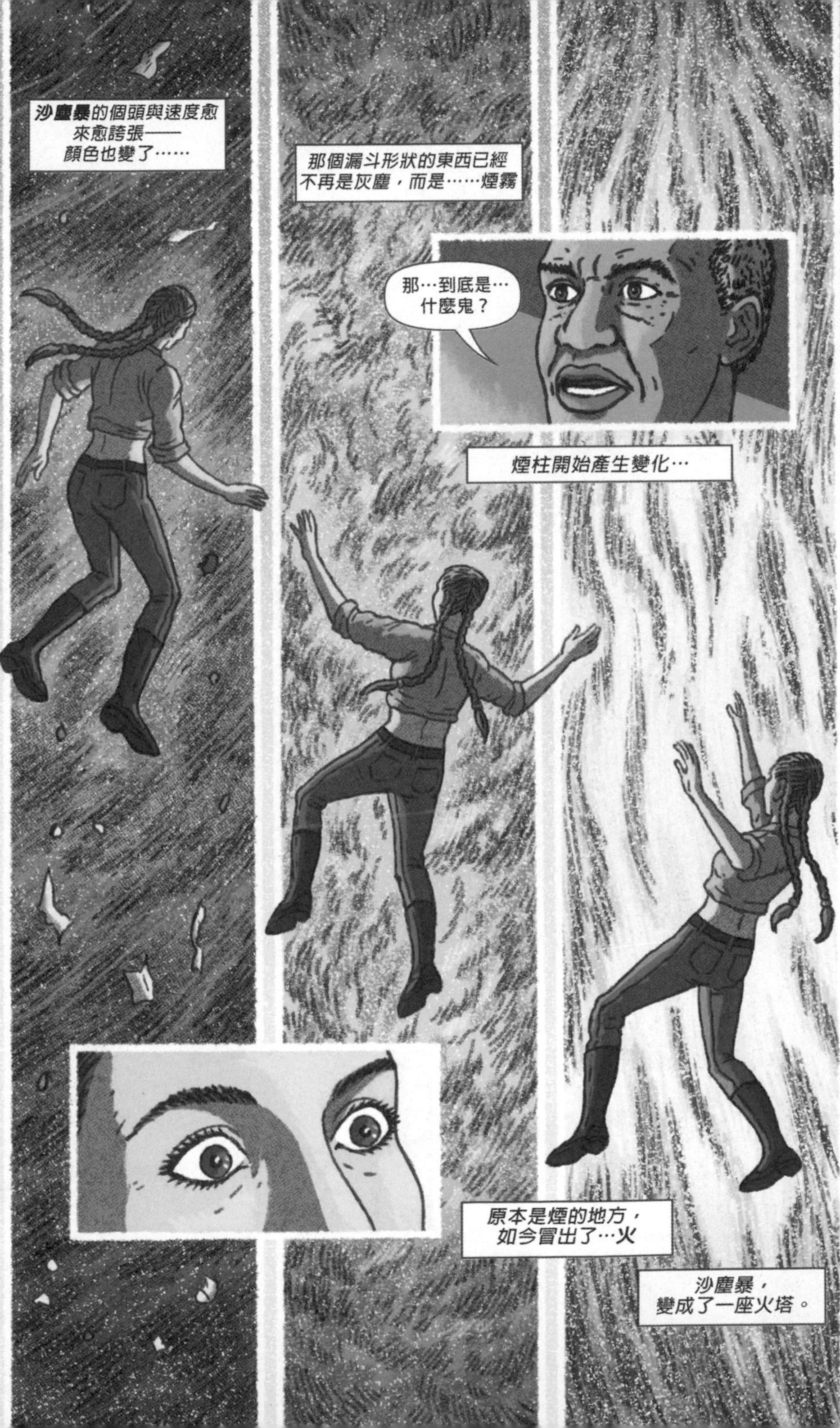
沙塵暴的個頭與速度愈來愈誇張——顏色也變了……
那個漏斗形狀的東西已經不再是灰塵，而是……煙霧
那…到底是…什麼鬼？
煙柱開始產生變化…
原本是煙的地方，如今冒出了…火
沙塵暴，變成了一座火塔。

來自地獄的寺院裡，一道火柱。
那撒旦般地爆發…
一個形體慢慢現身…
那是某種宛若人形…
但又不成人形的一塊東西…
由火焰與肉體共同構成…
是誰？誰？
火瀑！
她努力用肌肉——不，她用意志——
—驅動起眼睛去對焦、眨眼、搜尋、努力著想看見…

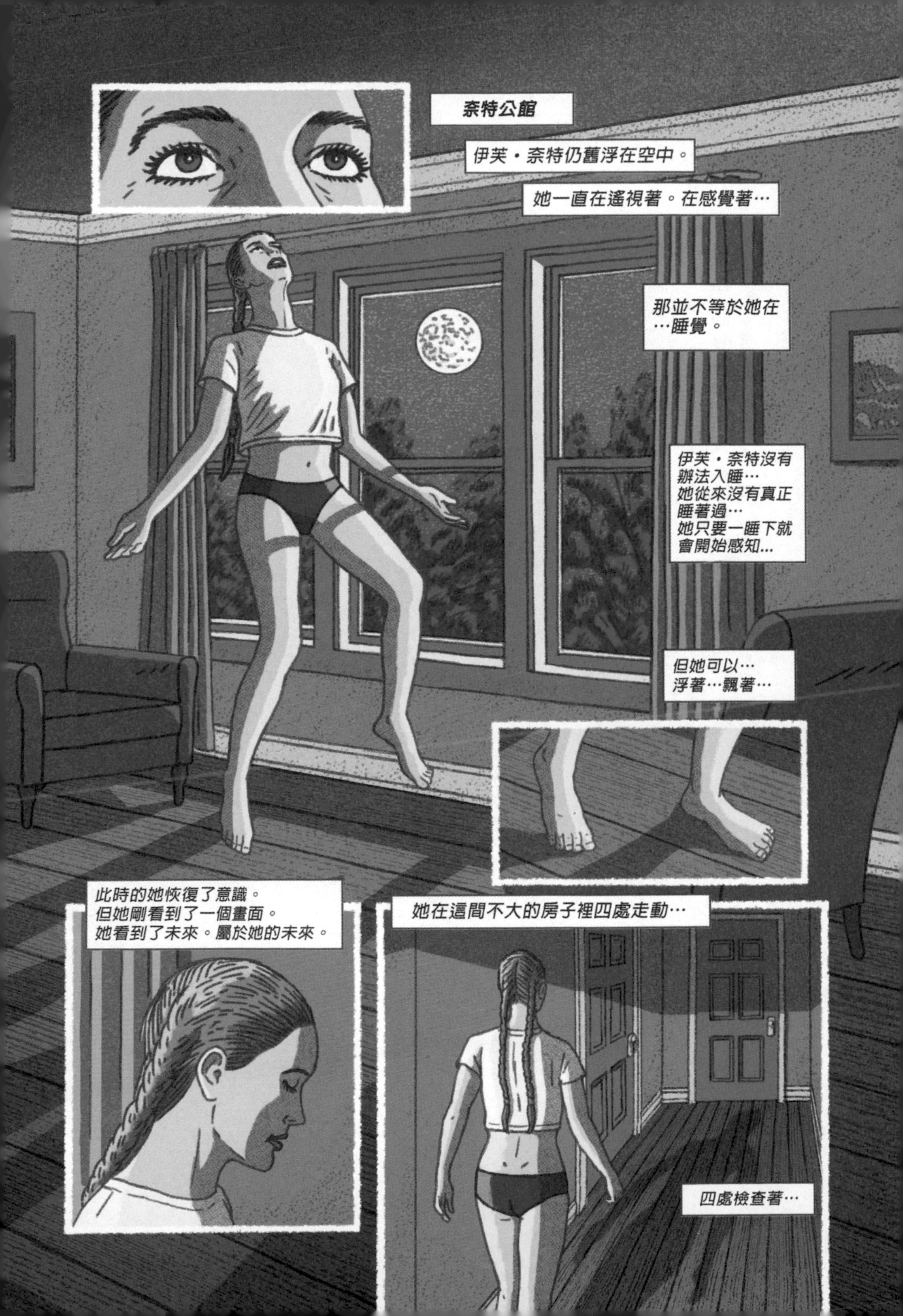
奈特公館
伊芙・奈特仍舊浮在空中。
她一直在遙視著。在感覺著…
那並不等於她在…睡覺。
伊芙・奈特沒有辦法入睡…她從來沒有真正睡著過…她只要一睡下就會開始感知...
但她可以…浮著…飄著…
此時的她恢復了意識。但她剛看到了一個畫面。她看到了未來。屬於她的未來。
她在這間不大的房子裡四處走動…
四處檢查著…

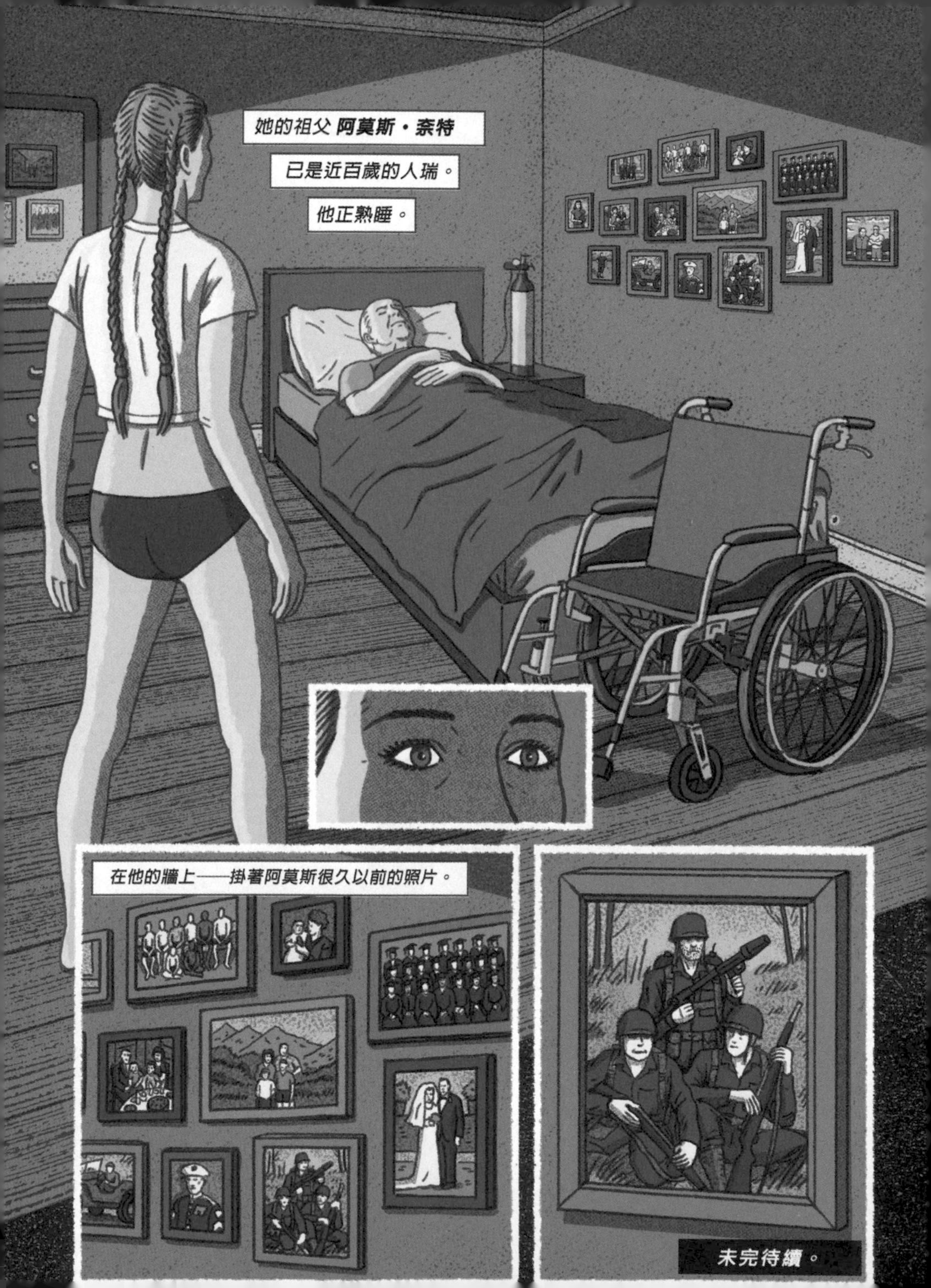
她的祖父 阿莫斯・奈特
已是近百歲的人瑞。
他正熟睡。
在他的牆上——掛著阿莫斯很久以前的照片。
未完待續。

有彼得・蓋澤斯（Peter Gethers）在，這部作品就是會更好一點。克諾夫出版社（Knopf）的其他同仁——摩根・漢默頓（Morgan Hamilton）、瑞塔・馬德里加（Rita Madrigal）、約翰・葛爾（John Gall）與安娜・奈頓（Anna Knighton）——也出了很多力。來賓請掌聲鼓勵。

書裡的漫畫——庫爾卡茲漫畫——出自羅伯特・西科里亞克（Robert Sikoryak）之手，出自他的畫技與專業。他的作品每一篇都超乎我的期待一百萬倍——所以請在我的感謝與讚嘆上繼續往上堆。

版權經紀人伊絲特・紐伯格（Esther Newberg）是一個正義的自然之力——也是一名偉大的盟友。算我走運。

我要特別感謝D・楢崎（D. Narasaki）給我的指導與「好運」。還要感謝E・A・漢克斯（E. A. Hanks）為工匠精神做了最好的示範。

安・派契特（Ann Patchett）與艾達・卡胡恩（Ada Calhoun）是提攜我的兩位大師。我既是她們兩位的書迷，也一路到永久都欠她們一份情。

這一頁頁文字能夠出現於世間，都是因為諾拉[484]。我們都很想念她。真的。沒有一天不想。

譯註：諾拉・艾芙蓉（Nora Ephron），以浪漫喜劇聞名的作家、編劇、製片兼導演，二〇一二年去世，傳世的作品包括《當哈利碰上莎莉》、《西雅圖夜未眠》、《電子情書》等。

封面及裝幀設計：王志弘
漫畫繪製：R. Sikoryak
翻譯漫畫排版：游博任

湯姆・漢克斯

湯姆・漢克斯的職業演員生涯始於一九七七年。他在小螢幕的初登板是在一九八〇年，作品是美國廣播公司的情境喜劇《親密夥伴》，第一部電影是一九八四年的奇幻愛情喜劇《美人魚》，至於百老匯的處女秀則是諾拉・艾芙蓉的《幸運兒》。他在IMDb上登錄的演出紀錄顯示他自（借錢）加入美國演員工會以來，作品數量那叫一個，嗯，「片山片海」。若想對他的演員生涯深度有一個概念的話，有件事供你參考：曾經存有他最後二十七塊美元存款的紐約市銀行原址，如今已經是一家名叫「布巴甘蝦業公司」的餐廳。偕同他在Playtone（電影電視兼唱片製作公司）的事業夥伴蓋瑞・葛茨曼，湯姆・漢克斯已經製作出許許多多電影、紀錄片與電視節目。他創作過電影與電視劇本，而他的短篇故事集《歡迎光臨火星》則由Knopf在二〇一七年出版。漢克斯已經六十有六，那是二〇二二年七月九日的事了。

又一部電影傑作的誕生

二〇二三年十月四日　初版第一刷

作　　者　湯姆・漢克斯
譯　　者　鄭煥昇
編　　輯　廖書逸
發 行 人　林聖修
出　　版　啟明出版事業股份有限公司
郵遞區號　一〇六八一
台北市大安區敦化南路二段五十七號十二樓之一
電話　〇二二七〇八八三五一
總 經 銷　紅螞蟻圖書有限公司
法律顧問　北辰著作權事務所
定價標示於書衣封底。

ISBN 978-626-97376-8-0

國家圖書館出版品預行編目 (CIP) 資料

又一部電影傑作的誕生／湯姆・漢克斯（Tom Hanks）著；鄭煥昇譯。
──初版──臺北市：啟明，2023.10。
624 面；14.8 x 21 公分。

譯自：The Making of Another Major Motion Picture Masterpiece
ISBN 978-626-97376-8-0（平裝）

874.57　　112013092

The Making of Another
Major Motion Picture Masterpiece
By Tom Hanks